邊將

韩石山 著

丁酉冬日張秀

河南文艺出版社

· 郑州 ·

图书在版编目(CIP)数据

边将/韩石山著. —郑州:河南文艺出版社,2018.12
ISBN 978-7-5559-0747-3

Ⅰ.①边… Ⅱ.①韩… Ⅲ.①长篇历史小说-中国-当代 Ⅳ.①I247.5

中国版本图书馆 CIP 数据核字(2018)第 273250 号

边将(BIAN JIANG)

出版发行 河南文艺出版社
本社地址 郑州市鑫苑路 18 号 11 栋
邮政编码 450011
售书热线 0371-65379196
承印单位 河南瑞之光印刷股份有限公司
经销单位 新华书店
纸张规格 735 毫米×1040 毫米 1/16
印　　张 29
字　　数 494 000
版　　次 2018 年 12 月第 1 版
印　　次 2018 年 12 月第 1 次印刷
定　　价 46.00 元

印厂地址 河南省武陟县产业集聚区东区(詹店镇)泰安路
邮政编码 454950 电话 0391-2527860

序

明代嘉靖年间，国力还行，朝廷上下头疼的，是边患。南边有倭寇的劫掠，北边有蒙古人的侵扰。直到隆庆和议，北边才平静下来。

本书所写，就是这期间，北部防线上，一个边将家族的故事。恩怨情仇，金戈铁马，聚散变幻，一如天际的行云，最终归于乌有。

四五百年前的情景，要一一指实，诚为难事。好在有明一代，公私著述，存留甚多，据以推勘，不难得其大概。山川地理，尚存其形，风土人情，未变其质，据以描述，庶几还能肖其形声。

这只是作者的心愿。心愿与事实，总会有些差距，但愿不会太大。

作者　2018 年 9 月 24 日于潺湲室

目　录

第一章　马营河堡

一

唐人诗句,秦时明月汉时关,可解作秦时的月光,照在汉时的关上。也可解作,汉时关上的月光,跟秦时的一样古老。

朝代,不管怎样变换,月光,仍是旧时的月光。

明朝嘉靖二十四年七月初三,子时到寅时,就是这样一个流泻着旧时月光的,平平常常的夜晚。

右卫城里,杜家的院子,也跟往常一样,安安静静。

寅时三刻,东厢房炕上的杜如桢,醒了过来。

是院里的一阵响声,惊醒了这个十三岁的孩子。

侧过身子,瞅瞅窗户,支起的窗扇,夜里没有落下。从窗扇跟外墙的夹角间,能看见灰蒙蒙的天幕,一钩残月,几点星辰。他是斜躺在炕上的。知道响声缘何而起,也知道自己该做什么,就是不想动弹。最好的睡眠是,一觉睡到大天亮,古往今来,应该都一样。

想再睡一会儿,却怎么也睡不着了。十三岁不是一个能沉得住气的年龄。

睡不着的时候,耳朵格外灵光。

先前的响声,过去了。窸窸窣窣,有脚步声由远而近,先还急急如赶路,快到门外,又迟缓起来,像是抬高了步子,前脚落稳了,后脚才抬起。到了门口,又没了声儿。会是谁呢?他想着,若自己是一位古代的侠客,此时抬手一个飞镖甩了过去,门外定然啊的一声惨叫,接着咚的一声,一个盗贼便倒身在地。

啪啪,门环响了两下。

"三少爷,该起来了!"

沙哑的嗓音,车夫老张。

竟将个子矮小的老张,当成了盗贼,想到这儿,不免有些失望,也有点好笑。镖是不用甩了,这响声连同这喊声,在他的头脑里,迅即连成两个七字句:"紧叩门扉轻声喊,老奴扰我好睡眠。"所以有此捷智,不是近日背诵唐诗多,全是一连两个晚上,去南街听说书,那带着锣鼓点的七字唱词,跟羊蹄子似的,在脑子里踩个不停。随便来上七个字,都能合了那个点儿。昨晚回来,原本就迟了,又让父亲叫到后院训了一顿,躺下就更晚了。明明瞅见窗扇未落下,一伸手的事也懒得去做。若是落下,此刻就瞅不见窗外的残星晓月了。

"三少爷,老爷叫你快起来。"

门环又响了。

"知道了,烦人不烦人!"

话是这么说,还是坐了起来。不是多么乖巧,是今天的事重要。怠慢了,对不起那个自己喜欢的人。

下了炕,一面系着偏襟的襻扣,一面拉开门闩朝外走。

院子里的月光,如同一泓清水漫过,似乎还泛着粼粼的波纹。北头台阶上,老张正弯腰挑起箱笼。明白了,最早惊醒他的,那样沉闷的一响,乃箱笼的落地声。老张是放下担子,叫了门,再返回去挑担子的。经过他跟前,又叮嘱一声:

"老爷让你过后院一下。"

说罢,下了院心的台阶,朝门口走去。院门敞着,能听见骡马脖铃的响声。想来出行的轿车,已停在门外的空地上。个子矮,脚步急,快到门口了,后面的箱笼,磕着照壁的转角，一个趔趄，差点儿摔倒。如桢看见，心想，这老汉，天还没有大亮，急个啥嘛！

襻扣还没扣好，一阵凉风吹来，由不得打了个喷嚏。

“小心着凉！”

扭过脸，二嫂到了跟前。

二嫂王氏，名慕青。年方十七，比他大四岁。两家乃世交，没过门是姐姐，过了门，就成了嫂子。端午后三日过门，不满两个月，还是崭光新的新媳妇。崭光新这个雁北土语，用来形容二嫂，最是贴切。脸庞光洁，脖颈光洁，想来通身都是个光洁。过去两家常来往，见面不是个事儿，也没有觉得这个慕青姐姐，多么的鲜亮。似乎结了婚，脸皮也薄了，里面的血色，洇出来化为红晕，还带上了光彩。

今天是二嫂父亲的生日，其父王守斌，驻守马营河堡，母亲跟上去了，要拜寿，只好去马营河堡走一趟。昨天晚上，如桢去见爹，爹说了，二哥跟上守备官王德，去了大同，不能陪媳妇去拜寿，让他这个小叔子，陪上走一趟。

二嫂像是早就起来，已打扮停当。脖子上拢着纱巾，说话的空儿，提起掩住口鼻，看去只有黑黑的眉毛，亮亮的眼睛，直溜溜的鼻梁。月光从侧后照过来，面容有些模糊，高高的发髻，衬着耳际的轮廓，越发地俏丽。对视了一眼，二嫂不再说话，眉毛挑了挑。忽然之间，如桢觉得身上一热，心突突地跳，有种荒野遇见鬼魅的感觉。

他还愣着，二嫂搡了他一下。

“洗漱呀！”

“噢噢！”

转身回到屋里，二嫂也跟了进来。

“妈在后头忙着，我给你梳头吧！”

这才明白，二嫂跟进来，是要给他梳头的。

三下两下洗罢脸，过去坐在桌前的杌子上。

二嫂站在身后，解开束带，且不用梳子，一手托在下面，一手拢在上面，叉开指头，捋下去又上来，捋下去又上来，捋顺了，才拿起梳子，绕着额前的发际，转着圈儿，一遍一遍地梳起来。

先还端坐着，没多一会儿，由不得就往后靠靠。后肩胛骨，似乎抵着个什么软软的物件，由不得就蹭了蹭。二嫂觉察到什么，动动脚步，感觉离开个缝儿。他呢，刚待了会儿,又靠过去。这回二嫂没动脚步,身子稍稍侧了侧,抵住他的肩胛骨。

年岁的大小,全看你跟什么人在一起。跟不喜欢的人在一起,由不得就会大了起来,跟喜欢的人在一起,由不得就会小了些。自从二嫂过了门,什么时候在一起,如桢都觉得自己是个孩子,会撒个娇什么的,就是让二嫂训上一句,心里也是喜欢的。这样想着,身子又动了起来。

“别往后靠了,小心跌下来!”

原来二嫂抵住他,是怕他后仰了。

说过这话,二嫂不再抵住他的肩胛,腾出左手,搭在他的左肩上。这感觉,让他心里越发地快活。心这个东西,一快活了,就会生出新花样儿。怎么脖子那儿痒痒?伸出右手,挠了挠。挠过脖根,怎么肩头也痒痒?往外移移,再挠,却挠在了二嫂的手背上。

二嫂的身上,这个好,那个好,他的感觉是,手指头最好。河南来的说书的,说起美人来,总是面如桃花,手如削葱,早先听了也就听了,从没往心里搁。二嫂的手指,是过门后头一回,在一个桌子上吃饭,离得近看见的。啊,他当下就惊呆了,真的是像小葱的葱白呢。

“老实点!”

二嫂抽回了手。

“我痒痒嘛!”

“你痒痒,挠我的手背就不痒痒了?”

静下来,又嗅到了一股温热的香气。

他知道,这是二嫂身上散发的,淡淡的,又是清清的,似有若无,闻了还想闻。不像是个味儿,倒像是个吃食,到了嘴里是脆的,嚼起来又有筋道。

此刻,梳好了,该绾头顶的结子了。束发的丝带子,要从前面绕过去,这样一来,二嫂的手腕,就在他的额头前来回扯动。窄窄的袖口,绣着花边,在眼前晃来晃去。那香味儿,像是从袖口逸出来似的。耸耸鼻梁,使劲儿吮着,心里想的,嘴上就问了出来。

“二嫂,你脸上抹了什么?”

想的是那儿,问却要从这儿问起,不是故作狡诈,是天赋的才智。他知道,女人的袖子里头,是不能轻易问询的。

二嫂笑了,似乎感到这个小叔子,动了什么念头,却不明说。

“没有呀,刚洗过脸,盘了头,爹让过来叫你,说是怕老张忘了。”

他又问,是不是身上喷了香水?二嫂仍说没有,他说,这就奇怪了,那你身上这股香味,是哪儿来的?二嫂反问,你说是哪儿来的?他说,我看呀,是你身上就香。二嫂停住手,轻轻拍了一下他的脸,说你怎么知道的?他说,你的袖口在我眼前晃来晃去,我觉得有股香味,像是从袖口里逸出来了。说着扳过二嫂的手腕,鼻子凑到袖口上,深深地吸了一口气。

“啊呀,好香!”

“你呀,比你二哥还坏,不给你梳了!”

实际上,这个时候,头上的结子扎起,也就该走了。

“别走别走!”

说着扭身,扯住二嫂的衣襟。

“那你得保证,不在我跟前鬼说溜道的了。”

“我保证,我保证。”

临走,大概是感到这个小叔子太可爱了,二嫂在他脸蛋上拍拍,叮嘱说:

“好兄弟,香不香的话,可不能在旁人跟前说啊!”

“那自然,就咱俩知道!”

这话没轻没重,惹得二嫂也笑了。

如桢站起,将杌子推到桌子底下。回过身来,正与慕青脸对着脸,二嫂扳过他的肩头,看似端详结子束得怎样,却分明能感到,是在看他的眉眼。

二嫂出了屋门,他也跟着出去,朝后院走去。

前后院之间,是个过厅,跟后院正房一样,也是三间。两边隔开,可以住人,家里人叫客厦。当中一间,北墙开了门,成为过道。正房三间,东间隔开,是爹妈的卧室,外面两间敞通,是家里的大厅。

大厅里,八仙桌上,点着一盏麻油灯。爹坐在靠卧室这边的太师椅上,看神色像是有些不耐烦了。走到跟前,不等问安,爹先开了口:

“桢儿,该说的话,昨晚都说了,只是要告诉你,二嫂去了,住或不住,随她的意。你呢,三天头上就回来,不敢耽搁了学业。”

一旁,母亲问他,见了二嫂的父亲,可知如何称呼?他真给问住了,嗫嚅着说,也叫爹吧。母亲笑了，说你二哥叫爹，你怎么可以也叫爹？叫大爷？他说。母亲说那主儿，比你爹还小两三岁呢。他说，知道了，叫叔叔。母亲说，这就对了。爹说，那人好体面，你就叫他将军吧，姓王，王将军。

说话间二嫂进来了。瞅了一眼，觉得灯光下的二嫂，冷艳之外，又平添了几分妩媚。爹起身踱了几步，特意叮嘱儿媳：

"路上要看住桢儿，不要让他纵马乱跑！"

二

动身时，天已大亮，不冷不热，正是赶路的好时辰。

一行车马，也还轻快。两个家丁，一人一马，在前引导。慕青的轿车，驾辕的是匹骡子，皮毛黝黑，拉套的是匹马，火蛋儿一样的红。车夫老张，手持长鞭，坐在车篷外面，辕盘的角上。早上担出的食盒，捆在轿车的车尾。

如桢一身新装，骑匹白马，跟班家丁，名叫赵升，牵着马紧随车后，不时又窜到车旁。

这赵升，在杜府的家丁里，要算个聪明伶俐的，父亲特地挑来服侍如桢。要说毛病，可不能叫少，最大的一宗是贫嘴。有话三箩筐，没话箩筐三，世上没他不通晓的理，没他不知道的事。这毛病，遇上别人会泼烦，遇上如桢只是个喜欢。喜欢归喜欢，脸面上却不显露，多会儿也像个小大人似的，嘴角儿抿得长长的，面皮儿绷得紧紧的。实在憋不住了，扑哧一笑，全露了彩儿。

两人相互间的称呼，也异于别的大户人家。赵升给如桢叫三弟，如桢给赵升叫升哥。不是如桢多么懂事，全在知书达礼，家教严谨。用祖父的话说，大户人家的孩子，小时候要的是谦恭，大了自有大了的规矩。祖父杜俊德，是右卫城里有名的绅士，也是最大的财主。

刚说完个什么事，没走几步，赵升的嘴皮子又痒了。

先叫了声三弟，接下来说，咱们王大人，不知是白毛沙眯了眼，还是跌进苍头河里，脑袋进了水，右卫城里的尉官，当得好好的，不在卫城里享清闲，偏要去马营河堡那么个烂堡子，当个什么守备官，太不上算了。他不上算没什么，害得咱们又是骡子又是马的，起五更睡半夜，跑这么远路给他上寿，你说亏啊不亏！

赵升说的王大人，正是二嫂的父亲，大号叫守斌。

升哥说起什么，一说就是一长溜子，这本事，如桢很是钦佩。看看前面的轿车，落下一大截子，估计二嫂听不见，也就没有阻止。

赵升说的，还真不能说是胡诌。二嫂的父亲，调任马营河堡守备，确实是在二嫂与二哥定亲之后，人都说使不得，王守斌拗住这股劲儿，非去不可，说待在右卫城里任闲职，把人都废了，再不去前沿卫所历练，还叫个军官吗？

“王大人能有这样的升迁，全是大帅府里的人，看了咱们老爷的面子。可这升迁——”

“是调任！”

前面的轿车帘子一掀，二嫂探出半个脸来，朝着后头，狠狠地喊了一声。

如桢以为这下赵升该闭嘴了。错了，赵升似乎更来劲了，像是先前的絮叨，全是为了招来慕青的这一声呵斥。

“对对对，是调任。可这调任也太冤，好好的所尉不当，调到马营河堡当守备，图个啥嘛！所尉嘛，官是不大，营盘在右卫城里，一年只有防秋当紧些，平常时日，要多悠闲有多悠闲。这倒好，当了守备，老婆也得跟上去，多遭罪啊！”

如桢听着，觉得不无道理。又一想，不是他的老婆跟上遭罪，普通军士，连这个福也不能享。

“哎，我说升哥，在前沿军堡，军士不准带家眷，怎么一当守备，就非得把家眷接过去不可？一边孤苦伶仃，一边夫妻热乎，多不仁义啊！”

“这就是你当少爷的不更事了。军士不准带家眷，是要让拼命打仗没牵挂，守备带家眷，是要让与城堡共存亡，城堡破了，不光你要死，老婆也要跟上让胡人杀死。朝廷这用心，也真够黑的。”

“升哥，轿子远了，咱们快点跟上去。”

赵升扭身，用缰绳头子，在马脖子上一抽，白马往前一蹿，轻快地跑了起来。待追上轿车，二嫂掀起轿帘，探出头来，朝后面说：

“赵升啊，你躲在后头，调教三弟啥坏话哩，回去我告诉老爷，不剥了你的皮才怪哩！”

她那么咬牙切齿地说，赵升听了一点也不恼，反而说：

“这一趟出来，回去在老爷跟前说话，我比你管用，老爷说让招呼着你，你以为是扶你上轿车下轿车啊，是让我管着你呢！”

“就你个贫嘴，管我做甚，我能跟上胡人去了漠北不成！”

“你要去了漠北倒好了，赶明儿，二哥出征打到漠北，你还能当个内应呢。”

慕青又要说什么，如桢说：

“二嫂不要跟他拌嘴了，升哥那张嘴你又不是不知道，听他胡叨叨，还不如看路边的景致呢。”

此刻正走在一道高冈上，日头升高，天气热了。如桢脱下长袍，递过去，赵升接住搭在胳膊上。他努努嘴，让赵升搁到轿车上。二嫂瞭见了，探身接过长袍，挪挪屁股，坐到车篷外头。老张早就跳下辕角，在一旁行走。

远处又是一道高冈，边墙从坡下蜿蜒而上。快到冈顶，是一个墩台，过了墩台又落下去不见了。坡上，一片灰黄，几丛墨绿。蓝天下白云飘过，看去十分旷远。天上一只老鹰，盘旋着，寻觅着，像是要冲下来。如桢正要喊快看，那老鹰冲到地面，翅子一扇，又蹿到半空。就在飞起的一刹那，爪子擒了个什么活物还在挣扎。慕青和赵升也都看见了，一个说是兔子，一个说是黄鼬。慕青问三弟，看见的是什么，如桢说不像是兔子，兔子不会那么小。慕青有些失望，嗔怪道：

“你整天念书，眼睛都不好使了，这么远哪能看得清，我说兔子就是兔子！”

“我看像是黄鼬。”

“赵升你说呢？”

“我看也不是兔子。”

“我说是，就是的！”

“二嫂子，别嘴硬，前两年我常随老爷出去打猎，是黄鼬还是兔子，一睃就看出来了。这是离得远，近上几步，是公是母都能看出来。”

赵升给慕青，不叫二嫂而叫二嫂子，重音落在嫂字上，听来有些轻佻。嘴上是争辩，神情却分明是在讨好。

家丁们都愿意跟慕青套近乎，过门没多久，如桢就感觉到了。

同样是套近乎，各人的方式不同，年纪大的多是嘘寒问暖，关心体贴。年轻人多是手脚勤快，细致周到。独有赵升例外，总要寻个理由拌拌嘴，有时还故意惹慕青生气。奇怪的是，那些嘘寒问暖的，手脚勤快的，慕青多半哼儿哈的，待理不理，偏是对这个跟她拌嘴，又惹她生气的，常是笑脸相迎，亲热应对，有时说上两句狠话，像是气恼了，看那神态，还是个喜欢。二嫂的这种态度，让如桢心里颇不舒畅。赵升也太放肆了，远远能辨出公母这种话，也敢说出口，若是父亲在这儿，吓死他也不敢吐一个字。

父亲杜国梁，是右卫城的协守佥，官不能说多大，一个沉默寡言，不说威风也就有了威风。家丁们都怵他，背后叫他木瓜将军。

也只是这么想了想，并没有多么在意，反倒是苍鹰搏击的情景，让他起了联句的冲动。

这些日子，卫学里的先生，正教他们对对子，猛背《千家诗》。让他们平日里留意，见了有诗意的事物，可以对一下。老鹰抓黄鼬，太没有诗意，该是苍鹰抓黄鼬，黄鼬也不好，还是兔子好，兔子也不好，该是野兔，野兔也不好，该是稚兔。苍鹰搏稚兔，像个诗句了。

下句想说他的马怎样迅疾行走，总也凑不成句子，而眼前的景物，旷野和黄沙，竟自个儿联成了句子，黄沙覆旷野。由不得叫道：

“成了！”

“什么成了？”赵升问。

“你懂个啥！”

如桢甚是不屑，腿一夹，白马猛一蹿，超过了轿车。刚刚坐回车篷里的慕青听见了，掀起轿帘问道：

“赵升不懂，看我懂不懂。”

二嫂这样说了，不回答不行了。如桢说他也是见景生情，想好这么个对子，不知通还是不通，请嫂子评判一下。随即说了对子：“苍鹰搏稚兔，黄沙覆旷野。”

慕青听了，放下轿帘，如桢以为二嫂不感兴趣，正要抖动缰绳往前赶去，只见二嫂挪到车篷外头，双腿悬空，坐在辕上。这样整个身子，就对着他了。

“这个对子嘛，意思是蛮好的，有动有静，有近有远，很有诗意，只是下句黄沙覆旷野，太顺了，再说，野字是仄声，跟前面的兔字相犯呢。”

“噢，二嫂也学过平仄对韵呀。”

“没来你们家那两年，跟上弟弟念书，先生没教过，是爹爹教的。”

“好二嫂，你就帮我改改，看怎么个好。”

“我看也不用大改，将黄沙与旷野调过来就行了。”

“苍鹰搏稚兔，旷野覆黄沙，好对子！”

“对对子，总要雅点儿。”

“是啊，总不能说老鹰抓个臭鼬子。”

他俩探究对对子，你一言我一语，一旁的赵升全听见了。怎么对对子他不懂，见如桢话里带出个臭鼬子，知道是说老鹰抓黄鼬的事，立马有了话：

“三弟，刚才看到的，你说是苍鹰，我说不是，那玩意儿另有名堂，叫海东青。论抓兔子，抓黄鼬，海东青最毒，只要让它那鹞子眼瞄住了，就没个跑。海东青，多半是有主儿的。”

说话间，一行车马已转到土冈后面，赵升手指前方大喊：

“快看！”

只见不远处走过一个猎户，肩头上立着一只大鸟，那大鸟扭着脖子四周张望，不时倏地飞起，盘旋一圈，又落在猎户的肩上。赵升得意地说：

“看见了吧，那就是海东青。”

赵升这一招，让如桢由不得心生敬意。虽说他油嘴滑舌，懂的还真不少。想到郭先生前些日子教他们，说是五行八作，都是学问，花鸟鱼虫，大有讲究，真是一点不假。

海东青给赵升长了脸，他脚下也轻快许多，几步便赶上来，仍牵了缰绳，走在前面。离轿车近了，又勒住缰绳，稍停片刻，待轿车走出几丈开外，这才抖动缰绳往前走。如桢知道，这厮又要贫嘴了。

“我说三弟——”

果不其然！

“你们杜家多少年在边关，要名声有名声，要钱财有钱财。不说祖上了，就说眼下吧，老爷在右卫当个协守佥，官职不高，可连通判和守备，都得敬重。哪个来了，不是先去杜府拜谒呀。大哥如松才十九，已是卫尉，论军职，比千夫长还要高，将来不是参将，也是个游击。二哥如柏更绝，精明强悍，一入营就让周通判看中了，想招为女婿，是老爷看不上周通判的为人，不愿意结这门亲。你们杜家是世袭军户，你有舍人名头，一入营就是小军官。你这身子骨也不单薄,老爷干吗让你进学念书,受那个罪呀?”

赵升说的周通判,是右卫的通判官周现。跟守备官平级,都是卫城的军事长官。

“升哥,这你就不知道了,历来不论文武,还是要正途出身才好。你看春天来右卫巡检的杨博大人,顶多四十岁,已是都察院的右佥都御史,守备官那么大年纪,见了还得行礼。凭啥?就凭他是进士出身,一起步走的就在正途上。”

“杨大人来,我在守备衙门当值,见过一面。那架势,想来也是寒门出身,不念书混个功名,就没有前程。你的前程明摆着,窝在书房,真个是活受罪,不知道老爷的脑子是怎么想的。”

听了赵升的话,如桢似乎也动了感情。

“爹说如今是大明的天下,我们达人,不能再靠盘马弯弓扬名显身,还是要学汉人,走仕进的路子。”

“老爷是家主,我们是家丁,老爷是达将,我们是达兵。我在营里也有名分,一到上头来人,都要去营里应卯。达兵达将是个什么境况,我能不清楚吗?原先是大元的遗民,投了大明,人家看我们都是这个——”

赵升握住拳头,伸出小拇指,朝上戳戳。

如桢见了,淡然一笑。

“你呀,就会瞎说,前巷刘佥事的儿子,多年前不是选了拔贡吗?”

“那是看他年纪大了,给了个名分,要是从军,早就是参将了。”

“别着急,我将来中了举,少不得当个官,到时候不忘你这张好嘴就是了。”

“三弟,你才十三,我都二十了,等你出息,当在四十,我都快半百了,还能享上你的福吗?我算过了,这辈子要混个人样,只有跟上如松大哥。三弟,不是我说丧气话,咱们达人,趁早别做当文官那个梦!”

前面轿车上,轿帘忽地掀开,露出二嫂半个脸,冲着赵升,尖声叫道:

“赵升,你个灰鬼!跟桢弟在一起,不说一句好话,还想跟上大哥混个人样,赶明儿我跟老爷说一下,派到厨房煺羊头,你就高兴啦!”

看出慕青像是真的生了气,赵升不敢回嘴。如桢没想到,他跟赵升说的话,二嫂全听见了,一时愣在马上不知该说什么才好。正愣怔着,慕青说:

“桢弟,过来坐在轿车里,别听赵升那灰鬼瞎叨叨!”

如桢平日也骑马，只是在校场上练习，像今日这样一走一个时辰，半年都没有过，早就觉得屁股蛋儿生疼，听二嫂这么一说，当即扭过身子要下来。赵升自知理亏，忙勒紧嚼子，扶少爷下马。老张已跳下车辕，站在一旁等候。

见如桢过来，慕青往里头挪挪。

如桢扶住辕杆，轻轻一纵，便坐了上去。见老张在跟前，没好意思往里钻，心说坐在车篷前头，悬着腿舒舒展展也怪美的。刚坐下，觉得袖子像是被车篷边上的刺儿挂住了，正要抬起来避开，一扭头，见是慕青嫂子在扯他的衣袖，还眨巴眨巴眼，点点下巴示意他进来。稍一犹豫，他还是扭转身子，双手撑起，身子一弓，钻进了车篷里。

车篷里有点儿暗，他的左胳膊紧着往里收，还是挨着了嫂子的右胳膊，太挤了，刚要说什么，嫂子已将轿帘卷了起来。

车篷里亮了许多。

外面正经过一片洼地，车道两旁，绿生生的，一蓬连着一蓬，有点像城外前几天去玩过的那条土壕。他知道，那荆棘叫马茹茹，秋天结红红的小果果，吃到嘴里甜甜的，不像沙棘果那样滋辣滋辣的酸。稍稍欠起身子，想看赵升在哪儿，眼光往后一瞟，就见赵升已经骑在马上，也看见了他，正朝他挤眉弄眼呢。忙落下屁股，转身坐好，这才发现，嫂子那粉扑扑的脸儿，正堵在眼前。往后靠靠，以为避开了眼前的粉脸，结果更糟，整个人都杵进了眼里。最扎眼的是那截脖颈，那么白净，又那么细嫩，往日不是没有见过，只是绝少这么近，这么直撅撅地戳在眼前。

此刻慕青也在看着小叔子，目光一交集，如桢忙苫下眼皮，这一来更不自在了。轿车里热，慕青早就脱了坎肩，解开了衫儿。听得赵升跟弟弟瞎胡说，一怒之下叫如桢上了轿车，情急之下也就忘了系上襻扣。如桢爬进车篷，要让开地儿，身子扭了几下，掩着的衣襟敞开了，露出兜肚。若系得紧点，纵然衣襟敞开，也能将胸前挡个严实，偏偏又不紧，大襟这边遮着看不见什么，偏襟那边扭到胳肢窝里，竟亮出了半个奶子。

如桢看去，嘻，又白又光，像个扣着的细瓷碗儿，只瞥了一眼，顿时涨红了脸。慕青那边，未低头察看，一看如桢的脸色，就知道自己错在哪儿了。毕竟是结了婚的女人，倒也不慌不忙，伸手扯扯偏襟，又将大襟往这边掩掩，全严实了。这才莞尔一笑，说道："桢弟，看你热的，还不快擦擦汗！"说着将手里捏着的汗巾递了过去。

趁如桢擦汗的空儿，慕青说：

“这个赵升,嘴里就没一句正经话,为当官走门子的,有的是。可满大同府,有成色的,谁会四十出头的人,走门子到马营河堡当守备官。桢弟你不知道,我爹就想去马营河堡嘛。”

“这是为甚?”

“他说,他年轻时待过几个军堡,想在退役前,将靠北的几个堡子待个遍。”

“听说马营河堡苦得很。”

“边关堡子哪个不苦?我爹就是个苦命的人!”

说开话,脸不红了,心不慌了,又闻到早上梳头时闻到的那种香味。

虽说已略知男女之事,毕竟只有十三岁,在轿车里待了一会儿,就有些坐不住了。

跟二嫂挨得这么紧,由不得就想起了自己的事。

他的媳妇,前年聘下沈军爷的二女儿,当时就觉得不好看,心里老大不情愿。妈说女孩儿是长材,过上一年就不一样了。今年过年曾见过,一点儿都没变。想到这儿,再看二嫂,红红的脸蛋,细嫩的面皮,像是噗儿噗儿翕动着,带起轻轻的风儿,他这边都能感觉到。正看得出神,偏偏这时,车夫老张朝车篷里瞥了一眼,他也不知是哪股筋抽的,手一撑,挪到车辕那儿要下去。

慕青大为不解。

“坐得好好的,下去做甚?”

“太热了,还是骑在马上畅快。张大爷,停下!”

老张吁了一声,车要停下了。

慕青说,先别下,让我看看。说着探头朝外,瞅瞅又缩回来,对老张说,前面有几户人家,像是个庄子,到了那儿再停。老张“驾”了一声,车又走动了。知道不能怪车夫,如桢责问,为啥现在不停,要到了那儿再停。二嫂做出一副生了气的样子,说你不想跟我坐一起,以为我想跟你坐一起吗?

如桢蒙了,不知二嫂哪儿来的这么大的气。他的脾气上来了,心想,这次出行,我的任务是护送,在路上,我就是主事的,从哪头说,老张都该听我的。这样一想,愣劲儿也就突地冲起,声儿不高,却格外尖厉地喊道:

“张大爷,停下车!”

“驾!”

老张不理，抽了一鞭子，牲口跑得更快了。

“怎么啦！”

冲着老张喊了一声。声儿是更高了，可觉得分量更轻了。

“张，张大爷，你咋就不听我的！”

“少爷，你就老老实实待着，别问了！”

想不到的是，老张竟训起他来。

到了前面的庄子，二嫂一下车，他就明白，二嫂何以会生气，老张何以敢训他了。

脚尖一落地，二嫂就提起裙子，跳着步子，朝一段残墙后面奔去。

真是好笑。要撒尿就说撒尿，还假模假样地说什么不想跟他坐在一起。人都说长得好的女人，多半不讲理，这么个小事上也看得出来。

赵升牵着马过来了。两个骑马的家丁，也下了马，缰绳搭在马背上，凑在一起聊天。

知道二嫂那边，还得一阵儿，如桢不急着上马，就在轿车跟前溜达。心知不该朝残墙那边看，转身的时候，还是由不得瞥上一眼。这个转身的动作，并非必须，多半是他自己制造的。比如走到赵升跟前，可以绕到右边，再绕过轿车踅回来，每次到了赵升跟前，他都是脚跟一扭，身子朝左一闪转了过来。就在这一转身的空儿，残墙那边的情形，全都看清了。

那是一个废弃了的碾坊，没有屋顶，没有门窗，墙也豁豁牙牙。一边是碾盘，一边堆着高粱秫秸，雨淋日晒，塌成一摊子。靠外的一截矮墙，有半人高，二嫂准定在后面。

真还猜对了，再一次转过身子时，二嫂正从后面直起身子，提起裙子，跨过残墙，朝这边款款走来。

到了跟前，却不上车，说了句“看我的”，扯过缰绳，撩起裙子，往前紧趱几步。左腿猛地一蹬，右腿一闪，就跨上了马鞍，抖动缰绳，马儿竟轻快地跑了起来。别说如桢，跟前的人，全都看呆了，老张更是张着嘴，憋住气，不吸也不呼。

噫，如桢几乎是惊叫一声，回过神来，推开两个正在聊天的家丁，跨上一匹马，赶了过去。到了前面开阔处，兜了个圈子，又回到轿车跟前。及至如桢赶到，赵升已接住慕青扶下马，如桢也不下马，勒紧缰绳，在慕青跟前兜了两圈，可着声儿喊：

“二嫂你真行！”

连说了两遍，这才下了马，来到慕青跟前仍是一脸惊讶。

“在娘家就会，到你们家还没骑过呢！”

“回去什么时候，去南门外校场上练练！”

“那可不敢，来时爹还让我看住你，别让你纵马乱跑，我倒乱跑起来。”

又走开了，二嫂问老张，这庄子叫什么，怎么像是没有人家？

老张说，庄子叫二窑头，老早是个好庄子，不大，有十几户人家。多少年前，鞑子从马营河堡那边，冲过边墙，一路抢掠，硬是把这个庄子给毁了。现在还有三两户人家，在靠里面的几间房里住着，村口这边全荒了。又说，从这儿开始，就是王军爷的地盘。

远远能看到边墙。

如桢在马上问老张，这儿离边墙还有多少里，老张说，少说也有十里，马营河的堡子，离边墙最近，也有五里。跟在马后头，赵升又贫起嘴来：

“我说三弟，嫂子让你坐轿车你不坐，偏要骑马，是轿车好坐呀，还是马好骑？你坐了轿车，我还能骑骑马，你骑了马，二嫂子会让我坐轿车吗？”

慕青在轿车里说：

“里头地儿宽着呢，你上来坐呀！”

如桢笑了。

又走了差不多一个时辰，人乏马困，心里颇烦，正想寻个阴凉处歇歇，猛一抬头，一截高高的堡墙，矗在前面不远的地方。

马营河堡！

三

南门外，站着三个人，靠前的是一位长者。长者一旁，是个孩子，一眼就认出，是慕青的弟弟学青。

到了跟前，只见长者头戴遮阳纱帽，额际露出青丝网巾，一边一个玉圈儿，甚是显眼。身着麻布直裰①，宽宽大大，腰间系着的带子，铜扣黄亮黄亮，脚下是一双崭新的云

① 直裰：明代男人穿的长袍。

头布靴。

原来是守备公本人。

临出门，该称呼什么，爹妈各有吩咐，如桢原打算听妈的话，叫叔叔，到了跟前见守备官如此装束，又觉得叫将军才够敬重。

他那里将军还没有叫出口，二嫂那边已跳下轿车，喊着爹爹奔了过去。快到跟前，一伸手就要搂爹爹的脖子，又猛不丁地打住，施了个万福，匆促间收不稳脚步，绣花鞋的鞋尖，捺进车沟的虚土里，腾起一股粉尘，溅到守备公的黑裤腿上。这个急慌慌的动作，把守备公喜得手忙脚乱，不等女儿直起身子，先抢前一步，扶住女儿的双臂，扯到面前，这边瞅瞅，那边瞅瞅。刚一松开手，学青已扑进姐姐的怀里。此时，守备公才顾上打量一旁的如桢。

“将军好！”刚说出口，如桢又觉得怪怪的，先就红了脸。

守备公说，还是叫叔叔吧，又改口叫了声叔叔。

守备公身旁，另一个书生模样的人，一直笑吟吟地看着眼前这一切。转身走起，守备公才说，这位是堡里公庠的教习冯先生，听说右卫杜府的三公子来了，定要一同出堡相迎。冯先生接着说，早就听说杜府三公子聪颖俊秀，今日一见，果不其然。受此礼遇，反倒让如桢觉得浑身不自在，扭头瞅瞅，看还有什么人听见没有。

不觉间穿过南门洞子，进到城堡里头。

路上，慕青埋怨爹爹，女儿来拜寿，好生在家里待着就是了，又不是外人，何须出堡相迎。守备公说，此言差矣，有杜公子同来，就该出郭相迎，非单为吾女儿也。

如桢听得清楚，守备公没说出堡相迎，而说出郭相迎，盖出郭相迎，乃是古礼。《木兰辞》里，说木兰回到故里，爷娘出来相迎，也说是“出郭相扶将”①。想到此，顿时对这位守备公增添几许敬意。这时也才留意到，马营河堡的城墙，全是夯土版筑，只有门洞这儿，系砖砌而成。边远军堡，真也够简陋的。

“你是军官呀！”

“不是，是舍人，边军家的男孩子，都有这个名分。”

说完，如桢笑了，俯下身子，问叫什么名字，说叫学青，学堂的学，跟姐姐一样的青。

---

① 《木兰辞》中的句子。

问几岁了,说八岁。看眉眼,糙了些,也还机灵。

学青来了兴致,接上一句:

“入了营就是军官呀!”

看出来了,这孩子稀罕的不是舍人这个名分,是不用念书就能怎样。

绕过钟楼,一边是军营,一边是公廨和宅院。赵升几个,有军士接住,往营房歇息去了。守备公要女儿先回宅院看望母亲,他们去上面坐坐,说着朝高处一指,如桢知道,这是要去守备公廨。

上了一道砖石砌成的大坡,是个平台,青砖墁地,四四方方,俗称点将台。旁边有两尊铁炮,锈迹斑斑,像是多年都没有用过。

点将台一侧,是堡子的北墙。人站在墙前,胸口正好跟堞垛的豁口一般高。南侧有两间砖房,外面立着刀枪架子,该是守备公廨了。守备公侧身做个手势,请如桢进公廨,冯先生说,公子初来边关军堡,该看看这里的山川形胜才是。如桢本无此意,冯先生说了,只有听的份儿,便随二位来到堞垛前。

此处脚下,该是军堡的北门。守备公说,没有城楼也没有城门,一旦蒙古人来犯,这守备公廨,便是杀敌的营寨。稍为不同的是,堡子的北墙,虽是版筑夯土,堞垛则是青砖砌成。于此可知,北边才是御敌的主要方向。

如桢跨前一步,手扶堞垛,朝远处望去,只见黄黄的沙丘,起伏不平,像是奔天际迤逦而去,又像是朝自己呼啸而来,由不得连声慨叹:

“啊,啊!”

守备公问如桢,右卫一带边关,去过哪几个堡子。如桢说,近处去过金胜堡,远处去过桦门堡,全是去年夏天,爹爹带他去的。

守备公说,金胜堡跟马营河堡一样,都属恒阳道,桦门堡可就不同了,属阳和道新平路。这一路最大的是新平堡,嘉靖九年,他在那儿驻守过。那时年轻,以为驻守边关,就是挥刀斫胡人的脑袋,二十年过来,方知边关二字的分量。

如桢一面听着,一面看着。刚才上来,走了十几个台阶,看堞垛的棱儿,只是齐胸,以为堡墙也就这么高,问守备公,这样高的城墙,胡人快马加鞭,岂不一跃而过。不等守备公开口,冯先生说,杜公子,你来这边。他过去了,冯先生又说:

“公子,朝下看看!”

扒住堞垛，朝下一看，由不得“呀”了声。

原来这堡墙，建在一个土崖上，东南低，西北高，上守备公廨，只需十几个台阶，如履平地，外面却是齐展展的陡崖。夯土不过丈余，整个堡墙竟有三丈多高，别说马了，搭梯子也爬不上来。

身子往后一仰，退了回来，正好站在守备公的面前。守备公欣喜地说，这孩子，慕青出嫁那天见过，才多高，半年不见，就蹿了起来。说着，往前蹭蹭，跟如桢脚尖对了脚尖，抬手在两人的头顶比画了一下。

“啊，跟我一般高了！”

“叔叔多壮实啊！”

“量过吧，几尺？”

“前些日子刚量过，五尺三。”

“哈，就是跟我一般高了！”又问今年多大，听如桢说了，守备公大声赞叹，“才十三啊！”

如桢后退一步，问守备公，这堡子四周各有多高。守备公说，北边三丈八尺，西边三丈二尺，东边两丈五尺，南边最矮，也有一丈八尺。说罢，指着远处的一个山口，让如桢看，说那个山口看起来不大，实则甚是险恶，蒙古骑兵几次进犯，都是由此而入，突破马营河堡防线，直扑右卫城，或是绕过右卫城，直扑大同。

“听爹爹说，近来前线还算平静，是吗？”

“前线敌氛，瞬息即变。这些日子，诸多征兆显示，说不定蒙古人又要进犯了。”

如桢问守备公是怎么知晓的，守备公说，他有这个预感。说着，伸直手臂，指指远处。如桢凑过来，顺着守备公的手臂看去，只见远处的树丛后，闪出一小队骑兵，正朝这边驰来。

“是我们巡边的军士吧？”

如桢说了，觉得自己也还不算外行。

“不会的。”守备公说，“今天未曾派出游骑。”

转眼间，那一小队骑兵来到堡外，相距一箭之遥，站住不往前走了。为首的一个，头缠黄帕，身穿蓝袍，腰系红带，斜挎腰刀，一手勒缰，一手朝这边指指画画，不像是叫阵，倒像是给同行者讲说着什么。

那人肩头，站着一只大鸟，翅膀扑扇扑扇，像是要腾空而起。

“快看！”

冯先生一喊，众人看去，那人骑在马上，虽不住移动，那大鸟飞起落下，疾如闪电，像是有什么拴着似的。

“苍鹰！”守备公脱口而出。

“左牵黄，右擎苍，这胡儿倒真的威风！”冯先生来了兴致。

如桢瞅瞅冯先生，带着几分商量的口吻，说道：

“我看那是海东青吧？”

“噢，”守备公有些惊讶，“这种鹰，汉人叫苍鹰，胡人那边确实叫海东青。贤侄是如何知晓的？”

“我，我——”

如桢有些口吃，想说是来时路上，听家丁赵升说的，一时间又说不出口，只好推说是瞎猜的，不想猜对了。他俩说话时，冯先生一直在察看堡子外面的蒙古人，像是看出点什么，转身对守备公说：

“这是啥人呀，看架势，该是个凶悍的家伙。”

转眼间，那一小队蒙古人又不见了。

“噫，跟风刮走了似的。”

如桢也有些吃惊。守备公说，贤侄觉得奇怪吧，这儿的地势，远远看去，一马平川，只能说略有起伏。实际上，若走到跟前，就会发现，到处都是沟沟坎坎，纵横交错，深浅不一。一条大沟里，藏上三两千人是平常的事。带兵的人说，这叫平地埋伏。永乐爷北征时，就吃过这样的亏，远远看见一队敌兵，懒懒散散，不成队形，挥军掩杀过去，还没到跟前，侧背后先蹿出一队人马，前后夹击，没有不叫包了饺子的。当今前线的军爷，差不多都吃过这个亏。

远远看见一群羊，似一片白云，在蓝天绿地间飘浮，一会儿不见了，一会儿又露出来。如桢想，或许是沟壑起伏的缘故吧。

说话间，三人来到公廨，在案子两侧，分宾主坐定。有老兵过来，给三位斟上茶又退下。守备公对女儿来看望，没有说什么，对亲家翁派了三公子同来，显得格外高兴。不住地介绍边堡的情况，还说过些时日，回到右卫，一定要去杜府感谢。这一来，反弄得如桢不好意思了。

毕竟是孩子，趁谈话的空儿，还是提出了自己的疑问。

“叔叔，来的路上，二嫂说你是主动请缨，来边堡任职，可是真的？”

他将请缨二字，咬得重了些，不免有点小小的得意。

“请缨？”守备公起初没听明白，掂量了一下，明白了，嘿嘿一笑，“言重了！”

接下来，他说这不叫请缨，该说是自贬。盖因上自朝廷，下到边镇，对达将，一直取歧视的态度，不是有大的军功，很难升迁。他已四十多岁，还是个所尉，眼看来日无多，只有自贬到边堡，说不定遇上战机，立下些许战功，也不枉戍守边疆大半生。说罢，长叹一声：

“唉！谁教咱是达将啊！”

“这么严重？”如桢有些明白，又有些不甚明白。冯先生见了，将椅子往这边挪挪，压低了嗓音说道：

“这个达字，说白了就是个降字。本来该带个革字旁的，如今不带革字旁了，可在当政者的心里，还是隔着一张皮子的。去了革字旁，是去了忌讳，实则谁都知道，是降了。”

如此高论，听得如桢眼睛都直了。

冯先生笑笑，接下来作了详细的解释。

洪武爷起兵江淮之间，征战均在黄河以南，打败陈友谅，定都南京。黄河以北是如何平定的，官书上的说法是传檄而定。你想想，元人雄踞北方，少说也有数十万人马，如何就能传檄而定？实际是元朝上下，多少年来，就没有久居汉地之心，随时准备退回大漠，过他们蓝天白云，草肥水美的游牧生活。闻知南方大乱，即将波及北方，便整饬行装，浩浩荡荡地退回漠北了。跟上走的，官吏而外，军人不过数万。剩下的几十万军人，走散一半，还有一半，仍踞守各地。待徐达率军北上，见此精兵良将，便悉数留用。这些部队里，有鞑靼军人也有汉族军人。明军北上，汉族军人可说，久盼王师北上，改编之后，便是大明的虎贲之师。鞑靼军人，可就没有这个借口了，在主政者看来，不管怎样输诚，仍是茹毛饮血的鞑虏，难以归顺的败军。原本是要渐次遣散的，见这些军人，作战胜过汉军，便留了下来。士兵好说，难办的是军官。再叫鞑将，未免碍口，稍作变通，称为达将。这达字，不就是个降字吗？

冯先生的看法，守备公早就认同。冯先生说罢，守备公举了个例子，说现如今，右卫的通判周现将军，前些年也是边堡的守备，一直升不上去，不知听了哪个高人的指点，硬是托人走门子，将他的达将身份改了过来，不久就升了参将，调回右卫，当了通判。

“达将的身份还能改变?”

如桢甚是不解。他知道，他们杜家，就是达将的底子。守备公说，这世道，使足银子，再加上个不要脸面，没有办不成的事。

“那，那，节操呢?”

如桢一急，又结巴起来。虽说尽量做出大人的模样，一遇上这样玄虚的话题，还是有些底气不足。守备公抬起手掌，案子上一拍，愤慨地说：

“要升官，哪还顾得上这个!”

如桢朝前，倾倾身子，又提出一个疑问，问这马营河，真的驻扎过马营吗?守备公说，这些年，他一直关注边疆地理。虽没有确凿的材料，以他的推测，这地名肯定与西汉初年的白登山之围有关。

守备公接着说下去，说高祖七年，韩王信叛变，刘邦率军征讨，韩王信北逃，投靠匈奴。匈奴发大兵迎敌，用了诱兵之计，将高祖的大军诳到白登山一带，围困七天七夜。末后还是陈平用计，重金买通冒顿单于的妻子，才放了汉军一条生路。高祖带兵三十万，备用的战马，当不在少数。想来当初，高祖的马军营盘，就驻扎在这条小河边，小河原无名字，驻扎过马营之后，便成了马营河。

果然是这样的，如桢微微一笑。

正说着，有军士上来报告，说家里的酒席已摆好，请守备公和客人入席。

院里北房前，摆了一桌。请来的陪客，是马营河堡的副将，姓李，看去跟守备公年岁差不了多少，比守备公还要清瘦。如桢认出来了，这是他在卫学的同学李景德的叔叔。景德比他小两岁，倒是能玩在一起。

慕青的母亲，留着座，不入席。这样，加上慕青姐弟俩，还有冯先生，共是六人。

席间，李将军说了句话，让如桢心里很是憋气。

看情形，李将军已知道，来人是杜家的三少爷，守备公介绍之后，还是躬起身，惊讶地说，久仰久仰。按说对一个十三岁的少年，不必如此，李将军这样做了，如桢心里还是感激的。人敬人嘛。酒过三巡，说话随意了，三拐两拐，说起近日朝廷拨下巨款，要给边塞军堡包砖墙的事。李将军抿了口酒，冲着如桢说：

“杜家兄弟,你可知道,你家爷爷,说过一句什么话,差点没把帅府来的人气死?”

如桢一脸茫然,不知该如何回答。

“哈哈哈!”李将军先是大笑几声,接下来说,“你家爷爷说,边墙修不到女人肚子上,修了也没用!”

这话,如桢听了,脸上挂不住了,不管这句话的实际意思是什么,这会儿说出来,总是在丢他爷爷的人。

强忍着,坐了一会儿。估摸时间上说得过去了,如桢将两根筷子并拢,搁在面前,起身给守备公鞠了个躬,又朝李将军鞠了个躬,说他吃好了,请诸位慢用。

说罢,到了外面,走出院门,顺着坡儿,上了点将台。

四

边关的落日,分外地壮丽。不多一会儿,天色暗了下来。

点将台上,如桢踅来踅去,一会儿觉得,这个李将军,也太可恶了,一会儿又觉得,自己早早退出,是不是有点失礼。

正这样想着,守备公寻了上来,拉他在石桌前坐下。石桌四周,有几个石墩子,他与守备公相对而坐。刚坐下,慕青端着茶水上来了,学青跟在后头,如桢一看,就知道这是守备公来给自己宽心的。斟上茶水,慕青先开了口。

“桢弟!刚才出来找不见你,我爹急坏了,心说会跑到哪儿呢,还是学青眼尖,看见你在点将台上。爹叫我备了茶水,上来款待你这个贵客呢!”

“啥事都没有,我是吃饱了,又不能喝酒。”

如桢这么识趣,守备公的情绪平静下来。说酒席上,见李将军起了这个话头,他不住地使眼色,没想到李将军这么不识相,憋不住,还是把那个话说出了口。说到这儿,守备公意味深长地说:

“贤侄啊,这样的话,你可能理解不了。”

如桢眨眨眼,表示那么一句话,他怎么就会不理解。

“桢弟,真的,你不一定理解,刚才酒席散了,李将军走了,爹跟我一说,我就明白了,爷爷这话，话不中听，意思不是坏意思。”

如桢笑笑，一半是表示，自己或许真的没能明白此中深意，一半又像是，这样的意思，我能明白不了吗？慕青看出来了，对守备公说：

“爹，你跟桢弟说说，就直说吧，他都十几岁了。”

于是，守备公便说了起来。

去年春上，帅府来了个参将，召集右卫的耆宿，计议修边墙的事。就在右卫的公廨里，几个人说着说着，杜俊德，就是如桢的爷爷，冲着帅府来的参将，撂了句冷话，说这边墙，能修到女人的肚子上去吗？大同去义州的半路上，有两个小山包，当地人叫奶子山，再过去，就是蒙古人的新驻地，名叫板升。那位大同来的参将，以为杜俊德是说，修边墙应紧靠着板升，将来捣敌巢时，出兵方便。可奶子山，离这边太远了，修边墙，肯定修不过去。那位参将如实说了，杜俊德哈哈一笑，说：修不到女人肚子上，那就别修了。参将闹了个大红脸，这时，杜俊德才说，他是说，边疆要多修德政，吸引内地男女多来些人，尤其是女人，要多来些。有了好女人，边疆就守住了，光修边墙不顶用。这意思，老人们都明白，也都知道杜家这老兄爱说笑话。可传出去，就成了下流话，好像右卫的杜俊德是个多么不正经的人似的。说到末后，守备公意味深长地说：

“贤侄，你对你的这个爷爷，还是不了解，他可是右卫城里的大名人，不，该说是大同、宣府、山西三镇的大名人！”

学青在一旁，听得不过瘾，搡着守备公的臂膀，说爹爹呀，你老说杜家爷爷如何了不起，今天就好好地说说嘛。慕青也撺掇，说杜家爷爷的事，过去零零碎碎的，也听人说过，都是当笑话听的，如今成了杜家的人，再听就不一样了，爹还是多说说。

凉风习习，沁人心脾，逢上寿辰，见了女儿，守备公的情绪非常好，清清嗓子，说了起来。

“你爷爷这个人啊，要是叫我给起个堂号，该叫二风堂，哪二风呢，一是风流，二是风趣。像刚才说的，修边墙要修到女人肚子上这样的话，也只有杜府的杜俊德先生，才能说得出来，别人没这个见识，有这个见识，也没这个聪明。”

杜家发家的故事，听说是这样的。

成化年间，右卫城比现在要破烂得多，除了驻守的边军，居民不过十几户，商铺不过三两家。忽一日来了个瘸腿的中年汉子，起初讨吃要饭，后来混得熟了，给人打短工，也给商铺做杂役。问身世，则绝口不提，只说是西边来的。过往的客商中，也有西边来的，说听他的口音，像是祁山人。他不给个是字，也不给个否字，时间一长，人们就说他是甘州人。再问为何来到右卫，又一字不吐了。这回不好猜了，都说怕是犯了什么事，逃到右卫避祸的。

过了两年，右卫城里来了个守备官，很有几分威仪。见右卫名为边防重地，实则闲杂人等，随意进出，万一鞑虏混入，里应外合，岂是儿戏。于是便升堂问事，要清查右卫城里的常住人口。事先已多方打听，届时由衙役带进来，一一问话，然后登记造册，算是右卫的在籍人口。

这位老爷是山东人，一口胶东话，已打听到杜瘸子，极有可能是在原籍犯了什么事，来边塞避祸的。

“说吧，犯嘛事！”

“犯嘛，犯嘛？”

杜瘸子像是吓蒙了，不住地嘀咕“犯嘛”，老爷听成是贩马。

“噢，贩马呀，这有什么不敢说的。”

于是从此以后，都知道杜瘸子是贩马失利，流落到右卫。致瘸的原因，顺理成章，便成了骑马摔下来跌坏的。

奇怪处在于，马政一开，谁家都为养马发愁，杜家的这个祖上，摇身一变，真的成了马医，会看马病。这下子可红了。边地人家，家家养马，马活着，怎么都好说，发料钱，免差役，马一死，这下子可就倒了八辈子的霉，啥钱也得出，啥罚也得受。

杜家这个瘸腿子祖上，又来了新招，开起马场，代人养马。只要你交上一笔钱，你的马永远也死不了，不管什么时候上面来人查验，只要说杜家代养着，就没事了。杜家的马场，设在宁武的山里，一是不好去，去了也是白去，二三百匹马，哪会没有这家的呢。你就是拿上一百户的名册，杜家也能给你牵出一百匹马来。至于这生意，有多大的利，就不用说了。这头挣民家的，那头挣官家的，只说钱袋子大不大，不能说挣得下挣不下。

后来两家熟了，守备官说，他问过杜家的底细。俊德爷爷说，杜家本是元朝驻守甘州的将领，归顺大明，不得重用，便举家迁到宣府。过了几年，又迁到右卫，充任卫所的守军。至于那位瘸子祖上，犯过什么事没有，想来是犯过的，要不也不会流落到右卫这么苦焦的地方来。

俊德爷爷还跟他说，杜家的发家，真要感谢洪武爷立下的马政。历朝历代，都有马政，就数明朝的马政，最为严苛。明朝的马政，是洪武爷立下的。永乐爷早年，驻守北京，知道蒙古马队的厉害，就把洪武爷的马政，变本加厉，全国推行。江南十一户养马一匹，江北五户一匹。种马的饲养，母马的繁殖，都有一套规定。起初还以为是强兵之本，后来是兵未见强，民已难以聊生。一匹马死了，常弄得一家人难以安生。成化年间，是马政最严酷的时期，有人倒霉，就有人暴发。杜家就是这个时候发的家。

这不是乘人之危吗？如桢忍不住说。

守备公说，这要看怎么说，只怪朝廷马政太苛，杜家代养，是乘马政之弊，也是纾边民之困。代养发家，是祖上的事，到了你爷爷这一辈，马场还经营着，已不以代人养马为主，而是将养马当成了一项有利边防的事业。现在的马，主要是卖给朝廷，充实边军。

茶水凉了，慕青又续上水。学青很是乖巧，过到如桢跟前，拿了空碗，斟上端了过去。看得出来，这小家伙，对这个大哥哥，分外地敬重。

守备公接下来说，你家爷爷，最为有名的，是嘉靖元年，三十大几上，去苏州的一件事。去苏州，是给卫所的边兵办军饰部件。具体地说，就是士兵战袍上的扣子，马匹鞍鞯上的褡裢。蒙古军人，铠甲的扣子是铜的，我们是铁的。马匹呢，人家鞍鞯上的扣子是铜的，我们是皮的。这差事，既是守将派去，照规矩办就是了，你家爷爷，出了个新花样，以捐输的名义，自家出钱，给右卫城里的边兵，制作了上千套的战服饰件。回来不消说，不能用。还差点以私造军备论罪。最最有名的，是从苏州引回了两个女人，一个是荣娘，一个是这荣娘的小姑子。后来这个荣娘，成了三关的名妓，风光了好些年。

说到这里，守备公像是犯了什么忌，啊了一声，说道：

“看我说到哪儿了！”

“爹，你就说吧！”慕青说，“那个小姑子，不就是我妈嘛！”

听了这话，连如桢也惊呆了。

啊，平日听到的，关乎爷爷的那些闲言碎语，甚至恶言谰语，原来都是真的！

“天凉了，回回回！”守备公一面起身，一面嘟哝，喝高了。走了几步，转身对女儿说：

“风头不对，明天晌午，吃过寿席，你们就回吧。学青缠你，带上去杜府住上几天，平静了再回来。”

五

返回的路上，赵升满肚子不高兴。他以为此番出来，怎么也会好吃好喝，待上几天。料不到才一个晚上，酒都没有喝够，就打道回府。为的图个热闹，车夫老张说：

“赵升啊，听说你在马营河堡有个老伙计，这次没有去会一会？”

老张刚说了这么一句，赵升抢白说：

“你前头有驴有马，掏出家伙就能戳，谁有你那么方便！”

老张不恼，扭头瞅瞅车上的慕青，怕赵升的脏话让新媳妇脸上挂不住。慕青正和弟弟小声说着什么，像是没听见。既然慕青不理会，老张也就没了顾忌：

“你个灰鬼，见了酒就没命了，心里哪儿还有伙计！”

“好啦，我是灰鬼，你是个爬灰的，都是个灰，咱谁也别嫌谁。”

赵升跟老张斗嘴，如桢在马上全听见了，伙计是什么，他当然知道。赵升在马营河堡里有伙计，他相信，只是他不明白，右卫到马营河堡三十里路，赵升平日如何去会他的伙计。这样想了，由不得俯下身子问道：

“升哥，离这么远，平日怎么相会呀？”

听了这稚气的发问，赵升不由得笑了。

“我说三弟，别听老张瞎扯，家里的媳妇还在那儿晾着，我有多大精神，跑到马营河堡去打伙计。就是我有这个心，谁家小娘儿们，会看得上咱一个穷家丁。”

老张听了，回应道：

“别假正经！杜府家丁多了，三公子的长随就你一个，喜欢的骚货多着呢，马营河堡没有，敢说右卫城里没有？”

“看你说得这么铁定，敢情是趴在床底下喝过汁汁？”

斗嘴，老张哪是赵升的对手，两下过来，就接不上了。老张只是反应慢了些，并不是无话可说。走出一程了，才补上一句：

“你个贱骨头，马营河堡里没有，你敢说右卫城里没有，你跟你那个表嫂，是不是有一腿？”

“这你都知道了，要是你想她，我给你介绍一下，保你跌进去爬不上来！”

赵升的骨头不贱，只是太轻，刚出马营河堡，还满肚子不高兴，这会儿一谈起女人，顿时又神清气爽，飘飘然起来，嘴巴也就不是他的了。走出几步，老张又来了一句：

“小叔嫂子没正经，被子窝里胡咕咚！”

老张说的是小叔，听起来像是小夫，老张是代州人，如桢以为代州那边给丈夫的弟弟叫小夫，即小丈夫的意思。

“张大爷，你们那儿给小叔叫小夫吗？”

“我也不知道，都是这么说的。”

“升哥，你说呢？”

“我啥也不晓得，只听人说，好吃莫过饺子，好日莫过嫂子。”

“只怕你那个表嫂，裱得比纸都薄，早就叫你戳个稀巴烂！”老张说着，空里甩了一鞭子，牲口跑得更快了。赵升的话，比牲口蹄子还快：

“不管裱得多薄，压在身子底下是我受活，不是你受活！”

“赵升你个挨刀子的，还不闭上你那脏嘴！”

轿篷里传来慕青的怒斥声，外面的人都吃了一惊。这才明白，他们说的这些，慕青在车里全听见了。怕慕青再说出什么难听的话，赵升勒住缰绳，让轿车走出一截才开步。毕竟马要快些，不多一会儿，又赶上了轿车。老张似乎要撇清自己，见赵升牵着马快要赶上了，也不回头，又显摆了几句。

“我说赵升呀，你是肩上有担子的，老爷让你给三公子当长随，可不敢把三公子带坏了。要是有个什么闪失，看老爷不敲断你的腿才怪。我可是为你好。没听说吗，皇上是叫公公带坏的，公子是叫长随带坏的。”

老张的瞎表现，惹恼了赵升，冲着老张的后背骂道：

“放你的狗屁，你那熊样儿，也配教训我！”

“赵升，老张说了你两句，你要怎样！”

车里，慕青又发了话。这下赵升乖了，不再言语。骑马的两个家丁，前头远远地走了。赵升原本牵着马，跟在车后，这会儿憋上劲，想走到轿车前头。抡起缰绳头子，在马脖子上抽了几下，迈开大步，不再理会老张。那马，像是认定了自己是个吃屁的货色，偏不给力，刚超过轿车，又慢了下来，落在后头。赵升火了，使大劲抽了起来，这马才认识到自己错了，要转过身子，弯儿太小，转动不灵便，打了个趔趄，差点把上头的小主人颠下来。如桢的身子，先是朝前一倾，又朝后一挺，就在这一挺的瞬间，猛然看见正前方，也可说是他们的老后头，有一小队骑兵奔了过来，且一眼看出，是鞑子！结巴着说：

“升——升哥，快——快看！”

马头掉过来了，赵升勒住缰绳，踮起脚看去，大叫：

“啊，鞑子！”

如桢年少，不知轻重，此刻反倒比赵升镇定些，数了数，鞑子共有五骑，跑得并不快，不像是要冲杀过来，赶紧提醒赵升，叫前头走远了的两个家丁快回来。

赵升说，太远了，哪里叫得转。老张也看见了，大声喊，快回来，快回来。风顺，声儿传得远，那两个家丁听见了，折了回来。

慕青在车里，听见喊声，本想问问，伸出头一看，马上就明白是怎么回事。

跑吧！老张使足力气，挥动鞭杆，戳打辕骡，又探过身子，抽打梢马。待两匹牲口都狂奔起来，紧赶几步，跳上车辕站了起来，屁股抵住轿篷，一面驾驾地喊着，一面使劲抽打两匹牲口。

赵升牵着如桢的马，飞快地跑着。跑远了，还停下来，待轿车赶上来一起跑。

还好，一阵子狂奔，与折回的两个家丁会合了，不敢怠慢，又一起往前奔去。

回头再看，鞑子竟不见了。

众人舒了口气。

前面不远是二窑头，就是来马营河堡路上，二嫂撒尿的那个小庄子。

“好险啊！”如桢问赵升，“都哪儿去了？”

“我看啊，像是从边墙偷偷溜过来的，拐到哪儿打野食去了吧。”

“会不会是破了马营河堡？”慕青惊叫。

还是女儿跟爹亲，如桢心里想。

“不会的，那么好的堡子，哪能说破就破了。”赵升说。

“啊呀不好！”

老张手指右侧，惊叫起来。

众人看去，大惊失色。

原来鞑骑并未远去，而是转入右侧的一条凹壕，那凹壕不深，壕畔的荆棘和杂草，如同一道屏障，遮住了原本应露出的马头和人身。也就难怪倏忽之间，不见了马匹和人影，还以为是拐到别处打野食去了。离得太近，一跃出凹壕，几乎就到了他们面前。

这次可没有初见鞑骑时的从容了，眼下的办法只有一个，就是快点逃走。

那两个家丁纵马逃了，再赶车等于找死，待在车上等于活擒，老张和赵升还算有几分胆量，将慕青姐弟扶下车，一起朝北边的二窑头跑去。

如桢见状跳下马，跟着朝北跑去。

鞑子五骑，分作两下，三人去追那两个家丁，两人直奔慕青数人而来。

"别跑了，停下吧！"鞑子用汉话喊叫。

赵升拽着学青，也还得力，老张看去是拽着慕青，只是拽着袖子，使不上劲儿。如桢过去，推开老张，架起二嫂的胳膊往前奔去。奔跑中侧了一下头，瞥见身后追来的两个鞑子，其中一个头上竟缠着黄巾，心中一怔，这不就是昨天在马营河堡堞垛上看到的那个鞑子军官吗？

不敢多想，喘了口气，又往前跑。

"升子！"老张停下脚步，喊住赵升。

"快跑呀！"

"光跑不是个办法，得挡一挡。"

"快跑呀！"赵升还在跑着。

"升子！"老张提高了声调，"到我们出力气的时候了！"

说着抽出腰刀。

"你说咋着就咋着！"

赵升这才明白了老张的用意。

"咱俩挡一挡！"

"好！"

赵升将学青朝前一推，也抽出了腰刀。

如桢要说什么，老张搡了一把，踉跄几步，不等站直，又跑了起来。

前面几步远，慕青拉着弟弟，气喘吁吁，快跑不动了，见如桢赶过来，将学青往他跟前一推，急巴巴地说：

"你俩快跑，别管我！"

“走!”

如桢怎肯听从,一手攥住嫂嫂的手,一手攥住学青的胳膊,朝前跑去。

前面一道残墙,三人从豁口跳进去。一看,原来是个废弃的碾坊,当间是一盘石碾,碾杆脱落,横在碾盘上,右侧一堆谷秆,左侧一道墙,墙边倚着几块门板。还有个勒勒车的架子。轮子掉了,车厢开了榫,侧翻在墙根下,朝上的木棱上全是结成疙瘩的鸟粪。

扫了一眼,如桢做出决断,将慕青推到谷秆前,扒开一个豁口,按倒塞了进去。盖上两捆谷秆,这才拉上学青到左侧墙边,示意从门板后面钻进去。学青趴下往里拱,他也趴下,紧贴着学青的脊背往里拱。一面还护着学青的肩膀,不让碰着斜倚的门板,碰着侧翻的勒勒车的车厢。

刚放好身子,便听见橐橐、橐橐——靴子着地的响声。

一道黑影在面前闪过,人进来了。

苫下眼皮,眼前不远的地方,碾道的虚土上,有个小小的干涸了的椭圆形的坑,像是一瓢水,搁低了往下猛地一浇冲成的。这形状太奇特了。上面有屋檐,不会是下雨冲成的,太高,也冲不成这个样子。尿?脑子里一闪。尿!就是尿,女人尿的尿!

想起来了,就是尿冲下的。昨天前晌,去马营河堡的路上,经过此地,嫂子就是在这堵残墙后头撒的尿,就是这个位置。蹲下身子,外面刚好看不见。想到这儿,再看那干涸的小坑,竟像是个女人的牝户。一想这玩意儿,竟长在嫂子的两腿之间,他赶紧眨眨眼,赶走这邪恶的意象。

橐橐,橐橐,这回不是靴子着地的声音,而是确确实实的靴子,抬起,落下,又抬起,又落下。就在眼前,就在碾盘前的地上,两两交替,又踩着共同的点儿,一会儿朝这边,一会儿朝那边。

看清了,一只是鹿皮的,毛儿翻在外头,能看到白色的圆点,靴尖儿翘起,脚踝处一道亮亮的银箍。一只是黑羊皮的,光光的,没有翻毛,靴尖齐齐的,脚背上两道凸起的鼻梁。

两双靴子,在碾坊地上转了两圈,停住了,靴尖对着靴尖,相距有六七尺远。

偏偏这时,墙豁口处,一只小圪狸,正探头探脑地瞅着这边。那两个鞑子,只要扭过身子见了,顺着小圪狸的眼光,就能看见车架子后面的他,还有学青。

他屏住呼吸,怕学青沉不住气,原本就护住学青肩膀的手,往旁边移移,展开手掌,捂住学青的嘴。不敢太紧了，只是款款地护在嘴前，准备着一旦要出声，就按了下去。手心热热的，能感到这孩子无声又急促的呼吸。

该发生的事，马上就要发生了。如桢紧张起来，心提到喉咙眼上。

鹿皮靴子离自己近些，羊皮靴子远些。

鹿皮靴子往上，是蓝色的裤子，只能看到半尺长一截，眼皮翻翻，肯定能看到袍子的颜色。他不敢，只怕眼皮翻起的声音，惊动了跟前的两个鞑子。

鹿皮靴子旁边垂下一柄刀，刀尖磕在地上，刀身像是对着斜射进来的日头，一晃一晃地闪着光。羊皮靴子旁边也垂下一柄刀，刀尖并未着地，斜悬在空里，刃儿正对着如桢，看去像一根细细的白线，那白线似乎叫风吹动了，闪出一个弧儿。

他知道，这是因为眼前的这个鞑子，背对着自己，刀提在手上，刀背朝了前，刃儿朝了后。

"哈哈哈！"一阵大笑，到末尾才听出是两个人的，一个清利些，一个浑厚些。

"看出来了吧！"浑厚的声音。

"看出来了。"清利的声音。

如桢朝谷秆那边看去，顺着碾盘底座，挨着平地的边沿，看得清清的，谷秆堆子外面，竟有慕青的一只绣花鞋。

"宰了？"

"你舍得？"

"哈，算你有眼头，那就看我的了。"

"且慢！"

"尝尝鲜？"

没有声音，这边像是点了点头。

"那可不行。"浑厚的声音。

"咱俩有啥行不行的。"

——清利的声音。

"那就噌砰噌吧！"

——浓厚的声音。

鹿皮靴子旁，没了刀刃。

如桢知道，定然是这边举起了刀，要以刀身互拍来噌砰噌，还会喊个什么，一如他跟小伙伴们玩“石头剪刀布”来定输赢。

他们赌什么？

还用说吗，谁赢了谁奸淫慕青。

“来呀！”

黑皮靴子旁，刀尖一动也不动。

“举起呀！”

“求二哥了，这小娘儿们就让给我吧！”

“噫，什么时候动了凡心？”

“就是此刻。”

刀尖往前点了点，一瞅，对着的正是那只绣花鞋。

静了一会儿。黑皮靴子旁，一条线似的刀刃不见了，肯定是提了起来。那边的刀身尚未落下。想来两个鞑子都举起了手中的刀。忽然，那边的刀身落下了，只是未挨住地，在裤腿边晃悠着。这边的刀身也落下，又提了起来，嗖的一声，刀鞘摆动了几下，像是插了进去。

“小弟感激不尽！”

“好吧！看在父王的面上，就让给你。”

“我记着二哥的情义。”

“大同娘儿们的水门可是有名堂的，细心品尝啊！”

“二哥请自便！”

“好，我在外面冈子上给你瞭着，别让那几个卒子回来搅了你的兴致。”

鹿皮靴子离开了。

只见黑羊皮靴子两步跨到谷秆前，一脚踢开谷秆捆子，看不见手，腰弯了一下，便将慕青提溜起来。如桢眼皮朝上翻了一下，看到了慕青因恐惧而变得惨白的面容，一面扭动身子要挣脱，一面伸手要抓鞑子的脸。那鞑子后背对着这边，看不清眉眼，但能感到他的强悍，慕青根本不是他的对手，一使劲儿，便将慕青提溜到碾盘上。

“你是王守备的女儿？”

清利的声音。

“臭鞑子,放开我!”

慕青哭号着。

如桢窝下脑袋,不忍看下去。

“美呀!”

“臭鞑子,臭鞑子!”

听这声音,嫂子马上就要遭殃了。

嗒嗒嗒,马蹄声由远而近,嘈杂起来,像是追杀那两个家丁的鞑子,返回来了。

“这么快?”浑厚的声音。

“没多远嘛!”喜悦的声音。

“干掉了?”

“砍了西瓜。巴图鲁小王爷呢?”

“在那边。”

“我去看看。”

“正过瘾呢,别过去了,这儿就能看见。”

这边厢,慕青哭叫着,抗拒着,还是叫扯开了衣领。

“臭鞑子,死鞑子!”

“上呀,上呀!”

外面土冈上的鞑子,在为这个叫巴图鲁的小王爷鼓劲。

咚,轻轻一声,倚在墙上的木板动了一下。如桢能感到学青憋足了劲,要冲出去救姐姐,急忙使足力气,用臂肘按住学青的肩头,手掌上使了劲,捂住学青的嘴,怕他喊出声来。

那个伏在慕青身上的鞑子,扭头瞥了一眼,更像是狠狠地瞪了一眼,学青低下头,身子哆嗦个不住,像是怕的,更像是气的。如桢不管这些,只是紧紧地抱住这个小弟弟。趁势又翻了一眼,没看清脸面,只见那鞑子,两眉之间,一个圆圆的黑痣。

“快上呀!”外面的鞑子狂叫着。

“死鞑子,臭鞑子!”慕青仍在哭喊着、挣扎着。

但见这边,伏在慕青身上的鞑子,往上耸耸身子,忽地举起慕青一条白腿,朝外面晃晃,一看就知道,这是在向外面的同伴炫耀呢。

慕青马上就要遭受奸淫了。

如桢闭上眼,心里默念着,嫂嫂,我要保全你王家的这个根苗,顾不得你了。

外面仍在狂叫着,这里似乎在从容地进行着。他不敢想象,会是怎样一种残暴的情景。狂叫声掩盖了这边的詈骂与呻吟,到后来,只听外面在喊:

"太短了!"

"这哪能过了瘾呢!"

又听得那个浑厚的声音讥嘲道:

"巴图鲁,你的力气哪儿去了,哈哈!"

如桢舒了口气,抬头看时,伏在慕青身上的鞑子不见了。

碾盘上,慕青蜷作一团,身上是凌乱的衣衫,还有揉作一团的裙裾。

"二嫂!"

如桢走过去,站在碾盘前,满脸羞愧。

"姐姐! 我害怕!"

学青过来,跪在碾盘前,握住了姐姐的手。

慕青缓缓睁开眼,瞅瞅如桢,又瞅瞅弟弟,眨一眨,溢出了泪水。如桢以为她会放声大哭的,看那感觉,木木的,是叫吓傻了吧。慕青坐起,扯过衣襟掩住胸前。就在这一刻,如桢眼前又闪过昨天前晌,在轿车里看到的情景,赶紧扭过脸去。

慕青抬起胳膊,示意如桢,扶她起来。

如桢上前,扶慕青站起。刚站起,身上滚下个什么东西,掉在碾道的浮土上。学青见了,弯腰捡起,看了看,看不出名堂。递过来,如桢接住一看,是个射箭用的扳指。

"叫我看看。"慕青拈起,转着圈儿瞅瞅,"嗯,是个弓箭扳指,玉的。"

思忖片刻,递给如桢,说道:

"兄弟,今天的事你都见了,这是那个鞑子落下来的,你收拾起来!"

"再见了那个鞑子,非杀了他不可,我记住了他的眉眼。"

"弟弟,你也要记住,为姐姐报仇。"

"好的!"学青咬着牙说。

"好兄弟。"慕青俯下身子,吻了弟弟一下。如桢站在一旁,正要拽学青起来,慕青吻罢弟弟,抬起身子的当儿,目光正与如桢相遇,稍一犹豫,搂住如桢也吻了一下,同时叮嘱二人：

“今天的事，谁也不能说。”

如桢和学青搀扶着慕青翻过残墙，向轿车走去。

轿车还在官道上，官道离这儿还老远。

没想到，当时慌慌忙忙，竟跑了这么长的路。

荒地上，躺着两个人，走近了，一个是老张，一个是赵升。老张脖子上一道刀痕，脑袋歪在一旁，后脖颈连着身子。赵升脸朝下，左肩膀隆起，正往外渗血。老张一看就没救了。赵升的情况，一时看不出来。如桢俯下身子，贴近赵升嘴巴听听。“还哼哼呢！”扳扳肩膀，果然没死。赵升以手撑地，坐了起来，揉揉眼睛，迷迷糊糊地说：

“这是哪儿呀？”

“哪儿？”如桢觉得好笑，“你呀，还哪儿哩，肩膀上挨了一刀，血都渗出来了。”

“我就说，怎么麻麻的。”

“别叨叨了，走吧！”

如桢扶起赵升，跟在慕青姐弟后面，一起朝官道走去。

到了轿车跟前，赵升这才疑疑惑惑地说，他看见那个穿蓝袍子、包黄头巾的鞑子，挥着刀向他跑过来，知道必死无疑，眼一闭等着刀落，只听咚的一声，像是叫踢了一脚，就晕过去了。看肩膀上这伤，不像是刀砍的，倒像是刀背斫的，要是刀砍的，早就没命了。这个鞑子，大概刀落之际，手腕软了一下，刀身转了过去，刀背斫到了他肩膀上。又一想，或许是怜惜他只是个家丁，不忍下狠手。究竟是怎么回事，他也说不清，末了感慨地说：

“咳，老张死得太冤了，我是看着追他的那个鞑子，一刀下去，就撂倒了。”

“是穿黄靴子的那个？”

“哪顾得上看什么靴子，只见那张脸凶巴巴的。”

“老张叫什么名字？”

这么多年，他真的不知道老张叫什么。

“张忠勇。”赵升说，“他可真够忠勇的，比我强。”

正说着，两个逃走的家丁，踅了回来，说他俩马好，跑得快，才躲过那三个鞑子兵的追杀。如桢说，他听见那三个鞑子回来说，把你们二人砍了西瓜，以为必死无疑。看来是鞑子兵,见两人跑远了,追不上,这样哄他们头儿的。

有了人手,便将老张的尸首,暂且寄放在碾坊,怕狼呀狗呀糟害,特意将勒勒车架子扣在上面,四周用木板堵上,又覆上许多谷秆这才离开。再走起来,全没了精神,也没停,就是走不快了。掌灯时分,始回到家中。

第二天前晌,刚把老张的尸体运到坟地安葬,溃墙而入的鞑靼军队,就把右卫城给围住了。不数日,撤围而去,直趋北京,一度兵临东直门外。外界盛传,敌军之志,不在攻城略地,若先存此心,京师沦陷矣。

六

围城,对别的地方,或许是天大的事,对右卫来说,太平常了。这城池,当初建起,说是大同的防卫之城,莫如说是大同的挨打之城。蒙古人的首领,不管是早年的也先,还是近年的俺答,一侵犯内地,必攻打大同,一攻打大同,必先围右卫。短的三五天,长的十天半月,也就撤了。

这回长了点,中秋节前两天,才撤了围。

起初几天,如桢总觉得鞑子发兵围城,跟他有些牵连。从马营河堡回来的路上,走得快些,不让那几个鞑子追上,不会有这次的围城。碾坊的碾盘上,慕青的美色,迷住了那个鞑子,欲火难熄,回去领上部属追杀过来,围了右卫城,意在夺得美色。有了这个念头,他总想看看城下,有没有那个可恶的鞑子。

他要随二哥上城墙,二哥还没说什么,先让爹给喝住了。

"好好念书,这不关你的事!"

"就去城墙上看一看嘛!"

"专心念书,心无旁骛。夫子在陈蔡,多大的危厄,照旧弦歌不绝。边塞之地,围城算个什么!"

他最烦父亲什么时候都拿孔圣人说事。

住处离西城墙不远,每当城外传来喊杀声,总要静下心来仔细分辨,看是不是有个声音在喊:"交出那娘儿们便退兵,若不交出,鸡犬不留!"偶尔听到父兄辈谈城外的战事,最不愿意听到,又最想听到的也是:“他们要慕青,这可怎么办?”

没有,城外没有那样的喊声。

没有,父兄交谈中,也没有那样的担忧。

上城墙看一看,还是实现了。怪自己先前找错了人,找的是二哥如柏。隔了一天,院里遇见大哥如松,还没开口,大哥招招手:“跟我来,回去可别跟人说。”连衣服都没换,一路小跑跟着大哥上了南城门。

啊,围城原来是这个样子!

起初听人说城叫围了,他以为定然是鞑兵们,一个一个,手拉手绕城转了一大圈。后来知道不会是这个围法,那个念头总也甩不脱。

到了城楼,大哥带上兵士巡查去了,他独自在城楼左近,跑来跑去看了个够。

围城的鞑兵离得很远,白毡子帐篷稀稀拉拉,也不见成队的鞑骑呼啸而过。三三两两的鞑兵,在田埂上悠闲地走过。近前的地里,仍有农人在耕作。最为奇怪的是,有人挑着一担青菜,放在城墙根,朝上招招手,走了。大哥巡查回来,端了一碗水,在堞楼前的石墩上坐下。

他问大哥,有人将青菜放在城根又走了,这是为何?大哥漫不经心地说,做买卖。啥?他以为自己听错了。大哥又说了一遍,这回听清了,可他不敢相信是真的。

大哥说,买卖双方,一边是城外的贩子,一边是城里的贩子。城外的贩子从农户手里买下青菜,先放到城根,到了晚上,城里的贩子放下绳子,绳子上系着筐子,筐子里放着钱。城外的贩子收了钱,将青菜放在筐子里,城里的贩子拽了上去,这笔买卖就做完了。眼下在那儿搁着,晚上两边的人就都来了。如桢说,城里需要青菜,这边不管,鞑子在外面围城,也不管吗?大哥开导他这个不晓事的弟弟:

“兄弟,这你就不懂了。这世上两样东西最厉害,一个是理,一个是利。有理,能让七尺汉子红了脸。有利,胆小鬼都敢拼命。围城期间,两边都不准私下里做买卖,架不住这些人有手段,塞上钱没有办不成的事。围城这才几天,粮价柴价噌噌往上涨,就是这么蹿上去的。”

“可恶!”

“也不能这么说,没有他们,拿上钱也买不下青菜,岂不更惨?”

“这些鞑兵,全不像个打仗的样子,也没个军服,有的是袍子,有的是对襟,有的还鲜亮,有的那么破旧,吊儿郎当,跟逃难来了一样。”

“兄弟,这你可说对了,这帮人说是来打仗,不如说是过来就食。就食嘛,跟逃难也就差不了多少。”

如桢顿时明白了,二哥为什么不带他上城楼,怕爹爹训斥是一面,另一面,也是不愿意他看见战场上的安闲景象,减弱了对当哥哥的尊敬。

自从兵临城下,二哥变成了另外一个人,平时就爱装模作样,这一来更是神气十足。十六岁的年轻人,一回到家里,卸下头盔铠甲,坐在椅子上,一会儿说渴,一会儿说累,总要人伺候着才舒坦。可笑慕青嫂子,也真会信惯这个小她一岁的丈夫,一口一个劳苦功高地尊着,全不顾好几次他这个小叔子就在跟前。

去城上看过之后,有天他去了二嫂屋里,二嫂坐在炕沿上,正做针线活,像是缝个什么。他过去,紧挨着二嫂坐下。

“哎呀桢弟,这又不是在轿车里,挤这么紧做什么?看,扎了我的手啦!”

也不知是真扎了,还是假扎了,慕青说罢,跷起食指,在嘴边噗噗吹了两下。

这个动作太好看了,那么娇憨又那么优雅,他由不得再往跟前靠靠。这一瞬间,去马营河堡路上,两人挤在轿车里的感觉,又涌上胸间,似乎又闻到二嫂胸前散发出的温润的女人的气味。

侧面看去,二嫂耳轮后的脖颈,那么细嫩,那么白净,再看胸前,微微突起,轻轻颤动。这些日子,看的话本上,说起女人,常说的酥胸和粉颈,二嫂身上全有了。

“桢弟,乖乖坐到那边去!”

慕青嗔怪地说,指指地上的椅子。

他只好坐过去。想到二哥不带他去城上,二嫂又那么尊着二哥,一个刁钻的问题闪过脑际。

“二嫂,有个话,问问你,可不能生气呀。”

“我不生气。”

二嫂笑笑,停住手中的活儿,这才看清,缝的是个小娃娃戴的肚兜。

“那我就说了,”他鼓了鼓劲儿,“我去城上看过了。二哥巡城,也不过是走走路,转一转,哪有那么苦,那么累,一回到家里又是喊渴,又是喊饿,分明是装模作样,你那样尽心服侍他,真的看不出他是在装吗?”

他的话，像是真的把二嫂给问住了。只见二嫂的前胸，鼓了又鼓，手里的小兜肚，攥得紧紧的，贴在胸前，半会儿没有吭声。

“我是胡说哩！”

二嫂摆摆头，意思是不会在意。

“你说不生气嘛！”

二嫂又摆摆头，意思是她没有生气。

他感到不妥了。如果话是慢慢走到对方耳朵里，真想扑过去将方才的话拽了回来。

来不及了，慕青的话出了口。

慕青的话是这么说的：

“桢弟，你问得对，嫂子跟你说了实话吧。边关的男人，从了军的，十个里头，有八个是要战死的。边关的女人，嫁给从了军的男人，就得好好地服侍他们，让他们活着的时候，熨帖些。想到你二哥，不定哪天出去就回不来了，他再支使我，再装模作样，我都心甘情愿。别说他还年轻英俊，就是个二杆子，也是一样的。”

知道自己提出的问题，多么愚蠢又多么残酷，如桢听了，由不得低下了头，待到听出慕青的声音不对劲，抬头看去，只见慕青的脸上，泪水流了下来，声儿哽咽得快喘不上气了。

“二嫂！”

他想安抚两句，慕青摆摆手，抹了一把泪，喘息着说：

“桢弟，你还小，长大就懂得了，边关的女人，就是给男人垫身子的！”

第二章　右卫城

一

嘉靖三十六年冬，苦命的右卫，又让围上了。转年四月，仍围着。蒙古人那边，没有撤围的意思，朝廷这边，说要怎样怎样，只刮风不下雨，两边就这么耗着。

此时的杜如桢，不复是前些年的少年儿郎，已然二十五岁，是边军的青年军官了。

四月初二这天，轮他值守，地点是东城墙。

每逢值守，出门前，必去上房请安。两个哥哥在家，多半也是此时。父母不愿误了孩子们的公事，总是早早起来，洗漱后端坐在上房，随来随去，一点儿也不耽搁。

爹说了句，后晌没事了，一起去看看你二姨。妈冲他笑笑，一脸的慈爱。

杜府的院子，跟普通人家的院子，稍微不同。三个院落，彼此相通。中院为主，两进，东西两个偏院，长短宽窄，跟中院一样，却只有一进。这一进，跟中院的前院取齐，后面各留下一块空地，东院的后面，是个园子，西院的后面，有两间北房，是爷爷的书房，奶奶去世后，爷爷干脆搬过去住，也就是住处了。

中院的两进，前院的北房，正是后院的南房，前后开门，便成了个过厅。

如桢住前院西厢房，父母住后院正房。

请安出来，走到客厅这儿，正遇上大哥过来，他问：

“也值守？”

“是啊！”

说这话时，大哥的眼睛，略微瞪了一下。奇妙的是，瞪就瞪吧，眉毛还耸了耸。

他的回应，比大哥的瞪眼耸眉，还要奇妙。耸起鼻子，上嘴唇和双眼，全都使了劲，朝鼻头挤了过来，像是个谁也不明所以的鬼脸。只是下嘴唇没有随了上嘴唇，一起朝上挤，而是朝下撇，两个嘴角，又撑了开来，似乎发出咕叽的声音。实际上，什么声音也没有，只是轻轻地动了两下。外人看了，以为是嘲弄什么，或是想起什么有趣的事，心里笑了笑，连带得脸上也显露出来。

大哥像是全都明白了，伸手在空里，打了个响亮的榧子。

有了与大哥的这个交会，如桢觉得，脚下似乎轻快了许多。

出得大门，解开拴在石狮子腿上的马，快走几步，一跃而上。

几绺马鬃，飘了起来，搭在鞍桥上，俯下身子，伸手理理。

这坐骑，是入营后，爷爷特意为他选下的。浑身灰青，这里那里，撒着一些白点子。鬃和尾，又是雪白。不管是从上往下看，还是从下往上看，都是越看越精神。爷爷说这是漠北良驹，俗称雪花青。

两个哥哥，他跟大哥的关系，甚是奇妙。大哥对他，全是疼爱，他对大哥，除了敬重，还有个附带的责任，就是帮着大哥，躲开母亲的训斥。

这要怨母亲。

三个儿子，有亲有疏，不算过分，只是母亲对大哥，实在是太过分了。

那已不能叫疏，该说是厌，差点就到了恶的地步。是长相不好吗？不是，大哥的长相，说不上相貌堂堂，也还周周正正，个头不能叫高，也不能说低。从哪方面看，比二哥都要顺眼些。可是，母亲就是看不上眼，动不动就训上两句，不是死眉拙眼，就是榆木疙瘩。有时不训了，斜着眼，瞅上两下，给人的感觉，更坏，连训的兴头都没了。

有一段时间，如桢以为，这或许是因为，大哥是“寤生”的吧。

在卫学念书时，先生讲《左传》，里头有一节是“郑伯克段于鄢”。说郑伯是倒着生出来的，让母亲受了罪，长大了，母亲对郑伯，总也喜欢不起来。母亲喜欢的，是叫共叔段的弟弟。共叔段在母亲的庇护下,发动叛乱。郑伯打败了共叔段,将母亲发落到一个地方,发誓说,不到黄泉不相见。说了就后悔了,后来受到臣子的启发,挖了个地道,与母亲在地下相见。

从军以来,发觉母亲厌恶大哥,他就想,会不会大哥也是倒着生下的呢?

有次母子俩在一起,见母亲高兴,他就傻乎乎地问,妈呀,你生大哥的时候,是不是“寤生”。母亲不明白,说谁家孩子生下,不是先捂上几天。他知道母亲领会错了,问是不是脚先伸出来。母亲笑翻了,说你这个孩子呀,净想些憨事,谁家的孩子会是脚先伸出来?那叫难产,要死人的。他说不是倒着生下,那你怎么不待见大哥呀?母亲说,咋就不待见呀,我对你们仨,都一样样的。怪只怪你大哥这个人呀,做事太木讷,我是个急性子,一见他那木讷样子,心里就着急,一着急由不得就发火。

这解释,他是不信的。明明脸上都带出了凶相,怎么会仅仅是个心急?

可他也不能多说母亲什么。妈对他这个小儿子,疼爱得再不能了,啥事都依着,啥话都顺着。不怕天阴,不怕下雨,但怕他受了一丝丝的委屈。这反而让他觉得,欠着大哥点什么。像是母亲拿了大哥的什么东西,偷偷地塞给了他这个小弟弟。

母亲越是这样,他越是护着大哥。

方才在过厅里,遇见大哥,兄弟俩的面部表情,实则是一问一答,传递了一个虽说不大,却也不能叫小的信息。等于是告诉大哥,母亲高兴着,不会挨训的。

今天在东门值守。

杜家在北街第二道巷子里,出了巷口,朝南拐是鼓楼。

没考上府学,多少伤了爷爷的心,毕竟是见过大世面的人,闷了几天,转而又劝慰孙子,以舍人身份从军,走杜家男儿的老路。

如此一来,杜家三兄弟,全都成了行伍之人。

他是嘉靖十二年生人,两个哥哥,跟他连起来,一个比一个大三岁。大哥属猪,二哥属虎,他属蛇。

正这么想着,雪花青猛地一跃,嘚嘚嘚,小跑个不住。扭头一看,是大哥如松,骑着一匹黑马,赶了上来。手里的鞭子刚刚收回,鞭穗儿还在空里晃着。不用问,定是大哥撩逗他,赶上来抽了雪花青一鞭子。

勒住缰绳,并辔而行。

大哥笑盈盈瞅了他一眼，看得出来，此番请安，没有挨训。

大概是在后头，见他软塌塌的，不振作，故作严厉地说：

“挺起身子！”

马蹄嘚嘚，哥哥的身子一颠一颠，前头走了。

瞅着哥哥远去的身影，如桢又想起前些日子，跟爷爷和慕青，三个人猜谜语的事。

哪天的事？

噢，就是前天，西院后头，爷爷的书房。

爷爷出的这个谜语，让他觉得，他跟哥哥的关系，像是回应了一种古老的呼唤。

谜面是：象喜亦喜，象忧亦忧。打一物。怕太宽了，没有边，说是日常用的物品。

为了让叔嫂两人，能顺利猜出，猜之前，爷爷先讲了这个典故的出处。

说是史书上说，舜家里，父亲是个瞎子，母亲是个无义之人，弟弟傲慢无礼。几个人都想杀舜，而舜呢，顺适他们，不失子道，对弟弟也很友善，这让他们找不到借口。尧选舜做了帝王，还把两个女儿都嫁给了舜，可舜父还是想杀了他。让他上房缮草，却在下面放火，舜逃脱了。又让舜淘井。舜下去后，先挖了个秘道，父亲要填土时，从秘道逃走了。家人以为舜死了，很是欢喜，便开始分舜的财产。象说，这个主意是他出的，于是得了舜的两个妻子，拿走了舜喜爱的琴。牛羊和粮食，都归父母。象住进了舜的宫室里，刚弹起琴，舜回来了，象很不高兴，说我的悲伤还没有过去呢，你怎么就回来了？这个典故，是说舜这个人呀，既孝顺父母，又钟爱弟弟，可谓古来孝悌的典范。

接下来，才让猜。

他猜是不是洗脸盆。

爷爷摇摇头。

又猜了几个，全不对，爷爷只是说，沾边了。

他傻乎乎地猜着，一个又一个，有时说的，连自己都不信，只是图了让爷爷高兴。

慕青沉得住气，不吭不哈，微微蹙着眉头，做出一副苦苦思索的样子。

他不高兴了，说二嫂啊，你也猜嘛，不能光让我一个人丢丑。

二嫂说，你都靠近了，又离远了。

他问啥靠近了，二嫂说洗脸盆。

他不明白了，洗脸盆里倒上水，能照见人影，不就是个象喜亦喜吗，怎么就不对。近了是什么意思，能照见人影儿，噢，想起来了。

“镜子！”

再看二嫂，分明是早就知道了，故意把这个聪明让给自己。

到了鼓楼跟前，本来是要朝东拐的，思想不专注，胡乱抖了下缰绳，马儿朝西拐了过去，赶紧扯了下，这才掉了过来。就在绕着鼓楼走半圈的当儿，他的脑子里，忽然闪过一个念头，象与舜这弟兄两个，在家里的情形，跟他与大哥在家里的情形，颇有几分相似。

如果这样的话，爷爷对“象喜亦喜，象忧亦忧”的解释，就偏了。

爷爷说这是舜喜爱自己的弟弟，不管弟弟怎样随上父母戕害自己，都不嫌弃。象高兴了他才高兴，象忧伤了他也跟着忧伤，原因嘛，爱弟弟是一方面，另一方面，是怕伤了父母的心。如果是这样，那只能说舜不失孝道，跟悌道有什么关系呢？兄弟和美，才是悌道。哪有信奉悌道而弟弟戕害哥哥的道理？

这个典故会不会是说，象私下里爱着舜，碍着父母的面子，不便公开表示，只能用暗示的办法，帮助舜躲过一场又一场的灾难。于是才成了，象脸上高兴，舜就心里高兴，象脸上不高兴了，舜就知道大事不妙，要小心应对。

只有这样，才是既合孝道，又合悌道。

有空儿了，问问爷爷，真要蒙对了，说不定会夸两句呢。

二

这次围城，让大哥出了名，也受了窘。

去年十一月二十七，合围的前一天夜里，也可说是合围的当天凌晨，大哥和二哥，设伏杀了一个鞑子将官。

右卫，右卫，卫的是大同。前些日子，鞑子南犯，大同那边叫围上了，右卫这边也吃了紧。

天刚刚擦黑，爹从指挥使司回来，一脸的凝重，妈问出了什么事，爹不吭声，摆摆手，说叫孩子们都过来。他自己起身，去了西院爷爷那儿。

弟兄三个都到了，过了一会儿，爹陪着爷爷进来，仍是一脸的凝重，倒是爷爷，还跟

平常一样,笑吟吟的,像是要赴喜宴。等爷爷落了座,爹过去,在方桌的另一侧坐下。妈斜倚在卧室的门框上,做出一副不参与正事,又不能不关心家人的样子。

爹开口了,说半后晌,指挥使司来人,叫他去商量个事。去了指挥使司衙门,除了周现和王德,还有两三个中级将官,都是边军的头目。周现让王德说,王德说还是你来吧,这样周现就说了,说刚刚得到准确情报,今晚板升那边,有一队鞑子,两三百人,全是骑兵,要偷袭右卫城。他跟王德商量了,等敌军来了,守住城,是一回事,万一城里有内应,你上了城墙,内应的人给开了城门,可就砸了锅了。若是能派出一队人马,半路设伏截击,让鞑子到不了右卫,方可万全。说罢问在座各位,谁愿意揽这个活儿。两三个边军头目,你看看我,我看看你,没有一个应承的。周现没了主意,王德说,要是没人应承,那就抽签吧,谁抽上谁去。有个头目,平日爱开玩笑,说抽签多费事,干脆噌砰噌吧,说着握住拳头,要跟身边的一位头目来一下。

爹说话慢悠悠的,二哥等不及了,问:

"你噌上了?"

爹没有回答,继续说下去。说是跟前的那位,不理这个要噌砰噌的,这位又转过身,要跟另一位噌砰噌。他看不下去了。二哥又插嘴:

"是该教训一下!"

如桢心里想,爹不过是个协守佥,名分比营里的头目高,实际职位,还要低一等,怎么会教训人家呢。再看大哥,平静地笑着,像是已然知晓结果。

爹没理二哥,说他看不下去了,跟周现和王德说,请指挥使司,出上二百骑,杜家的家兵,也出上二百骑,由他带上两个孩子,把这个活儿做了。

爷爷在方桌的东侧坐着,爹说话的时候,爷爷的右手,平搁在桌上,食指和中指,弓起来一上一下,轻轻地磕着桌面,没有声儿,只见两个指头,不停地上下交替。及至爹说了把这个活儿做了,爷爷的手掌,忽地平展开,在桌面上狠狠地一拍,低声说了个:

"好!"

下来该着商议谁去了,没费什么事,就定下了大哥与二哥,带三百骑打截击,赶早了就设伏,迎头遇上就是接仗。三百骑里,边兵二百,家兵一百。另一百家兵,由爹率领,打接应。

如桢说,他要跟爹去打接应。爹还没说话,爷爷先挡住了,说不好,且用了个在场的人，谁也没想到的词儿，说是鞑子那边只有二三百人，我们去了四百人，足可抵挡，杜家去了父子三人，已经够多的了，要是你们弟兄三个全去了，胜之不武，遗人笑柄。

想想也是的。爷爷说话，太风趣了。

“好了，”爹说，“桢儿就留在家里，陪着爷爷，静听佳音吧！”

或许是受了爷爷说话风趣的影响，爹用了这么个文雅的词儿。

前方是怎么厮杀的，他不知道，他知道的是，刚到戌时，忽有军士来到家中，传周通判的令，让他陪爷爷去指挥使司衙门。爷爷问军士，周现是怎么说的，军士说“军爷说去叫老——”发觉失口，忙止住。再问老什么，军士说老将军。爷爷脸一沉，说周现从没有叫过我老将军，叫什么你就直说吧。军士略一迟疑，上前一步，附在爷爷耳边说了句什么，爷爷爽朗地笑了，说道：

“你不说我也知道是这个！”

去指挥使司的路上，爷爷问军士，王守备可在，军士说，两人都在，是周通判让他来叫的。

来到衙门，王德和周现都在签押房等着。蓝炭炉子上，坐着一把大铜壶，水已烧开，突突地冒着热气。大冷后，为省柴火，平日议事，不在大堂，改在这小小的签押房。

“老先生，惊动你了！”

王德起身让座，周现拱拱手，算是打过招呼。

爷爷坐下，指指一边的凳子，如桢也坐下。

“哟，如桢也来了。”周现可大了声说，瓮声瓮气，明显是无话找话，“比老大秀气，比老二结实，将来也是一员虎将。”

如桢不作声。

对这两位上级将领，他有不同的看法。守备官四十出头，圆团团脸，留个小胡子，一副忠厚相，韬略上差了些，人还不错。通判官就不然了。此人倒也高高大大，相貌堂堂，只是不能细看，更不能久处。细看就看出蠢相，久处就知其阴狠。就说那双眼睛吧，深深的双眼皮，睁圆了鼓鼓的。平日半眯着，还有几分妩媚，定睛瞅人时，直愣愣的，额头都要起了皱折。眼珠子每瞪一下，身上都要使一下劲。最爱瞪了眼，说些不着边际的齐头子话。年轻官佐，背后称之为周瞪眼。申明过事情的来由，王德说：

“这次伏击，全靠了杜家兵将。”

周现接上来了句：

“是骡子是马，得拉出来遛遛！”

这话别人说来，后面两个字是遛遛，听了柔柔的，周现这么说，听起来像是齐茬儿断了。爷爷不干了，淡淡一笑，反唇相讥：

“谁家深更半夜，出来遛骡子遛马的。”

周现要说话，王德像是怕说漏了什么，忙打圆场：

“刚送走国梁将军和二位公子，我跟周通判坐在这里，喝茶等候消息，未见分晓，心里难熬。是我提议，何不请老先生来，一起喝喝茶，叨叨古。老先生懂茶，喝了一碗，觉得如何？”

“叶子是上好的叶子，炮制稍过了点。”

“说得对，我也觉得烤得有点过了。老先生年轻时走南闯北，见多识广，随便叙叙，让我们见识见识。”

“老杜啊，人家说你什么呢——”

周现说着，眉尖朝上耸耸，眼珠子使劲瞪瞪，做出一副吃力思考的样子。看他想个事这么吃力，爷爷摆摆手，笑着说：

“吃重了，吃重了。”

如桢觉得爷爷这话太俏皮了，好像是在谢罪，自己的什么事，不该像磨盘一样压得人家想不起来。

“看看，刚才还在嘴边，什么事呢。”

周现的眉头，拧得更紧了。

“轻点想，或许就想起来了。”

爷爷这么一说，如桢差点将嘴里的茶水喷了出去。料不到的是，爷爷这句打趣的话，竟让周现的脑子开了窍，使了大劲儿想不出的事，一下子就想了起来，大腿一拍，说道：

“老杜你年轻时在苏州逛过窑子，南方女人水白水白的，干着美扎啦，是吧！”

周现的话不快，只是咬字太重，本该轻声的地方，从他嘴里出来，跟锤子砸似的。知道他是在说，南方女人水灵白净，话音却是“夫盆夫盆”，猛一听像是说，南方女人洗澡用水盆，用起水来一盆又一盆。这么简单的意思，表述起来这么费劲，难怪爷爷先说他吃重了，劝他轻点想。还有那“美扎啦”，该是说男女交合的快感，只是不明白，这“扎啦”是美到什么程度。这周通判，乃大同镇总兵帐下拨转任用，该是有历练的。如桢只是不明白，这样一个有历练的人，运思何以如此迟钝，说话又何以如此粗鄙。

他不知道，他这样想的时候，爷爷那边，早已忍不住了：

“这是通判官当问的话吗？”

“球，问问又不是要你银子！”

周现大不以为然，说罢还得意地瞟了王守备一眼。

“你是不是觉得对一个老达子，说什么，怎么说，全无所谓？”

“啊，谁说你是老达子了？”

“你，周通判——周现！”

“我甚时说的，你说，你说！”

“就是刚才。”

“噫，我说了吗？”

周现转过身子，瞪大眼睛问王德，王德不作声，扭转脸看炉子口的火苗。

“顺卿兄，我说了吗？”

顺卿是王德的字。

“实甫兄没说。”

王德头也不抬。实甫是周现的字。

爷爷不作声，只是冷冷地盯着周现。周现看似招架不住了，突然哈哈大笑起来。

“顺卿兄，别哄老杜了，我说了，我确实说了。我的原话是：去杜府，把杜如桢叫来，也把老达子叫来。这有什么，这是亲切嘛，不是亲切，我还不这么叫呢。怎么，你不知道人家背后都怎么叫你？这回知道了，美扎啦？”

爷爷站起来要走。

如桢也站了起来。

事后细想，边镇上，给先人在元朝任过军职的人叫达子，不见得有多少恶意，只能说是一种戏谑。一百多年了，没人在乎。端看在什么场合，用的是什么语气。像周通判这样，明显是一种歧视，爷爷动怒，也就不稀罕了。

见爷孙俩要走，王德忙拦住，劝两人都坐下。

周现沉下脸，站起来侧过身子，提起一只脚，踩在椅子上，齉着鼻子说道：

“叫你来是公事，不是私事，今天你再不高兴，也得等事完了才能走。事不完你敢离开这个地方，看我不把你爷孙俩捆起来才怪哩！”

“实甫兄，话不能这么说。”

王德不高兴了。周现不理王德，只管自个儿说下去：

“老达子，听清了吗，说你哩。我也知道，话不能这么说，那就权当我啥话都没说，是放了个屁，大臭屁！”

四人都不作声，只有炉口的火苗，呼呼地闪着。王德站起，劝了几句，爷爷这才气呼呼地坐下，如桢也跟着坐下。待王德坐定之后，周现这才收回踩在椅子上的脚。爷孙俩坐的地方，离炉子近，墩在炉台上的铜壶，哧哧地冒着水汽，直往这边飘。过了许久，别说爷爷，如桢也待不住了。正在这时，院里传来一声长长的“报——”，声儿未了，人已冲进签押房里，上气不接下气地说道：

“杜将军回来了！”

如桢听了，知道是说父亲。王德和周现同时站起，也几乎是同声问道：

“结果如何？”

院里早有人应声：

“该问的人在这儿！”

接着嗵的一声，人还没有进来，一个血糊糊的人头掷了进来，滚了两圈，在桌子腿前停住。王德低头一看，叫声快扔出去。有军士过来，揪住人头上的辫子，弓着腰跑了出去。听见砰的一声，像是扔在签押房外，那棵老松树的根上。

进来的人是大哥如松，脸上涂了烟墨，黑乎乎的分不清眉眼，袍子上血迹斑斑，有一处还像是让利刃划破了。

接着进来的是二哥如柏，样子比兄长好不了多少。

最后进来的是爹，上前作了个揖，说道：

“国梁复命，差事办完了，吐鲁谷的首级取到，蒙古骑兵全打散了，天太黑，斩获不是很多。销差吧！”

说着上前一步，将一枚长方形的铜牌放在签押桌上。一面回头问如松，吐鲁谷的首级方才是不是提在你手里，让守备和通判看过了没有？如松说已看过，爹一回身，这才

看见坐在一旁的爷爷和他,惊异地问道:

“你们怎么在这儿?”

如桢还未顾上开口,爷爷冷笑一声,说道:

“多亏你们得胜回还,要是大败而归,我跟老三,这会儿就让押起来了。”

爹转身问王德和周现,这是为何,王德尴尬地说:

“老先生言重了,没有什么,全是误会。”

周现接上,不羞不臊地说:

“公事公办,不敢徇私!”

“怎么能这么说话!”王德狠狠剜了周现一眼,一面安抚杜国梁等人退下歇息,一面吩咐身边的军士,送杜俊德爷孙回府上。

“走得动!”爷爷说着,径自出了签押房。

杜家众人,连忙跟上。签押房外的军士,赶紧提了灯笼,在一侧照路。

走到松树前,脚下一团黑乎乎的东西,爷爷取过军士手里的灯笼,前照照,后照照,又俯下身子细细辨认,后退一步,惊叫道:

“这是哪个!”

正好大哥走到身边,以为爷爷是看了死人头害怕,安抚道:

“吐鲁谷,我们伏击的敌将首级,爷爷认识他?”

爷爷又叫爹上前辨认,爹接过灯笼,俯身一看,也愣住了。

“谁,是谁?”爷爷连声追问。

“魏昂!”爹应了句,声儿都颤了。

“我姨父!”大哥跨前一步,也认出来了。

“怎么会是他呢?”爹叫苦不迭,转身问大哥,“松儿,接仗时,一点觉察都没有吗?”

“黑咕隆咚,冲上去就杀就砍,怎么会想到是我姨父。噫,是不是他们知道!”

大哥要进去论理,爹拦住了。爷爷转身,拨开父子二人,如桢忙跟了过去,爷爷走了两步停住,朝着签押房里说道:

“王守备,周通判,这战功我们不要了,记在二位名下!”

三

想到这儿,如桢由不得叹了口气。

来到东门,拴了马,顺着坡道往上走。

一队军士,十来个人,正在敌楼前等着。为首的,是个清秀的年轻人,一眼就认出,是学青,二嫂的弟弟,也算他的弟弟。

"我就猜着,今天该你们这个棚!"

边军的编制,早年传下来,最小的单位,叫棚。大概起初住的,全是椽子搭起的棚房。

年轻人憨厚地笑笑,看得出来,很喜欢今天的安排。

"来了一阵了?"

明知不会早来,也不会迟到,如桢还是问了这么一句。

学青依旧是憨厚地一笑。

如桢心里,由不得感慨,嘉靖二十四年,马营河堡返回的路上,遇见鞑子欺负慕青,学青还是个小孩子。两人躲在破车架子底下,是那样的恐惧,如今的学青,已是精悍小伙子,边军的下层官佐。

该走动了,学青叫了声哥,提出一个谁也没有注意到的问题。

"你说,咱们这会儿站的这个地方,是叫敌楼,还是该叫堞楼?"

"噫——"

这可把如桢问住了。

他没有勉强回答,问这问题,是学青想到的,还是听别人说的。学青指指身边一个军士,说是张胜刚刚问他的,他答不出才问的,以为哥读书多,准能答出。如桢扭身,看那个叫张胜的军士,一张娃娃脸,倒有几分面熟。先不回答问题,先问这孩子是谁家的。城里的人家,没有不认识的。一听这话,学青来了兴致。

"哥,你不记得了,那年从马营河回来,叫鞑子砍了的那个车夫,他是老张家的二小子呀!"

再看，确实像，年轻，比他爹要精悍得多。

“是叫张胜吗！我问你，怎么琢磨这么个问题？”

对爱动脑筋的年轻人，他总是格外感兴趣。

“哥！”张胜也跟上学青叫起了哥，“我总觉得，该叫堞楼，不能叫敌楼。”

这倒有趣，如桢问为什么，张胜说，这是个瞭望敌人的楼子，不是敌人的楼子。要是因为能瞭望见敌人，就叫成敌楼，那我们手里的刀枪，是杀敌人的，不是该叫成敌刀敌枪了吗？他以为，这个楼子，该叫堞楼。城墙上那些垛子，叫堞，这楼，早年的城墙窄，就是建在堞上的，人们就叫成堞楼。叫着叫着，忘了先前是怎么来的，只知道是用来瞭望敌人，就顺着音儿，叫成了敌楼。

如桢说，是这么个理，要改也难。叫成敌楼，也有叫成敌楼的好处。古书上说，艰难之中，勿忘在莒。我们在边关，正是国家艰难之时，给这个城门楼子，叫成敌楼，见了提醒我们，不忘守卫的使命。张胜真乖巧，立马说：

“我也只是这么想了一下，跟学青哥辩着玩呢。”

如桢心想，这个年轻人，能这样想事，真是太聪明了。看去还小，问多大了，说十五，一旁学青笑了。

“胜子，你给咱哥说实话，你到底多大了！”

“就是十五嘛！”

“你呀，入了营，没人查你了，给哥说了实话吧！”

“属蛇的，我也不知道该着多大了。”

如桢默算了一下，属蛇的，才十三岁，个头倒也不矮，比学青低不了多少。再瞅日头，不早了，该巡查了。

“开始吧，先往南！”

他发了话，一队军士，学青领上，晃晃悠悠地，朝南走去。

如桢呢，并不跟上，待军士们走出一截，才动了脚步。城墙上头，也有十几步宽，军士们巡查，走的是中间，他走，紧贴着垛口。走上一阵儿，还要手扶垛口，朝外看看。

高了三丈，看城外，眼界开阔了许多。

看了由不得想笑，蒙古人的营帐，多少年了，还是这么破破烂烂，不成个景象。

他的对比，是嘉靖二十四年，他十三岁上，头一次看到的围城的情景。那年，大哥如柏,也就是学青这样的年纪,已是城门的值守官了。他说要去城墙上看看,大哥二话没说,就带他去了。上的也是东门城楼。

此刻城外,蒙古人的毡帐子,还是那么灰乎乎的,似乎就是他十几年前见过的,这次围城,又带来用上了。

有个现象,引起了他的注意。

噫,心里一惊。

营帐之间,隔开的空儿,似乎比前些日子小了许多。再看,可不是嘛,不远处,苍头河的河岸上,有几棵树,记得上次巡查时,两个营帐之间,几棵树全都能看见,今天看不到了,好像多了一个营帐。这说明,后面的营帐,往前移了许多。

这是什么意思?

莫不是要攻城?

不会吧,围了四个月,天天说要攻城,也没见攻过一次。

这次围城,确实跟以往不一样。

不一样处在于,是大同出了事,殃及右卫的。

这些年,蒙古草原上起来一股大势力,为首的是吉囊和俺答两兄弟。两人各有各的领地,各有各的攻略方向。老大吉囊,领地在河套一带,正对着陕西关中,土地肥沃,物产富饶。老二俺答的领地,原本在开原、上都,最贫瘠,也就最喜掠夺。后来渐渐强盛,占领漠南丰州一带,垦地筑城,招降纳叛,势力大增。到嘉靖二十年以后,麾下竟有十几万人,亦兵亦牧,不时侵犯大明边塞。正对着的,恰是大同和宣府一带。

俺答麾下的兵马,由多位将领统率。人数最多,战斗力最强的一支,是他的长子黄台吉,明朝这边,管他叫辛爱。

嘉靖三十六年九月,辛爱率兵入塞,一路南下,攻破应州、朔州等七十多个城堡。烧杀抢掠之后,押着掳来的工匠妇人,还有一车车的粮食,从容退回塞外。大同总兵杨顺,不敢出城迎战,退返之时,又不敢拦截。直到蒙古兵全部撤回,才派出兵勇,搜出避难的士兵和平民杀了,说是斩敌首级,冒充战功,解脱自己的罪责。

这事做过多次,屡试不爽。

这次爽了,砸在一个叫桃松寨的女人身上。

这女人,是辛爱的一个宠妾。

辛爱率大军南下，后院的蒙古帐篷里，出了事。桃松寨耐不住孤单，跟辛爱一个留守军官私通，闹出了响动。这女人知道，辛爱回来保准知晓，一知晓保准叫砍了她脑袋。索性一不做二不休，便趁辛爱尚未班师，来大同投降了杨顺。

这个烫手的山药蛋，扔都扔不脱，可笑杨顺，竟以为奇货可居，接收下来。一面好生养着，一面作为战功上报朝廷。更可笑的是兵部尚书许论，竟同意了杨顺的报奏，只是指令要加强防范，莫中了强虏的奸计。

辛爱也没有什么奸计，只是觉得自己的女人与部下私通，又弃他而逃，太没面子。派人进大同对杨顺说，他刚回来，不想再出击，将这贱人交还就算了。要是不交还，他的兵将刚刚卸下盔甲，再穿上不怎么费事。一旦穿上，就可以踏平大同城，玉石俱焚，片甲不留，看你如何再向朝廷谎报战功。这些话，当然是以俺答的名义说的。

杨顺一听也就害怕了，忙给朝廷打报告，说俺答的用意难以猜测，不必因为一个女人再启边衅，拟将桃松寨还给辛爱。兵部尚书许论一听也有道理，就同意了。

直接送还，有伤颜面，杨顺想了个办法，哄骗桃松寨说，现在两边已停了兵戈，辛爱放了话，不再追究此事。你在大同待着，不是个办法，不如我派人送你回草原，找个地方隐姓埋名住下，过你的日子好了。多带些银钱，保你衣食无忧。

于是在一天黑夜，派兵丁带上银两，送桃松寨出了城，往西走去。

这里安排好了，又派人告知辛爱，在什么地方等着，就可以抓住桃松寨。当然，还要交代，带去的满车银钱，是送给你的礼物，暂且不要兴兵侵犯大同。半夜里，一队车辆，行至某处，忽然蹿出一彪人马，冲过来一刀结果了桃松寨的性命。满车的财物，自然归了辛爱。

其时正是深秋时节，俺答父子，没想到杨顺如此昏庸，决定一不做二不休，趁内地没有防备，来个二返长安，再次发兵，围了大同，连带也就围了右卫。

右卫这个地方，还有左卫，都是一样的，当初设立的时候，说是拱卫大同，就是叫蒙古人围的。不围，攻打大同，就难以招架，围了，攻不下，就缓解了大同的压力。

只是此番被围，与以往被围，有所不同。

以往围了，不解救，过上十天半月，也就撤了。围住这儿，是留条退路，便于深入内地抢掠的大部队，安全后撤，退回草原。今年蒙古地面，遭了大灾，靠抢掠的那些粮食，怕难以过冬。俺答一面围了右卫，扬言要屠城，一面派人去京城，通过官员，上报朝廷，要求开通马市，交易粮食器物。朝廷仍本以往的对策，严词驳回，无须置议。俺答以为，只要围下去，朝廷怜恤百姓，总会给答复的，没想到，朝廷也拧上劲儿，就是不给这个面子。俺答只好硬挺着，围了一月又一月，这不，都进入四月了，还是不撤。

学青领着巡查的军士走远了，如桢急忙离开垛口，紧走几步，赶了过去。

边走边想，营里的朋友说，王德大人和周现大人，两个今天要来东城查看。都这个时分了，怎么还不见人影？

正想着，只见前面，城墙拐弯的地方，出现几个军人的身影，定睛细看，打头的正是王德大人。走近了才看见，周现大人也在里头。心里暗自庆幸，这样好，不用先跟周现打招呼。

到了跟前，先问候王守备好，再朝周现笑笑，算是问候过了。有围城前夕的纠结，此刻行走中相遇，如此应付，对谁都好。心说这个事，眨眼就过去，不料，王德停住脚步，回头对周现说，该不该跟鞑子谈判，问问如桢这样的青年官佐，看看他们什么态度。周现似乎不反对，对王德说，那你就问吧。

如桢有些好奇，什么事，要在城墙上问他这样不担事的人。

王德先不说问什么，而是说，几个月了，城里的粪便送不出去，你说说，这气味像什么。他笑笑，不作声，知道这不过是个引子，下面该说什么，自然会说到。不料，王德这话，还真不是引子，自个儿先说了：

“天天去衙门，有天路上，闻着这个味儿，我就想了，咱们全城啊，像是冬天钻在被窝里，放了个大臭屁，胳肢窝里，脑门囟上，全都是臭的，你说是不是？”

这比喻太精彩了，扑哧一下，如桢笑了。周现眉头皱了几下，瓮声瓮气地说：

“顺卿兄，你跟年轻人好好说嘛，这哪像是说正经事！”

王德这才把正经话说了。

正经话，没几句，说围城四个月，城里家家户户茅房，都是屎溢尿满，整个城里，更是臭不可闻。他跟周现商量，是不是跟城外的鞑子商议一下，放个口子，让城里送粪的车，走动几天，将粪便送出去。周现不同意，说这是向敌人乞求可怜，有辱大明边军的声誉。

显然，王德的话，不能完全代表周现的看法，不等王德说完，周现就插了嘴，说他的意思，不全是向敌人乞求可怜，也不是说有辱大明边军的声誉，而是说，这种事，太可笑了，有为吃喝跟敌人谈判的，哪有为屎尿跟敌人谈判的，传出去，外人怎么看我们，后世

的人,又怎么看我们。末了用他那浓浓的南路话说:

“这种日尻子卖屁眼的事,九边传开,你跟我,怎么有脸见人啊!”

“啥事就是啥事,想那么多做啥,咱们是为全城的百姓着想,哪管那么多。”

“如桢啊,你年轻有才学,你说说,做事能不考虑,传出去是啥名誉嘛!”

这时候,他倒是觉得,周现的考虑,不是没有道理。只是他想不通,这事,跟城外的鞑子商议,能不能商议得通。他说了自己的顾虑,没想到,王德说,不是个难事,外面的蒙古人将领,这么多年来来去去,是谁他都知道,真要去说,没有说不通的。当然了,绝不能趁此机会,夹带做别的事,比如运进武器,运进炮药。蒙古人实在,不动歪心,要是叫他们知道,借此机会做了别的事,后果是很严重的。王德乐呵呵地说:

“如桢,你说这个谈判,是做得呀,还是做不得?”

“小伙子!”周现一脸正气说,“再怎么,也要考虑一下脸面吧?”

还真叫他作难了。

想了想,还是围城前夕的事,在心里占了分量,他说:

“我觉得,粪便运出去,城里干净了,跟鞑子们打起来,心里都是痛快的!”

王德和周现,也只是问问,并没有当下就定下来的意思,又说说笑笑地走了。顺风,走出一截,听见周现说:

“这小达子,倒是个边将的材体!”

要在过去,这话也不能说多么难听,周现向来以名将自居,边将的材体这样的赞语,轻易不会给年轻人的。有了围城前夕的纠结,此刻听了,如桢心里那个气呀,直想冲过去,抡开手臂,朝周现那蛤蟆脊背似的脸皮上,抽上几巴掌。

也只是这么想了一下,实际的动作,不过是狠狠地瞪了一眼。

四

值守回来,匆匆洗过脸,便去了偏院,来到爷爷的书房。他要看那个“象喜象忧”的新解,看能不能得到爷爷的夸赞。

爷爷正在写字。

一声不吭，站在一侧观看。

爷爷是临。

不是看着临，是背临，临的是鲜于枢[①]的《烟江叠嶂图诗》。这首诗，原本是苏东坡写的，家里有苏东坡的帖子，爷爷不临苏东坡，偏要临鲜于枢的。鲜于枢字困学，爷爷提起来，总是称困学先生，而说起苏东坡，却称作大苏，不说东坡先生。他觉得，这是爷爷的怪气，也可说是一种边鄙之气。

这话，他跟二嫂说过，二嫂问他，边鄙之气，这词儿是哪里来的。

他说，是读《史记》看来的。书上说，荆轲刺秦时，随荆轲去了秦国的，有个叫孙舞阳的人，见了秦王，吓得腿直哆嗦，荆轲替姓孙的遮掩，说是"边鄙之人"如何如何，他就由不得想到，爷爷的这些毛病，该是边鄙之人才会有的一种偏执之见。二嫂笑他，人家是念书学厚道，他这是念书学刁钻。话是这样说，能看出二嫂还是喜欢他这个刁钻劲儿的。

不过，爷爷的字，那种硬劲儿，确实近乎困学先生，而没有东坡先生的丰润。

写完一方白麻纸，搁下笔，爷爷这才侧过脸，笑笑。

如桢在对面坐下，也是笑笑，不言语。

"看你兴兴头头的，像是有什么喜事？"

"算不上喜事，只是对一个典故，琢磨出点新意思，想跟你老人家说说，看我的想法对不对。"

"快说，快说！"

爷爷伸开手掌，扣在桌面上，布满青筋的手背朝了上，连拍了三下。

看着爷爷和善的面容，如桢心里满是欢喜。

干咳了两下，清清嗓子，这才说，前些日子爷爷给他讲的那个典故，也可说是个成语，叫"象喜亦喜，象忧亦忧"，他有了新的理解。为了下面转圜起来，不太突兀，他将故事又说了一遍。特别强调，爷爷当初说这个典故，是说舜这个人呀，孝敬父母，友爱兄弟，可说是个完美的古人。

"你说不是？"

---

① 鲜于枢，元代书法家，字伯机，号困学山民。

“是，但不是你说的那样的是。那样说，把象的好处抹杀了。”

“噢？”

爷爷听着，两只手相互握着，揉来揉去活动血脉，眨眨眼，诡异地一笑。

如桢说，他是从舜两次逃脱的方式上，看出问题的。头一回是上房缮草，说舜是抓住两个斗笠，跳了下来。这还说得通，或许是日头毒，上房之前就戴了斗笠，一个不行，戴了两个。淘井就不同了，他怎么知道，父亲会下毒手，一下去先在旁边挖好秘道，等他父亲在上面填土的时候，便从秘道逃了出去。

爷爷不说话，仍是眨了眨眼。

如桢不理，只管自个儿说下去。还有最后，他逃走之后，弟弟和父母分了他的妻子与家财，弟弟说主意是他出的，他有优先权，可他要的是舜的两个妻子，还有舜喜爱的古琴，粮食财物，全归了父母。不多时，舜回来了，象说，他的悲伤还没有过去，你怎么就回来了。从这种种迹象看，象是暗中保护着舜，又不能明说，只能给他使个脸色，遇上什么事，象面带喜色，舜就知道平安无事，象面带忧色，舜就知道要防着了。

“哦——”

爷爷面露惊喜。

“我看这个成语，确是说兄弟和美的，只是不像爷爷讲的那样，说舜如何爱戴他的弟弟，象高兴了他就高兴，象忧伤了他就忧伤。而是说，兄弟和美，又不伤害父母的感情，要互相帮衬着，这才是兄弟相处之道。”

“妙，妙！”

爷爷大为赞赏。说着取过一个白瓷碗，端起小瓷壶，倒了一碗，汁儿黑乎乎的，像是稀释了的黑酱。如桢端起，抿了一口，苦苦的，涩涩的，一点儿也不好喝。爷爷看出他的感受，笑笑说：

“别一下子咽下去，含在嘴里品品再咽，全在回味上。上好的黑茶！”

按爷爷的法儿再抿一口，果然有那么点意思，究竟什么味儿，还是个说不清楚。

他喝的空儿，爷爷转过身子，在身后的小书柜里，取出一沓诗稿，递了过来。

“快来看我的长诗，活活气死白香山！”

如桢接了过来，站在桌前，放开声儿念下去：

唐皇重礼又忧国，
御宇多年难磨合。
谁人不跟父母亲，
尊父为皇错什么。
可惜朝堂皆莽汉，
指责我皇太出格。
从此奏折多留中，
圣意嘿嘿难捉摸。
君臣情势似水火，
国之大事全耽搁。
西陲强虏名蒙古，
本是鞑靼之遗孑。
自打三卫俱后撤，
山西从未安宁过。
一代枭雄数俺答，
兄弟子侄头领多。
各统步骑三五万，
内中辛爱最凶恶。
妻妾本已难招架，
又收桃松寨一个。
此女狐媚又淫乱，
从此毡庐多劫波。

“停，停！”爷爷做了个停止的手势，“太长了，不必再念了。再念下去，气不死白香山，倒把我羞死了。”

“我觉得挺好的，多顺溜啊。”

“模仿之作，当然顺溜啊。白香山是以汉朝比喻唐朝，我是以唐朝比喻明朝。”

“没写完啊！”

“后头没法写啦,你看这些日子,满城臭烘烘的,再写得写,右卫城里臭烘烘,军士持戈掩鼻行。传出去,岂不是大笑话!”

“全写完了,有多少句?”

“再长也不会超过一百二十句,也就一百零几句吧。”

“这是为啥?”

“憨娃,白香山的《长恨歌》一百二十句,长律里,这是天,怎么也得给白老爷子留个面子嘛!”

“你诗里说留中,啥叫留中?”

爷爷捋捋稀疏的胡须,颇为自负地说,这是朝廷的用语,大臣的奏折递上来,不说是,也不说不是,压在中枢,就叫留中。嘉靖爷最爱做这号事,弄得奏事大臣一点脾气也没有。遇上要紧的事,能把办事大臣急死。他才不管呢。他是藩王世子扶正,继的大统,一门心思,想的是把自己的本生父尊为太上皇,大臣们碍于国家的法统,死活不依。君臣两边,为议礼之事,顶起牛来,他能常年写青词,做醮事,不理朝政。

接下来说,不谈这些了,听我给你说说围城的事。

反正吃饭还有一阵子,如桢且以手支颐,耐心地听起来。有些事情他已知道,也装作不知道,讨老人个喜欢。

爷爷端起茶碗啜上一口,清清嗓子,这才说起来。

这次围城,何以先前似围不围,忽然又围了个严实。责任不能怨前线将士不用命,要怨就该怨朝廷上的人,犹犹豫豫拿不定主意。一会儿想发兵解围,一会儿又让固守待援。鼠首两端,进退失据。不知道的还以为是前线领兵官,拥兵自重,不肯用命。究其实,是中枢要员,认识不到右卫对大明边防的重要,意欲弃之。就像永乐年间,丢义州以南大片疆土,将东胜卫废弃,将玉林卫和云中卫后撤,一个附于右卫,一个附于左卫。意欲弃之者,是兵部左侍郎严世蕃,听信了这一套的是当今首辅严嵩。父子二人在朝廷的权势,没有人敢惹。兵部尚书杨博,有胆有识,最得皇上信任,惜乎以父丧去任,回家守制去了。接任的是宣大总督兼山西军务的许论前辈,早年曾著《九边图论》,向称知边知兵。只是年纪大了,多一事不如少一事,凡将帅黜陟,兵机进止,悉听世蕃调拨,声望大损。这次世蕃提议放弃右卫,许论竟然也同意。首辅和兵部都主张放弃右卫,看来右卫要解围,没指望了。只有静等着城破身亡,或是蒙古人主动撤围而去。

“放弃右卫？真有这回事！”

如桢大吃一惊，以为此事绝不会有。

爷爷摆摆手，啜了口茶，神色和缓下来。

接着说下去，说合该上苍哀怜右卫，不忍弃之荒野，事情在不经意间有了转机。到了今年二月间，右卫围城已三月有余，城中粮秣告罄，军人民众，掘鼠而食，析骨而炊，其状之惨，堪比安史之乱时，唐代之睢阳。大同抚台，宣大制台，不敢隐瞒，如实禀报，皇上听闻，深以为忧，密问首辅严嵩，该如何处置。严嵩原先明明主张放弃，又不愿意这话从他口中说出，请皇上降旨谕问本兵。本兵者，兵部尚书也。

许论也是老于世故，商之于首辅，说若轻言放弃，皇上不悦，怪罪下来，于本兵不好，于首辅也不好。不如夸大救援费用，将皇上吓住，难以发兵施救，不放弃也就放弃了。严嵩认为此计甚好，让兵部速办，许论呈上折子说，要解右卫之围，恢复右卫军马，非五十万金不办。以为这么大的数字，定将皇上吓住，想不到的是，万岁爷这回动了慈悲之心，颁下钦旨，如数拨付，只盼边地军民，早日解脱苦难。

“这么说右卫解围，指日可待了？”

爷爷微微一笑，摆摆手。

说别急，皇上下了旨，只能说是个转机，能不能尽快解围，还得看下面的臣僚，动作是快，还是慢。快了，就行，慢了，还是个不行。好在这次，皇上看出，靠现任兵部许论，办不了这个差事，随即降旨，将许大人免职，重新委任杨博为兵部尚书。许大人这职务，原本就是接下杨大人的。杨大人在蒲州老家守制，要他夺情，立马赶回，接管兵部，部署解围之事。

如桢故意做出着急的样子，说道：

“哎呀，蒲州右卫，都在山西，要解右卫之围，该就近到大同部署，回北京做什么？”

“这话问得好！”

“我是瞎说哩。”

爷爷说，全是实话。大同屯有重兵，部署解围之事，该径来大同，回了京城，还得来大同，不光绕远，还会误事。朝廷的人，也考虑到了。不知哪位大臣奏明皇上，皇上又降旨，不必来京，径赴大同可也。同时给杨大人加衔，总督宣大兼及山西军事。听说杨大人到了并州，原本要东出娘子关，接旨后拨转马头，过雁门关，直奔右卫而来了。

说到拨转马头，爷爷双手握拳，双肘紧贴两肋，挺起身子，做出一副揽辔策马，转身而来的样子。

如桢看了，由不得想笑，又不免疑惑，问爷爷，这些事，你是怎么知道的？

爷爷说，未围严时，街谈巷议，众口喧腾，没有不知道的。至于最近朝廷的部署嘛，嘿嘿，是老夫掐算出来的。

这是爷爷在卖关子，他也不深究，只管陪着笑笑就是了。

爷爷谈围城时，如桢将《桃松寨》诗稿叠好，放回小书柜二层的抽屉里。这层数，不是爷爷取诗稿时他记住的，是爷爷取了诗稿，忘了推回去，小抽屉一直那么张着。他将诗稿放进去，正要推回去，看见里面有张麻纸怪怪的，顺手拿起看看，一瞅就明白这是一张怎样的文书。

多少年来，他就听人说过，爷爷年轻时风流倜傥，去苏州办货，带回姑嫂二人。嫂嫂大，姑子小，这嫂嫂本是苏州名妓，因仰慕爷爷人品风度，竟带着婆家小姑，一路打听，寻找到右卫投靠爷爷。原本是要跟爷爷成亲的，到了右卫才发觉，爷爷妻室儿女俱全，绝无婚配的可能，就是做妾也指望不上。无奈之下，将小姑托付给爷爷，自己在右卫开了家茶楼妓院，名为姑苏春。自己接客外，还从苏州接来几个小娇娘，又着意培养了几个大同女子。一时间声名远播，大小客商，多慕姑苏春之名，来右卫投宿打尖，以便消受这里的江南美色。

几年过后，姑苏春里的姑娘们，不光彰显了大同妓女的声名，流风所及，还提升了周边卫所女人的品位。一时间，无论是穿衣打扮，还是言谈举止，都追逐模仿，讲究个苏意儿。可是有一年，这姑苏春妓楼，忽然就关了门，家具悉数变卖，人员全部遣散。接下来传出的消息就更玄了，说是这嫂嫂，竟当着爷爷的面，引刃自裁了。

这张文书上，虽没有写明事件的经过，寥寥几行字，说的竟是这件事的结局。

麻纸上写着：

我杜俊德若辜负荣娘嘱托，不能好生安置文娟，日后必遭报应，黄沙盖脸，尸骨不全。

嘉靖丙戌正月十六日，杜俊德书

手指掐算了一下，丙戌是嘉靖五年，这是爷爷三十多岁上的事。拿上这个纸片，正要问爷爷，心想这回好多疑问说不定一下子就解开了，只听得门外有脚步声响，忙将纸片放回原处，及至转过身来，只见媳妇沈氏，抱着孩子进来，先给爷爷问过安，再冲着他说：

“爹让我找你，说是后晌让你陪他，去看看二姨。”

“记着哩！”

“你在这儿，没跟爷爷商量一下，给孩子起个名字？”

“急啥呢，爷爷说让他想想，是吧？”

爷爷站起来，伸出一个手指头，摸摸孩子的胖脸蛋，说：

“记着呢，这事还能忘了？”

待沈氏出了门，这才将手里的白麻纸，展开递到爷爷面前。

爷爷看见了，并不责怪，反而笑笑，说这物件儿，当年他是当作宝贝存着的，如今嘛，只能说是个念想了。如桢听了，心里有了底儿，绕到书桌对面，趴在桌上，故作娇憨地说：

“好爷爷，讲讲嘛！”

他想知道的，不是荣娘的命运，也不是文娟的休咎，而是二嫂的身世，换句话说，也是生在边关的这么个女娃，怎么就成了这么个让人爱不够的女人。

“哈哈哈！”爷爷大笑，脸上像是开了的花儿，“这事过去是忌讳，如今嘛，只能当古话讲讲了！”

像是要说了，又像是想起什么，忽然打住，叹了口气。

“唉，等解了围，哪天高兴了，消消停停说吧！”

五

半后晌，日头上了东厢房的窗台，如桢陪父亲去北街，看望病中的二姨。

一出门，父亲就沉着脸，不言语。

转过鼓楼，走出一大截了，仍不作声。

父亲不爱说话，这上头，大哥像父亲。可妈不这么看，说爹不爱说话，是心里吃谋事，你大哥是死眉拙眼，心里不吃谋事。妈这么一说，如桢觉得，也有道理。只是心里，对妈的反感，又加了些分量。

父子俩在前头走着，后头跟个家丁，提着个黑漆食盒，看上去隆重，里面不过是几个醋盏儿大小的油饼。要在过去，这样的看望，怎么也要套上骡子轿车，嫌近不动轿车，也要家丁抬上个三层的大食盒前往。逢上围城，讲究不起了，就是这样的薄礼，也只有他们这样的大户人家才置办得起。

没风，日头红红的。

误杀姨父，父子四个，有四种不同的看法。

大哥认为，只怪自己太莽撞，求胜心切，给家里惹下这么大的麻烦。

二哥认为，这是周现跟王德，串通好了，坑害他们杜家。明知来的是魏昂，偏要派杜家父子出阵，杀了魏昂，陷杜家于不仁不义。这两个家伙，将来犯在他手里，非狠狠地揍上一顿不可。

父亲的看法，与两个哥哥都不同。以为误杀魏昂，不能怪老大，谁在前面，都会有这个可能。也不认为，是周现跟王德串通好了害杜家。一再强调，是自己请的战，周现在场，没说一句多余的话。再就是，他跟王德私交甚好，周现有什么鬼点子，王德不会不给他透个气。只能说事出有因，又凑了个巧，该着杜家父子背上这个恶名。

如桢的看法，与父亲的相近，只是觉得，周现这样的人，绝不是什么好料子，就是这次没有害杜家，往后也得防着。

走着走着，父亲长长地叹了口气。

“唉，看这事做的!”

听了父亲这话，如桢感到，截击战以来，父亲的思虑，实在是太重了。

这个时候，要说个轻松的话题。

他问父亲，姨父怎么去的板升，又怎么起了个蒙古人的名字。

父亲说，蒙古那边，最早建的是都护府，靠大青山那边，叫义州。这些年，往南边扩展，离下义州百十里，另起个名儿叫板升。去了蒙古那边的汉人，不是三十二十，也不是三百二百，海了去了。前些年白莲教起事，官府搜捕急，逃到板升的，一帮子又一帮子。

说着扳起指头一个一个往过数。赵全和李自馨，这一帮子有上千人。周元善，又是一帮子,也有好几百人。刘四,原是老营堡的戍卒,与同伙三百人,杀害了主将叛逃过去。张彦文,大同卫的百户长,早就跟蒙古人有勾结,叫发现了,干脆逃了过去。还有马西川、吕老十,各是一帮子。去过板升的人说,板升这几年,连殿堂都建起来了。赵全这些人,奉俺答为宗主,自个儿打的是当王侯的主意。我们这些年,说是跟蒙古人打仗,实际上最难对付的,是这些家伙。往常蒙古人过来,只是抢粮食,抢女人,现在是连工匠,教书匠,也要掳了过去。

如桢等着说到二姨父。

果然接下来就说到了。

你姨父嘛,也是犯了点事,这边官府要查,才逃了过去的。也不是个大事,只是他在营里,管着账目,不知怎么搞的,少了几十两银子,叫人告发了。唉,要是给我说一下,给垫上不就完事了吗?

他那个名字嘛,就那么回事,他以为起个蒙古人的名字,就没人知道他是谁,就能在板升隐住身,笑话,谁不知道他是右卫的魏昂!

如桢又问,姨父回右卫是怎么一回事。父亲说开了,有几分气愤。

说你姨父怎么会在围城的前一天来右卫呢,根本就不是他们说的那样。人在俺答手下为将,家小仍在右卫。这种情况,前些年挺多,这些年也不是没有。边地嘛,你中有我,我中有你,狗咬连环,撕扯不清。吐鲁谷的部队,驻扎在板升南侧,以序列而论,应是攻打右卫的先头部队。若是由他攻城,家小自然无虞,军机万变,若不是呢,家小岂不是有血光之灾?

思前想后,吐鲁谷决定带一支人马,趁合围之前,冲入右卫城中,接出家小,以确保万全。这样做,不光要避开城外的蒙古部队,还有可能与城内的明军发生冲突,是够难的了。可救家小心切,吐鲁谷还是决心冒险一试。

事不宜迟,说干就干。时间定在十一月二十七日夜间。这机密不知道怎么走漏了,叫长住板升的明军探子侦知,立即快马报回右卫,略去了接家人,只说是某日某时,有一支蒙古劲旅二百多人,要突袭右卫,右卫城里,有人接应。后来分析,战斗中所以出了差错,全在探子传错了话,若说清是接家人,自然能排查出这个鞑子将领是何人,将"接家人"说成了"有人接",就是另一回事,得另想办法对付了。唉,说来说去,还是我太急了些,人家营中的头目,还在那儿推推诿诿,我倒急着抢了过来。

父亲说到这儿,如桢不能不有所表示了。

“爹,你想得太多了。”

父亲止住脚步,扭身面向如桢,正色言道:

“你姨父被杀,我也有责任。我们杜家军打仗,最看重的是接应。前些年,我和你爷爷带兵出战,临阵总是我和众家将在前面冲杀,你爷爷带一队精兵强将,在后面或侧面接应。人常说,打虎全凭亲兄弟,上阵全凭父子兵。我没打过老虎,不知道怎么个打法,或许打老虎要的是,一下子扑上去擒住老虎,得兄弟两个同时发力。打仗不同,不全靠力气,还要动脑子,前后左右,都招呼到。后面有人接应,前面的人心里踏实。有事了,后面的人冲上去,拼死相救,多半会有条活路。”

“爹,走着说。”如桢提醒。

“噢,是的。”走开了,爹接着说,“你爷爷爱看兵书,认住了这个理儿。每次打仗,只要我在前头,他都要做接应。有一回,若不是你爷爷做接应,我就没命了。这回,也怨我……”

“你怎么老说怨你!”

“桢儿,你听我说。那天晚上,我和老大老二一起出的城。他俩去沙蒿子岭设伏,我打接应,离沙蒿子岭还有五里就停住了。这个远近没说的。当时心里还动了一下,像是有什么预感似的。觉得按你爷爷的作战思路,应当是选精兵强将做接应,那就应当是我和老二去设伏,老大做接应。可惜我只是这么想了一下,没有立马换过来。唉,一时糊涂,就铸下大错!”

如桢安慰父亲,说黑咕隆咚的,谁去了也一样。

父亲说他去了,有可能不一样。他只要说一句话,魏昂会听出是他,魏昂说一句话,他也能听得出来。杜家跟魏家是世交,他跟魏昂是发小,又是连襟,就是不说话,彼此心里也会有感应,知道对方是何人。

听了爹的话,如桢忍不住想,爹真是个厚道人,这么长时间了,还是一个劲儿地自责,要是换了旁人,一个公事公办,不敢徇私,就全推开了。

前面不远,就是二姨的家。

见这爷儿俩来了,二姨强支撑着坐起。

母亲是大姐,姨姨是小妹,差下十来岁,这会儿看去,小妹比大姐还要老相些。父亲只是问候，不提过去的事。原本就不善言谈，遇上这样的事，更不知该如何措辞。

稍坐片刻，起身告辞，仍是家丁提着食盒，只是里面空了。

六

回来的路上，爹说，绕个远吧。

也不怎么绕远，只是不走北街，拐到偏东的一条巷子里。

如桢没想到，偏街小巷，这才几个月，就破烂成这个样子。

街边的景象，让人看了，心里一阵一阵地发凉。有的大户人家，好好的院子，除了两间房屋还完好，其余的房子全拆得不成样子。椽子没了，门窗没了，只剩下四面墙垣，高高低低矗立着。如桢说：

“将来解了围，外人一定不明白，又没着过火，又没遭过抢，好好的院子怎么会成了这个样子。再要置办，不晓得要花多少钱。”

“有的人家，怕这辈子都置办不起了。谁也想不到，围城之中，最先断了的，不是粮食，而是柴火。那么好的椽子檩子，就那么拆下来当柴火烧了，造孽啊！”

“这不是姑嫂村吗？”

如桢指指右前方的一处院子。

父亲点点头，绕了点远路，就是要让他看这个地方的。

就到了跟前，父子俩驻足观看。

稍稍高过墙头的青砖门楼，看不出多么威武，只有两边墙头上的砖雕，分外醒目，也分外精致。两扇黑漆门板，漆皮已开始剥落，有的地方麻麻点点，有的地方连成一片，露出木头的本色。一个门扇闭着，一个门扇卸下了，立在门洞的墙上。

如桢瞅了爹一眼，见爹没有要进去的意思，遂独自跨过门槛，朝里张望一番。

不大的一个四合院子，特别之处是，北房和西房是两层，上面一层还有廊庑相连。院里一派荒凉景象，院心的小花畦里，干枯的野蒿有半人高。畦畔的砖台上，房檐上掉下的鸟粪，堆得冒了尖儿。显然不是围城这几个月才撂的荒。

退出来，如桢觉得奇怪，问爹爹，这地方为何叫姑嫂村。

父亲说，老百姓叫姑嫂村，实际是姑苏春三个字，叫得转了音。刚开张，你爷爷要做个牌匾挂起，荣娘不同意，说苏州的青楼没有这么张扬的，只让挂个灯笼，红底黑字，写上姑苏春三个扁字。天黑点上蜡烛，似显不显。老百姓光听音儿，就叫成姑嫂村了。说里面最漂亮的两个女人，一个是嫂子，一个是小姑子。

如桢说，那个小姑子，不就是二嫂她妈吗，那个嫂子，就是死了的荣娘吧？父亲说，两人是啥关系，除了你爷爷，谁都说不清。也有人说，那个大的，是文娟爹的小妾；为主人舍身，真是个忠义女子。这个怕是最靠谱的，要不爷爷不会那么敬重。又说，文娟的爹，原是朝廷命官，犯了什么事，贬到云南去了。

"爹进过里面吗？"

"进过！"

父亲起了兴头，说他十二三岁上，父亲曾带他去过里面，那个小楼可讲究啦，楼下西屋，是个暖室，有个大木盆，可以躺在里面洗身子。墙角有个木梯子，上去是二层的中厅，很小的一个地方，一边一间，就是绣房了。

沉吟片刻，放慢步子，接着说了下去。

说是嘉靖四年前后，有那么几年，这个院子是右卫城里最红火的地方。衙门前的人多，姑嫂村的车多。这儿的嫖客，右卫城里的不多，主要是大同府的，平朔府的，还有附近卫所的。来的，不是骑马就是坐车，当然车多了。衙门前人多，是说衙门前的铺子多，上街的人多。衙门前有个回民铺子，做的油果子特别香，人就编了顺口溜说：衙门前的果子香，姑嫂村的褥子光。这是荤话，是说那儿妓女的功夫好，把狗皮褥子上的毛，都磨光了。

如桢心想，青楼里有暖房，大木盆洗身子，谁想下这么好的主意，又干净又快活。

"爹，听说那几年，边塞的青楼，右卫城里的姑苏春拔了尖儿。"

再厚道的人，提起女人都会亢奋起来。儿子的话，像个灯镊子，在灯芯子上拨拉拨拉，火苗儿就旺了许多。

父亲干脆站住，脸冲着儿子说，姑苏春刚开张，名义是茶馆，也是仿苏州那一套，全是苏意儿。茶壶小小的，茶杯浅浅的，一人面前还放个白净的小手帕，上面绣的兰花呀，梅花呀，花花草草，惹人喜爱。茶嘛，一时进不下货，就用你爷爷从苏州带回来，给自己喝的上好的绿茶。

两个月下来，净赔不赚，再撑下去，杜家的光景都受影响。当初开张，荣娘就想两下里兼着。到后来，实在看不下去，就对你爷爷说，她还是重操旧业吧。你爷爷起初不答应，说将你接到这边鄙之地，原是想让你和文娟过上安逸的日子，怎么会让你重蹈旧辙，做皮肉生意。荣娘说她已是失身之人，在江南失身，跟在雁北失身，没有什么不同，只求文娟能过上平安日子，于愿足矣。

父亲一亢奋，话就撂远了。

起初荣娘以为，在江南是接客，在雁北也是接客，没啥差别。开张没几天，你爷爷借着喝茶，去看个究竟，料不到的是，避开人，荣娘一头扑在你爷爷的怀里，哭得死去活来。你知道的，荣娘原本是你爷爷在苏州处下的老相好。你爷爷这就不明白了，茶馆改青楼，是荣娘自个儿提出，心甘情愿的，怎么会哭得这么伤心。问是不是北方男人火气大，荣娘身子单薄，受不了揉搓才哭的。荣娘说，做这行的，没有怕火气大的。她受不了的是，北方汉子的那个脏，一个个脱了衣服，都跟三年没见过水似的，不光是脏，还有那个味儿，衣服一脱，轰的一股羊膻气，能把人熏得岔了气。钱是没少挣，可这光景她实在是过不下去了。再做下去，笃定叫熏死，恶心死。

那？如桢瞪大了眼。

父亲说，由这儿，你爷爷才想到，将下面西房的一间，改为暖房。生上蓝炭火，放上大木盆。这大木盆，塞外哪儿会有，专门在苏州定做的。外间还是那套苏意儿茶具，小壶小盅慢慢品，有姑娘陪着说说笑笑。高兴了，要办事了，先进暖房，洗呀搓呀，有男孩子在里面伺候。搓洗干净，再由男孩子领上，顺梯子到楼上，钻进被窝等着。想不到的是，就是这么个小小的改革，让姑苏春的声名暴响，大同十三卫的客官不说，连京城下来巡防的大老爷，有那不自重的，也要接待的衙门，安排他们来右卫乐一乐。

“爷爷真是聪明！”

如桢由衷地赞叹。

父亲说，你是说大木盆洗身子吧，这可不能说是你爷爷想出来的。大同古称平城，北魏时就是鲜卑人建的都城。大概从那个时候起，就有西域的胡人，过来做生意。胡芹胡椒连同胡琴，都是他们带过来的。听说那儿有的国家，就有蒸人的风俗，就是弄个房子，外面跟炉子似的生上火，里面水哗哗地冒热气，把人身上的泥渍全蒸得掉下来。再在热水里一冲，干干净净，爽爽利利，舒泰极了。你爷爷交游广，肯定听胡人朋友说过，这才照着做。还有一个来源,说来犯忌,很有可能是跟正德爷学下的。历来传言,说是正德爷一年四季不临朝,整天钻在豹房里寻欢作乐。这豹房很少有人进去过,风传的说法是,凡进去的,都脱了衣服光着身子,皇上这样,嫔妃也这样,跟野兽一样,逮住谁是谁。

如桢大为惊奇。

"啊!豹房是这个意思,我还以为里面真的养着几只豹子逗着玩呢。"

父亲说,如果真的养着豹子,那还不把皇上吃了。你爷爷这个人呀,有本事也有福气。借着马政的弊端,把家族事业扩大了再扩大。如果再大些,可说是边地的豪族了。

如桢说,对我们家族有利,对普通百姓,可是灾难啊。过去死上一匹马,常会弄得倾家荡产,如今只要每年给上少许银子,到了朝廷派员稽查的时候,说是由杜家代养就行了。稽查官员万一较了真,去了我们设在宁武的山地马场,还缺谁家的一匹吗?多数马户图省事,都这么办,一户一点点银钱,光平朔府就是多少户,就是多少银子啊。这真是百姓的苦难,成全了我们杜家的家业。

父亲说,你爷爷这个人,最大的长处,是有见识。

"哦!"

如桢来了兴致,急切地瞅瞅,等于是催促父亲快说。难得父亲今天兴致这么好,想多听听。

父亲朝前看看,像是估摸到家还有多远,该细说还是粗说,一开口果然是,那就简捷了说吧。

他这个人呀,平日说话,常有不靠谱的地方,可细一想,又不能说没有他的道理。比如前些年他常说,没有好女人,别想守住边,有了好女人,守住女人,也就守住了边。光这一句话,没让右卫城里的人笑话死。有人当面质问他,再好的女人能让军营里的男人排上队去弄吗,那还不全弄死了。你爷爷听了一点儿也不生气,过后跟朋友说起,也只是骂句畜生就过去了。那时我还是十几岁的孩子,为他这话,我在人前都抬不起头,这些年快老了才悟出来,你爷爷的话是对的。好女人不是你睡了才知道好,才会拼上命去护卫,连带的也就护住了边。那太小人了。好女人的作用在于,让你知道这儿有天赐的尤物,要好好珍重,好好护卫。好女人对男人的激励,更多的,或许是一个眼神,一个手势,一句话,让男人有了尊严,有了想望。这力量可就大了去了。什么叫天眷,这就叫天眷啊！

“爹，我也是这两年才开始琢磨爷爷这个人的。”

如桢说着，咂咂舌头。

父亲说，有什么就直接问你爷爷去。过去我问他，从不跟我说。如今老了，想跟人说了，我又没心思问了。你是孙辈，问啥都会跟你说的。你爷爷还说过，风化，不风如何化？风者，男女之交合也，相悦也。最显豁的例子，就是慕青她妈，来的时候，文文弱弱那么个小姑娘，我们谁看她都像个小妹妹，可长大了，对我们几个年轻人，影响多大啊。我们做的那些傻事，末了只验证了你爷爷的一句疯话。

“啥疯话？”

“能是啥？朝廷拨下巨款修边墙，你猜他说啥，说边地苦寒，女人的肚子，就是边墙，还不是疯话吗！”

父亲的声儿平平的，如桢听了，一字一字，砸到地上都是坑儿。

走开了，父亲问，今天巡城，有什么情景不同寻常？如桢说，蒙古人的营帐，像是往前移了不少。

父亲听了，点点头，再没言语。

正走着，父亲忽地转身，面对着如桢，像是下了很大的决心，说道：

“桢儿，有句话，原本想回去跟你说的，还是这会儿就说了，今晚有一场恶战，我想来想去，只有你出阵了。”

“哦？”

“前晌你刚走没多一会儿，王德将军来到咱家，说他接到江东侍郎的密信，要他组织兵力，将围城的口子扯大些，准备大军一到，解除右卫之围。还要接一位将军进城，统一指挥城内的兵力。我们觉得，就你做得了这个事！”

太突然了，他要说什么，爹止住。

“不说了，爹给你打接应。”

“什么时候？”

“就在今晚！”走开了，又补充一句，“爷爷说，晚上要给你喝出征酒呢。”

能担负重务，本该兴奋的，可他一点也兴奋不起来，这么重要的事，父亲跟他说起来，竟是这么平淡的口气。

七

那天在路上，父亲跟他说了，要他当晚就领兵出击，回到家里，他去看望了爷爷。在花园书房，正谈得热火，慕青二嫂进来，说出征宴摆好，王德将军已到，请爷爷和他快去。

上房屋里，原本紧靠条几的八仙桌，已移到脚地当间。一身便装的王德将军，坐在上首，正与父亲说着什么，一见爷爷进来，撂下话头，挺起身子站起，抱拳相迎。

爷爷趋前一步，朗声言道：

“顺卿兄光临寒舍，蓬荜生辉！”

王德要离座过来，爹爹赶忙拦住，朝上首另一侧摆摆手，爷爷过去坐下。他挨着二哥，坐在下首一侧，正与祖父相对。另有两员家将，坐在左面。

王德的相貌，看上去就是个厚道君子，外侧眼角下斜，一脸愁苦相。不说别的了，光这模样，就不是周现的对手。

“爷爷，这酒是守备公带来的。”

坐在右侧的大哥，特意指指桌上立着的一个羊尿脬。它看上去灰乎乎的，像个土陶坛子。

“不成敬意。”王德说，“知道你们家有喝出征酒的规矩，我要来不能空手来，正好衙门有罚没的蒙古烧酒，我就提溜了一尿脬。”

羊尿脬盛酒，是蒙古出行的习俗。不怕压，不怕摔，拧紧塞儿，格外严实。

有家丁过来，取了羊尿脬，侧起，给众人面前的碗里倒酒。房间里，立马弥漫开一股烧酒味儿。爷爷夸张地翕动着鼻翼，说道：

“啊，有半年没闻到这么香的酒了。”

如桢知道，爷爷这样说，不过是为了让王德将军高兴。至少十天前，在花园书房里，他还看见爷爷独自一个人，用个小锡壶自斟自饮，且告诉他，花园地窖里，还藏着一坛子上好的烧酒。

母亲领着下人，备的一桌菜肴，清淡，可口，谈不上丰盛，也还说得过去。缺这少那的，真也难为她了。

又吃又喝，很是尽兴，三杯酒下肚，大哥如松，终于忍不住开了口：

“王大爷，有件事我实在看不下去，请原谅小侄莽撞。你跟周通判，同负守卫之责，论官阶你比他高，论年纪你比他长，凡事周通判总是咄咄逼人，蛮不讲理，而你呢，又总是唯唯诺诺，隐忍退让。围城以来，这情形已发生多次，我们这些晚辈军官，早就看不过眼了。再——”

父亲看了王德一眼，打断大儿子的话，说道：

“松儿不可胡言乱语。”

大哥不再作声了，可一脸不屑的样子，能看出心里的不平。

按下葫芦起了瓢，大哥那边不言语，这边二哥又开了腔：

“王大爷，我也是这个看法，周通判这个人，也太可恶了！”

父亲又要冲二哥说什么，爷爷说：

“别拦了，让娃娃们说上两句痛快话，守备公又不是外人。”

王德早就想说什么了，嘴上慢了些，这才接上说：

“老前辈，你说得对，出征宴上，有话敞开说就是了。”

“兄弟俩说的都是实话。”

父亲说着，给王德斟上酒。王德一仰脖子干了，空杯往桌上一搁，说道：

“我堂堂守备官，又何尝看不出周某人的龌龊险恶，只是我也有自己的难言之隐，嗨，不说他了！”

众人张着耳朵，要听个仔细，谁知王德来了这么一句，再没有下文。

“顺卿兄，这就是你的不对了。有什么不好说的，今日在此，一吐郁结，又有何妨？”

爷爷这一激，把王德逼到了墙角，再搪塞说不过去，索性说了个痛快。

“王某军旅二十年，历经战阵无数，这守备官是立军功挣来的，不是巴结逢迎糊弄来的。嘉靖三十三年，我从弘赐堡调任大同右卫守备，过了一年，周现这厮由大同巡抚衙门委派下来，原先不过是衙门书办，一来便是参将。我心说咱不通文墨，来个识文断字的，定能将右卫，打造成边疆要塞，也给督宪和总兵大人长个脸。咱是热心待人，人家是一肚子坏水，处处踩我的脚后跟，事事跟我斗心眼。戍守边关，领兵打仗，谁不是图个前程？怎么才有前程？主将副将，同心协力，多打几个胜仗，就全有了。可此人偏不，明里大话连篇，暗里拨弄是非，弄不清他图的是个什么。惹不起，只有让着。”

说到这里，擎起一杯酒，对在座众人说道：

“不说这些了，今天后晌，我跟国梁兄说过，出城破击之事，就在两天内进行。所以这样说，是怕走漏风声。这种事，越隐秘越好，不能留一点间隙。留下间隙，出了纰漏，对谁都不好。”

“周通判也不知道？”

“江东侍郎有密信，信上说，破击之事，由我一人操持，且在一人左侧，加了圈儿。”

“好，你说吧！”

爷爷大声说，全家人都来了精神。

“听我的！”王德更是亢奋，“我现在决定，喝罢这杯出征酒，马上就领兵出城。喝！”

杜如桢一听，顿时感到热血上涌，一仰脖子，饮了杯中之酒。

谁又能想到，此番出城破击，大获全胜，偏偏在接应他的战斗中，王德将军冲入敌阵，再也没有回来。

只有一点，是如桢没有想到的，他们接回的将军不是别人，而是慕青的父亲守斌将军。马营河堡的守备官，早已是帅府的参将了。

事后方知，这一切都是江东侍郎的精心策划。凡事均避过周现，像是无意间达成这个局面。

数天后，侍郎大军逼近，俺答听闻，连夜就撤了。

第三章　筹边堂

一

筹边堂上,杜如桢直直地盯着书案后头的杨博,想看个究竟。

是谁说的,说你对某人感了兴趣,又估摸不透,就盯住他,不错眼珠地看,看着看着,幻化为一种动物,就是某人的德行了。

大同城内西北角,一大片房子,全是帅府衙门。这筹边堂,在大堂的东侧,算是个军事会议室。帅府,是对总兵衙门的俗称。杨大人身为总督,这是借了帅府的地方,开这么个军事会议。

书案两侧,一侧是总兵郭琥,一侧是巡抚王忬。

这已是解围之后两个月了。

右卫解围,都说是杨博去了才解的。

怎么说呢?

解围的是江东。其时正以兵部右侍郎之衔,总督宣大军事,就近出兵,先到的右卫。杨博由蒲州起身,在并州稍作停留,紧赶慢赶,到右卫已是解围的第三天。还有人说,是蒙古人一听杨博要来,就撤围而去。等于是叫吓跑了。听起来离奇,却更接近实情。江东来了,也没有接仗。

第一次见杨博,是解围后第四天,在自家院子里。

四月初七解围,十一日,将姨父由城内的暂厝地,迁到城外祖坟上安葬。父亲和哥哥去了家里,没去墓地,如桢去了家里,也去了坟地。

坟地在刘家圪垴,出西门不远,五里地的样子,祭典费了半个时辰,回到城里,已是申时初刻。

拐过钟楼朝北,见巷口有军士把守,着装不是卫所的守军,心里不免纳闷,大天白日,这里怎么设了岗?策马到了巷口,正要朝里拐,一个军人将手中的长矛一横,挡住去路。

“噫!这是为何?”

“杨大人在杜府叙谈,这里断路了,绕行吧!”

不说杨大人还不要紧,一说杨大人,如桢心里就来了气。

都说要解右卫之围,非得杨大人亲自督战不可,他们在城里天天盼着杨大人的大兵到来,结果还是江东大人的大兵逼近,蒙古人悄悄撤走,才解了右卫之围。不迟不早,解围后的第三天,杨大人由朔州赶到右卫,一伙人簇拥着进了城。

这不是来清功的吗?右卫城里,普遍是这个看法,早先树起的伟岸形象,一下子塌了架。

清功,这话的意思是,用不正当手段,将他人的功劳归了自家。

现在这个匆匆赶来清功的杨大人,就在自己家里。

在自己家里的杨大人,带着的亲兵守住巷口,竟让他这个家里人绕行。如桢勒紧缰绳,厉声喝道:

“岂有此理!前面是我家,去哪儿绕行!”

“在下是军人,唯上峰之命是从,先生还请自重!”

马上看去,这个军士,内穿铠甲,外套袍服,像是个有军职的人。他也换了口气说:

“实不相瞒,鄙人杜如桢,是本卫的营佐,前面就是我家,还请放行。”

“先生说是军爷,却身着孝服,通融不得。”

“这就怪了,什么杨大人牛大人,哪有自己家却不让回去的!”

如桢所以动气，还有一层原因，要是杨大人早点过来，他就不会有出城作战之事，王德将军也就不会阵亡了。说着双腿一夹，就要闯了过去。那两个军士也够横的，当即将长矛一交叉，挡住去路。一方要过，一方不允，交关热闹时分，西边杜府门外，有人朝这厢跑来，大声喊道：

“请放行，杨大人请杜家三公子！”

这边一听杨大人有请，也就收起长矛放行。

来人是赵升，走在路上，估摸着军士听不见，如桢俯身问道：

“赵哥捣的什么鬼，杨大人怎么会请我，定是你现编了谎话，哄那两个当差的。”

赵升揽住辔头，边走边说。

“三弟！大概是我哄人多了，你把我就看扁了。这回像是哄人，实际却不是。方才杨大人在院里，二嫂他爹，守斌将军，说接他进城，杜家老三出了大力，杨大人问为何不在，老爷说去了城外坟地，一面对我说，快去门外看看，这个时分该回来了。我一出大门就看见，你在跟那两个军爷纠缠，情急之下喊声杨大人请三公子，怎么能说是现编的谎话？”

“赵哥，没人说得过你！”

是笑着说的，却不能说没有调侃之意。

说话间拴了马，进得院门。转过照壁，只见院心里摆了张八仙桌，爷爷和周现，坐在两侧，父亲和前几天他出城接回的守斌将军，两亲家紧挨着。上首的位置，该是杨大人了，看去却是空的。赵升过去，冲着杜国梁说道：

“老爷，三公子回来了！”

“快来见过杨大人！”

爹朝这边招招手，说着朝西边一指。这才看见，西厢房前的空地上，站着一个高大肥硕，脸面白净的长者，遂趋前一步，施了大礼。

“小将杜如桢，拜见总督大人！”

“哦哦，快坐下说话。”

杨博做了个请起的手势，不等收起手臂，又转而指向桌边的空位。

起了身，稍一寻思，下首的长凳上倒是有个空位，只怕不该是自己坐的。正犹豫间，东厢房窗下，一条长凳上坐着的大哥和二哥，几乎同时朝他招手，忙过去坐在两个哥哥让出的一截凳子上。

杨博仍未落座，一面踱来踱去，一面兴致勃勃地说着。

看得出来，从摆下八仙桌，安排了他的座位，他就没怎么在椅子上好生坐过。后来听家人说，杨大人跟桌前的人说，他这个人，就愿意在地上踅来踅去，走着思路活泛，坐下脑子木讷。

起初也信这话，后来见过几次，就不怎么信了，更愿意相信自己的观察。杨大人身躯高大，腰圆膀宽，坐下显得臃肿，站着走来走去，显得威风八面，英气逼人。即以此刻而论，且不说举止如何，光那身宽大的青布直裰，就平添了一派飘逸的气度。

桌上摆着几个盘子，有点心，有麻花，还有两盘杏子，一盘色白而大，一盘色黄而小。杨博踱步的路线，在桌子北侧，东西厢房之间，偶尔探过身子，从桌上拈起一块小点心填进嘴里。嘴里嚼着，踱到东厢房前，朝杜氏三兄弟点点头，又转身朝西厢房踱去，到了座椅背后停住脚步，朝桌上打量一番，探过身子，拈起一枚白色的杏子，并不送进嘴里，而是两个指头擎起，举在面前瞅着。

一个白杏，瞅个什么味气？

八仙桌前的人，连同东厢房下的杜家三兄弟，都不解地看着杨大人。

瞅了瞅，又放回盘子里。

“尝尝嘛，”杜俊德说，“这白杏，是右卫一带的特产，甜着呢。”

“享不了这个福了。我呀，一吃酸东西就倒牙，疼得耳根子都发麻。看见这杏，想起蒲州老家园子里，也有几株白杏，我们那儿叫白溜沙杏，个头还要大些。”

“尝尝吧，不酸。北路的杏子是硬点，不见得多酸。”

周现的话里，显出一种特别的亲切，暗示他是南路的人，跟杨大人是乡亲。

杨博探过身子，拈起一个掰开，嘬了一下，鼻子耸耸，眼睛一挤，嘴里咝溜咝溜直抽气。

“哎呀，是不太酸，也够受的了。”

说着端起茶杯，抿了一口，漱漱，扭身噗地吐掉。喘息片刻，这才恢复了常态。将茶杯放回桌上，直起身子，略带抱歉地说：

“不怨杏酸，是我这牙，太不给我长脸了！”

趁杨博放下杯子，周现探过身子，端起茶壶，给斟上茶，一面仰起脸，冲着杨博说道：

“总督大人，刚才说到王德将军阵亡的事，我说的都是实话。顺卿兄以破袭为名，出城作战，实为接应守斌将军入城，这事他老兄，确实没有跟我透过气。若透过气，有我领兵接应，断不会有此闪失。”

如桢心想，周现这样说，也不能说不对，可他只说了一面，没说另一面。王德是没跟你透气，为什么没透气，怎么不跟杨大人说说呢？正要看杨大人怎么接这个茬儿，只见杨博摆摆手，多少有点不耐烦地说：

“今天我们来看杜老将军，是仰慕乡贤，一慰渴念，谁是谁非这样的事，不必在这儿叨叨！”

“那是，那是！”

此刻的周现，看去像是个乖孩子，明明是申斥，他的表情，却像是受了宠爱，还张嘴龇牙，吐了吐舌头。

坐在一旁的二哥，气愤不过，侧转身子轻声对如桢说，杨大人该重重收拾这灰孙子才是。如桢没作声，从感情上说，他认同二哥的话，从处事的分寸上说，他觉得还是杨大人够劲儿，等于是当众给了周现一个难堪。

以柔克刚，不失为高明的应对。有学问的人，总是棋高一筹。

杨大人的学问，他最初的领略，不是在筹边大计上，而是在哄孩子上。

杜家兄弟三人，坐在东厢房窗下的条凳上，二哥居中，他与大哥，一南一北，趁那边说话的空儿，他用肘子戳戳二哥，低声问：

“杨大人啥时候到的？”

“没多久，也就一顿饭的时辰吧。”

“专门来咱家？”

“要去后边的宝宁寺，顺路进来坐坐，看望爷爷。你听，正说这个！”

真也巧了，杨博正说到他早年对杜俊德的了解。

“这次来右卫，我早就存了要拜访杜老将军的心愿。”

杨博仍是一边踱步，一边谈讲。

“怎么回事呢？俊德将军的声名，可不是今天才有的。那年，我当着兵部武库主事，时常来边镇公干，那会儿就来过右卫。知道右卫有个叫杜俊德的，组织过秋风诗会，提倡苏意儿，可谓风流一时。我听说过东街上的姑苏春茶楼，还有那里的苏州女子。很多人说，当年那茶楼的后台老板，是右卫城里的协守佥。我曾想过，要不要上个折子，办他个有伤风化罪，哈哈哈！”

如桢心想，当年杨博定然认为爷爷是个浪荡公子。

“后来一想，边关之地，苦焦难耐，有这样的江南女子来开妓楼，说不定还是个功德事呢，也就没有多想。当时还起意，想结识结识这位杜俊德先生。时间来不及，没有见成，想不到一晃就是二十年，今天才了了我多年的心愿。”

正听得入神，西厢房传来婴儿的哭声，起初还不大，有一下没一下的，哭着哭着，跟火烧连营似的，连成一大片了。这是他的头生子，围城前生下，不足半岁，或许是围城期间，大人奶水不足，营养欠佳吧，常常会无端地哭闹起来，怎么哄也哄不住。

桌上的人，也注意到了这哭声。

爷爷皱皱眉头，瞅了孙子一眼。

爹爹扭过脸，朝儿子摆摆手，示意进去看看。

一进去，一股热屎味扑面而来。沈氏正撅着屁股，跪在炕上给孩子换尿布，一面嘟囔着：“看看，屁屁都糊了。”见此情景，他也不好抱怨。沈氏将孩子揩净，扭身递给他，一遍一遍地擦拭炕上的褥子。孩子仍在哭着，他没办法，只好一面轻轻地拍着，一面原地转圈子。窗外传来杨大人的声音：

“窝在屋里不舒畅，抱出来会好些。”

出还是不出，拿不定主意，瞅瞅媳妇，沈氏摆摆手，又撇撇嘴，意思是千万别抱出去，这孩子不识哄，犟劲上来了，谁也哄不住。

又传来爷爷的声音：

“桢儿，杨大人叫抱出来，就抱出来嘛！”

没办法了，只好抱了出来。沈氏扯过纱巾裹了头，也跟了出来。杨大人正手扶椅背，给众人讲他在老家守制的事：

“乙卯春，家父弃世，守制三年，才两年边事紧急，只好夺情北上。这两年，我们家里走了一个老人，添了一个孙子，守制期间，没事就逗孙子玩。孩子的哭声，再烦也不觉得烦，那是天籁之音啊！”

孩子在他怀里，仍旧扯长了嗓子哭着，一声高似一声。左右摇晃，上下颠簸，全不抵用。不巴望停下来，只巴望调儿降下来，能稍稍印证一下杨大人天籁之音的说法。

全然无望，没有一点降下来的意思。

更尴尬的事情发生了。

杨大人转身两步，上了台阶，伸开双臂说道：

“我来抱抱！”

他不知如何是好，递了一下，又赶紧收回胳膊，沈氏在一旁说：

“这孩子哭起来没个完。”

说着伸过胳膊要接孩子。

“来吧，没事儿。”

杨博又朝前蹭了半步，张着双手和双臂。

“桢儿，杨大人要抱就抱抱吧，让孩子沾点杨大人的文气。”

爷爷说了话，只好递了过去。

杨大人还真会抱孩子，双手接住，双臂兜回护住，颠了一下，孩子的脑袋便枕在这边臂弯里，小腿儿搭在了那边臂肘上。两手张开，一只托住孩子的身子，一只轻轻地拍打。脚撇着，腿弓着，身子摆着，嘴里还喔喔地念叨着，像是赶着一辆木头轮子的大车，行走在疙里疙瘩的土路上。

院里的人，全看呆了。堂堂兵部尚书，统率三镇兵马的总督大人，哄孩子的动作竟是这样娴熟得体。

下面一招更绝。

拍孩子的手，往上探了探，能挨住孩子的头发了，轻轻地抚弄着，嘴唇瘪起，像个老太太似的嘟囔着，似乎在哼着个什么曲儿，又趁着曲儿，平地画圈儿似的晃悠着。

众人尖了耳朵听，都听不清，再一遍哼起时，如桢听出来了，似乎是拨拉拨拉什么啊吓不着，拨拉拨拉什么啊，吓着什么娃娃。翻来覆去，就是这么两句。

奇迹发生了。

孩子先还哭着，声儿一点都没有降下来的意思，过了一会儿，毫无征兆地，突然就降了下来，拉长了，变低了，以为还会哇地再高挑一声，静静的，再也没有了。

“噫——”有人惊奇了。

“睡着了？”有人发出了疑问。

杨大人几乎是得意地笑了。一面将孩子递给如桢，一面抚平衣袖，感慨地说：

“列位记住,一定要抱哭着的孩子。这是这次守制在家,跟上隔壁我三婶学会的一招,村妇之言,胜似金石啊!”

周现插话:

“总督大人,是抱不哭的孩子吧?”

杨大人郑重言道:

“实甫将军,就是要抱哭着的孩子。什么道理呢?且听我讲,这可不是三婶说的,是我悟出来的。也很简单,点一下列位就明白了。为甚?哭着的孩子,不会老哭着,总有停下来的时候,也许你刚抱上就停了,也许过上一会儿就停了,而只要停了,就是你的功德。不哭的孩子,恰恰相反,不哭是人家原本就不哭,哭了呢,定然是你这个人太讨厌,惹孩子不高兴了才哭的,反正你是脱不了干系。”

“杨大人此论,精辟,精辟!”

爷爷拍着桌子赞叹。

“这道理,我还是头一次听人说。”

守斌将军说着,嘀嘀地笑了。

“还有呢,也是跟上我那三婶学的,就是胎娃子哭闹,一半是要吃奶,一半是受惊吓,而以受惊吓居多。我三婶哄孩子的办法是抚弄孩子的头发,念叨的曲子,刚才有人没听清,实则很简单,是这样的:拨拉拨拉毛,吓不着;拨拉拨拉头发啊,吓着人家娃娃。移祸于人,这心眼可不地道,哈哈哈!”

众人也跟着大笑。

杨大人兴致上来了,双臂朝上一抖,让直裰的袖子褪到肘子上,搓搓双手笑着说道:“刚才咱们在院里聊天,我听见这厢房里,孩子刚哭的时候,他妈妈,就是这女子吧——”指指沈氏,“着急地喊,小祖宗,求求你别哭啦!这声调,跟我在老家,我儿媳的声调一模一样。我那儿子,跟他媳妇的本事一样,孩子一哭,就讲道理。我在上房住,早上读书,他们住厢房,跟你们家格局相仿,孩子哭个不停,厢房里一会儿是儿媳的乞求,一会儿是儿子的道理:哎呀,好宝贝,别哭啦,爷爷在上房读书,你这么哭闹下去,爷爷就不喜欢你了。有一天,我实在听不下去了,将儿子叫到上房,问他,小时候读过《论语》吧,他说读过,我问他没忘光吧,说没忘光。我说那我就考考你——”

众人都支棱起耳朵听。

“你们猜猜。”

“会不会是《里仁篇第四》‘君子喻于义，小人喻于利’？孩子哭闹，该给他好吃的好玩的，讲道理是没用的。”

周现说罢，朝左右看看，脸上的神色似乎在说，我猜得不错吧？

杨大人宽厚地笑笑，说道：

“实甫将军的童子功不错，马上就能想到这一节书。能想到孩子该喻于利，还摸不着我的脉。”

“请总督大人赐教！”

“好，我说了吧。”杨大人又举起双臂，抖了抖直裰的袖子。“我跟我儿子，说的是另一节书。子曰：宁武子，邦有道则知，邦无道则愚。其知可及也，其愚不可及也。小孩子无知无识，侍奉小孩子，就要像侍奉无道昏君一样，不能知。知者，智也。要愚，愚到什么程度呢？也要跟孩子一样，无知无识。这样的愚，常人是达不到的。你媳妇的乞求，你的讲道理，都是智的办法，对一个小孩子来说，可谓南辕北辙，牛头不对马嘴。连哄孩子的道理都悟不出，将来有了功名，怎么督理州县，累秩而进，又如何整治朝纲？诸位说说，是不是这么个理儿？”

这道理太突然，也太实际了，众人听了反无人惊叹，多是长长地舒了口气，敬佩到无话可说的地步。

桌上，不知怎么又谈到了孩子的相貌。杨大人说，他方才抱孩子的时候，注意到这孩子，天庭饱满，印堂明亮，生于武将之家，将来必能建功立业，光耀门楣。说罢又问如桢，孩子叫什么名字。

“回大人，”如桢说，“这孩子在秉字辈，生下快半年了，一直没起好，就猫猫狗狗地叫着。”

“那就请杨大人给起个名儿吧！”

还是爷爷脑子活泛。杨大人也不推辞，问前面可有本家兄弟，都叫什么，回说上面有两个堂哥，一个是如松的，叫思勋，一个是如柏的，叫思义。杨大人略一思索。

“有了！杨某奉诏而来，进入右卫，头一个进的人家，就是杜家。头一个见的孩子，就是此子，就叫思诏吧！”

说着还过去，在孩子的额头上抚了一下。

沈氏谢过杨大人，抱着孩子进了屋里。都说这个名字好，杨大人兴致更高了，说道：

“杨某侥幸得早，宦海浮沉，说话已经三十年了，深知为官之艰，谋事之难。遇事，做到智，容易，做到愚，太难了。你想想么，一个眼睛好好的，滴溜溜转的人，要自个儿当瞎子，多难呀！”

边说边做了个瞎子的模样，翻翻白眼，逗得众人全笑了。

如桢过去，重跟两个哥哥坐在一起。刚坐下，又听见杨博说了一句：

“做人难，侥幸得早的人更难。年轻，位置高了，难以服众。到年头升不上去，又遭人嫌弃。杨某做官，谨守一个字，就是细。细了，凡百事，没有敢弹嫌的。”

二哥贴住他的耳朵问：

“杨大人侥幸得早，多大上中的进士？”

如桢不扭头，仍瞅着前面，悄声说：

“听爷爷说，二十上中的。”

“是够早的！”

二哥还要问什么，他抬抬下颌，指指桌子那边，两人一起看去，只见周现欠起身子，讪讪地说：

“今上经常几个月倦勤，奏章留中不发，偶尔上朝视事，动不动就是廷杖，打大臣屁股。请问杨大人，这样的世道，是该智，还是该愚？”

如桢听了，不能不佩服，此人虽说蠢笨，却是个忠耿之士，痛诋起当今的弊政，最是愤慨。一说起来，就是一副视死如归的憨直模样。跟前的人，多半有些心慌，这样的话，怎能在这样的场合提了出来，都转过脸，看杨大人如何回答。

杨博仰起头，微微一笑。

他注意到，杨大人这么做的时候，眼珠的转动，很是别致，有点调皮，又有点妩媚，不像个半大老汉，倒像个年轻媳妇。眼珠儿上下眨眨，又左右转转，脸上的笑纹，突地现出，又倏地消失，立马主意便来了。

“按说朝廷命官，在外不该妄议朝堂之事，右卫一役，诸位都有功于国家，随意说说，倒也无妨。日后责怪下来，有杨某担着就是了。”

椅子腿儿擦着地面吱啦响，桌前的人，该动的不该动的，都移移椅子，调整到一个最佳的位置，要听听杨大人的一番高论。

杨大人说，正德爷乏嗣，今上是以藩邸之子，入继大统，未至京师，就与顾命大臣起了龃龉。事情出在，正德爷殡天之时，未立太子，是杨廷和太师，以社稷为重，请示太后，决定迎立兴献王长子为皇上，并派阁臣梁储，前往湖广兴国安陆州奉迎。来到京师郊外，即将进城之际，遇上了一个难题，就是，大臣该用何种礼节奉迎，兴献王长子该以何种身份进京。有建议用天子礼奉迎者，主事大臣不同意，说今即如此，后何以加，先前定下的劝进辞让之礼，岂不当废乎。于是商定，当为皇太子即位礼。今上不情愿了，说先帝爷遗诏以我嗣皇帝，非皇子也。杨太师仍请以礼臣所拟礼仪，由东安门入，居文华殿，择日登极，上又不允。最后是太后催促群臣，上笺劝进，今上在郊外受笺。是日日中，自大明门入紫禁城，御奉天殿即位。也就是说，即位之时，就跟朝臣起了龃龉，用老百姓的话说，就是结下了梁子。这是根儿，后来的议礼之争，是梢儿，诸位可明白？

守斌将军说，过去只知道个大概，杨大人一讲，就知其详细了。这群人里，论年龄，爷爷最大，可他不是朝廷命官，不好多说什么，守斌将军说的，也正是众人的感受。

杨博继续说下去，说后来的议礼之争，老百姓听了，像是斗气。今上即了位，便派人去兴国迎他的本生母，这个本生母该如何称呼，又起了龃龉。母亲的称呼，是跟着父亲来的，父亲不在了，称呼上不能马虎。大臣们的意见是，皇上既然是以儿子的身份，继了正德爷的大位，凡祭告兴献王及上笺生母，都该自称侄皇帝某，则正统私宜，恩礼兼尽，可为万世法。奏议送上，今上看了，大为生气，说，父母可更易若是耶！命再议。再上，再议，这中间曲曲折折，还有好多事，不必说它。终是胳膊扭不过大腿，到了嘉靖五年，结果出来了，正式颁布诏书，称孝宗为伯皇帝，本生父兴献王为皇考，本生母为皇太后。再后来，又经过一番周折，尊兴献王为睿宗，奉睿宗的神主入太庙，排在武宗正德爷之上。至此，这出名为议礼的大戏，才算收了场。

爷爷大发感慨：

“为这么个名号，伤了君臣的和气，也伤了国家的元气！”

周现不甘落于人后，接上说：

“好戏散场，满地鞋帮。多少大臣为议礼之争，丢了官啊！”

杨大人扳着手指数道：

“先罢免的有大学士杨廷和，礼部尚书汪俊，稍后罢免的有大学士蒋冕。夺俸的，发配的，多了去了。最多的一次惩处了一百多人，位居九卿的就有二十多人，举国皆惊啊!”

周现的愣劲上来了,不再顾忌杨大人就在跟前,说道:

“文官就是这样,只顾脸上有面子,不顾屁股挨板子。争球甚哩,早早依了圣意,不就结了。”

杨博厉声言道:

“此言差矣!议礼之争,正说明我朝,君行君道,臣守臣规。圣上所争,为尊本生父母,群臣所争,为守朝廷正统。可说君之所争在孝思,臣之所争在礼教,各是其所是,未可厚非。正可见我朝士人之刚直,正气之旺盛,非后世所能及也。至于受惩处的诸廷臣,那不光是他们自身的荣耀,也是他们子孙后世的荣耀。”

“真是君正臣忠啊!”爷爷感慨了一句。杨博大为赞赏:

“老先生说得对,偏执更见气节。朝堂之上,君执臣愚,乃国家之福气!”

“是这么回事,”爷爷叹了口气,“只是害苦了那些叫贬谪的官员,寒窗苦读,得立朝廷,还没来得及施展抱负,就叫发配到荒蛮之地,有的还能回来,有的怕就终老他乡了。”

爷爷此刻,定然想起了荣娘与文娟,连带地想起了文娟贬到云南的父亲。

从神色上看,杨博也不认同爷爷的说法,只是出语也还平和。

“杜老先生的话,不无道理,可也不能说对。议礼之争中,有官员初贬谪,要好的同僚,还有来往不多而仰慕其人格的朝臣,都要去城外的接官厅送行。你以为大家都悲悲切切,唉声叹气,一片唏嘘吗?错了,更多的是饮酒高歌,互相嘉勉。临别之际,反倒是送行的人,面有愧色,觉得没有尽了为官的本分,远谪的人,反要劝他们多多保重,不可孟浪,为朝廷出力的机会在后头呢。这就叫人心,这就叫书生意气啊!”

正说着,听得大门外传来吵闹声,父亲侧身,叫如桢快去看看。

如桢起身,还没走到门口,就听见院门外,杨大人的护卫军士正在申斥什么人。

“杨大人有公务在身,是随便见的吗?还不快点走开!”

走过去,只见门前台阶下,一个穿蓝布直裰的中年男子,正打躬作揖地乞求着。

“军爷!麻烦禀报杨大人一声,就说蒲州城里来的戏子班头要见见他,弟兄们困在这里,连回家的盘缠都没有了!”

“戏子的事,杨大人哪儿顾得上!”

“我是蒲州城里的,杨大人是新乐庄的,前年他回家守制,我们这个班子,还去他府上唱过呢。”

听出来了。是蒲州来的戏班子，围城时困在城里，如今解了围，要回晋南老家，想跟杨大人讨几个盘缠。那口音，跟杨大人确实很像，只是乡音更重些。这伙晋南人也怪了，面对面看着，说话也还和善，背转身听，跟吵架差不了多少。

“快走开！”

军士生了气，伸手推搡。

“咋哩嘛，咋哩嘛！”

戏子的脾气也上来了。

眼看要起冲突，他过去，拉开戏子，附在耳边说了句什么。

“看在这位军爷的面上，咱们走吧！”

那戏子朝同伴挥挥手。

戏子们走开了，杨大人的护卫军士问他，跟戏子班头说了什么，他说，都是可怜人，指条活路罢了。

待回到院里，杨大人已起身离座，要去宝宁寺了，刚赶上在照壁后头打了个照面。

就是这个照面，他发现杨大人眉宇间一个圆圆的痦子，有扁豆大小，不是多么黑，比肉色又深许多。刚才没有留意，这会儿见了，还挺扎眼的。

二

解围后，都说杨大人很快会回京复命，不想，一待就是两个月。传说是得罪了朝廷的权臣，有说是徐阶的，还有说别个的。实际的情形，杨大人后来还来过一次杜家，跟爷爷说了，是兵部给事中张学颜，给朝廷上了一本，说如果趁此机会，留杨博在大同，整顿三镇军事，可保边境长期安宁，若匆匆调回，说不定会前功尽弃。皇上听了，觉得有理，便免去他的兵部尚书，专任大同宣府及山西三镇总督。

不过听说，近期蓟镇吃紧，又要调往蓟镇，经略军务，整饬边防。

这也正是，要召开这么大的军事会议，重新部署边防兵力的原因。

站在筹边堂上，向着众将官训话的杨大人，一身官服，全没了前些日子，在杜家院子里，谈笑时的和善模样。一口晋南官话，听来着实费劲，明明说的是兵书，听来却是兵夫，可也正是这样的口音，让人听起来肚子里全是学问。

要是二嫂听了杨大人的口音，不定会怎么讪笑呢。

一走神，想起围城期间，有次外出归来，快到家门口，让思义拦住去了二嫂屋里。

“我妈叫你嘛！”

孩子憨娇的话语，等于是一首符命，想也没有想，就拐了进去。思义没随他进屋，刚进了院里，又一股旋风似的冲出院门，疯去了。

慕青在屋里，静静地等着。

入营以后，每次单独面对二嫂，都有一种羞愧的感觉。后来也就明白了，男人对喜爱的女人，大都是这样的。人家看重你的，或许是你的品行，你想的却是人家身上的这儿那儿。

他都坐下了，慕青仍斜倚着炕沿上，光脚踩在绣花鞋上，大拇脚趾还一跷一跷的不安分。胳膊肘子抵在搁灯的砖台上，身子侧扭着，默默地瞅着他，好半会儿不作声。

近些日子，几乎每次在屋里单独相处，总要这么你盯着我，我盯着你，似笑不笑，似恼不恼地看了又看。这个程序是怎么固定下来的，起初他并不知晓，亦未深究，就那么自自然然地成了习惯。多年后，至少已是去新平堡当了参将，孤寂中细细回味，才悟出是慕青把他训练出来。

起初一进门就要说话，慕青努努嘴，似动不动又分明是动了，眨眨眼，摇摇头，他只有走过去，在对面静静地坐下。后来他一进门不说了，一坐下又要说，慕青还是那么娴静地摇摇头，他就待上一会儿再说。再后来，感受到这种无言相对地美妙了，偶尔遇上急事，一坐下慕青要跟他说话，他竟还以其人之道，静静地摇摇头，弄得慕青反而不好意思了。

直到晚年，慕青才跟他说了实话，说什么高深的道理都没有，就是那个年龄上，怎么看着他这个小叔子都喜欢，说话，笑，都成了多余。

默坐了一会儿，该说话了。

正要开口，慕青努努嘴，示意方桌角上的盖碗，端起掀开，凑到唇前嗅一嗅，竟是热的，啜一口，浓浓的奶香味。

围城以来，他还没有喝过一次这样家常，又这样纯正的盖碗奶茶。看来是慕青把自己珍藏的奶酪放在里面了。眨眨眼，看看慕青，多的是感激，稍稍还有一点儿疑问。

“咯咯咯”，慕青径自笑了起来。

这是什么意思？莫非盖碗里搁的不是鲜奶酪？

他还愣怔着，慕青已离开炕沿，趿了拖鞋，踱到房间南头的平柜前。掀开盖板，取出一个毛裢袋子，提到桌子这儿，蹾在地上，解开麻绳，敞开口儿。

啊，里面全是白里泛黄，黄里发亮的奶酪片儿，厚厚的，匀匀的，指甲盖儿大小，边上还微微翘起。

这时两人才开始言语的交谈。

“哪儿来的，这么多！”

“你猜。”

“先前攒下的？”

“攒下的会是这个颜色吗？”

“二哥打闹下的？”

“围城这么久，去哪儿打闹去？再猜呀！”

“通边？”他知道，不该这么说，可想不出别的，只好这么说了。

“那可是杀头的罪，我一个女人家，怎么走出去？”

“那，我实在想不出来了。”瞥见慕青鼓鼓的胸前，冲口而出，“该不是你的奶子里挤出来的吧？”

男人十个里头有九个，见了自己心爱的女人，都会不由自主地变得下流起来。这是他后来的体验，当时只是觉着一种不可名状的快感，一面又在心里斥骂自己，怎么会这么不要脸。

“胡说八道，看我不撕了你的嘴！”

“就是能挤出来，也不会有羊膻气啊。”

他笑了，慕青也笑了。一笑就矜持不下去了，还是慕青说了来路。

听了，好半天，挢舌不下。

慕青说，就在今天中午，如柏去城楼值守去了，有个年轻人悄悄进了院里。她刚躺下，正迷糊着，来人竟摸进房里，轻轻推醒他。起初以为是思义要什么东西，睁眼一看，眼前站着个大男人。一看对方慈眉善眼的，倒也没有惊叫。不等她开口，那汉子轻声言道，他受一位朋友的嘱托，给杜家二娘子送一袋奶酪，说着将毛裢袋子放在脚地上解开。像是怕她疑心有毒，手在袋里翻搅几下，捡起一个扔进嘴里，嘎巴嘎巴，嚼嚼咽了下去。

“是给我的吗？”她这才回过神来。来人说：

“非常时期，这么贵重的东西，朋友嘱托，怎么会弄错了人？你就安心享用好了。”

她也不知该说什么好，只是连连点头，表示谢意。

那人又从怀里，摸出一个小布包，解开一看，是个金光灿灿的牌子，上面还有凹进去的，曲里拐弯又奇里古怪的文字。不等她问，那人一面将牌子递上来，一面说：

“这也是我的朋友送你的。他听说娘子的夫君，是右卫的一个年轻官佐，常外出跟蒙古人打仗。这是蒙古军队里一种特殊的腰牌，级别甚高，上面铸造的凹字，是八思巴文，意思是至高无上悉听此令。蒙古军队里的人，谁见了都会以礼相待，不敢伤害。我的朋友说，让你的夫君每次外出打仗时，都把这个腰牌藏在身上，得胜了用不上，万一失利，身陷重围，难以逃脱，出示这个腰牌，用处就大了。不知娘子听明白了吗？”

“唔，唔。”

这是要做啥呀，她脑袋木木的，仍是不住地点头。又觉得这金牌与奶酪不同，该说句什么，唔唔了两下，还没想好措辞，门帘一闪，那人已去了。

说罢这些，慕青移步到桌前，拉开梳妆盒，取出一个物件递了过来。

他接着，反复摩挲观看，发现除了奇奇怪怪的八思巴文外，牌子的顶端，还有一个圆圆的小孔，像是拴绳子用的，又有浅浅的双勾的令字。以他的理解，想来该是当初元朝皇上颁布法令的金牌，如今成了俺答大营里的宝物。在学堂曾听先生说过，元朝有个宰相叫八思巴的，创造了一种文字，叫八思巴文，只在元朝高等人士中使用，兵符图录，均用此种文字写就。

“叫我来，就是为这？”

“是的，叫你给我拿个主意。我怕你二哥回来，见了这些东西往不好处想。奶酪好办，我父亲有那边的朋友，听说右卫围城这么久，辗转送一袋奶酪来，在情理之中。只是这金牌，怎么都说不下个名堂，编得再圆，你哥也不会要这个，我想把它送给你。”

他说，他也不敢要，万全之策是将之藏起来，说不定以后遇上危急时刻用得着，也就不辜负馈赠者的一片好心了。

慕青接受了这个建议，随即取出一个小小的布袋子，从毛裢袋子里抓上奶酪片儿装满，往他怀里一塞，说道：

“拿回去让你媳妇和孩子补补身子。”

“这，这……”

想到媳妇疑嫉的脸色，他犹豫了。

“叫你拿上就拿上！”

慕青装作生气的样子，噘着嘴，跟真的似的。

“我可不会编圈子，我媳妇知道是你的，不定什么时候吵架骂起来可怎么办？”

“想骂就让她骂吧，只要她吃了，孩子吃了就行。”

在这儿待的时间不能太久，不再多说，接过奶酪，起身便走。

慕青过去撩起门帘。

厢房的门框不宽，慕青的步子跨得大了些，身子靠这面多了些，他有意缩了缩身子，还是几乎和慕青擦身而过。更为奇妙的是，明明侧了侧脑袋，脸颊还是蹭着了二嫂蓬松的云鬓。鼻尖儿竟轻轻地，拨了一下慕青的耳郭。就在这一瞬间，他又闻到了十三岁那年，去马营河堡路上，挤在轿车里闻到的，慕青脖颈处散发的香味。

三

摆了下脑袋，又回到眼前。

条案后面，杨大人口若悬河，正讲着他当年巡视西北防务时的一件事。是在谈筹边大计，战抚交相为用时，举例子时提到的。

嘉靖十八年二月，皇上即将南巡，考虑到边塞安全，拟遣重臣巡视，正好大学士翟銮丁忧归来，尚未安置，便委为兵部尚书兼右都御史，诸边文武，咸受其节制。且带帑银五十万两，犒赏边军，东西往返三万余里。

杨博说，翟大人挑选随员时，左选右选，选中了他。他当时的职务，是兵部给事中，常年在九边跑来跑去，是朝廷有名的边材。

翟大人年纪大，行事还是老派人的做法，一路上，跟他商议个什么事，总是称呼他的表字，一口一个惟约兄。

初秋时节，来到肃州地面，有属番几百人，拦道邀赏。

属番，有人说成熟番，生熟的熟，与生番相对。不能说错，但也不对，应当是所属的属，意思是归属了上国的番人。这些番人，甚是难缠，怎么劝说，都不肯退去。

他们带的帑银甚多，给每人发上三两五两，不是个事，怕的是传出去，越聚越多，将会无法收拾。翟大人一时没了主意。

“惟约兄，这，这……”

他略一思索，说请大人穿好官服袍带，将巡边大臣的仪仗全都摆开，召诸番齐集辕门外，如此这般，就没事了。翟大人不信，说万一镇不住，激出事变如何是好。他说大人请放心，惟约在边镇跑了这么些年，对属番的性情，知之甚稔，大人只管照计行事，保你不会有一丝的闪失。将诸番集合后，翟大人盛服而出，先说了一通皇上恩典之类的话，末后厉声言道：本官奉天子之命，远道而至，三天之内，各属番部落，须悉数前来欢迎，不遵此令者，全都绑缚，送本地官衙处置。你们归去，务必将本官的号令传达周知。山高路远，你们来一趟也不容易，本官赏你们每人二两银子。迟来的不光没有银子，还要送官府问罪！记住，全都要来，早来有赏，迟来必罚无疑。结果是，一连三天，再没有一个属番前来邀赏。

“这个事，说明了什么？”

说到这儿，杨大人踱了几步，回到原处站定，仍跟在杜家院子里见到的一样，双臂朝上，抖抖袖子，伸出指头数着。

“一、要缓，要静，不能乱了方寸。二、要逆势而思，想想有没有别的办法。属番人众，已来了几百，处置不当，来上几千，那可要出事了。怕的是人多，我就让你全来，来迟了还要送官府问罪，看你还来不来！”

杨大人面前，坐的是大同巡抚王忬，字民应，嘉靖二十年进士，曾弹劾过东厂太监，以耿直称誉于时。巡抚这个官，时人称为抚台。王抚台听了此话，大声赞叹：

“军门的捷智，常人难及！”

军门是高级官员之间，对总督的通称。

杨大人听了，似乎很受用，淡淡一笑，接着说了下去：

“本朝文材不缺，武材不缺，缺的是边材。希望诸位都能成为通晓边务的边材！”

杜如桢一面听杨大人言谈，一面不错眼珠地盯住杨大人的脸，看能幻化出什么样的

动物。

这脸，不能说长，也不能说方，说圆吧颧骨撑得宽了些，说扁吧下颏又朝前翘了些。盯住哪儿细看，都有弹嫌的，整个儿看去，却是那样威武，还有几分张扬。最扎眼的，还要数眉毛，不是多么黑，也不是多么宽，是那个挺拔的劲儿，像是要从额角弹了出去。颏下的胡须有些乱，不像是刻意留下的，像是忙于军务，顾不得修剪才挓挲成这个样子。真该剃去。白面无须，清俊爽利，足可称得上相貌堂堂。

眉间那颗痦子呢？

离得稍远点，分辨不出来。

加上那颗痦子，恍惚间杨大人的脸盘，像个豹子，定睛细看，又不像了。

杨大人的思维是跳跃的，刚讲完随翟大人巡边，又讲起这次遄赴大同，解右卫之围来，仍是由战抚交相为用的思路上说起的。

“惟约年已五旬，幸而还未到昏聩的地步……”

杨大人名博，这个字，起得多好！

名博，字惟约，博了就要约，一听就是大家气象。

自己的名儿不错，杜是寻常树木，期以桢，是一种希冀，也是一种气度。字子坚，闻字知名，是做到了，只是太实相了，该有点情怀才是。

这么想着的时候，杨大人正说到此番右卫的解围。

“前年春上，家父弃世，禀告圣上，匍匐就道，回蒲州故里办丧事。安葬停当，本拟守制三年，以尽孝道。不意边关告急，命我夺情赴任，原拟出娘子关直奔京师，行至介休，忽接诏书，本兵留任，改为总督宣大山西军务，径赴大同筹措解围事宜。于是又转道而北，行至忻州，就见到邸报，知江东侍郎率大军进逼，俺答闻讯，撤围而去。右卫解围，全赖城里城外，众将官齐心协力，固守抗击，再加江侍郎声威显赫，强虏闻风而遁。惟约年迈，行事迟缓，于解围之役，无尺寸之功。”

说到这儿，转向王抚台，问道：

“民应兄，你说是也不是？”

“俺答闻知杨大人将至，慌忙撤围而去。”

抚台坐在前排上首，这边看不见面容，声儿里听得出敬佩。

嗬嗬嗬，杨大人笑了。

“真要这样就好了。下次蒙古人再来，在城楼上大书，杨博在此，就可保一方平安了。真要这样，我岂不成厉鬼了？战抚之道，全在把握。光战不行，光抚也不行，要以战为主，以抚为辅。此番解围，说到底，全赖守城将士临危不惧，调度有方，才能坚守六个月，最终迫使强敌连夜撤退。惟约听闻，多有感慨。守备官王德将军，为破击围城之敌，亲自率军出战，为接应一位青年将领，冲入敌阵，以身殉国。真是可歌可泣啊！”

如桢以为杨大人要表彰自己，挺了挺身子，及至听了下面的话，腰塌了下来。

杨大人朝这边瞟了一眼，笑模笑样地说：“听说这位青年将领，是头一回上战场，吓得尿裤子。”

四

筹边堂上，如桢仍不错眼珠地瞅着杨博，看能不能幻化成个什么动物。

豹子？

不像。

那威风劲儿，好有一比，虎虎生威。

虎？

也不像。

不能瞎猜，要无意中感觉到才算数。教他的人，就是这样说的。嗨，不费这个脑子了，还是欣赏眼前这个人吧。

人是有气势的，他在心里默默地对自己说，气势这东西，不能细想，一想，还真有点奥妙。

那天，在杜府院里，地方小，展不开，只觉得随意，还看不出多大的气势。今天在筹边堂，杨大人刚进来，坐在靠背椅上，窝在那儿，只觉得威严，也看不出多大的气势。后来讲开话，站起来了，手舞足蹈，神采飞扬，气势就出来了。

气和势，又有不同。静止不动，显出的威严，是气。站起来抬手动脚，这气一振动，势就出来了。是无形的，却又分明能感到，就像一个虚幻而又有形的罩子。人移动，罩子也移动，人碰不到你，罩子的边缘能碰到，会将你撞倒，撞飞。

原以为今天这么重要的军事会议，杨大人会换个装束的。没有，还是那天在杜府院里那一身，纱帽高髻，青衣角带，白底皂靴，只是直裰长衫，像是经过洗熨，能看清袖子上的折痕。

这袭青布直裰，起初出现在右卫城里，引起过传言，说杨大人匆匆由蒲州老家赶来，总督的补服和官防，都还没有送到，因此只能穿这样的家居直裰出头露面。不全是外间风传，他进了院里，初见杨大人，也是这么认为的。

这个看法的消除，是在去宝宁寺的途中。

杜家祖孙三代，送杨大人到门外，爷爷说老朽腿脚不便，就不陪同前往了。尚表将军也趁便告辞。父亲说，那他就和实甫兄，陪杨大人走一遭。小辈不能全走开，如桢是作为随从跟了去的。

周现和杜国梁，陪杨大人走在前头。

如桢走在后头，跟他走在一起的，是方才在门外呵斥戏子的青年官军。他以为此人是杨大人的护卫，请教姓名，年轻人说，杨大人是他父尊，他是四子杨俊青，从蒲州起身，一路随同家父北来。

跟在杨大人后头，这才注意到杨大人的青布直裰，布料是那样的粗糙，腰间束带上的饰物，黑黑的，不像是玉石，倒像是个牛角片儿雕刻而成。

方才叙过年龄，他小俊青两岁，闲聊中问道：

"敢问俊青兄，杨大人这身衣服有什么讲究？"

杨俊青看着高傲，说起话来，也是个直爽人，当即言道：

"你是说他的官防和补服还在京城，没有送到？"

"外间有这个说法，莫非是真的不成？"

"送到了，家父不穿，穿的还是为爷爷守制的孝服，说这叫黑衣出征。"

杨大人和周杜二位走在前头，杜国梁正在讲着宝宁寺的历史，杨大人一面听，一面点头。杨俊青的话，也让杨大人捎带着听见了。他后退一步，扭转身子，对如桢和俊青说道：

"如桢呀，别听四郎胡诌，哪有什么黑衣出征。古人说的墨绖从戎，是说国家危难之时，个人即使遇上丧事，穿着孝服，也要奔赴前线。这个讲究很古老了。《左传》里，秦晋两国，有个崤之战，秦国伐郑国不成而灭了滑国，晋国正遇上文公之葬。晋大将先轸认为机不可失,便在崤关设伏截击秦军。当时先轸的装束,书上说子墨衰绖,接下来说,夏四月辛巳,败秦师于崤,获百里孟明视、西乞术——”

背到这儿,杨大人忽地顿住,不光声儿顿住,脚下也顿住了。前后四个也都停了脚步。杜如桢以为,杨大人只是一时卡住了,稍一思索,便会想起。但见杨大人敲敲脑门,仍未敲出。

“老了,就在嘴边,怎么也说不出来。四郎,《左传》你是烂熟的,秦国三员大将,第一孟明视,第二西乞术,第三是谁呀?”

“我……我……”俊青张口结舌,接不下来。

“杨大人!”如桢双手抱拳,作了个揖,“小将造次了,第三员大将是白乙丙。书上文字,接下来是:遂墨以葬文公。晋于是始墨。”

杨博大喜,走开了,连连夸道:

“对着哩!如桢这孩子,《左传》这么烂熟,好样的。边鄙之地,有这样好学的青年将领,是朝廷的福气。是呀,就是从秦晋这一战,晋国才留下穿黑衣服出殡的风俗,也才留下墨绖从戎的规矩。我此番北来,遵从的正是古人的规矩!”

杜国梁乘便说道:

“杨大人青衣角带,看去又儒雅又威风。”

周现说:

“我们蒲州老家有个说法,男要俏,一身皂。”

“周叔也是蒲州人?”杨俊青问。

“这还有假!”周现眼一瞪,“我是荣河县的,属蒲州府,跟杨大人是老乡。”

周现说的那个我字,像个恶字。如桢心想,倒也正合他的德行。

“噢,”杨博言道,“初到右卫,一听周将军说话,就知道是老乡。”

“实甫兄,”杜国梁问周现,“你说的荣鹤的鹤字,是仙鹤的鹤字吗?这县名可够别致的。”

“我们县的县名,叫荣河,河字的发音,跟仙鹤的鹤字一样,写出来是黄河的河字。我们县城,叫宝鼎镇,就在河岸的边边上。”

周现正色答道,这次说话,倒没有使多大的劲儿。只是他说的河岸二字,听来像是壑埝,边边上,听来像是偏偏上。

说话间到了宝宁寺门外。

一边一个影壁，正中是敦实的门楼。那影壁，高倒不高，只是墙面极厚，粗略看去，竟像一大间房子似的。这全是因了，顶部的飞檐斗拱为砖砌所致。正门之上，檐拱相连，也是砖砌，只是高了许多。当间“宝宁寺”三个颜体大字，仍是砖雕。

“这气势！”

杨博大声赞叹。

进得里面，杜国梁主动担负起讲解的职责。

此寺为右卫城里第一大寺，俗称大寺庙，相传为成化年间所建。四进院落，五座殿宇，最大的是后院的华严殿，面阔七间，进深三间，为塞外所罕见。寺内庋藏，最著名的是一堂水陆画，乃天顺年间，圣上所赐的镇寺之宝。

“可以看看吗？”

杨博问道，甚是客气。

“每年只有四月初的浴佛节可以挂出来，今年也巧了，解围之日，恰是浴佛节。昨天听说，已挂了起来，就在前面庑廊，正好可以看看。”

杜国梁讲得津津有味，杨博听得也是津津有味。

杜如桢和四郎俊青，不远不近，跟在后面，一边聊天，一边四处张望。如桢眼尖，忽然看见慕青嫂嫂带着侄儿思义，从东边庑廊出来，朝前面的经室走去。

她怎么在这儿？

一想就明白了，杨大人要来家里，怕孩子乱跑搅了清静，便领了来寺里散散心。

慕青那娉娉婷婷的身姿，也引起了四郎的注意，他捅捅如桢的胳膊，赞道：

“真是恍若天仙啊！”

杨博回过身子，对儿子说：

“四郎跟上，杜叔叔讲的这些，要好好听，谨记在心，驻守边防，各地习俗，都是要留意的。”

前面一片空地。要下台阶了，步子缓了下来，周现问道：

“杨大人，听你叫四郎，敢问大人膝下有几个孩子？”

杨博说，他膝下仅有两子，长子名俊民，字伯章，已中举。次子俊青，字叔武，是府学的生员。接下来解释说，明明行二，何以称作四郎，说来话长。侥幸之后，先在州县做事,很快调到中枢,委为兵部武库主事,等于跟边防结下不解之缘。嘉靖十八年,随翟銮大人巡视边防后,朝廷视他为边材,边境一有大事,多派他前往处置。十多年过来,与边将结下极为深厚的情谊,有些边将就认到他门下为义子。几经征战,颇有几位出了大名,行次也就跟他的两个儿子混合编排了。有这层关系,每遇边境战事,前往指挥调度,如臂使手,分外灵活。那几年他在兵部,兵部俗称本兵,边镇上,多称他的这些义子为杨本兵的众家儿郎,也有人称之为杨家儿郎,更有甚者,径称作杨家将。

周现说,他光知道驻守榆林的马芳将军是杨家二郎,别的真还不知。

杨博说,那是这几年,马芳其人,太有名了,连立战功,蒙圣上多次嘉奖。收为义子时,才二十几岁,不过是蓟镇的一员游击将军,比俊民小两岁,人们就说他是二郎了。

杜国梁插上说,还有个王社香,该排老三。杨博笑了,说道:

"认在我门下倒是不假,论年龄也该着是,只是没有这样排过。这两位如今名头大了,众口相传,都知是杨某的义子。名头不如他俩的,还很有几位。叫我捋,我也捋不清了。有一年去了宁夏,一位将军犯了事,当打四十军棍,大堂上大呼,杨大人,我可是你的干儿子啊,我呵斥道,你不说这话,四十军棍还有可能减上一半,既是我的干儿子,那就再加二十军棍!"

诸人听了,笑笑了事,杜国梁问道:

"总督帐下,可有五郎?"

杨博不明白是什么意思,略一思忖,说道:

"还真有个五郎,名叫赵飞,顽皮机灵,我最是喜爱。眼下在蓟镇任守备,驻在兴隆堡。"

"不知大人可愿意,在我家松儿与桢儿里,选一个作为杨家的六郎?"

"这个嘛,"杨博扭头看了如桢一眼,"回头再说,这要征得老爷子的首肯。要不,平白无故将他一个孙儿收为义子,老爷子会不高兴的。"

正说着,忽然两个人斜刺里过来,扑通一声,跪在杨大人面前,高声喊道:

"杨大人救命,杨大人救命!"

身后的侍卫正要上前呵斥,杨博摆摆手,让站起来说话。其中一个年纪大点的说道:

"我俩是蒲州过来的戏子,去年夏天带着十几个人的戏班子,来大同一带演戏谋生。

不想到了十一月间，叫困在右卫城里，一围半年，身无分文，现在连回老家的盘缠也没有了。求杨大人看在老乡的情分上，赐几两银子，让我们能回到老家。杨大人，你是蒲州城外新乐人，我是城里人，这位是姚村人，离你们新乐不远。”

如桢对俊青说：

“听他们的口音，比令尊还重，该不会骗人吧？”

俊青说：

“祖父在四川做官，家父在任上出生，八九岁上才回到蒲州，没待几年又出来了，口音不算重。”

杨博问年长的，在戏班子里做什么，年长的回说姓张，是戏社的班头，也演戏，演老生。又问年轻的，说是写家，也演，演女角。

杜如桢看去，这年轻人，还真有几分女相，面皮细嫩，俊眉俏眼。

“哦，”杨大人说，“你会编戏呀，那一定满腹经纶了，敢问怎么称呼。”

那年轻人倒有礼貌，说道：

“班头是我舅，小可姓姚，名诗亮。在家也曾进学念书，年景不好，家父又染病去世，便跟着舅舅来江湖上闯荡。还望周济我等贫寒之人！”

杨大人真是个有捷智，有决断的人，皱皱眉头，当即对两人言道：

“老乡见老乡，两眼泪汪汪。我虽未在蒲州久住，毕竟是桑梓之地，感情还是有的。你们的厄难，理当帮衬。只是我在这儿，是督办朝廷的军务，银子再多，只能花在军务上，不能有别的用项。你们的锣鼓和行头，都还在吧？”

“围城之初还留着，时间一长，为了吃饭，就全变卖了。谁也没想到会围这么久。”

“卖给谁家，赶快赎回来，哦，你们没钱呀。这样，国梁将军，你借给他们些银子，让他们把锣鼓行头赎了出来，再管上几天的饭。”

“不用了，赎回来我们就回蒲州老家呀！”

“没有这么好的事！”杨大人脸一沉，厉声言道，“欠下杜将军一大把银子，说走就走呀。姚诗亮，我看你像是个有文才的。张班头重整戏班，你就以这次右卫围城中的事迹，编上两出戏，编好了赶紧排，连同你们以前常演的旧戏，去前沿各军堡巡演，一来宣扬朝廷的鸿恩，二来鼓舞边军的士气。这事做好了，不愁置不下新行头，不愁没钱衣锦还乡！”

那个舅舅班头还要说什么,外甥扯扯他的衣袖说:

“舅舅快走吧,杨大人的安排甚是周到,回头我们去杜府取银子就是了。”

说罢拉上舅舅朝外走去,慌乱中绕过了如桢和俊青。张班头又退回一步,朝杜如桢作了个长揖,说道:

“感谢小将军指点!”

两人走开,俊青不明白了,附在如桢耳边问道:

“噫,他俩怎么还要感谢你的指点,你指点了什么?”

事情至此,完满解决,如桢也没了顾忌,便说,方才在他家门前,遇上两人要进去见杨大人,军士如何申斥,争执不已,他如何悄声告诉班头,去宝宁寺等着就是了。

观看过水陆画,一行人朝外走去,过了前院的牌楼,杨大人兴味未减,又说起他的那些众家儿郎。

“最可笑的是,我的这些儿郎,对我的称呼上,可说花样百出。我家俊民和俊青,他们的朋友跟他俩说起我,总是令尊长令尊短,顺顺当当。我的这些干儿子,人家跟他们说起我,宣大这边,是你干爹长,你干爹短。榆林绥德一带,是你干大长,你干大短。大,就是爹的转音。这是亲近的,不怎么亲近,又讲究礼仪的,就是令尊长令尊短。不知哪个聪明人,咂摸出一个又讨巧又庄重的称呼,说是令公长令公短。这些年上了岁数,有人干脆称我为老令公,好像这令公二字,是我的别号似的。”

周现赞道:

“称杨大人为令公,真是再恰当不过。杨大人在朝廷为兵部尚书,也称为本兵,乃三军统帅。现为总督,乃边镇最高长官,掌众军将令,尊称令公,又顺口又气派。”

“只要能打胜仗,由他们编排去吧!”

想到这儿,再看站在条案后面,说个不停的杨大人,如桢心里默念,称杨大人为令公,真的挺带劲的。

两天后,父亲将他叫去,说跟爷爷商量过了,主要还是听杨大人的意见,定下二哥如柏,为杨大人的义子,且排了次序,跟在五郎赵飞之后,称作六郎。初听有点失落,一想也就想开了。无论从年龄上说,还是从武艺上说,二哥更像一位英威的将领。自己除了个头高些,哪样都不如二哥。颠过来,自己若是杨大人,在杜家两兄弟中选一个做义子,也会选二哥的。

再就是，二哥当了杨家六郎，嫂嫂也会喜欢的。这话不能跟父亲说。父亲还在安抚他，他有点不耐烦了，抢白说：

“爹，我就会这么没出息！二哥成了杨家六郎，我没有这样的名分，就不努力上进了吗？”

五

是盯住看，要看出像什么，也不敢太专注了。太专注了让人以为你是在发愣，不专心听讲走了神。不时地，还得扭扭头，两边瞅瞅，像是什么分了心。

像什么呢？

最像的，还是像杨大人。

原本就是杨大人嘛。

此一刻，杨大人讲到得意处，身子一忽儿前倾，一忽儿后仰，声音一忽儿高昂，一忽儿低沉。最惹眼的，还是手臂的摆动，比脸上的表情还要生动。右手握拳，在胸前一上一下地砸着，刚眨了个眼，左手平展，连同左臂，朝外一抡，像是将一枚飞镖扔了出去。

明知不过是个手势动作，真的扔个什么也扔不到自己这儿，就这，杜如桢还是侧了一下身子，感觉上像是避开了什么。

一个胆怯的动作。

这心里的一惊，只有他自己知道。

四月初二日夜晚，随王德将军破击城外蒙古军队，关键时刻，自己曾有过这样的胆怯。

后半夜，起了云，月光更加暗淡。他和王将军，骑马在前，后面跟着两百骑兵，稍后是两百步卒。

来到一片树林前，不远处便是蒙古人的营帐。这里那里，三两处灯火，像天上疏朗的星辰。左前方，还有一片蒙古人的营帐。

“如桢贤侄！”王将军说，“我带骑兵由这里冲过去，放火焚烧营帐，敌军必然惊慌逃走，不敢交战。怕的是左前方营帐里的蒙古人，看见火光出来截击。你在这里守着，我不会耽搁,火一起,就撤回。千万要抵挡一阵儿!”

果然不多一会儿,前边营帐起了火,先是这儿那儿,很快便连成一片,成了火海。

他和军士们正看得高兴,忽然传来一阵喊杀声,刚回过神来,蒙古人过了树林,向他们扼守的壑口冲了上来。

“弟兄们,守住呀!”

他手擎战刀,迎了上去。

“啊! 啊!”

蒙古人呼喊着,黑压压一片,辨不清有多少人马。

眼前什么东西一闪,他急忙伏下身子,马蹄声近了,似乎就在耳边,接下来该是刀片砍了下来,由不得闭上双眼。待回过神来,睁开眼,猛一蹬站直身子,这才发现,蒙古人已经跑开,像是追什么人去了。

王德将军回来了,夸他狙击成功,挡住了敌方的援军。

后来才知道,蒙古人的援军,由此匆匆经过,非是截击王德的袭击部队,是要赶去保护蒙古人的大本营。

要返回右卫城了,步兵在前,骑兵在后。

他们不知道,敌人的另一路援军正向这边开来。他率步兵走后不久,断后的骑兵还未挪步,便与敌军遭遇上了。听得后面传来厮杀声,率步兵匆匆赶去,骑兵已溃败下来。两百人的队伍,竟损失大半。

“王将军呢?”他问一位年轻官佐。

“刚才还在前头,眨眼就不见了。”

“我看见了,像是怕这儿让粘住,带上一小队人马往北走,将敌人引过去了。”

回到城里,以为王将军只是迷了路,天亮前会回来的。

万没有想到,王德将军竟殉了职。

第二天,蒙古人挑了王德的首级,在城外跳梁叫骂。

他站在堞垛后面,暗暗垂泪,似乎能看见王将军怒睁的双眼。

胆怯,这一辈子,不管后来经过多少阵仗,只要有一丝的触动,都会想到首次领兵作战的胆怯。

摇摇头,又回到眼前的场景。

条案后面，杨大人静了下来，鹰隼一样的眼睛，将全场打量了一番，接下来又是侃侃而谈：

“我朝北部边疆，东从山海关起，西到嘉峪关止，差不多是三千里，大的关隘我都去过。全程分作九段，俗称九边，每段设一大的军镇，因此，九边也称作九镇。每一镇驻兵，少则三五万人，多则十一二万人，马匹从五六千到两三万不等。设总兵一人，偏裨参游，人数不等。不算州府，另设有巡抚衙门，负责行政粮秣。这么多的兵将，这么多的官员，驻守在边疆地域，图的是什么呢？图的就是这个镇字！”

走着又说起来：

“这个镇字，《周礼》上有解释，《夏官职方氏》上说，其外方五百里，曰镇。疏曰，言镇者，以其入夷狄深，故须镇守之。怎么镇守呢？敢问这位将军。”

一眼看去，问的是大哥如松，解围后刚调任威远堡守备。

“回总督大人，末将只知杀敌报国，犁庭扫穴，别的就不敢知晓了。”

“哈哈哈！”杨大人笑了，“不光犁庭扫穴，还要壮志饥餐胡虏肉，笑谈渴饮匈奴血哩。”接着又问旁边的一位青年将领，“你呢？”

“回总督大人，我想的是，若不能杀尽蒙古人，也要驱赶到漠北荒寒之地，使之永世不敢南犯。”

说这话的李景德，是右卫另一营的营佐。

“好，好！”杨大人回到条案后头，踱了几步，扭身说道：

“我朝边防大计的延革，看来有必要说道说道。洪武爷立国后，先是大将守边，待世子们长大后，封为藩王，逐渐改为藩王守边。不管是大将守边，还是藩王守边，依托的全是都司卫所这样一套军事建制。发展到后来，都司和行都司，就成了现在的军镇。永乐爷的办法，与洪武爷又有所不同。元蒙残部逃到漠北以后，洪武爷求的是守住门户，相安无事。永乐爷想的是彻底铲除，永不再犯，于是接连三次，亲率大军远征漠北。后来干脆将都城迁到北京，亲自负起守边重任。此后两次远征，几乎没有什么斩获，他老人家也在征讨的途中崩了驾。现在北京一带边防的格局，可说是永乐爷留下的摊子。我们辛苦，皇上跟我们一样的辛苦，我们操心，皇上跟我们一样的操心啊！”

说到这里，对身边的大同抚台王忬言道：

“别让我唱独角戏了，民应兄，你也是老于边事之人，请给众将领讲讲国初北京一带边防的格局吧。”

王抚台四十五六，年初与江东侍郎一起从京师来的。江东任总督，他任巡抚。嘉靖二十九年，任顺天府巡按，筑京师外城，建永定门城楼，又加固通州城垣，颇多建树。前些年巡抚山东，又赴江浙平倭寇，年初北部边事告急，飞檄征调，来大同任职。

王抚台最为得意的是，他的长子王世贞，乃当今的大名士。

“那我就献丑了。”

讲开了，声若洪钟，底气十足。

确像杨大人说的，王抚台真当得起“老于边事”四字。多么繁复纠结的史事，到了他嘴里，三言两语就捋清楚了。

北部边疆的防卫体系，东起山海关，西到榆林这一段，约一千五百里，现在的情形，与国朝初年相比，变化最大。当年是内地的，许多地方，如今成了边疆，当年是边疆的，如今成了蒙古人的地方。像大宁、开平、兴和、东胜这些地方，过去不是都司所在地，就是卫所驻兵地，如今听起来都快生疏了。以北京为基点，大宁卫在正北，为都司所在地，领有十卫，距北京八百里。开平卫在西北，距北京七百里。兴和是守御所，距北京八百里。东胜州为洪武初年所置，后来又分置左右前后中，共是五卫，隶属于山西行都司。这样在我朝的北边防线上，从辽东都司到大宁都司，再到开平卫、兴和所，再到大同都司、东胜州，形成一个彼此联络，相互呼应的防卫体系，较之现在，等于是深入元蒙旧地好几百里。以北京而论，恰在一个半环的中心，安全得很，也稳固得很。因此洪武爷当年定的边防大计为：来则御之，去则勿追，斯为上策。

惜乎这一态势，到永乐爷手里就变了。

永乐爷有雄心，有远谋，要在他手里，彻底消弭边患。即位之后，五次亲率大军，远征漠北，其中两次，大获全胜，可谓扫穴犁庭。他以为受此重创，蒙古人再也不敢南下窥伺中原。于是改变了洪武爷的边防部署。将镇守北疆的宁王，改封到南昌，将设在大宁的行都司迁到保定，将大宁行都司统辖的卫所地盘，分给兀良哈三卫，三卫对此封疆并无兴趣，也无驻守的能力，等于是撤销了大宁前线的防卫。说是属番占据，实则成了蒙古人的驻牧地。与此同时，将东胜州内撤，复设东胜中前后三个千户所，于怀仁等处守备。如果说过去从山海关到榆林，像一张大弓的弓背的话，现在山海关、大同、榆林，差不多就是直直一根弓弦了。

杨大人插话：

“成为弓弦不要紧，可怕的是，我们的京师，几乎就在这根弓弦上，只有宣府偏北，算是京师西北的一个屏障。如此局面，诸位就该明白了，北部边防，不是九镇而是十镇，最大的军镇不是我们大同，也不是宣府，而是京师。天子跟我们一样，也负有守边之责。局势明白了，再回过头来，说我们的边防大计。这儿是刘大人的筹边堂，我们就一起来筹划我们的边防大计吧！”

问了跟前几个人，均不得要领，王抚台说道：

“惟约公，你老满腹经纶，又久经战阵，还是你来直陈高见，我等洗耳恭听就是了。”

方才王抚台说话时，杨大人坐下了，王抚台这样一说，杨大人又站了起来。

“对于边事，惟约也是历经多年，方有省悟。以永乐爷的雄才大略，亲率十万大军，数度远征，结果仍是无功而返，就可知扫穴犁庭，不过是自欺欺人的大话。漠北有多大，先就不清楚，鞑靼和瓦剌，各有多少兵马，还是个不清楚。我们大军过去，草原上一片寂静，连个人影也找不见。我们刚刚撤回，十万铁骑倏忽而至。谁个来防，谁个来挡？再往深里想一想，从来夷狄之人，也是良善百姓，没有人不喜安居乐业，悠游度岁的。民应兄，你说是也不是？”

“惟约公所言极是！”

王抚台朗声答道。杨大人像是站累了，坐了下来。

“这些日子，我几次跟王大人商议，我们究竟需要怎样的边将。过去，能拼命杀敌就行了，现在，光会拼命说不定还会坏事。先前就有过几次，蒙古人派使者来求和，要求通款互市，我们的守将却把人家的使者杀了请功。新的战守格局，对边将提出了新的要求，我看嘛，关键在两个字，舍得还是舍不得！”

筹边堂上，全都竖起了耳朵。

杨大人又站了起来，扳着指头说道：

“头一条，平时要舍得钱财。诸位多数都有家兵，没有家兵也有亲兵，多则数百，少则数十。遇敌作战，救急扶危，全靠这些人拼死力战。平日舍不得钱财，到了要紧时候，可就徒唤奈何了。第二条，战时要舍得性命。打仗这个事，确有怪异之处，越是怕死，越是倒霉，不怕死的，反而能逢凶化吉，转败为胜。当然了，这不会成为必然，真要成为必然了，战事就成游戏了。退一步，大敌当前，就是从求生上说，也应当勇敢些，抖擞起精神来。再说得败兴些,逃跑叫敌人追上,一刀就结果了性命,迎面冲上去,刀劈过来,还能躲闪一下,不会一刀就了结了。”

这话实实在在,听着让人舒坦。

又说,他拟将各位将领的家兵,编入正式作战序列。如何关饷,正在考虑。还有就是,如何跟官兵有区别,又能保持家兵的本色。

“前面两个舍得,一是平时,一是战时,还有一个舍得。我这把年纪,说了诸位会笑话,不说又觉得对人不起。就是,在女人肚子上,要舍得力气。别笑,没说错,也不是开玩笑,就是在女人肚子上,也要舍得力气!”

他不强调,都还憋着,一强调顿时炸了窝,笑翻了天。

“别笑,别笑!”杨大人平伸双手,往下按按,“听我往下说嘛。”

都不笑了。

“这话,昨天晚上,我跟王大人议事时说了,王大人也是认同的。边疆一线,都是苦焦地方。教养生息,安居乐业,才是巩固边防的根本大计。有女人的地方,才有生气。前朝皇上里,正德爷最懂得这个道理。每次巡边,都带着大批宫女,一路走,一路放还,配给妆奁,任其嫁人,说是多少年后,人们会争着来戍边的。一个优秀的边将,在男女之事上,也是英雄好汉,也要声名远扬,让胡人的男子敬重,女子歆羡。”

这个话题,让杨大人来了兴头。下面的话,更放开了。

“我来了没几天,就听说,右卫一位老边将,当然现在退了,说过一句很有见解的话,你们谁知道是句什么话?”

说着朝四下里扫了一眼,原本就没打算真的问,咳嗽了一声,只管自个儿说下去。

“想你们也猜不出来,猜出来也不肯说。你们爱面子,我爱里子。这句话,是谁说的,我就不说了,原话是,有人说起修边墙,这位老边将说,修边墙能修到女人肚子上吗?这是问着说的,顺着说,就成了,修边墙要修到女人肚子上。再挑明了说,就是,只有修到女人肚子上的边墙,才是真正牢靠的边墙。别笑!这话大有深意存焉!”

底下人在嗡嗡嗡,压低了声儿,探究说了这句话的是谁。杜俊德,杜俊德,这声儿,如桢这边都听到了。近前的人,还朝他努努嘴,他假装没看见。

“这位老边将的话,再往深里说,就是边地要有女人,还要有好女人,有了好女人,男人才会卖命打仗,男人卖命打仗了,边防才能护卫住。从另一面说呢,边地还要有好男人，有了好男人，才会有好女人，你们说，是不是这么个理儿？”

底下没有话语，只有应和的笑声。

接下来，说的一个举措，让众将领全震惊了。

杨大人接下来说，说到边墙，他倒想起个事。前些年王崇古军门，首倡修建边墙，最早修起的是阳和卫，还有大同五堡。这次朝廷又颁下诏书，不惜重金，修建边墙，务使边墙与军堡相连，形成坚固的战防体系。凡土墙军堡，一律包砖。包砖时，过去多附建武庙，今天再加上一条，要多建文庙，可不是内地的文庙，是戏台。凡军堡，都要有戏台！

建戏台？下面叽叽喳喳议论开了。

“对，就是建戏台。读书固然重要，总得是那个材料。论教化之功，最大的莫过于看戏。建戏台演戏，就是与民更始，臻于教化。”

右卫的周现，像是方才觉得受了冷落，此刻站起来言道：

“别的军堡建戏台有地方，有的军堡，怕连建的地方都没有。”

“你说的是哪个军堡？”

“回大人，我说的是马营河堡。此堡我多次去过，周遭不及一里，呈正方形，每边的堡墙只有三十六丈，里面的营房和马圈全占满了。有个玉皇阁，比土地庙大不了多少，没有一点空地可建戏台。”

“哦，这马营河堡，前些日子我巡查过了，确如你所说，几无立锥之地。我看嘛，这马营河堡的戏台，可建在南门外，靠东边的空地上。”

“建在堡门外？”周现惊问道。

“是的，就建在堡门外。每当演戏，一定要派人告知边墙外的蒙古人，备上吃喝，请他们老老少少，都过来看戏！”

众将官都长嘘了一口气。

杨大人讲话，到了后半截，该着谈他的建树了。

说他近日，给朝廷上了奏章，提出右卫善后十事。朝廷已回复，全都准了。褒奖的话，他就不说了。说着伸开右手指头，一宗一宗往下说，说罢一宗，扳下一个指头。右手扳完了，再伸出左手，仍是一宗一宗往下说，一个一个往下扳。如桢看了，心想，右手的五个指头扳完了一遍，再扳一遍，不就是六七八九十了，值当再伸出左手吗？小孩子才这么做，你这不是把自已当小孩子，是把底下众将官当成小孩子了。

继而一想，此公的认真，也正是这里。不是怕他自己弄混了，而是怕听的人弄混了。

前面几项，如桢没有在意，第八项，他可是听清了。原话是：

“第八，凡边将私畜之家兵，均仿辽东李成梁例，纳入边兵军制，仍由原从属之将官统领。遇战事，则由总镇调拨，不得违命。粮饷亦由总镇配给，死伤依律抚恤，唯奖赏，由总镇发给各统兵将官，不具体到士卒个人。”

如桢听了，大为惊讶，这个办法，多年来一直议论，没有想到，杨大人一来，就全都通过了。而且，这样的具体，这样的恰当，即如奖赏，由总镇发给统兵将官，不具体到士卒个人，就是从实情出发。因为家兵享受的待遇，比正规的边兵，要高许多，直接发给个人，一是不够，二是反让家兵心生怨恨，不服管束。

末后，杨大人说，战法也有待改进。他发明了一种单厢战车。适用不适用，演练演练才能知晓。已布置下去，安排将官督工，照图打造。要散会了，大声言道：说是打造，实则是改造，十天半月，可竣其事。有上百辆，便可实战检验。已看好地方，就在北门外的御河湾，那儿朝北，有一大片地盘，足可摆开阵势。到时候，军堡守备以上将官，都来观战。

“晚上请蒲州梆子戏社，给你们演戏。哦，还准备了好吃的，杂填，我敢保证，你们都没有吃过！美着哩，不说了，吃了就晓得啦！”

杨大人发明战车，还要实战演练。还要演戏，还有好吃的。众将官听了，有的目瞪口呆，有的啧啧称奇。杨大人要的，似乎就是这个效果，扫了一眼，开怀大笑。

“哈哈哈！”

就是这一笑，让杜如桢脑子里灵光一闪。

从进入筹边堂，见到杨大人起，一直苦苦寻思的那个问题，登时有了答案。

像什么动物？

驴，大叫驴！

倔强而可爱。

先前所以久久未能悟出，是过分看重了此公傲慢的一面，忽略了可爱的一面。

后来才听人说，蒲州地方，确实出产一种大叫驴，力气大，脾气也大，人称蒲州叫驴。

第四章　御河湾

一

围城中，问荣娘的事，爷爷都要说了，又没说。

解围后，知道孙子去过姑苏春的破院子，一天擦黑，偏院书房里，爷爷喝了酒，高兴，才跟如桢说起荣娘和文娟，是怎么来到右卫的。

爷爷还在喝，有了几分醉意，说话磕磕巴巴。如桢听来，却是欢快流畅，如泣如诉。

嘉靖元年年初，爷爷联络右卫城里几个文人，办起个边塞诗社。他年长，任社首，隔上月儿四十，总要在杜府花园，来上次雅集。诗酒征逐，尽兴尽欢。这年夏天，他到苏州走了一趟，一走三个月，雅集也就断了。回来已是初秋天气，社友们撺掇着，办了个雅集，名为秋风诗会。来了七八个人，很是热闹。

正高兴着，一位随爷爷去了苏州，迟迟未回的家丁，名叫金龙的，突然回来了。进了花园，就是现在这个园子，附在耳边说了句什么。他没作声，该做什么仍做什么。半后晌，诗会收场，已是未时三刻，日头偏西了。

诗友一走，爷爷赶忙来到前街旅馆。脸也洗过，头也重新篦过，还换了件藕荷色的直裰。不说别人看了,就是自己也觉得,跟诗会上那个杜俊德相比,少了几分儒雅,多了几分俊朗。

雅集的时候,有诗友说,俊德兄真该带几个江南佳丽回来,让我们也受活受活。还有人附和,说不要多了,两个就行。

而此刻,眼前就是江南佳丽,还恰恰是两个。

坐在单桌对面的,是荣娘,神色略显疲惫,笑意盈盈地瞅着他,只是不开口。坐在炕沿上的是文娟,双手撑住炕沿,两脚离地,晃悠着。白净的脸上,尚未完全脱去稚气。秀润的眼珠,瞅瞅这儿,瞅瞅那儿,什么都觉得新奇,又觉得不安。

荣娘,辛苦了。他不言语,心里默念着。

几个月不见,见了又是在这么个地方,一下还适应不了。欣喜,确实欣喜,又有几许生分。起身在屋里走了两步,除了一副箱笼外,最惹眼的还是墙角,摆着的一只红漆马桶。苏州妓楼里多见过,这会儿,在这边塞之地见了,杜俊德觉得怪异,实在有点好笑。

荣娘觉察到了,站起来说道:

"侬尚吃得消,苦了的是小妹。多亏了金龙兄弟满路的照顾,连马桶都是他刷的,难为他了。老爷可要好生犒劳金龙兄弟呀!"

荣娘说的金龙,就是他带到苏州,留下陪荣娘和文娟回来的家丁。

"自然,自然。"

杜俊德漫应着,文娟侧过脸,问道:

"杜叔叔,这儿就是大同府吗?"

"是大同府的地面,也是大同镇的右卫,离大同府不远。"说了这么多,仍觉得没有说清,遂加了一句,"过些日子,带你去府里看看就知道了。"

"金龙哥说,一到这儿,就能看见蒙古人骑着马呼啸着过来,又呼啸着过去,是真的吗?"

"蒙古人入侵内地才会见到的,平日不会有。"

"金龙哥还说这儿下起雪,有席片儿大,是真的吗?"

"铺在地上的雪,比席片儿要大得多,天上飘着的,不会有那么大。金龙逗你玩呢。"

"小妹,住下以后百事都晓得了,勿问个不休。"

"荣娘!"

杜俊德重又坐下，探过身子，压低声音唤道。非是怕文娟听见，只是表示下面说的话重要，要她认真听取。

“唔，听着呢。”

荣娘应道，并未像杜俊德那样，向单桌中间探过身子，只是稍稍侧了一下，脸儿比身子侧得还少，让耳朵对准了这边。

蓬松的云鬓，圆润的粉颈，还有那似乎透明的耳郭，全现在了眼前。未及开口，杜俊德不觉怦然心动。外人不会想到，他破费银子，将这位落难的姑苏女子接到右卫，起初看中的正是这云鬓，这粉颈。

“荣娘，这地方是苦焦些，我保你，还有文娟姑娘，平平安安，心情舒畅。请相信，杜某不会辜负了勉之先生的托付。”

“杜兄，勿说这个话，我要是不相信杜兄，就不会带着小妹来了。我是毁了身子的人，什么样的苦都能受得，只求小妹平安长大，将来嫁个好人家就行了。旅店非久住之地，你——”

“放心，我已看好一处院子，离此处不远，改日过去看看。”

“由苏州到这儿，破费杜兄银两不少，早点安顿好，早点开张做生意。”

“且不要说这个话，路途劳累，多歇息些日子才是。”

“名字想好了么？”

“就叫姑苏春。我意，不必做青楼生意，开个上等茶楼，消停赚钱就是了。”

两人的声儿，不高也不低，那边文娟姑娘似听不听，听了也似懂不懂，只是感激地瞅着杜俊德。有一点她很清楚，父亲在南京做官，遇上了大麻烦，发配到云南，母亲随父亲去了，父亲的小妾荣娘，带着她逃了出来。生活无着，荣娘去青楼谋生。经黄勉之先生介绍，结识了这位山西来的军爷，为荣娘赎了身，接出来住到黄先生的庄子上。调养了两三个月，便带上她，随了金龙哥哥一路舟车颠簸，来到这个地方。

有一点困惑，文娟甚是不解。当年在家里，她称荣娘为姨，前两个月在黄先生庄子上，也是如此。而此番起程时，荣娘说接杜军爷信，来山西的路上，到山西之后，两人当以姑嫂相称，不再是小姨与甥女的关系。此中定有玄机，是何等玄机，一路上也没有参透。她又没有哥哥，哪儿来的嫂嫂。这样想着，觉着下边有点紧，便对荣娘说：

“姨——嫂嫂，我要撒尿。”

荣娘瞅了一眼屋角的马桶，眉头一皱，朝院子外面一挥手，说道：

“那儿有个便所，自己去好了。”

文娟起身离去，荣娘掩了门转身扑过来，要往俊德怀里依偎，俊德伸手，轻轻推开。

“使不得!”

“如何就使不得，在苏州哪次不是这样?”

“这儿是边鄙之地，比不得苏州。”

“噢，这儿的人都是石头缝儿里蹦出来的。”荣娘说着后退一步，低头俯身，先行了个偏身礼，假模假样地说，“奴家给大官人施礼了。”

“这倒不必。”

杜俊德说着朝前迈了一步，要扶起荣娘。这回他可理解错了，荣娘哪是真的给他施礼，不过是开个玩笑罢了。他刚抬起身子，荣娘那边，迅疾伸过手，在他裆间摸了一把，吃惊地说：

“大官人来看奴家，还带了个大纺锤来!”

她这一说，杜俊德倒不好再装正经了，跃起身子，抢前一步，握住荣娘的手，凑过去要亲嘴，一边喘着气说：

“想死我了!”

荣娘仰起脸，眼里泪光莹莹，稍稍闪开，哽咽着说：

“小女子何尝不是夜夜思君!”

杜俊德还想做个更其亲热的动作，这回却是荣娘推开，低声说：

“杜兄还是坐下，小女子有话要说。”

杜俊德稍有不快，在苏州，两人见了面，总要撕扯一番，才觉得过瘾。

“你说你的嘛!”

说着又要伸过手去，还没容他攥住荣娘的手腕，门帘一闪，文娟跳了进来，尖叫道：

“啊呀，吓煞我咧!”

杜俊德趁势退回，坐到椅子上。荣娘问为何一惊一乍的，文娟捂住胸口言道：

“地下埋了一个大缸，上面两片板子，踩上去摇摇晃晃的，下面雪白的虫子蠕动着，像一缸白米饭，吓煞人咧!”

荣娘听了，面色平静，说声大惊小怪，不再理睬。文娟的苏州话太快了，只听见一串儿嘀嘀嗒嗒，不知所云，借着惊恐的表情作陪衬，才明白末一句是吓煞人咧。去茅厕没有跌进茅缸里，定然是遇见蛇或者是耗子，杜俊德一跃而起，说他去看看，荣娘拦住说：

"我一来就去过了，茅缸里的蛆虫，满满一缸，像煞白米饭！"

"这么长时间了，文娟没有去过？"

这回轮着杜俊德疑惑了。

荣娘解释说，中午时分到的右卫，金龙安排脚夫，将骡车卸在这家旅店，一进店她就去过茅厕，里面的情形着实吓煞人，真不知道当地人是怎么进进出出的，又怎么敢在烂木板上蹲下身子。她出来，文娟要进去，她知道文娟进去，定会吓着，拦住了说里面太脏且勿去。待行李安置妥当，金龙告辞而去，这才从箱笼里，取出马桶让文娟使用。两个时辰过去了，小妹又要解溲，本该仍用马桶的，见杜兄在此，一时无心，便让她去了茅厕。

"怎么这么脏呢，吓煞人咧！"

文娟仍在嘟哝着。

"再不用去了，用马桶就是。"

荣娘说着直起身子，走到杜俊德跟前，手臂在身后，朝文娟摆摆。还没等俊德明白过来，那边文娟已提起裙子，踮着小步去了屋角。荣娘的身子移了两下，全挡住了俊德的视线，一面说着话，一面还整整俊德的直裰领子。俊德自然知道荣娘的用意。这位置上，侧一下脸，仍能看到屋角，为避嫌疑，只有稍稍俯下脸。刚一俯下，便听见屋角那边，传来窸窸窣窣的解衣声，随即便是哗哗的撒尿声，其峻急如同雨打沙滩，风吹石罅。

不能老俯着脸，稍待了一会儿，仰起来，定定神，眼前是荣娘的胸脯。新换的罗衫，能嗅到箱笼的樟木味儿，绵缎的料子，胸前绷起两个小小的突起的包儿。衣衫遮住了身子，遮不住溢出的体味儿，伴着呼吸，如同点燃的檀香。那边手臂，料想文娟看得见，规规矩矩地搭在桌沿上，那边就不然了，捏住荣娘的手掌，抚弄着，揉搓着，由不得就回味起当初在姑苏的恣意癫狂。想着想着，身子下边就有了动静。荣娘像是感觉到了什么，屈起这边的膝盖，隔着裙裾，朝他的裆间抵了抵。

他越发地难以自持。

荣娘脸面不动，眨眨眼，笑模笑样地努努嘴，还探出一点红红的舌尖儿，在唇上舔了舔。

江南女子,最解风情!

杜俊德由不得心里感叹。

荣娘的表情,稍有变化。为了不让马桶那边的文娟觉察出什么,也是为了消泯方才的淫荡相,身子稍稍移开。换了一副腔调,大大咧咧地说:

"苏州女人,到哪儿都离不开个马桶,死了笃定变个马桶精!"

哗哗的撒尿声,仍在响着。

这孩子,这泡尿憋了多久!

"嫂嫂,我想屙咧。"

那边文娟怯怯地说,这里荣娘听了,一股无名之火,忽地腾起,冷冷地说:

"你想吃也行!"

说罢,沉下脸来,紧抿嘴唇,看样子是强忍着,不让自己哭出声儿。

杜俊德移动一下身子,靠后一点,另一只手上来,一并握住荣娘的双手,冰凉冰凉的,能感到浑身颤抖不止。这一刻,他理解了这女人,那份优雅,那份和善,全是硬撑着。小妹这么不晓事,让她一时失控,将这两年的悲辛,一路上的孤寂,全都泼洒出来。静默片刻,随即听得文娟起了身,从背后走过,复坐于炕沿。这一来,荣娘再也撑持不住,半蹲下身子,扑在杜俊德的怀里,一声惨叫,撕心裂肺:

"杜兄啊——"

讲到此处,爷爷顿住,颇有深意地说:

"慕青他妈,就是这么来的右卫,你要听的,就是这个吧!"

要走了,爷爷问,明天还是后天,在东门外御河湾,举行什么战车演练,你参不参加。如桢说,叫单厢战车实战演练。他不参加,也不去观阵。军堡守备以上将官才有资格。二哥去,还是一方的领兵官,是杨大人特意安排的。爷爷笑了,说:

"如柏成了杨家的六郎,当然要着意培养。不去也好,在家歇着,念上几页书,比啥都强!"

二

单厢战车演练的当天,如桢又一次来到宝宁寺。

不是一个人来的,是跟二嫂来的,不用避人,就那么游游荡荡地走着来了。

若说名目,可说是堂堂正正,竟是奉了二哥之命,陪嫂子来上香!

早上,侄儿思义过老院,推开西厢房的门,喊了声叔叔,直通通地说:

"我妈叫你过去呢!"

他心想,这二嫂,一点也不顾沈氏的面子,你就是娘娘,这儿还有正宫呢。想是这么想,嘴里甜甜地说,一会儿就过去。说完看媳妇的脸,阴得能滴下水来。唉,活人不自在,自在不活人,谁叫遇上这么个俏嫂子呢。

侄儿过来,堂堂正正地叫,以为沈氏不会说什么,待他穿好青布直裰,沈氏过来,一面将领子摆正,一面冷冷地说:

"多亏是个嫂子!"

啥意思嘛,多亏是嫂子,意思若是亲媳妇,能把她使唤死?还是说,多亏是个外人,才这么客气?闹不明白,反正是一肚子的不高兴。大白天的,又是侄儿过来叫,能怎样呢?这个沈氏呀,真是个小心眼。

进了慕青屋里,一愣,二哥也在。像是要出去,二嫂正在经佑着穿战袍。该着系束腰的皮带了,二哥两只胳膊平伸着,任二嫂弓了身子,在他的身前身后忙活着。

二嫂忙活二嫂的,不耽搁二哥说话。

"我说桢弟,杨大人要在御河湾那边,试验他的单厢战车,看重我,让我带一队家兵,全用他的单厢战车。"

这两天,右卫城里的将官们,都在议论杨大人单厢战车的事。

杨大人的理念很是简单,说蒙古人不是从杀胡口那边,水漫式地冲过来吗,不管是左卫,还是右卫,从哪儿出击,都难以抵挡,若两卫同时出击,合力就要大些。再就是,我们平日用的战车,两个车厢,分量要重些,若只用一个车厢,分量轻了,跑起来就快些。该去掉哪边的呢,这就是杨大人的创意了。他说,蒙古人是从北边过来的,从右卫冲出的，左边的车厢可以去了，从左卫冲出的，右边的车厢可以去了。两边的冲到中间，连成一线，就是一道边墙，不就把蒙古人挡住了吗？

将士之中，当然有赞成的，说念书多的人，脑子就是好使唤，能想出这么绝的招儿。也有嘲讽，说蒙古人要是这么听话，让他们回去，就回去了，哪儿用得上战车。若是不听话，到了你跟前，又转让到你身后，身后没有车厢，还不是一上去就砍了西瓜。

他想问问二哥对这件事，是怎么一个看法。

刚开了口，二哥说：

“杨大人是朝廷有名的边材，他是考察过多少战事，才想出这么英明的一个主意，怎么会有错？对和不对，全看战车上的，是不是英勇作战。英勇作战的，就输不了，不英勇作战的，见蒙古人来就吓破了胆，那当然要吓得滚下战车来！”

不用再说了，这不是讲道理，这是在比谁的官大。

“我说——”

二哥要讲什么重要的事，总是用“我说”开头。

他听着。

“我说，待一会儿，我就要领着家兵，去御河湾了，你嫂子要去寺里上香，你陪着她，进门上台阶，该扶的时候，扶扶！”

前面就是宝宁寺庙门前的台阶，要不要扶呢？本来是不用扶的，想起二哥说话的口气就来气，不管要不要，他还是过去，一把架起慕青的胳膊。天热了，内衣单薄，外面套了件绵缎衫子，手握得紧了些，能感到胳膊上肌肉的弹性，由不得捏了一下。

“不能轻一点嘛！”

慕青抬起这边的胳膊，要拨开如桢的手。捏得太紧，没有拨开。

“你这叫扶我吗？”

“哼！不是我要扶你，是有人让我办的差使，叫我扶的。”

“噫，他就说了那么一句，你就吃味了不成？”

“不敢，不敢，人家那叫尽心王事，我这叫尽心室事！”

“室事？倒想得美！”

叔嫂俩就这么斗着嘴，进了宝宁寺的庙门。院里地方宽敞，靠右首，还有一条长廊，前些日子，水陆画就在那儿挂着，如今空荡荡的，豁亮了许多。

慕青边走边说,你哥那人,脾气不好,心眼儿还是挺好的,什么时候,都不忘你这个弟弟。这次挑上他去参加演练,怕你心里不舒畅,昨天夜里,还跟我说,要我今天跟你在一起的时候,多勉励你,往后的机会多着哩。

他知道,这话全是二嫂编下的,不过是为了让他减少对二哥的恶感。

反正跟前没有外人,他也就实话实说了。说他对二哥也没有什么成见,只是不喜欢二哥说话时的架势,什么时候都像是训斥人。个子不高也就罢了,身子站稳点,一样地有威仪。可二哥偏不,总是踮起脚后跟,胳膊挓挲,最叫人难受的是,身子还一耸一耸的,那就等于长高了吗?

慕青笑笑,说你说的,也太难看了吧。

他想说,还有更难听的呢,慕青像是看出了他的意思,说你想说什么就说吧。

"真的要我说?"

"这还有假!"

如桢想了想,还是不说。慕青扭转身子,伸手拧住他的耳朵,说你说还是不说。他假装疼得难受,连声说,说说说。慕青这才松了手。他说,我说了你可不能生气。慕青说不,他又强调了一句,说什么都不能生气。慕青又应了一句,还赌了咒,说谁生气谁是小狗。

暗地里鼓了鼓劲,如桢说:

"我一想到,夜里他趴在你肚子上,也这么一耸一耸的,心里就难受。"

说完还吐了吐舌头。

"你呀,一肚子坏水水!"

以为慕青会生气的,只说了这么一句,便低下头,再不言语,快步走了。

他追上去说,你说的,不生气,怎么就生气了?

慕青仰起脸,侧过头,说:

"桢弟,我没有生气,真的,我没有生气。"

说笑间,到了大殿前,二嫂进去上香,如桢知道,这会儿不用跟随,就在外头踅来踅去等着。

待了一会儿,慕青出来了,眼睛红红的,像是趁进香的空儿,伏在蒲团上,悄悄地哭过。脸上是没有了泪痕,也没有悲伤,可眼珠子,亮亮的,像是从水里刚刚捞了出来。

“许了个啥愿?”

下了大殿前的台阶,他迎上去,轻轻地扶着。又往前走了一截,慕青才开了口。

“想听吗?”

“想听。”

“知道我为啥要来许愿?”

他没说话。

“你二哥跟你,还有大哥,都要离开家,去军堡戍守去了,往后七灾八难的少不了,我给佛爷许的是——”

“杀敌立功?”

“不,先是平平安安,然后才是,也不是杀敌立功,各人有各人的祝祷。”

如桢想,这倒奇了,催二嫂快说说。慕青笑笑,朝庑廊那边靠靠,避开陆续进庙的人。

以为朝庑廊那边靠靠,走上几步,会返回来的。不料却上了庑廊,如桢不敢怠慢,紧走几步,跟了上去。上了庑廊,以为会说了,还是不说,却朝着空墙,看了看,像是测量什么位置。他靠过去,凑到跟前,慕青还是不说,却指着空处说:

“那天杨大人来庙里,我见你跟着上了庑廊,在这儿看水陆画,这儿挂着一幅,怎就看了那么久?”

如桢眨巴眨巴眼,什么也想不起来。

“你是要说个啥?”

“闲说哩,人家说这儿挂的那幅画上,有个女人跟我可像哩,你就没有看出来?”

如桢心里想,这样的话,你这么精明的人,怎么也会信。实在忍不住了,抱怨说,在佛前祝祷了些啥,你倒是说呀。

“看你急的!”慕青笑了,“我这不就要说嘛。做了三个祝祷:给二哥的是平平安安,衣锦归来;给大哥的是,顺顺当当,依序升迁;对你的是——”

他以为慕青又要卖关子了,没有,只是顿了一下,随即清清利利地说:

“战功赫赫,声誉传九边。”

“噫!这倒奇怪了,嫂子对自己的夫君,也只是衣锦归来,对我却是这样的高看,这是为何?”

“对你二哥，我看重的是归来，对大哥，看重的是顺当，一步一步往上走，不要什么不次升迁。你嘛，可就不一样了。”

“哪儿不一样？”

“他们是成事的人，你是成功的人。一个是事，一个是功。”

“我就这么好吗？”

如桢说着，低下脑袋，要往慕青怀里杵。慕青闪开，伸长胳臂，跷起食指，朝着他的眉心，狠狠地戳了一下：

“你呀，装疯卖傻！到时候，别忘了你这个嫂嫂就行了。”

如桢喜欢得什么似的，哪里还顾得上说什么，只是一个劲地傻笑。

到了晚上，军令下来，要他第二天一早，卯时卯刻，赶往东门外将军台，参加单厢战车演练。

三

将军台搭在大同城北门外，瓮城的北侧，紧靠城墙。一人多高的木板台子，两边旌旗招展。靠御河这边，三镇总督的威仪牌，领旨巡边的号令牌，各是四副，一字排开。

这御河，想来是北魏定都平城时的叫法，水势不大，可也不能叫小，此时正是枯水季节，滩涂显得特别宽阔。

按着杨大人的安排，这次演练，要像真的作战，一方是蒙古银甲骑兵，一方是大明边兵劲旅。蒙古银甲骑兵，由北边冲过来，这边的明军战车，分两路夹击拦截。一路从东边冲过来（假设是左卫），一路从西边冲过来（假设是右卫），在中间会合，形成一道战车的边墙，抵挡住蒙古骑兵，一阵恶战，大获全胜。

按说早就准备妥当，何以让如桢匆匆前来呢？去了才知道，原先定下的，对阵的两个将领，一个是杜如柏，还有一个是帅府的一名参将。头天晚上，这名参将得了急症，不能上阵了。有人推荐杜家的老三，杨大人说也好，弟兄两个，不偏不倚，正可见出单厢战车的威力。

一到大同，如桢就将地形勘察了一遍。如何行事，心里有谱儿。

辰时三刻，一切都准备妥当，他已到了他统率的马队前，忽然一骑驰来，传杨大人的口谕，要他过去一下。

策马来到插着帅字旗的将军台下，甲胄在身，打拱行礼。杨大人说，你只管往过冲杀，看这边的战车，能不能抵挡得住。末后又叮嘱了一句：

“且看看，我的单厢战车，威力如何！”

返回他的位置，等到炮响三声，率了本队骑兵，展开队形，冲杀过去到了跟前方知，单厢战车为何物。

原来是，从东边冲过来的一队五十辆，全去了左边的车厢，从西边冲过来的一队五十辆，全去了右边的车厢。想来杨大人这创意，是由边墙扩展而来。一个车厢，便是一个垛口，两边连起来，便是一截边墙，正好可以挡住犯边之敌。

如桢当时就想到，真是脑子进了水，就不想一想，马拉的车子，是活动的，敌兵一冲，那马先就蹿了起来，如何能连成一道边墙呢？

待他冲到跟前，二哥如柏，以为三弟定然早就领会了杨大人的意旨，只管喝令兵士，将战车连成整齐的一条线。他不管这些，带头冲了过去，那边的战马，先就咴咴地叫着，转起圈子，不一会儿，全乱了套。

冲过战车，仍不停止。快到将军台前，这才想起，自己扮演的是敌将的角色，冲到将军台前，岂不是要擒了主帅？

倒吸一口凉气，忙率队退了回去。

不多一会儿，就看见将军台上，旌旗晃动，听人说，杨大人回去了。

一场演练，就这么稀里哗啦散了伙。

过后，二哥责怪他，怎么能这样不晓事。杨大人用杜家兄弟率队演练，意在兄弟俩心领神会，相互配合，显一显单厢战车的威力。三弟只管冲击，战车队伍全乱了套，怎能不让杨大人败兴，看都没看完，气得拂袖而去。末了还说，这让他过后，怎么见他的这个干爹！

“干爹怎么给你说的！你说你说你说！”

“说叫我率队冲杀呀！”

“我就在跟前，说看看他的单厢战车威力如何，说了没有！”

“说了。”

“是看威力如何，还是看败象如何，你说你说你说！”

他也觉得是有点孟浪，可既然做了，也就挺着脸面，没有一点认错的意思。

二哥的气恼，反而让他有种报复的快感。你不是六郎吗，我就是要给你个小小的难堪！

原以为战车演练，就这样不了了之，正要各自散去，中军参将传来号令，让整队到将军台前，听杨大人训话。

啊，杨大人没走！

众将官来到将军台下，散乱地站着，参加对阵的单厢战车，除了几辆毁坏了的，其余的，都整整齐齐，环列在将官们的背后。

台上，杨大人一身戎装，站在台子的边沿，身子一颠一颠的，也不怕闪了下来。

如桢站在台下，靠后一些的地方，身子左侧，是一匹战马，不时仰起脑袋，咴咴嘶叫，热热的鼻息，喷到脖子上，像是在给他挠痒痒。

他以为杨大人会为自己的单厢战车辩护，责怪众将官不用心领会，拼力操练。没想到，杨大人一开口，先就自责起来，说自己如何的刚愎自用，不考虑作战的实际情形。还说早年读兵书，如何嘲笑赵括的愚蠢，没想到赵括二十几岁犯的错，他姓杨的快五十了也会犯。

“要不是有人不买我的账，只管如实做来，这单厢战车，在三镇推广，真要闹出大笑话。不只是我们的将领笑话，恐怕连对面的蒙古鞑子，也要笑我这个老边材了！”

自责得太厉害了，如桢由不得紧张起来，谁敢定这不是卖个关子，接下来再找碴子诿过于人呢？

正思谋着，台子上头，杨大人顿了一下，周遭瞅瞅，大声问：

“杜如桢来了吗？”

“在，在，在！”

磕磕绊绊地，一连说了三个在，这才跨前两步，站直了身子。

“好样的，领兵作战，就要这样！”

这么说着，还抱起拳头，朝这边晃了两下。

杨大人还在说什么，如桢一句都听不进去了。

还有什么议程，他都没有感觉到。直到像是要散会了，这才完全清醒过来。只听得杨大人问王巡抚，有说的没有，说没有，杨大人笑着大声说道：

“帅府已备下晌午饭，是我们蒲州有名的杂填，美味啊。在我们蒲州，每逢有红白喜事，早上晚上，都是这个饭。你们吃过大同的羊肉汤，吃吃蒲州的杂填，就晓得怎么个好了。饭后还有戏，蒲州戏班子演的，一定赏脸啊。”

四

杨大人说的杂填，杜如桢回到帅府，是打上饭，吃了好儿口才弄明白的。

红油辣椒漂下半碗，瞅着眼亮，闻着喷香，还没吃到嘴里，口水都要淌下来。筷子拨拉几下，浓浓的肉汤里，切碎的羊下水，拌上粉条、豆腐，撒上芫荽、葱丝，热热闹闹，让人胃口大开。随着馍馍吃，泡着馍馍吃，都是一个爽。

嘴上吃着，耳朵听着跟前人的谈论。

“怎么光是下水，肉都哪儿去了？”

“你忘了昨天的后晌饭了？烤羊排，烤羊腿，把肉全吃了。现在这叫杀割，收摊子了，能有什么好东西。什么杂填，就是羊下水。这是杨大人想的法子，说是他老家那儿，就是这么吃猪下水的。”

“味道还好。”

“稀汤寡水的，怎能填饱肚子？我看该叫杂喝！”

“不管杂填还是杂喝，吃着香就行了。”

还是赞赏的多。说有本事的人，什么事上，都能使出新招。

多年后，如桢仍记着初吃杂填的感受。杂填的叫法，并未在雁门关外传开，反倒是“杂喝”这个戏谑的叫法，先在军营里传开，很快又传到民间，叫成杂割，成为羊下水的一个普遍的吃法。

正吃着，大哥如松，端着碗过来，跄蹴在弟弟跟前。

“哎，三弟，这次演练，你可是大出风头！”

如桢笑笑，没吭声。

“杨大人很欣赏你呢！边防军堡，要重新配置将领，你去哪儿？”

“还不知道。你呢，还在威远堡？”

“动了，听说让我去弘赐堡，还是守备。”

“那可是大同前沿五堡中最大的。”

“唉，由杨大人安排吧，听说你跟如柏，要派到宣府那边去。”

“好呀，我正想到远点的地方去呢。”

正说着，西边的戏台上，开场锣鼓敲了起来。吃罢饭，兄弟俩放下碗筷过去观看。戏台就在帅府的大门洞，平日过人，两边台阶留有槽口，搭上木板就是戏台了。

戏名《五典坡》，懂行的人，说是蒲州梆子的老剧目。

男角薛平贵，挂着长长的髯口——黑胡须。

女角王宝钏，看去分外面熟，想想，噢，就是前些日子在宝宁寺，拦住杨大人诉苦的那个年轻人。当时看着只是面皮细些，并不怎么出众，这会儿搽脂抹粉装扮起来，竟是个绝色的佳人。这一男一女两个角儿，一面按本子演着，一面又插进去许多荤话逗人笑。

薛平贵上场，说他一马离了西凉界，转身来在寒窑前。不见他妻王宝钏，但见几位妇人把菜剜。上前问讯，内里有人应声，让传个话，对方要他先付三十六文铜钱。

薛平贵：要钱何用？

内声：给我娃订个媳妇守在家里，甭跟你一样，这么大了才到处找媳妇。

薛平贵：那怎么还有零有整？

内声：三十文钱订媳妇，剩下六文钱买杨大人的杂填喝呀。

薛平贵：那杂填，稀汤寡水的，几片羊下水，如何就值六文钱？

内声：这羊可不是平常羊，是杨大人的羊，自然值钱喽。

薛平贵：大嫂休得玩笑，请快快与我传话，钱是一个都不会少给你的。

内声：传了，王大嫂过去了，钱且交她带回。

王宝钏上场了，一边走着台步，一边唱道：

适才间大嫂对我言，
五典坡前来了一位长官。
手提篮儿上坡埝，

见一位军爷站面前。
燕毡大帽头上掩，
身穿一领黄鹤衫。
前容儿未曾瞧得见，
后影儿好像奴夫还。
有心上前把夫认，
倒退一步心自参。
丞相的女儿甚是贤，
躲躲人儿理当然。
不言不语剜青菜，
他问我一声应一言。

唱罢蹲下一撩一撩地挖起菜来。戏台边上像是有土屑儿，还故意撮起来，朝台下的军士身上撒。近处的几个军士，连连后退，一面骂道，这假骚货还撩人哩。

薛平贵在一旁见了，眼前一亮，高了声儿唱道：

见一妇人剜野菜，
后影儿好像妻宝钏。
有心上前把妻认，
错认民妇理不端。
圣人留下周公礼，
见人须当礼在先。

于是上前搭讪：哎嘿，大嫂请来见礼了！

王宝钏站起，说道：非亲非故，不便于还礼，军爷莫怪。

演王宝钏的年轻人，动作还沉稳，只是那眼珠滴溜溜地转，哪里像个丞相的女儿，倒像个窑姐儿。两人仍是一问一答，只要逮住个话，总要往淫里邪里扯，惹人哄笑。明明是夫妻，哪有十几年不见，就认不得的道理。说到后来，男角儿说他是薛平贵的朋友，他的班儿满了，回老家探视，薛平贵托他带一封信给妻子王宝钏，信是当他面写的，纸丢了意思还记得。

杜如桢看得正专注，有人在肩上拍了一下，扭头一看是李景德。

“噫，馨如呀！”

馨如是景德的字。景德不叫他的字，却怪声怪气地说：

“六郎，分派到哪儿了？”

“怎么给我叫六郎？我二哥认了杨大人为义父，我又没认。”

“人家都说，你兄弟俩是双六郎。”

“去你的，哪有这回事！”

“实话说，分派到哪儿？”

“说是去宣府，还没有地头。你呢？”

“我没有你那么好的命，吃了人家的杂填，听人家发落吧。”

“你呀，啥事都这么酸不叽叽的！”

这李景德，是前街牙客李师傅的孙子，同一年入的营。跟他爷爷一样，都是长条脸，两颊塌陷，说话也是一样的刁钻古怪。

李景德走了，如桢接着看戏。到了两个角儿对唱的地方。

薛平贵：薛大哥月下修书信，
　　　　将书信送与了王夫人。
王宝钏：我先问平郎好不好，
　　　　再问他安宁不安宁。
薛平贵：你问他好来他倒好，
　　　　问他安宁却也安宁。
王宝钏：吃用的茶饭何人做？
　　　　他衣衫烂了何人缭？
薛平贵：吃用的茶饭官厨造，
　　　　衣衫烂了有针工缭。
王宝钏：好一个有吃有穿的男儿汉，

寒窑里饿煞王宝钏。
军中无有女娇娥,
他家伙硬了怎消磨?
薛平贵:没人处挖个小窝窝,
埋住家伙好受活。
王宝钏:我这里钵儿底朝天,
他那里有雨下不来。
如此有劲使不上,
就该拼命把敌杀呀么把敌杀!

王宝钏唱罢说道:想我那平郎,鼓着劲儿杀敌,定然挣得几件功劳。薛平贵接上说道,说来也是无奈何,薛大哥流年不利运不通。王问,运不通他遇上什么事来?薛说在中途路上受了五刑,叫打了四十军棍。

王宝钏一听,叫起苦来。对方说,正经苦还在后头,要打仗了,又临阵失却胯下马。问是私马还是官马,答说,别人骑的都是私马,就他一人骑的是官马。王宝钏像是通晓军中事,大声叫,丢失了官马,那可是要赔的。对方说,还怕他不赔呀,少不了与人家买马添槽。问薛郎可有银子,说买马借了他十两银子。利滚利,到了离营回家时,已是二十两。薛大哥无力还银,便将妻子典给了他,说着就要拉王宝钏的手。那女角像是依了,在男角胯下一摸又闪开了。再拉,再摸,再闪开。打打闹闹中,两人又唱开了。

正要往下看,有人拍拍肩膀,说杨大人找他。

杨大人坐在筹边堂外廊下,正对着戏台,面前是一碗杂填,还有一壶酒,正跟王忬抚台一起,边看戏边饮酒。有个像是中军官的,站在一旁,正在说什么,他去了站在身后,一面看戏,一面留神杨大人。只听那中军官说:

"这两个戏子,竟敢糟蹋杨大人,太可恶了!"

杨大人的嘴里,一面嚼饭,一面呜里呜噜地说:

"这你就不懂了,这叫戏谑,谑而不虐,也可说是插科打诨,跟谁亲才这么对待,不能叫糟蹋。"

台子上,两人像是吵翻了,仍是一来一往地对唱着。唱到后来,薛平贵取出一锭银子，递过去，要王宝钏稍事打扮，跟了他去西凉川，糊里糊涂过几年。

王宝钏：这一锭银子莫与我，
拿回去与你娘安家园。
量麦子，磨白面，
扯绫罗来缝衣衫。
任你娘吃来任你娘穿，
把你娘吃得害伤寒。
有一日你娘死故了，
死后埋在大路边。
请和尚，把经念，
立个石碑在坟园。
上刻你父薛平贵，
下刻你母王宝钏。
过路君子念一遍，
把你的孝名儿天下传！
薛平贵：见得宝钏骂破口，
骂得我家伙硬铮铮。
当下儿就想美一美，
就在这五典坡前的草丛丛！

说着两人在戏台上追逐起来。那旦角儿脚不离地，白裙儿忽闪忽闪，在前面跑着。那军爷在后头追着，追不上，又改为拦，一次一次总是从腋下溜走。

王抚台斟满一杯酒，与杨大人轻轻一磕，说道：

“真是好戏，边防之地，就要唱这样的好戏。只有这样的戏，才能聊慰远戍之人的思家情怀啊！”

杨大人听罢，一仰脖子喝了，将杯子往案子上重重一蹾，感慨地说：

“这个平贵戏妻，让我想起李太白的一首诗来。”

“敢问哪首?”

“《子夜吴歌》里的一首。”

“可是‘长安一片月,万户捣衣声。秋风吹不尽,总是玉关情。何日平胡虏,良人罢远征’?”

“是的,让人感慨万千啊!”

“待塞上息了干戈,将士们就可以回家,与亲人团聚了。”

“应民兄着意在,何日平胡虏,良人罢远征。我的着意有所不同,是在前两句,换个地方就成了,边关一片月,万户捣衣声。”

“这话作何解释?”

“应民兄请想想,这戏如同春药,台下观看的,除了你我这样的半百老翁,多是年轻力壮的男子。这一夜,有家室的还不是石臼捣蒜,捣个稀烂,没家室的,只有将炕沿子敲个啷啷响了。”

“哈哈,惟约公真是妙思神驰!”

“见笑,见笑。大同一线,驻军八万有奇,带家眷的不会超过一万。‘朔气传金柝,寒光照铁衣’①,人不是吃饱饭就完事的物件。每当清夜,多少人难慰饥渴。这金柝之声,当别有所指啊!”

“官佐还好说,当兵的,只有硬挺着了。”

“噫,如桢来了没有?”

听见说到自己,如桢跨前一步,说早就来了。杨大人让他在身边坐下,一同看戏,看了一会儿,似乎不经意地说:

“如桢啊,我想将你发到宣府前线效力,以为如何?”

“二哥呢?”

“不要操不该操的心。”

杨大人挥挥手,看着不耐烦,实则一脸的喜欢。

---

① 《木兰辞》中的句子。

第五章　墙子岭

一

情怀与山川相激荡!

如桢勒紧马缰,原地转了半圈,眺望北边的山峦,由不得发出这样的感慨。

他是带着部队,从新平堡急行军一昼夜,于天明时分,赶到此处的。

思绪也像伤风,刚打个喷嚏,清鼻涕就流了下来。脑子里,刚想到情怀与山川相激荡,倏地转个弯儿,便想到杜甫《望岳》里的句子,“荡胸生曾云,决眦入归鸟”。是呀,胸怀荡漾,似乎云雾缭绕,不就是情怀与山川相激荡吗!

这地方叫三岔口,在大海坨山的西侧。再过去,就是有名的靖胡堡了。

不敢停留,打马前行。想到《望岳》,由不得想到自己在这首诗的记忆上,多少年的一个失误,还是冯先生来新平堡时,给纠正过来的。冯先生是十三岁上,去马营河堡那次认识的。守斌将军升任大同镇副总兵,便请他随行当了师爷,专司文案。

初来的那个秋天,守斌将军巡查,冯先生陪上来的。

守斌将军好兴致,上了北门外的大墩台,他和冯先生也陪了上去。

说起雁北的地貌，冯先生说年轻时上过泰山，站在山上看去，真个儿是“齐鲁青未了”。不全是显摆，只能说是脱口而出，他吟了《望岳》起首的一句，“岱宗夫何如”，守斌将军欣赏地看了他一眼，颇受鼓舞，便将全诗背了一遍。背罢，不无得意地眺望远处，恰恰在这时，冯先生说，《望岳》一诗，起首这句，该是“岱宗夫如何”。守斌将军说，一时的口误谁都会的，虽有守斌将军的开脱，他心里清楚，如字与何字，他从小就记了个颠倒。

再看看对面的山峦，觉得还是用情怀与山川相激荡，来表述此刻的心境，最为恰当。

何以在这个时分，率部来到这个地方？

昨天前晌，在守备衙门，正跟保安堡的智财主，喝茶聊天，商谈屯储家兵军粮之事。李景德进来，递上大同帅府的军令，说是俺答之子辛爱，近日兴兵南下，突破墙子岭，京师危殆，速带本部兵马驰援。

景德前脚走，后脚五哥赵飞来了，手持杨博杨干大的亲笔信，要他速速起程，救老夫于危难之中。这赵飞，原先也是边堡将领，认了杨干大之后，颇受宠信。近两年来，一直在杨大人身边伺候。在杨家众儿郎里，排行为五，如桢平日称呼赵五哥。

不同之处是，帅府的军令上，有行军路线，沿途粮秣供应，杨大人的信上，没有这些，多了“将有鏖战，多带家兵”几个字。

所以这样叮嘱，不是把他当作普通边关将领，而是当作杨家门下的义子看待的。诸义子中，他排行为六。边镇上，对他们几个认在杨博门下的将领，统称杨家儿郎。也有称作杨家将的。

家兵编入边军，是杨大人在右卫解围后，上报中枢决定的，也可以说是杨大人对杜家的恩德。

该带多少呢？

不敢想，一想就抑制不住心头的悲伤。

嘉靖三十七年四月间，右卫解围之后，承杨博大人的关照，父子四人，都得到安置。爹调宣府，任协守佥。大哥去了弘赐堡，二哥去了永加堡，他去了新平堡。

一时间，右卫城里，都说杜家要大发。

料不到的是，两年之后，祸事迭起，杜家险些败落。

先是大哥如松，在大同城里，与朋友宴饮，多喝了几盅。出得门来，一位军官打马而过，鞭子甩在脸上，叫大哥拽下来一顿好揍。待同伴诸人发觉不妙，上前劝阻时，那军官的脑袋耷拉下来，再也扶不上去了。人命关天，大同府、大同军镇、山西行都司，都不敢徇情宽贷，判了个“秋后决”，连父亲也因教子无方，褫夺军职。多亏杨博在京城斡旋，说塞上正是用人之际，国梁父子都是勇猛有谋的良将，这才免予重处，只是发往偏远军堡效命。大哥去了宁武路偏头关堡，父亲因年事已高，就近发往阳和路平远堡。

祸不单行。嘉靖三十九年，一向很少夏季犯边的蒙古人，从晾马台南下，冲破虎峪口边墙，直扑内地。看那态势，一旦冲到桑干河谷地，就会东折侵扰皇陵，觊觎京师。宣大总督下令，就近卫所一齐出兵，全力堵截，务使蒙古骑兵不得进入桑干河谷地。

其时，二哥驻守永加堡，接到军令后，立即率领本部千余军士，向西进发，截击敌骑。也是心急了些，在大同东侧的聚落所，与蒙古主力接锋，咬住不放，一直追到水波寺。一场血战，终于将敌骑杀退。然而，也正是这场血战，要了二哥的性命。

短短三年间，父亲和大哥受惩处，二哥丧了性命，杜家四个边镇守将，就剩下他这个年纪最小，最不爱打仗的杜如桢了。一个意料不到的收获，是二哥去世没有多久，杨家众儿郎集议时，一致通过，将如桢递补为六郎，之后不久，便提为新平堡参将，仍驻守新平堡。

当初分赴各地时，杜府的家兵一千二百人，分作三下，弟兄三个一人带四百。大哥出事后，二哥势头最好，大哥带的四百人，全归了二哥。现在二哥不在了，二哥带的八百人，就全归了他。

这样一来，杜府家兵，悉数归到他的麾下。

杨大人说要多带家兵，带多少呢？

思之再三，带上一千，够多的了。

就这样，嘉靖四十二年十月初四，未时初刻，带领步骑共两千人马，衔枚疾进，火速增援京师。初五辰时二刻，来到这个叫作三岔口的地方。

“将爷！”

随从张胜，催马上前，喊了一声，他这才从沉思中醒了过来。

张胜称他将爷，并非将他当作爷爷辈，发音近似“牙”，有点像说庙里供奉的关爷的意思。只是一份敬意，没有真的当成了爷爷。

“何事？”

知道此刻，张胜不会有什么事，还是习惯性地问了一声。

这张胜，是死了的车夫老张的二小子。解围后，得知他分发到新平堡驻守，人都说杜家的老三要发了，老张的寡妻，领着这个二小子，来到杜公府找见他，要他带了这个孩子去，随时点拨，给以照应。这个事情，不能推辞。不能推辞的事情，不如就痛痛快快地答应下来。答应下来，原本可以放在营里效命的，看着也还精明，便留在身边，当了个随从。起初还老老实实，腼腼腆腆，也不怎么爱说话，后来知道，全是装的，其饶舌，不亚于当年给他当跟班的赵升。

哦，赵升也真是倒霉。见他年轻，以为跟上没有前程，就跟了大哥。料不到的是，一次抵御鞑兵的入侵，他为保护大哥，叫砍断了手臂，养好之后，不能在军营里待了，便去杜家设在宁武山里的马场，当了一名马夫。

待两马并辔而行之后，张胜说开了。

"将爷，你在想什么吧？噢，我就说是嘛。为啥问？我是怕将爷骑在马上想什么，一不小心跌了下来。我看呀，将爷你想什么的时候，最好能带出响声，这样我就知道你在想事情，不打扰你了。要不我在后头，老操着心，怕将爷一打盹，从马上跌了下来。"

"这倒奇怪了，想事情，还要带出响声，怎么就带出响声？"

"你不看演戏的吗，带帽翅的，想什么的时候，那帽翅就呼扇呼扇的，嘴里还要哼哼着。像这样，哎呀呀，哎呀呀！"

如桢笑了。又想，这狗东西说的，不是没道理，带点响动想什么，跟平日沉思默想，会有所不同。一想就想起，二哥去世后，他回去处理丧事，见到二嫂的情形。经过一番商议，家里决定，将二嫂与思义母子，托付给大哥照料。定了那天后晌，在院里遇上慕青，本想说说话，慕青是那样幽怨地瞅着他，让他连安慰的话，都没法说了。不能说家里的安排不对，总是少考虑了什么。什么呢？再一想，由不得就想起，围城期间，在东院二嫂屋里见到的，二嫂那白净的脚背，跷起的大拇脚指头上，那圆圆的鲜艳的红晕。

嗨，这是拐到了哪儿，脑袋一摆甩开了。张胜瞅见了，直问：

"将爷，又想到啥美事了？"

"滚一边去。该歇息了，让景德将军过来一下！"

二

连夜行军,又饥又渴,歇息的铜钲,才敲了几下,一个个就东倒西歪,卧在路边的荒地上了。

如桢看了,颇有几分心疼。

按帅府发下的行军命令,他们应当在本日酉时到鸡鸣驿,兵站给安排饭食和宿营事宜。现在他们几乎提早一天到达,宿营不必说了,最要紧的是饭食。别说士卒了,他这个带兵官,也早已是饥肠辘辘。

李景德打马过来,也是没精打采的。

这景德,右卫解围后一直在大同前线。如桢提了新平堡参将时,他是桦门堡的守备,见是发小,又戍边多年,便提他做了副将。景德呢,一面感谢,一面又觉得,是如桢的提升,断了他任新平路参将的机会。

此番行军,宿营用饭,均由景德调度。

走近了,如桢问用饭之事,如何安排。

"放心! 粮秣官去兵站接洽,不远,就在保安堡。"

李景德说话,什么时候都是一副成竹在胸的样子。最爱说的话,就是放心,而做出的事,常是叫人难以放心。

"我们提前一天到达,兵站方面未必有准备,还请老兄亲自辛苦一趟,务必落在实处。实在不行,去智财主那儿,把杜家常年屯放的粮秣调出。此时不用,更待何时?"

如桢说的后一个处置,乃边关将领的通用之法。朝廷的粮秣,时有延误,而战事孔急,刻不容缓。因此,边关将领,多藏有自家的粮秣,由当地财主代管。私备粮秣,是违法之事,用心却在国家战事。

杜家的这处藏粮,托管的主家,便是保安堡的智财主。

如桢所以将行军路线选在鸡鸣驿,就是防着,万一朝廷的粮秣上不来,有杜家的储粮可济急用。

景德倒也痛快,说他这就去,不必动用藏粮,他与兵站熟稔,饱餐一顿,起程上路,不是难事。说罢打马去了。

平日研读兵书,考察地理,已成习惯。任新平堡守将这几年,他对大同、宣府、蓟州三镇的山川地势,早已了然于胸。偶涉一地,也能准确地说出四周的关隘,山岭的走势,河川的流向。即如眼前的三岔口,不用问随行的僚属,也知道往南是南河,往东是龙门川,顺龙门川下去,是白河,沿白河往东,就是密云,密云往东,就是墙子岭。

这是就小地域而言。

以大地域而论,大同、宣府、蓟州三大军镇,如同三把张开的纸扇,军镇是扇骨辐辏的把儿,卫所是张开的扇面。凌空看去,如同由这三个军镇,射出了一簇簇的利箭,直指漠北蒙古人的营地。可惜这只是一种臆想的画面,真要守卫住这一方疆土,阻强敌于边墙之外,山川的险固只是个借助,主要的,还得靠将士们严密把守,拼力厮杀。

眼前看到的这个大海坨山,不是多么的高峻,只见山头相互叠压,山梁相互缠绕,如海浪般向远处涌去,略一迟疑,又如海浪般,向着这边退了回来。

看得久了,眼有点酸,揉揉,但见前面的小土坡上,一棵枯朽的柳树,斜斜地倒下,根须拔起,粗硕的树身,倚在一道土塄上。

此时的如桢,忽然有种作诗的冲动,脱口就是两句:

边关枯柳有灵性,
颓然倒地亦向北。

略一思忖,又续上两句:

自知不可御敌寇,
聊为官军指路程。

意思还行。韵呢,行囊里有韵书,不查了,先这么着,日后再细细斟酌。

张胜从一个小土堆后面绕了过来,不用问,定然是拉屎去了。快到跟前了,自个儿先报了家门:

“野地里拉屎,真是个畅快!”

“你呀,拉个屎也这么有兴致!”

“听说古人,拉上泡屎,还作诗呢。”

“我刚想好一首诗,韵脚还没掂掇好,叫你一搅和,灵气全跑了!”

“我拉屎,你作诗,诗也是屎,屎也是诗,我的屎还有热气,你的诗没了灵气。”

“太粗俗了。一边去吧!”

“我看你呀,别作诗了,还是躺下歇歇,到墙子岭远着呢。”

张胜过去,在一处荒地上躺下。再过去,全是横躺竖卧的士兵。

如桢的心绪,仍沉浸在山川与胸襟的激荡中,难以平静下来。

此时当是巳时初刻,日头跃过东边的山梁,足有两竿之高。清晨的雾气,业已消散,旷野上泛起些微的暖意。东边的山梁,是燕山的主脉,黑黝黝的山体,看去嶒崚峭拔,如同一道石质的屏障,拱卫着京师。这道屏障,若是横过来,东西走向,那就好了。蒙古人纵有千军万马,也难以逾越。可惜它是西北斜向东南这么个走向,西北的来敌,一旦突破独石口,就可直趋京师。

这就不能不感谢西边这道山脉。

这片山,看大势,该是太行山的余脉,跟易州的紫荆关,是一个山系。太行山在山西那边,威武雄壮,如万马奔腾,到了紫荆关,还可称为天险。再往北,就疲了下来,成为舒缓的山梁。这道山,当地人叫庞家岭,还算是陡峭的,远看去也不过高台而已。仍要感谢它,踉踉跄跄地,由西南朝东北奔来,总算与燕山山脉两臂相挽,组成一道天然的屏障。

眼前这地势,让他想起了大同镇北边,得胜堡与晾马台之间的一片荒地,也是略有起伏,苍茫浑远。他参加杨大人安排的单厢战车演练,觉得杨大人太自负,对边防大事,看得还是简单了些。此番京师告急,固然是俺答强力犯边所致,只怕杨大人在防御上,也有疏忽的地方。要是早点布置二线兵力,安排三线兵力,断不会这样,事到临头,措置不及。

想到这儿,不由得打了个寒噤。

十月初儿,可说是深秋,若在新平堡,地里光秃秃的,一片肃杀之气。而在这南河与龙门川交汇处的平原上,或许是山岭挡住了朔风,河水又滋润了土地,庄稼收割净尽,地面却不显得荒疏。

就说眼前的这片田地,看那砍削过的茬子,裸露的根须,原先种的当是高粱。穗子早就收了,秆子也运走了,而地上的野草蔓子,却不肯枯萎,仍在疯长着。接连的寒霜,让大点的叶子,染上了淡淡的紫色,不见枯萎,叶脉反倒愈加分明。

经寒霜而愈显生机,正是自然界奇妙的一面。

噫,那是什么?

起初以为是个物件,盯住细看,竟是个活物。

面前不远的地方,也就三五步远吧,一道矮矮的塄畔上,有个小动物,毛茸茸的,正蹬起后腿,提起前爪,定定地瞅着他。黑亮的小眼睛,半是新奇,半是惊恐。

该是这身戎装,引起了它的疑惧。

他摘下头盔,将战袍的下摆撩起,抬起脚步要走过去。一面想,这是个什么动物呢?

松鼠?

不是,尾巴太小。

禾鼠?

不是,背上不会有黑线。

噢,想起来了。

圪狸!

对,就是圪狸。

十三岁那年,陪二嫂去马营河堡回来的路上,遇见鞑子骑兵,在碾坊的墙豁口,就见过一只小圪狸,那样惊恐地盯着,差点暴露了自己趴伏的位置。

小圪狸错会了他的意思,跳下塄畔,一落地脸就朝了后,再一跳就不见了。

起身过去,想看看,小圪狸去了哪儿。

这一刻全然忘了,手下的大队人马正饥肠辘辘,联系用饭进食的李景德,去了保安堡,迟迟未回。

一时的好奇心,谁都会有。

三

小圪狸将追它的人，引导到一座墓室跟前。先是站在土穴边，猫下腰朝里察看。黑黝黝的，啥也看不清。

“将爷发痴了？”

张胜踅过来，口气里，多少有些怨怼。如桢不见怪，觉得这是媳妇没跟上来，火气大，没地方出，就从嘴上出来了。闪开身子，指指土穴的西侧：

“你瞅，那个圪狸，出溜一下跳进去就不见了。日头正好照在那儿，白白的像什么！”

“噫，真的，像是个画。”

“不会吧，墓夹口里会有画儿？”

“我下去探探！”

张胜抽出腰刀，拨开土穴边的乱草，一跃，跳了下去。

如桢双手撑膝，侧过耳朵，静听着下面的响动。这时方悟出，这个土穴是墓道下沉所致，且不是新下陷的，当是夏天下了大雨，上边堰地里的水冲下来，灌入墓道，浸湿积土才下沉的。土茬儿已老旧了。

“将爷！”

“唔。”

“下来看看。没事，下来吧！”

张胜这么说了，只有下去。

哈，真是一个奇妙的世界！

地上看到的白白的一片，只是墓室的一角，下去往前走上几步，竟是一个上有穹顶的墓室。那穹顶，青砖一层一层碹上去，最高处是一个八卦图案。肯定是个大户人家的墓室。西边墙上，是童子和侍女在煮茶焚香，东边墙上，是几个男人在吟诗弹琴，最妙的是一个人站着，双手举过头顶，像是在呼喊着什么。

“他们在做什么？”

“这不写着吗，弹琴复长啸，长啸就是作诗吧。”

“你看这位，”张胜指指那个作诗的人，“还系着个布带子，是哪个朝代的？”

“我看不会远了，说不定是辽代。”

“跟蒙古人差不了多少。”

“还是不一样。听爷爷说过，辽人衣食起居，比蒙古人要讲究得多。你看这画上，又是饮茶又是作诗，活得多滋润。”

张胜的好奇心似乎更大些，转着身子，瞅了这边瞅那边。

“将爷，你看他们的脑袋，怎么脑门囱上，头发全剃了，前面留个刘海儿，两边又编成辫子？多怪相！”

“这叫髡发，是辽人的习惯。我们头发绾个髻，人家见了觉得跟女人一样，也觉得怪相。辽人有这个辫子，过去书上叫他们是索虏。”

“辽人到哪儿去了？”

“我也不知道。”

“会不会就是现在的蒙古人呢？”

“别瞎猜了，阴气太重，上去吧。”

到了地面上，粮秣官还未回来，如桢有些心焦，张胜劝他放宽心，时辰还早，等着就是。说是歇息一个时辰，现在连三刻都没有。正说着，一位军士过来报告，说前面不远，有个寺庙，住持请将军过去喝茶。如桢不想去，张胜撺掇说，什么人都有用得着的时候，不走的路还要走三回呢，又没正经事，何妨去坐坐。

不等如桢应允，自个儿前面先去了。

确实不远，转过前面的山脚，只见路边一个砖门楼，两位僧人已迎了过来。

相互通报姓名。如桢只说自己姓杜，是阳和道新平堡的守将，行军路过宝刹，多有打扰。两位僧人也都厚道，各自说了法号，一个叫敬诚，一个叫敬德。

寺门上，三个砖雕的字，不大，敦敦实实的，道是：永安寺。

令人费解的是，永字上面一点，还有寺字下面的一点，全叫敲掉了。如桢还没说什么，张胜先说：

“哪个缺德的，把这么好的字，给敲坏了？”

两个僧人笑笑，不言语，如桢觉得蹊跷，顺口问道：

“莫非有什么忌讳，还是讲究？”

“回军爷,说来难以启齿。军爷既问,也只有说了。这儿是征战之地,自唐末到现在,就没有安宁过。寺是宋朝初年,收回燕云之后建的,意在护佑一方平安。修成不久,这一带又失守了,好在一直有僧人居住,香火未曾中断,只是免不了有胡虏的兵骑来往骚扰,不得安宁。门楣上的几个字,起笔的点叫砸了,就是无知兵士作恶,说是将汉人皇上的头砸了,罪过罪过。”

听到这儿,本该不必再说什么,偏是张胜这贼骨头,多嘴多舌,又问了一句:

“寺字下面的一点叫砸了,是不是把皇上的卵蛋子给捏了?”

“又胡说八道了!”

如桢低声呵斥。僧人倒不嫌弃,敬德说道:

“这位军爷还真猜对了,古来就是这么传下来的。出家人难以启齿,罪过罪过。”

“看看看,我猜得就没错嘛!”

张胜得意起来。

“你呀!”如桢由不得笑了,“好人是不会往这上头想的。”

如桢看出,不过是军人的恶作剧,要将这几个字戳掉,用的是长矛,都戳了,笔画长的戳不下来,短的戳了下来。皇上云云,当是后人的附会。

说话间,进了山门。

外面看着破败,里面还有几分气象。

怪异的是,迎门不砌照壁,也不设香案,却是直直的一通石碑。上面的字,扭扭歪歪又疙里疙瘩,不像是汉字,不像是画符,倒是碑额上的三个篆书汉字,也还认得,道是:令旨碑。

如桢努努嘴,又瞅瞅僧人,敬德趋前一步言道:

“这碑是元代后期立的,只知是左近的一位王爷,告诫过往军人官吏不得骚扰寺院。这些年的作用更大些,蒙古军队由独石口下来,路经此地,从不抢掠。有时进来办个什么事,也都客客气气,我们说这是一通护庙神碑。”

“我看看,写的是些什么呀!”

张胜凑上去,脑袋一仰一俯,做出一副识文断字的样子。

如桢也不阻止,谁都看得出,张胜不过是想逗众人开心。

“这字我倒还认识。”

语音未落，碑后转过一个人来。

“啊呀！”

张胜惊叫一声，蹦了起来。

“噢！”

如桢也不由得愣怔了一下。

“你，你——”张胜稍稍平复，先是手指来人，迅即转身对着如桢，“将爷，跟，跟，跟刚刚在，在——”

听出来了，他是要说，跟刚才在墓室里见到的人多么像。只是那个墓字，说不出口。如桢不作声，身不由己地挺了一下，等于认同了张胜的说法。

是啊，太像了。

那棱起的眉骨，下斜的眼角，最为惹眼的是，前额头突起，颅顶光光亮亮，后脑勺和两鬓，却是乌黑的毛发，还微微卷起。若不是大天白日，又有两位僧人相随，他真要以为是墓中壁画上的人，走下壁画来到此处，不期然相遇。

“你，你——”

张胜指指来人，对方笑而不语，还是僧人敬诚代为作答：

“这位是孙先生，山西过来的客商，押送货物去漠北，遇上蒙古人南侵，困在这儿有几天了。请军爷过来茶叙，是孙先生的意思。”

彼此客气三两句之后，如桢问道：

“这碑上的文字，孙先生认识，那就请给讲讲。”

孙先生说，他是山西祁县人，出口外，做漠北的生意，有十几年了。一趟下来，总在两三个月。旅途无事，最喜欢的就是研究蒙古人的习俗与文字。习俗好办，观察体验就是了，难办的是文字，普通蒙古人多不识字，只有探访年迈的蒙古贵族后裔。这些人多半还有文化，也愿意与汉人交往。多少年下来，对当今通行的蒙古文字，还有像碑上这类古代文字，都能认识，只是发音还不地道。

“你这个先生，先说这碑上的字，是什么意思吧！”

张胜有点耐不住了。孙先生说：

“这位军爷倒是个急性子，我就少说几句吧。这碑上的文字，叫八思巴文，是元朝帝师八思巴，奉了世祖忽必烈皇上的命创立的。有人说他创立此文字时，躲进山中，苦思

冥想,不得门径,忽一日两只鹿奔跑,嬉戏,争斗,受到启发,便创立了这种文字。上呈忽必烈皇上,皇上就以他的名字命了名,叫八思巴文。随即通令大元旌旗所到之处,一律学习使用,政府法令,也以此种文字颁行天下。”

“你这个人呀,真是秀才写卖驴文书,三张纸过去,还不见个驴字!”

张胜这么一说,孙先生不好意思了。

“八思巴文,我就不念了,直接说汉语的意思吧。只能说意思,不能一字对一字地译出。意思是,天的气力里,皇帝的福荫里,小薛大王颁下的这道令旨,道与过往的军官们,军人们,城里的官吏们,驿站的官员们,关隘的守将们,管和尚的头领们,还有使臣们。不管你们有什么差遣,有什么摊派,都不准落到某某路某某道某某县永安寺的僧人们的头上,相反,要是他们有修整寺院的事,你们都还要尽力帮忙。谁要是不听这个话,就把俺小薛大王的这道令旨让他们看,看他们谁敢不乖乖听令。兔儿年春末月二十七日大都有时分写来。春末月当是三月。大都有,当是酉时,傍晚时分。这些话,我译过来,已和缓了许多,若就字义直译,可说粗鄙不堪,有些字眼,是汉字译不来的。不管怎么说,当年这道令旨,起了震慑的作用。”

年纪大点的敬诚说,现在也起作用。好几次蒙古人破关而入,路过此地,冲进庙里,原本要抢掠的,头领见了这通令旨碑,就将兵们喝退了。

年纪轻点的敬德说,还是到禅房里坐坐。

禅房里,摆好茶具,水已烧开,众人分宾主坐定。张胜打了个招呼,独自走了,留下一位马弁,在门外侍候。

如桢特意叮嘱,有什么情况赶快来报告。

喝起茶,气氛就轻松了。闲谈中得知,孙先生名子胜,字占元,早年在家乡是进过学的,家里遭了变故,眼看要败落下来,无奈之际,才走上经商这条路。先在太原做,后在大同做,越做气魄越大,做到了口外,做到了漠北。运去的是茶叶、瓷器和绸缎,运回的是貂皮、鹿茸和玉石,来回都是大赚。一趟三个月,一年两趟,收益超过往昔十年八年。

一听孙先生说常去漠北,如桢来了兴趣,探究起鞑靼来犯的原委。

“敢问占元先生,去漠北最远去了什么地方,那儿的风土人情可有什么特异之处?”

“杜将军——”

“本名如桢,表字子坚,叫我子坚好了。”

“子坚将军,这漠北之地,你们身为边将的,真该去看看。看了之后,对边防大计,当另有一番识见。过去总说鞑靼人野性难驯,嗜杀嗜抢,缘自天性,倘若春天草木未萌时节,你去漠北走走,就知道他们大举南犯,所为何来了。板升一带,大青山两侧,多的是草地,日子还好过些,漠北一带,克鲁伦河两岸,全是树林,牛羊甚少,多的是驯鹿和马匹,一旦遇上春荒,那个惨啊,直到了目不忍睹的地步。他们不能用皮毛和马匹,与和州的蒙古人交易,只有大举南侵,自个儿劫掠金银财宝与更北的罗刹国人交易,换取生活用品。他们南侵时,凭仗的是马匹疾驰如飞,无可阻挡,这个时候,和州的蒙古人,反而是他们的帮凶。边防要安宁,得倒过来推想。你看——”

孙先生说着,拿起一个茶杯,往前一拱,将另一个茶杯推开,又拿起一个茶杯,将第三个茶杯推开,随即解释说:

“这是个三连环。我们跟板升的蒙古人通关互市,蒙古人才能跟漠北的鞑靼人互市互惠,这样三家都平安无事。反过来,我们峻拒,蒙古人没有生路,鞑靼人也没了生路,他们要存活,只有南下,杀戮抢掠。冬烘先生们将之归于教化,实在是愚不可及。”

末后又说道:

“虽说鞑靼是漠北蒙古人的旧称,套寇是近边蒙古人的恶谥,世易时移,这两部分蒙古人,对大明而言,距离不同,利害也就不同。一个是近在肘腋的祸患,一个是本可平安相处的远邻,朝廷不知分别处置,只是一味地剿灭,怎能不治丝益棼,难有靖时。”

真没想到,在这旷野古刹,能听到这样精辟的安邦之策。如桢举起面前的茶杯,说道:

“占元先生所言,让杜某如醍醐灌顶,佩服佩服,且以茶代酒,敬老兄一杯。”

“子坚将军,这是佛寺,不言酒字。”

“罪过罪过,该罚——噢,又犯晕了。”

孙先生一笑,岔开话题,说道:

“喝了几杯,这茶,味道如何?”

如桢说,略苦微涩,后口绵长,是上好的茶叶。

孙先生说,这茶叶是他亲自去南方订的货,跟漠北的牧民打交道,一点假也掺不得。他信了你,你说什么价他给什么价,要烦了你,性命可就难保了。不像在口内州县,坑蒙拐骗,照样觍着脸活在世上不羞不臊。

敬德插话：

“他们越过边界，烧杀抢掠时，诚信到了哪里？”

孙先生颔首表示赞同，一面又说：

“荒旱之际，性命难保，哪有什么信义可言？衣食足而知礼仪，圣人的话，原本是不错的。”

后来不知怎么说到为人处世上，孙先生说他遵奉的处世之道，是三心二意，与世俯仰。且一一解释，三心为感恩心，责任心，宽恕心。二意为见色动意，见财起意。以退为进，与世俯仰，绝不肆意逞强，违拗时势。比如此番押运二十驮货物去漠北，还没出口外，遇上蒙古人南下劫掠，且在此淹留下来，等平静了再上路。万不可图侥幸，觉得老天爷会眷顾自己，不会有什么闪失。

如桢颔首，表示赞同。

孙先生似乎看出一些不屑的意思，特意加重语气说道：

“将军是客气。不瞒你说，这是鄙人经历坎坷，受尽磨难，方悟出的道理。过去我总认为灾难是别人的，幸运是自己的。现在知道，任何落在别人头上的灾难，都有可能落在自己的头上。在这上头，侥幸不得。经商的险恶，一点都不亚于战阵厮杀啊！”

正听得入迷，张胜跌跌撞撞地跑来，火急火燎地说：

“不好了，不好了！”

“啥事！”

如桢猛地站起，张胜到了跟前，半蹲下身子，双手在屁股蛋子上连拍两下，大声喊：

“将爷，摊上大事了，咱的人把人家的粮秣给抢了！”

四

为粮秣事，延宕了两个时辰，当晚宿营牛家店。

初六日午时，来到密云卫的难老峪，此番驰援的指定驻地。

安置妥当，即率一队亲兵，奔墙子岭而来。

他要实地踏勘一下，俺答父子，是如何溃墙而入的。

看过之后方知，突破大明边墙的，不光是俺答父子的兵将，还有边墙外面，燕山一带的山川形胜。

这一带的山势，起伏都不大，山间谷地，平坦而开阔。一条大道，直贯南北。更为奇妙的是，一条涧水，依偎路边，潺潺南去。若不是知道，前两天曾有一场激战，十万蒙古步骑，由此呼啸而过，谁也不会把这样的地方，说成是凶险的边防重地。

张胜找来当地守军的一个哨长，姓冯，通州人氏，骑马跟在后面。

他扭头问冯姓哨长：

"这儿怎么突然冒出一股水来？"

"将军有所不知，"冯姓哨长策马上前，"这水叫清水河，从北边山里流出，先过水关，走的是涵洞，就在边墙的下面。到了这儿，又流过里面的关口，因此人称一水流二关。南边那段砖墙，看去仿佛是边墙，实则不是，是墙子岭的关城。东西南三面有门，北边没门，城墙就枕在半山坡上，现在是遇上战乱，城里萧条得很，搁在平日，也是酒肆茶馆，妓院娼寮，应有尽有，跟内地街市没有两样，只是小点而已。风流不及，荒唐过之。"

"真不像是征战之地啊！"

如桢还是连连叹息。

"将军看到的是眼前的形胜，去山上看看，感触就不同了。"

一行人打马上山。

路上冯姓哨长说，蓟镇的防守体系分东西中三协，墙子岭属中协，中协分四路，墙子岭是其一，其他三路是古北口，曹家路，石塘路。四路之中，古北口最靠前也最险峻，墙子岭最靠后最平缓，也最重要，一旦失守，京师就危急了。这一带有守军万余，一半守军堡，一半在军堡外，为掎角之势。

"这次是怎么失守的？"

如桢勒住马，走开了，冯姓哨长说道：

"东北上有个地方叫磨刀峪，往常磨刀峪丢了，这儿拼死抵挡，相机反攻，多半能够规复。这次也是敌人钻了个空子，防秋的班军刚刚撤走，戍守的部队还没布置好，正在准备过冬的物品，蒙古人就冲过来了。真是兵败如山倒啊！"

"溃散的人马都去了哪里？"

"大都就在附近的山庄窝铺里，不会走得太远。离这儿不远，兴隆卫那边，有个雾灵山，是燕山的主峰，山高林密，终年雾气不散，山里有几个大点的庄子，就是散兵的老营，储备有足够的粮秣，待上十天半月不是个事。”

“你怎么知道我们来的？”

“我在后面山上瞭望，见有官军模样的人过来，知有效命的地方，就骑马来了。刚转过山脚，就遇到这位张姓军佐。”

“冯哨长，你是个好样的！这一带边墙也还坚固，关隘也都险峻，一万精兵驻守，不应当有此闪失。当是杀敌不力所致。”

他是随口说的，不料这位守军小头目不干了。说将军这话，有失公道。磨刀峪的守兵，是初三酉时退下来的，五百守军，退下来的不足二百，且半数都受了伤，有的是叫刀砍的，有的是从山坡上滚下来摔伤的。能说他们杀敌不力吗？将军这两天急迫行军，不知京师的战况。他今天早上得到确信，蓟镇的总兵官，昨天后晌在顺义城迎战，不幸殉国。

如桢忙道歉，说哨长莫见怪，他确实不知情。

来到垛口前，下马上了边墙，路边的酸枣树上，红红的小枣惹人爱怜，顺手摘了两个丢进嘴里嚼嚼，酸得他又耸鼻子又挤眼。张胜在一旁打趣：

“这酸枣呀，使的也是美人计，脸儿越是红的，心儿越是狠毒。”

“你呀，”如桢皱皱眉头，“什么时候说话，不跟女人沾上边，就是圣人了。”

“你不是跟我说过吗，圣人二字，遮住半边就是王八呀。我张胜就是再傻，也不能当半个王八呀！”

“那，能不能不说女人了？”

“可我听人说，懂得女人了，天下的道理都是狗屁。”

如桢不再理睬，方才的失言，让他心里很是纠结。总兵官战死，可以想见战事之激烈，死伤之惨重。他问冯哨长，何以会如此溃败。哨长说，你没有见过那阵势，敌人打头阵的，是银甲骑兵，远远看去，白花花一片，还没交战，先就怯了三分，及至到了跟前，一点招架之力都没有，只能任敌人纵横驰骋。张胜插话说：

“冲过来的时候，劲大；退回去的时候，怕就没有那么大的劲了。”

“骑兵本是敌之所长，再弄个银甲护着，就更吓人了。”

“我们也弄个骑兵，蒙个老虎皮，准能吓住鞑靼人！”

张胜又贫起嘴来，如桢瞪了一眼，这才吐吐舌头，不再作声。

如桢这里，情绪渐渐缓过来，手扶垛口的墙砖，朝北远眺，眼前开阔多了。顿时明白过来，这看去文静的墙子岭，何以被称为巍巍雄关。

对面山岭，也不能说多么高峻，一层一层，交错着，重叠着，似乎一位长者，迈着萧散的步子，向远处走去，一眨眼又倏地转过身来，向你迎面走来，那威严的气势，能逼得你由不得向后退去，不小心还要打个趔趄。在这奔涌而来的山峦面前，边墙像一根飘忽的丝线，人，不过是觅食的蝼蚁罢了。

这砖砌的边墙与关隘，不是叫俺答父子的骑兵冲开的，是叫北边这崇山峻岭的气势撞开的。

心情平静下来，再看去，又是寻常山岭，跟他一路上所见的燕山山脉的大小山头，没有多大的差异。

不，这一带的山岭，跟别处还是有所不同。细看那形状与走势，马上就明白，燕山何以称为燕了。

他是先想到《诗经》里的两句，稍一体味，便有了这个感慨。也没有特意去想，就那么不期然地，在脑际一闪。

“燕燕于飞，差池其羽。”就是《诗经》里的两句，篇名为《燕燕》。《诗经》多以首句前两个字为名，这“燕燕”二字，可以是一燕，也可以是多燕，有了眼前的山景，只能是群燕，众多的燕子了。

是啊，这奔涌的山岭，多像群燕翔集，翻飞起舞啊。

就连那个“差池其羽”也不是什么附带的一笔，而是实实在在的景象。那前后交错的山岭，你遮住了我的肩头，我隔开了你的下颏，每有交错，必有棱线。那清晰而成尖角的棱线，不正是燕子那剪刀似的，翻飞闪动的双翅吗？

他忽然激动起来，又一次感受到，胸襟与山川相激荡，是怎样的一种情形。

不光胸臆间的冲动，不知为什么，裤裆间，竟直撅撅地挺了起来。

这一生理上的变化，后来成了他每次临战的必然反应。奇怪的是，战事的结果，常跟反应的程度成正比，反应激烈，大获全胜，稍次点，战绩便稍逊。有次没有反应，竟中了埋伏，大败而归。

张胜和冯姓哨长相随着，由东边走了过来。这一段边墙，缓缓地升上去，是个高高的堞楼。刚才还看见他俩在堞垛前指指点点，一会儿没留意，已到了跟前。后来才知道，在这种缓缓下降的坡道上行走，一步一步，就跟踩空了似的，不稳住身子，由不得就健步如飞，形似小跑了。到了跟前，张胜说：

“将爷，你真该上去看看，那边一段边墙，沉到沟底，又爬了上去，在两山之间，愣是夹成一个直直的角儿。”

冯姓哨长没那么惊奇，平静地说：

“这是墙子岭边墙的一景，像是一个大鹿砦，我们叫它鹿角边墙。”

“好好，一会儿去看看。”

仍处在思绪飞扬的亢奋中，他点点头，漫应着。

看出长官兴趣不大，张胜和冯哨长说说笑笑，又朝西边走去了。

他朝东边走去，不是要上堞楼，只是想走走。军情紧急，长途奔驰，多少事全凑在一起，脑子有些乱，要静下心来，好好地理一理。

永安寺遇见的孙先生，真是个人物。脑门囱光光亮亮，一圈头发微微卷曲，眉骨高耸，嘴阔唇厚。这相貌，真可以说是奇古了。爷爷曾说过，跟相貌奇古的人打交道，一定要多个心眼，这样的人，要么是高人，要么是坏蛋，绝不会是凡夫俗子。

那么，这位表字占元的孙先生，算哪号人？

他还是倾向于高人这边的。

认准商机，知道退避，这没什么，可说是商人的直觉。

不能不佩服的，是他归纳出的为人处世的原则。三心二意，多么简略，多么轻松。感恩心，责任心，宽恕心，这三心并不是并列的。按孙先生的阐释，感恩心是做人的根本，是人与其他生物的最大区别，感恩，最大的是父母生养之恩。五伦中，此乃核心。其他四伦，都是比照此一伦而来的。责任心，并非天生的，是由感恩心派生出来的。感恩父母，就要晨昏侍奉，就要养老送终。感恩皇上，就要报效国家，感恩师长，就要扬名显身。

谈及宽恕心，孙先生的一段话最是精彩。

“任由感恩心、责任心一路加码下来，人就会变得残酷暴虐，觉得这个该打，那个该杀，这世上没有一个好东西。如此一来，做人没有不乖张的，做事没有不偾事的。做工种庄稼还不要紧，一天劳作下来，累死累活，纵有天大的戾气，也在睡觉呼噜里消散了。

不想当好人,也成了好人。为官做宦的,可就不然了,心里有不顺心的,眼前有不顺眼的,身边又不缺煽风的点火的,能骂的就骂了起来,能打的就打了起来,能杀头的,可不就杀了起来。多少残暴的官吏,多少嗜杀的将军,就是这么修炼成的。有了宽恕之心,就不然了。残暴的念头一起,这宽恕之心就像个美人似的,给你胸前揉揉,背后捶捶,天大的火气也消散了下去。于是暴虐变成了仁慈,残苛变成了和善。多少名臣贤相,多少忠臣良将,就在这一转念间成就了他们的千古声名。"

说得太对了。可惜多少人,将宽恕心当作人生的装点,想起来说说,事情一忙就全忘了。及至铸成大错,只剩下叫苦不迭。

见色动意,见财起意。这二意,因在佛寺,当着敬诚、敬德两位僧人,孙先生没有多说。细一想,见财起意不说,这见色动意先就没错。若全都视若无睹,不当回事,不说错过了多少佳期,先就怠慢了多少佳人的美意。

二嫂慕青,就是一个时时让他动意的女人。

二哥去世了,每次回到家里,遇见二嫂,一看那幽怨的眼光,他就心慌意乱,难以自持。二哥在世时,也有过这种情形,眨眨眼,摇摇头,便可将这念头远远甩开。现在,再怎么甩也甩不开了。不怨别的,都怨父亲将思义侄儿,认在大哥名下为义了,过去兄弟二人对慕青一样的远近,如今他与慕青反倒有些疏远。

名分上的疏远,越发加重了感情的亲近。

这心头的焦渴,何时能得到抚慰,得到解脱?

墙子岭已失守,蒙古铁骑长驱直入,危及京师,皇上将责任,全都怪罪到兵部尚书杨博的头上。眼下要考虑的是迎战,趁敌人撤退时,打一个截击战。此仗打好了,可减轻义父的罪责。唉,还有个抢劫粮秣!

他跟孙先生正在禅房聊天,张胜进来说大事不好,他们的人抢了路过的粮秣车。起初还不觉得是个事,粮秣嘛,谁家用了算谁家的,打仗期间,哪能那么可丁可卯的。出了寺门,赶到现场,才觉察到事件的严重。

他们的一队士兵,手持兵器,气势汹汹地盯着对面。

对面,一队官军也手持兵器,不肯退让。

再远一点,粮秣车,一辆接一辆,东倒西歪,有的朝前,有的朝后,驾车的骡子,有的昂首咴咴直叫,有的低头舔食着路边的枯草。

粮秣车上,多是熟食,大饼、馒头都有,已被兵士搬下,正你争我抢,吃了个痛快。

一看对方的装束,就知道是官军的精锐部队。

他快步向前,不等到了跟前,双手抱拳,大声言道:

“各位兄弟,我来迟了一步! 多多包涵,多多包涵!”

杜家士兵,怕他受了攻击,快步迎了上来。

“后退,后退,放下家伙,都放下家伙!”

待自己的士兵放下兵器,这才转身向着对方的军官,谦恭地说:

“实在对不起,我的人马行军一夜,又饥又乏,做事不当,还请多多包涵。敢问是哪路的官军? 改日见了领兵官,我一定诚恳谢罪!”

“我们是宣府万全路的,陈步田陈大人的部下。”

“噢,陈大人,改日一定亲自向陈大人谢罪。”

熟食是收不回来了,他让军士帮对方将粮秣车整理好,送他们起了程。他觉得,此事没什么大不了的,等蒙古兵退了,跟杨大人说一声,杨大人出面,道声不是就没事了。可是,谁能想到,就是这个事,后来成了他一大罪名,说是劫掠粮秣,贻误军机。

不是估计错了,是杨大人失势了。

谁也不怨,最大的失着儿是,自己脸皮太薄,没有及时去面见陈步田将军谢罪,求得谅解。而是备了份厚礼,派李景德去了。李景德早就操下二心,正好得了这么个机会,结识了陈步田,后来,他甚至成了东厂在边军中的耳目。

此刻,看着边墙外,远处如燕群翻飞的山岭,如桢耸耸肩膀,似乎将一切忧思与烦恼,全都甩开了。

什么都别管,先打好这一仗,祛除了杨大人的心病再说。

五

黑咕隆咚的,这是个什么地方呀!

如桢心里直嘀咕。

中午时分,接到五哥赵飞派人送来的密信,让他带两骑日落前赶到东直门外,有人接应进城。

进得城来，先安置在东小街一家店铺。掌灯后换了便服，有人领上朝城里走去，拐了几个弯儿记不清了。来到一处大宅子前，不等吱声，门就开了个缝儿，闪身进来，领他的人不见了，换了一个驼背老者。

这宅子挺大的，像是进了两道门，来到了一个院子。

推开一扇门。

“将军，请进吧。”老者谦恭地说。

他刚进去，哐一声，门扇关上，还上了闩。

借着麻纸窗棂映进的月光，看见靠墙有张八仙桌，一旁像是直背椅，小步走过去落了座，心里才稍微平稳了些。

噫，桌子对面分明是个人！

“谁？”

怯怯地问。

“是六弟吧？”

对方也是怯怯地问。

“我是杜如桢。”

“我是马芳。”

对方轻轻地说了，在如桢听来，却是惊雷贯耳。

这些年，杨大人麾下的众家儿郎，他唯一没见过的，就是二郎马芳。

马芳是个奇人，边将里无人不晓，知晓的人里，又无不赞誉有加。仗打得好不说了，传颂最多的，是他如何用尽心机，从蒙古人手里逃了出来。

马芳是蔚州人，家在桑干河北岸，进犯的蒙古人，来去都会路过村前。十岁那年，他跟几个小伙伴在河边玩耍，大路上来了一小队骑兵，大人们都跑光了，小孩不怕，自顾自玩着，只见一个头目朝这边指指点点，两个骑兵策马冲了过来，像抓羊一样将他提起来压在马鞍上，疾驰而去。待马停住，已到了鞑靼大头目的帐篷里。

大头目打量了他一番，表示满意。

“像是个机灵的娃子，好好抚养着！”

白天在草原上玩，晚上睡在旁边一个小帐篷里，平日跟他在一起的，是一个鞑靼汉子。他叫对方郭大，对方叫他芳子。过了两年，长大了，他跟上郭大一起放牧，这才知道，跟他同样命运的娃子，不是十个八个，而是好几十个。同时也知道，那个夸奖他机灵的大头目，就是鞑靼人的首领，名叫俺答。他们所在的地方叫板升，汉人叫信州。

他思谋着逃回去。

他不能让日子白白地过去。

趁放牧的空儿，找来一截木头弯成弓，又找来木杆削成箭，平日没事，就练习瞄准射箭，有次竟然射死了一只狼。又过了两年，长成小伙子。俺答围猎时遇见一只老虎，猝不及防，老虎蹿到马前，他正好在左近，当即搭弓射去，一箭正中老虎的额头，已扑上来的老虎，倒在地上毙了命。

俺答大喜，授以良弓快马，让他做了贴身卫士。他假装恭顺，暗思脱身之计，终于在一个月黑风高之夜，逃离了板升，天亮后来到大同城外。年纪不大，身份重要，大同总兵周尚文亲自接见，接谈之下，大加赞赏，委以军职，收在麾下效力。

这些，如桢觉得，一个不忘家乡父母的人，做到这一层，不是什么难事。十岁的孩子，有记忆了，也就有了良知良能。

如桢更为佩服的是，马芳在周总兵手下效力，有了军功，本该升职的，他总是要银子不要军职。此前朝廷规定，斩首五个，升军职一级。后来改了，愿升职的升职，不愿升职的可发给银子。一个首级，给五十两银子。父母年老，家庭贫苦，起初多少年，每次战后授功，他都是只要银子不要军功。有人算过，若要军职不要银子，早该是总兵加太子太保了。

这是早期的作为，父母过世后，没了后顾之忧，封妻荫子这些事，都没少过。有孝心，知感恩，这才是最让人敬重的。昨天在路上，永安寺遇见的孙占元先生，不是也说，感恩心是最重要的吗？

一个军人，立了战功，不升军职而要银子，这是平常人很难做到的。道理很简单，升了军职，薪饷也就多了，不是又体面又实惠吗？

此番见了面，如桢很想问，当初怎么就没有掂过这个理儿，又一想，这样说太小人了。将敬意存在心间，比说什么都好。

两人就这么干坐着。

对一个自己敬重的人,就这么干坐着,总觉得有点失礼,如桢还是忍不住问道:

"敢问兄长,你十岁去了板升,多大回来的?"

"十八岁上回来的。"

"待了那么多年,有没有一点留恋?"

"还是有点留恋的。俺答大王,就值得留恋,值得敬重。我逃出来,他们发觉了,有人主张去追,俺答大王说,那样长相的人,就应当为他们的朝廷效力,追回来又能怎样?不要难为这个娃子了。俺答大王,是一个真正有雄才大略的人。内地传说的那些淫乱的事,在草原上不算个事。草原上就那么个习俗,谁到了那儿都是一样的。"

院子里响起脚步声。门闩响,有人进来,不是一个,是三个。为首的那个,摸摸索索到火盆前,引着火又吹旺,点亮方桌上的油灯。

点灯的人,显然就是方才引他进屋的老者。顾不上看老者身后的两人,赶忙看方桌对面的马芳。

原先以为,这马芳只是叫了这么个名,定然是个魁梧的汉子,一看之下才明白,这人的模样,当得起那个芳字。四十多岁,仍神清气爽,眉宇俊朗。难怪俺答要说,这样长相的人,要为他们朝廷效力。相貌是骗不了人的,上苍要让人做什么,暗地里早就为他备足了全部行头。最好的行头就是相貌。

马芳笑笑,颇有意味,像是说,小兄弟,没想到吧。

"没想到!"

如桢还是忍不住说出了自己心里的惊奇。

马芳又笑笑,像是说,这世上想不到的东西太多了,这又算什么。

如桢没说话,只是憨厚地笑笑。这才打量起老者,还有跟随老者进来的两个人。

老者面容清癯,白须垂胸,颇有几分仙风道骨,只是腰背驼了些。

身后的两个人,虽是幞头长褐,一身市井装束,却都目光炯炯,英气逼人,定睛细看,一个是杨干大的二公子杨俊青,一个年岁稍大些,看着面熟,一下子想不起来在哪儿见过。

不等他作声,那个年岁稍大些的,抢前一步,握住他的手说:

"噢,如桢兄弟也来了!"

一听口音也就想起来了,这不是杨干大的大公子杨俊民嘛,忙站起说道:

“啊，是大哥呀！”

这俊民，是杨干大的长子，按说该称为大郎的，却少有人这样称呼。去年刚中了进士，任户部主事，算是杨干大留在身边的一个儿子。不任军职，也不去边关，如桢只是见过一面，灯下昏暗，一时也就没有认了出来。四人坐定，不一会儿，老者又引来一人，灯亮着，马芳一见，先站起来说：

“啊，是三弟！”

“社香三哥！”如桢也认出来了。

社香姓王，在杨家众儿郎里，排行为三，如今是保定卫的守备官。想不到的是，到隆庆初年，已是京师的九门提督。

老者告退，走之前特意说，后院住着几个下人，现在好了，他们都睡了，已将通后院的门上闩，你们可以随意谈话了。扭身要走了，王社香问：

“干大啥时候来？”

“正巡城呢，怕还得一阵子，你们先聊着，我让人送茶水来！”

如桢这才知道，是干大杨博，要在这里会见众家儿郎。俊青跟俊民说，有啥事到家里怕什么，黑咕隆咚的来这儿。只有马芳不作声，似乎一切全在预料之中。

老者又进来，跟着一个小厮，提着一个大茶壶，给他们斟上茶，两人退了出去，社香忍不住问马芳：

“二哥，局势真的像外面传说的那样，这回杨干大要成了丁汝夔了？”

“差不多。六弟，丁汝夔的事你晓得吧？”

和马芳不过是初识，如桢就发现，马芳待人最是周到，像这种事，换了别人只管自己说下去就是了，哪会管一个小兄弟听懂听不懂。

一提丁汝夔，如桢就知道，朝廷把眼下的辛爱南下，视作庚戌年的俺答入侵。至今都还记得，俺答南下，第一步是围攻右卫。那是他入营的第二年，已十八岁，正在东门值守，亲眼看到蒙古人的队伍，怎样围了右卫。

只是那时太年轻了，对事变的内情全不知晓。这些年经见得多了，方才知道，那几年仇鸾如何霸道，严嵩如何使坏，如何将责任全推到兵部尚书丁汝夔丁大人身上，嘉靖爷一怒之下，将丁大人推到西市砍了脑袋。

眼下他最想知道的，不是杨干大的安危，那毕竟还要迟一步，而是京师的局势，真的到了那个地步吗？王社香也是这个意思，俊民和俊青，就更不用说了。

闲坐着也是坐着，马芳给他们一一分析。

嘉靖爷平日很器重杨干大。前几年右卫解围，干大正丁忧在家，嘉靖爷下旨夺情，让干大出任兵部尚书，部署解围事宜，仍不放心，干脆加宣大总督衔，径赴大同前线，指挥解围军事，这是多大的信任。更早，三十三年秋天，蒙古十余万骑犯蓟镇，就在墙子岭一线，轮番攻打边墙，嘉靖爷在宫里知道了，担惊受怕，忧虑不安。一天派几拨人，有太监，有侍卫，有御史，去前线侦察探听，看杨干大尽心不尽心。墙子岭一线的边墙，最北端是古北口，侦探的人去了，但见杨干大擐甲宿古北口边城上，督促将士抵御，死防严守，不给敌人一点机会。回去报告嘉靖爷，龙颜大喜，当即下旨，赏给干大一件绯豸衣。可别小看了这绯豸衣，这是赏给武将的最高荣誉。同时派员，携黄金万两，赴前线犒赏三军将士。一时间干大的声望达到极点，都说将来必是首辅之材。

嘉靖爷信道教，看人最重相貌体魄。大多还准，也有走眼的时候。最走眼的一次，是庚戌之变时，让咸宁侯仇鸾，当了大将军，统领三军，护卫京师，结果是一败涂地，差点酿成又一次土木堡之乱。最后仇鸾是叫杀了。当然，仇鸾得势，与勾结严嵩大有关系。不能全怪嘉靖爷走眼，仇鸾这个人，相貌堂堂，身材高大，声若洪钟，极具气势，谁见了都得承认是大将军的材料。杨干大得到嘉靖爷的眷爱，说实话，与干大的相貌英俊，身躯魁梧也有几分关系。

这次京师的防守，所以弄到如此不堪的地步，全是蓟辽镇总督杨选，判断失误，轻敌冒进，又不听杨干大的调度造成的。

先前进犯，多是俺答本人，或者手下将领，这几年俺答老了，轻易不领兵出来。这次领兵的是他的儿子辛爱，俺答几个儿子里，就数这个儿子，又凶悍又狡猾。杨选一开始，就中了辛爱的诡计。还没攻打边墙，就放出话来，说他们此番南犯，目标不是京师，而是辽阳。杨选竟信了这话，率领蓟镇主力去了辽阳一线布防。像这样大规模地调动部队，是要上报兵部的，杨干大一听，连说不好，快马飞檄，要杨选立即退回，按原定部署防守。同时又三次派人，带上他的手书，送给杨选，告诉他，万不可鲁莽行事，此战关系京师安危，还望听人一劝。这个杨选，又傲慢又愚蠢，以为大功在即，定然是兵部尚书嫉妒，才出此下策。不管不顾，继续领兵东进。不等他的人马过山海关，辛爱的人马，就攻破了墙子岭，直扑通州而来。嘉靖爷听说，连连叹息："庚戌事又见矣！"

杨干大的处置，也还及时，接连飞檄，一面令宣府、大同、保定诸路兵马，火速增援京师，一面令榆林、山西、陕西诸镇，接连跟进，决不让庚戌之事在他手里重演。还怕诸路官兵，临阵不卖死命，万一给敌寇突破某处，祸害先帝陵寝，危及京城四厢，那也是吃不了兜着走的事。才让五郎赵飞，随后带了他的手令，面见各家儿郎，务必提前出发，在潮白川沿线布防。敌寇胆敢进犯京师，弟兄们各率本部人马，迎头死命一击，挫其锋头，暂缓一步，等各镇的援兵陆续开到。只有这样，才能确保京师固若金汤，万无一失。

说罢，逐一问各弟兄的部队，都在什么位置。王社香说了，杨俊青说了，马芳都说妥当，轮到如桢，说在密云卫的难老峪，马芳皱皱眉说：

"偏了点，当初还是想着能挡住敌人，才这样布置的。现在边墙已溃，敌兵大举进犯，还是要往怀柔卫这边移移为好。我说的不算，待会儿听杨干大的。"

正说着，院里一阵脚步声，老者先进来，低声说：

"来了！"

几个人倏地站了起来。

杨干大闪身进来，赵飞跟在后头。

干大回身掩好门扇，待再转回身时，如桢差点惊叫起来。

这是杨干大吗？

右卫解卫是三十七年的事，自那时到今天，五年间见杨干大，没有十次也有八次，最近的一次是今年夏天，跟三十七年初见没有多大的差别，不过是鬓角多了几根白发，髭须稍显凌乱而已。可今天，油灯下骤然看去，胡须几乎全白了，眼袋下垂，面皮蜡黄，还有些浮肿。不容他多想，杨干大已摘下幞头，脱下袍服，朝这边走来。奇怪的是，里面并非寻常居家服装，而是一件白麻布褐衣。

这不是孝服吗！

如桢的眼里，顿时涌上泪水。

不是他一个人作如是想，马芳、社香，还有俊民兄弟，也都作如此之想，都挺直了身子，由不得后退半步，似乎三步之内，朝方桌前走来的，不是当朝兵部尚书杨干大，而是杨干大的鬼魂。

"哈哈哈！"

杨干大突然笑了，声儿不高，带着几分悲凄。

“啊啊!”

马芳几个跟着干笑两声。

“坐下,都坐下!”

杨博说着,脱下身上的麻布褐衣,朝外一抖,要在桌上摊开,看出干大的意思,如桢忙将油灯擎起。他这里灯座儿刚一离开桌面,干大那里手臂一挥,白麻布褐衣翻转过来,展展地铺在桌上。

只瞥了一眼,就看出这是一张京畿防守布兵图。

马芳几个围过来。

“嗨——”杨博长长舒了口气,说道,“东厂这班人太可恶了! 这几天,我在家里,他们就在门外守着,外出巡查,他们就骑马跟在身后。起初还有忌讳,不敢离得太近,这两天猖狂到,打个照面都不眨一下眼,像是随时得旨,就可以逮了下诏狱。今晚巡城,我故意吩咐守将,不准他们上城,真也够尽心的,我是东直门上的,得胜门下的,脚步刚站稳,狗杂种就迎了上来,还冲我坏笑。”

“该上去批一巴掌,欺负人哩嘛!”王社香气愤地说,一口陕西话。

“那可不敢。”杨干大笑笑,“他们真敢马上逮了你先下诏狱,多少官员就是这样叫整死的。矫旨行事,是他们惯用的手段。”

“干大你就忍了?”

“不光忍了,我还跟他们开了个玩笑。说我一晚上肚子老疼,要去御医商老先生家讨服药服用,让他们陪我去一趟。为首的那个倒也知趣,说杨大人为国劬劳,他们都看在心里,只是卑职也是公事在身,且是给万岁爷办事的,不敢有丝毫差错。今天的公事就到这儿,大人看病,我等就不碍眼了,明晨一早,定在府前恭候不误!”

“真是个不要脸的东西!”马芳也爆了粗口。

“我倒是觉得,这家伙还怪可爱的。坏事能做得这么有情有义,也不容易啊。”说着,伸手将白麻布褐衣抹抹平,加重口气说,“不说这些了,且看这张图,这是我费了半天时间精心绘制的,能否挫败敌寇,给朝廷一个交代,保住我这个脑袋,就全看你们的本事了。”

接下来细细分析,说这次截防战的重点,一是阻挡敌寇,不得渡过潮白河,靠近通州。再往上,就是守住温余河,不得靠近昌平皇陵。千万别以为陵寝不过是几个土封,一片松林,敌寇来了,顶多马蹄子踩踩,没什么大不了的。惊动了皇陵,跟惊动圣驾是同样的罪行。末后说,他要知道的是,领兵的众家儿郎,眼下在什么位置。

问过马芳、社香和俊青后,又问如桢:

"六郎你呢?"

"在难老峪,墙子岭西边。"

让他惊奇的是,杨博的回答,竟与马芳的看法一样:

"太偏了,这图上有新的布防位置,照计而行就是了。"

一面回过身,分外郑重地对马芳说:

"芳儿,嘉靖爷知道你带兵来到,今天后晌特下手谕,着你防守东直门,哪里都不能去。只有你守着东直门,圣上才能安睡无忧。既是这样,你带镇兵过来,将家兵交副将带去,仍驻防指定位置。"

趁这个空儿,如桢瞥了一眼,褐衣下摆的地方,有个醒目的杜字。新的布防位置,果然靠近了怀柔卫那边。

马芳要说什么,杨博摆摆手止住。随即从怀里取出一柄短剑,在白麻布褐衣上划了几下,一人递给一块,说各人的驻防与攻略,全在上头,此即是他的手令,不得有误。

说罢掂掂手中的利刃,刀尖指指胸脯,对大家说道:

"这短剑是蘸了毒的,我绝不会任由东厂那些王八羔子,没皮没脸,肆意凌辱,像当年对待丁大人那样!"

第六章　清风阁

一

“脸上没有四两——”

“闭上你的臭嘴！”

一声断喝，张胜愣了一下，话也齐茬儿断了。

就这个空儿，杜如桢翻身上了他的雪花青，抽了一鞭子，马跑开了，仍能听见张胜恶狠狠的咆哮：

“就要说，脸上没有四两肉的，趁早别打交道！”

这是说的李景德。

刚才他跟张胜说了，待会儿要跟李景德一起去墙子岭那边看看，昨天刚领下了杨干大的一个密令，今天说不定会有一场厮杀。料不到的是，他刚提了一下李景德的名字，张胜这厮就说起李的种种不是。马都牵过来了，脚都踩到镫子上了，又来这么一句。声口全是教诲式的，一听气就不打一处来。

他在前面走着，后面隔了几丈远，是张胜跟一队亲兵。昨天说好了的，在前面路口，与李景德几个人会合。

杨干大的褐衣防守图，果然周密。

如桢分到的，是前襟的下摆，正好是墙子岭到皇陵一带的关隘。往东北延伸到古北口，往西南到虎峪关。非是这一大截全由他守卫，他的主要责任是守住墙子岭，截杀后撤的敌兵，解救被掳的妇幼。几天来，仗没少打，截获不能算多。敌兵不是一齐往过涌，是一拨一拨地往回撤，有的隔上一半天，有的隔上三五天。

昨天，十月二十五日，日落时分，传来军令，说当今首辅徐阶大人，晚上要在皇陵接见各路援军的将领。地点是长陵前的玉石牌坊。

他先到大营，与总兵姜应熊会齐，带上亲兵，直奔皇陵而去。一到白玉石牌坊前，就有礼仪官引领，到了牌坊一侧的柏树林里站定。

刚站定，有人拍了一下他的肩头，扭头一瞅，吓了一跳，但见来人头上套着个铁兜子，只露出两个眼圈，半截鼻头，铁面上毫无表情，仅眼睛里能看出一丝笑意。他由不得轻叫一声：

“谁呀？”

“看！”

来人抬手，颌下一按，又轻轻一磕，那个铁面具便掀了起来——

啊，原来是二哥马芳。

“没想到吧！”马芳快活地说，“这玩意儿，戴上不是多么管用，主要是吓唬人。我这脸面，太少杀气了。”

“哪里卖这个玩意儿？”

旁边有人问，看样子像是兄弟部队的，马芳回了句，哪里也没卖的，好工匠才能做了。只管与如桢说话：

“回头我送几个到你营里，戴上玩呗。他们说这是有名堂的，叫什么兜脸。”

“马芳啊，”站在一旁的姜应熊总兵开了腔，“是兜鍪。辛稼轩有词曰，‘年少万兜鍪，坐断东南战未休’。”

“哦，是的，是的，就说叫兜鍪。”

有人轻声喊肃静。

徐大人过来了，杨干大跟在一旁。

柏树林里，月光下，徐大人拱手问好，一句一个徐某有礼了，多多拜托诸位。三分随意，七分真挚。随意，见出首辅的洒脱，真挚，见出的是对众将官的嘉勉。

如桢还是头一次拜见这么大的官员。

徐大人的故事，早就听说过。

最早的一个，说他如何的深藏不露，隐伏十多年，终于扳倒了权相严嵩。是庚戌之变后，在右卫听到的。起初朝廷上，是严嵩和夏言两个大学士互相攻讦，徐阶是夏言提携上来的，严嵩一直视为眼中钉。夏言失势遇害后，严嵩就开始收拾徐阶，徐阶文文静静，不像有城府的样子。看出严嵩的用心，更加小心侍奉，不敢有丝毫的闪失。

庚戌之变后，嘉靖爷对咸宁侯仇鸾越来越不满，严嵩便思谋着，如何将仇鸾与徐阶捆绑在一起，同时除掉。有一天皇上单独召对，说起徐阶，严嵩慢悠悠地说："子升这个人呀，不是没有才，是有二心呀。"不久仇鸾事发，严嵩正要借此加害徐阶，忽一日儿子世蕃告诉他，密疏揭发仇鸾罪行，且与严嵩多有牵连的，不是别人，正是徐阶。这一下才让严嵩大吃一惊，知道徐阶的城府有多深。

两人明争暗斗多年，终于到了四十一年五月，徐阶大获全胜，假邹应龙上书之机，将严嵩扳倒，成为当朝首辅大臣。

徐大人掌权后，最为人称道的一件事是，皇上将严嵩在西苑值班的房子给了他，他写了个条幅挂在墙上，道是："以威福还主上，以政务还诸司，以用舍刑赏还公论。"一改严嵩掌权时的霸道作风，朝野都说徐大人是一位贤相。

知道这些故事，月光下看去，徐大人真的是白白净净，儒雅和善。若说有什么不足，那就是清秀有余，威武不足。一面又想，心机与外貌，两不相侔，这才是做大事的人。

站在徐大人旁边的杨干大，月亮地里三绺美髯，直垂胸前，虽是文官的袍带，却有武将的气概。作为朝廷重臣，从相貌上看，杨大人显得坦直了些。唉，做人跟做事一样，要拿捏个正好，真是太难了。

接见完毕，各将领散去，杨博叫住姜总兵和如桢，拉到一旁悄声说：

"我得到确实情报，俺答老贼这次也过来了，往回撤时，辛爱率大队人马和抢掠来的财货女子，走独石口这一路。俺答和义子巴图鲁，走墙子岭那边。此时还在顺义那边延宕，明天前晌，就会到墙子岭。你二人带本部兵马，悄悄赶过去，一路上不要接战，直扑墙子岭，说不定能活捉俺答老儿。果能如此，我也就可以将功补过了。"

“果然？”姜应熊问。

“一点不假！”杨博说。

三人当即议定，如桢回去，即率本部千余步骑出发，姜总兵率本部一万五千人马随后跟进。杨博亲自督办粮秣，绝不会有丝毫失误。

回来跟李景德一说，景德也说这是杀敌立功的大好时机，万万不可错过。

此刻，已与景德会合，走在前往墙子岭的山路上。

景德的几个随员落后几步，跟张胜他们走在一起，如桢与景德并辔而行。斜了一眼，又想起张胜的话，过去没怎么在意，觉得景德的脸，不过是瘦削些，骤然看去，也还不失刚毅。有了张胜的话，再看就不只是瘦削了，说只有四两肉，显然是诬蔑，不多也是真的。再瞥一下，还真的有点奸险的意思呢。

“如桢兄，怎么这样瞅我？”

李景德真是聪明过人，当下就觉察到什么。

“哦，没什么，我看你脸色有点晦暗，晚上没睡好？”

“换个地方，总是一夜一夜地失眠。”

“我倒没有这个毛病，昨天晚上从皇陵回来，浑身酸困，脑袋一挨枕头就睡了。”

这一段路平缓些，放松缰绳，任由马儿小步轻奔。实际上昨天晚上，他也是一晚上没有睡好。脑子里老在想着，今天的截击战，该怎么个打法。景德以多谋著称，战事上多有仰仗。

“馨如兄，”如桢说，“出来这么多天，出动次数不少，没有打过一个漂亮仗，这一仗可要打好。”

“子坚兄，”李景德说了自己的担心，“我们只有千余人，孤军突进，万一姜总兵的队伍赶不上来，那可就——”

“你是说我们等一等？”

“等也有问题，万一俺答行动快，过了墙子岭，杨大人面前又无法交代。”

一时也没个万全之策，两人正商议着，前面的侦骑回来报告，看见一队蒙古人的马队，正顺着官道，朝墙子岭这边开来。如桢勒紧缰绳，对李景德说：

“馨如兄，什么都不说了，我先带五百骑赶过去，占住有利地形，你留下督促后面的人马跟进。成功失败，就在这一招了。”

待他们疾驰过去,占领有利地形,刚刚布置妥当,只见蒙古人的先头部队,数百精骑,已过了一水分二关的石桥了。看后面,尘头起处,似有大纛显现,彩旗飘拂,分明是主帅招摇而来。

如桢甚至疑心,冲独石口而去的,是一支疑兵,要将明军主力吸引在皇陵附近,不敢过这边来。而这边,才是蒙古人的大部队,押着劫掠来的人员与财物,返回草原。

毡帐里,也有用兵的高手。

思虑间,但见前面的百余精骑,下得马来,朝两边山坡上攀爬。到了一个高度,有几人停下,后面的人继续攀爬。再到一个高度,多是巨石突出,或是塄坎明显的地方,留下几个人继续前行。直到山顶,另有两小队人马,分头朝两旁的沟里搜索前行。

这是做什么呢?

噢,预作警戒。

那么后面的队伍,肯定就是俺答的坐骑与警卫了。

如桢朝后摆摆手,做了个跟进的动作,策马朝前,隐身在一片树林后面。

大队人马到了。

接着是一队骑兵,全都是铁护脸,一身银白色的铁甲。

一面大纛下,并排走着两骑,一骑上是个花白胡须的老者,一骑上是个圆圆脸的大胖子,两人都是蓝袍子,黄腰带,头戴尖角的蒙古风帽。

“就那两个家伙,要了他们的狗命!”

回头说罢,举起长矛,策马冲了出来。

蒙古人的车骑,走到关前,多少有些松了口气,没想到山坳里会冲出一队人马,顿时有些慌乱。大纛前后的骑兵,也不知是该先迎敌,还是该先护卫首领,有的骑在马上转圈子,掉转马头朝后跑了。还是那个老者机警,一看不妙,弓下身子,掉转马头,朝后跑了。那个大胖子,叫吓呆了,愣怔在马上,不晓得该如何是好。

杜如桢冲过来,盯准的是那个老者,连挑几个警卫,冲到里面,不见了老者。只有那个大胖子,正在抖嗦着抽腰刀,就是他了,握紧长矛刺了过来。

砰!火星一闪,手上一震,长矛刺了个空。

扭头一看,一员蒙古将领,挥动马刀冲了过来,一刀拨开了他的长矛。

原来是前面的银甲骑兵,折了回来。

那大胖子还在抽他的腰刀,冲过来的蒙古将领大喝一声:

“三哥快跑！去找爹爹!”

这一喊,大胖子反应过来,策马朝后跑去。

这一喊,也激怒了杜如桢。

俺答老儿跑了,他的三儿子也跑了,眼看到手的功劳全飞了,好啊,那就先结果了你这个俺答的小儿子再说。

这个家伙,像是见过大世面的,一点也不惊慌,定定神,策马迎了上来。

他用长矛,那主儿用马刀,刀法娴熟,难以近身。

这当儿,蒙古人的后续部队,像是回过神来,跃上对面的山坡,朝这边聚拢过来,分明是要将明军包围起来,给以重创。

必须迎上去,在山坡上接战,才能打个平手,真要让敌军集结起来朝下冲击,准吃大亏。

“冲上去!”

他朝跟前的将士大喊。

此时一幕景象,让他完全泄了气。明军的马队,冲到坡前,一个塄坎,怎么也冲不上去,上去了又退回来,反复多次,难以奏效。

蒙古人的骑兵,正朝这边围了过来。别说冲不上去,就是冲上去了,也只是做了蒙古人砍杀的材料。

“快退!”

他急忙喊。且战且退,又遇上了那个蒙古将领。

这个家伙,像是逗他玩似的,在他面前虚晃几刀,待他追来,掉转马头便走。追追停停,停停追追,待他勒住马头朝后看时,只见自家骑兵,冲出来的竟不足半数。

唉,一场截击战,竟是这样悲惨的结局!

正伤心间,敌人队伍大乱,定睛细看,是姜总兵率大队人马赶到。先头部队,已冲入敌军队伍中。

扭身再看他追着的蒙古将领,在前面不远处,一手勒缰,一手持刀,正笑眯眯地朝这边打量着呢。

嗨,要不是这个狗杀才,自己早就结果了那个大胖子,俺答的三儿子。

宰了这小子，也算是不小的功劳。

两腿一夹，又飞奔过去。

那小子看去，三十几岁的样子，一点不把他的气恼当回事。待追近了，这才拨转马头，并不疾驰，只是嘚嘚嘚的，一溜儿小跑，几乎是悠闲地走了。

就在这一转身的瞬间，看清了那小子的眉眼，眉心间一个圆圆的黑痣！

这么面熟，像是在哪儿见过，仓促间怎么也想不起来。管他呢，追上去，结果了性命，也算是出了这口气。

转过一个山嘴，不见了人影，只见一个蒙古兵牵着一匹骏马，站在道旁等他过来。肩头上还立着一只大鸟，一看就是海东青。

顾不上理会，只是屁股离了鞍马，挺直身子，伸长脖子，要寻见那个蒙古将领跑到哪儿，躲在何处。

“军爷，别瞅了！”

那个蒙古兵喊。

他不理，还在搜寻着。

“军爷，我家将爷留下话，让我把这匹汗血宝马送给你。”

一听汗血宝马四字，他静下心来，定睛看去，这不就是那位蒙古将领方才骑的马嘛！浑身枣红，四个蹄子，齐髁关节以下全是白的，鬃和尾，又是黑的，一看就是名驹。

“哦，”他和气地说，“你家将爷姓甚名谁？这么名贵的马，为何要送我这敌军之人？”

“嘿嘿，”那兵士也还乖巧，笑模笑样地说，“我家将爷说，把这马送给后面追他的将军，下次就能追上他了。”

“放屁！”

“我家将爷没有坏意，打了一仗，也算是有了交情嘛。”

“这还像个人话。”

“那就请吧。”

那兵士似早料到这一步，说着牵着马走了过来。

如桢跳下自个儿的马，接了对方递过来的缰绳。

“我的马呢？”

“还是将军留着，回去有个交代，没逮着人，逮着个马。还有这大鸟，将军也让我给了你。”

说着取下肩头的海东青，将皮带子扣在他的胳膊上。

他还要说什么，那蒙古兵，在马后臀上轻轻一拍，转身走了。

无意间，朝山上瞅了一下，只见那位蒙古将领，正站在稍远处的一块岩石上，朝这边观望，见他接了缰绳，双手抱拳，朝山下拱了拱。

几乎是不由自主地，他一手持长枪，一手挽丝缰，也朝山上拱拱手，算是领了这份人情。

此番大战，明军只能说险胜。

杜如桢带的亲兵，出了大力，在墙子岭下，重创了俺答的护卫队。当然，他们的损伤，亦可谓惨重。光冲坡时，骑兵死伤者，就在百余名，还有数十匹战马。

二

京城宣武门里边，有家不大的馆子，叫清风阁，二楼是个单间。原说好，杨大人在此宴请杜如桢。事到临头，杨大人有事不能来，只能由次子俊青代劳。主人小了一辈，陪客还是原先定下的陪客。

一位是工部郎中方逢时，请来作陪。此人对西北边务甚感兴趣，一直想接触真正的边防将领，几次跟杨博说起，杨博说，近日要请新平堡守备官，他的义子杜如桢，你就来作陪吧。

另一位是当朝名士王世贞的弟弟王世懋，也算是名闻京城的风雅之士。

京师解围，是十一月初二的事。初五，兵部庆功，杨家众儿郎都去了。如桢原打定主意，初六，至迟初七，便率部返回新平堡。杨大人不让，一定要他等到初九，说这几天朝里有事，到了初九，就消停了。要安排一次宴会，叫几个人陪着，跟六郎美美地喝几盅，感谢他在墙子岭奋勇杀敌，立下的战功。

这清风阁，在宣武门西街的一个胡同里。窗下的路直通宣武门，不时有运粮运菜的车辆经过，铁瓦裹的轮子，轧在干硬的土路上，嘎吱嘎吱响。

主客四人，四下里坐定。先叙年齿，方逢时嘉靖二年生人，四十一，为长。以下，杨俊青嘉靖十年，三十三；杜如桢嘉靖十二年，三十一；王世懋嘉靖十五年，二十八。

又叙了表字。逢时表字行之，俊青叔武，如桢子坚，世懋敬美，其兄世贞名气太大，字元美，世人多称之为少美。

上首方逢时，右首王世懋，如桢左首，下首是俊青。俊青比如桢大两岁，如桢要俊青坐左首，俊青连连摆手，说他倒是想坐，只怕老爷子晓得了不骂个鬼吹火才怪。说六弟呀，你跟世懋先生挨着，说话也方便些。要不要来个侑酒的？这地方离翠花楼不远，叫三两个很方便，这种事老爷子不管。俊青说侑酒，他还没有听出什么意思，及至说出翠花楼三字，始知是要召妓侑酒。

"没有侑酒的，喝酒跟喝马尿有甚区别！"

王世懋抬起手，桌上一拍，算是定了点。

早有跑堂的等着安排，不一会儿，便有四个女孩，说说笑笑上了酒楼。一个身边坐了一个。如桢身边的一个，倒也白白净净，只是不如世懋身边的一个脸儿俏些。

世懋先生的身世，早就听人说过。

其父王忬，当过大同的巡抚。杨大人先是总督宣大军务，后又调任蓟镇总督，之后才回京师，重新执掌兵部。离开蓟镇，接任总督的，正是世懋。

王家的厄运，就发生在这个当儿。

嘉靖三十八年二月，辛爱率部入侵。王忬引兵，赴东迎敌。未料辛爱由潘家口溃墙南下，渡滦河而西，大掠遵化、迁安、蓟镇、玉田。驻内地五日，京师大震。御史上书弹劾总督王忬、总兵欧阳安和巡抚王轮。皇上大怒，训斥欧阳安一顿，将王轮贬职外放，痛责王忬，令停俸自效。五月，在严嵩的授意下，御史方辂，再次弹劾王忬。刑部定罪为戍边，报上去正赶上嘉靖爷服了药石，烦躁不安，提笔批道："诸将皆斩，主军令者顾得付轻典耶？"

遂改为论斩。三十九年冬，在西市处决。

父亲所以问斩，与兄长王世贞的作为，也有相当关系。

世贞是名士，也是一位耿介的官吏。最让人敬服的，是严嵩迫害杨继盛，系在诏狱，而世贞不避嫌，时进汤药。严嵩拿世贞没办法，便将这股怨毒，发泄到世贞父亲身上。王忬以滦河失事，严嵩多方构陷，被问成死罪。王世贞辞了官职，为父亲四处奔走。跟弟弟世懋，每天都守在严府门口，涕泣流泪恳求饶恕。严嵩假意宽宥，实则暗中加紧进行惩治。世贞兄弟两人，身着囚服，跪在大路旁，拦诸权贵车轿，扑上去，以头叩地，请求帮助。诸权贵畏惧严嵩，没人敢为王忬说话。最终还是被斩。

开席后，方逢时说，没想到今天在这儿，会见着世懋先生，幸会幸会。

“看你说的！”世懋说，“杨老伯传话，要我来跟如桢兄弟谈诗论文，怎么能不来呢？”

酒过三巡，话题集中在如桢身上，方逢时说：

“如桢将军，这次保卫京师，你参与的两场大战，我都知晓。墙子岭一场恶战，拼的是精神，只能说打了个平手，最奇的，该是三岔口一战，竟能杀敌数百，夺回工匠和妇幼上千人，为国朝设边以来所仅有。杨大人所以留下宴请你，为此！命我来作陪，亦是为此！”

“过奖，过奖！”

如桢连连拱手。

俊青也不放过这个好话题，说谁能料到，到了二十六日，眼看蒙古人将要退出口外，会有这么一个胜仗，斩首三百余，真是奇功！

如桢双手合十，说战场上的事，千变万化，哪里敢说什么奇功，只能说是侥天之幸。墙子岭一战，光杜府家兵，就死伤百余人啊。嘴上这样说着，脑子里闪过的，是二十六日午时，骑着敌将赠送的汗血马返回，来到墙子岭关前，看到的惨烈景象。

敌军早已退去，明军正在清理战场，受伤的军士，或扶或抬，哭叫着离开战场。最可怜的，是那些与敌军拼命厮杀，血肉模糊又气绝而亡的。有的斜卧在地上，半个脑袋叫削掉了。

就在这时，有两个骑兵，打马来到跟前，翻身下马，递过一纸文书。接过一看，又是杨大人的手书，令他速带人马，前往大海坨山一带布置，待蒙古人的辎重车队，北归经过时，给以迎头痛击。

他当时的一个感觉是，俺答这人，实在是太了不起了，自己冒险经由墙子岭北归，而让掳掠来的大批物资与人员，由儿子辛爱押着，仍走独石口的官道。

当即传令，撤出战场，沿来时路线，火速北上。至于如何迎敌，当时根本没有考虑，只是想着，大海坨山那边，是怎样一个态势。

还未开口，世懋斟满一杯酒，双手递过来。

“子坚兄弟,不必感伤!自古及今,哪一场胜仗,不是士卒的性命与血汗换来的?死伤百余人,能保住京师的平安,功莫大焉。这一仗若打不胜,损兵折将,让俺答父子平安退回口外,只怕你杨干大的性命就难保了。你还是说说三岔口之战吧!”

毕竟是自己的事,又是这么个场合,说小了不好,说大了也不好,最好的处置,只能是如实直说。

说是三岔口,实际就在大海坨山南边。来到大海坨山前,待了两个时辰,远远看见蒙古人的骑兵,还有长长的车队,迤逦而来。骑兵在前,车队在后,再后面,是兵士押解着的工匠与女人。车队与工匠女人之间,仍是士兵,只是稀疏了许多。

迎头痛击。他想起了杨干大手书上的几个草字。

以此布置,就是等打头的蒙古骑兵过来时,他们冲过去,拼个你死我活。

这是去送死!

北归的蒙古人,其急迫的心情,胜过南下入侵之时。这时你迎头痛击,就是迎面阻拦,等于以卵击石,还不是自蹈死地吗?

说了前面的话,方逢时和王世懋的兴致更高了。

那怎么办呢?

嘴上不说,眼珠子瞪个老大。

“急切间,我也是无法可想。”不是卖关子,他当时,确实是想不出个好主意,“眼看着敌骑腾起的尘烟,都能看清了,我还没想出个切实的办法。要迎头痛击,就得上山坡,占据有利地形。要设伏截后,就得赶紧隐蔽起来,等大队敌骑经过再说。”

“怎么办呀!”

世懋毕竟是文士,有点沉不住气了。

“于是你就想到了永安寺!”

俊青对这场战事,知道得毕竟多些,一说就说了永安寺这个名字。

“对啦,就是的,大海坨山侧面,就是永安寺,我们驰援京师时,路过这里。我跟这儿的住持敬诚和尚,还交了朋友。”

如桢松了口气,这么一解释,后面的话说起来,就不那么费劲了。

往前走了一截,来到永安寺,见过敬诚和敬德。没有进寺院,而是将部队埋伏在永安寺背后一道山沟里,马卧倒,人趴下,贴住地面,静等着辛爱的大队人马来到。

傍黑时分，蒙古人的大队人马过来了。领头的一个，果然就是辛爱本人。

这辛爱，也是个机警过人的角儿，来到永安寺前，怕里面有伏兵，特意打发人在门前叫喊。直到敬诚和敬德两人出来，盘问了一会儿，这才让跟进的车马与人员，在此暂停，他带着先头部队，又往前走了。

这时，李景德要冲出去，有的家将，主张冲出去，收拾了这股子敌人再说。他劝他们暂且勿动，等等再说。过了一会儿，后面的辎重车队过来了，李景德他们又主张冲出去，他还是不动。直到车队过了一半，他才下了出击的命令。这一仗，杀敌不算多，最大的功绩，是解救了千余名工匠与女人。

"不多，究竟杀了多少？"方逢时问。

"也就一百多。"

"够多的了，还说不多！"

方逢时惊叹，随即一问，为何车队一来，不出击呢。世懋对此也有疑惑。如桢在桌子上，用杯碟碗盏，摆了个阵势，比画着说开了。

"你想嘛，车队刚到，你一出击，前面的骑兵马上就会拐回来，仍是难以抵挡。这里路不很宽，车队过上一半，就将前面路堵住了，骑兵要过来，也得费点事。再说，等车队过上一半，费时不小，骑兵也已经走远了。总之是，不能太贪了，贪了反而得不偿失。"

"好主意！"

世懋大加赞赏。

接下来，方逢时说了此战的重大作用。且将杨博的命运，跟十多年前的庚戌之变，做了一番对比。说嘉靖二十九年的庚戌之变，跟这次一样，都是敌寇大举入侵，京师震动，如果还是严嵩当权，杨大人就是第二个丁汝夔。这次，一则还有截杀之功，斩首不少，搭救下的工匠妇人甚多，再则是朝中徐阶大人，沉着应对，着力转圜，才有如此局面。嘉靖爷动了怒，能落下个不予追究，真是天大的幸事。

七扯八扯，末后扯到了写诗作文上。

俊青说是他爹说的，作文写诗，要的是才气。世懋不认同，说光有才气不行，还是要多读书。好诗都让古人写尽了，好话也都让古人说尽了。只有多读书，博古通今，或许哪一刻，灵光一现，才会有一首好诗，一篇好文。方逢时说，当今诗文，世贞先生堪称翘楚，无人能及。世懋喝高了，酒劲上来，忍不住炫耀了一番。

“《论语》,该是都读得烂熟了,有一处怕就少有人留心:子曰,予欲无言。子贡道,子如不言,则小子何述焉?子曰,天何言哉,四时行焉,万物生焉,天何言哉?”

顿了一下,看跟前的人听清了没有。

“这里是说,面对子贡,他不想说话。而在另一个地方,同样是面对学生,他老人家又不一样了。还有这样几句话:子曰,吾与回言终日,不违,如愚。退而省其私,亦足以发,回也不愚。”

又顿了一下,这才加重语气说下去。

“何以言之不一耶?盖子贡求圣人于言语之间,故圣人以无言警之,使之体诸心以求自得。颜回于孔子之言,默识心通,无不在已,故与之言终日,若决江河而之海也。可以说,夫子于子贡之无言不为少,于颜回终日言之不为多,各当其可而已。人生在世,不管做什么,能做到各当其可,是最难的,也是最惬意的。”

世懋谈得眉飞色舞,两只手臂,交替着忽左忽右,根本不管跟前人的反应。趁这个空儿,如桢悄悄观察方逢时的表情。从最初的介绍,他就知道,这位方先生,乃是一位绝顶聪明,又颇为自负的主儿。像他这样的给事中,不用几年,就会一步一步地升至御史或是侍郎,到五十岁上,就是入阁也不是没有可能。据俊青说,方先生有志于边防,说是只有去了边防,才是真正为朝廷尽力。一个有大志的人,怎么会欣赏世懋这样的名士,不着边际,夸夸其谈呢?

方先生是湖广嘉鱼人,嘉靖二十年就中了进士,如今是刚从惠州知府任上调回,暂寄工部郎中,迟早是要去边镇省道效力的。

从这边看去,方先生的脸形,很有特色。前突的嘴唇,像个鹰喙,几乎罩住了发育过度的下巴。鼻子倒是有几分秀气,也还有力,只是看起来,跟整个脸形毫不搭界。这样一副尊容,若不是中了进士,你很难想象他是个饱读诗书之人。这样的脸面上,各部位,只要有一丝的挪动,外人就会看出情绪的变化。可是此刻,一点也看不出方先生的脸上,任何一个部位,有任何一点轻微的挪动,也就觉察不出一点情绪的变化,只能看出,他在静静地听着世懋的谈讲。

讲完夫子对子贡、子路的不同态度,世懋扭过脸,面向方先生。

“行之先生,以为何如?”

“佩服,佩服!世懋兄精研覃思,学识不在乃兄之下!”

“行之兄怕不是嘲讽我吧？家兄的诗文，享誉当今，要叫我说，家兄真正的学问，反不在什么诗词歌赋上。”

“呃，这个我倒想听听！”

方先生来了兴致，世懋的兴头，一点也不在方先生之下。说家兄前些年，饱读诗书，精研学问。这些年，遭逢变故，改为殚思竭虑，洞察世情，对学问之事，反倒淡了，就是诗书，也不全放在心上。最感兴趣的，反倒是瓦肆的说唱，民间的说部。他以为，当朝士子，最见卓识者，唯有边策；最见才情者，唯有说部。且说，当下未必能见出分晓，百年后，可三复吾言。

王世贞是当今的大名士，这论断也太出格了。边策最见卓识，都还能理解，说部最见才情，实难信服。三个人听了，都大感惊奇。只是各人的惊奇，却不甚相同。

“说部？”俊青是惊异，“不就是瓦肆说书的，说的《三国志演义》《东周列国志演义》一类的书，印下来销售，就成了说部吧！”

“《三国志演义》倒是看过。”如桢的惊奇，是在品位上，“怎么也不能说是最见才情吧？”

“稀奇，稀奇！”方逢时是有惊奇，也有疑惑，“本朝文章，首推边策，已是共识。道理不言自明，本朝的态势，仍是天子与文武大臣，共同担负守边之责，人才集中在边务上，笔自然也就落在边策上。只是我不明白，汉赋六朝文，唐诗宋词章，各朝有各朝的文体，原本是通识，只是再怎么着，本朝也不该摊上个说部呀！”末了特意叮嘱一句，“请跟尊兄言语一声，赶明儿我要亲自登门讨教，看你是不是说得走了调儿。”

“行之兄说了要算数，我一定告知家兄！”

世懋真是好兴致，说罢又问如桢，可是真的看过《三国志演义》？如桢说，祖父当年去苏州，带回好些著名的说部，《三国》就有两种，他都看过。世懋不信，说我考考你，如桢还没应声儿，他先就问道：

“那你说说，关公土山被围，降了曹操，让甘、糜二夫人独院居住，每天都要去问安。二位嫂夫人，见了关公，称呼什么？”

如桢还在想，俊青先搭了腔，都说了是二位嫂夫人了，还能叫什么，定然是叔叔了。如桢知道，这回是真的遇上难题了，如果真的是叫叔叔，世懋怎么会考自己，准是与俗称不同，才问他的。先摆摆手，止住俊青，又想了想，才说：

"叫伯伯。"

"你可想好,错了可是要罚酒的!"

"罚就罚,不改了。"

世懋自个儿倒了一杯,端起一饮而尽,说道:

"你赢了! 怪不得杨大人这么喜欢你,还真是个读书种子!"

也是在吃饭的闲谈中,如桢听俊青说,这次驰援京师之战中,右卫的周现将军,在皇陵外围的一次战斗中,拼死力战,不幸负伤。

如桢听了,心里默念,此人虽可恶,拼力杀敌,还是让人敬重的。

惦记着自家的队伍,第二天一早,便赶回难老峪驻地。

三

部队撤回新平堡。

如桢知道,恶战过后,部属最需要的是什么。

豪饮,狂赌,都不算什么,最为迫切的是嫖。从死人堆里爬出来的人,最想证明的是,他还是不是一个人,一个男人。

一切都是惯例,全无章法可循。据说正德年间,有位巡边御史来到大同,头一次听闻战后纵欲的事例,发誓要革除这一陋习,重建大明边防的风纪。及至随军去前线,与蒙古骑兵一战交锋下来,再也不说什么革除陋习的话了。死里逃生,纵情发泄,那是他们唯一的酬劳,也是他们唯一的抚慰。

十一日回到新平堡。

军士们进了兵营,他先去官邸换了衣服,才去守备衙门看有没有要紧的公事。刚坐下,就听见东边营房里,传来一阵一阵的号叫。

并不是真的号叫,而是一种气浪的涌动,这个,只有他能感觉得到。

狂野的呼喊,跟炸雷似的,一阵高过一阵,让人听了胆战心惊,以为发生了兵变。

在将要回师的这些日子,街面上几乎所有的空房里,都住满了从宣府、蔚州,邻近府县赶来的娼妓。附近村子里的土娼们,更是装扮齐整,做好准备,要狠做一把皮肉生意。

甚至边墙以外，称作附番的游牧人家，也不放过这个捞钱的好机会。

犒赏的银两，回军堡前，大数已发了下去，小数再慢慢补齐。

三天，就是三天，不管不顾，无法无天，只有银子说话，皮肉作答。历来的说法是，男人抽了筋，女人脱了皮，一个榨干了，一个日塌了。

李景德过来，干瘪的脸上，抽筋似的笑笑，尖细的嗓子说道：

“疯了，全疯了。战场上没死的，也要死在肚子上。”

“你算是说对了，死在女人肚皮上，比死在蒙古人刀下，死相要好看啊。”

应答他的，不是杜如桢，而是张胜。

“噫。”李景德坐下，侧转脑袋，不屑地瞥了一眼。

“将军也不会闲着吧！”

张胜的嘴头子，向来不饶人。遇上他不喜欢的，更是伶俐古怪，尖刻刺人。

“能这么说话吗？”如桢低声训斥，“去，给景德将军取包茶来！”

张胜退下，景德探过身子，压着嗓子问：

“子坚兄做何消遣？”

“歇上一天，再作打算。馨如兄还是去老地方？”

“孤儿寡母，年纪轻轻，最是让人心疼。”

附近一个叫上寨的庄子里，有个年轻寡妇，带着一个女孩，李景德常去光顾。有人说，景德所以如此行事，是花费少而实效大。他不这样看，觉得景德这样做，还是有一份感情，一份寄托在里面。

“这场战下来，你的赏银少不了。”

未说出口的意思是，待女人要大方些。

“那自然，那自然。沾子坚兄的光。陈步田将军那边，我敢担保无事，军饷下来，如数拨付就是。你听，这边静了下来，待会儿街面上，四下的乡间，可就热闹了。”

“战后纵欲，自古皆然。”

“子坚兄，我倒是觉得，能嫖娼能赌博的，战场上都骁勇过人，有股不怕死的愣劲儿。”

“有道理。”杜如桢大为赞许，“这两者之间，定有某种关联。总是精力过人，才肯拼命杀敌，寻求刺激，寻求发泄吧！”

说话间张胜将一坨茶饼，放在李景德面前。上头早先是有过禁令，不准民间使用茶饼，时日一久，法纪废弛。塞外之地，还是时兴茶饼，便于储存，也便于携带。军中更是如此。

“好家伙，这么大的块子！”

李景德光顾赞叹，没有留意张胜脸上的不高兴。如桢笑了笑，没有作声，心里倒是嘉许这孩子的爱憎分明。

“馨如兄，”如桢说，“寻欢是寻欢，放纵是放纵，总不要祸害地方，闹出人命来。前年俺答犯边，战后休假三天，新平堡的人，跟平远堡的人，为个什么烂女人，差点打起来。今年可要防着点。”

“子坚兄的意思，再把督饬队组织起来，夜里巡查，以防不测？”

“正是这个意思。”

“好了，我来办。放纵寻欢，不是人人都有那个本事。有的人纯粹是出于无奈，怕人笑话，跟上出去瞎起哄，实际上连个泡儿也打不了。爬上去耸上两下完事，纯粹白花钱。营里有了正经事，又挣银子又避尴尬，争着来呢。只是今年的督饬费，是不是稍稍提高点？”

如桢说，什么都是涨，当然要提高，问去年多少，说一个班次三钱，这回给上五钱就差不多了。

他知道，这种正规兵饷以外的收益，带兵的层层盘剥，真正落到兵士手里，就少得可怜了。要想让兵士多得些，只有一个办法，就是总量大些。

“子坚兄体贴下情，如此大手笔，会传遍九边的。”

如桢心想，什么体贴下情，最先中饱私囊的，就是你李景德。

“我这算什么大手笔，不过是跟太原王大人学了点皮毛！”

“说的可是正德年间，最有名的边材王晋溪王大人？”

“不是他还会是谁。可惜九边之大，如今难见王大人这样的边材了。”

太原王晋溪王大人，年轻时，是西北边防上广为传颂的一个治边奇材。官不是很大，舍得花钱，也会花钱。流传最广的故事有两个：一个是领兵修边墙，结余三千两银子，主管将官要交上来，他说：“散碎银两，交回国库也没个正经用项，还是拿回去分了补贴家用吧！”再一个是，王大人巡边，每到一处，必大摆酒宴，犒赏边防将领。一桌酒席，报上来十两银子，已有长余，他呢，不管多少桌，必按二十两支付，让剥葱的，洗碗的，都能得到实在的好处。只可惜后来依附权贵，乘时邀宠，声誉不佳，为士人君子不齿。但他处理边事的魄力，还有智慧，九边各镇，没有不佩服的。

李景德还要说什么，如桢摆摆手，笑嘻嘻地说：

“只怕上寨的小娘子正等得心焦呢，打发了督饬队，快点过去吧。”

“时间还早，一定尽心办好。”

他骗了李景德。

不是怕耽搁了景德的事，是他自己有事等不及了。

“这就走？”

景德走后，张胜问。听听四周的动静，街面上似乎还有人声。

“都安排好了？”

张胜不作声，点点头。

抬起身子又坐下，手指磕磕茶壶，又续上水，心里默算着，喝完这壶就去。

想到在这边塞城堡，众目睽睽之下，他竟骗了聪明过人的李景德，由不得开心一笑。他这得意，连张胜也看出来了，冲他眨眨眼，连带地笑了一下。

“你笑什么？”

“我笑李将军还想坐坐，将爷一句话就把他支出去了。还说他灵性呢，一点眼色也没有。”

叫人看透了心机，总是不自在。他没作声，只是白了张胜一眼。

“往后跟景德将军说话，要客气点。”

“这号人，客气个什么！”

不跟张胜磨牙了。如桢心想，人都说李景德奸诈，而这奸诈，十有八九众人都能看破，从这点上说，也是一种诚实。他杜如桢呢？有些事上，怕连李景德这样的诚实也没有。这世上，什么叫奸诈，什么叫诚实，不是那么容易分辨的。

后来的事情很简单，张胜牵来坐骑，不是墙子岭前得到的汗血马，仍是他平日骑的雪花青。他骑上，前头走，张胜跟在后头，巡罢营区，又在街面上巡查，走到南街口上一家门外，四下无人，翻身下马，将缰绳交给张胜，一闪身进了门里。

那门扇原本虚掩着，门里有人早就候上了，这边他一闪身进来，那边已将门扇掩上，插了闩儿。

朝里走去,转过小照壁,是条甬道,尽头一间的窗子,亮着光。刚走到廊子上,从中间房里出来一个妇人,也不吭声,施了个万福,弓着腰,迈着碎步,在前引导。妙的是,黑影糊糊的,这妇人弓着腰,一只手臂朝前,手掌竖立,左右扇动,像是要拨开眼前黑乎乎的暗昧。

进得屋里,第一个感觉是热气腾腾,眼睛还不适应,费力眨眨。只见雪白的一条子,横陈在粉红的被褥上,一动不动,难知是死是活。他还想问一下,确实是去年那个叫满儿的吗。鸨母已回过身,在他裆间拍了一下,手劲儿重了点,他由不得哟了一声。

"没折了吧,折了我母女俩可赔不起!"

老鸨说罢,不等他回答,一扭身出去了。

他正犹豫该如何下手,消受这顿美餐。被褥上雪白的一条子,倏地溜下炕来,飞也似的扑了过来,偎在他怀里扭动着身子,嗲声嗲气地撒娇:"啊唷,想死奴家了!"说着伸过胳臂,钩住脖子。

果然是满儿这小妖精!

还有什么好说的呢,接下来只说是要命,还是不要命了。

在这个小院里,不,该说是在西边这间砖房里,他待了两天两夜。

对外的说法是,第二天一早天还未明,参将去总兵衙门,为弟兄们请功去了。李景德则以为,是去大同妓楼享乐去了。只有他和张胜知道,是张胜提前一天,将大同名妓满儿,连同老鸨,接到了新平堡南街这个小院里,供他一人尽情享用。

十三日一早,天还未亮,推开院门,跨上雪花青离开。冷风吹来,身子像散了架似的要被吹起,攥紧缰绳才觉得心里踏实。张胜跟在身后,带点戏谑地问:"受活吗?"他说:

"抽干了身子,爽!"

"没日塌了?"

张胜的轻薄在于,不敢给个好脸,只要给了,就管不住他那张臭嘴。

"那就不关我的事了。"

他冷冷地说。

"我晓得,那是银子的事儿。"

张胜犟了一句,听不出是怨怼,还是单单的戏谑。

花多少银子,这小子是知道的,不会多么准确,但大数不会错。

他笑笑没作声,等于是默认了张胜的犟嘴。是啊,白花花的银子,白生生的女人。

心疼吗?一点也不心疼。白花花的银子是死的,白生生的女人是活的。白花花用在白生生上,值。恶战之后,更值。只有这样的花销,才能实实在在地证明,战场上下来的这个人,还是个活物,裤裆里的那个东西,照样管用。

原本还想多待几天,将部队整顿一番。

十六日一早,便离开新平堡,赶回右卫。

所以匆匆赶回右卫,不为别的,只因接到父亲一信,措辞虽说和婉,隐约间能看出,为二嫂的事,很是伤脑筋。有一处涂抹,勾去的,像是“不安于室”四字。

会是什么,出轨吗?

第七章　宝宁寺

一

家里的情况，比预想的要严重。

刚进卧室，沈氏帮他脱去直裰，刚扭过身，就开始数说起慕青的不是。

“你可不知道那妖精有多厉害，地没陷了，天可是塌下来了！”

如桢皱皱眉。

“别皱眉，心说我又怎么啦，人家如今是要立大牌坊的人，我可不敢惹。那妖精怎么个闹，闲了问问妈，问问大嫂，就全晓得了。”

“一口一个妖精，不能换个说法吗？”

憋不住，还是发泄了对夫人的不满。要是往常，纵是不顶嘴，也会嘟囔两句作为回敬，这回，夫人先服了软：

“你打仗刚回家，怪我多嘴惹你不高兴，待会儿去请安，爹和妈会跟你说的。快洗洗吧，水都快凉了。”

盥洗过后，换了家居衣裳，去上房拜见父母，迎面碰见王学青。

慕青的这个弟弟，如桢去了新平堡，一直带在身边，是部属，也是家将。学青已成家，父母都在大同，他住了王家的老院，就在杜家院子后头不远的一条巷子里。没事了，常在姐姐这边厮混。战马冬训的事，回来之前安排给了学青，想来去后院，该是谈冬训的事。

“见过老爷了？”

“昨天就见过了，今天去谈冬训的事。”

学青带队伍，早回来一天。

“没说我们的战马冲坡不行吗？”

“说了。哥跟老爷说起，也强调一下，怕我没说明白，老爷不怎么上心。”

自家的战马冲坡不给力，是墙子岭关前的战斗中，他亲眼见到的。

起初他们从西边坡上冲下去，趁着冲劲儿，一下子就冲散了蒙古人的马队。一阵厮杀，多有斩获。很快，蒙古人就清醒过来，有个头领，哇啦哇啦吼叫着，掉转马头冲上东面的山坡，大队骑兵也跟着冲了上去，看那阵势，是要选准位置，对明军发起强力攻势。如桢看出了苗头，心想，若蒙古人组织好队伍冲下来，其势难以阻挡，明军非吃大亏不可。此时最好的处置，该是追上去缠住厮杀，方能少受损失，说不定还能侥幸取胜。

“冲上去！”

他下了命令。

“冲上去！冲上去！”

一片呐喊声，不怎么齐凑，也还有几分声势。

战刀挥起又落下，落下又挥起，明明是白昼，却如同一道道流星乱飞。

站在这面山坡下，能看到骑手们双腿张开，猛力一夹，又张开猛力一夹，前面不高的塄坎，马蹄子就是搭不上去。几匹像是搭上去了，后蹄子使不上劲，一颤抖又退了下来。也有几匹冲上去的，更惨，不等人投入战斗，就叫劈了脑袋，削了膀子，从马上滚了下来。

多亏姜应熊姜总兵率大队人马赶到，凭着人多势众，才扭转局面，算是没有大败。事后姜总兵也感叹，明军战马的冲坡能力太差，若不加强训练，将来还有大亏要吃。这一带山岭绵延，战事多在缓坡地带进行，谁家的骑兵擅长冲坡，必然先声夺人，占据优势。姜总兵还说，明军正规部队，多半是私马，全无训练的可能，对付蒙古骑兵，还要靠杜家的家兵家将。

回到新平堡,他就打定了主意。

每次战后,都要有三成家兵回去,是轮休,也是训练。这次带回的家兵,数量更多。回家待上半个月,然后整队前往宁武。那里有杜家的马场,还有营房,当地人叫杜家圐圙。附近有个高山牧场,三千亩大,人称荷叶坪。

这次冬训,杜家的马队要训,边军的马队也要训。两下合在一起,有两千人,他让李景德负全责,王学青专管家兵。

王学青带上家兵先行,他隔天动身,迟一天到家。

见过父亲,知道李景德也来谈过。学青说得对,老爷没有亲临前线,不知道冲坡上差了一筹,那场面有多惨。

还没容他细说冲坡训练的事,父亲先问,可见过慕青,说没有,盥洗过后,就来请安。父亲连声说,那好那好,正琢磨着该如何开口,一旁,母亲先开了口:

“桢儿,咱们家真是出了妖孽了!”

父亲斜了母亲一眼,不耐烦地说:

“有话好好说嘛,什么妖孽不妖孽的,再怎么着也是咱家的媳妇!”

“媳妇?媳妇!”

母亲说着从椅子上蹦到桌前,扭身冲着父亲嚷嚷:

“当着公婆的面撒泼,世上有这样的媳妇!你认这个媳妇你认去,我是不敢认了!唉,我的柏儿呀!”

接着,一声高一声地号起来。

“妈,别这样,看伤着身子。”

如桢上前摇摇母亲的膀子。

“柏儿,我的儿呀!”

母亲仍在号着,一点也不理会他这个儿子的央求。

一边劝母亲,一边心里由不得就起了厌恶。

二哥死前,是宣府的游击将军,仍领兵驻守永加堡。

嘉靖三十九年七月,俺答率部大举入侵,攻破虎峪口边墙,绕过高山卫,直奔灵丘县城而来。宣府总兵闻报大惊,不是怕进犯宣府,是怕敌骑东折,攻陷紫荆关,惊扰京西皇家陵寝。真要这样,那可就是杀头的罪。急忙派出两支人马,驰援大同,截击敌锋。两支人马，一左一右，右路恰好闪开敌军，在后追击，等于送行。二哥统率的永加堡边兵，属左路，在大同东郊水波寺村南，与敌军遇了个正着。一场殊死力战，方挫败敌军，使之不敢东犯，悉数西折，沿着桑干河谷地，朝怀仁、应县方向劫掠去了。

正是这场恶战，要了二哥的性命。

不是在战场上，是在战后回到军营里。

敌军西折之后，二哥的部队就在水波寺村外的树林里，安营扎寨，监视敌军，令其不得掉头东扰。七月天气，酷热难当，大战过后，浑身湿透，回到营帐，免去甲胄，阴风一吹，把汗顶了回去，俗称"风祟汗"。懂得的，赶快调理，一碗姜汤灌下，蒙头大睡半天，将汗发了出来，也就没事了。二哥不懂这个，大战过后，诸事忙迫，都需他一一料理，及至发觉不适，一头栽倒，扶起已是半昏迷状态。

水波寺离右卫不能算远，军中备车连夜送到家中。求医拜药，诸方用尽，没过十天，二哥就气绝身亡。

二哥死后，各种说法都有。最多的是，年轻气盛，生性刚烈，遇上战事，阴风祟汗，气结于胸，难以舒散，故而一病不起。

偏偏母亲不这样看，说是慕青这个媳妇，狐媚妖冶，求欢过甚，生生将她柏儿的身子淘空了，才会一战过后，便殒了性命。且说她早就料定会有这样的结果。

这哪像个婆婆说的话！

头一次听母亲这么说，如桢就劝阻，说二哥刚去世，嫂嫂正在悲痛中，快别这么说，传出去让人笑话。挡不住母亲思儿心切，过后在多个场合，都说过这个话，七拐八弯，很快就传到慕青耳中。

母亲坐回椅子上，仍在干号着。

如桢心里，已没了同情，剩下的全是厌恶。明知如此想，形同忤逆，忍了又忍，厌恶的念头，还是像要作呕一样直往上冒。

再看父亲，端坐一旁，默不作声。方才母亲干号时，父亲倒是申斥过母亲，说不管怎么着，慕青总是咱们家的媳妇。可是一想到在新平堡，接到父亲的信，信中将"不安于室"涂改为"不安于心"，也就不难推测其偏正取舍。只能说父亲处事沉稳罢了。

"桢儿，说说你们驰援京师的事。"

他要在旁边的杌子上坐下，母亲站起，让出椅子，说自己去厨房有事要做，说罢起身离去。

简略说了战事，说了见过杨干大的事，又说到战马冲坡训练。父亲说学青刚才来谈的，正在想冬训该如何安排。

“桢儿，只怕他们不上心，这事还得你去宁武走一趟。怕没有那么严重吧。我们的战马，也是训练有素的，我又不是没骑过马，遇上个坡儿坎儿，两腿一夹，缰绳一攥，就冲上去了，哪会前腿软得趴了下来。”

知道父亲还是没当回事，如桢说：

“你没有亲眼见，不知道我们的马队在墙子岭的坡地上有多惨。人家鞑子骑手，往坡上退，真的是两腿一夹，缰绳一攥就上去了。我们呢，看着要上去了又滑下来，前腿后腿都不给力，能把你急死气死。再不好生训练，往后还要吃大亏。好在这次战场上，我得了一匹汗血马，是冲坡跃坎的好手，到时候就拿它做示范。”

接下来说了得马的经过。

“有这等事？”

父亲表示惊奇。

“起初我也不相信，后来就想通了，或许是仰慕我们杜家的威名吧！”

他没好意思说是仰慕他杜如桢的威名。

父亲像是听出了话里的话，皱皱眉头没作声。沉吟着，要说什么，又像是有什么事放心不下，末后还是说了。

“今天是十七。慕青的事，我信上写了，就不说了。你也别全听你妈的，也听听你媳妇的，听听慕青的，有时间去趟大同，听听你大哥的，噢，一定要听听你大哥的。一起商量商量，拿出个办法。劝劝慕青，不敢又哭又闹的，咱们老杜家，丢不起这个人。你劝，说不定还会听的。”

如桢不作声，只是静静地听着，父亲叹口气，又说开了。

“你大了，能领兵打仗了。家里的事，也得担当些。我看明天你哪儿也别去，去趟大同，见见你大哥。惹下那么大的乱子，亏了杨大人多方斡旋，总算保住了军职，就该振作起来，报效朝廷才是。听说他在大同，沉溺酒色，难以自拔，身子都受了损伤。你去了，好生劝劝，激一激，让他像个男儿模样。”

坐的时间不短了，该走了。临走前，父亲叮嘱说：

“思义十三了,去了慕青那儿见着,要督促一下他的学业!”

这话说得蹊跷,我怎么一定要去二嫂那儿呢。也只是这么想了一下,应个声,一撩帘子出了门。走了几步,才寻思过来,父亲的意思该是,侄儿不小了,到了慕青那儿,要规矩些。

莫非父亲看出了什么?

父亲没再说什么,只是叮嘱,去大同见见大哥,知道的会更多些。

从上房出来,脚步像是不由自己似的,还是来到东院。

东院改建过,两进院子,大嫂住后院,慕青住前院。先去了大嫂屋里,原以为大嫂会说慕青的事,竟没有。他主动提起话头,说听闻二嫂心里烦躁,对母亲有些成见,大嫂不光不接他的话头,还说,别听外边人嚼舌头,女人嘛总有烦的时候。

从大嫂屋里出来,酉时一刻,估摸思义下学回来了,这才去了前院,见了慕青。他还没说什么,慕青先来了个齐头子话。

“你都晓得啦,我可是耍了一回马武!”

说罢,还撇撇嘴,做了个鬼脸。

耍马武,本是民间流行的一个典故,军营里也说。某个士卒借着酒劲,肆意谩骂,甚至动了干戈,他的长官报了上来,若心里厌恶,就要说此人如何的品行恶劣,若成心袒护,就会说:“嗨,这小子得着机会,耍了回马武。”传说马武是汉光武帝刘秀手下一员猛将,脾气暴躁,性格鲁莽,就是在刘秀面前,也敢开口骂人,毫无顾忌。

俗话说的耍马武,有不管不顾,尽情撒野的意思,也有心里委屈,恃宠撒娇的意思。慕青说她耍了一回马武,倒让如桢不好再往深里问了。总不能干坐着,正好侄儿思义下学回来,趁便问起学业如何。正说着门外有人轻声喊:

“二婶,在屋里吗?”

慕青应了声,进来的是大嫂家的丫鬟,端着一盘油饼,说是新炸下的,送给思义吃。慕青接过,将油饼搁在一个瓷盘子里,一面递过盘子,一面催促儿子:

“还不快说,谢谢姐姐,问候大妈好!”

思义嘟囔了句什么,算是听了话。丫鬟退出,估摸走远了,慕青这才翻了一下油饼,冷笑着说:

“这哪像今天炸的,诌谎也不说换个花样。”

如桢这才悟出，大嫂打发丫鬟送油饼，是来察看他在慕青屋里做什么，多亏侄儿回来了，也多亏这丫鬟是个晓事的，进来之前先打了个招呼。若是侄儿未下学之前撞了进来，不会有什么事，只是两人离得太近了也够尴尬的。

慕青又问回来待几天，如何安排。他说了。慕青说，每逢三六九的前晌，她都要去宝宁寺咏习佛经。寺里住持，专为她设了个位置，在西配殿尽头的一个经室里。这两天，寺里做水陆道场，将早先藏下来的画幅，挂满了东西配殿的两壁，不妨一起去看看。

这地方，三十七年解围后，如桢曾陪杨博去过。那天慕青也去了。如桢说，那天随杨大人一起去的，还有杨大人的孩子俊青，俊青一见二嫂，惊呼恍若见天仙。慕青说，那几年还当得起，这两年不行了。

约定后天前晌辰时三刻，在宝宁寺会齐，先观赏藏画，再去经室叙谈。

“我准时在门口等着。”

“我早不了。你早到了，先进去看看。有人说一幅画上，有个女人像我，你找见了看像不像。”

二

去了大同，见到大哥。

在大哥的签事房里，哥哥杜如松，给他这个当弟弟的，讲了个故事。

先问坊间流传的《三国志演义》可看过。

说看过，是爷爷存的本子。

又问，书中有一回名叫“屯土山关公约三事”，里面说的可记得。

说记得。

大哥说，那你说说，关公叫曹军围在土山上，曹操派张辽去劝降，说动了关公。关公提的三个条件是什么，曹操答应后，又是怎么做的。

这个说部，那几年正热传，瓦肆里说唱，书贾们翻印。爱热闹的，没有没听过；识得字的，没有没看过。军营里更是疯传，常是夜里躺下，一夜一夜地叨古——讲《三国》。

真有些不耐烦了。

他是十八一早,从右卫家里动身来大同的。

大哥在偏头关,只待了两年,就调回大同帅府,当了一名参将。父亲也是那年,退役回家的。

见了面,觉得大哥的情形,比父亲说的还要坏。脸色灰青,一点精神都没有。都这样了,哪是他能劝得了的。

耳朵听着大哥说《三国》,心里在想,这么温和的二嫂,怎会在自家院里,当着公公婆婆,还有两个妯娌,众多男女仆人,披头散发,哭啼嘶喊。可他知道,全是真的。

刚见大哥,说起墙子岭战事,大哥精神挺好,直感慨未能随姜应熊总兵一同前往。若去了,墙子岭两水共一关前,说不定兄弟俩还能见上一面呢。他刚想问问慕青的事,大哥随即一声长叹,就说起坊间流传的闲书,且说得津津有味。

也不是一下子就转到这种扯淡事上的,说过墙子岭的战事,还说了大同的防守格局,当下朝廷上,战抚双方的争执。大哥确有许多精辟的见解。

大哥说,边防九镇中,大同乃重中之重。蓟州近在京畿,宣府为京西门户,监控河套,其余五镇,亦各有职司。大同的非常之处在于,这一带山势平缓,地面开阔,又是南犯中原的必经之路,利于敌寇大部队前来,也利于朝廷军队展开迎敌。可说是敌我双方的宣威之地,也可说是敌我双方的决战之地。历朝历代,驻兵都在十万上下,更大的作用不是作战,而是威慑。几乎可以说,大同平安,朝廷就无忧,天下就无忧了。

说起汉家与蒙古人,是怎样结下深仇大恨的。哥哥说,大同是边防重镇,因了物阜民康,在蒙古人眼里,又是一大块肥肉。从漠北到漠南,明里暗里都在谋划着,怎么能将这一大块肥肉叼走,叼不走也惦着,得机会就扑上来啃上一口。大同一带的对峙,是这么形成的,大同一带的防务,也是这么设置的。

究竟是因对峙而产生防务,还是因防务而加重对峙,那就是个鸡生蛋,蛋生鸡的问题,其答案只有天晓得了。敢肯定的是,当初筹划边务的大人们,不会想到这些。从永乐爷五次带兵远征大漠,到今上一道道的圣旨,宗旨只有一个,就是战战战,杀杀杀。过去是瓦剌人,现在是蒙古人,一概视作胡人,要将之赶到漠北化外之地,冻饿而死,绝子绝孙永不南犯。就不想想,我们大明的朝廷,是从人家的祖宗那儿夺来的。倒退上二百多年,回到元朝末年,我们就是乱臣贼子,草寇流氓,人家才是正儿八经的上国之民,皇室宗族。怎么到了现在,夺了人家祖宗的江山,对人家的后世儿孙,连一条活路都不给走，连一碗热饭都不让吃。

越说越气愤，说到这儿，手指屈起，重重地敲着案子，声嘶力竭地说：

“兄弟，我们都是读圣贤之书长大的，可哪个圣贤敢说，这也成个道理!”

激怒之下，才显出大哥的英雄气概。

这样讲，不能说没有道理。但是，要这样讲，就得再往上推，元朝的江山，原本就是夺下宋朝的。洪武爷驱除鞑虏，不过是规复故国，重振汉官威仪。

他刚想分辩一番，大哥脸上闪过一丝痛苦，嘴角扯扯，双手收回，按住肚腹，说道：

“啊呀不好，又来了。”

他忙问怎么啦，大哥说是秋凉后一直腹泻不止，吃了几十服药也不见效。说着站起来要如厕，手扶住案子，触在一个卷宗上，趁势掀起，抽出一卷麻纸，推到如桢面前。

“我去后面，须得一会儿工夫。这里有翁万达大人的两个奏折，是我从姜应熊姜总兵那儿抄来的，不长，你看看。”

说罢，手捺住腹部，一瘸一拐地离去，可想肚子疼到了何等程度。到了门口，又回过身子说道：

“兄弟，我们一扯又扯到了时局边务上。问你个《三国》的事啊，你一边看奏折，一边也想想，关公明明是投降曹操，为什么提出三个条件：一、只降汉帝，不降曹操；二、甘、糜二位夫人独居一院，上下人等皆不许进门；三、一旦有刘备消息，不管千里万里，立马辞别去寻刘备。”

说罢诡谲一笑。

如桢也回了一笑。这次相见，就这相互一笑，最见兄弟的情分。当然，兄长这一笑的含义，他是多少年后才悟出的，当时感到的，只有兄长的带点戏谑的关爱。

三

哥哥的毛笔字是差了一点，好在笔画还清晰，读起来还顺畅。

一份是嘉靖二十三年，总督宣大山西保定军务任上，与宣大山西镇巡抚商议后，写的《边防修守十事奏折》。其中说：

大同最难守者，北路。宣府最难守者，西路。山西偏关以西百五十里，恃河为险，偏关以东百有四里，略与大同西路等。内边，紫荆、宁武、雁门为要，次则居庸、倒马、龙泉、平型。迩年寇犯山西，必自大同；犯紫荆，必自宣府。

先年山西防秋，止守外边偏、老一带，岁发班军六千人备御，大同仍置兵，宁、雁为声援。比弃极冲，守次边，非守要之意。宣府亦专备西中二路，而北路空虚。且连年三镇防秋，征调辽陕兵马，靡费赏不訾，恐难持久。并守之议，实为善经。外边四时皆防，城堡兵各有分地，冬春徂夏，不必参错征发。若泥往事临时调遣，近者数十里，远者百余里，首尾不相应。万一如往年溃墙而入，越关而南，京师震骇，方始征调，何益事机？摆边之兵，未可遽罢。

接下来说，定规划，度工费，二者修边之事。慎防秋，并兵力，重责成，量征调，实边堡，明出塞，计供亿，节财用，八者守边之事。合计共是十事，均一一论列。

如桢看罢，由不得拍案叫绝，真是好文章，道理都叫他说透了。不光心里受到启迪，还学了知识，长了见识。过去说三边，总以为是指大同以北三道防线，哪三道呢，谁也不会一一指实，只是极言其多，就像平日说“三路并进”，不过是多路并进的意思。看了翁大人的奏折抄件才知晓，三边乃实指，极边、次边、内边之谓也。由此想，三关怕也是由三边而来，乃极边之关、次边之关、内边之关之谓也。因为，一并排的三个关，均有其名，概而言之，没有实际意义，一连串儿三个关，像关公那样，“过五关斩六将”，说三关该是实指，不会概括而言。将士们多言三关，不过是说边塞诸关而已。

他相信自己的理解是对的。

文章是不错，但要说见识高过杨干大，心里还是不服气。

且看下一篇吧。名为《通贡羁縻优于兴兵复套策》。其中说：

河套本中国故壤。成祖三犁王庭，残其部落，舍黄河，卫东胜。后又撤东胜，以就延绥，套地遂沦失。然正统、弘治间，我未守，彼亦未取。乃因循划地守，捐天险，失沃野之利。弘治前，我犹岁搜套，后乃任彼出入，盘踞其中，畜牧生养。譬之为家，成业久矣。欲一举复之，毋乃不易乎！提军深入，山川之险易，途经之迂直，水草之有无，皆未熟知。我马出塞三日已疲，彼骑一呼可集。我军数万众，缓行持重则彼备益固，疾行趋利则辎重在后。即得小利，归师尚艰。倘失向导，全军殆矣。彼迁徙远近靡常，一战之后，彼或保聚，或佯遁，笳角时动，壁垒相持，已离复合，终不渡河。我军于此，战耶退耶？两相守耶？数万众出塞，亦必数万众援之，又以骁将通粮道，是皆至难而不可任者也。

看罢两个折子，由不得感叹，前辈边帅，处事之周，见识之高。其所作所为，是只要我们筑边墙以固守，设烽堡以侦伺，边墙安全，彼不敢犯，边防安宁，内地也就安宁，何必一定要将对方赶尽杀绝，才心安理得。

怎么大哥还不回来，茅厕就在签事房背后，莫不是久病虚弱，跌倒在半路上？

参将签事房在总兵大堂的西侧，出得门外，四下瞭望，不见兄长。正要回身进屋，只见大堂那边出来几个人，前面一位，分明宦官打扮，瓦蓝的锦袍，日头下闪闪发亮。明明是个男人，迈动步子，腰身却一扭一扭的，跟个鸭子似的。旁边一个高大的汉子，身着寻常官服，却有武将的威仪，只是此刻正俯下身子，像是在听宦官说着什么。

噫，这不就是总兵官姜应熊姜大人吗？

正要转身避开，却见兄长迎面走了过来，也不以手按腹了，也不一瘸一拐了，只是看上去精神越发地萎靡不振。

“外面有风，你出来做什么？”

他没说等得心焦，怕兄长有什么意外，只是朝东边摆摆手，意思是问怎么会有宦官来拜会姜大人。一行人尚未走远，正好又避开了那边人的视线，也还有点距离不怕听见。如松瞅了一眼，说道：

“他呀，监军太监。原先的王公公回京了，这是新来的马公公。”

“姜大人对他那样谦恭，是不是有点过了？”

他颇不以为然，大哥宽厚一笑。

“兄弟，这你就不懂了。监军官儿不大，本事不能小觑，不光是皇上的耳目，还是皇上的鹰犬，成不了你什么事，坏你的事是一个准儿。一个密折上去，就能招来东厂的人，将你逮到京城，下了诏狱。这样的人，姜大人怎敢不放下身段，赔上笑脸，小心应付。”

兄弟俩正说着，姜大人送走客人折了回来，瞅见这边杜家兄弟两人，迎了过来，拉住

如桢的手，对兄弟两人说：

“难得子坚兄弟来。子茂啊，来我这儿喝茶吧！”

总兵的公事房，在筹边堂的旁边。一进去，桌上还摆着方才用过的茶具，姜应熊吩咐杂役，拿出去好好洗洗，一面招呼杜氏兄弟坐下。

“子坚啊，”姜总兵说，“十月二十五日晚上，我们在皇陵松林里见过一面，再后来又在墙子岭关前见过一面，这是第三次见面，往后就是老朋友了。子茂你不知道，你这个兄弟临阵杀敌有多么的利索，刚刚还在眼前，眨眼就冲入敌阵，杀了起来。”

杂役沏好茶，一一斟满。水太烫，啜了一口放下，这才发现，姜总兵面前的这张书案上，刻着深深浅浅的图画。起初以为是山水画，细一看，哎呀，竟是大同一带的山川形胜图。仰起头，惊奇地说：

“姜大人，你把军事地形图刻在桌面上了！”

“噢，你不知道呀！”如松说，“姜大人得到情报，只要往桌面上一瞄，就知道该如何应对了。”

“可没你说的这么神。”姜应熊端着茶碗站起，将桌面上的笔砚往旁边归拢归拢，露出更多桌面，这个山川形胜图，看得更清楚了。

“这个桌子，用了不知多少年，换过的总兵不知多少了。你看，最早的两道边墙，都磨得模糊，城北五堡，不新不旧，这是王崇古王大人当总督时修的，不过二十年的事。新修的边墙，有两截还没刻上，等全修起了，再叫人补刻。”

“又在看什么好折子？”

如松顺手拿起案子上一沓麻纸。

“哈！”姜总兵来了兴致，“近日看到一个好奏折，是蒲州才子张四维写的《封贡八事折》，有才气，有气魄，不愧是新进的翰林院编修，年纪轻轻，见识堪称一流！”

如桢说，他刚在哥哥的签事房里，看了翁万达大人的两个折子，其见识之超卓，让他读了浑身舒畅，对边事的信心大增。

姜总兵说，翁大人是本朝有名的边帅，早早得意，文章没说的，就是他那一口揭阳话，跟鸟语似的，十句倒有五句听不明白。不说这些有功名的边臣边将，就是武夫出身的边将里，文才好的也很有几位。我的老长官周尚文周大帅，几乎就没有进过学，全靠战事之余苦读，也写得一手好文章。每到一处边镇驻守，总要跟当地文人吟诗唱和。给朝廷的奏折,从来是自个儿起草,不假手胥吏的。

“不容易,不容易!”

如桢连连赞叹。

“大帅,”如松说,“我有一言不知该说不该说,说错了还请不吝指教。”

“但说无妨。”姜总兵笑着说。

如桢很惊奇,莫非哥哥有什么筹边的高论?

“那我可要说了,”杜如松喝口茶,咳嗽两声清清嗓子。屋里生着炭火,煤烟味重,从进屋起,如松就不住地低声咳嗽。

说就说吧,用得着这么郑重其事吗?

如松说,这两年,他以戴罪之身,在总兵衙门任参将,闲来无事,看了好多筹边的奏折,有本朝的,也有前朝的,有边臣的,也有边将的。某一日忽然冒出个念头,就是,本朝最好的文章,就是这些筹边之策。人常说,唐诗宋词汉文章,这顺序先就不对,怎么能先说唐宋又倒回去说汉朝呢。最恰当的评价,最顺当的排列,该是唐诗宋词明文章,明文章里最好的是筹边策,也可以径直说,唐诗宋词明边策。

“妙!妙!”

姜应熊拍案叫好,杜如松继续说了下去。

说方才让三弟,看了翁万达翁大人的两道边策,一为《边防修守十事奏折》,一为《通贡羁縻优于兴兵复套策》,这两道边策,这些日子,他读过不下百遍,每读一遍,都血脉偾张,意气激昂。前者里面,有这样的句子:“山川之险,险与彼共。垣堑之险,险为我专。百人之堡,非千人不能攻,以有垣堑可凭也。修边之役,必当再举。”立论多么刚决,说理多么透辟。

总是体力不济,歇了歇,又说:“后者里面,有这样的句子:‘我马出塞三日已疲,彼骑一呼可集。’”他读了的感觉,比什么落霞与孤鹜齐飞,不知要畅快多少倍。可惜时人见不及此,整天还在那儿咿咿呀呀念什么落霞与孤鹜齐飞。嘉靖爷真该颁一道圣旨,选出二十道边策,让举国的学童与士子,反复吟诵才是。

“高见,高见!”

姜应熊不再拍桌子,而是抱起拳,连连向杜如松作揖。

如桢这才长舒了一口气,心里由不得暗暗赞叹,想不到大哥还有这么一番高见,回去要跟父亲说，要跟爷爷说，还要跟慕青二嫂说一说。

时间不早，兄弟二人告辞。如桢以为大哥会带他回签事房，接着说没有说完的话题，不料大哥说，方才聊天时，他出来一趟，已将签事房的门锁了，现在就带三弟去东街上一家羊肉馆子吃饭，那儿的烤羊排，味儿最是鲜美。路上，大哥又提起方才说过的话。

“让你思考的问题，琢磨了没有？”

经过在姜总兵那儿一番高谈阔论，他早就把大哥提出的那个问题忘了个精光，眨巴眨巴眼，一副懵懂不知从何说起的样子。

“你呀，全忘了吧。就是问你，关公被围在土山上，经张辽劝说，同意投降却又提出三个条件。这三个条件方才一条一条我都说了，我让你考虑为什么提出这么三个条件，主要是让你考虑为什么提出第二条，就是二位嫂嫂独居一院，一应上下人等，皆不许进门。”

“我想不出来，还是你说吧！”

“待会儿吃起饭，喝上两盅我再告诉你。”

如桢有点不耐烦了，使起小性子，冲着大哥说：

“你总不会说，关公要个独院，一应上下人等不准入内，只有他一个人可以入内，是要独自享用两个嫂嫂吧！”

“兄弟，你还不傻。结论不对，思路对着哩！”

哥哥放声浪笑，一面在他的肩膀上，使劲拍了几下。

一句玩笑话，值得这么大声浪笑吗？

如桢越发地反感了，想到后晌还要赶回去，真想掉头走开，不去吃大哥这个饭了。

忍了忍，还是跟上去了。

及至临分手，哥哥说了谜底，他才知道哥哥的放声浪笑，所为何来。

四

清冷的蓝天下，如桢在前，张胜在后，信马由缰，轻快地奔驰在回右卫的路上。前些日子下过雪，不是很大，远处白白的，大路上的雪早叫吹光了。

去帅府走一遭，是看望兄长，也是要弄清楚，慕青这次在家，为何闹了个沸反盈天。尽管一无所获，跟大哥两度畅谈，一次在参将签押房，一次在东街羊肉馆子，又见到了姜总兵，还是叫人高兴的。

未时三刻上路，人有精神，马不停蹄，不觉已走出五十里，看日头，还恹恹地贴在西天的半空，不像有落下去的意思。如桢勒住缰绳，指指右前方，扭头对张胜言道：

“那不是宁虏堡吗？”

“将爷，你是说进去打个尖？”

张胜两腿一夹，跟了上来。

“不用。我是说不知不觉，五十里路过去了。时辰还早，我们消停点走，天黑到家就行了。”

“不知不觉？”张胜学着如桢的声口，“你骑的是什么马，我骑的是什么马？你那马抖一下缰绳就跑个飞快，我这马，你就是两腿夹出三个屁，快不了几步，还是个蔫球打蛋没精神。”

“叫换你又不换，说起风凉话倒是一套一套的。”

“媳妇要新的，图的是个受活，物件还是要旧的，图的是个熟知脾性。骑马是骑在马背上，又不是爬在马肚子上。这马是性子缓，可也有它的好处，尥上三个蹶子也把你掀不下来，一晚上不拴缰绳，还原地儿站着不动弹。”

奇怪，张胜末后一句俏皮话，竟触动了如桢的诗情，不是要作诗，而是想起了两句唐诗，“纵然一夜风吹去，只在芦花浅水边”①。这个张胜，若是诗人，该写上一首《咏驽马》，现成就是两句：纵然一夜未系绳，也在原地不远行。想是这样想了，对张胜说出的却是：

“总有你说的！”

“不在能说不能说，在能不能说出个理。有理走遍天下！”

张胜还在说着，如桢不再搭茬，抖了下缰绳，雪花青嗖地蹿了出去。

前面的山路口，拐过一队迎亲的。荒野里，也不叫喊，只是急急慌慌地赶路。新郎在马上，官帽花翎，披红挂绿，也是无精打采的模样。想来是迎亲路不近，这个时分都疲

---

① 司空曙《江村即事》的后两句。

累了，要攒足精神，留着进了村子巡街串巷，到了家里拜花堂闹洞房用。只有轿夫不安生，粗声呼着号子，前面喊一句，后面应一句，把个花轿悠了起来，一忽儿像是沉到沟底，一忽儿又像是撂到了崖尖。

由不得勒住马，避在一旁看了个够。

先前未曾留意过，这回可是看清了。前后的呼喊，实则是在打着拍子，脚步照着拍子迈动，腰身照着拍子晃悠。最为奇妙的是，每走两步，那长长的轿杆，总有一下会从肩上弹了起来，而这时跨出的那一步，格外大也格外轻省。

如桢寻思，怪不得人说，擦汗不如扇扇子，快走不如挑担子。这抬轿，跟挑担子是一个理儿。

队伍过去，瞥了一眼，意思是走吧。张胜以为是想听听他的看法，张嘴就来了：

“真是穷鬼作乐，人家佯球不睬没精神，是攒足了劲儿，晚上爬在新媳妇肚子上受活。你们高兴得裤带都能掉下来，顶球用哩！”

“你呀你呀，”如桢笑了，“这跟裤带有啥关系！”

“不解开裤带怎么干呀！”

“你呀，不带荤字眼不会说话。”

“将爷，看你说的！人常说，吃饭没肉不香，说话不带荤字不香。”

不磕闲牙了，缰绳一抖，又蹿到了前头。

四下里瞅瞅，蓝蓝的天空，白白的雪原，冷风吹来，浑身舒畅，忽然有种想作诗的冲动，略一思索，还真来了四句：

塞北无梅只有雪，
寒空万里多清洁。
纵马驰骋旷野上，
驻蹄始知风凛烈。

意境还好，总觉得少了些情趣。思之再三，不如将第二句末尾三字改为“不染尘”，第四句改为“何日携得名花归”，这两句改了，首句也得改，想想，改为“塞北多雪难见春”。这样全诗就成了：

塞北多雪难见春，
寒空万里不染尘。
纵马驰骋旷野上，
何日携得名花归。

这样的诗，爷爷见了定然大加赞赏，父亲见了会骂声荒唐。就这个意思，怎么掂掇掂掇，用词含蓄些，境界再高些。诗真不是好作的。

张胜的腿，不知夹了多少下，赶了上来，仍差下半个马身子，勉强可说是齐头并进。马赶不上来，一点也不妨碍他的话语，又响又亮，声声入耳。

“将爷，在新平堡，光顾了伺候你老人家，啥美事都没做，这回来府城，可把这个亏欠补上了。你去帅府看望大爷，整整两个时辰，咱家字号后头，就是个窑子，老鸨早就熟识，去了很是殷勤，也挺照顾的。只是后来算账，还是坑了一家伙。我是跟字号里的陈拐子一起去的，陈拐子忍不下去，说往常都是两钱银子，这次怎么收我们一人三钱。你猜老鸨说什么，说姑娘家那叫献身子，你们是享快活，多给点胭脂钱，叫姑娘家也快活快活。将爷，这我就不明白了，她说逛窑子，下面的叫献身子，上面的叫享快活，净胡扯哩。要叫我说，下面的才叫享快活，上面的正经是卖性命。将爷，你说是不是？”

“你是说让人家窑姐给你贴上三钱银子？”

“不说贴，给上一钱，意思到了也就行了。”

他还在掂掇着他的诗，没有心思跟张胜倒嘴磨牙费口舌，暗暗两腿一夹，马儿又朝前蹿出一截子。想不到，张胜犯了说话的瘾，不屈不挠地赶了上来，怕他听不清，声儿比先前还亮了：

“再要去了，非得先跟老鸨说好不可。我听灶房里的人说，是陈拐子蒙了我，我的三钱银子，等于是连他的那份也出了。”

张胜还要说下去，他实在忍不住了，呵斥一声：

“烦不烦，闭上你的那个臭嘴！”

“将爷，这是咋了？”

“不看我正在这儿想什么嘛！”

“将爷!”张胜带了几分哭腔,“我哪知道干扰你了……”

“行了行了,越是说你,你越来劲儿。你停下,离我远远的再走!”

还是这一招见效。

现在他可以轻松地策马行走,也可轻松地凭空遐想。

大哥东一榔头西一棒槌,让人摸不着头脑。在总镇衙门,甚至走在路上,几次三番催促他思考,关公降曹,何以提出那么三个条件,最后一次且明确告知,是要想想,为什么要有第二条的独居一院,一应上下人等不得入内。他烦了,抢白了一句,原以为大哥会不高兴的,没想到他竟会夸他不傻。这不是脑子进了水嘛,以关公之忠诚迂直,怎么会做出盗嫂这样的丑事。

看来父亲没有枉说大哥,右卫围城之初,误杀姨父魏昂,伤了年轻人的元气。刚刚缓过来,在守备任上,又失手伤人致死,虽未身陷牢狱,精神是整个儿疲了。消沉抑郁,难以自拔,连身子也垮了。一天到晚,全靠浓茶烈酒,支撑精气神。

在东街那家馆子,点了有名的烤羊排,两碟寻常下酒菜,斟上酒,端起酒盅,大哥突兀就是一句:

“兄弟,你老实说,你这次来府里,着重是要做什么?”

“来看大哥的呀,爹就是这么安排的。”

“这是明面上的,里子呢,说!”

话说到这个份儿上,也就不能虚言搪塞了。

“你说对了,看你是明面上的,着重是跟你打听慕青二嫂这次在家,怎么个闹活,为什么闹活。爹说那两天你正好在家里,慕青闹活时你就在跟前,光看不说话。”

“还有呢?”

“爹让我跟你好好谈谈,想个解决事端的法子,再要闹活,咱杜家丢不起这个人。”

“怎么一下子,我就这么重要了呢?”

“大哥,你忘了,二哥亡故后,家里劝二嫂改嫁,二嫂不肯,思义才十岁,没个管护,是你的侄儿也是我的侄儿,咱俩谁都能当这个管护。那时你已有了思勋,我也有了思诏,谁都能捎带着管护了。可爷爷和爹爹商量的结果,觉得你比我合适,就让你管护着思义,这样思义就成了你的义子,二嫂也就不单纯是你的弟媳,也是你的义子之母了。这些都是家里的安排,你当时也不好反对,就应承下来。说这些没别的意思,只是想说,在这上头你责任大些。因此，爹爹跟我说，要你拿个主意。”

大哥一连喝了两盅，还要倒，如桢止住了。看样子，大哥像是动了感情，脸色红涨，眼神迷蒙，一股清鼻涕滴了下来，伸开手掌一抹，感慨地说：

“兄弟，你回去跟爹说，也跟爷说，在慕青弟媳这个事上，我半句话都不会说，连个屁都不会放！”

后来大哥还说了许多，到出了饭馆，鼓楼前分手，才想起那个关公降曹三条件，还没揭开谜底，遂停下脚步，扳住他的肩头，盯住他的脸，喷着满嘴的酒气，高声嚷着说：

“兄弟，关公降曹定下三条，所为何来这个谜儿，我还没有给你解破。现在我跟你说了，也不是多深奥的。说是关公千里走单骑，护送着两个嫂嫂去寻兄长刘备，过五关斩六将，经历曲折艰险，终于在古城三兄弟相会，将二位嫂夫人送到兄长面前，二位夫人一见刘备大哭不止，刘备很奇怪，反复追问，末后二位夫人齐声言道：叔叔不曾欺负我等。就是这个故事，这些日子在大同府街面上很是流行，在帅府我说了逗你玩，你懵懵懂懂解不下，这会儿我跟你说了，你就明白了吧！”

他点了点头。

“好笑话！再走一截，我送你到字号门口。”

大哥以为他明白了，实际他并不明白，只是觉得大哥几次三番地说，到了该点头的时候了。直到来到字号门口，张胜将两匹马牵出来，大哥过来又说了一句，他才算是真正理解了那个笑话的奥妙。

胜子这狗头又赶了上来。

“将爷，这回你可是真的闲下来了吧！”

他不吭声，只管策马而行。日头压山了，寒气上来了。

“将爷，我晓得你这次来府里，心里不美气。”

“你晓得个啥？”

他警觉起来，勒住马头，等张胜到了跟前。

“我晓得你来府里，是跟如松大爷，商谈思义他妈的事。”

他问张胜是怎么晓得的，张胜说昨天后晌他去做什么，路过正房门外，听见了国梁老爷正跟他谈话，意思不全，只叨了一句，“你大哥说咋办就咋办”。今天到了府里，将爷不去别的地方，一来就直奔帅府，还不是找如松大爷商量事吗？又问何以说是为慕青的

事,张胜腰板一挺,神气十足地说:

“将爷,真把我当成憨憨了。这些日子杜府上下,谁个不晓得,二奶奶闹活是头等大事,都看家里哪个杀法大,能破了这个天门阵。”

“你们这些狗头,吃饱了撑的,家里出了这个事,就说是天门阵,那你二奶奶,岂不成了辽国的萧太后?我是她弟弟,岂不成了戏台上青面獠牙的萧天佐了?”

“将爷,你是不是萧天佐我不敢说,可你知道我们这些家丁亲随,还有那些看门的做饭的,是怎么看二奶奶的吗?我们看二奶奶,那就不是个辽国的萧太后,你就说她是当今的皇上娘娘我们都信,只怕当今的皇上娘娘还没她的仪容,没她的本事呢。”

如桢来了兴致,没想到这个半憨不精的胜子,会有这么一番妙论。身子朝这边侧侧,冲着张胜笑笑。

“哎,你说说,你们都是怎么看二奶奶的,怎么想的就怎么说。”

“将爷真的想听?”

“想听,真的想听。”

“那我就实打实地说,说假话日哄了将爷,我就不是人做下的。”

如桢心里直窝火,这狗头,哪有这么多的狗屁话,怕张胜再扯到别处去,着急中,先替他开了个头:

“你是说二奶奶不苟言笑,威风凛凛,谁见了都不敢造次,跟皇上娘娘似的。”

“不对!将爷你错了!二奶奶真要那样,可就没人敬着她,也没人喜欢她了。不就是个杜府二奶奶,死了男人的小寡妇,装模作样唬得了谁?当面恭维着,背后污言秽语,跟铁杵子似的,她那东西,就是石臼子,也叫捣个稀巴烂。”

“干净点!”

由不得就发了火。

张胜越发来了劲。

“将爷心疼了吧?我就晓得,一说二奶奶,将爷就沉不住气。这么跟你说吧,我们这些人喜欢二奶奶,就喜欢她那个女人劲儿。什么时候见了,都脸上羞羞的,眉眼顺顺的,像刚跟男人睡过觉,从被窝里钻出来,提起裤子刚刚从屋里出来就遇上个熟人,熟人晓得她做了什么事,她也晓得人家晓得她做了什么事。这样的女人,谁见了都想插一杠子,插不了也在心里敬得跟皇上娘娘似的。将爷,我说的是实话,我要说假话,就是驴日下的！”

用这种脏话说慕青，如桢强忍着心头的火气，要不是知道这狗头脑子里少根筋，真想冲过去一把揪下马来，拳打脚踏，狠狠教训上一顿，狗东西吃了豹子胆什么心思都敢有。下面的一句话，却让他差点滚下马来，抱住这狗头亲上三口。

“将爷，二奶奶多好，我们是瞎流涎水空解馋，阖府上下，杂役人等，齐刷刷地都认为，杜家弟兄三个，只有将爷你配得上二奶奶。当初配给二爷，真是糟蹋了好材料，大爷也不行。二爷亡故，又托给大爷招护，你晓得我们下边人说什么凉话吗？我们说，老爷的脑袋肯定叫门板挤了，这么个好媳妇，试了一个还不行，还要再试一个才知道谁行。非得二奶奶一气之下，离了你杜家的门，才晓得这女人有多么好。二爷是命薄降不住，将爷你不同。将来什么光景，什么气象？我眼不瞎，也能算出来，旌表牌坊，十步一个，从西街口扎到东街口！”

“噫，为啥？”

“没有花心嘛。”

如桢沉默不语。

他在想，胜子这狗头，说别的，着三不着四的，唯独说起慕青平日的神态，羞羞的，怯怯的，老像是起了什么意，被人猜着心事似的，低眉顺眼，最是确切，也最是传神。只是那个刚提起裤子的比方，也太可恶了。

这个没有花心的结语，也一样叫人不敢往下想。

那天去东院看望，就遇见了二嫂那羞羞怯怯的一笑。

当时正是右卫城里人家，做后晌饭的时分。思义在家。兰花姑娘在隔壁灶间做饭，他与慕青在这边屋里聊天，思义俯在门口的小方桌上写仿。谈了在墙子岭的战事。想起爹爹的叮嘱，要他督促思义的学业，女人家照管孩子，多半会失之溺爱。

拿起一张仿看看，横平竖直，起笔落笔，也都还到位。只是有的字的字形，让他大起疑惑。比如家道丰实这四个字，那个家字不是宝盖下面一个豕字，而是宝盖下面一个人字。他问思义，为何如此结字，说是朝廷推行人道，纠正过去的错搭字。家里最重要的是人，而现在的家字，宝盖下面却是个猪，难道猪比人重要吗？他听了大摇其头，不以为然，随即问慕青：

“二嫂你说这朝廷的官员，不是狗逮耗子多管闲事吗？多少国计民生的大事他们不管，偏倒管起这结字的六法来了。这个家字，我怎么越看越恶心。你看你看，这哪像个正经字！”

慕青接在手里，稍一端详，扑哧一声笑了，又意识到什么，赶忙掩住口。这里口刚刚掩住，像是从手指缝溢出什么染了的，两个脸颊全都红了。稍一愣怔，又像是想到，到了这步田地，不说透了反而让对方多心，正好思义写完仿，去院里玩去了，遂笑嘻嘻地说道：

“兄弟，你晓得我看了这个家字，想到了什么？朝廷说是行人道，把家字下面的豕字改为人字，想想，还真是行人道呢。有个穴字，是女阴，家字写成了宊，等于将八字的左上的尖儿，往深里探了探，暗示男女交合，还不是行人道吗？人家人家，没有男女交合，能叫个家吗？”

听得他瞪大了眼，舌头挢起，半会儿落不下来。

真没想到，二嫂会在自己面前说这样的话。话是反着说的，可涉及的，毕竟是男女的交合啊。

正是在这个时候，他从头到尾，领略了二嫂的娇憨可爱。

真像张胜这狗头说的，这样容颜，这样神态的女人，谁都想插一杠子。只是从没想到，家里下人们，全都认为，他跟慕青是最般配的。众人的眼睛，真个儿是，比针尖儿还尖。

“将爷，”张胜又赶上来，“只要有个好机会，就跟这次在新平堡，为将爷安排南街院里做事一样，我跟二奶奶说，将爷想操她，她准来，不信咱爷儿俩打个赌！”

如桢大怒：

“你个灰鬼，找死呀！”

就是张胜这个打赌，让他又想到了大哥临别时说的一句话。

从肩膀取下手，大哥扭身要走，又趋前一步，握住如桢的双手，摇了几下，仍是满嘴喷着酒气，高声言道：

“兄弟，咱哥儿俩打个赌，此番你见了慕青，问我这个大伯子待她怎么样，她准会说甘、糜二夫人说过的那句话。兄弟，她要不说这个话，你把哥的眼珠子抠下来当泡泡踩了！”

说罢扬长而去。

甘、糜二夫人见了刘皇叔，说的那句话，馆子门外，大哥说给了他。

他原地站着，好半会儿回不过神来。

不用怎么品味，仅凭直觉，他就知道大哥的话里，藏着隐秘也藏着玄机，只是如何索解，在他，仍是个懵懵懂懂。

二嫂会说那样的话吗？

只怕大哥眼珠子也太不值钱了。

不管怎么说，顺着这个思路，定能勘破二嫂闹活的原因。

有此成效，这趟大同就没有白来。

原先的估计不错，回到右卫，正是擦黑时分。

五

心说来得早，到经室门口，知道还是迟了。

离门口两步，兰花，慕青的贴身丫鬟，微微一笑，躬身相迎。前脚跨进门槛，后脚还没有提起，就看见了慕青。

也是微微一笑，不言语，伸开手臂，朝左前方画了个半圆又收了回去，等于是指给了他坐下的位置。

弓着腰，放轻步子踱了过去，就看见了一个瓷瓷实实的蒲团，在铺着方砖，泛着青光的脚地，显得特别顺眼，也特别干净。

这边一个，那边还有一个。

两个蒲团，一并排搁着，一个离慕青近点，一个离慕青远点，近的太近，远的又嫌远了些。

他犹豫了，脑子在转，既是叫他来谈心聊天，当然还是近些好。踱到近处，要坐下了，只是心里有了要坐的意思，鞋尖儿朝了这边，身子直直的，还没有弯下，慕青的手臂连带着白白的袖子，又凭空里画了个半圆。同样的动作，却不像前次那样从容优雅，像赶开啄食的雀儿似的。伴之而来的，是原先紧绷着的脸面，漾开了似显不显的笑纹，朱唇轻启，露出细白的牙齿，牙缝里迸出的却是一句调笑的话：

“啥心思都有，也不看是什么地方！”

细一看，离慕青近的那个蒲团上，放着一个小小的瓷盘，上面是两个小小的茶盅儿，却不见茶壶。原来这个蒲团，在这儿是当作茶几用的。想来壶儿该放在别处，自有兰花姑娘过来续水。

跨开一步，弯下身子，乖乖坐在稍远点的蒲团上。

是远了点，坐下以后，慕青转过身子，脸对着脸，这才发觉不近也不远。放置茶盅的蒲团，正好在他俩之间又偏外一点。看着是两人之间隔了个蒲团，恪守着叔嫂间的礼仪，实则恰是平日叙谈的距离。

慕青是盘腿而坐，没说的，他也该如此而坐，靴子放置一旁，白布袜子有点像戏台上武生的便靴，有点味气，好在只是味气而已，还没到臭的程度。调整好方向，坐下来，要收回腿脚盘起，却怎么也窝不回来。只好双腿并起，折成弓形，身子往后扭着，强自坐了下来。一双大脚，不偏不斜，正好杵在二嫂面前，明明套着布袜子，感觉上像是光着脚板子，五个脚指头正杈杈丫丫地挓挲着。

“哎呀！”懊恼地拍了一下蒲团。

“真笨！就箕踞而坐吧！”

“什么？”以为二嫂挖苦他什么，心里更慌了。

“箕踞而坐，把你两腿放展坐下就是了。”

“箕踞？”

“你呀，如今光知砍砍杀杀，先前念的书全抛到爪哇国去了。《史记》里，荆轲刺秦王没刺死，叫砍断了腿，不是倚柱，箕踞而骂吗？”

“这种冷僻词句，哪里能记得。”

说话的当儿，打量了一下慕青的坐姿，上身青衫缭着月白的宽边，衣襟袖口，凡硬折的地方，俱是灵俏的如意图形。一身皂裙，不带一丝杂色，裙摆蓬起，将腿脚罩了个严严实实，只有那圆润的隆起，昭示着这儿是膝头，那儿是髋胯，两边压在身子底下，朝前翘起来的该是袜子的尖头。

这距离这姿势，由不得开启了他的想象，若兰花不在跟前，二嫂往前探探身子伸直胳臂，他亦如此行事，两人是能拉个手手的。

后来两人不分你我了，他曾问慕青，距离那么近，见她几次都想伸过手来，何不就伸过来拉个手。慕青笑着说，两个蒲团的摆法，是她跟兰花试了几次才摆好的，将小叔子的虎背猿臂都考虑进去了，坐在那儿，她的手臂就是无意伸展，只要你的屁股不撅起来就够不着她。真要让你能够着，要是猛地进来个人该如何是好。

还说在经室里。

“你早就来了？”他探过身子问。

“坐直你的身子。会说话点，是二嫂你早就来了。”

“噢，二嫂你早就来了。”

“也不多么早，就是你在院里看画的时候，我跟兰花相随着进来的。我见你看得那么细，是在寻找哪个人像我吧，寻着了？”

吃过前晌饭，他就来了，像是前天晚上刚做过法事，地上这里那里，还有烧过的纸灰，残破的冥币。正殿两边的庑廊上，东西两厢，各挂五幅，幸而不多，可以从容浏览。一看方知，这些画幅，底为绢质，年代久远，略显古旧，大体说来，也还鲜艳。画幅的空白处，均写有图景名称，有的在右上角，有的在左上角，全看画面的安排。图景的名称，也都甚是清楚，如《九天后土圣母诸神众》《往古九流百家诸士艺邛众》《往古雇典婢奴弃离妻子孤魂众》。

慕青让看画中哪个像她，看来看去，哪个也不像。画中不管是天上女神，还是寻常妇人，都有点胖，没有慕青那种清秀的气韵，更没有慕青羞怯的神态。

“看得那么细，找见个像我的吧？”

“我看哪个都不像。”

“有好多是神仙呢。”

“越是神仙越不像。”

“为啥？”

“不食人间烟火嘛。”

“嗬，你倒会说。我也看不出哪个像我，就那么说说，让你来这儿说说话儿，才是正经事。坐的时分不能太久了，午时两刻，思义回来喝水我得在。”

“我一前晌没事，听你的。”

“哼，看你大方的，一前晌就把我这辈子打发了。”

“这辈子？”

如桢大为惊骇，以为自己听错了。

“咋着了，趁现在还没吓蒙了，能认得路赶紧回去，待会儿还有更吓人的，你不信？告诉你，三弟，今天要跟你说的，就是我这辈子的事，不是以前是今后。”

“哪儿就吓得着我？墙子岭溃边蒙古人冲进来我都不怕，二嫂说几句话就想把我吓住，也太小看你这个弟弟了。”

“我就说嘛。”

又是经典的羞怯一笑，比前天后晌在家里说到那个家字时，多了一分坦然，也多了一分妩媚。

那羞怯，那坦然，那妩媚，都只是惊鸿一瞥。倏然间，那单眼皮的眼，不是多圆，还稍稍有点下顺，立马一瞪，变了声儿问道：

“三弟，你去府里找大哥做什么？”

这声口，连同用语，怎么跟大同馆子里，大哥说过的话一模一样！

真人面前不能说假话。

“是看望大哥，主要还是想从大哥那儿，理清你是怎么闹活的。如此张扬，到底想做什么。”

“为啥要问大哥？”

“这不是明知故问吗？二哥亡故后，劝你改嫁。你不，说要守着思义，话说得那么铁，家里只好依了你。你好办，思义没了父亲，总得认在谁的名下有个管束，商议后还是认在大哥那边为好。也就是说，大哥对你母子是负有责任的。再说，你闹活的那两天，大哥正好在家里，爹不愿说，娘一说就来气，想想也只有在大哥那儿能得到实情。有了实情，才能做出判断，知道往后该怎么个处置。”

“你兄弟俩说了多长时间？”

“说了两个时辰，先是在衙门说，后来到了饭铺又说，话头一提起就刹不住了。”

“说了这么久，肯定说了我不少坏话，他当伯伯的，现在可以说便宜话了。”

有件家庭往事，如桢打小就知道。

说是媒人提亲时，说的是大哥，慕青起初看上的也是大哥。大哥以为不会有变，料不到的是二哥耍起二杆子，说他就要娶慕青，娶不了就去五台山出家当和尚。家里怎么劝也劝不住，说得重了就口吐白沫，双手痉挛，往后一倒人事不省了。家里没办法，只有托人跟王家说。王家大人看中的是杜家这个人家，老大老二原本就没大讲究，跟慕青说，女孩子家羞答答的，说爹娘看着怎么好就怎么办。及至进得家门，时日一长，各自的性情全都明朗。大哥后悔，慕青怨恨，后悔的说不出口，怨恨的可没那么多的禁忌。据说是婚后一年多，有次院里没人，慕青跟大哥在门洞里，脸对脸遇上了，大哥头一低要过去，慕青往旁边跨一步堵住去路。

“慕青你？”

大哥惊慌失措。

“好，你还知道叫我慕青不叫我弟妹。”

“慕青，小心人来了。”

“鬼来了我也不怕。杜老大，你把我骗到你们家就不管了？”

“怎么是个骗？”

“我当初看中杜家，看中的是你杜如松。谁晓得你们家捣的什么鬼，又把我许给了老二。我是个什么东西，转到这个手里不拿，又转到另一个手里？”

“慕青，好慕青。”大哥连连说好话，“他是弟弟，我当哥哥的，又能怎么着？慕青，都过去了，好好过光景吧。”

“有拿东西送人的，有拿自家媳妇送人的吗？！”

“慕青，都过去了，跟二弟一起好好过光景吧。”

“不跟他过光景，摆下这个摊场了，还能跟你过？你这个提不起筒子的！”

任凭慕青怎么数落，大哥再也不吭一声。

“你呀你呀，你就不晓得我背后哭过多少回！”

大哥也动了感情，见四下没人，过去要拉慕青的手。慕青脚一跺，袖子一甩，平挺着泪水涟涟的脸面，气汹汹地走了。

要做的事也不做了。大哥当即哭叫着跑到偏院，冲进爷爷的书房，一头扎进爷爷怀里，跟个受了伤的狼似的，嗷嗷地哭了起来。

等孙子哭够了，爷爷才问情由。一一说了，末后问爷爷这个事该怎么办。爷爷能说什么呢，说只有忍着，慢慢就会过去。大哥说他心里太苦，原先还能忍，今天听了慕青的话，这口气再也咽不下去。就在这时，爷爷说了他晚年常说的那句名言：

“咽不下去？嚼嚼就咽下去了。过去的事，都是能过去的。”

坐在蒲团上，爷爷的话在脑际一闪。如桢由不得生出一个念头，大哥的灾难过去了，如今轮到他的头上了。想到这里，盯着慕青愣怔起来。

真是怪了，这个女人，论个头不过中上，论体魄只能说修长，论脸面，也只能说周正，眉眼嘛，只能说是个和顺，最大的特质，该是细腻白净。这个肤色，这个模样，在府里的大街小巷，在各县份卫所，不用搜寻，都能遇上，可是，不管你是搜寻上的，还是偶遇上的，只怕没有一个有慕青身上隐隐闪现，又分明存在，能感到的那么一种特别的气韵。

对，是气韵，不是气质。气质是硬的、死的，气韵是动的、活的。

真是想不通，不就是北街南口第二条巷里头所尉官王守斌家的一个姑娘吗？又不是从小送到皇宫里长大又放出来的，怎么身上就有一种看似羞怯实则高傲的气息？初见以为可亲可亵，只要认真看上一眼，又能感到那么一种凛然不可冒犯的威严。

既然慕青今天在这儿，要摊开阵势，说这辈子往后的事，还是不要慌忙，且看她能说个什么。

"二嫂，今天你说什么都行，我只求你一件事，就是不要高声，不要发脾气。"

"知道，我不会在这儿耍马武的。"

"那就好。"

说着苫下眼皮，做出一副洗耳恭听的神态。他明白自己，离得这么近，不能盯住这女人细看，看久了会浑身难受，无法自持。

慕青真能沉得住气，敛起下颌，慢声细气说起来。

"先把耍马武的事说了就丢过。闹活的情况，你晓得的，我就不重复了。有一个情况，怕没人告诉你，爹妈不会告诉你，大嫂跟你媳妇也不会告诉你，就是我骂了妈一句最不该说的话，为这句话抽出舌头剪了我都没说的。这句话，也关涉我这次大闹庭堂的原因。你二哥是怎么死的，你是知道的，他就是那号二杆子，你说不能怎么着他偏要怎么着。大热天出了汗不能在凉石头上躺，在家里我说过多少遍，他偏就不信，说多么快活，门洞里凉风一吹，堵了汗眼，毒气散不出来，说死就死了。我的丈夫死了我能不难受？过后才知道，妈在背后没说一句好话。我的丈夫是你的儿，你难受我也难受，凭什么说那么难听的话伤人的心？"

"我知道。"

"三弟，你还是不知道。你知道那句话是什么，你不知道她的口气是什么。"

“我知道,别说了。”

如桢仰起头。

“好,我不说了。”

如桢又低下头。

“接下来说我的事,我这辈子往后的事。你看看这个——”

慕青说着从衣袖里取出一封信,是叠得四四方方的一张素笺。

如桢欠起身子,伸手要接过。慕青见了,却不伸展手臂递过来,而是冷冷地盯了他一眼,他只好又落下身子。

“兰花,你进来一下。”

兰花进来了。动作之快,一看就知道是贴着门框站着,等于是转个身就到了门里。

“把这个给三将军看看,你到他跟前展开让他看,小心叫扯了。”

他只好双手按住膝头,伸长脖子,就着兰花的手,仔细读素笺上的字句:

某受国梁将军提携,恩深似海,无以为报,愿作夫人灶下婢,日日以微弱的心火,炙热浸凉的灶膛,烧水煮饭,奉献于夫人面前——任人笑骂,百折不回,死亦甘心。

知名不具

不等看完,胸间一股怒火,呼地腾起,弹起身子,伸手要夺信笺,幸亏兰花早有提防,看他身子抖了起来,这里肩膀一耸,便将信笺收回递给慕青。

如桢仍不解气,要冲过去,从慕青手里夺了过来。身子刚往前一倾,照面看了慕青一下,慕青那冷冷的眼光,一下子就把他钉在蒲团上无法起来。

“你,你说,是哪个王八蛋写的?!”

“你刚说了别发火,那就都别发火。”

“是谁? 说!”

“肯定是人写的,说了你也认识,可我就是不说。”

“好啊!”如桢气愤地说,“把我叫到这经室清净地,就是要跟我说这种烂事! 你走,跟上你那个灶下婢走吧，只是思义得留下，那是我们杜家的根苗。”

“说不发火都不发火。我要走早就走了，还用等你回来跟你商量吗?!”

他一想，可不是嘛，一封信就把自己气成这样，慕青真的要走，你跟谁去拼命？想到此，整个人也就放松下来，不好意思地瞅着慕青，咧嘴笑笑。

“看你那个傻样子!”

慕青说着，指头跷起，在半空里画了一下，他的感觉，像是不偏不倚，正好戳到自己额头正当间。

“这么说，你还是要守?”

“我都守了三年啦，思义都这么大了，不守又怎么着?”

“我会好好伺候嫂嫂的。”

“伺候?”慕青冷笑一下，“熬了三年，我算是想通了，干守是守不住的，得有个暖心窝子的人，才能守住。”

“你是说，你心里还是忘不了那个灶下婢，那个吃了豹子胆的王八蛋。”

“世上就那么一个男人?”

“还有谁?”

慕青平挺着脸不作声。

“说吧，还有谁!”

“这可是你要我说的?”

“是我要你说的。”

慕青的脸往高里仰了仰，从容言道:

“你!”

乍一听，愣了，略一想，又是羞愧，又是感激。此刻最想做的一件事，就是一跃而起，冲过去，趁冲的势头将慕青压倒，随手扒光身子做将起来永不休止。仍在坐着，只是精神的那个如桢，已然跃起，冲到两人当间，双手张开，马上就要扳住慕青的肩头。精神跃起的爆发力太大了，竟带动了肉体的身子，屁股都掀了起来。

慕青那冷峻的目光，一下子就将那个精神的他，推了回去，肉体的身子也随之倒了下去，屁股重重地一蹾，又落在光亮的蒲团上。

“看你那样儿，别急，好日子长着呢。坐好!”

他正正身子,憨憨地一笑,随即苦下眼皮,说道:

“二嫂,你说,听着呢。”

“桢弟,你听好,实话跟你说了,这样的话我只说一次,往后再不会说了。我要离开这个家,狠狠心不是不能走,思义留下也没有不放心的。想来想去,还是舍不得这个家,爷爷和爹,都是知书明理的人,妈执拗些,失子之痛不难理解。可你二哥走的时候,我只有二十七岁,还年轻哩！守,还是走,夜夜都在心里掂量,末后定下了,还是守。不是孩子,这只是个由头,还是离不开这个家。”

“我知道。”

“你不知道!”

如桢仰起脸,一脸的迷茫。

慕青抿抿嘴唇,又掠了一下鬓角的头发。

“起初将我母子托付给大哥,不是没有过想法,后来我看透了,大哥不是个敢担当的人,我又陷入两难,陷入绝望。正在这个时候,妈的话刺伤了我,趁势大闹一场,耍了一回马武,就是这时,我心里亮堂了。这个家里,那个能暖我心窝子,能让我牵挂,能让我豁出身子,往后多半辈子能平平静静过下去的那个人,就是你,如桢,我的好弟弟!”

他低下头,觉得眼里涩涩的,抬起手,手背在眼窝上抹了一下。

“二嫂,往下说,我听着呢。”

“好！我截短了说。我对你,没有多的要求,你跟你媳妇,该咋过还咋过,万万不要因为有了我,妨害你们的生活。有空了,能跟我说说话儿,亲亲我就行了。桢弟,你听清了,今天说了这个话,嫂子就是你的人了。我不要名分,也不要牌坊,只要你把嫂子当个女人待着就行了。我之所以这样,涎着脸当你的女人,也是因为到杜家十三四年,转了一圈,到头来觉得只有我的这个三兄弟,是有真本事能成大事的人。给这样的男人当女人,是不必争究什么名分的,只要人家要你就行了。桢,你说！你要嫂子这个女人吗?”

“要!”

说着抬起头,只见对面,窗棂间透过的日影里,慕青那白净的脸上,高高的鼻梁两侧,两道清清的泪水,正缓缓地往下流着。

他又有了跃起的冲动。

慕青摇摇头,止住了他。手里原本就攥着丝帕,摇头的空儿,在眼窝上揩揩。手臂落下时，还不忘瞅瞅，看眼睑上涂的黛色，染在帕子上没有。帕子湿了，叠起来换个地方，又在眼窝上揩揩。这才长长出口气，说道：

“憋了几年了，今天才把这话，从我心里掏出来，搁到你心里。你不晓得这会儿我身上，我心里，有多轻松，多爽快！”

盯住慕青的脸，他低沉地说：

“二嫂，你说的，我都记在心里！我心里早就有你了。今天我们说了这话，你是我的人，我也是你的人。往后你这个弟弟，不光是为家里活着，为朝廷活着，也是为二嫂，为你这么一个女人活着！”

慕青的嘴角，颤抖着，又硬撑着，恢复了平时的神情。带着泪容，强颜一笑，换了轻快的口吻，悄声说道：

“该说的都说了，今天不再说这个了。桢弟，你说说，你跟大哥在衙门里，待了那么长时间，能不说到我？说说嘛，好话坏话我都能听进去。”

如桢说，他刚才说的，全都是实话。大哥不知叫什么迷了心窍，这些日子就看《三国志演义》抄本，钻进去出不来。说了几句打仗的事，他刚想说说家里的事，大哥就说起《三国》上的事。说是关公叫围在土山上，张辽去劝降，答应了，为啥提出三个条件。后来说起别的事，去姜总兵那儿坐坐，又说起当今的边策文章，如何的好。他老想跟大哥说正经事，直到从姜总兵那儿出来，都没机会说。

慕青不信，如桢说，在馆子里斟上酒，喝了几盅才提了一下。

“说呀，说大哥端起酒盅，怎么就说到了我？”

“只是问我，来府里找他是想知道什么，要我实话实说。我说了，说主要是想了解二嫂闹活的原因。”

“他是怎么说的？”

慕青急不可耐地问。

“又说起关公降曹的事。倒是喝完酒出来，要分手了，切切实实地说到了你。”

“快说！”

“大哥扳住我的肩膀，喷着酒气跟我说，你回去好好问问慕青，让她说说我这个当大伯的待她怎么样，看是不是这么一句话。”

“怎么一句话？”

如桢招招手，让兰花取过纸和笔，侧过身子，就着稍稍屈起的膝盖，写了几个字，翻过来，搁在腿边，这才说：

“我把大哥说的话，写在这儿了。你着实说说这三年，大哥待你怎么样？”

慕青似乎没有多想，以为答了这个问话，就能看到纸上写的话了。侧过脸，带点不屑地说：

“说个啥味气，伯伯没有欺负过我。”

“看！”

如桢重重地叫了一声。

说罢，拿起覆在地上的纸片，探过身子，递到慕青面前。

如桢和慕青，同时看去，纸上，方才草草写下的一行字，正是：

“伯伯没有欺负过我。”

竟是一字不差！

第八章　荷叶坪

一

女人是要躺下看的。

不是你躺下，是女人躺下，脸朝上，身子放展。

至于你，躺下行，不躺下也行，只要脸在上头看着就行了。

这感触，不是他自己发觉的，是沈氏的一句话，让他联想到的。

一连几天，如桢都很郁闷，不是郁闷，是烦躁。

除了大同回来，去宝宁寺见慕青也还欣喜，剩下的这些日子，天天都是跟爹和大哥在一起，商量怎么处置二嫂。大哥是爹叫回来的，请了五天的假，他们都知道他的心思，他不能说，他们又不往他这边说，只能眼睁睁地看着，对二嫂的处置越来越明确，越来越不近人情。母亲不出面，全是爹爹在说，说的全是母亲想说的话。大哥那边，明明看出心怀恻隐，可就是不说一句怜悯的话，只是唉声叹气，一句一个没想到。意思是，既然到了这个地步，也就爱莫能助了。这个孱头！

今天晚上，说的是，如果二嫂出局，就是逼之改嫁，思义侄儿如何办。爹爹说，老三你养起来吧,有难处你妈会帮衬的。他说,这么大的孩子,怎么能离了妈。意思是,逼慕青改嫁先就不对。爹爹转问大哥,大哥说,他媳妇跟慕青不对付,怎么能收养慕青的孩子,万万不可。时间不早了,爹爹说,那就明天再说吧。他这才像获得大赦一般,回到前院。

沈氏留着门。

从屋里的水汽上看,沈氏才洗过身子,进了被窝候着他。扁壶里有热水,铜盆里有凉水,两下里掺了,洗浴后上了炕。他的被窝靠墙,跨过沈氏的身子,撩起自己的被窝往里钻。这是生下孩子后形成的格局。女人奶孩子,夜里常起来,靠外方便些。

下半个身子进了被窝,上半个身子还光着,这才发觉,忘了吹灭灯盏。

灯盏在紧挨炕头的梳妆桌上搁着。大概嫌灯光耀眼难以入睡,沈氏将之推到桌子当间。这会儿要吹灭,运气猛吹过去,灯头儿侧了两下,又扭了过来。太远了点,再运气也是白搭,须得将灯盏端过来才行。

就在伸长胳膊要去端灯的空儿,眼皮朝下一苫,瞥见了沈氏酣睡中的容颜。

他惊呆了。

半睡不醒的沈氏,容光焕发,像是正在等待着什么。

就在这一刻,他的脑子里闪过一个念头,女人是要躺下看的。不是什么,而是什么,都是在闪过这个念头之后补上去的。

细思之下,又觉得这个体味,是这样的稔熟。

想起来了,这个人生体验,最早,是嘉靖二十四年,他十三岁时,陪慕青去马营河堡的路上,在轿车里从二嫂身上获得的。他先是骑着马,听赵升那贼骨头鬼吹,二嫂烦了,叫他上了轿车,先是跟二嫂并肩坐着,走了一程,二嫂说她起得早,困了,就在他腿边躺下身子。先是侧着,还没有什么,后来似乎睡着了,嗯唉一声,放平身子脸朝了上。无意间瞥了一眼,发觉脸朝上的二嫂,容颜竟是惊人的漂亮。

眼睛略合着,睫毛苫下来,像是动,又像是不动。鼻翼微微翕张,如同蝉翼,悠悠地忽闪。两腮红红的,不像是搽了胭脂,倒像是胭脂在水嫩的脸蛋上洇开了,色儿浅了,却更其鲜亮。鼻凹处,那么光洁,又凹得那么俏皮。最妙的是嘴唇,那是平日看了无数遍的那个嘴唇吗?似张似合地撮在一起,像是在吸吮着什么,又像是在嘟哝着什么。看看,什么都没吮,听听,什么都没嘟哝,只有轻轻的呼吸声。看了两眼,眼睛像钉住一样,再也挪不开了。盯住瞅了一会儿，他害了羞，浑身燥热难耐，偏偏这个时分，二嫂睁开眼醒了，眼珠一转，努努嘴，像是看透了他的心思也看透了他的身子。以为二嫂会呵斥他的，不料转瞬间，那努努嘴，化为莞尔一笑，随即支起身子坐了起来，抬起手臂拢拢头发，收起手臂的当儿，跷起的食指，趁便在他脸蛋上轻轻一摁，惊呼：

“哎哟这么烫！”

他紧张得连话也说不出来。

下面该着什么斥责的话了。

没有，只是淡淡的一句：

“敢不是病了？”

摇摇头，没吭声。

这时再看二嫂，腮上的红晕不见了，鼻凹处也不见得多么光洁，还能看见浅浅的雀斑，整个人又跟平日无甚差异，不过是个年轻端庄，也还有几分俏丽的小媳妇。

平躺着就是好看，这发现，起初是他心里的一个秘密，以为乃二嫂所独有。婚后也在自家媳妇身上闪现过，正是如狼似虎的年龄，有了也是一闪而过，未曾细细品尝此中的滋味。有时咂摸出一点不同，心里也会抵触，沈家的这个土妞，怎能跟神仙似的二嫂相比！

是不能比，还有可比的。

驻守边关多年，几番征战下来，临御女人成为常事。这才发现，堪称尤物的女人，都有这灵光乍现的一刻。这相同或近似的感觉，一次次地叠加，一次次地修正，最终成为他心里一个明确的尺寸，也是一个竭力追求的境界。撇开不可言说之妙，最简捷的表达当是，女人是要脱个精光，放展了身子，细细观赏，再慢慢享用。

有了这样的体味，他略略抬起身子，摆正体位，俯下身子，瞅着沈氏平躺身子朝上的脸。

按说他该厌恶这个女人才是，可是，怎么会突然之间，翻了过来呢？

记得从大同回来，上午刚到家，说起慕青，沈氏那么凶悍，似乎有多大仇似的。这会儿放展了身子，躺在被窝里，刚刚洗浴过的脸儿，平平地朝上搁在枕头上，竟像一朵蓬起的牡丹花，漾着一丝笑纹，绽得那么开张。

他没有端灯，就让它亮着，抽回胳膊，俯下身子。

沈氏醒了,没作声,被子闪过一个波纹。像是被子里,沈氏调整了一下身子,屈起双腿,准备迎接着什么。

他还没那个意思。只是惊异于女人容颜的变化,想多看一会儿,琢磨出此中的玄机。

是情人眼里出西施?

这些年他对沈氏早就没了热情。

是女人的一种天性?

半辈子了,见的女人还能叫少?

还是,只有这样的姿势,才能将女人内里的美,展现无遗?

说不来,只可说是奇妙。

“才回来?”

沈氏嘟哝着,显然方才爬上炕的动作,并没有惊扰了她的睡意。

“是呀!”

“做啥去啦?”

“跟爹爹和大哥,说慕青的事。”

“真不要脸!”

“你说啥?”

“真不要脸!”

“啥!”

“啥个啥的,几个大男人商议着欺负一个女人,你说你们要脸吗!”

啊,没有想到,这个跟慕青不对付的女人,竟说出了他想说没有说出的话。

“你再说说!”

“说个啥,睡吧!”

沈氏呻唤着,手臂抬起,要钩他的脖子。

他赶紧伸直胳膊,端过灯盏,轻轻吹灭,又放回原处,这才放平身子。

沈氏侧过身子,手臂落下,钩住他的脖子。

“待会儿。”

挪开沈氏的手,下面,将腿伸了过去,抵住女人滚烫的肌肤。双手交叉,枕在脑后,眼睛盯着屋顶的仰尘。炉火闷住了,没有闷严,炉膛口上,像是烧开一道细缝儿,有火苗蹿上来,在屋顶的仰尘纸上,画出一道一道的亮光,像有个大眼睛在一闪一闪。

想起新平堡的纵情,又想起这多少年对慕青的亏欠。

"唉!"

多少感慨,由不得一声长叹。

赶紧捂住自己的嘴,——这不是在新平堡,是在自己家里热乎乎的炕头上。

瞅一眼身边的沈氏,耳际鬓发蓬松,眉毛柔和地顺下去,与鬓角融在一起,鼻翼轻轻翕张,似乎扇起了被窝拢口处散发的热气和肉香,最令人爱怜的是,鼻凹处竟沁出细细的汗珠,靠眼角处凝为稍大的一颗,恍惚间竟像是古人说的鲛泪。

心里暗暗使了劲。

不管前些日子在新平堡南街的香窠里,如何破费了白花花的银子,跟大同妓楼来的那个白生生的女人,如何颠鸾倒凤,变着法儿纵情寻欢,今天这个夜晚,一定要对得起身边的这个女人。不光因为她是他的结发妻子,是他的孩子的亲娘,更重要的,这是一个脱光了也洗净了,放展了等着他的女人。

总得要使使劲,才能有所作为。

他正要有所作为,沈氏忽地睁开眼,凶狠地问道:

"你说,是不是从二嫂那儿刚出来!"

"不是说了嘛,是从爹那儿出来,一晚上都是在跟爹爹和大哥商议,拿二嫂怎么办。"

"那你咋是这个屄样子!"

这成了什么话!当即躺倒,给了个脊背。那边也当即侧过身去,给了个屁股。

这世上,啥事都难从心上来。马上要开始的一场快活,竟让一盆水浇了个透心凉。

欲火难熄,该做的事,还是做了。

那一刻,如桢想的是,他已然把心给了另一个女人,就该把身子给了这个女人,这个女人是他儿子的妈。

这里还喘息着,沈氏那里的欢喜还在持续着,待喘息甫定,他这才怯了声儿问,刚刚是咋了,跟个老虎似的要吃人。沈氏莞尔一笑:

"人家急得什么似的,你光磨蹭!"

他不餍足,觉得还有话,没有掏出来。

“可你说我们是在想着法儿欺负二嫂,你不是恨她吗?”

沈氏下面的话,让他一下子无地自容,同时打定主意,明晚再商量这个事,一定要站在慕青一边,为慕青讨个公道。沈氏的话是:

“不定哪天,我跟二嫂也是一样的下场!”

二

有了如桢的力主,大哥稍稍硬了些,爹爹呢,也觉得先前过了些。杜家的男人们,终于达成一个协议,慕青不用走了,思义认到如桢名下。这样,如柏解脱了,如桢跟慕青的关系,也名正言顺了。当然,这话是谁也不会说透的。

爹爹过去跟妈说,妈的回话是,只要家里安生了,怎么都行。

坚持一下,就是这样的好处。如桢知道,他这坚持一下的动力,是从哪儿来的。

经过先前的闹活,又做了这样的改变,慕青的情绪一下子好了。

头天晚上,当着长辈们的面,还忸怩作态,好像舍不得离开大伯子的监护,第二天就像换了个人,半后晌,竟敢让兰花在院门口等着,叫如桢到她屋里来。

进得屋里,慕青慵懒地倚在炕上,炕桌的茶盘里,一并排搁着两个描金线的盖碗儿。

如桢扭身上炕,坐在炕桌这侧,穿着靴子的脚搭在炕沿上。

兰花进来,半跪下要给他脱靴子,裤腿已揎起来了,如桢说:

“不用,待不了一会儿就得走。”

话是对炕下的兰花说的,脸却是朝着炕上的慕青。兰花停住手,却没离开地方,手仍搭在靴子上,仰脸瞅着慕青。慕青说由他吧,兰花这才收回手站起走开,且随手掩上屋门。

“桢弟,有句话,我知道你不想让我说,可我还是想说,不说心里难受嘛。”

“那就说吧!”

“咱妈说我的那几句话,你听人说了,说的人只能给你说那个话语,那个词句,肯定说不了那个神态,那个语气。你晓得妈是在哪儿说的吗?就在这个屋里,就在这个炕上,我就坐在我现在的地儿,她就坐在你现在的地儿,起首是说啥的,好好的就翻了脸,点着我的脸面说，慕青，你要能守就乖乖地守着，我柏儿叫你害死了，这个家不能让你也给毁了。人背后她就说过这个话，说到当面我可就不依了。”

“你？”他以为慕青动了手。

“我说，妈，你说清楚，如柏是打仗热身子祟了汗死的，怎么能是我害死的？你猜你妈是怎么说的，她拍着炕桌，盖碗都震得跳了起来，憋得脸都白了，说，你就晓得自个儿美，天天夜里大呼小叫，把男人弄得神魂颠倒没个够，身子都淘空了，再遇上打仗热身子受了凉，还不把命要了？你听听，这像当婆婆的说的话吗？我说妈呀，怎么就天天夜里，谁见啦。妈说，只要柏儿在家，天天夜里跟刀子捅了似的又喊又叫，西街上半街人都能听见，这还冤枉你吗，光晓得让男人美，就不可惜男人的命！”

“疯啦疯啦，怎么能说出这样的话！”

“桢弟，妈可没疯。我俩就这么面对面，她只是急了拍拍炕桌，说话的声儿一点都不高，低低的，狠狠的，一字一句都像是打牙缝里迸出来似的，一刀子一刀子往我心上扎。我晓得，在我走还是守上，她是主张我走的，要我走你就说嘛，怎么能这么毒，这么狠，说出这么伤人的话。桢弟，那会儿她没疯，是我气疯了，冲口就说了一句！”

“啥话？”

“你一辈子都没叫男人美过一回！”

“你真的是这么说的？”

“真的。”

“妈听了呢？”

“溜下炕沿，哭着走了。”

“后来你没给妈说个软话？”

“没有。”

“妈见了你呢？”

“再没说什么，跟平常一样样的。”

“嫂子，你这话也太毒了。妈的毒，你的更毒。我真的不知道还有后来这话！”

慕青推开炕桌，看那架势是要移过身子，往他怀里依偎。他朝后闪闪，听了方才的话，想到受了伤害的妈，一点亲热的兴致也没有。一股悲怆之气噎在胸臆间，也想像妈一样，溜下炕沿哭着跑开。

抬起胳臂,展开手掌,挡住那张要依偎过来的脸。

脸上已是泪水涟涟。停在手掌前,不动了,哀求道:

“桢弟,你扇我一巴掌,替妈打上我一顿,狠狠的,怎么狠怎么来!”

他不动,心里一股子气。

“你扇呀!”

运足力气,闭上眼一巴掌甩了过去。

睁眼看时,慕青侧趴在炕上,那边的肩头压在身子底下,这边的肩头一耸一耸,连带得整个身子都抽搐起来。失手了。他要过去,扳过慕青的身子,说上句抚慰的话,嗵的一声,兰花拉开门站在脚地,一脸惊恐地瞅着这边。

知道什么人进来了,慕青的身子,原本侧着,朝下窝了窝,让兰花能看见她的脸,一面饮泣一面低声说:

“兰花,领上三将军,先到对面厢房等着,我一会儿就过去。”

他来到东厢房。

这里怎么会是这样的布置?

靠东墙一张单桌上,两支小小的红烛,前面是两个小碟,一个盛的是白面寿桃,一个盛的是油炸黄糕,墙上挂着一个布幅,细看竟是一对中年人,男的官服官帽一脸肃穆,女的慈眉善眼面带忧戚。

不一会儿,慕青来了,穿戴整齐,脸面也光净了,神色格外肃穆。

“都看过了?”

“这是谁?”

没有伸手,也没有看墙上的像,只是侧了一下头。

“我家的祖先,不是王家,是我妈他们家的。我妈死的时候给的我,交代说,这个祖先,是一个叫奸贼害了的忠臣,点过翰林呢。”

单桌前已摆着一个长条儿缎子铺垫,慕青说罢,拉住如桢的手,移前两步跪了上去,磕了三个头,起身又互拜了三下。

如桢要说什么,慕青伸手掩了他的嘴,也斜了一眼,嗔怪说:

“做了就行啦,啥话也别说嘛。”

他盯着慕青,不明白何以如此。慕青像是看透了他的心思,竖起食指,朝上指指,又挡在唇边，悄声说：

“小心老天爷听见！”

嘴上这么说，脸上一点也没有敬重的意思。后来的话更大胆，又全不怕老天爷听见了。

问清他是月初，去宁武后山杜家圐圙，训练马队冲坡事宜，说她也要带上兰花，去宁武山里走一趟。

那怎么行？

如桢这话，不是嘴说的，是张大了嘴愣在那儿，脸上的神情说的。

慕青说，你走你的，我走我的。

不等他开口，又说，宁武东寨，杜家养马的基地二里外有个雷鸣寺，前面一汪水，人说是汾河源头。嘉靖三十年夏天，如柏带她去住过十几天，知道那雷鸣寺，杜家是大施主，来了就住在禅房里。禅房是个小院，旁边有户杨姓人家，她当年跟这户人家的媳妇拜了干姊妹，那媳妇大她两岁，干姊年年冬天都捎山货来，叫她有空了再去住上几天。

“前几天忙你的，初六晚上，准定住在禅院里。天一黑我就让兰花，领你过杨家这边来。”

“你疯啦，腊月里不定哪天就下雪封山，十天半月出不来咋办？”

“美死你！”

“你呀，真该领兵打仗去。”

“我要去打仗了，世上谁还晓得杜如桢大将军呀。”

“又笑话人了，我现在不过是裨员偏将，连独当一面的资格也没有，怎么配叫大将军呢。”

“桢弟，你将来准能当上大将军，信嫂子的话没错。杜家就你是做大事、成大名的料子。”

“托嫂子的福！”又放低声儿，附在慕青鬓际，“托娘子的福。”

“这就对了。”慕青嫣然一笑，甜甜地说，“桢弟，你可记住，女人再好，也只是男人歇息的地方，享用归享用，过后还得自己努力才能成大事。这次去了雷鸣寺，你就晓得你这个女人多么好了。”

“你也真的不怕造孽，发疯撒野，还要去个雷鸣寺，不怕雷公把你劈了？”

“我就是要跟雷音比一下,看谁的声儿大,让老天爷听见也精神精神。”

不知为什么,那一瞬间,他想起在宝宁寺庑廊墙上看到的一幅绢画,那个面色惨白张牙舞爪,要扑出画面的女厉鬼的样子,禁不住哆嗦了一下。由不得想到,妈的话也许是对的。

“桢弟,怎么啦?”

“没什么,这房子没有生火,有点阴。”

“我再说上两句咱们就走,你也不能在这边院里待久了。我要跟你说的是,我是你的女人了,除了前多少年我是你二哥的女人,这辈子再也不会是别人的女人了。我的话你听仔细了,你在家里在外面,该怎么男人就怎么男人去,只是闲下来什么时候,心里都不能没有了我。你有没有我,我是能知道的。你要是敢心里没有了我,看我不把你——”

“怎么?”

慕青双手做撕扯状,像是三下两下把个什么物件扯碎了,合起双手揉一揉,这才说:

“看我不把你扯成条条,揉成团团——”

“塞到嘴里嚼嚼,咽到肚子里?”

“哼,想得美!”慕青做了个鬼脸,“是塞到嘴里,是嚼嚼了,可是咽不下去,是吐出去,吐得远远的!”

说罢,真的朝门后头啐了一口,这才扯过如桢的胳臂,要一起出去。

从东厢房出来,都愣住了,兰花正搂住思义的肩膀,站在院心,面朝着这边。思义的肩头耸动着,要挣脱,兰花紧紧地搂着不让。看样子像是思义下学回来,不见了妈妈问兰花,兰花不能不说在哪里,待孩子要去寻了又不让,这才撕扯在一起。

他俩出来,兰花不强搂了,思义不耸动撕扯了,只是眼里闪着惊疑的神色,暮色里都看见亮亮的。

如桢不知道如何是好。

遇上这种事,还是女人家从容。

慕青抢前一步,对儿子言道:

“爷爷和奶奶今天跟我说了,往后让你三叔叔招呼咱娘俩,往后就给三叔叫三大吧。”

想不到的是，思义一听，立马变了神色，惊喜地说：

“是吗！太好了，我就喜欢三叔，噢，三大！”

如桢这才走上前，摸摸思义的发髻，夸奖了两句。

杜家的人，谁也没有想到，这孩子后来，出息大了，当过延绥和蓟辽两镇的总兵官，成为杜家仅次于杜如桢的一位将军。只是结局，不那么如人意。

临离开了，慕青还不忘叮嘱一声：

“别犯晕，雷鸣寺，初六才是正日子！”

离开偏院，已是日落时分。

三

带了张胜，还有一队家兵，来到宁武山里。

荷叶坪，一大片草坡，平展展的，跟水漫过似的，不是接了山冈，也不是接了树林，而是接了蓝天。像是浮在海上，又像是飘在半空。

坪东，快到边上了，有道土坡，深秋了，仍是绿草披覆。

坡下，一道沟里，全是树，松柏夹杂着黄栌。黄栌不高，叶子变红，跟起了火一样。松柏高，经了霜，墨黑墨黑，像是火焰之间，蹿起的黑烟。近看没什么，远处看去，加上北边，那一丛一丛，跟芦笋似的，尖尖的山峰，不是惊心动魄，而是胆战心惊。

马场在沟外，有马圈，有房舍，在村子边上，当地人叫杜家圐圙。圐圙二字，常写作库伦。

冲坡训练，就在荷叶坪上进行。平地训练奔驰，坡前训练冲坡。

训练分批进行，头一批来的，往后就是指导。一批一批，往大里扩。

头一批来的，有八十多名，分作五队，每队十几二十名不等。

总揽其事的，是李景德。协助景德，而又主管家兵的，是王学青。

景德对这套训练方法，颇有点不以为然。也是一连两天，没有好好歇息，累了也就皮了。有一小队士兵，动作不规范，冲坡的不像冲坡的，挡坡的不像挡坡的。头一天，遇到这种情况，景德会吼着过去，指导纠正。一连两三天，都累了，就在跟前，有士兵犯了错,也不纠正,只是乐呵呵地看着。

如桢打马过来,看见这做派,一股怒气涌上心头。右臂一挥,从跟前士兵手里,绰过两根木棍,拿在一只手里。木棍有三尺,比他们的军刀,稍稍长。翻身上马,兜了个圈子,来到李景德跟前。

“上马!”

也不捯手,往前一推,将一根棍子,朝景德扔去。景德也还机敏,虽是猝不及防,本能地一绰,还是接住了。

“好的!”

景德已看出,这是如桢要与他比试比试,做个示范。也不含糊,推开一个士兵,跨上战马,兜了个圈子,调整马头,正对着陡坡。

陡坡上,如桢已勒紧缰绳,牢牢站定。

“你冲我挡!”

“来也!”

跟如桢相比,景德的身躯更为消瘦,平日的武功,也不在如桢之下,此刻也是带上了气,掉过木棍,在马臀上狠狠一戳。

两骑在坡当间相遇。

起初,景德还有优势,至少棍子抡过去,劲头甚足。架不住如桢的马,冲劲太大,根本就不知道躲避,两个马头几乎相撞的一瞬间,才避了开来。就是这一瞬间,如桢猛地一抡,只一棍,便将景德打下马来。

这样的训练,只配鞍鞯,不带马镫,有士兵过去,赶紧扶起。

景德不服,瞪大了眼直喘气。

如桢的马,冲下了坡,兜个圈子,朝这边驰来。快到跟前了,大喊:

“这次不算,换一下!”

说罢又兜起圈子,待李景德的马上了坡,这才调正马头,冲了上去。

与此同时,景德大喝一声,从陡坡上冲了下来。

如桢俯下身子,尽量将木棍朝前劈去。

景德还是太善了,觉得主将临阵,不过是做个示范而已,待如桢到了跟前,只是挡了一下。没料到,如桢使足力气,照着景德的臂膀,狠狠地劈了过去,一闷棍落下,将景德打下马来。

景德似乎意识到什么,爬起大喊:

“不算,再来!”

如桢不言语,缰绳一抖,下了山坡,转了个圈子,从一旁的缓坡上,上了山坡。跟前的士兵,显然对主将方才的发飙颇为不满,齐声地呼喊着,为景德加油。

李景德绝没有想到的是,他的坐骑刚冲上山坡,他就是伸直了木棍,加上手臂,也够不着如桢的身子。而如桢竟两腿一夹,大喊着冲了下来。不等到了跟前,就劈了过去。

“去你妈的!”

只一击,便将李景德打下马来。

这回景德没招了,倚在扶他起来的士兵的肩头,半闭着眼睛直喘气。

如桢的马,兜了个圈子,回到士兵队列的前面,招招手,让那边的一列士兵也聚拢过来。

他能看出,士兵们对他的做法,还有相当的不服气,总认为景德是不愿伤了主将,才败下来的。

“你们都见了!往上冲的人,最容易犯的一个错误,是身子前倾不够,马刀探不着对方。往下冲时,身子倒是前倾了,又不敢对准马头冲,还没到跟前,先就扽了下缰绳,等于是给了敌人一个机会。”

士兵中,有人赞赏。

“还有一点,就是冲锋时,要大喊,越大越好,这叫先声夺人!”

有人笑了。

“喊什么呢?”

顿了一下。

“越难听越好,越解恨越好!操他祖宗,操他八辈子祖宗!”

底下笑成一片。

这时他看到,李景德一瘸一拐地走了。

只有他知道,他的这股子恶气是从哪儿来的。宝宁寺里,对那张纸片,慕青越是不在乎,他心里越是窝火。反复追问,只是想让慕青自己说出是谁。实际上,那纸片一展在眼前,他就看出是李景德的笔迹。什么便宜都想占,也不看是谁家的人,谁的人!

四

初五后晌，没有出去。

一到宁武山里，如桢没有住杜家圐圙，那里也有干净的客房。按照与慕青的约定，住在了雷鸣寺的禅房。慕青来了，会住在寺院东边，一户杨姓财主的宅邸，前些年慕青跟那儿的媳妇，拜了干姊妹，做什么事都不规避。禅房的院子，也在寺东，一住下就去看过，不远，好大的一个青砖院子，路上没有什么房舍。

山里比外面，要冷得多。禅房里有暖炕，还有炭火炉子。

斜靠在被摞上，双手交叉，枕在脑后，盯着仰尘上挂物件的钩子，想起即将到来的，与慕青的幽会，心里痒痒的，由不得就想笑。

张胜进来捅炉子加炭，他瞥见了，没吭声，只管想自己的心思。大概是见他脸上怪模怪样的，张胜凑过来问：

"将爷，要不要叫个妮子，快活快活？"

"这儿也有娼寮？"

他没那个意思，只是觉得奇怪，这荒山里的小村庄，怎么也会有娼妓可供享用。

"怎么能没有。这条沟里，光杜家圐圙养马的，练兵的，常年就住着百十号人。这世上，有人的地方就有这号生意。"

"打住打住！"

"到底是要，还是不要？"

昨天后晌，他跟张胜说，可能有个贵客来相会。没告诉是慕青，心想万一碰不上就搪塞过去了。料不到的是，张胜以为他是要在这禅房里，安排一次新平堡南街那样的狂欢，竟自作主张，连哄带吓，让对面禅房里住着的一个木材商人搬了出去。为此还破费了几个钱，请管禅房的小和尚到外面吃了一回。

今天初五，明天就是初六。

此刻，慕青该带着兰花，在来宁武的路上了。

张胜还问要不要，他不耐烦了，说正想事呢，走吧走吧。张胜不依不饶，说是做了那事，人就通了，想啥事都能想到正经地方。像是要走了，到门口又折了回来。他欠起身子，以为这小子又要唠叨什么，刻薄话都预备好了。不料，张胜说的是前晌打李景德的事。

“将爷，我知道你对这个人心里有气，可是，你是将爷，打上一下两下就行了，怎么下手就那么狠呢？”

“你说狠了？”

“够狠的，反正我没见将爷这么狠过。”

此一刻，他也觉得，前晌教训李景德，确实是有些过了。

“你说怎么办呢？”

“我看呀，把景德叫来，你们老弟兄聊聊就过去了。冤仇宜解不宜结，这世上，有啥过不去的呢？”

张胜嘟囔着走了。

如桢想了想，觉得张胜这话，还是有道理的。要张胜现在就去请景德将军过来，就说请他过来喝两盅。他们带着酒，雷鸣寺旁边，真的有个小饭馆。

张胜欢欢实实地走了。

李景德在杜家圐圙那边住着，要来得一阵子。

明天晚上将是一场鏖战。

是鏖兵，也是酣战，大汗淋漓，气喘吁吁。炉火不敢太旺了，热得人受不了。新平堡南街的安排，就这上头不好，相随来的老鸨，一定要将炕烧得滚烫。说热了好，来得快。什么狗屁道理！

学青进来了，手里擎着个铁护脸。

这学青，除了负责家兵冲坡训练，还有一项任务，就是研制铁护脸。工匠炉子离这儿远些，不常过来。看来今天是有了新成果，来给他这个当哥哥的看看。

这铁护脸的样子，是墙子岭战后，马芳派人送给如桢的。送来三件，他没给人，全带到宁武山里，让学青领上工匠，精心打造。学青拿来的，是新出的样品，问这个颜色怎么样。

如桢起来，接在手上，看了又看，觉得重了些。

学青说，李景德看了，说还数这种青铜色的唬人。镔铁的，日头底下耀眼，耀人家的，也耀自己人的。我们这个，比蒙古人的，还轻了二两。学青说着，来了兴致，戴在头上，双手做爪状，朝如桢舞扎着。如桢退后两步，摆摆手，说道：

“快卸下，是够怕人的。”

“你说再深点？”

“黑乎乎的，看了不舒服，要以威慑人。”

他问学青，后晌可见过李景德。学青说没有，说不是随你在那边训练冲坡吗。如桢说，后晌他歇息，没去，闲问问。

学青走了，张胜还没有来。杜家圐圙是远些，走了这么久，也该打个来回了。

想到李景德，由不得还是来气。

“妈的，真该再狠些！”

心里有些烦躁，披上直裰，来到院里。

雷鸣寺在汾水源头，离得不算远，地势高出许多，像是在一个山头上。前面是一片阔地，能看到对面的山峦与松林。远处的山峰，果真像芦苇的芽子一样，一丛丛一丛丛，直刺青天。

叫芦牙山，还真叫个贴切。

看着眼前的树木与山岩，胸臆间自有一种旷达之气滋生。跟李景德这样的人，生这么大的气，太不值当。若是此时此刻，慕青给他看那样的信，不管心里如何厌恶，都会坦然一笑，说上一句大气的话。

说什么呢？

有了！美人有如名山大川，可任人观览，任人赞赏！

是豪言，也是实情。自个儿走在外面，见了美女，不也会多看几眼吗？见了美女，纵是他人之妻，不也想过相拥而眠，是如何情景吗？

这样说了，想来慕青都会夸奖，说他器宇浩大，不同凡俗。

凉气上来了，外面还是有点冷，又回到了屋里。

刚在桌子跟前坐下，忽听得院门有响动，接着有沙沙的脚步声朝这边走来。

张胜进来了，一脸的晦气。

“景德将军呢？”

“没找见，有人说，前晌从荷叶坪坡上下来，骑了匹马，往东走了。”

“跑了?”

“我看差不多。”

“妈的!”

如桢狠狠地骂了一句。

瞅见张胜手里拿着一个信封,问是什么,张胜这才想起似的,递了过来。说刚到庙门这儿,有右卫家的家丁来送信,他接了,家丁半天还没有吃饭,他安排吃斋饭去了。说着将一个信封递了过来。

张胜啰里啰唆着的时候,他这边已读完了信。两封,一封是宣大山西总督府的公文,盖着长方形的阳文关防大印,道是:

开平道赤城路属独石口堡守备官日前殉国,着阳和道新平路属新平堡等四堡守备官杜如桢一员,转任开平道赤城路独石口堡等七堡参将守备官。十一月十日前务须到任。不得有误。切切此令。

一封附信,是父亲写的,道是:

如桢吾儿,见字如晤:公文一纸送达,明日一早起身,兼程以赴,方不衍期,后日起程,累死驿马,亦必偾事。已劝告慕青,不必前往雷鸣寺进香。儿女情长,谁不怜念。还望束装就道,以赴戎机。国家大事,万不敢有一丝怠忽。父字。

看罢长叹一声,对张胜言道:

“收拾东西,明天一早动身回右卫,我们要移防独石口了。”

张胜惊叫一声:

“那个臭娘儿们不来啦!”

“噫,你怎么知道来的是个娘儿们?”

如桢大感奇怪,跟这厮只说是,有客人要来,没说男的女的啊。

“不是个娘儿们,将爷能这么大的火气,动手打人!”

第九章　独石口

一

驻守独石口,不觉已五年。

嘉靖四十二年腊月来的,眼下已是隆庆二年的八月。

要你来的时候,十万火急,似乎放个屁,都会贻误战机。危急过去了,就跟一块石头扔到野地里,没人管了。粮秣,饷银,会按时送到,都是些大活人,不是木头杆子,插在这儿就算了。孤寂中,最喜欢的,就是来上个谈得来的朋友。

这两天,还真就来了个。

谁?

方逢时!

八月二十一,前晌,他正在署衙看公事,学青进来说,口北道的方道尹来拜访。

口北道道尹,他正疑惑,谁呢?来人已从学青身后闪出,双手抱拳,走了过来。

“子坚兄,不记得了吗?”

“行之兄,哪里哪里!”

一见那三绺稀疏的胡须，马上想起来了，这不就是墙子岭战后，在京师宣武门内，清风阁的宴席上，认识的工部郎中方逢时方行之先生嘛。脑子里，很快转了一下，记起行之先生，比自己大了十岁的样子，是地地道道的老兄，可不能慢待了。只是有一点，他当下明白不了，前两年听说方逢时去了南方高就，何以又来到宣府做了个道尹。

坐定后，啜了两口茶，方逢时自个儿先就解释了，他这个工部郎中，何以成了方道尹。

逢时说，那年在清风阁相识后，没有多久，他就外放做了江西宁国的知府，不久广东盗起，朝廷下诏，在兴宁到武平间，建一伸威镇，擢逢时为广东兵备副使，与参将俞大猷共同驻守。不久广东贼平，转为惠州巡抚。

"啊，已是抚台了！"

"椅垫子还没有坐热，一道诏令，又成了口北道的道尹。"

"哦！"

"回到京师，见了高拱高中堂，说是北边会有变化，先布个局。"

如桢笑了。站起来作了个揖，说先给老兄道个喜。这下子，是轮着方逢时不明白了，说抚台成了道台，有何喜可道。如桢知道，逢时是揣着聪明装糊涂，也就不再往下说了，只是问逢时，何时来到宣府，来独石口有何公干。

逢时说，他是上个月的月初来的，这些日子，一直在口北一带奔走，勘察地势，琢磨用兵之道。说着拿出一个折子，递了过来，如桢接住，原来是一道奏章。大为惊奇，细看下去：

> 自龙门盘道墩以东，至靖胡堡山梁百余里，形势联络，可谓天险。原有山道，崎岖难行，若修凿加宽，作运兵之用，北可达独石，南可援南山，诚京陵一藩篱也。独石在宣府北，三面邻敌，势极孤悬。怀永与陵寝止限一山，所系尤重。其地本相属，而经行之路，尚在塞外，以故声援不便。若设凿通盘道，舍迂就径，自龙门黑峪，以达宁远，经行三十里，南山独石，皆可朝发夕至，不惟拓地百里，亦可渐资屯牧，于战守皆利。

后面还有一大段，不看了，放在案上，手刚离开，又重重地拍了下去：

“奇,妙,高!”

这一来,方逢时反不自在了。

“老弟驻守独石多年,可行与否,务必坦诚相告!”

如桢叹了一口气,说宣府沿边军堡众将官,从督抚到偏裨,最头疼的就是这护卫皇陵,明明是坟堆子,朝廷看来,跟活人一样。一旦敌寇进来,马踏陵寝土地,便以惊驾论处。多少将官没有输在杀敌上,偏就输在这惊扰陵宫上。你听这用语,就像是万岁爷正在睡觉,让马蹄子惊醒了似的。

“哈哈哈!”方逢时笑了,“我可是知道,你们这些将军,朝廷委以重任,你们是如何视同儿戏的了!”

“确乎如此。不过,行之兄,这龙门盘道,想修的不知有多少人,都知难而退了。这可是个大买卖呀。”

逢时说,先做好踏勘的功夫,征求各方面的意见,打下坚实的根基,再一步一步来。这个奏折,说是由高拱大人转呈,实在是想取得朝中大佬的支持,再作计较。他是下了决心,要做成这件事的。看看外面,天气晴朗。对如桢说,你我兄弟二人,何不去军堡里面走走。他每到一处军堡,除了勘察外面的山川走势,对军堡里面的防御,也很感兴趣。这或许是因为,他是南方人,初到边地,少见多怪吧。

路上,如桢问逢时,隆庆爷当朝,中枢可有什么新的气象。逢时说,细琐之事,就不必说了,大的变化只有一条,过去是主强臣弱,如今颠过来了,成了弱主强臣,新的气象嘛,眼下还未显示出来。他与高拱大人有过深谈,主旨只有四个字,就是静观待变。

前面是鼓楼,四面全是砖碹门洞,里面有点暗,逢时没有进去的意思,如桢也就陪着在外面转悠。一边转着,一边说话,逢时问堡墙周长几何,说四里有奇,墙高三丈二尺。转到南面,逢时又要说什么,仰面一看,伸手指指,说道:

“噫,这是谁的主意?”

如桢看去,逢时指的是门洞上方,嵌在砖墙上的石匾。他还没有说话,逢时已念出声且说道:

“文昌阁!鼙鼓响处,书声琅琅,这是何等景象!”

毕竟是自己的地面,如桢还是知道根底的,说道:

“当年筑堡时,有位守备将军,他觉得地方小了,摆布不开,那就一地多用,署衙辟出一半,做了书院。文昌阁多在东南角上,实在无法安置,就将鼓楼的南门做了文昌帝君的驻跸之地。只怕有识君子,会说是有辱斯文呢。”

“说这话的,是腐儒之见。这位首事的将军,真乃远见卓识,在平庸儒士之上。”

从南面的门洞,照直可以看到北边。方逢时朝正北一看,问那是什么地方,答说是玉皇阁。军堡无北门,这个玉皇阁,正是北门敌楼的位置。当初如此安排,也有震慑北方的意思。逢时说,何不去看看,反正无事,主随客便,朝前走去便是。

那玉皇阁,看着不远,走起来却也不近。

路过戏台,方逢时直夸当年杨博的这个主意,真正是好,既祥和地方,造福民众,于胡虏亦有教化之功。

戏台对面,是一处寺院,中间只有一个窄窄的巷子。

方逢时站定,端详片刻,说这样窄的巷子,怕不全是因为地方逼仄,当与地方不平静也有干系,一旦遇事,可以将巷口堵住,抵挡一阵子,以待奥援。说着踱过去,这边瞅瞅,那边瞅瞅。瞅罢,说道:

“你看,这是什么!”

一看,可不是嘛,两边墙上,各有一道竖着的槽子,一边深些,一边浅些,深的这边,另一侧的墙上,还有铁制的销子。方解释说:

“看见了吧,这两道槽子,是用来闸门板的,那边塞进去,往这边挪挪,就严实了。再用铁柱,从销子里插进去,这个口子就算是堵死了。一时半会儿,别想打进来。征战之地,就得有此奇招啊。”

又走开了。

右侧是寺庙,方逢时似乎没有兴趣,留意多的,是左侧的民居。有一家门开着,还跨过门槛,往里面瞅了瞅。

“哎,子坚兄,我看这个院落,不像是北地的民居,临街的院墙如此高,如此厚,一砖到顶,连窗户也不留,而院门却如此窄,一个单扇门就关上了。这是什么人家的院落,形制如此奇特。”

如桢趋前一步,说道:

“行之兄啊,你真是心细如发。这个院落,不,这一片的院落,都是这样。我刚来的时候,也留意到了。问当地老者,方知是山西晋南客商的院子。他们盖房,讲究口儿小,肚儿大,能屯住钱财。再就是,这房子,他们叫撅尾子,也是四合院子,只有北边的正房,是前后两坡椽,后面是茅房,也只是窄窄一条,再后面是高高的院墙。其余三边的房子,只有一坡椽,脊檩便是墙檩,另一面像屁股一样朝天撅起。这样一来,除北院墙外,房脊有多高,四周的围墙就有多高,门一关,真是固若金汤啊。"

"高明,高明!"

方逢时连声赞叹。

"当地人说,只有晋南商人有这个脑筋。蒙古人来了,他们是不跑的,跑了财物就丢了。只有想办法守住,才是万全之策。反正蒙古人打进来,只是抢掠,没有久住的意思,只要能守上十天八天,没有不退的。"

一直随侍左右的张胜,忽地插嘴说道:

"他们不跑,还因为,抢他们东西的,不一定是蒙古人,不等蒙古人来,街坊邻居先就下了手。"

"多嘴!"

如桢一声呵斥,张胜吐吐舌头,退到一边。

张胜一走,方逢时瞅了如桢一眼,忽然站住,嘀嘀嘀笑个不住。

如桢大感诧异,逢时摆摆手,意思是与他无关。

走开了,逢时说,所以失笑,是想起学甫年兄来了。

逢时说的学甫年兄,正是如今的宣大及山西总督,如桢平日称作王军门的王崇古大人。逢时与王军门,是同榜进士,如今王是三镇总督,方不过是口北道尹,差下一大截子。久闻逢时出语刻薄,心里不免犯嘀咕,此公莫不是要说王大人的什么坏话?

这样一想,也就不再作声。

方逢时真是聪明绝顶,一下子就猜出了如桢心里想法。

"我不会说他的坏话。我是说,我的这位同年兄,一次跟我谈起筹边大计,力主防胜于战,和又胜于防。我问他如此高见,何由得之。我们是同年,读的书差不了多少,中试之后,三两年间,他擢刑部主事,我擢户部主事,随后他任刑部郎中,我任工部郎中,他任安庆知府,我任宁国知府。此后同时以边材起用,他在北,我在南,这些年可说都是知根知底,长于边事。何以他就能提出防胜于战,和胜于防,这样的安边良策?"

如桢点点头,方逢时继续说下去:

“有次我俩酒后说起此事,你猜他是怎么说的?”

“哦,”他差点走了神,猛一愣怔,“王军门定有高见。”

“嗬嗬嗬!”

方逢时又笑起来,说是嘲弄,不像,说是得意,也不像,总是有点怪相。这一刻,如桢忽然想起,逢时来自湖广嘉鱼,那地方的人,有九头鸟的说法,以刁钻著称,看来不假。

这种情形下,是不能问的,只有耐心等待。笑够了,方逢时说:

“学甫兄颇为自负地说,总是兄弟多读了几行书罢。我当时还真让他镇住了,还说自愧弗如呢。方才你给我说了晋南商人盖撅尾子房的故事,我就一下子明白了!”

这两件事怎么能连在一起,这回该着如桢惊诧了。忙问:

“啊,明白什么?”

“明白了他的安边大计,是怎么来的了。他是蒲州人,蒲州在晋南,向称富庶,外出的商贾最多,他们一向的持家之计,就是一个字,守。我的这位年兄,他哪是什么多读了几行书,他的这个安边策,是从娘肚子里就带来的,原本就是晋南人的天性。子坚兄,你说不是吗?”

“嗬嗬嗬!”

这回是轮着如桢干笑了。

这样的问话,答什么好呢。人家是同年,怎么说都行,他是部属,怎么说都不妥。不过,他觉得有些话,还是可以跟方大人说的。

“如桢不才,守边多年,也还看了些史书,觉得对付蒙古人,是该换个思路了。”

“哦,你说!”

如桢说,我们这些年,总是把蒙古视作敌军,我们有的,以为蒙古那边也有。比如我们这边有完整的军事建制,以为蒙古那边必然也有。我们的军事文书上,一说到蒙古来犯,不是射雕万骑,就是控弓数万,好像那是一个完整的军事建制。究竟如何呢,看看元朝的倾覆,永乐爷的北征,就知道不全是这么回事。

听到这里,方逢时停下步子,转过身子。

如桢说,元朝倾覆,真是哗啦啦一声响,就全完了。江南还打过几仗,那是江南的元军一下子退不回来。北方几乎没有战事,皇上领着臣僚,一下子就退到了漠北。洪武爷仿先朝惯例,要给个封号,也只能给个顺帝。永乐爷五征漠北,全是汉人的思维习惯,以为既未全歼,必然会卷土重来。头一两次,勉强还能找到个打击对象,后两三次,只见蓝天白云,沃野千里,连个敌人的影子都瞭不见。此中道理,一想就明白了。

这回是方逢时伸伸手,让如桢先开步。

如桢说,蒙古人到了草原上,就跟鱼儿到了海里,游来游去,也就无影无踪。若元人在草原上,十万军队聚集在一起,不用明军来,自个儿早就饿死了,渴死了,冻死了。眼下的蒙古人,完全是个游牧部族,饿急了,首领一召唤,就全来了。你说是十万精兵可以,说是十万难民也可以。国朝以来,无论是瓦剌,是鞑靼,还是现在的蒙古人,凡来犯边的,就没有堵住过一次。这是为什么呢?因为他们涌过来的是饥饿之民,也可说是虎狼之师,我们的仁义之师,如何能抵挡得住。

方逢时侧过脸,正色问道:

"子坚兄以为该如何处置?"

"其来也,坚守勿战,其去也,截堵追杀。"

"那样一来,内地民众,岂不受尽了苦头?"

"那就只有朝廷,对蒙古人妥为安抚,使之无衣食之虞,也就少了南犯之心。"

"好,真是个好!"方大人拍手称赞。

说话间来到玉皇阁前。

只有站在阁前,才知道阁有多高,坡有多陡。

"有多少台阶?"

"原先九九八十一,二百年间,沙土墁上来,少了十个,现在是七十一个。"

正在说上去还是不上去,学青快步赶过来,到了跟前,将如桢叫到一旁,嘀咕了几句,如桢踱了过来,对逢时说,他们的一个老朋友,在军堡南面的独石台上,等着他过去下棋。昨天就到了,说好今天晌午下上两盘,切磋切磋。这位朋友,常跑口外,该结识结识。

"商人?"

方逢时的刁劲儿又上来了。

"落第之后,才经的商。"

如桢说罢,又觉得分量不足,立马找补了一句,说是敢在边墙两边跑来跑去的,都是高人,凡夫俗子没这个胆量。

“棋艺如何？”

“在我之上，边关怕无敌手。”

“这，我倒要会会！”

学青还在身边，如桢吩咐备马，晌午饭就安排在那边。方大人是南人，别上烈酒，署衙有上好的黄酒，取了送来。

说着朝前伸伸手，等方逢时起了步子，这才相傍上走开。

二

独石，还真是一大块石头，独独地戳在南门外，青龙河畔。

石下有个小庙，上面不能说大，也不能说小，靠北边，建了个亭子，匾上三个字，就叫独石亭。

孙占元等得有些不耐烦了，毕竟是见过世面的人，见如桢领来口北的道尹，自然免不了又是一番半真情半假意的寒暄。

下了三盘。头一盘方逢时赢了，第二盘孙胡子赢了，第三盘，眼看，就要和了，如桢使了个眼色，孙胡子是何等聪明的人，看似无意，实则有心，走了个小小的昏着，光光彩彩地输了。方逢时并没有看出此中玄机，以为自己是苦战赢得小胜。胜了的人，是有资格夸对手的，当下说道：

“占元先生有此棋艺，实在是不容易！”

听着是夸别人，实际上是夸自己。能赢他一盘，都是难得的。

晌午饭还有一阵子，三个人，加上学青，一边喝茶，一边聊天。

逢时来了兴致，往胡子这边侧侧身子。知道孙胡子常去漠北，让孙胡子谈谈漠北的情形，是否真的像人们说的那样茹毛饮血，冥顽不化。孙胡子不笑了，说老兄是有功名的人，饱读诗书，明晓事理，怎么也会相信这些传言。跟你说吧，漠北之地，若以林木出产而论，比口外，比义州，要丰饶富足，就是囫圇一带，也无法比并。

孙胡子比画着说，再往北，他们的路线，是在额尔古纳河的右岸，沿着克鲁伦河一直往北。这条路，通玄大师李志常，在他的《长春真人西游记》里说过。这书他看过，书里说，水流东北，两岸多高柳。又说，山川皆秀丽，水草且丰美，平地皆有松桦杂木，若有人烟状。又问逢时，《蒙古秘史》老兄听说过吧，这书还没有译本，他看过原本，起初以为全是编撰，去漠北走得越远，越觉得句句是实。比如书中说，成吉思汗的祖先，到山冈上去捕猎野兽，在森林里遇到一个兀良哈惕部人，在杀一头三岁的鹿，用火烧烤那头鹿的肋条肉和内脏。这头鹿的肉，为后来蒙古部落的繁衍壮大埋下了伏笔。有趣的是，《秘史》中提到成吉思汗的始祖之一，那个名叫豁埃·马阑勒的人，蒙古语的本意就是“白鹿”。现在我们口外的草原，不管是板升，还是圐圙，除了牛羊，还有那种并不高大的马以外，哪儿能见到什么鹿，更别说烤鹿肉吃了。

逢时又问，那儿的人是什么族群？胡子说，他也说不上来，只知道他们的茶叶和绸缎，送去的那两个村子，一个叫达代尔，一个叫达西巴勒巴拉。达代尔小些，有一百多户，达西巴勒巴拉大些，差不多有二百户。他们说他们是布里亚特人。他是做生意的，人家给钱，他给货，钱货两讫，走人就是。

说到这里，把话头转给如桢，说如桢跟上他们走了一趟，感受能装下好几毛裢，他的见识高，还是让他说吧。

“呃，子坚将军真的去过？”

“跟上孙先生走过一趟。”

“那就说说吧！”

推托不过，如桢说了起来。

那是嘉靖四十四年，驻守独石口的第三个年头，过了清明，天都热了，孙胡子的驮队过来，也是在聚德成喝酒谝闲。酒酣耳热之际，忽想起杨干大常说的，一个优秀的边将，一定要熟悉虏情，只顾打仗，是成不了事的。便对孙胡子说，能不能带他去漠北走一趟。孙胡子听了张着嘴，半天都合不上，问他怎么会有这么个奇怪的想法，就不怕在口外，在圐圙一带，让鞑靼人看出破绽，将他捉了献给俺答请功。他说，不怕那边，就怕这边，忌恨他的人知道了，不说通，也会定他个擅离职守罪。

“就不怕突然有边事？”

“三月间，嫩草还未长起，哪里会有什么边事？”

最后是他给宣府总兵上了个帖子，说家中有事，要回去料理，请假两个月。

束装停当，说走就走。他的身份是二伙计，还带上学青和张胜，给他当小伙计。一

行十五六人,直走到漠北的尽头。孙胡子说的那两个村子,他都去过。

他们是春三月去的,那边天寒,草木刚刚发芽,一路上,多少马匹和骆驼,没有草料,倒毙在荒原上。走了一趟漠北,最大的感受是,知道了漠北和罽圙、板升,是一种什么关系。且以马而论,不管是过去的,还是现在的蒙古人,所以能冲破边关,侵扰中原,无法挫其锋,全凭的是马队冲锋,骁勇异常,难以抵挡。一路上留心观察,板升一带不产马,罽圙产马,个头也不高大,那么俺答动辄射雕万骑,更有甚者,声言控弦十万,那么多精壮马匹都是从哪儿来的呢? 到了漠北,就全明白了。那儿的人,主要的食品是鹿肉,不管是猎鹿还是牧鹿,全靠骑马,鹿跑得多快,马比它还要快,这样驯养出来的马,当然是疾驰如飞了。蒙古草原上的人,吃的是牛羊肉,牛羊全是放牧豢养,牧人也骑马,不过是代步而已,再好的马,这样用上三年,全成了驽马。蒙古人的奶酪多的是,漠北人的良马用不了。

方逢时听得入神了。

如桢说,在一户人家还看到,用作勒勒车帷子的,竟是一幅数尺长的锦缎,当间是只白鹇,这可是五品的官服啊。不定是哪个官宦人家,遭了蒙古人的抢掠,又转手卖到漠北。最能说明彼此相依相存的,还要数马匹的走向。

"啊!"逢时惊叫,"老弟可是说,漠北人用良马,换蒙古人的奶酪与衣物,蒙古人用漠北人的良马侵扰中原,获得粮食与衣物?"

"差不多就是这么个连环套。"

孙胡子抹了抹额头上的汗珠子,接上话茬,说这个连环套里,吃亏的是内地的人家。边民已经习惯了,要抢也没有多少可抢的。苦了的是内地的居民,不定哪一天,蒙古骑兵就杀进了村庄,杀进了州府。前年就杀到了潞州,更早以前,杀到了平阳。汾河谷地两侧的村子,多修有堡子,就是为了防蒙古人的。边墙挡不住蒙古人,堡寨多少还是抵点事,哪个堡子,都存有粮秣,掘有水井,扛他十天八天不是个事。

方逢时听了,由不得起了诗兴,说道:

"边墙堡寨相连,难抵铁骑忽至!"

说罢,像是想起什么,问孙胡子,你刚才说了,你们怎么从山西那边过来的。孙胡子说,他们是过紫荆关,走宣府这边过来的。逢时说,他还懂点边疆地理,山西去漠北,出大同,过张家口,有条近路,你们不走,怎么绕了这么个远。

孙胡子说，去漠北的路，有几条，他都走过，问逢时说的近路，是哪条。逢时说，自龙门盘道墩以东，到靖胡堡山梁，也就一百多里，插过来，不就到了独石堡吗？孙胡子说，你说的对着哩，只是那条路太难走，而且不安全，还是出紫荆关走宣府这条路，一路上都驻有官军，是绕远了点，但是安全，路也好走，赶脚的，不怕绕远，怕的是难走。

如桢一旁听了，说方道尹这次来独石口，就是来勘察过这条路，龙门盘道那一段最是难走，真要修好了，北可达独石，南可援南山，蒙古人劫掠，不管是独石还是南山，若有缓急，宣府驻军，朝发夕至，省了多少的担忧。

逢时说，这条路修成了，是军事要道，方便将来用兵。

学青补充了一句，说南山的最重要，皇陵重地，若援军能及时到来，就不会慌张了。

逢时说，这位年轻人，看起来甚是英俊，当是世家子吧。如桢说是他二嫂的弟弟，一门都是读书人，全在军中做事。这几年，跟上他，大有长进。说起学青，胡子问，嘉靖四十二年，驰援京师路上，那个偷卖了杜府储粮的李景德，如今在哪儿得意。如桢说，卖粮之事，过去多少年的旧事了，不说也罢。他来独石口之前，两人分手，先在弘赐堡当守备，如今已是大同镇的副总兵，地位反在如桢之上。

“啊，有这等事！边关是玩命的地方，也可徇私情安置！”

胡子还要说什么，如桢说：

“景德是有才能的人，在大同那边有前程。他走了，我这儿用起学青，历练历练，不比景德差！”

胡子端起茶杯，朝这边晃晃，说道：

“就凭这话，我敬你一杯！”

逢时还想续上方才的话题，面向胡子，说漠北那边的妇人，姿色如何。胡子一听，以为这位道尹也是好色之徒，顿时亲近了许多，将茶杯往茶盘上一蹾，手在石桌子上一拍，连声说：

“水！水！那个水！”

逢时以为孙先生是说漠北的女人水灵，心里疑惑，那么干旱的地方，女人怎么就会水灵呢，连说不可能。孙胡子的气上来了，又是一拍桌子：

“水，就是水！”

逢时转向如桢求证，如桢自然知道胡子的意思是什么，脑袋动了一下，不知是摇头还是点头，嘴上含糊地说：

“他那话，他那话——”

“我的话咋啦，我的话咋啦！”

“好好好，我不说了。”

胡子高兴了，手拍得更重了，表情也变得猥琐。

方逢时愣过神来，当下脸上有些挂不住，瞅了如桢一眼。如桢感觉到了对方的愠怒，当即对胡子说，你还是读书人嘛，说话干净点。胡子这才发觉失态，赶忙换了话题也换了声口，七分恭敬，三分随意地问：

“方先生，你从京师来，可听说京师的王大才子，写了个说部，叫金什么梅的？”

如桢听得出，胡子这话，不过是讨方逢时个喜欢，逢时果然上当，接上茬儿说：

“是王世贞先生，叫《金瓶梅》。”

“听人说，这个王先生呀，是心里有冤情，写了糟蹋他的仇人的。他的仇人徐阶，阶为门前台阶，徐谐音西，书里便给这个仇人起名叫西门庆。庆，是咒他的仇，总有一天会叫清了。真要是这样，倒是个好样的，只是他里面的玩法，若请教一下我，我还会教他几手更高级的。”

“我也不明白，方先生说道说道。”

怕胡子后面几句，惹逢时不高兴，如桢在一旁帮衬着，往话头往这边挪了挪。搔到了痒处，神仙也成了凡人，逢时说：

“《金瓶梅》这书呀，乃才子之作。非是对徐阶巧言丑诋，乃是竭力攻讦严世藩，世藩表字东楼，恶人名为西门庆，那个庆字，倒是咒此人早早靖了，清除干净。”

说话间，有军士将酒菜端到独石亭，果然有一坛子上好的黄酒。如桢对逢时说，

“今天的饭要快点吃，待会儿胡子还要上路呢！”

饭后分手，胡子带马队北上。方逢时当晚，留宿在参军署重衙，第二天一早，带着随从，返回崇礼道台衙门。行前将一封信交学青转如桢，如桢看时，是方逢时写的一首七律，题为《独石》：

乘轺远作三关使，
倚剑来登独石台。

此日山河犹表里，
当年城郭已蒿莱。
茫茫世运同棋局，
落落雄图寄酒杯。
万里寒威生锦袖，
数声清啸月中回。

学青凑过来，连声说，方道台的字好，如桢读罢，叹了口气，说道：“喝黄河边水的，比不上人家喝长江水的！”

三

打马来到关外。

相跟上的，乃是今天新来的朋友王世懋。

听说前一天方逢时来过，世懋连连叹息，说要是早一天起身就好了。

世懋是前晌到的，晌午饭后，说想去关外转转。

如桢说这不是难事，世懋有些不安，说要出关，是不是响动太大，如桢说，简单得很，只消两个字，问哪两个字，如桢说：“备马！”

旷野里，就他们几个骑马的人，此外便是，蓝蓝的天，呼呼的风。

除了他俩，还有学青与张胜，知道自己的身份，自觉拉下一截子。世懋的随从，一个懒散的汉子，骑个驴，掉在更远的后头。

一阵疾驰，又换成缓跑。

如桢骑的，是墙子岭大战中，意外收到的汗血马。这马就是平常跑起来，也比蒙古马要快些。再怎么勒缰绳，蹄子总是抬得老高。打了两个圈儿，世懋的马，才赶了上来。乘马兜风，世懋多少有些亢奋。

“痛快，比在女人肚子上都痛快！”

“你呀，就不能说个正经话！”

“这风，多好！听着呼呼的，刮在脸上，又柔柔的，跟被子筒里的风似的！”

如桢笑了。跟这样的朋友在一起，说个荤话，也启人心智。

世懋的身子，往这边侧侧。

“跟那位，后来怎么样了？”

风大，听不清。

“谁？”

他大声问。

世懋说了句什么，怕他听不清，抬起手臂，叉开食指和中指，朝这边晃晃。

他知道，世懋问的是，他跟二嫂的事，故意装作没听清，只管走自己的。

与世懋先生相识，也是在东直门内那家叫清风阁的馆子。一见就投缘，称兄道弟，分外亲热。他大世懋三岁，该是兄长了，无奈世懋排场大，口气大，说起话来什么时候都跟兄长似的，只有说荤话的时候，像个小兄弟。

世懋此番来独石口，名为秋游，实为答谢。那年初识，其父王忬的冤狱，尚未平反。兄弟俩为明心志，抛却冠带，草履葛巾，一身皂衫，四处申辩，花销甚大，家境渐显困窘。某年如桢去京师公干，乘便去看望世懋，言谈间世懋取出一部《金瓶梅》抄本，只有上部，想让如桢带回右卫求售。如桢知道此书在坊间甚是走俏，问欲售价几何，说家中拮据，有三百两纹银即可。如桢当天命人送去五百两纹银。后来见面，再未提及此事。

去年八月，世懋兄弟伏阙申讼父冤，极言为奸臣严嵩所害。徐阶力主昭雪，皇上下诏，恢复王忬官职，且给以抚恤。随后兄弟俩都有了新差事。哥哥世贞先派往大名府任左副都御史，不久就改为浙江右参政。弟弟的任命下来迟些，一任命官就不小，先是南京礼部主事，今年又改为陕西提学副使。

赴任前，以秋游为名，专程来独石口答谢如桢。送来的礼物，乃《金瓶梅》下部手抄本，昨晚已交割。如桢要给纹银百两，世懋死活不依，为此差点翻了脸。

昨天晚上，聊天时，如桢跟世懋，说了跟二嫂的一些事，没有说到什么交关处。世懋还是听出来了，知他心里有这个女人，惦着她，还想做了她。真是发了昏，跟人家说这个做什么。想到此，暗暗夹了下腿，身下的坐骑跑了起来。

世懋赶上来，重重地加了句。

“说说那个香饽饽！”

这说法太轻佻了，他顿时心生厌恶，后悔自己，不该跟世懋这种货，说那么重感情的事。

“说呀！”

他不理。心里想，说？怎么个说！风地里，能说这事吗？

瞅一眼身后，学青和张胜，都相距不远。

学青赶上来，看眼神，像是问他有什么事，也不好说就没事，顺口说了句：

“出了关，勤瞭哨着！”

学青回身跟张胜打了个招呼，两人打马往前面去了。

“老兄，你倒是说呀！”

“野地里，是不是谈点别的？”

“那是那是，”世懋也还乖巧，连连点头，“这么要紧的话题，那是要焚香沐浴，静处一室，平心而谈的，怪我怪我！”

“倒没有那么多讲究，是今日心境不好，无此兴味。”

两人并辔而行。风，似乎小了些。

是要岔开话题，也是心有所系，他问世懋，杨大人近况如何。世懋说，杨大人过去的靠山是徐阶，徐失势后，与高拱关系也不错。只是近来，张居正势头正健，与张的关系，不够亲密，心境似乎不太好。此番临行前，专程去杨府看望，正遇上杨大人在花圃薅草，为了逗杨大人高兴，引用了白香山的诗句说：“令公桃李满天下，何用堂前更种花！”[①]杨大人哈哈大笑，应道：“空言桃李满天下，不及王家两奇葩！”说罢赞叹道：

“杨大人有捷智，有捷智的人，总是让人敬重！”

“当年他在朝廷，可说一身系天下之安危！”

“杨家儿郎，不比过去了。我看呀，就还数你！”

“我呀，不抵事了，窝在独石口，跟那块石头一样，动也不能动。”

两人正说着，学青和张胜，打马回来，到了跟前，说前面有个小树林，也还干净清爽，将爷和王先生，就在那儿歇息歇息吧。如桢问世懋，是歇息一下，还是再往前走。世懋瞅瞅四周，见景致还行，说歇息一下也好。

---

① 白居易《奉和令公绿野堂种花》诗句。

进入树林，下了马，拣一处脚下平整，眼前开阔的地方站定。学青和张胜，过去将马鞍上的垫子撤下来，在地上铺开。又取过一个羊毛单色褡裢，平铺开来，一件一件往外取东西。酒杯，酒壶，一个羊尿脬，看着鼓鼓的，又黑又亮。最后取出来的，是一个扁平的黑漆食盒，掀开来，里面四个格子，一个格子里一样下酒菜。

世懋好奇，拿起羊尿脬，拧开上面的塞子，凑到鼻下闻了一下，急急挪开，鼻梁一耸一耸的，像是要打喷嚏。说这是啥酒呀，这么厉害。张胜说这酒是口外蒙古人酿的，比咱们汉人的酒，劲儿大多啦。世懋的随从，也过来了，学青过去，扶他下了驴。此人看着粗糙，到了跟前细看，也还面皮白净，像个斯文人，跟他的主人，倒是挺般配的。也还知趣，见这儿摆开喝酒的架势，自个儿踅开了。

摆弄好，学青和张胜，重又上了马，去远处瞭哨。

跟前没人了，如桢做了个手势，两人这才坐下。

这是个东向的缓坡，他俩随意坐下，说相向也不是脸对着脸，说并排也不是肩挨着肩，像一双外八字的脚，只是脚掌窝回来，相当于脸对着脸。

世懋朝远处瞅了好大一阵子，扭脸对如桢说，这独石口的得名，自然是堡城南边那座孤零零的石头山了，可从关外这地方看去，两边的山势缓缓的，谈不上多么高大，更谈不上多么险峻，何以地位就那么重要，说是上谷的咽喉，京师的右臂。咽喉好理解，这右臂就不好理解。来的时候，一直朝西北走，这儿是右臂，左臂在哪儿呢？

如桢听了，扭扭身子坐正，脸朝了对面的山梁，说世懋有这个感觉，一点也不奇怪，他初来独石口驻扎，也犯过这个疑惑。蒙古人在正北，从京师看去，东北方是密云卫，古北口该是右臂，西北方是延庆卫，独石口该是左臂，怎么说成是右臂了呢？闷在心里没问人，时间长了也就明白了。独石口有此重要地位，乃是众多缘由积聚，其来有自，非一言可尽。

世懋说，今日无事，老兄不妨讲讲，让我这局外人也开开眼界。

如桢说，洪武爷一统天下，将元蒙残部赶到漠北，起初几十年间，北部边防一直平平静静。北部设置三卫，拱卫北平，分别是大宁卫、兴和卫和开平卫。错在永乐爷，兴起靖难之役，夺了建文帝的江山，起兵之初，怕力量不足，借了元蒙兀良哈部数万骑兵。打下江山后，为酬劳兀良哈，便将大宁卫这块地方，给了兀良哈驻牧，兴和卫也随之后撤。这样一来，开平卫就孤悬敌境，无法踞守。到了宣德年间，不得不将开平卫，移到独石口堡。这是北边。西边的情形，约略相似。边防原在东胜卫，也是永乐年间将东胜卫撤了，玉林卫往后移到大同右卫，如此一来大同就成了拒敌的重镇，迎西而立，突在前锋。就京师而言，独石口自然是右臂。

“哪儿可称为左臂?”

“那就非紫荆关莫属了。”

大概坐在地上不甚舒服，世懋站起来，踱了几步，指指远处的边墙问道：

“这边墙全是片石垒成，看这山岭，像是土质，何来如此多的片石?”

“这儿的山，上面覆盖着两三尺到丈余不等的土质，下面多是石头，这些片石，就是从石窝里采的。石窝都在边墙里面，这边看不见。”

“噫，那边的边墙上，似有人影走动，这边也有。有了边墙，还得卫兵防守吗?”

“平日只要巡查就是了，不会这么多人上边墙值守。这些日子，正是摆边时期，边墙上的人就多些。”

说起摆边，如桢大发感慨。说这也是老规矩了，大概从修建边墙起，就立下这么个规矩。每年秋季，各卫所的边兵边将，全部开到边防线上，轮番上边墙值守，以示戒备森严，震慑番兵万勿来犯。建边墙是立足于防，以为防重于战，现在的摆边是吓，以为吓更重于防。

世懋问抵事不抵事，如桢说，先不说兵力原本不足，无法全线摆开，摆开了也是稀稀拉拉，空惹人笑话。就是真的三步一卒全摆开了，虏骑呼啸而来，仓促间岂能一呼成阵?用兵之道，从来扼守险要，震慑遐迩，保一方平安，哪有撒兵一线而威慑敌军的道理。

“唉——”

世懋像是又要提香饽饽的话题，瞥了一眼，觉得还不到时辰，又踱开眺望远处的边墙。

屁股下有点硌，如桢也站了起来。踱到一边，看看远处，又看着世懋，看了脸面，由不得看看身子。这世懋先生，此番来独石口秋游，跟六年前京师相见，大为不同。

多年前在京师，正与哥哥世贞先生一起，四处奔波，求这个拜那个，为的是平反父亲的冤狱。身上是粗布短衫，腰间是麻丝长带，一脸的悲怆不平之气。如今的世懋，没有穿官服，幞头直裰，白底软靴，又光鲜又体面。

昨天后晌一见面，如桢就打趣说：

“嗨，整个一个苏意儿！”

世懋抻抻直裰的下摆，言道：

“老兄差矣，苏意儿早不时兴了。前些年徐阶、高拱轮番掌权弄事，新近又起用了个干员张居正，来势甚猛。他是江陵人，衣着最是精干，京中人竞相仿效。张居正当朝，才两年光景，就时兴起江陵袍带，一身青衣，两条丝带，又简朴又出彩。今年春天，又兴开了这种丝质袍褂，又轻柔又鲜亮，老兄再到京师，我定送你一套穿穿。”

“那就先谢谢老弟了。”

如桢细看，世懋这身穿戴，果然又考究又大气。苏意儿讲究细节，不免繁褥，忽略了整体的气质。世懋兴犹未尽，接下来说道：

“还有一样时兴的，也要告诉你。如今穿戴，讲究个三紧：头紧，腰紧，脚紧。头紧是说头巾要扎紧，腰紧是说带子要束紧，脚紧是说脚上鞋袜要紧。三紧，人才精神。”

这个人的好处是，他要炫耀自己的什么，也是一派真诚，不带半点虚情假意。衣服称身，但他个子不高，腰身又太粗，衣服再鲜亮，看去更像个商贾，而不像个文士。

昨天酒饭过后，安排在客舍就宿，如桢都要走了，世懋要他留下聊天，拗不过，只好留下了。客舍只有一盘土炕，如桢不愿跟他挤在一起，让亲兵取了铺盖，在一个长柜盖子上睡了。

夜里聊天时，他说了跟二嫂慕青的情感纠葛，世懋听出名堂了，今天一出关口，就缠住要他说个详细。方才忍了几忍，到了这儿，还是憋不住了。如桢下来，还要说摆边的利与弊，世懋插话拦住：

“这下该说你那个香饽饽了吧！”

“别老香饽饽、香饽饽的，说名字不好吗？”

“二嫂叫啥来？”

“慕青，王慕青。”

“那就说说你跟慕青女史的事吧！”

“这风地里，是说这个事的地方吗！”

不知是如桢的忸怩，让世懋有点小小的不悦，还是要确实想显显自己的才学，开导开导这个边塞的将军，世懋说，你呀，这样的事，还就要在风地里说。刮风的风字，跟风马牛不相及的风字，是一个字，也是一个意思。古人早就知道，刮风可以传授花粉，结下籽儿,传宗接代。因此给男女交合,也就叫成了风。远古的诗歌,与舞蹈相伴,且唱且舞,最初也是男女交合前的助兴。此类歌舞,最见世道,最见人心,周王令人着意采集,便是各国的风。后经孔老夫子整理,便成了《诗经》。老人家最能领会古人的用意,不管怎样删,怎样编,头一首都得是《关雎》,等于是开宗明义,说了风从何来,诗又是何意。此中有大爱存焉,亦有大义存焉。因此,推行风教,将男女之事,提高到家族兴盛、社会安定的高度。后来是觉得风字毕竟俗了些,便改为诗教。诗教者,风教也。我那世贞哥哥,平日做学问,最看重的,就是这个诗教。记得有次兄弟俩谈起这个问题,世贞哥哥就说:古人施教,必以《诗》为先者,亦欲以治其心,使归于和平乐易而已。《诗》三百篇,学者诵习既久,自可去其轻薄嫉妒之心,以群居而不乱。孔老夫子说,入其国,其教可知也。其为人也,温柔敦厚,诗教也。以我的看法,诗教嘛,就是先愉悦性情,再平和理智。

这世懋,果然是好学问,也多亏了这张好嘴。

如桢心想,这个野马,不知跑到哪儿去了。

没想到,世懋还真是个好驭手,以为跑远了,不会回来了,马上就来了句:

"你说在这风地里,谈风事,有什么不对?"

如桢还想着怎么岔开话题,便说,他不明白,孔老夫子删编《诗经》,《风》打了头,你说得还有点道理,可后面的,怎么就叫了《雅》和《颂》。

总是谈兴未已,世懋明知他的心思在什么地方,也不点破,就着他的话头,又说开了。说他来独石口的路上,就想到了苏东坡答辽使的典故。辽国人,文化是很高的,这个使者,又心高气盛,一上朝堂,就出了个上联,让大宋的君臣来对,出的是"三光日月星"。这个可是个绝对,你想,上联有个三字,下联不能是三字了,又得是个数字,跟个什么,后面都难有三个字相随。据说是苏东坡对上了,来了个"四诗风雅颂"。原来,这雅,又分小雅大雅。至于这个排列嘛,何以如此,实则如此排列,最见圣人的用心。风是根本,这件事做了,就可能臻于雅,最终达到颂。

"怎么样,该在这风地里说了吧,说了才能臻于雅,达到颂啊!"

这会儿,如桢的心思,又跑到了别处。

世懋昨天带来的书,夜里他就翻看了好几卷。真是叹服作者,对人情世故的把握,外界传说,这部书,乃是王世贞所写。世懋是不承认的,只说是他哥哥雇了书吏,抄下来的。方才听了世懋关于风教的一番高论,越发地相信,是王世贞这个当今大才子写的了。

世懋又催了，到了这个份儿上，再要不说，就对人不起。

“世懋老弟，咳咳！”咽口干唾沫，清清嗓子，“怎么说呢，我这个二嫂，背后再怎么想着，要搂要抱要做，见了面就是我的西王母，就是我的护法娘娘。”

“行了行了，说真格的。”

“好，这就说。就在今年夏天，我回右卫看那儿的马市，想方设法，什么都——”

如桢顿住了，掂量着怎么措辞。

想想，还是撂远了说吧。

他说了个事。

前年，侄儿思义入营五年，已是游击将军，跟他父亲殉职时的官儿，差不多一般大。就在前一年，思义生下个儿子，等于杜家有了第四代。爷爷和爹一高兴，决定大兴土木，扩建宅第。正好左邻一家院子出让，便买了下来。连上他家的三个院子，共是四个院子，推倒之后，重新规划，还是三个院子，全都大了许多。

爷爷建这个连环院子，颇费了一番心计。

三座大院子，占了半条街巷，起线时，爷爷让前院墙往后靠了五尺，等于是将五尺宽，十几丈长的一条地面让给街道。别说家人了，连街坊邻居都莫名其妙，说做善事也没有这么个做法。过了好久，如桢才从父亲口中得知原委，爷爷的意思是，杜家迟早要大发，门前的地儿，要留得大些，预备着将来好立牌坊，栽旗杆。

扩建宅院，最兴奋的是爷爷，他又找到了年轻时去苏州采办军需时的感觉。一砖到顶，磨砖对缝，不必说了，光三个门楼的木雕，三个照壁的砖雕，就花了三千两银子。家里人都说太破费了，爷爷拈须而笑，言，粉要擦在脸上。

除了舍得花钱，爷爷还设计了一些小机关，三个院子，都有偏门相通。过去的门闩，都在东西两院。也就是说，是为东西两院的人来中院看望父母方便而设计的。爷爷觉得，两边院里应当都方便才好。便指导木匠，在门框上做了个暗锁，实为一个隐蔽的木榫，土话叫销子。安在门边的上框，有个杠杆一样的机关，在里面与门边的偏框相连。外面只露个圆头。这边的人按一下，门就开了，那边的人按一下门也能开。

分配院子上，很费了一番斟酌。长子不离祖，西边的院子，原是祖上老院的地基，给了大哥如松一家。老人跟小，是当地的风俗，父娘和他，分了中院。慕青要守节，待遇跟两兄弟一样,母子俩住在东院。爷爷随了慕青,说是人老了,孙子媳妇伺候起来方便。谁都看得出,爷爷是为了给慕青母子占住个院子。人老了,活不了几年,百年之后就全是慕青母子的了。

新院新气象,一家人都欣喜万分。

“花了多少银子?”

世懋忍不住问。

“你猜!”

“三万?”

“这个——”

伸出手叉开五指。

“啊,杜家这么有钱!”世懋大为吃惊,忙说,“快说正经的,我也帮你延宕了。”

如桢笑笑,接着说下去。

料不到的是,家庭的灾难,也迎面来。

先是哥哥中风,左腿残疾,整天只能拖着一条病腿,在院里晒太阳。不久,府里忽然来人,说爷爷与板升的赵全等人,暗通消息,接应蒙古人南下侵扰。这是哪儿有的事?不过是奸人陷害罢了。可恼的是,府里的一位昏官,竟全信了,想做成事件,上报请功。这两年,爷爷为此事,不知费了多少精力,人都老了许多。

“老人家多大年纪?”

“七十多岁。”

“缓过来就没事了。说那个事吧!”

如桢说,八月十五前,他从独石口回右卫过节,到家已是申末时分,洗漱后水也没顾上喝,便过到东院去看望爷爷。次子思训,要跟着他过去,他都没带,说爹爹去看老爷爷,一会儿就回来。这个孩子是嘉靖四十年生的,已八岁了。那些日子,正养着一窝兔子,刚下了崽,毛茸茸的,甚是可爱。说是要送给东院娘娘一对小兔子。他说,等再大点。这样,他就一个人去了东院上房。爷爷是老了,精神还好。

听见他过来,慕青嫂嫂也到上房相见。两三个月不见,爷爷似乎又老了许多。奇怪的是,住进新房,嫂嫂显得更年轻,更俏丽,稍稍胖了一点,面皮绷得更紧,白里透红,微微闪亮。问过边塞局势,不知怎么话头一拐,又说到院子的分配上。爷爷说,他住这儿,一半是为慕青,一半也是为你这个孙儿。慕青似乎一听就懂了,赶紧埋下头哧哧地笑。他瞅瞅爷爷,一时间不明白爷爷为何说这样的话。

过来已是向晚时分,东拉西扯,时分不早了,爷爷说,慕青啊,前些日子我给你的那个中轴挂起来没有。挂起来了?那好,那可是文衡山的真迹,早年我去苏州,托人去文府买下的。老了,早点分给你们。说到这儿,像是想起什么,对如桢说:老三啊,这幅画,你小时候肯定见过。这些年我没有拿出来过,你嫂挂起来了,你该过去看看。爷爷上了岁数,不再叫他桢儿,只叫他老三,对大哥却不叫老大,仍叫松儿。

一回家就过来看爷爷,原本有见慕青一面的意思,叫爷爷这么一说,反不好意思走开了。末后还是爷爷说,他困了,要躺一躺。这才跟上慕青,到了慕青住的西厢房。

听到这里,世懋的眼睛都鼓起来了,太阳地里,贼亮贼亮的。

说得多了,嘴有些干,如桢停住,咽了口唾沫。

"快说呀!"

世懋催促。

如桢说了下去。

一进门,慕青扭转身,掩上门,一手跷起食指,在他额头重重一点,说你呀,真是个木头,爷爷话都说得那么明了,你是真不解事呢还是真的没听懂!说着踮起脚,胸脯挺起贴了过来。他没想到事情会这么快,慌乱间不知如何是好,稍一愣怔,就双手捧起慕青的脸,俯下要凑上去,慕青已闭上眼睛,就在这时,院里忽然响起喊声:"爹爹,我妈叫你吃饭呢!"是次子思训。

他和慕青紧贴着,不吭声,盼着孩子叫上一句就走开。料不到的是,孩子到了西厢房门外,说妈说了,你在娘娘屋里呢。还有什么好等的!离开身子,慕青开了房门,对思训说,是训儿呀,你爹正在看画儿。等思训进来,他已站在西墙的画幅前。文衡山的画上画些什么,一笔都没看清楚,心里有的,只是对沈氏的怨恨。这不明明是在监视他吗!

说到这儿,沮丧地说:

"世懋老弟,你说,这是闻上了还是啃上了?"

"唉!"世懋满是同情,"充其量,只能叫闻上了。后来呢,再没机会?"

"哪里能有机会!只要我一到东院,一刻半会儿,准有事情搅扰。我也没心在家里待了,勉强住了五天,就回了独石口。只有后来一次,慕青说的话,叫我心里还是很熨帖的。”

世懋没催，只是皱起眉头听。

如桢说，离开家的前一天，他抽了个空儿过到东院，正好赶上慕青和兰花在葡萄架下摘葡萄，不是摘，是用剪子剪。他一过去，兰花说是再去取个篮子，走开再没回来。葡萄架下旁边，有石墩子，还有石桌，他坐在石墩子上，慕青原先还在架子下面摘，兰花一走，就过来坐在石桌子上。天气热，解开衫子，撩起前襟呼扇着。说了几句话，他就想到以前看过的《金瓶梅》里，有一回书，叫什么醉闹葡萄架，想到这儿，我的下面，有感觉了。

世懋听了，大声叫好，说道：

“哎呀，太妙了。”

如桢以为世懋要嘲笑他，不再吭声，说了，心里也怪舒服的。

世懋说，这情景，要是在上古，让那个写了《关雎》的人见了，《诗经》的头一篇，就不是《关雎》，而是这样的一首诗了，你且听，是不是这样的：

关关雎鸠，
在河之洲。
一耸一耸，
求偶求偶！

如桢听了，由不得笑了。

“你呀，你呀！”

还想说什么，往林子外面一瞅，只见远处几个骑马人，朝这边疾驰而来，由不得一声惊叫。

“会不会是蒙古人偷袭来了！”

世懋也看见了，说该如何是好。如桢说：

“先上马再说！”

一场虚惊，差点笑塌了腰。

如桢毕竟敏捷些。

左脚已踏上马镫子，右脚跐了两下离开地面，再一使劲，屁股就要坐在马鞍上，脑袋一俯一仰的空儿，看清了来人，刚闪起的右脚落了地，左脚也从马镫子上抽了出来。双手一推马鞍，转过身子，朝来人大喝一声：

“胜子，你们捣的什么鬼！”

说你们，是因为紧跟着，学青的马也咴儿咴儿喘着到了跟前。

和张胜、学青一起奔来的四个人，确实是鞑子，不过，不是远处的生鞑子，而是近处的熟鞑子。官书上称为属夷，也有说熟番的，老百姓叫熟鞑子。

待四个人到了跟前，下马冲着如桢便拜，拜了如桢又拜世懋，嘴里叽里咕噜说着什么，听是听不明白，可看脸上花儿似的笑着，准是乞求什么，讨要什么。如桢不管这些，还在生着张胜和学青的气，一连质问：

“带他们来就来了，跑这么快做什么，找死呀！”

张胜一面抻起袖子，擦额头上的汗，一面辩解说：

“我跟学青在远处瞭哨，见这四个人打马过来，迎上去一看，都是前面屯子里的熟番，问他们要做什么。他们说看见杜将军出了关，还有个锦衣光鲜的胖子，定是京城来的大官，他们要讨赏去。”

“讨赏就讨赏，用得着这么跑吗？”

如桢仍在气头上。

“我也是这么说的，他们说怕杜将军跟京城来的大官回了堡子。怎么劝也不听，他们跑，我们只有也跑，还要跑在他们前头。”

“差点吓着了王先生！”

那四个熟番，见如桢生了气，以为讨不着赏了。领头的一个穿绛袍子的汉子，朝另三个穿蓝袍子的汉子，使了个眼色。那三个汉子，当下散了开来，弓起腿，膝盖朝外，一摇一摆，跳起舞来。

起初以为是番人的什么舞蹈，再一看，不是。当间的那个，双手做出弯弓射箭的样子，接连搭箭远射，旁边的两个，则做着轮番递箭的动作。一面又龇牙咧嘴，一会儿惊讶，一会儿叹息。

“看出来了吗？”

穿绛袍子的，朝如桢笑笑。

有点意思，是什么，却看不出来，如桢似显不显地摇摇头。

“杜将军的事呀!”

“啊,我看出来了!”

张胜大叫,还使大劲在胯上拍了两下。

如桢侧过头,不作声,意思是你看出了什么。

“你没看出来吗?”张胜说,“他们跳的是,将爷一弓千箭退百骑的事呀!”

“什么什么?”

世懋也来了兴致,要如桢说,没办法,只好简略地说了。

在宁武山里,接了总督衙门的军令,让他速速赶往独石口堡,接任这儿的守备官。安排好冬训的事,赶回右卫,带上张胜、学青,轻装简从,前往独石口堡。

奔走一天,隔天清晨,来到独石口南边,白河岸边,一个叫水磨村的地方,正行走间,远远看见一队蒙古骑兵,打马而来。边墙之内,如何会有敌骑?他与张胜忙避到一处山坡后面。

何以会出现小股蒙古游骑越边而入的事?后来才明白,其时是冬季,摆边的各路镇兵,早就回了早先的驻地。只有堡里千余常驻兵,守着百余里边墙,根本就管顾不过来。蒙古游骑,越边而入,不是什么稀罕事。只是这次,来的人多些,胆子也太大了些。

如何是好?

正焦急间,看见南边不远处,几辆车子,缓缓而来。张胜眼尖,大叫:

“咱的人!”

以为是军车,护送的定然是军人,走近了,大失所望。倒是军车,也是军人,只是这军车,不过是七八辆驴车,押送的,全是老弱的军士。问车上鼓鼓囊囊的是什么,说是弓箭,送往独石口堡的。快快快,他让将车辆横过来,摆在路上,让军士先取几张弓,搬几捆箭杆过来。押送军士,跟张胜、学青,也都各自拣了弓在手,伏在坡后,静等着蒙古骑兵过来。

敌兵近了。

他搭箭射去,正中领头的一个蒙古兵的心窝,那人当即栽下马来。

后面的敌兵,看见这边人不多,冲了过来。

一箭一箭又一箭,少有落空的。

军士们也射,远了点,难以命中。张胜和学青,也不射了,专管给他递箭。

待骑兵退去，他的胳膊都举不起来了，事后检查，骱竟脱了。

说到这儿，世懋明白了，中间的这个汉子，舞的是如桢弯弓射箭，两边的两个汉子，舞的是张胜和学青，交相递过箭杆。

“好个一弓千箭退百骑！”

世懋激赏。

三个汉子仍在跳着。如桢摆摆手，示意别跳了。扭过脸，瞅了张胜一眼，指指马褡子。

张胜提来马褡子，接住顺过来，摸出四个小银锭，递给绛袍子。说王先生是他的文人朋友，不是什么京城的大官，既然你们来讨赏，且代朋友赏赏你们。出外游玩，没带多少，就这些拿去买酒喝吧。

四人领了银子，欢欢喜喜，打马去了。

一场惊扰，就这样欢喜收场。

四

回府后，如桢将世懋，请到公廨后面的小书房。

这里，笔墨纸砚齐备，说呀写呀，有那个气氛。

磨墨的工夫，世懋还在想着，前晌在口外树林里的事。

“哎，老兄，你这样行事，番人来了，说上几句好话就赏银子，一年下来要撒出去多少？你杜家有钱敢这么抛撒，普通将官怕没这个气派。”

如桢笑了，说他再有钱，也不会那么傻。告诉你吧，朝廷有这笔开销，多少年下来，已成定则。听杨大人讲，年轻时随翟銮阁老，去西北巡边，那真是大把的银子，由着性儿抛撒。常是不管围上来多少人，只要齐齐喊三声皇上万岁，每人三两五两就发下去了，一次发出上万两都有过。有那精明的夷人，竟从延绥跟到宁夏，又跟到肃州的。杨干大说，他认出来了，也不点破。朝廷花钱，要的就是个远近臣服的声威，这事传出去，只会对朝廷有利。末后说：

“大方，就是威风！”

“哦,哦,这倒没听说过。”

世懋随声应和,半信不信的,只是觉得好笑。

如桢又说,那是先前,现在巡边大臣下来,不会带银子乱抛撒了。安抚都有了定制。哪个军堡该多少,到时候分到总镇,再分到边关。随手撒些,只可说是毛毛雨。每到秋季,边关告急,各关口对这些熟番都有大的赏赐。不笼络住,生番入关抢掠,他们也就跟着进来了。给点赏赐,还有一样好处,生番有扰边的举动,他们会提早报告上来。

墨磨好了,学青站立一旁,文静地笑着,不时过去给两人添茶续水。

世懋要动手了,却不忙着拈笔,只是在书案后面,翻翻这个瞄瞄那个,一副懒驴不上套的样子。如桢知道,不能催,这是在蓄势。先得让心情平静下来,还得有点显露才华的感觉,才能提笔作书。

“噢,还有这样的功效。”世懋正在窗前的小几上,翻看如桢临写的书法,扭过身子说,“前晌来的几个人里,可有你的探子?”

“你没有注意,三个蓝袍子里有缠黑腰带的,嘴里咕噜说个不停,一直朝我眨眼睛,就是我们的内线。那意思是,对不起,我是跟上来瞎起哄的。春天堡里演戏,趁来看戏的空儿,还来拜见过我呢。”

“今天没报告什么?”

“跟上张胜往林子这边跑的时候,有一会儿故意落在后头,待张胜停下等他的空儿,告诉张胜说,俺答猛将默扎哈的帐幕移驻到应昌一带,总共带了上万人马,帐篷扎下一大片。是那边过来的蒙古商人说的,没有假。”

“应昌,不就是元顺帝逃离京师,在草原上落脚的地方吗?”

如桢说正是。这一带水草茂盛,当初就是元朝的上都路。这些年,俺答常派将领在此驻牧,有时是借此地养肥马匹,以便南侵,有时是声东击西,别有所图,有时只是借地就食,赶天一冷又撤回板升老窝去了。这次究竟是什么,该如何防备,还在思谋着。

世懋想起个事,说那儿是不是离长水海子不远,去年马芳将军远袭俺答,不就是在长水海子打了个大胜仗吗?问如桢,可知道是怎么回事?

如桢说,确有其事。返回的路上,又在鞍子山打了个漂亮的伏击战。接连两仗,打得俺答躲在板升,不敢再出来掳掠。这一年多,从偏头关到大同五堡,到宣府的常平堡,到独石口堡,都平平安安,没有大的战事。

世懋又问，马芳这个人，究竟如何，是不是真的像外界传说的那么神。如桢说，马芳虽说没有读过什么书，但他在义州那边待过好些年，就在俺答的身边。对那边的情况，对俺答做事的路数，都摸得着。有人说他是福将，不是的，是谋事谨慎，出手凶猛，因此袭帐捣巢，没有一回失过手。打胜仗也不全是好事，看起来荫子封爵，不胜荣宠，这一荣宠不要紧，又得在边关好好干几年。带兵打仗的，不到老迈，别想着平平安安地离开战场。

世懋像是发现了什么，捏着一沓麻纸，转身说道：

“哎，我说老兄，你这临的，是哪家的帖子呀！”

如桢过去，从旁边的纸摞子上，抽出一本帖子递过去。世懋一看，是赵孟頫，当下就侧了脑袋问，为何学此公的？如桢说，他先是学颜真卿的，学了两年，不得要领，想改学王羲之，又觉得王字太玄远，不如学赵孟頫贴近些。先学赵，逆推上去，再学王，还请给个指点。世懋说：

“千万不敢，千千万万不敢！”

说着，肥肥的手掌在其更肥的大腿上使劲一拍，隔着裤子，都能看见腿肚子抖了一下。

“为啥？”

“啥也不为，只为他们的字太好了！”

“学就学好的嘛！”

世懋正色言道，学书的人，都是这么说的。理由是，学了最好的，达不到，退而求其次，也不会差到哪儿。别的上头，是这么个理，这个上头，可不是这么个理。王赵的字，几乎没有什么毛病，再学也好不到哪儿去。没有毛病，等于没有可把握的地方。别说你这样的，摸不着门径，京师有侥幸为官多年的人，怕也是盲人瞎马。今天看着，稍稍像点模样，就喜不自胜，改日再看，与王赵相比，相差何止云泥。

“那你说我该学谁的字？”

“我看呀，有一个人的字，最适合你学。”

“谁？”

“鲜于伯机。你这儿有他的字没有？”

“一个本子是爷爷早先给我的，上次孙胡子来，送给我一张此公的真迹，写的是一首诗,他自个儿作的。”

说着起身,到里间取出一幅手卷递上。世懋双手接过,徐徐展开,一面脸凑上去细细观看,一面嘴里啧啧着,不住声地称赞,看罢又卷起,说道:

“这个孙胡子,真是豪爽人,这么珍贵的字,也舍得送人。鲜于伯机的字,当今不难得到,但像这样略带醉意又谨守法度的精品,还真不多见。”

“怎么就适合我临写?”

世懋略加思索,言道:

“一方水土一方人。一方水土不光造就了一方人的性情,也造就了一方人的字迹。鲜于伯机先生祖籍金代德兴府,就是现在宣府的涿鹿,生于元代的汴梁,就是当今的开封府,可说是地地道道的北地之人。北人成大书家的,三百年间,伯机先生可谓仅此一人。此其一也。再就是我前面说的,学字不能学那种一点毛病也没有的。伯机先生的字,不是这样。什么毛病呢?在京师,颇有几个朋友是伯机先生的信徒,最能识得伯机先生的长处,也最能识得伯机先生的短处。其中一个说,伯机先生的字,长处与短处浑然一体,不可遽然剖分。一语以尽之,灵动质朴,恣肆任性,犹子路未见夫子。你看这话,说得多好。真要见过夫子,蒙其教诲,子路就不是子路,而是颜回了。”

“高论,高论,确实是高论!”

如桢连连赞叹,世懋的兴致来了,又拿起如桢临写的字,指点着说:

“你的字左边弱了些,这都是中了褚河南①的毒。褚字的左撇,总是少了些力气,他的妩媚在这里,柔弱也在这里。好好临写伯机先生,这种小毛病就全改了。当然,这个毛病改了,别的毛病也来了。这不怕,学谁家的字,一定要连毛病一起学下,才是学到了家。”

案子上有纸笔,如桢劝世懋来几下。世懋也不客气,提笔濡墨,又在砚台边上掭掭,略略凝神作想,随即舒展眉头,微微一笑,再将如桢上下打量一番,定定神,随即运臂回腕,顷刻便是两行墨字:

布袍束发,无异健卒。

---

① 褚遂良,唐代书法家,封爵河南郡公,世称褚河南。

棱眉深目，岂是常人。

写罢，退后两步，脑袋侧到这边看看，又侧到那边看看，哈哈一笑，又泚泚笔，在左侧写了上下款：

子坚将军一粲　隆庆二年秋月麟州王世懋书

“怎么样，这个褚撇！”指指眉字左边的一撇。

“是有褚河南的味道。”

“褚字这一撇，最是妩媚。越是妩媚处，越要用力，好多人到了这儿，笔力一弱，就软塌下来。你看你写的，就是随了俗。”

“别光寒碜我，写首你自己的诗。来了这么多天，不会没诗吧！”

“你别说，还真的没有，好句子倒有几个，还没凑成诗。见天穷聊海喝，没在这上头用心思。”

“谁不晓得你是捷才，说来就来。别客气，这儿没人笑话你。”

话说到这个份儿上，世懋拉开架势，要作诗了。搔搔后脑勺，又敲敲额头，嘴里咕哝咕哝，像是在叶韵。真是像他说的，已有了现成的好句子，不过是再凑上两几句，就是一首诗。想好了，随即提笔写了下来：

独石流连三日整，
一墙横亘两心同。
我来访古略嫌早，
山叶无霜也血红。

还没等写下落款，一旁学青先惊喜地叫了起来：

“太神了，山叶无霜也血红！”

如桢欣赏的，还是“一墙横亘两心同”。心想，怪不得人说世懋才华不在世贞先生之下，文名为其兄所掩，难以彰显，看他作诗写字，该是真的。又想，一个人有兄如世贞先生，也该暗自歆幸了。这福气可不是人人都有的。

世懋写罢落款，让开正面，如桢踱了过去，将刚写下的字，连同落款，一字一字挨个儿看了一遍，说道：

“老弟，我看你运笔作字，落笔重，收笔稳，中间凡笔画多的，都是迅疾勾勒，草草带过，看起来又凝重又飘逸，这有什么讲究，可否见教一二？”

人就怕搔到痒处。

但见世懋手臂舞扎着，脚步倒换着，将他对书法的一得之见，说了个天花乱坠。

“我这字，可说是出于二王，入于襄阳[①]，不衫不履，自成法度。像老兄看出的，落笔重，收笔稳，中间迅疾带过，这也是有大讲究的。我说这叫裙裾飘逸，丝带紧系。就是朝外的笔画，如同裙裾，要尽可能地飘逸放荡。系裤子的丝带，指的是中宫，什么时候都要扎个牢靠。这样的字，才是良家女子，款步走来，环佩叮当。”

世懋掏出白丝手帕，抖开拭拭额头的汗，不再叠起，胡乱往大襟里一塞。

“写字的道理，我是参透了。小时候塾师教我们，写字要藏头护尾，我就弄不明白，这是说写一画呢，还是说写一个字。问先生，先生说是写一画。侥幸之后，交往多了，仍有疑惑，同道朋友，也都说是写一画。前些年，家父亡故，墓庐守制，问家兄，也说是写一画。我总觉得，说写一个字还有道理，说写一画，就没有道理可言了。学青，你别笑！”

学青忙分辩：

“王先生，我不是笑你说的话，我是喜欢你说话时的神态，比看唱戏还勾魂！”

“好好听王先生说道理。”

如桢怕学青再说个什么惹世懋不高兴。名士的脾气，谁也估摸不透。

“你想嘛，写一横画，起首重顿，落笔回勾，说是藏头护尾没错，写一竖画，如此办理，也没错。写一个点，可以藏头又如何护尾？写一撇，可以护尾又如何藏头？因此，我以为，这话肯定是说一个字的。也是守制期间，无多少书可看，猛看书法书，穷搜旁绍，务期弄个明白。还真让我找到了源头。这话最早是后汉的蔡伯喈[②]先生提出来的，不是他的什么书上写的，是他女儿蔡琰的文章里转述的，原话是：藏头护尾，力在字中，下笔用

① 米芾，宋代书法家，襄阳人，人称米襄阳。

② 蔡邕，汉代文学家，善书，字伯喈。

力，肌肤之丽。”

后四字怕两人听不清，扯过一张纸，写下“肌肤之丽”四字又作了解释，说筋骨在肉，看不出来，显示出来的是肌肤的亮丽。

“蔡琰又说，书法有二，一曰疾二曰涩。得疾涩二法，书尽矣。结合上一句便可知，藏头护尾力在字中，是说起笔收笔宜涩，迟回不进以成藏头护尾之势也。中间走笔宜疾，迅疾而过，始见筋骨而力在字中矣。这么一想，我就明白了，可说，千百年来，破此迷障者，麟州王世懋一人而已！”

学青不愿放过这么好的一个请益机会，趁世懋先生讲说的机会，从旁边一摞白麻纸里，翻出一张递过去，言道：

“这是将爷出外巡查时，我在此留守，趁便写的墨字。请王先生指点一二，使我能知错就改，有所长进。”

世懋端详一番，说道：

“我方才说的没有写到左边的毛病你也有。不过，你的字比三将军的字还要有慧根，见灵性。见夫子要早，堕入旁门，积重难返，要改就难了。习字无他法，融会贯通，出以己意，乃不二之法门也。”

说罢，嘿嘿一笑，转向如桢，言道：

“在京师，我常跟朋友们说，钟爱女人的人，书艺必佳。好文章如丽人出行，身佩琼琚，叮当有声而仪态万方。作字则如美女舞剑，寒光四射，佩环玎玲，而腰身紧束，脚步不乱。深得此中三昧，没有写不好字的。”

说到这里，忽地想起什么，将学青支开。学青刚跨出门槛，他就忙不迭地说：

“引诱我写字，侃书法，怕是你使的分神之计。从前晌在关外树林里起，我就问你吃没吃上香饽饽，你支支吾吾，推三阻四，总也不跟我说实话。明天一早我就要走了，这会儿该说实话了吧！”

如桢不好意思了。虽说没有借故推宕的意思，但确有难以启齿之处。对世懋一点也不见外，是怕实话说了人家不信。这种事，只有成了才有叙说的兴致，自己说着来劲，别人听了喜欢。总也成不了，说得浅了，没有兴味，说得深了，近似编造。

想到这儿，未开言先长长地叹了口气。

“又要找借口推宕了吧！”

“老弟,为兄断无此意。春间,马芳哥哥来独石口巡查,晚上秉烛夜话,各说各的风流浪荡事。马芳哥哥说了那么多,我连一个回报的也没有,很是羞愧。”

“买春的事也没有?”

“我们说好,不说买春的事。”

“这马芳,我听说他是上阵前必御女色。”

“是的,还必须尽情尽兴。”

“看看看,又岔开了。”

“世懋,绝不是这个意思。我有一肚子困惑,正要向你讨教呢。”

“说,说!”

“哎! 老弟,你说说,这世上,咒人,能不能把人咒死?”

“这你得说事,怎么咒的,又是怎么死的?”

如桢说,他觉得,二哥的死,跟他一次的咒,多少有些关联。又一想,这么生硬地说事,世懋准定听不明白,该说说平日对二哥的看法才是。

“我二哥这个人,你没有见过,可能会以为,既然是一母同胞,该跟我长得差不了多少吧?”

“怎么,不像? 就跟我跟我哥一样,差了天上地下?”

“那倒不至于——”

三兄弟里,二哥的个子,跟大哥相比,可说是矮,跟他一比,只能说是矬。这一点,让老二这个当哥哥的,对他这个弟弟,心里总憋着一股不明不白的气。个子低的人,似乎天生都有补救之法,且不止一种。他家老二至少有两种,一种是走路时,步子跨得特别大,步子大了,身子就能跃起来,跃起的一瞬间,就会有种高的感觉。只是这样走路,看起来怪怪的,像是脚后跟上有鸡眼,一挨地,就疼得跳了起来。又像是脚下安了弹簧,一蹦一蹦的,特别精神。二哥还有个办法,就是跟人说话时,踮起脚,胳膊舞扎着,像是跟人吵架似的。大概他自个儿觉得,胳膊舞扎着,等于身子长高了,声音大了,就等于是气冲霄汉了。

有次他过东院,正遇上二哥穿戴好了,要出门,都走到院门口了,发现靴子上不干净,返回来,让二嫂给他揩揩。

按说这事,揩揩就揩揩,不过是个平常事。可是二哥做起来,就有种惊天动地的感觉。

先是喊二嫂出来，说怎么搞的，靴子昨天没揩呀。二嫂出来，手里就拿着个帕子。院里有个石墩子，二哥将脚踩在石墩子上，二嫂蹲下给他揩。二哥的手，就扶在二嫂的头顶上。揩完这只，该着那只了，捯了下脚，仍是扶着二嫂的头顶，把二嫂头顶的发结都弄乱了。他在旁边，看了心里很不舒服，不就是有个泥点子，值得这么返回来叫唤？揩就揩吧，还要手扶在媳妇头顶上，不扶住，一只脚就站不稳吗？

等二哥走了，他对二嫂说自己的感觉，说二哥这是在装模作样。二嫂斜了他一眼，可不能这么说话，这是你在，他故意在你跟前显摆他的派儿，要是你不在，他还是挺温柔的。他听了，吐了下舌头，意思是，鬼才信这话哩。

世懋插话：

“你是不是喜爱二嫂，就觉得二哥这些都是毛病？”

“也不全是，当然，也有一点点。别打岔，听我往下说——”

还有一次，春夏之交，他回右卫休假，正好二哥休假完了，刚走没几天。一天，二嫂叫他过去，说畦子里的葡萄藤子拉长了，要他帮着搭个架子。他去了，二嫂的使女兰花姑娘，已备好搭架的杆子，需要做的是捆个棚子的模样。女人家，力气小，做不了这种活儿。该立的杆子，立起来了，要架那几根横的杆子，二嫂和兰花，一人踩一个杌子，扶住杆子的一端，大致与肩齐。他在下面看着，平还是不平。就在这时，院里起了一阵小旋风，将二嫂裙子的下摆，吹了起来，掀得不算太高，刚刚过到小腿肚子，还看不见膝盖。头一眼，他只是觉得，二嫂的小腿肚子好白呀，第二眼，他发现不对了，右腿的胫骨那儿，怎么会有黑紫黑紫的一块瘀肿。

兰花在跟前，他没有好意思问。搭好葡萄架子，兰花收拾地上的残叶，他随着二嫂回到屋里。给他沏好茶，二嫂退回炕沿坐下，他不言语，一面小口抿着喝茶，一边瞭睃着二嫂的小腿。二嫂觉出不对劲了，问这么瞅着是啥意思呀，他说，没有啥意思，你把你的裙子撩起来我看看就是了。起初二嫂不，他说，方才搭架子的时候，他都看到了。二嫂这才撩起，那块黑紫瘀肿，正面看去，更严重了。

他问二嫂，是怎么回事。二嫂说，是她自个儿不小心，在院里台阶上摔了一跤磕下的。

他不信。

追问之下，二嫂说了实话。说是好几天了，老二离家前，跟他犯了口舌，一句话不合，就朝她的小腿圪梁上，狠狠地踢了一脚。为啥事，他问，说是嫌她去后面巷子串门了。问是谁家，说是车夫老张家。他一听就火了，说老张家不就一个老寡妇，去了能咋的，值得吗？二嫂说，你还不知道，你哥就是那么个人，心眼小，出手狠。就是这时，他说了句不该说的话。

对面炕上，世懋听了，从叠压的双手上，抬起下巴。

"你说了什么？"

"唉！"

"说呀！"

"我说，叫他早点死了吧！"

世懋显然有点失望。

"这算个什么咒呀，人们平常气急了骂人，不是都会来上这么一句吗？"

"可是还没过一个月，天正热着，蒙古人打到水波寺，他奉命拦截，战后热身子祟了汗，一病不起，没有几天，就要了命。你说，这还不是我咒死的吗？"

世懋不吭气了，像是在掂量着什么。过了一会儿，以为他已经睡着了，却又爬起来，披上被子，问如桢，你是不是平常就觉得，你这个哥哥占着二嫂这么个好媳妇，真是白糟蹋了。如桢不言语，世懋又说，你说呀，咱哥儿俩还有什么不好说的。如桢说：

"不知为什么，自从那件事出来后，我一想，这么个男人，夜里在这么好一个女人身上蹭，心里就不好受。真的想过，这样的男人，还是早点死了吧。可是，等到二哥真的死了，我又觉得，我真是个卑劣的小人，二哥只是话头上狠，我则是心地上狠。"

"二哥死了之后，再见二嫂，没跟她说过这个事吗？"

"提过一次，二嫂呵斥我，再不准提这个话！"

如桢说着，也起来披上被子。

"将二嫂母子的监护，由大哥转到你名下，二嫂是啥态度？"

"当然高兴啊！"

世懋说，你家老人处理这事，是对的。监护弟媳母子，绝不能交给大伯子。如桢不明白了，问这是为啥。世懋说，这么做了，寡妇就没有活路了。如桢不作声，等着世懋说下去。这小子，饱读诗书，这么说了，总有他的道理。

世懋说开了。

“王法不外人情，道德也不外人情。老先人定下的这些道德律条，听着严得能把人治死，实际上，该留活口了的地方，都留着活口子。一个家里，最重要的道德，就是伦理。所谓的伦理，就是大人小孩，男人女人，应当遵守的规矩。规矩是做什么的呢？防备用的。防备什么的呢？防备乱了伦理的。一家人，有男有女，有大有小，低头不见抬头见，最易生情。最易动情的而有悖人伦的，就得防着。哪些人之间最易动情呢？弟媳跟大伯子，是头一份。因此，这两人之间，规矩就格外多，不准这，不准那。你家老人，当初将二嫂托付给大伯子，定然是从二嫂守节上考虑的。后来转到你这儿，是出于无奈，但也正合了古训。”

“有这等古训？”

如桢想笑，觉得这世懋，不定会想出什么歪招。

“有啊！”

“你说说！”

“嫂溺援之以手。这可是孟夫子的话。”

“我嫂子活得好好的，又不是掉进河里了。”

“不是掉在河里，是晾在干岸上，成了涸辙之鲋，快干死了，还不救救？”

“这话也太玄了。”

“你等我把话说完。弟媳跟大伯子，是那样，跟小叔子，就不然了。一是嫂子定规比小叔子要大，也就不易生情。再就是，嫂嫂对小叔子，还有教化的责任，教化就是风化，风化就是感情的熏染。熏染，也就是慰藉。有跟没有，可就大不一样了。你二哥不在了，你二嫂要守节，空守着，谁能守得住呀？若有情感上的慰藉，又不一样了。你没听说吗，小叔嫂子，没个正经。”

世懋问如桢，你到底喜欢不喜欢慕青？如桢说，当然喜欢。世懋接下来说：

“男女相悦，到了这个份儿上，就要做了那事，做好才见真情，不做总隔着一层！”

“唉，总觉得，二哥的死，是我的过错。”

“噢，”世懋不屑地说，“二哥死了不能活，你这么悔着，让二嫂晾在那儿，就合了人道了？”

“那你说我该怎么着？”

“老兄，没说的，听我的，做了才是敬，才是爱！”

“你是说，做得？”

“要是我，早就做了。你呀！”

第二天，早饭后，送走世懋先生，回到守备公廨，刚刚坐定，想看看近日可有要紧公事，取过一件还没顾上看，张胜进来报告说，孙先生的马队叫劫了。

话音未落，身后转出一个人来，纳头便拜，带着哭腔儿喊：

“杜将军救命！杜将军救命！”

定睛细看，是孙占元的管账先生。上次在旅馆喝酒时，就是他里外支应，殷勤照料。孙先生叫他长脸，关上人也跟着叫长脸先生。

“噢，是长脸先生，起来慢慢说。”

长脸起来，趋前一步，说那天一早离了独石口，缓缓北行，平安无事。他们的马队，五人骑马押运，共是十一个驮子，十个驮货，一个驮吃食。这一趟买卖做了，今年就不出来了，因此心绪都挺高。知道路上不平静，孙先生告诫大家，要多个心眼，紧防着慢防着，过了答刺海子不远，还是出了事。先是遇上几个鞑子，盘问了几句走了，以为没事了。天刚擦黑，后面一队鞑子兵快马赶上，不问三七二十一，将孙先生跟马队的人与货，全劫走了。

“你怎么逃脱的？”

“天快黑了，知道前面有几户蒙古人家，孙先生让我先过去安排食宿。安排好了，左等不见人，右等人不见，心里发毛，打马返回寻找，这才见鞑子兵押着孙先生他们朝西走了。”

问走到哪儿，长脸说，他远远跟着，走了差不多十里，进了一个蒙古兵营，关在尽后边一个破毡房里，外面有兵看守。他知道要救孙先生，只有杜将军，跑了整整一夜，才赶回独石口。说罢又扑倒在地，哭喊着：

“杜将军啊，救救孙先生！”

五

路边的一个山洞里，如桢叉开两腿，簸箕似的坐在地上。

慕青的哥哥，巴图鲁，也可说是王效青，展展地躺着，脑袋枕在如桢的腿上。

摘下的铁护脸，搁在一旁。

山洞并不深，该说是个窑窝。不像人挖的，像是雨溜子掏成的。如桢身子后面，就是山洞的后壁，蹬展腿，脚就伸到了洞外。蹊跷处是山洞左侧，就是从山下进来的那边，斜斜地立着一块不规则的大石头。石头缝里，靠山洞口这边，长着一蓬荆棘，月光下看去，像是山里人说的马茹茹。不大的叶儿，密密实实，枝头挂着小小的圆果果。

山里起了风，云又涌上来，像是要下雨。

他是连拖带拽，将巴图鲁挪到山洞里的。

去救孙先生，怎么会跟慕青的哥哥，一起困在山洞里呢？

说来也简单。

他带了一哨人马，由长脸先生引路，疾驰一天，半夜时分，赶到关押孙先生的蒙古兵营，没费多大事，便将孙先生和驮队数人，救了出来。

险情出在返回的路上。

一队蒙古人的骑兵，赶了上来。为保护他，张胜率人先冲了上去，有个戴铁护脸的蒙古将领，挥刀砍了过来，一个家丁倒下，又一个家兵冲了上去。趁这个空儿，他催马上前，挥刀砍去，正砍在对方的臂膀上，有护甲挡着，当的一声，震得手腕发麻，正要抽回刀再砍，又一个戴铁护脸的蒙古将领冲了过来，大喝一声：

“住手！”

就是这一声断喝，让他迟疑了一下，前一个蒙古将领退了下去。冲上来的这个，一面挥刀与他接仗，一面吩咐身边的骑兵：

“送默扎哈回去！”

“巴图鲁，看我的！”

默扎哈不听，要冲过来，还是让手下人拥着退下去了。

再后来的事情又全没了影儿。能记得的是，蒙古人多，他们的人叫冲散了。他只有一个信念，就是将蒙古人引开，别让追过去撵上孙胡子他们。

蒙古人紧追不舍，身边的人越来越少。

卧龙山，来的时候路过，大致是东西走向，此刻黑乎乎地横亘在前面，成了一个明显的路标。

心里只有一个念头，顺着山势往东跑，就能把追兵引开。

跑呀跑，扭头一看，家兵们一个也没有跟上。

莫非都阵亡了？惊得他出了一身冷汗。

身后，那个蒙古将领正追了过来。月光如水，铁护脸闪闪发光。

他想停下来接仗，要了这个鞑子的性命，无奈浑身疲累，连挥刀的力气也没有。不能吃这个眼前亏，略一思忖，打马朝山里奔去。

那个蒙古将领像是也疲惫不堪，喊了声什么，见没有应声，待了片刻，又追了过来。

进入一条山沟，越走越高，两边的山坡，也越来越陡。他寻思，再走下去，说不定会走进绝境，何不在这儿，要了那个蒙古鞑子的性命。舍了马，爬上路边的陡崖，待蒙古鞑子过来，一跃而下，将之扑下马来，三拳两脚，不难要了狗日的小命。

刚转了个念头，只见那个戴铁护脸的鞑子，已追了过来，不紧不慢，犹犹豫豫，看见他了，突然大声叫道：

“咴儿，咴儿，咴——”

听得喊声，他正在分辨是何意思，身下的马，忽地提起前蹄，嘚嘚两下，几乎立了起来，差点将他摔到地上。他也就趁便跳下马，疾速爬上路边的陡坡，准备实行一跃而下，置敌人于死地的计划。

眼前的景象太神奇了。

趁汗血马立起的空儿，他跳了下来，马也转了个身。以为会再转过身来，朝山沟里跑去，没有，那牲口竟转过身，迈着轻快的步子，朝那位鞑子跑去。到了跟前，还仰起头颅，朝蒙古鞑子的腰部蹭了蹭。那鞑子拍拍马头，跳下他的马，扔下缰绳，朝这边走了过来。

脚下的这块山崖不太陡，趁鞑子朝这边走的空儿，他又往沟前移了移。

这一移实在是移对了，对方以为还没走到他下马的地方，仍在不紧不慢地走着，一面张望着,也在警惕着。

“啊!”

大吼一声,直扑而下。

可恼,那鞑子猛地一闪,闪了他个措手不及,脑袋重重地摔在路边的一块大石头上,不顾头疼,奋力爬起。扭身看时,才发现对方也伤得不轻,闪开了他的猛扑,后退之际,脚步踩空,跌倒在地,像是扭了腰,怎么也爬不起来。

天助我也!

由不得一阵心喜,举刀要砍,手上是空的。这才想起,方才从陡崖上跳下时,咣当一声,腰刀掉在地上,弹起飞到沟里。

拔出腿上绑的攮子,强忍着头疼走了过去。举起正要刺下,只见月光下,倒地难以起身的鞑子将领,仰起脸,恐惧地喊道:

“杜如桢! 我是慕青的哥哥呀!”

这就是事情的全过程。

快到山洞的时候,看见自己的马,跟巴图鲁的马,都立在跟前不动。

到了山洞前,巴图鲁让如桢将他扶起来,拍拍他的马,又拍拍如桢的马,嘟哝了几句,两匹马像是通人性似的,咴咴叫了几声,朝山外跑走了。此前已将两个马鞍卸了下来。铺好马鞍垫子,躺下后,巴图鲁的第一句话是:

“这匹汗血马,这么多年不见,还能听懂我的呼哨。”

“可不是嘛,”如桢说,“我就说,它怎么跑着跑着,突然立起来转了个圈儿,把我掀了下来,原来是听见老主人的呼哨。”

他早就悟出墙子岭大战中,送他汗血马和海东青的,是慕青那个流落到番邦的亲哥哥。

后来的谈话,就变成了老朋友的闲聊,有一搭没一搭的,刚说到这儿,又岔到那儿。

说到这次偷袭,巴图鲁说,他跟默扎哈带着自己的部属,一万两千步骑,来这一带驻牧,是为了配合主帅俺答将要在大同一带发起的进攻。他们是上个月的下旬,从义州那边过来的,目的是牵制宣府这边的明朝兵马,不要增援大同那边。再过几日,还要往鞍子山、商都河一带移动,做出窥探帝陵的态势。这样,大同那边有多大的动静,宣府这边的兵马就不敢增援了。

杜如桢不明白，据孙胡子说，去漠北的商队，一过老开平卫就不会出事，这次怎么会劫了孙胡子的马队。巴图鲁听了，挪挪身子，躺得舒服些，这才朝如桢微微一笑，说道：

“不怨别人，只能说是怨你。”

“噫！”如桢糊涂了，“这几天我跟世懋先生诗酒征逐，昏天黑地，说不完的话。每天除了督促摆边之外，啥正经事都没做，怎么会怨到我头上？”

巴图鲁说，过了半夜了，该说是前天了，他正跟默扎哈在营帐里喝酒逗乐，默扎哈不晓得从哪儿弄来几个西域女子，跳起舞来浑身颤抖，光脚板子在毛毯上转来转去，跟陀螺一样。正喝得上劲，有巡查的小军官进来报告，说有一队茶叶商人刚刚过去。默扎哈问，可是常去漠北的。小军官说，倒是常去的，只是说话太欺人。默扎哈问他们放个什么屁。小军官说，他们中的一个说，他们是独石口守备杜将军的朋友，来来去去，从未受人盘查，回去告诉你们头领，这次不说了，查就查了，往后识相点。

噢，是这样。如桢漫应着。

这默扎哈，是有名的暴脾气，从来是吃软不吃硬，一听这话，当即就上了火，命令这小军官，立马带人将这队商人带来见他，看哪个敢再说这样狂悖的话，非得割了舌头不可。巴图鲁说到这里，半带赞赏半带讥讽地说：

“你说说，还不是你把他们害的？”

“哈哈，”如桢乐了，“是这么害的，只怪孙胡子手下的人，嘴太贱了。哎，抓去见了那个默扎哈，没有受罪吧。”

“还算乖巧，见了默扎哈，连连道歉。我在一旁帮衬着，默扎哈的火气也消了，正准备收下孙胡子送的礼品，一驮子上好的黑砖茶，天亮就放他们上路去漠北，谁能想到你会带人来劫营。实际上，孙胡子的人去了独石口，派人带上你的信来，默扎哈也会给面子放人的。你呀，太急了些！”

太累了，两个人昏昏沉沉地睡了过去。

不知过了多久，醒来了，又说起话，仍是有一搭没一搭的。不图说什么，只图消磨时间。先是如桢说：

“我不明白，方才你们追上来，混战中我砍了默扎哈一刀，正要再砍，你过来挡住，让人护着他退了下去。稍迟点，真会结果了他的性命。”

“好兄弟，”巴图鲁的口气亲切了许多，“我是为你好。默扎哈是没防着，让你砍了一刀,这一刀要了他命也就好了,没有要他的命,连伤也没有伤着,下来吃亏的可就是你了。别看他快五十的人,还是一身蛮力气。再就是,他手里的那把刀,可是个宝物。真要打起来,你的兵器先不是他的对手,他一刀挥过来,就将你的刀削掉半截,你说可怕不可怕。”

“哎,”如桢突然想起什么,摇摇巴图鲁的膀子,“效青哥,默扎哈这名字,我听起来怎么这样耳熟?嘉靖二十四年,我陪慕青二嫂去马营河堡回来,半路上在二窑头村外,遇到的一小队鞑子兵,有两个年轻军官,是不是就有这个默扎哈。我记得一个喊另一个,就是这个名字。”

“兄弟,你记性真好。”

“噫,这么说那个将慕青嫂子捺在磨盘上的就是你了?”

“是呀。”

“这又是为何?她是你妹妹呀。”

“我要验证一下。报信的人只是说,有个年轻女人来马营河堡走亲戚,没说就是守备王老爷的女儿。我猜着是,就约了默扎哈赶了过来。慕青妹子肩胛骨处有个胎记,像梅花瓣儿,只要扒开领口就看到了。”

“可你也太狠了,把她一条腿举得那么高,吓得慕青嫂子哇哇直叫。”

“默扎哈和卫兵,就在不远处盯着,我举起的是右边的,她左边那条腿,裤子褪下没褪下,他们根本看不见。”

“可我见你还跟她说了句什么。你晓得的,我就在你身边的门板后头藏着。记得吗,你还狠狠地瞪我一眼呢。”

“怎么能不记得。我是怕你出来,你要真的出来了,可就糟了。”

“你会杀了我?”

“怎么会呢?我都想好了,你要冲来了,我手边不是有腰刀吗,我就用腰刀的刀背,狠狠在你背上拍一下,拍得你昏死过去。算你识相,没有出来。”

“我是吓蒙了,不晓得该做什么。你跟慕青嫂子还说了句什么?我见慕青嫂子摇了摇头,你就把她放开了。”

巴图鲁说:“我已趴在她的身上,假装要做了她的样子,扒开她的脖领子看了,肩胛那儿确实有个梅花瓣样子的胎记,有这一点,就可以肯定她是我妹子,我家的小青。”

说到这里,巴图鲁怅惘地叹了口气,不再说了。

如桢知道他的话还没有说完,静静地等着他继续说下去。

过了一会儿,巴图鲁说:“认出是妹妹,我就拿着我的扳指,想给妹妹留作纪念。谁知她一挥手,扳指被打飞了,也不知道那个扳指后来掉到哪里去了。”

如桢微微一笑,伸出手来,将自己手上戴着的扳指展示给他看,说:

“你看是不是这个?”

巴图鲁认出了自己的东西,欣慰一笑。重又陷入了回忆:

“我是六岁时叫蒙古人掳走的,不是蒙古军队杀进来掳掠走的,是蒙古人趁右卫南门外有庙会,会上人多混乱,把我劫走的。长大后才知道,俺答喜欢汉族孩子,专门派人混进关内,为他掳了几个孩子。”

“每次杀进内地,掳走那么多人,有老的,有少的,挑上几个不就行了?”

“这你就不知道了。俺答这个人,在蒙古各部落里,可说是一代明主,最聪明也最开明。他吩咐办事的人,一定要查清这孩子的父母是谁,性情如何,长相如何,都查清了报回去,他通过了才安排人去抢劫,也不是抢劫,是哄骗。集市上有耍山羊钻火圈的,狗熊上凳子的,不全是俺答的人,但也有负这样的使命的。我就是看耍猴时,叫人嘴一捂抱走的,赶醒来时,已在去板升的路上,坐在大轱辘勒勒车里了。哎哟,哎哟!”

接连叫唤几声,巴图鲁扭动身子,额头上沁出亮亮的汗珠子。问哪儿疼,指指腰又哎哟哎哟叫起来。如桢俯下身子,移开巴图鲁的手,给他轻轻地揉起来。揉了一会儿,像见了效,巴图鲁又接着说下去:

“那天看了胎记,我问她可认得我,她摇摇脑袋,说不认得。想来也是的,我叫掳走的时候,是六岁,刚记事,她比我小两岁,才四岁,还不记事。”

巴图鲁陷入了回忆。

“我见过慕青。嘉靖三十七年春天,俺答起兵围右卫城,我跟默扎哈领兵负责西城一带,时间长了,城外蒙古兵跟城上朝廷的守军,达成了默契,互通有无,有时还有人员的来往。快天黑时将人吊上城墙,半夜再吊下来。听说城里绝了粮,有饿死人的,我担心慕青妹子和孩子,便让手下人买通城上守兵。我化了装,扮作生意人,带了一大袋子奶酪和奶片进了右卫城,摸到你家老东院,将奶酪和奶片给了慕青。没说我是谁,只说是城外一个蒙古将军让送来的。”

“奶酪和奶片分给全家吃了。”

“我就知道她会这么做的,这孩子从小心眼就好。兄弟,我还见过你呢!”

以为会说墙子岭战役,送汗血马那次。听巴图鲁讲下去,方知不然,竟是战前在皇陵集会,徐阶大人慰问援军那次。

巴图鲁说,他穿戴着明朝将领的战袍和头盔,就夹在各将领间,听了徐阶对众将领的嘉勉,也听了杨博的具体布置。

估摸后半夜了,露水上来了,阴冷阴冷的。巴图鲁不时地打摆子,杜如桢只觉眼皮沉重,似乎一歪身子,就能倒下睡着。

“效青哥,你是不是病了?”

“浑身发热,忍不住哆嗦。”

“可不敢睡着。”

他是说巴图鲁,也是说自己。

“兄弟,你要好好招呼慕青,如柏年纪轻轻战死,她的命太苦了。”

巴图鲁勉力回应,也知道不敢睡过去。

“你放心,我会尽心尽力的。”

说不敢睡着,还是睡着了,都睡着了。

突然,山沟口上,传来一阵呼唤:

“三将军,三将军,你在哪儿呀,应个声儿呀!”

一听就是家兵返回来,找他来了。巴图鲁也听见了,劝他应个声儿,跟上寻人的家兵回去,如桢不同意,说:

“你呢,我怎么能撇下你一个人走开?还是一起熬到天亮再想办法。”

马蹄声越来越近,到了山洞口的大石头前,有人喊道:

“三将军,你在哪儿呀?摔着了也吭个声儿,我们抬你回去。”

巴图鲁撑起身子,要应声儿,如桢伸手捂住他的嘴,将他捺个实在。

马蹄声越来越远,终于消失了。

天亮前,蒙古人的骑兵寻人来了,一个粗厚的大嗓门,从沟口传来,像是一匹受伤的狼在嗥叫:

“巴图鲁,我的好兄弟,你在哪儿呀?受了伤就大声喊吧,哥哥来接你回家。热腾腾的奶油茶都烧好了,等你享用呢。一夜不回来,哥哥的心都要碎了。好兄弟,你要不回来,我怎么向俺答老人家交代?你可是他最喜欢的孩子呀!巴图鲁呀巴图鲁,你在哪儿呀我的好兄弟?”

连杜如桢都听出,是默扎哈的嗓音。这么浑厚,又这么诚挚。如桢听了,忍不住对巴图鲁说,你还是应个声儿出去吧。这回是巴图鲁不干了,说我走了你怎么办,再说默扎哈见我跟你在一起,回去告诉俺答,俺答也不会饶恕我的,还是等天亮了再说吧。

巴图鲁仍在打摆子,如桢俯下身子,将他的身子摆正,紧紧地拥在怀里。

仍是有一搭没一搭地说着话,不图说什么,只图熬时间。

真也怪了,日头刚在东边远处的山冈上,冒出半个脸儿,如桢的汗血马,还有巴图鲁的坐骑,竟不错前后,相跟着回来了。

第十章　多福巷

一

大同，帅府院子里，甬道东侧，立着一块太湖石，有两人多高。

前面是莲花池，正当六月，展开的荷叶，铺在水面上，遮住了半个池子。有的莲梗高些，透过缝隙，能看到几条锦鱼在游动。池边两株垂柳，交叉成一个天然的凉亭。

杜如桢一身蓝布直裰，白底皂靴，站在柳荫下，看池里的锦鱼游来游去。

眼里看着鱼，心里想着事。

在独石口，盼着升官，真的升了官，做了大同总兵，才发现是掉进了圪料堆里。圪料者，烧剩的炭渣也。

时局是有变化，但这变化，眼下看来，只是个缓进的过程，有多长，谁也估不透。只能一天一天地往过挨。时间久了，只有一个字，烦。

来大同，很有一段时间了。

是方逢时就任巡抚后，说服总督王崇古，上报兵部，调他到大同出任总兵的。

逢时原本是口北道尹，这个巡抚，是先调到辽东，刚上任，又调回大同。十天之内，做了两地的巡抚。前一个虽说只有十天,却是整整一任,到任,卸任,一步不差。一到大同,就说服他的同年王军门,将杜如桢调了过来。说是风云际会,就得一伙龙虎来折腾。

总兵,一镇边军统帅,人称大帅。总兵衙门,人称帅府。

一来,先得罪了两个人,一个是原总兵郭琥,一个是多年的副总兵李景德。郭琥年纪大了,给了个加秩致仕的待遇,也还满意,只是手下的人,仍愤愤不平。李景德就是其中一个。以为郭琥退了,怎么也该是他的位子了,没想到来了个杜如桢,资历且在他之上,只有挨个肚子疼。人事上的事,眼下是平复了,只能说这边的葫芦,摁下去了,那边的瓢,不定什么时候还会浮起。

今天是六月初六,此时是巳时初刻,方才门上禀报,说孙占元待会儿要来。屋里闷热,来到院里,一边观鱼,一边等着孙胡子。

两人的变化都不小,他是升了官,胡子是发了财。前些年,经独石口去漠北,获利不小,路太远,真正落下的有限。如今出杀胡口,走圐圙这条路,一趟下来,获利是过去的好几倍。

不一会儿,听得门上吵吵嚷嚷,知道是孙胡子到了。

扭身看去,孙胡了在前面快步走着,后面一个小伙子,怀里搂着两个大西瓜。他看见了胡子,胡子没看见他,顺着甬道,朝筹边堂那面走,眼看就要过去了,喊了一声,见如桢在这儿,又拐了过来。

"哈,你倒清闲!"

"不是清闲,是恭候大驾光临!"

那边,张胜闻声,也过来了。后面还跟着学青。胡子见了,说这学青,不是去了平虏卫吗,怎么还在?学青说,孙大哥真是好记性,上次见面,确是去了平虏卫,现在又去了败胡堡。胡子直夸学青,说小兄弟这么年轻,就驻守军堡,将来比你爹有出息。这边话音刚落,那边有人搭了腔:

"谁呀,背后说我坏话!"

听出是谁,如桢故意不吭气,胡子一愣,转过身子一看,自个儿先笑了。

"哈,这不是说曹操,曹操就到,这是说曹操,曹操就在背后!"

来人是学青的父亲王守斌,原是副总兵,已过了退役的年限,按说回家就是了。如桢总觉得,有慕青这层关系,该给以关照,硬是留住不让走。给了个协守佥的虚衔,仍领全饷，处理帅府的杂务。刚刚去过后面的冰窖，看封口严实不严实，正要进签押房，听见这边说话，便拐了过来。

这人有个长处，越是细碎的事情，办得越好，自许有萧何之才。再一样好处是，只要是如桢的朋友，他都降低身份，当作自己的平辈看待，从不说他是慕青的父亲，说了等于是比总兵比如桢高了一辈。如桢知道他的心态，对他的称谓也就不同往常，不称叔，也不称职衔，而称作守公。

“守公啊，胡子刚来！”

守斌朝如桢点点头，转脸对着胡子，格外热情地说：

“胡子啊，老远我就闻出是你过来了！”

“闻出？”

“一身的酒气！”

“酒气？”

“酒气里头还夹着邪气！”

“哈哈，这话我爱听！”

他们说话的空儿，张胜已搬过一个小矮桌，几只小杌子，拿来西瓜刀，跟胡子的伙计，将西瓜切了。几个人就围坐在小矮桌四周，吃将起来。等吃起了，守斌先离去，待了一会儿，张胜跟那个伙计也离去，桌子跟前，剩下如桢、胡子和学青。学青拿着一牙西瓜，像是吃，又像是不吃，心思全搁在招呼别人上。

上次过来的时候，如桢将《金瓶梅》后半部，给胡子看了，胡子叫人抄了一部，跟原先就有的前半部，合成一部。这些日子，又读了一遍，颇有心得，两牙西瓜下肚，嘴上一闲，忍不住说了起来。

“真奇书也！”

先大声地说了一句，相当于唱戏的叫板。

如桢知道他这一套，且不言语，看他自个儿怎么开唱。

“我先前还以为，这是一部发狠报复、抹黑仇人的泄愤之作，这次看了，上下部连住看了，才知道，我是小人了，此人有大志存焉，大愿存焉。不管他出于怎样的初心，这部书呀，直可比肩太史公的《史记》。《报任安书》里，他是怎么说的？”

说着敲敲脑袋，背了起来：

所以隐忍苟活，幽于粪土之中而不辞者，恨私心有所不尽，鄙陋没世，而文采不表于后也。古者富贵而名磨灭，不可胜记，唯倜傥非常之人称焉。盖文王拘而演《周易》；仲尼厄而作《春秋》；屈原放逐，乃赋《离骚》；左丘失明，厥有《国语》；孙子膑脚，兵法修列；不韦迁蜀，世传《吕览》；韩非囚秦，《说难》《孤愤》；《诗》三百篇，大底圣贤发愤之所为作也！

胡子背书的时候，学青双眼圆瞪，大为惊奇。如桢说，你是不知胡子大哥的底子，自小聪颖过人，大了也是雄心勃勃，一心要求得功名的，只因家庭遭罹灾祸，不得已才跑口外走漠北，做了商人。要是家境好，不是进士，也是举人，弄个知县当当，是平铲的事。如桢这么夸了，胡子似乎仍不过瘾，反问道：

“你说，我为啥背这段书？”

“显摆呗！”

“不，我是想说，这部《金瓶梅》，直可比得上太史公的《史记》，都是圣贤发愤之所为作也！”

“噫，快说说！”

如桢跟胡子开玩笑开多了，说显摆，不过是撩逗胡子，让他的表演更充分些，没想到胡子说出这样的话，反倒催起胡子。

胡子来了劲。

“你想啊，这样的人物，这样的事件，不是深有感触，当今之世，谁会写了出来？人们说是王世贞先生所写，是为了抹黑仇家，还说西门庆，暗指严嵩之子严世蕃。世蕃字东楼，以西门二字拟应东楼，妙不可言。如果是真的，我对他的动机，有了新的理解。他是在奔走权门，为父亲求得豁免，至少保住性命的过程中，看出了权贵的可恶，看出了人性的龌龊，才发愤要写这样一部书的。这样的写法，又产生了一个奇妙的效果，就是洗涤污秽，廓清阴霾，启迪人性，光大良知。你们说说，这跟太史公的究天人之际，通古今之变，成一家之言，不是一样的志在高远吗？”

学青的眼睛，瞪得更大了。

如桢不再说话，只是直盯着胡子，看他还能说出什么惊世骇俗的话来。

把跟前两个人的情绪调动起来了，胡子反倒不像起初那样慷慨激昂了。几乎是妩媚地一笑，拿起一牙西瓜，伸直脖子，俯下身子，吃了起来。他吃瓜的动作，也是奇了，张开嘴，瓜瓤儿从这边嘴角塞进去，往那边一出溜，嚼着咽着，瓜子儿就从那边掉落下来。出溜了三下，三牙瓜就下去了。抹抹胡子，这才说了起来。

这次说，不像先前那样意气用事了，变得平缓而温和，像是个老先生，在给童蒙授课一般。

"我为什么会有这样的感触，这样的猜测呢？我年轻的时候，家里无端遭逢祸殃，不知受了多少凌辱，多少白眼，也曾有过写一本书，将这些人的丑态记录下来，公之于世的想法。看这书，也由此体会深了一层。你想嘛，中土的士人，自宋以来，就一直思考，为什么堂堂中土，一直在受着外患的困扰？思来想去，不说自己如何激发天性，奋起抗争，总是说，我们自己德行上有什么亏欠，天厌之，天怒之。怎么办呢？那就只有深自忏悔，闭门思过，完善我们的德行。以为唯其如此，才可免去天谴，得到神灵的护佑，永赐福祉，世世平安。"

"哦？"

如桢似乎明白了点什么。

学青拿起一牙西瓜，递了过去，胡子摆摆手。

"宋儒最是偾事！靖康之后，躲在东南一隅，胆战心惊，深自哀伤，整出一套心学。他们的心学，实则是挖心之学。对中土之人灵性的伤害，堪比武帝对太史公动的手术，就是割了卵蛋子嘛！"

"胡子又胡说了！"

如桢有点不以为然，觉得这胡子，当着这么些下属，说这样不着边际的话，实在是有伤体面。

胡子不干了，称呼着如桢的字，说了下去。

"子坚老弟，你想嘛，古人说了，王法不外人情，道德也不外人性，而这班宋儒，自撰了个天理，跟人心对立起来。人心即良心，良心就包括了良知，良知就是天理。他这天理倒好，只是让人深自思过，沉痛忏悔，这也不对，那也不对，只能按他们说的那一套去修持。而他们那一套，去掉的，恰是人心。没了人心，哪来的天理？"

人心即良心，没了良心，哪来的天理？这话最让如桢动心，这些年家庭的变故，也就是这么个理儿。

他重重地点点头，胡子的情绪又高涨起来。

“同样面对外侮，北宋的士人，就比南宋的士人，心性强些。就拿苏轼跟朱熹比吧。苏轼是诗人，随便举上一首，就说《洗儿诗》吧，‘唯愿吾儿愚且鲁，无灾无难到公卿’，啥意思，不要挫伤了天性，才能得到大的发展。朱夫子就不行了，你听他说的，‘为学之道，莫先于穷理；穷理之要，必在于读书’。硬要在人心之外，弄出一个天理来。天理即是人心，人心即是天理。没有人心，哪来的天理？结果是什么呢，天理给了百姓，人心给了豪强，百姓只能顺着他们定下的天理来，豪强反倒可以由着性子来，离胡作非为也就差不太远了。人心是秤，良心是秤，都按着这个秤来称，天下的道理就是一样的，就有公平可言，另弄出一套天理来，谁知道葫芦里卖的什么药。等你吃多了这一套，摸不着天理的边儿，良心也找不见了。一天到晚，老觉得自个儿这也不好，那也不好，好了还要再好——”

张胜刚才，只切了一个西瓜，还有一个西瓜在矮桌旁边搁着。胡子说着，将那个西瓜拨拉一下，滚了过来，他展开手掌，在圆圆的西瓜皮上抚来抚去，又轻轻地拍了三下，这才说：

“按朱老夫子那一套做下去，到了后来，人就成了圆溜溜的西瓜，到时候只会咔嚓一刀叫切了！这种活法呀，我叫它西瓜人生，西瓜法则！”

话丑理端，如桢心里是赞许的。

“由着人性？”

学青嗫嚅了半句，胡子一下子就听出来了。

“你是说，由着人性，有的人就会胡来了：强奸？施暴？”

学青一下子不知该说什么才好，只是和善地笑笑。

“那不叫人性，那叫兽性。良心就是好心，好心还能做那样的坏事？”

如桢听着笑了，这个胡子呀，这张嘴，真是没的说了。

学青的话，无意中涉及性事，胡子像是别有感慨，声儿提高了许多。说这上头的许多丑话，一半是男人不检点，不会来事，一半也是女人不知羞耻，自命清高，给嚷嚷成的。怎么说呢，他以为，比如说，男人见了喜欢的女人，有那个意思，搭个讪，说个笑话，本是人之常情，只要没有辱及体面，没有动手动脚，女人都应当给以理解。可是实际情形是怎样呢？有的女人，就骂了起来，甚至寻死觅活，似乎不这样，就不能是个淑女。说到这儿，竟愤愤然说道：

“这种女人呀，说到底，就是女流氓心态，全是朱夫子那套天理，给驯化出来的！”

“哎哎！”如桢也不生气，只是觉得胡子太过分了，“那你说，男人见了喜欢的女人，该怎么办呢？”

胡子忽地站了起来。如桢以为他是要发表什么更为激烈的言论，便偷偷将屁股底下的杌子，往后挪挪，别让他的唾沫星子溅到脸上。错了，胡子不说话，后退两步，到了柳树身子跟前，这才说：

“老先人早就教给了，就是《诗经》里教给的，学那水鸭子的办法，见了另一个，喜欢上了。”

说着躲到柳树身子后面，探出半张脸，朝另一棵柳树那边瞅瞅，好像那边真的来了个漂亮女人，立马堆起笑脸，撮起嘴唇，“咕咕，咕咕”，叫了两声。叫罢，又跑到那棵树跟前，朝着这边瞅瞅，像是那个美女，看见了这边的好小伙子，咕咕，咕咕，回了两声。这动作，这神态，把如桢逗乐了。胡子做完这表演回来，坐在杌子上说：

“先民的办法，就是最好的办法！噫，学青呢？”

不知什么时候，学青已经走了。

学青太自觉，怕自己在跟前，两个老朋友说话有什么不方便，趁胡子说得高兴，便起身离去。如桢倒是看见了，也不制止。就剩下他俩，如桢的兴头也起来了，对胡子说，你方才学的，只是一种，用于男人搭讪女人，女人怎么搭讪男人，《诗经》上也教了。不知道吧？说着站起来，走到胡子斜对面，说女人嘛，就用得着巧笑倩兮、美目盼兮了。说着，他咧咧嘴，笑一笑，翻翻眼皮，还真有那么股子骚劲儿。看见那边有人过来，赶忙坐下，一坐下，又是一个大帅了。直到此时，才顾上问胡子：

“这一趟好快！”

所以如此相问，是清楚记得，胡子率驮队去口外，谷雨后没几天路过大同。一趟三个月，返回当在七月初，这才六月初六，何以又在大同见了面。

胡子说，一路上顺风顺水，带去的货销了，带回的货备齐了，胡人的媳妇哪能比得上大同的婆娘，因此就急急赶了回来。

如桢说，你呀，嘴里就没个正经，要不是那一蓬胡子遮着，指不定说出什么荤话，要在蒙古人地盘上,小心宰了你。

“不斗嘴了!”孙胡子正色言道,“你说我路上走得快,只怕还不及你升得快。上次过大同,还是待字闺中,以为顶多给个副总兵,没想到,呼啦啦一下子就竖起了帅字旗。”

如桢又问,这个时分过来,有何事,总不会是路上又有什么麻烦吧。

胡子说,他昨天晚上到的大同,今天前晌结了两家旧账,后晌无事,已安排手下人,在御河边的天香楼,定下房间,通通血脉。眼下时辰还早,且去个好地方观赏观赏。

通通血脉,是孙胡子独创的说法,说白了就是去妓楼寻快活。

胡子常说,养生上,他最信服道家那一套,血脉一通,百病不生,而通血脉最好的法子,就是男女交合,摄阴补阳。还举例子说,你看那些坏蛋,为啥个个都精明强壮,不是他们的身体原本好,是他们的荒唐,无意间契合了道家的养生之法。

“男人,要通!”

胡子夸张地说。

所以这么说,也是因为,知道如桢的夫人,去年冬天过世了,说是要续,一直没有续下。

“走,走!”

说着站了起来。

“这是去哪儿呀?”

“跟上我走,去了你就知道了!”

二

他们一起身,张胜就跟了过来,胡子的伙计,也跟了过来。

出了帅府大门,胡子先让伙计回了栈房。剩下张胜,隔开几步,跟在后头。

如桢还要问去哪儿,胡子说,你忘了,今天是六月初六呀。如桢说,六月初六又怎么样,胡子说,是晒脚会的正日子呀!如桢这才说,他知道,不就是多福巷那边,几个女人在街边洗脚,洗了晾干嘛。胡子撇撇嘴说,现在可不是了,成了阵势了,成了大同一景了。

“看那个做啥?”

“去了你就知道。”

大同不大,说话间进了多福巷。

巷子不宽,东西向,两边全是低矮的铺面房。有杂货铺子,有熟食摊子,最多的还是娼寮。这类人家,一眼就可看出,门脸不大,干干净净,细密的窗扇上,有的贴着精美的窗花,有的罩着粉红的薄纱。

“哪有什么晾脚会呀!”

张胜先嚷嚷起来。

“胜子,别嚷嚷。”

如桢叮嘱。实则他心里也嘀咕,早些年,他确实见过,光脚跷在小板凳上任人观赏。

“你看街上的人。”

孙胡子不理张胜的叫嚷,胳膊肘子戳戳如桢。

这才留意到,几间铺面前,确实有人驻足俯首,像是在细细观赏,又像是在窃窃私语。到了跟前,果然见家家门前,吊着绣花的门帘,门帘不长,离地有一尺多,就在这空隙间,伸出两截白净的腿腕,黑亮的髹漆矮凳上,搁着两只小脚。

待前面的人走开,三人来到一家铺面前。

门脸儿不宽,吊着一块月白布门帘,上面绣的是喜鹊登枝。那枝儿一粗一细,分开两个杈丫,粗的有刀把儿粗,细的跟马鞭子差不了多少。最为奇特的是,那喜鹊的脑袋,偏向一边,露出一只眼睛又黑又大,跟真的似的,还忽眨忽眨。瞭了一下,也没顾上细看,只管俯下身子看帘子下伸来的,搁在髹漆矮凳子上的两只小脚。

“啊呀你看!”

张胜惊叫一声。

“咋呼个啥!”

如桢低声斥道。

“你看,你看那喜鹊的眼窝!”

移上目光看去,真是的,那喜鹊的眼睛,正一眨一眨地动呢。

“胜子,”孙胡子笑了,“你藏在后头往外瞅,那眼也一样会动。”

原以为胡子不过是说笑话,不料恰巧道破了此中机关。帘子后面,有人说话了。

“看客官是体面人,何妨进来小叙。”

不用问,说话者,定是晾脚的女人。

三人互相看了一眼,孙胡子撇撇嘴,点点头,推了如桢一把。两人撩起门帘进到里面。张胜站在门口未动,他知道自己的职责。

里面是门洞,窄窄的,不长。

进去才看清,那女子在里面,原是款款地坐在一个直背木椅上,一旁放个小儿,几上搁茶盘茶盅,高兴了身子朝前倾倾,眼睛正好贴在那只大喜鹊的眼窝上。女子身后,还贴着一个丫鬟模样的女子,年纪似乎比这女子还要大些,一言不发,只是静静地微笑,端端地站着。

他俩进来,丫鬟模样的女子,扶那晾脚的女子起来。眨眼工夫,原本放在矮凳上的弓鞋,已套在脚上且穿了袜子。

女子起身前行,并不招呼身边的客人。

迎面是个小照壁,砖雕甚是精致,中间是个草书的虎字还是寿字,还没顾上分辨,人已叫引领着转过小照壁进了东房。晒脚的女子扭身上了炕,身子往锦缎被摞上一靠,伸展了腿,双脚正好搁在炕沿的条板上。丫鬟模样的女子过来,上前给脱去鞋,褪去布袜,顺手在脚面上抹抹,抬起屈回,扯过一方小褥子,垫在女子的脚下。动作娴熟轻快,看去绝非一时半会儿练就的。

这动作,先让孙胡子看呆了。

“啧啧,要是把这套行头,这套动作,搬到街上晾一晾,准能让半个大同城炸了起来。”

那炕上的女子,反倒腼腆起来,说道:

“一点雅趣,不能让俗家女子全占了,也来凑个热闹。”

一听就知道不是寻常人家女子,如桢由不得朝炕上多打量了一眼,白净倒是白净,只是少了几分滋润,眼睛也还灵动,又多了几分幽怨。独有眉宇间,似有若无的,显出一丝凶悍之相。要依据神态判断出这女子是何等人物,还真不容易。未等他发问,胡子那里已开了口:

“娘子出来晾脚,看来是闹着玩的,不像是来真的。”

“哦,客官这么认为?”

那女子欠欠身子，抽回一条腿，将另一条腿抬起，脚尖伸到胡子面前，还动了动。

胡子将女子的脚，往如桢怀里一推，如桢接住，轻轻地揉将起来。那女子舒坦地一笑，接着方才没说完的话头说道：

“既然出来了，不能坏了人家这儿的规矩，本事是随身带着的，又不用现学。”

“造次了，说个价码，我们弟兄做起来也有个分寸。”

“看你也是常在风月场走动的，不会不知道规矩，入乡随俗，大同的水土可是够硬的，这你该晓得。不怕少了你们的银子，是怕低了我们的身子。”

“胡子，我们坐一坐就行了。”

如桢怕胡子来真的。胡子使个眼色，女子说开了：

“大同这一行，水有多深，我看你们还是不太知晓。遇上我主仆二人，算是你们的幸运。我这儿备有酒菜，待会儿我们可以边吃边聊。有一个谚语，不知二位可曾听闻？”

“娘子直说吧！”

如桢怕胡子说话太冲，先抢着说了。

“嘉靖爷坐了龙廷，又是修军堡，又是修边墙，原先土夯的城墙，该加高的加高，该裹砖的裹砖。京畿三镇，都修了教场，一面崇文，一面备武，大明的江山，不说固若金汤了，该也成了砖包的。近年来坊间流行一个谚语，说是，蓟镇的城墙，宣府的教场，大同的婆娘。听说过吧？”

如桢点点头，孙胡子说：

“传得远了。我在归绥就听那儿的人说过。”

“这就好说了！”

那女子喟叹一声，接下来说道：

“我闹不明白的是，若是说京畿三镇各有其武备上的优长，蓟镇的城墙确实高大结实，宣府的教场确实宽广气派，这没好说的，怎么轮到大同，不说北五堡、西两卫，不说十万将士如何操练，倒说起大同的婆娘了。莫非大同的婆娘会舞枪弄棒，有抵御蒙古人的武功，堪与蓟镇的城墙，宣府的教场相匹配？请教二位，这是什么道理？”

如桢和胡子，你瞅瞅我，我瞅瞅你，真还一时语塞，无言答对。

还是孙胡子的脑子转得快，眉头耸动了两下，眼珠子骨碌了三下，嘴里就有了词儿。总是心里没底，未开言先吐了一下舌头，这才说道：

“我走的地方多了，好多地方，都有这种三句话，比如陕西北边，就说，清涧的石板，瓦窑堡的灰，米脂的婆姨不用看。像娘子刚才说的那三句，断不是说大同的婆娘武艺高强，能抵御外侮，不过是说，人样漂亮，床上功夫高强罢了。”

胡子的说法，还是浅了点，既然蓟镇的城墙，宣府的教场，都有边防之用，对大同婆娘的诠释，也应当从边防上着眼。

如桢想了想，说道：

“我想起年少时，听爷爷说过，大明朝从洪武爷到嘉靖爷，最懂得边防，最会谋划边防大计的，是正德爷。当时大同、山西、延绥三镇，守边将士十分辛苦，常常难以支撑。正德爷自命总督军务威武大将军总兵官，御驾亲临，巡视边地。随行的，除了御林军，还带了整车的银两、大批内宫嫔妃。一路上一边发放银两，一边遣散内宫嫔妃，赶回到北京，身边嫔妃，竟余下寥寥无几。据说几次出巡，光散落在大同一带的宫女，就有千余名。从那时到现在，也有两三代了，妇女人数也该翻了一番。有了好女人，家能守住，将士肯用命，边防自然牢固。从这个意义上说，大同的婆娘，足足抵得过蓟镇的城镇、宣府的教场。因此才有蓟镇、宣府、大同三镇长处并列的说法。”

那女人侧转身子，扯过他的手，在自家大腿上搓搓，挠得自个儿痒痒了，这才笑着说：

“哎呀，还是这位官人说得精到。待会儿酒菜上来，我要先敬这位官人三杯！”

胡子的眼睛，格眨格眨，又发话了：

“娘子方才说，我等不知大同这一行的水有多深，看来娘子老于此道，还望指点一二。”

那女子先咯咯咯地笑了，轻轻一咳，言道：

“看你是诚心求教，我也就不啰唆了，截短了说吧。这大同城里，比城防将士更能起防守作用的，还真像这位客官说的，是大同的婆娘。料理家务，自然是寻常妇人之事。最见男女交合之技艺的，自然非青楼女子莫属。这多福巷里，千万别以为全是下三等的窑子，这里也是藏龙卧虎，各擅胜场。能不能享受到绝色佳人，全看你的眼光如何，腰里的银子几多。这两年，又玩起了新花样。最为昂贵的，是代王府，第几辈代王就不知道了，有个绝色的王妃，大概是用度窘迫，又耐不住寂寞，也操起皮肉生意了。只是那价钱，叫人听了咋舌。”

“就凭了王府的牌头，讹人银子吗？”

胡子大为不屑，如桢摆摆手，让他听女子说下去。

“这位客官，性子真急，话不能这么说。东家女子与西家女子，论身子，谁也不比谁，多个什么少个什么。出身不同，品相也就不同。官宦门第，女子就是小姐，寻常百姓，女子就是丫头片子。尊卑贵贱，是娘胎里带出来的，不是说气话能消泯得了的。”

那女子说话时，一忽儿面朝如桢，一忽儿面朝孙胡子。侧面朝孙胡子时，如桢注意到，她那耳郭甚是精巧，边儿圆润，内里突起两个肉赘儿，一长一短，猛一点头，那个长点的，还微微一颤。

“好，是我的不对，那你说，这王妃娘娘有什么贵相的地方？”

胡子认了错，诚心讨教。

“别的不好说，有一样东西，任你哪家青楼，也不会有的。这位娘娘，不知怎么翻出了一床正德爷当年下榻他们王府时，用过的绣了龙的黄缎子被子。内府里叫滚龙衾，也叫正德衾，俗话叫正德被。就冲着这床被子，大同城里，暗中跟疯了似的，多少人想跟王府娘娘睡上一夜。这娘娘眼光也是极高的，平常汉子纵是有钱，也看不在眼里。”

如桢一面抚弄着女子的脚，一面随意问道：

“不过是床旧被子，即便全是金线缭的，也只是盖上睡一觉，就值得如此疯狂吗？”

“这是有讲究的。你掂掇一下这个字眼，正德衾，正德衾，以衾正德。”

“哈哈哈！”孙胡子大笑，“这也能正德？奇闻奇闻！”

“胡子！”如桢呵斥一声，随即转换话题，“敢问这位王府娘娘尊号为何？”

那女子斜了胡子一眼，略一思忖，言道：

“娘娘的尊号，哪里是外人知晓的，只知人们叫她玉印娘娘，连她的年龄，也没人能说个清楚。说是代王府，实际是广宁王府的人。”

“闹了半天不是代王府啊！”

“这你就不知道了，这广宁王，仍是代王朱桂的直系后代，未外封，所居府邸，恰是正德年间的代王府。”

孙胡子等不及了，直言相问：

“你先说，一夜要多少银子。”

“不多，图个吉利，只要八百两。”

胡子啊了一声。

那女人撇撇嘴,意思是吓住了?

“哦,我是没想到会这么一点点。”

如桢暗暗赞叹,胡子真不愧走南闯北的,竟有这等的捷智。

正说着,方才站在地上的那个女子进来,说酒菜好了。炕上的女子,从如桢怀里,抽回自个儿的脚,临屈起膝盖之前,还不忘跷起脚,在如桢的脸上蹭了蹭。

这一蹭,让如桢的脑际闪过,不久前,在右卫家里,东院墙角的一幕。

沈氏是去年冬天过世的,死于产后经血不调,气血两亏。

办完丧事,家里就张罗着为他续弦,有的提说黄花闺女,有的主张先将通房丫头纳为小妾,做个过渡。不管怎么说,他只是个不应承。后来还是一个小姨,快人快语,说何不将守寡的二嫂,娶过来做了填房,能过下去就扶了正,过不下去有个填房的名儿。二嫂在杜家也有个名分,强似年轻轻的就守寡,守到何时是个了字。

经过这么多年的磨合,母亲对慕青的看法已有改变,最主要的是觉得,桢儿娶了慕青,两个孙子能得到好的照料。爷爷则是满心喜欢,见了如桢就说:“真乃天作之合也!”拿不准的是慕青的态度。想来会同意的,又隐隐觉得会有什么绊着。

一次在爷爷房里,爷爷又说起天作之合。他说,不知二嫂作何想,爷爷可曾问过。爷爷说问过,慕青害羞,一问就是个大红脸。又说,憨娃,你想嘛,这么好的事,她又不傻,怎么会不同意。

是呀,这么好的事,怎么会不同意?他也是这么想的。

一天傍晚,从爷爷房里出来,拐进二嫂房,一进门二嫂就从炕上溜了下来。他迎过去,揽入怀中,待平静下来,扳住肩头问道,可愿意做自己的续弦夫人。二嫂挣脱,笑意盈盈地仰起脸儿,将他瞅了又瞅,忽地抬起手臂,跷起食指,在他眉宇间重重一戳,嗔道:

“美死了你!”

女子的这一蹭,跟慕青二嫂的那一戳,都有一种让人销魂的感觉。

那女子身子一扭,伸过双脚搁在炕沿上。脚地站着的女子,赶忙猫下身子过来,给套上袜子,穿上弓鞋。那女子,看也不看,一面抹平胸前的褶皱,一面轻轻一跃下了炕,说道:

“二位不必客气,今天就请赏个脸,陪小女子喝上两盅儿。”

临出门，如桢走在右侧，又注意到，那女子右耳郭里，那一长一短两个肉赘儿。这回离得近，看得清，那个短点的，红润润的，亮晶晶的，看了惹得人心里痒痒，由不得想伸手捏捏。那女子觉察到了，笑盈盈地说：

“奇怪我这两个肉赘儿吧？”

往过凑了凑，让如桢摸摸。

“不敢，不敢。”

说着手指还是伸过去，拨弄了一下。

那女子趁势将脸儿侧了侧，往如桢眼前凑去，牵起手，相跟着一起走，一面说道：

“没啥，拨就拨一下吧。我姥姥说了，这是我的福气槌儿！”

这女人的手，又绵又凉，如桢一反手，将之握在自己的掌心。

三

胡子走后没几天，轮上休沐，如桢决定，回右卫一趟。

头天前晌，先去西边的云冈走走，名义是巡查，实则是为了早些回到家里。

来到大同当总兵，最不习惯的，是有了假日。

过去在新平堡，在独石口，不带家眷，公廨就是衙门，也就是住所，军士可以轮换值守，当主官的，只能是无日无夜，枕戈待旦。这么说，指的是战时，平日甚是消闲。

大同可就不一样了。是边防上的重要军镇，也是地方上的繁华州府，办事多了规矩，行止多了讲究。初上任那几天，在帅府院子里转了几圈，连他自己也发蒙，一个总兵衙门，何以会有如此大的排场？

住久了方知道，统领八万边兵，总得这么大的排场。

总兵的行止，也在这排场之中。

其中之一，便是有了假日。

这假日，不说是假日，说是休沐。好像你是个做苦工的，做了几天，浑身的臭汗，给你一天的时间，回去将身上的汗洗净了再来做工。

武官的休沐，随了文官，也是十日一休沐，分别排在每月十日、二十日跟月底，有时是二十九，有时是三十。

一天能做什么呢？回了右卫，吃顿饭，当天就得赶回来。

初上任时，他正为此事发愁，张胜喜滋滋地来了，跟他说，有办法了。

怎么办？说是打听了，过去的长官，都是这么办的。前一天前晌，就以巡查为名，向西移动，正午时分，就可以前往右卫。待上一天，第三天前晌离家，只要后晌回来，就没说的。他问，这不算脱值吗？张胜说不算。按照值守条例，一天值守是卯时初刻，到酉时末刻，分作两班，一班一人，前一班称作卯班，后一班称作酉班。这样做了，等于前一天值了卯班，后一天值了酉班，中间一天休沐，何错之有？

他还是有些犹豫。

张胜从身后取过一个簿子，往他面前一摆，一看，是本《卯酉文历》。

他没说话，只是瞪了一眼。

张胜说，他问的是位老胥吏，老胥吏见他听不清，就给了他一本这个簿子，说你看这两个字是什么。他一看就明白了，怕说不清楚，就将这个簿子拿了回来，让帅爷看看，一会儿还要送回去。

张胜这么一说，他也明白了，卯者，起始也，酉者，结末也。

当然，这是指平常，真要有事了，是片刻不能离开帅府的。

擦黑时分，回到右卫，他和张胜，各回各家。

回来才知道，家里出了事。是晚上临睡前，父亲到了他屋里，告诉他的。父亲说，本来想着，叫他歇一晚上，明天再说，想想，还是早点说了好。

父亲说的情形，太可怕了。

五天前，一队东厂的缇骑，就是腰里系红穗子的那种官家人，从大同直接来到右卫，一来，先将前后门都堵了，进屋就搜查，并不动细软什么的，专拣大箱大柜，都要打开看过。父亲和爷爷在院里，也不阻拦，一则知道，东厂的人，不是好惹的，再则知道，家里没有什么怕人家搜查的东西，真要挡了，反被诬为抗旨。东厂的人，做什么坏事，都说是奉旨行事。两人都在想，会不会是如桢在大同犯了什么事。见旁边一个人，也还面善，就问，是不是大同的总兵出事了？那人，似乎不知道这就是大同总兵的家，说那是你们家的亲戚？找谁也没用。由此判断，不会是那边出了事，才来查这边的，也就松了口气。如今朝廷实行“风闻举报”，不管谁举报了，都会叫搜查一番，过后屁事没有的，多着呢。

以为吓唬一下就完了，不料搜到后院西厢房，有人大声喊：“在这儿呢！”说着人也出来了，搬来一个大包裹，往地上一掼，哗啦一声，全散开了。

全是铜质的军服饰件，多是胸前的领花，也有些是手腕上的箍套。

又过来两个军士，搬来的仍是这类物件。带队的一个军官模样的人，嘿嘿一笑，说道：“果然不假！”爷爷一听，就知道是有人告他私藏军备，思路一清楚，人就平静了下来。爷爷对父亲说，你或许忘了，这是几十年前，就是嘉靖元年春上他去苏州，为右卫边军采办军饰时，自作主张打造的一批，因为不合规范，就自家收留了。没想到，让奸人举报，惹出这样的事来。没关系，说清楚就是了。

父亲说，爷爷想得太简单了，人家盯上了你，哪是说清楚就可了事的。果然昨天前晌，那伙人又来了，就在过厅里审问起爷爷，问他私藏军饰，意欲何为。爷爷说，只是觉得如此精细的饰件，扔了怪可惜的，放在后面的柜子里，时间一长，就忘了个精光。不信，可以找当年右卫城的守备官问问，此人姓陈，在大同府里住着。那人眉眼一横说，有人把你告下了，这就是你造反的凭据。若仅是这样说，也就罢了。偏偏这时，这个头目说了一句羞辱人的话，说你家门前留下那么大地方，说是要立牌坊的。哈哈哈，反贼还想立牌坊，做梦去吧！

这些人一走，爷爷跟父亲说，看来这些家伙，对的是如桢。商量的结果是，再等几天，要是情形真的严重了，他去大同走一趟，跟如桢商量一下，该怎样对付。没想到，你这就回来了。爷爷这些天，神情很是落寞，父亲让他明天早上，去后院书房，看看爷爷，给爷爷宽宽心。

第二天早上饭后，他过到后院书房，爷爷不在，问父亲，父亲说，可能去苍头河边转悠去了。来到苍头河边，老远就看见，爷爷站在风地里。

打过招呼，细细看去，爷爷明显老了许多。摊上这样的事，不知受了多大的熬煎。

他问爷爷，怎么来到这么僻静的地方。爷爷说这儿清静，散散心。如桢想，也是的，这地方有水，有树，确是散心的好地方。为了证实自己的说法吧，爷爷伸手指指远处，声儿平静地说：

“人说右卫是，山无头，水倒流，草木丰茂。这儿全都看见了，你看那牛心山，多像个草帽，上面像是叫削了似的。你看这苍头河，别处的水，不是朝东就是朝南，它偏是朝北，拐了个大拐，还是流到了黄河里！”

“这苍头河，该是驻扎过火头军的地方吧？”

“可不是嘛，汉高祖打匈奴时，统率大军到了这儿，马营河那边驻的是马队，这儿就该着驻扎火头军了。”

河边也还平整，跟前有棵大些的树，树下有石块，爷爷指指一块，让他坐下，自己也拣了块平整些的坐下。

知道他是头天擦黑回来的，爷爷问家里的事，你爹可都告诉你了，说都告诉了。又问在大同，可受了什么惊动，说没有。爷爷说，心里要有个底儿，暂且不要动什么声色。东厂这伙人，最会相机行事，越是惊慌，越容易让他们构陷成罪。

爷孙俩闲谈起来，爷爷的神色，看上去松快了些。

盯着爷爷，如桢忽然有种感觉，似乎自己从小到大，就是爷爷牵着手走过来的。

不说远的了，只说来到大同，就没少了爷爷的指点。

记得不久前的五月端午，在书房前的园子里，爷孙俩有过一场知心的谈话。

爷爷问他，来到大同当了总兵，怎样做人，如何行事，可都想好了。他说，想了几天，想的是，如何不负皇恩，不负朋友的推荐，一定要革除积弊，做一个贤明而清廉的主帅。爷爷笑了，笑得那样的爽朗，那样的直率。

“怎么？”

他大为惊异，莫非自己什么地方说错了不成？

“没错，没错！”爷爷连连摆手，“只是不对。不对——不对路数！”

他还是个糊涂。爷爷说开了。说你这路数，是为自己，为家族，为自己的名声，为家族的荣誉，而不是为社稷，为国家。清廉是本分，不是本事。为帅的本事，在积极筹划，多施财货，让手下将士，心甘情愿，为国效力。手里没钱，持身再正，也是白搭。

说到这里，问如桢，嘉靖三十七年的围城，你该是记得的。那个叫桃松寨的鞑子女人，也该记得，我还写了长诗呢。如桢说，都记得。爷爷说，那个当事的总兵杨顺，起初两年的声望，可谓清廉。弄到后来，无法维护声名，只好昧了良心，杀死避难的兵民，取了首级，冒功请赏，终因桃松寨事件败露，被朝廷法办，丢了自家的脑袋。又说了一任总兵，也颇清廉，做不到两年，就灰溜溜地走了。

“那？”

他不明白，爷爷说这话，是什么意思。顿了顿，爷爷才说：

“以清廉自命，就不要负这么大的责任。总兵官，乃朝廷重臣，是为皇上分忧的，若光是考虑自己的名声，那不是太自私，也太胆怯了吗？”

“那？”

他还是不明白。

爷爷这才重重地说，以他多年的观察，当好总兵官，必须善于经营，为将士谋福利，才能鼓动士气，建功立业。如何谋福利，只有在分配办法上动脑筋。朝廷给的是政策，如何执行对国家有益，则是臣工的责任。比如税赋、盐引、度牒，边兵的粮饷，边墙的工费，都像天上的雨水一样，一道一道，直着往地上下。若中规中矩，啥钱做啥用，最苦的还要数边兵，受苦最多，牺牲最大，而边防的安宁，全在边兵身上。要为将士们着想，当总兵的，就要与督抚协调，怎么能让天上直溜溜下来的雨水，往将士这边飘一飘。

“那？”

“这就看你们的智慧了。世上最容易弄下的，就是这个钱。”

“啊！”

虽说当下还想不出具体的方案，对于如桢来说，这话不啻是心头点亮了一盏明灯。

“好，好！回去我先跟方逢时巡抚商量一下再说，有了方略，就有办法了！”

那天在河边，说到后来，见爷爷的兴致蛮高的，如桢又提起了另一件事。

嘉靖三十七年围城中，曾在爷爷的书房里，翻出一张誓书，后来说起来，只说了荣娘和文娟怎样来到右卫，文娟怎样嫁给了王守斌，并没有讲这誓书是怎么回事。

“荣娘的事，你给我说过，可是没有说到后来，怎么就写下那么一张誓书？”

“嗬嗬嗬——”

爷爷的笑声，还像多年前一样开心。

如桢侧着脑袋，做出一副兴头甚高的样子，恭敬地听着。

爷爷说，嘉靖元年春天，他去苏州采办军服饰件。三十出头，家里有钱，到了那锦绣温柔之地，不免纵情声色，出入酒肆妓楼，乐不思晋。时日一久，结识一个名为荣娘的妓女，脸儿俏丽，身材单薄，性情温和，最是体贴。一日共寝，这女子忽就嘤嘤啜泣，让人哀怜。他这一辈子，最听不得的，就是女人的哭泣。扳住肩头，央求之下，才说了心中的冤情。

说她本是当朝礼科给事中胡大人的小妾，嘉靖爷继位后，要将本生父尊为皇考，改称孝宗为皇伯考，朝臣不从，群起反对。皇上震怒，兴起“大礼”之狱，以罪名大小，给以不同的处罚。有的戍边，有的夺俸，有的廷杖，有的贬斥为民。胡大人是领头人之一，发配云南戍边。阉党暗中使坏，朝命急下，务必带家眷即日离开京城。主母性烈，投缳而亡，胡大人怕祸及小女文娟，嘱她带上文娟，返回泰州老家。原以为事情至此，也就了结了，不意返乡未久，阉党又串通地方恶吏，欺凌骚扰，难以安身。出京时带的银两，没多久就花光了，只好带了文娟，来苏州投亲。亲戚怕受连累，不肯接纳。无奈之下，她只好入了青楼。赁室而居，确保文娟平安。

后来有京中友人，辗转传话，说阉党出此狠招，务使胡大人绝了后。要荣娘多加提防，免遭毒手。这也是胡大人出言不慎所致。胡大人奏折中，语及阉竖误国偾事，有言：“刑余之人，岂可谋国，岂可言后？”阉竖最为痛恨的，就是这种话。

荣娘说，想到胡大人这一脉骨血，将要断在自己手里，由不得就悲从中来，饮泣不止。

听到这里，如桢明白，这多少年来，爷爷为何对慕青的事，这么上心。

爷爷接着说下去。

说他听了荣娘的泣告，由不得热血上涌，对荣娘说道，大礼之狱，他在右卫时，已有耳闻，没想到皇上对坚守大礼之人，会如此惩处。阉竖趁机报复，犹如雪上加霜，荣娘若是不嫌弃，可随他到大同右卫居住，保她与文娟姑娘平安无事。待胡大人冤狱得申，再送她二人回京就是。

如桢想到，大礼之狱，嘉靖爷晏驾，徐阶草拟遗诏，凡斋醮、土木、珠宝、织作，不当者悉罢。大礼之狱，言事得罪诸臣，悉复之，健在者招回复官，亡故者从优抚恤。诏下，朝野号恸感激，将之与杨廷和大人所拟的登基诏书并列，誉为嘉靖爷临朝四十五年，一头一尾两大盛事，民间盛传久之。何以未听爷爷说过，这位胡大人平反冤屈的事。

他说了自己的看法，爷爷叹口气说，世间事真有难以相信者。这位胡大人，随杨慎杨大人戍边去了广西，发派到梧州，前几年还有信来，后来连信也没有了。托人打听，方知梧州乃瘴疠之地，这位胡大人身子又不强健，不及五年，竟损了性命。隆庆爷登基后，大赦言事得罪诸臣，他怎会不知，一闻讯即催促王守斌，即慕青的父亲赴京申诉。礼部的人说，抚恤银一万两，已让胡大人的妻兄领走了，且让王守斌看了画押字迹。守斌回来，告知文娟即慕青母亲，文娟倒想得开，说只要父亲冤狱平反，这点银子不要也罢。母亲死得苦，舅舅领了也是应当的。

“荣娘呢?”

“唉，早在前多少年就死了。”

“怎么死的，岁数不是很大呀。”

说到这儿，爷爷枯黄的脸上，流下两行清亮的泪水。

“说来也怨我!”

哽哽咽咽的，总算将事情的原委说了个大概。

荣娘带着文娟，来到右卫，是嘉靖元年的七月底。起初赁屋别居，不久，风声传出，说荣娘和文娟，是杜俊德由苏州带回的青楼女子。这话对荣娘没什么，对文娟可是个伤害，长大了如何嫁人。是为了文娟，也是为了减轻杜俊德的负担，荣娘便在右卫城里，经营起一个茶楼，名曰姑苏春。说是茶楼，也做色情生意，很快便顾客盈门，大发利市。

四五年光景，文娟长到十六七，该出阁了。爷爷想将文娟，许配给自己的儿子，荣娘不允，理由是文娟太俏丽，嫁入杜家，名声太大，自身难保平安，说不定还会给杜家带来灾殃。还是嫁个普通人家，安安稳稳过日子，生儿育女，瓜瓞绵绵，也才对得起投缳而亡的主母，对得起远戍云南的胡大人。为此，两人心里结下芥蒂。爷爷甚至骂荣娘，青楼中人，绝情寡义。

就这样，文娟跟右卫守军王道民的次子，名叫王守斌的定了亲。

就在定了亲，还没有迎娶的这年正月十五，右卫城的灯市上，文娟出去看灯，让大同来的几个官家子弟劫去。荣娘闻讯，一面着人紧随不舍，看他们将文娟劫到什么地方，一面亲自上门，找杜俊德商量营救办法。

说到这里，爷爷双手掩面，号啕大哭起来：

“这是我一辈子做的，最丢人的事！丢人啊，丢人啊!”

“别着急，慢点说嘛!”

爷爷平复了。

说是这样的，荣娘跟他说的时候，他正尿紧，一听这个话，心里一惊，差点尿了裤子。安慰荣娘两句，赶紧往后头茅房跑。从茅房出来，在院里安排家人备马，并点了七八个家丁，准备一起前去追赶。

回到房里，不知哪来的邪气，觉得该趁机说上荣娘几句，叫她往后做事，别这么不讲情义，别这么自以为是。刚说了两句，荣娘就掏出一柄短刀，说了句："杜俊德啊，你就再当一回男人吧！"话音未落，刀刃已刺入胸膛，人也就软软地瘫在地上。他上前扶起，还有气息，说了句快救文娟，就闭上了眼。

"救下文娟了吗？"

明知肯定救下了，如桢还是问了一句。

爷爷说，他带着人，出城往东追了一程，遇上荣娘安排的盯梢人返回，知道是劫到牛心堡去了。说为首之人，乃牛心堡守备的大公子。

"啊？"如桢以为，遇上这样的货色，文娟受辱，是免不了的。

"还好！"爷爷舒了口气，"这帮赖小子，只是调笑，搂搂抱抱，还没有来得及做坏事。为首的那个家伙，叫我狠狠揍了一顿。连连求饶，说杜家伯伯，再也不敢了。"

"叫你伯伯，认识？"

"过去我从未给你说过这事，我老成这个样子了，看来也不会有别的事了，不妨告诉你，这个赖小子，就是李景德的一个伯伯。此人早就打上文娟的主意，正月十五灌了酒，便邀了几个猪朋狗友弟兄，劫了文娟玩个高兴。"

"这个人后来做了什么？"

"后来嘛，跟你一样，由舍人入营。一次蒙古人打进来，领兵血战，死在沙场了，也算得上个血性汉子。唉，谁年轻的时候，没有荒唐过！"

如桢追问，荣娘真的就这么死了？爷爷说，死在他怀里。放下荣娘，他才带人去追的。如桢说，嘉靖三十七年围城时，在爷爷书房见过誓书，像是写誓书时荣娘还活着。

"你见过？唉，那是第二天葬了荣娘，我羞愧难当，写下的誓词，发誓绝不辜负荣娘的嘱托。"

说到这里，爷爷眯着眼，像是掂量着什么，末后还是说了：

"你媳妇不在了，慕青寡着，我看你呀，不如就续了她。你们这个事成了，我就是不在了，想想对荣娘的誓词，心里也是熨帖的。慕青，是旺夫的相，可惜你二哥，是个短命之人，就什么也不能说了。你呀，别犹豫，就这么办了！"

他低下头，不言语。

说到这事上了，爷爷又开起了玩笑。

“摇头不算低头算，我看你是同意了！”

如桢这里，头低得更低了。

“老三！记住爷爷的话，慕青是个好女人。你跟慕青的事，能这样，是我最满意的，可说是死而无憾，对得起荣娘对我的以死相托，也对得起远戍云南的胡大人了。”爷爷总结说。

不想说搜查的事，拐来拐去，还是又说上了。爷爷说，他想过了，东厂的人来，不会是冲着他的，十有八九，是冲着如桢的。如桢说，这事，他回到帅府，一定要彻查，问一问吕公公，意欲何为。若说不出个道道，他就辞了这个总兵之职。爷爷劝他，千万不可鲁莽行事，最好是能跟方巡抚谈谈，看有没有朝廷的背景。若有，应当去一下京师，见见杨大人。在总兵身上打主意，不会是小毛猴子做的事。说着说着，爷爷陡然问：

“上次你说，李景德对你来大同掌帅印，很是嫉恨，这个人呀，你可是要防着。”

“景德是个聪明人，一时的不爽，是会有的，不会做出什么出格的事。”

爷爷不同意。起身踱了个小圈，在如桢面前站定，盯着如桢的脸，说开了。说人们多拿一个人的做事，来看他是不是聪明，以为那些小事上精明的人，是聪明，我可不这么看。真正的聪明，先是能判明大是大非，大害大利。勤堕，忠奸，诚诈，甚至整洁与脏乱，人们多说是品质上的事，推到极致，乃是智力上的事。那些借口环境怎样、家庭怎样的人，总是智力有所不足，因为更坏的环境，更坏的家庭，仍有出类拔萃的人出来。

又踱了两步，突然转过身。说他记得，早先如桢跟他说过，嘉靖四十二年一起驰援京师，半路上让景德去办粮秣。景德从智财主那儿，领了杜家边地的储粮，又领了军镇兵站的粮秣，转手就把公家的粮秣卖了。问如桢，这事跟公家说过没有。如桢摇摇头，说卖的不是公家的粮秣，是杜家的储粮。边将偷卖粮秣，过去是常有的事。

爷爷说，那是他记错了。景德这个人，真是精明，卖了杜家的储粮，知道我们不会追究。私储军粮，也是干犯法纪的。我们不会送官府追究，私下里，还是应当说个清楚的。问如桢，跟景德掰扯过吗？

如桢又摇摇头，爷爷不高兴了。

“这事情，不是我们追究不追究，而是他该不该做。把自己做坏事，寄托在别人的疏忽、不敢追究上，这是聪明人做的事吗？真要是个有德行的人，这次选边帅，怎么也该是他呀！唉，我就不明白了，盗卖杜家储粮，就是不告官，也该跟他较个真，让他知道你是在乎的,你没跟他说过,这是何道理?”

如桢也站了起来,从侧面跨出两步,转过身来对爷爷说:

“我想过,可就是开不了口。”

“怎么,你有把柄在人家手里?”

“没有,景德有两个女儿,见了我都叫杜家伯伯,我怕我为这事,跟景德翻了脸,必然累及李家的名声。他的两个女儿晓得了,找到我面前,说,杜家伯伯,我爹爹是个不晓事的,难道杜伯伯也是个不晓事的吗?你只为自己考虑,一点也不考虑我们家里,还有我们孩子的声誉吗?”

爷爷不再说话。

如桢谨慎地看着老人,等着一顿劈头盖脸的训斥。不料,过了一会儿,爷爷长长地叹了口气,又换作笑脸,盯着他点点头,说道:

“看来我在门前留的那块地方,没有白留!”

他一时还回不过神来。

“门前?”

“那天东厂的头目,说我一个反贼,门前留下那么大的地方,还想立牌坊,做梦去吧!”

噢,爷爷是这个意思,如桢倒有些不安了。

“别挂在心上,勤谨行事就是了。”

爷爷对景德的评价,激起了如桢的兴趣。有个人物,多少年了,他一直把握不住,明明觉得厌恶,可又不能不顾忌他的声名。多少人说起此人,都是说多么的正义,多么的耿直。可他总觉得,不是那么回事,看去总像是在装,装得又不像。他说了自己的感觉,问爷爷对此人是何看法。

“你可是说的周现?”爷爷猜出来了。

看来爷爷也不是一下子就能给个说辞,他沉吟了一会儿,还咳嗽了两下,似乎一说这样的人,喉咙眼里就发痒。他已经不抱希望了,爷爷还是开了口,简洁到不能再简洁,只有一句话:

“这个人呀,代表着优秀边将里,邪恶的一面。”

“怎么这样说呢?”

“凡是用道德打扮自己,过了头的人,总是居心叵测。”

“这样的人,能做出什么事呢?”

“真还说不来,他那个道德的劲儿上来了,逢上个好机会,说不定还能名扬千古呢。可是,要是没有好机会,那就难说了。”

说到这里,打住了。

他想听爷爷说下去,爷爷也感觉到了。

“没有好机会嘛,也不会闲着,那就只有祸害人了。”

又说了些别的。如桢说该回了,往回走的路上,走到一处地方,爷爷停住脚,指着苍头河畔的几棵大树,对如桢说:

“那边两棵,一棵是槐树,一棵是皂角树。你看这两棵树,哪棵好看?”

“你是说树冠?”

“整个树。”

爷爷这个人,总爱做一些无聊的游戏。是要画画吗,还是要测测自己的眼力?

如桢退后一步,细细打量,皂角树是茂盛些,树冠散射出去,像把扫帚。槐树则不然,树不高,但是粗,往上两个杈,一个杈上,又分出两个杈,整个树冠严严实实,又生机勃勃,虽在北地,却有《兰亭序》里说的“茂林修竹”的气概。知道爷爷常有些奇思妙想,不定在琢磨什么,再端详了一下,说:

“还是槐树好看,有茂林修竹的情致。”

四

爷爷死了!

右卫来人报丧,赶回家才知道,是自尽,吊死在苍头河畔,那棵他认为有茂林修竹情致的槐树上。

树不高,半腰里伸出两根杈,爷爷是挂在临河的那根杈上的。

他问父亲,爷爷何以自缢而亡。父亲说,自从东厂来人寻衅之后,老人家的精神,一天不如一天。父亲几次宽慰,老人家总是说,杜家再经不起折腾了。东厂办案,向来心毒手狠,让这些人盯上了,没事也会被说成有事,何况杜家确有把柄在人家手里。父亲说,到最后,爷爷还总是叮嘱儿子,多给如桢鼓劲,不敢再有闪失了。

他告诉父亲,他已找过方逢时,方说他去找吕公公协调,或许是找错了人。后来又告诉他,吕公公说,这事与朝中人有关,待他打听一下。朝中权臣,争斗甚是激烈,和议之事,陡起波澜,也是有的。吕公公那里还没有回话,爷爷就先走了。

对爷爷的死,父亲跟他说,自己想了许多,不能说是因为东厂纠缠。这么说,只会激起东厂的反感,追究到底,办成他们说的铁案。假诏行事,从来不会有错。

“那说成什么呢?”

他都糊涂了。

“就说是身患疾病,担心延床卧枕,拖累家人,遂一死了之。”

他无语。

“你回到大同,要若无其事,就是见了吕公公那些人,也千万不敢怒形于色。”

他点点点。

心里的悲,还没有过去,又叫重重地伤了一次。

爷爷走了,他跟慕青的事,也黄了。

过了头七,父亲让他去东院,整理一下爷爷的书案,有当紧的东西,收拾好锁起来。慕青带着兰花,过来帮忙。半后晌,兰花做饭去了。闲着没事,他跟慕青说了,对爷爷的死,家里要统一口径,不能说是东厂的人来,把爷爷吓死了,也不能说是爷爷有骨气,以死明志。这些,对家里都不好。慕青听出来了,说不是对家里不好,是对你不好。他笑笑,算是默认了这个说法。慕青颇不以为然,说,你们杜家呀,谋事就是狠。他没有分辩,觉得慕青作为媳妇,说这话也不为过。

爷爷走得从容,该收拾的东西,都归置得停停当当。屋里闷热,没事了,两人来到院里。葡萄架下,有一片阴凉,遂过去在石墩上坐下说话。兰花从厨房出来,像是做饭缺了什么,穿过院子,出了大门。或许不缺什么,只是避嫌,厨房的门口,正好对着院心的葡萄架子。

天热,慕青的衣裙,也还凉快。

这样的情景,最易勾起情思。

两个石墩离得不远,慕青两手,绞着丝帕,细白的手指,像在揉碎着什么。瞅着瞅着，他管不住自己了，伸过胳臂，握住慕青一只手。

“爷爷的事过去了，该着我们的事了。”

慕青也不回避，抬起另一只手，压在他的手上，未开言先是一脸的忧戚。再仰起脸时，眼窝里竟是泪珠莹莹，滚过来，滚过去，似乎一侧斜，就会掉了下来。

“怎么啦？”

惊异的反倒是他。

“桢弟，对不起！”

慕青离了石墩，一头扎进他怀里，抽抽搭搭地，说了缘由。说这几天，思义在家，她跟孩子谈过两次这事，孩子怎么都不同意。说他现在已是参将，这么做了，让同僚们怎么议论他。还说，他爹殉国时只是个游击将军，他一定要挣下功业，请朝廷敕封，给他爹封个上都督，给母亲封个一品诰命。做不到这些，就不是杜如柏的儿子。孩子这样说了，她能怎么样呢？

他推了一把，慕青又坐回到石墩上。仍握着手，只是冷冷地瞅着慕青的脸。

“一品诰命？哼！他能给你弄下，我弄不下吗？”

“我要这个做什么！我要的是你！”

“这小子！”

“可他是孩子，我不能不听他的。”

二哥那自负的脸面，在他眼前一闪而过。

“看他那熊样子！”

“桢弟，你不能这么说他，他是我儿子！”

“你！”

他想说，你既然说爱我，怎么就连这么个坎儿都跨不过去。心里有气，说不出口。慕青看出来了，抽出手，将他的双手紧紧地捧在一起。

“桢弟，思义走后，我想过了，这辈子，我是不会再嫁人了，我心里只有你。就是不能跟你同床共枕，也要跟你并辔而行！”

突然而来的打击，让他气昏了头，这样重情义的话，在他听来，不过是逃遁的遮掩。

“嘿！”

他冷笑了一声。

“桢弟，真的，我心里只有你！”

“可你！”

“真的。不能跟你共枕而眠，也要并辔而驰，在草原上，骑在马上。”

慕青说得很投入，似乎已然在草原上，并辔而驰了。

一腔怒火，忽地蹿了起来。他恶狠狠地说：

“在马上能做什么！”

慕青的脸色，倏地变了。

“桢弟，你怎么这么下流！”

“我就是这么下流！”

他忽地站起，跨过身旁的一个石墩，正要离开，门口传来兰花的叫喊声：

“哎呀，我可逮住个奸细！”

随着声音，人也从照壁后面转了出来。只见一只手里，提溜着一个小布袋，一只手抬得老高，两根指头捏着一只耳朵，耳朵都快扯断了，下半个耳朵上，吊着一个大活人。这大活人的脚尖，叫提溜得几乎离了地，只用两个脚尖替换着点在地上，随着兰花的大脚片子，跳着地就过来了。

是张胜！

“疼死人啦，疼死人啦！”

杀猪似的叫着。

那眼神，那表情，却分明受活得不行。从这边看去，一只胳膊舞挓着，这边靠近兰花的胳膊，也舞挓着，只是手掌在兰花的胖屁股上，拍得噗嗒噗嗒响。拖到葡萄架跟前，兰花这才松了手，指着张胜说：

“你叫他说，他在照壁后头做什么！”

如桢警觉起来，慕青也转过身子。

“将爷！”张胜一面的无辜，“几天啦，我过来看看，这边有什么叫我做的。门开着，刚进来走到照壁后头，正要咳嗽一下，就叫这母夜叉把我的耳朵拧住了！”

张胜这鬼头，躲在照壁后头偷听，不是没有可能。兰花说得这么确凿，还能有假吗？

“胜子，说，听到什么！”

如桢沉下脸来。

“不怕，听到啥就说嘛，又不是外人。”

慕青话柔柔的，有点循循善诱的意思。

张胜像是受了感动，马上换作要一副老实交代的样子，挺了挺胸脯，自己给自己鼓起了劲儿，说道：

“我就听见一句——”

“啥，快说！”

慕青追问，如桢也警觉起来。

“就听见一句，说是皇上圣明，再啥也没有听见！”

这话让如桢当下能笑出声来，随即变了脸说：

“你啥都听见了！”

“就那么一句嘛！”

“胜子！”慕青一下子变得分外严厉，“你就说全听见了，看他能把你怎么样！”

张胜一下子感动得像是要哭，哇哇地叫着，像是受了多少不白之冤，朝着苍天盟了誓：

“我要说谎，叫雷劈了。我真的只听见，就一句皇上圣明嘛！”

五

八月的一天，后晌天凉了，方逢时过来，找杜如桢手谈——下围棋。

方逢时的抚台衙门，跟如桢的大帅府，相隔只有一条街。从抚台衙门偏门出来，顺着巷子不用拐弯，照直过去，就是大帅府的正门。

院子里，东西两棵桐树，枝丫交叉，阴凉匝地，石桌石凳。

如桢从一侧小书房的窗上，瞭见逢时，笑吟吟地迎了出来。

老朋友不用问，眼光一交会，便知道何所为而来。如桢招了一下手，有仆役过来，桌上铺了棋盘，地上洒了凉水。又招了一下手，不一会儿，茶水便端了上来。逢时说，他最喜欢的，就是帅府的待客，训练有素，滴水不漏。如桢笑笑，不言语。这种赞语，只可听听，不可接茬。

石桌颇大，一头放茶具，一头放棋盘，还不妨碍逢时将一个裹书的包袱，搁在宽敞处。

“好书，好书！”

逢时一坐下，就赞不绝口，嘴里还咝溜着，像是刚刚吃过什么好东西。

如桢仍不言语，看包袱皮儿，就知道逢时夸的是什么。

“有一处，你肯定没有注意到，这位兰陵笑笑生，还是一位围棋高手！”

逢时说着，摊开包袱皮儿，取过一册在手，从夹了白绵纸条儿的地方掀开，指着书中一处，凑到如桢面前，用他那带着湖广口音的官话念了起来：

> 于是填完了官着，就数起来。白来创着了五块棋头，常时节只得两块。白来创又该找还常时节三个棋子，口里道：“输在这三着了！”连忙数自家棋子，输了五个子。

接下来才说：

“你看，算得多仔细。不但数子，还要计块，块多的人，每多一块，要找还一子。这种方法，古来就用。近些年，不知受哪儿的影响，有人说是高丽，有人说是日本，又不兴计块了。想来这是因为，数子要把官子收完，连单官在内，还要看谁收后。对子如黑收后，黑应得一百八十一子，白收后白应得一百八十子半，要的是个精密合理。”说罢，又问，“你没问问世懋先生，他的世贞哥哥，可是个围棋高手？”

“问过。世懋说，哥哥的实战水平，在他之下，研究的水平，远在他之上。”

“着，着！我想也是这样的。”

开始落子。

两人的棋艺，不分上下，棋风却是大异。

逢时慢，如桢快；逢时爱说话，如桢则默不作声。下棋时，如桢是一门心思，只在棋上；逢时则不然，下棋只是个消遣，心思还在政务上。

今天不同往日，如桢能看出，逢时过来下棋，是商量事，也多少有安抚他的意思。

爷爷点拨之后，他跟这位巡抚大人，没有少费心思，真还做成了两件事，让直溜溜下的雨点子，狠狠地往将士们这边飘了一阵子，不说淋了个透，也是湿了半个身子。

一件是这，一件是重新勘定了将士们的值守时限。过去边兵，连同将官，值守时限，是按年计算，三年一轮，给假三月。平日轮值，常是两天里头，只有一天，有的甚至是三天里头，只有一天。大同城里，甚至乡下，到处是散兵游勇，这些人打架斗殴，惹是生非，也就在所难免。论说起来，总是说根子在于军纪败坏，很少有人考虑，驻扎下这么多边兵，轮值又是这样的松散，他们不游荡，不斗殴，怎么可能呢？

如桢与逢时，想来想去，只有勘定将士们值守时限，才能从根本上杜绝这些弊端。

他们的办法是，缩短平日轮值的时限，节省下的时间，集中起来，当作假期来安排。过去是三年一轮，给假三个月。这样一紧缩，一年里头，就省下了一个月。合在一起，三年就有了六个月的假期。

省下这么多时间，若没有可做的事，市面上，乡野里，散兵游勇不是更多了吗？

朝廷对边防，最大的一项投入，是边墙和军堡的修建，一拨就是几十万两银子。不够了，还可以追加，常常是一百里的边墙，五十万两银子，将将能做到一半。修建边墙，给军堡包砖，主要靠各地征调来的民工。民工来修边墙，路上的辛苦不说，到地方之后的住宿与吃饭，也是一笔大的花销。于是朝廷和地方上，就达成了一个协议，这便是转输，意思是你别来人，给一笔钱就行，人呢，我们从附近州县雇用好了。

如桢和逢时擘画的结果是，边兵这半年的长假，按雇用的民夫付费。

为此，专门成立了行会，各营有各营的工头，帅府则由王守斌总揽其事。

据最近统计回来的数字，边兵的实领薪饷，一下子提高了两成。

对家兵的政策，又放宽了一些。朝廷成规，家兵编入边兵，待遇相同，而奖惩由带兵官掌控。家兵的战斗力所以强大，全靠奖赏，尤其是战死的抚恤。经逢时批准，家兵的值守期限，再作紧缩，一年之中，又多了一个月。这样家兵三年之中，就有了九个月的休假。愿意回家的回家，不愿意回家的，充作民夫，挣修边墙的薪饷。

逢时今天来下棋，有重要事项，与如桢相商。

动用了轮值的边兵之后，朝廷拨下来的边墙经费，不仅没有增加，反而节省下来几十万两。他想把卫所的学堂，视情况，该翻修的翻修，该扩建的扩建。这是军费，必须总兵同意，才好使用。

“子坚老弟，你看这事，使得还是使不得？”

“挪用军费，要是叫人告发了，最轻也是一撸到底，发到偏远卫所戍守。”

“可否另立名目，与军事沾上边儿?”

“当年杨博大人，力主边防军堡，都要修一个戏台，名义是普施教化，和睦边民，增加军威。这词句，多好!”

“办学堂，乃是为子弟前程着想，以免将士身后系念。”

“教育另有经费，动用军费，还要周密策划。办法嘛，只要想，总还是有的。”

“哈哈，那就全拜托老弟了!”

“你我兄弟，都是在为朝廷分忧。”

“噫，子坚老弟，我看你这一段，气色可是不太好啊，灰青灰青的，莫不是肝上有病?”

“不瞒老兄说，这一向浑身上下，跟抽了筋似的，总也提不起精神来。”

“那就好好调理一下吧!”

方逢时说罢，已站起来了，原地踱了两步，车转身，面对了如桢，这才说：

“老兄，你知道不知道，我来这儿，还有个担心呢?”

“噢，担的啥心?”

说话间，如桢也站了起来。

“不说了，不说了!”

如桢跨过一步，拦住逢时的去路，非要让他说了不可。

“好，我说!”

逢时说，他过帅府商量这个事的时候，起初还有点担心。怕如桢会说，这笔款，神鬼不知，不如咱们两个，二一添作五，一人一半分了。

“哈哈!”

如桢大笑，说逢时一提起这个话头，他也是有个担心，怕逢时说咱们分了。他还在心里嘀咕着，如果逢时说了这话，他该怎样应对。方逢时听了，一手搭在如桢的胳膊上，说道：

“既是这样，我还有一句话要跟你说。我的担心不是没有道理，在南方剿匪时，我就遇上这么个事，也是一位总兵，要跟我私分军饷呢。”

如桢不吭声，知道下面还有话。

“你我兄弟共事，这才几个月，可你知道我从你身上，得出一条什么人生经验吗? 谋大事，还是要跟大户人家出身的人共谋。一是心胸开阔，一是不谋小利。这两条，贫寒人家出身的，不是全做不到，总是少些。”

“我也有个看法，也要说给老兄，就是，谋大事，要跟真正有学问的人在一起。境界高了，心术不会太坏！”

“哈哈哈！”

两人都笑了。

逢时走后，如桢又在院里待了一会儿，这才回到小书房。

想到自身的病征，由不得在书案上狠狠一击。正要骂句难听的话，猛一抬头，瞥见墙上的条幅，刚鼓起的心劲，又泄了，跌坐在椅子上。这条幅，是孙胡子来帅府又走了之后那次，他回家看望爷爷，临行前爷爷给他送过来的。仍是鲜于困学的笔致，只是雄强上差了些，写的联语是爷爷自己编的，道是：

每临大事须有静气

当信今人不输古贤

静气，静气，这事，能静下心气吗！

三个月过去了，三个月里，他没有回过右卫。烦，一想就烦。不是烦，是厌。再也不想见慕青那看上去也还美好，实则没有情义，没有一点担当的脸面！

这贱女人，害苦了他。

三个月来，他的身体，发生了可怕的变化。

这变化，不是一回来就发生的。大约在一个半月前，很偶然地，他发现了身上的这个变化。

过去每天早上，不是被邻近的鸡啼声叫醒的，也不是让鼓楼上传来的更鼓声叫醒的，是让自己胯间的东西，憋醒的。然而，接连几个早上，他发现，往日引以自豪的那个物件，竟像一块抹布一样，软塌塌地贴在胯间，没有一点动静。是不是一时的异常？他几次安抚自己，然而，一次又一次证实，这不是一时的疲惫，而是一种长久的歇息。

他惶惑了，难道自己真的成了太史公一样的人物？

越是这样，他越是怨恨那个让他无所作为的女人。

越是这样，他越是恐惧自己将来的命运。

这事情，无法跟张胜说。一个三十七八岁的男人，没脸把这种事，跟一个二十几岁的下属说。不管多亲近，都不能说。开不了口，没法给出一个体面的解释。老婆不在了，那玩意儿再使唤又别不断。

这天，坐在筹边堂上，闲得无聊，拿起一沓《虏情》，漫无目的地翻看，只见一页写着：

蒙古人首领俺答者，已故达延汉小王子次子阿善之子也。最是雄杰，多谋略，有众十余万，驻丰州、东胜之间，阴山之麓，与云中接壤。其别小部曰兀慎，曰摆腰，曰多罗，曰委兀儿，俺答皆服役之。俺答子姓甚众。长曰辛爱黄台吉，尤枭雄，有众三万，驻牧兴和之北，父子不相能。次曰黑台吉，彼中呼为铁臂台吉，有子一，曰把汉那吉，生三岁而铁臂台吉死。俺答意诸妇蛊媚，尽杀之。那吉母罹难焉。那吉幼孤，抚于祖母一克哈屯，以其仆何力哥妻乳之。既长，聪慧俊健，俺答爱焉。因称阿力哥为奶公，主其家事。

这叫个什么事！儿子死了，嫌几个媳妇蛊惑妖媚，影响孙子的成长，就全杀了，连孙子的亲娘也不要了。要培养孙子成人，也不能用这么惨绝的手段啊！

没兴趣看下去了，推到一边。拿起毛笔，在水盂里涮涮，砚台里有宿墨，品品，扯过一张白麻纸，写什么呢？来大同后，按照在独石口时，世懋教他的法子，临习鲜于枢的《李白襄阳歌帖》，想也没想，便写了下去：

落日欲没岘山西，
倒着接䍦花下迷——

原件上，那个花字，写作华，末笔的一竖，如钢锥，直插下来，既见笔墨，又见气势。再看自己的，软塌塌的，就那么耷拉下来。看看这笔画，由不得又想到自己胯下那不争气的玩意儿。

唉！一声长叹，将笔掷开。

门帘一掀，张胜进来了，笑眉笑眼的。如桢一见，心里多少放松了些。做人就要学张胜，什么时候，都是乐呵呵的，就没见有过忧愁。有次他跟张胜说了这个意思，张胜的回答是，将爷呀，这世上的事，我算是想通了，再忧愁的事，你跟谁说去？同情的人，说上两句不相干的话，不同情的人，人家要捂住嘴笑哩。苦？咽不下去？嚼嚼就咽下去了。他甚至想到，朱熹这样的理学家，要是听了张胜的话，一定会生出一个嚼苦的命题，好生发挥一番，写出一篇名文来。

抬头看了一眼，笑笑，算是打过招呼。

“将爷，那个事，我算是弄明白了！”

“啥事？”

“骆驼进城门啊，你忘了！”

他想起来了。前几天，张胜见他整天闷闷不乐，说秋天了，东门外御河边的柳树，可好看啦，何不去河边散散心。也是。于是便换上常服，随了张胜，出东门来到御河边。河边有块大石头，人说是陨石，黑青黑青，不光滑，却光亮，这里那里，几处蜂窝似的窟窿，像是没有烧透的圪料。

河岸上，原先金黄的柳叶，不知什么时候，已飘零殆尽，成了一束一束，迎风摆动的枝条。如果脱去裤子，他的那个物件，比这迎风摆动的枝条，强不了多少。不，肯定不如。枝条还轻盈飘荡，而那个物件，只是一个皱巴巴的小皮囊！

就在这时，张胜说，将爷你看，他回过身来，原来是一只骆驼，驮了高高的一堆高粱秆子，走在进城的大路上。那高粱秆子，像是干透了，又捆了个结实，那么高，几乎将骆驼的身子全遮挡住了。

看什么呢？他正疑惑，张胜说，这么高的秆子，过城门要叫卡住的。

张胜这么一说，他也有点担心。是呀，这么高，从陨石旁边看去，那秆子的垛儿，要高出城门一两尺呢。

“看呀！”

张胜兴奋得瞪大了眼。

他也提起心，要看看那高粱垛子，在城门前，怎样哗的一下倒塌。

“快了，快了！”

张胜在数着。

他的心，也提到了喉咙眼儿。

然而，全都落了空。

那骆驼,不紧不慢地踱着步子。他们这边,似乎能感觉到那海碗大小的蹄子,一下一下落地的声音。再一下,又一下,背上的高粱秆子,竟平平地穿过了城门洞子。

"怎么会呢? 到了跟前,就变矮了?"

此刻,张胜这么兴奋地说了,如桢也想一探究竟。

是呀,明明看着是过不去的,怎么就过去了呢?

张胜说,今天一前晌,他一直站在官道路边,看骆驼驮高粱秆子过城门,先远处看,又近处看,看了几趟,总算是看出了门道。说是将爷呀,咱们站的地方不对,那儿地势稍低,人的视线是直的,从咱站的那个地方,掠过高粱秆子的顶部看过去,视线恰好落在城门洞子弧儿的顶上,看着就像是过不去。可是,你要是站在城门外,官道旁边去看,就不一样了。高粱垛子的顶儿,离城门洞的顶儿,还差一截儿,宽宽松松就过去了。

"噢,是这么回事。"

如桢听了,平和地舒了口气。同时就想起,嘉靖三十七年围城中,他去东门城楼值守,初次见张胜时的情景,那天是学青带班,军士中就有十几岁的张胜。学青一见他,就问,城墙上这个楼子,是该叫敌楼,还是该叫堞楼。他问怎么提出这么个问题,学青指指身边的张胜,说是这个孩子思谋出的,他们几个都回答不上来。他是怎么回答的,已记不清了,只是觉得,这孩子爱动脑筋,灵性。后来去新平堡,就选他做了亲随,一方面是他的父亲,是叫鞑子砍死的,另一方面,确实是个灵性孩子。

张胜手脚勤快,一面说着话,一面收拾地上的杂物。

如桢在想,所以下面的物件,有了这样的症状,说不定还与这些日子,心里憋着股子气有关。

安葬了爷爷,父亲跟他商量如何应对外界的非议时,父亲告诉他,一定要不动声色,就说爷爷是身染沉疴,不堪病痛折磨,才自己了断的。东厂欺凌的事,对外,一点也不能透露。见了同僚,见了吕公公,都要装作若无其事。

三个月里,他听父亲的话,无论是在吕公公面前,还是在方逢时面前,在王崇古面前,他都没表露一点对东厂的痛恨与厌恶。平平静静地处理军务,和和气气地与同僚周旋。只有他自己知道,心里憋着怎样的一股子肮脏气。

只有一件事,至今回想起来,仍不后悔,就是他回敬慕青的那句话:"马上能做什么!"后来那句话,虽说是气极之语,也不后悔,是的,我就是这么下流!

是呀,并辔驰骋?马上能做什么!

后来他听张胜说,兰花告诉他,说慕青过后跟兰花说,这个老三呀,气疯了,什么话锥心,说什么话。

气疯了?

错了,是废了!

她是值得爱的。可是她要是知道,为了她这么无情无义的拒绝,自己这两三个月来,每到夜晚,在床上是怎么熬煎过来的,她就不会说那个话了。

要是她知道,是她的无情无义,将他弄成了个废人,她就知道是谁伤害了谁。

第十一章　白登山

一

寒露时节，北地的山林，竟是这般模样。

风不大，一阵儿轻捷，一阵儿迟重。

日头刚刚出来，雾气尚未散尽，眼前的山岭和林木，像是刚从哪儿飘了过来，还没有落稳，晃晃悠悠的，往这边侧侧，又往那边斜斜。晃悠间，似乎抖落了山石间的疏土，树木上的枯叶，荡起一股烟尘，闻得见浑浊的土腥味。

杜如桢勒住马缰，嗅嗅，他熟悉这种气味，大战即将开始，旷野上常是弥漫着这种气息，再加上热马粪的臭味，就更像了。热马粪那味儿，不能叫臭，该说是香，又臭又香，臭里头溢着一种酽酽的热热的香。

一个山嘴背后，杜如桢骑在马上，注视着右侧的林间通道。

明知不会有什么情况，还是注视着，神色严峻，眼睛一眨不眨。

他在狩猎。

他们在狩猎。

紧随身后的，除了张胜，还有王学青。学青率家兵驻守云石堡，为组织这次狩猎，特意叫了回来。

天还黑着，他就带着学青和张胜，还有一支五十人的卫队，涉水过了御河，来到山下布阵。

山叫白登山，也叫马辅山。山下有村落曰马辅。据村中耆老言，西汉初年，高祖有白登之围，山下村落为马夫所驻。此后多少年，多少代，一直叫马夫村。到了宋代，村人嫌马夫之名粗鄙，便依谐音改为马辅。时日一长，这山也就叫了马辅山。

多年无战事，狩猎是最好的战备，也是最好的消遣。

想到这里，瞥了一眼张胜。

马上的张胜，迷迷瞪瞪，像是还没有睡醒。胯下的马，原地兜着小圈子，耸耸扁平的鼻孔，翻起乌青的嘴唇，嘟噜噜，嘟噜噜，不停地嘶鸣着。任马如何兜圈子，如何嘶鸣，张胜的身子都直直的，左胳膊弓起，撑在腰间，纹丝不动。肩头的皮铠甲上，立着一只大鸟，瘦骨嶙峋，却异常凶猛。

这鸟，俗称苍鹰，雅号海东青。

鸟头上，蒙着一块软软的皮头巾，马走着没事，一停下就挓挲起翅膀，扑棱棱要飞起来。

没那么容易的。脚爪上的环儿，有个扣子连着一根不长的皮带子，系在张胜臂腕的狼皮护套上，鸟飞起不足一尺，便会被猛地抻回来。

养这玩意儿，有年头了。

嘉靖四十二年驰援京师，墙子岭之战中，慕青的兄长，让手下的兵卒，送他一匹战马，又送了一只海东青。

从此，他就喜欢上了这种猛禽。最多的时候，养过七八只，有的大，有的小，正当年的也就两三只轮流使用。

张胜正在训练的是一只幼禽，捕来才一个多月，已过了熬鹰的阶段。熬鹰可真称得上是酷刑。不粗不细的麻线，小木棍一捣一捣，往嘴里塞，往肚子里咽，再使劲儿往外拉，一遍又一遍，硬是要将肠油和赘肉，全都刮了出来。目的只有一个，就是让它肚子里总有强烈的饥饿的感觉。

一进入林子，张胜拴好马，取出带来的老公鸡，放出海东青，练习抓捕的本领。还小，爪子没劲，刚抓起就摔了下来。老公鸡趔趔趄趄的，一看就是双脚给捆住了。这办法不对，要跑起来，海东青才有抓的兴致。如桢想说一下，想想还是算了。驯鹰是个长活儿，不是三天两后晌，可以见效的。

“怎么还没动静！”

张胜侧耳听听，说的是去了后山的家兵。

“我们到这儿就停住了，他们还得爬到高处再下来。”

“这些家伙，磨磨蹭蹭就没个利索劲儿！”

“狩猎跟钓鱼一样，要的是耐心。”

“将爷！”张胜换了声口，抖抖缰绳，让马头正过来，是尊敬也是要离得近些，说话听得清，“前些日子我去弘赐堡，听个老兵说，这海东青，也叫雄窟窿，是古代的肃神话，将爷知道吧！”

“不是古代的肃神话，是古代的肃慎话。肃慎话里，海东青不是叫雄窟窿，是叫雄库鲁。意思是，世界上飞得最高和最快的鸟，有万鹰之神的意思。”

张胜憨憨地一笑，又架着海东青溜圈子。不敢停，一停那大鸟就以为该它上场了，扑棱着翅膀要飞起来。多亏皮带子拴着脚爪，一抻又给拽了回来。

“那怎么叫海东青呢？”

“肃慎人最先建的是渤海国，古人地理方位不那么准确，过了海就说是海东，就叫成海东青了。”

张胜默记了，又心有未甘，总想补上前愆。溜了两圈，马头又一次正过来，说道：

“将爷，有个事。”

“说吧！”

“李景德这小子，又在背后使坏了。监军署的朋友跟我说，又写状子送到署里，告将爷哩。”

“告我？”

“没错，我那朋友说了，告的就是将爷。那状子写得真叫个狠，说将爷从嘉靖四十二年增援京师的路上，就拦劫京营官军军饷，后来在独石口，依旧不改，且越发厉害，连过往客商也不放过。最常用的伎俩是，与虏营通气，这儿放过，那儿逮着，通知内地字号，送巨资赎回，与虏将平分银两。所得资财，难以数计。”

“呃,难以数计!”

他只觉得好笑。

这个李景德,驻守新平堡,是他的副职,荷叶坪训练骑兵时,叫他三棍子给打跑了。待他到独石口,景德去了弘赐堡,也是守备。不几年,便升了帅府的参将。只是没有想到,一来,就是总兵官,景德又成了他的僚属。起初也还相安无事。只是近来,听说向兵部告他的状,说他在边地,私设粮仓,劫持军粮。告了几次,告不成样子,来了邪的,走东厂这条路子。

“还说将爷在右卫建豪宅,富丽堂皇,堪比王侯。三座院子,一座连着一座,花费纹银五万两。”

“放他妈的屁!”

起初只觉得可笑,听到后来,由不得动了怒,爆了粗口。察觉失了口,复坦然一笑,言道:

“没听说监军吕公公,是何态度?”

“我的朋友说,吕公公的态度是:劫持粮饷,私建豪宅,都可以不论。通虏必须严查,若坐实,定严惩不逮住。”

“是严惩不贷,不宽贷的意思。”

“我就说嘛,要严惩却不逮住,怎么?打飞靶呀!”

“你呀,就会瞎想!”

张胜笑了,他也笑了。

“将爷,你说李景德这小子,怎么这么坏?将爷一家,从老爷子起,待他不薄呀!”

“这我可不知道了,大概有的人生下就带着个坏心眼,不害人心里就不舒服。”

“都说人心是善的。”

“说这话的,肯定没有见过天下所有的人。”

“我听一个老者说过,天下的坏人,都有一件隐身衣,总觉得有隐身衣挡着,做坏事旁人看不见。”

“哪有什么隐身衣,是坏人都觉得自己比旁人聪明,谁也算计不过他。他呢,想算计谁就算计谁。”

“这我就想不明白了。平常人做上一次错事,下次遇上就不会错了,坏人咋就那么糊涂,这次害人没害成,下次还要再害,再做错事。”

“这好解释。他既然以为就自己最聪明,这次做错事让人识破,那是没有把聪明用足,再遇上事,把聪明用足,就不会做错,就不会被识破了。光是为了验证自己的聪明,就还要做坏事。”

正说着,前面的山梁上,传来呜呜的呐喊声。

一勒缰绳,两腿一夹,从山嘴后转出。

狩猎是消遣,也是战备,一切都按实战进行而稍有变通。五十名兵士,分作三队,一队留在沟口,算是拦截。两队分开,顺着两边山坡往上,进入位置后,呐喊应答,造成声势,一起朝沟底撵了下来。山鸡兔子,狐狸豺狼,还有土豹子,没有不闻声而起,朝山下逃窜的。

他和张胜等人,站立的地方,在山沟的中部偏下,挡着一个山口,避开一条大路,是堵截猎物的最佳位置。

呐喊声更响了,很快便连成一片。

这叫喊山,也叫赶山,要将山林里的野兽惊醒,赶将出来。

该准备了。

伸过左臂。张胜过来,给裹上熊皮套子。窝回来抻抻,也还严实。又伸开,张胜靠过来,解开皮扣子,海东青轻轻一跃,便落在他的胳膊上。蒙着皮头巾,眼睛看不见,这大鸟仍能认出自己真正的主人,嘎嘎叫了两声,是报到也是问候。翅膀扑扇了几下,像是已感到了凌空搏击的快意。

伸手顺顺翅膀,粗硬的羽杆,有种震动的感觉,皮巾里的脑袋,不住地转动,似乎隔着皮子,仍能看到什么。拍拍脊背,安静下来。名叫海东青,实则羽毛是褐色的,只能说翅膀上有许多苍黑的斑点。

喊山的声音低了下来。

快了。

他知道,不是人走远了,是人在林间穿行,顾不得大声喊了。

这次狩猎,太突然了。

往年也狩猎,多是循惯例,也有破例的时候,是何缘由,一清二楚。

这次不然。下指令时,脑子就木木的。前天后晌,筹边堂独坐,咚地一拍桌子,就定了下来。当即叫来中军参将，下达指令，没有一丝半点的含糊。中军走了，又喃喃自语，这是为何，这是要做给谁看。指令已发出，军中无戏言，说什么都迟了。

两天来，脑子一直木木的。总觉得是另外一个人，把他拨拉到一边，坐在他的座位上，下达了这个指令。

就是此刻，喊山已经好一阵子了，他还是这么个感觉，脑子木木的，像是锈住了。

使劲地想。

隐隐约约地感到，这次布置狩猎，与孙胡子有关。

孙胡子是几时来大同的？

爷爷是六月二十三去世，月底下葬。七七是八月十二。又过了五天，那就是十七了。对，孙胡子就是十七后晌来的大同，他当时正在筹边堂独坐发呆，张胜这厮，领上孙胡子进来了。

一掀帘子抬腿就进，也不说孙胡子就跟在后头。

不能全怪张胜，这厮还算是有心眼，说孙先生来了，平时是说孙胡子的。怪自己没留意孙先生三字，张口就是“这个偾事精”，引得孙胡子一进筹边堂就大声说：“好啊，我就是个偾事精，大帅啥时候这么恨过我，稀罕，稀罕！”坐定后，上了茶，一面呲溜呲溜地吮着，一边还跟他打趣：“我是偾事精，你是定边将。只怕这回，你这个定边将，还要谢谢我这个偾事精哩。”他一看，孙胡子的皮袍子，前襟鼓鼓囊囊的，像是怀了十个月的大肚子。才三个多月未见，断不会一下胖成这等模样，定是藏着什么宝贝来着。于是，笑道：

“别卖关子了，有啥好物件，快拿出来叫看看！”

孙胡子站直，撩起袍子，将一个铜铸物件取出，搁在书案上。

啊，竟是一尊青铜铸造的关公坐像，一腿蹬直，一腿弓起，一手捋长须，一手握书卷，双目凝视，仪态端庄。

他起身作了个长揖，言道：

“这回可将你老人家请来了。”

这是他早先的一个心愿，就是让孙胡子，为他请一尊在解州关帝庙里待过的关公像。

“这尊坐像，在春秋楼的供桌上，整整供了十个月呢。”孙胡子说着，又从怀里取出一沓书，解开蓝布封套，双手递了过来，“再看看这是什么宝物。”

接过一看,是一册《关公忠义经》。一面翻书页,一面说:

“早就知道杨大人校订过这么一本书,以为没有印过,原来是印过的。”

“这个本子,是平阳府的精刻本,算你有福,是我过平阳府,在一家书铺买下的。有关公坐像,又有关公的经书,配了套送你,还不该谢谢我这个偾事精吗?”

“是该,是该!”

他当即起身,给孙胡子的杯子里斟满茶水,双手端起递了过去。

孙胡子双手接过,连连点头,嘴里说道:

“你我兄弟,说让你谢谢,就是这么一说,不必在意。”

“噫,方才胜子说你从右卫来,怎么绕了这么个弯子?”

“俊德爷爷去世,我在蒲州就听人说了,知道时已是三七,想赶五七,货备不齐没法动身,打定主意,不管迟早,一定要到坟头给老爷子烧一串纸钱。紧赶慢赶,已过了七七。我让驮队先去大同,我拐到右卫再赶过来。”

“多谢占元兄,爷爷地下有知,也会倍感欣慰。”

孙胡子又说,他这次去右卫,除了给爷爷坟前烧纸钱外,还看望了如桢父母,发现国梁叔叔身体衰弱,气色晦暗,像是有病,让如桢多回家看望,以解老夫妇膝前寂寞。又说他这次在右卫待了两天,原以为右卫不过是个边防卫所,全城也不过是个兵营,去了才知道,其繁华不亚于内地的普通州县。

“这我就不明白了,”如桢说,“给老爷子上坟,看望家严家慈,有一天的时间,尽够用了,何以会耽搁两三天之久?”

“唉,”孙胡子未开言,先重重地叹了口气,“有件事既费时间又费口舌,我原本还想再待一天,谈出个眉眼来,看看实在不行,只好恨恨而退。”

“何事竟让孙兄如此费时费心?若无禁忌,不妨说说,看我能不能帮上这个忙。”

刚收下关公坐像和《关公忠义经》,他是诚心想帮衬一下。

孙胡子诡异一笑,说道:

“你要出面,那敢情好。只是我说了,杜大帅一定履及剑及,不得反悔。”

“凡是我能办到的。”

他怕上了孙胡子的当,先设了这么个前提。

“你肯定能办到。”

“那就说吧。”

“有一整天的时间，我去东院，跟慕青嫂夫人谈心，叫她——”

怕上当，还是上了当。一听就知道下面是什么话了，他砰地一拍书案，厉声言道：

“停住！少在我面前提这个女人！”

这回轮到孙胡子生气了，冷笑两声，言道：

“男子汉大丈夫，因爱生恨，也不至于到这个地步。”

他解下腰间的佩刀，连鞘一起递过去，搁在书案上，拍拍刀鞘，气呼呼地说：

“占元兄，我说不要说这个女人，你就不要再说了。要再说，还不如拿这把刀，朝我这儿戳上三下！”

说着，手在胸前，重重地拍了几下。惊得在门口守着的张胜，掀开帘子探过脑袋，朝里头瞅了瞅，见没事又缩了回去。

知道再也不能说下去，孙胡子岔开话头说起别的。时分不早了，如桢要安排饭食，为孙胡子接风。孙胡子说，不必了，此番来大同，还为代王府带了两驮子的货，先去交割了再说。

第二天，如桢正在官府看杨大人的《关公忠义经》，孙胡子又来了，先是喝茶聊天，后是说古道今，末后郑重言道：

“慕青嫂子的事，就那样了，我也不好再说什么。但我看你近来，心绪烦躁，精神抑郁，再这么下去，将会大病一场。我问过华严寺的老僧，说你这是心病，只有大补之药，才能扳得过来。”

“嘿嘿，你这个偾事精，又要出什么幺蛾子，只管说吧！”

孙胡子提起脚后跟，伸长脖子，探过身子，附在他耳根说了一句，惊得他跌坐在椅子里，半会儿说不出话来，末了也只问了句：

“真的？”

“这还有假，八百两银子已全数交上去了。”

“日子？”

“过了这两天就有人来知会。”

“那边知道我是谁？”

“当然得实话实说。”

像是用棒子狠狠地敲了一下，连续两天，他的脑子都是木木的，沉沉的，一个念头盘踞心头，怎么也驱赶不走。有感激，也有悔恨，感激是感激孙胡子的出手阔绰，衷肠侠胆，悔恨是悔恨自己的心绪沮丧，精力不济，只怕孙胡子的这笔银子要白扔了。

第三天下午，在筹边堂呆坐了一个时辰，末后在书案上狠狠一拍，叫来中军参将，发下第二天一早去白登山狩猎的指令。

赶山的喊声，又高了起来，亮了也近了。

路那边的一面山坡上，树梢乱摆，似乎有人走动。

"啊——呜——"

"啊——呜——"张胜应了一声。

"啊——呜——"学青也应了一声。

嗖嗖，几只兔子窜了过去。

扑棱棱，两只山鸡，从头顶飞过，没多远落在一处榛子丛里。

一只狐狸窜过来，想往前走，又停下瞅瞅，刺溜一下钻进荆棘丛里。

正要撒手放鹰，远处传来惊叫：

"啊　　豹子！"

"啊——真的是豹子！"

一手勒紧缰绳，另一只手臂弓起，攥紧海东青的双腿。扣子已经解开，只要往空中一扔，这大鸟就凌空飞去。

马在打转转，咴咴嘶鸣。

"豹子！豹子下去了！"

喊声就在左近。

浑身血气上涌，一刹那精神大振。小腹下，似乎有股巨大的力气在运作，在凝聚。几天来脑袋木木的，总也理不清的头绪，一下子理清了：

啊，对了，所以组织狩猎，就是要寻找恶战后，那种凶猛的性欲冲动。

没错，就是为了这个。

二

豹子怎么窜过来的，真是料想不到。

他们防守的地方，有条朝东南斜过去的山沟，初站立的那个突出的山嘴，就在沟口的前侧。以他们的估计，有人在这儿，野兽不会拐进那边山沟，只会顺势而下，朝这边的沟口狂奔。

及至赶山的家兵到了跟前，才明白这是个一厢情愿的估摸。

“没见豹子？”赶山者一脸的疑惑。

“怎么，过来了？”张胜的疑惑，一点都不次于对方。

“明明见下来了嘛！”

“噫，能飞了过去？”

两人还在争究，东侧山梁上，有人大喊：

“豹子！豹子在沟里！”

至此才知道，这只豹子快到山嘴时，见有人拦截，窜到坡上，转往东边山沟里去了。

“追！”

如桢大喝一声，这回可不能叫溜了。

这道沟里，林木不像那边沟里那么茂密，路不宽，纵马奔去，像是走在乱石滩上。

张胜眼尖，追不多远，便叫了起来：

“前边，豹子！”

一看，可不是嘛，正在路侧的山坡上，身子一弓一弓地跑着。

事不宜迟，胳臂一扬，手一松，海东青便嗖地蹿到空里。

那豹子也真叫个机灵，不知哪儿来的感觉，像是知晓了天上来的威胁，原本还在坡下的疏林里跑着，三下两下，便窜到半坡的密林里。

“哎呀不好！”张胜在喊。

不用张胜提醒，他也知道，在密林里追逐，对海东青来说，意味着什么。

“上林子！”

手臂一挥,带头冲上山坡。

坡根的疏林,马还能走,再往前,到了半坡的密林边上,马就不好走了,不是纠缠的荆条绊了马腿,就是横斜的树枝挂住了衣袖。

没人发话,他和张胜一起跳下马,缰绳一扔,拔刀朝前奔去。

斜了一眼,瞥见学青,真够机灵的。只见学青,一面翻身下马,一面就接住了他扔过去的缰绳头子。脚尖刚刚一着地,身子往前一探,又逮住张胜松了手,还在马脖子一侧晃荡的缰绳。

怕荆棘条子划着他身上,张胜抢前几步,一边前行,一边左右挥刀,猛砍挡路的荆棘条子。走了一大截,不见踪影,也不闻响声,张胜说:

“像是到这边了,怎么连个毛也瞅不着?”

如桢仰起头,想从头上,树的枝丫间,看见海东青的身影。

没有,天蓝蓝的,只有几片白云。

“上边,还是前边?”张胜举起刀,指指这边,又指指那边。

略一思索,刀尖点点前边。

事后想,为何当时做出这个判断,唯一的依据,或许是觉得,豹子也跟人一样,累了只会拣轻快的地方窜。

又往前走了一大截,还是什么都没见。

“这就怪了?”

他开始怀疑自己的判断。

正在这时,张胜晃晃手里的刀,低声说:

“快瞅,那边!”

顺着刀尖看去,顿时傻了眼,嘴张得老大,半会儿都合不上。

前面稍远处,林子不疏也不密,豹子直立着后腿,两条前腿在空里扑打着。他以为定是对面有什么猛兽扑过来,这豹子做着防御。一看,什么也没有,而豹子的头顶,像是抓破了皮,血流下来糊住了眼睛,只见它一会儿朝这边扑扑,一会儿朝那边拍拍。这是怎么了?

不容他再想,一个黑影,倏地自空而降,像是一道黑色的电光,将落下又倏地腾空而起,似乎拐了个弯儿,从两棵树之间的枝杈空儿里,嗖地穿过。一穿过便展开翅膀,稍事盘旋，看准间隙，又冲了下来。

啊，海东青！

那豹子，站着扑打了半会儿，腿上没了力气，摔倒在地。又忽地站起，知道空中的威胁并未解除，又一耸一跃地扑打着，要抵御即将袭来的劲敌。

那大鸟又扑了下来，嗖地又腾空而去。

豹子仍在做着徒然的努力。

再一次冲下来，落在一棵榆树上，一只爪子张开，死死地抠住树干，另一只爪子伸过去，紧紧抠住豹子的头皮。疼得豹子要打滚俯不下身子，要逃走又挣不开爪子，只有猛叫着不住地跳跃。海东青也处在危险中，原先一团毛似的身体，拉扯开来，竟有一条扁担那么长，一头的爪子抠在树干上，一头的爪子抠在豹子的脑门上。

"呜——"豹子一声长啸。

是挣脱了，头皮竟揭去一片，露出白花花的头盖骨。

扑啦啦，那大鸟又腾空而去。

"呜——"豹子往前一扑，撞在树干上，就地打了个滚又站了起来。

这一撞，大概将糊住眼睛的血迹撞开了，看得见地面了，豹子再也不顾空中的袭击，顺着树木的间隙，朝山下狂奔而去。看那身影，已没了跳跃的矫健，趔趔趄趄的，嘴巴不时磕在地上。

"受了重伤。"如桢说。

"活不了了。"张胜说。

"追！"两人几乎同时说道。

学青也跟了过来，三人一起往山下追去。

这条沟通往山外，七拐八弯，又窄又长，追了好长时间，才远远地看见，那豹子一步一颤抖，摇摇晃晃地走着，像随时都要倒了下来。毕竟是豹子，虽负了重伤，抬脚落步，仍那样的孔武有力。

三个家兵骑着马，赶了过来，一人牵着一匹，正是他们三人的马。

事后得知，学青牵了他和张胜的马，无法跟上，只好牵了三匹马下山，遇见跟过来的家兵，叫他们牵了马，顺山根往前走，自个儿又上山去追豹子。

三人上马，朝前追去。

路面宽了,石头少了,马能跑起来了,不多远就看见了负伤逃亡的豹子。

“今天可是逮住个大东西!”

张胜在马上,气喘吁吁地说。

“我就知道今天是个好日子!”

学青应和着,一面抽鞭子,只怕落在后头。

如桢不言语。他在享受着纵马奔驰的快感,一句多余的话都不想说。

胯下的战马,四蹄交错飞舞,叩击着路面,能听见轻快的响声。马上之人,感到的不是颠簸,而是一种摩擦,大腿内侧和鞍桥的摩擦,小腿肚子和马肚子的摩擦,这两处摩擦的痒痒,最终都传导到胯下。而胯下也有自己的摩擦,大的说,是屁股蛋子与鞍鞯的磕碰,这没什么,只是让人感到惬意。最为舒畅,也最为难捺的,是两胯之间,与鞍桥的木梁的摩擦。就那么有一下没一下,没一下可注定有一下,最是快意,最是受活。啊,那个感觉!

战场上,追击敌人最大的快意,就在这里。

若正遇上一个敌寇就在面前,一刀砍过去,手上与胯下,两个动作同时完成,那是何等的快活。

能享受了这种快意的军人,才是真正的军人。

能享受了这种快意的将军,才是真正的将军。

他曾跟马芳说过纵马奔驰的这种快感,马芳连连称是,还说女人是不能骑马远行的。

这么想着,整个人就像是融化在晨曦里,清风中。

忽听得张胜喊:

“快看,在那儿!”

抬眼望去,只见前面老远,小溪边的乱石滩上,那豹子这边摇摇,那边晃晃,步子都错乱了,仍在勉力向前跑着。

“快看天上!”学青大喊。

天上,半空里,海东青盘旋着,像是要发动最后一场攻击。

果不其然,这里话音刚落,那大鸟就一个猛子扎下来,在豹子头上连啄了两下,又嗖地腾空而起。

这一击,那豹子像是蒙了,不再往前跑,而是原地打起了转转。

还没等他们到了跟前,就一个趔趄,倒在了地上。

三人下马,朝豹子走去。到了跟前一看,豹子是死了,身上却插着一支箭。箭头射入肩胛后头靠近肋骨的地方,多半截箭杆,还在忽悠忽悠地闪着。

张胜过去,伸腿踢踢死豹子,说道:

“怪了,没人射箭啊?”

如桢还顾不上这些,打了个呼哨,海东青落在他的臂肘上。看了真让人心疼,海东青背上像是叫豹子拍了一爪子,羽毛掉了许多,露出一道深深的血印子,腿上也有血,细看,腿根上的肉都被撕开了。不用说,就是方才抠豹子脑皮时扯裂的。

“快看!”学青蹲在地上,正在察看豹子的双眼,“两只眼睛,都叫啄瞎了,怪不得刚才光打转转不知往哪儿跑。”

后面的家丁跟过来了,如桢将海东青递给张胜,朝一个家兵头目摆摆手,让抬上豹子回去。

“弟兄们,来呀!”那头目朝身后挥挥手。

“慢着,看谁敢动!”

远远传来一声喊,扭头看时,只见前边的河滩上,两骑飞奔而来,为首的一位,正挓挲着胳膊大呼小叫。

到了跟前,翻身下马,抽出腰刀,大声喝道:

“也不看谁家的猎物,就想捡这个便宜!”

“怎么了?”张胜将海东青递给学青,一步抢了过来,“瞎了你的眼了! 谁捡谁的便宜,明明是我们围猎打死的。”

“噫,你们打死的? 说得轻巧,我们老爷一箭射倒的,睁大你的狗眼,箭杆还在那儿插着呢。”

“谁晓得你们捣的什么鬼!”

张胜只是一个不让。

“这儿也敢撒野!”

如桢仍处在纵马驰骋的快活中,本不想多说什么,见这小子说话也太冲了,跨前一步言道:

“哪个衙门的，这么放肆！”

“啊，是杜大帅啊，小的不懂事，见礼了！”

正想问个究竟，路上一小队人马，哗啦啦下到河滩里，一个个拔刀仗剑，做出一副厮杀的架势。瞥上一眼，差不多有二十人的样子。他的亲兵，赶到的也有十几号人，也不是吃素的，一个个早已抄起家伙，站在他身后。

对方围成半圆，却没有一个人上前搭话。待了一会儿，后面赶来个骑马的人，一手勒缰，一手半举，擎着一张雕弓，到了跟前，围着豹子看了一圈，言道：

“让我瞅瞅，我这一箭咋就这么准，一下子就把这畜生撂倒了。”

声儿又尖又细，颤颤的，像是猫儿叫唤。

噫，这不是监军太监吕公公嘛！

这一刻，吕公公也认出了如桢。

两人几乎是同时拱手言道：

“大帅可好！”

“监军可好！”

既是相识，也就和气了许多，吕公公一面下马，一面呵斥手下的人：

“这么些大活人，怎么就不长个眼色！大帅面前也好使刀弄剑吗！还不给我滚到一边去。”

人家这么客气，他倒有点不好意思了，摆摆手，亲兵们也都收起兵器。

吕公公走到跟前，一手扯扯他的袖子，亲切地说：

“大帅出来狩猎，晨起有寒意，多注意身子。”

“谢谢监军。”

“大帅啊，你说我今天这运气，咋就这么好，景德将军撺掇我出来打猎，从这面沟口进来，才走了十几里，就遇上这么个大豹子。这哪儿像个豹子呀，跟我家的大猫似的。”

杜如桢心想，早就听人说李景德攀上了吕监军，总也查无实据，这回可是亲耳听说了。这位吕公公，来大同不到一年，相互拜访过，不怎么熟悉，听人说，他最爱与边关将领交朋友。据与他交往过的人说，此人有文才，也懂武略。就是入宫，也不是贫寒人家求活路才阉了自己的，原来也是大户人家，恋着邻家一个女孩，这女孩选入宫中做了嫔妃，他一怒之下便找人阉了自己，辗转进入宫里，至于找没找见那个女孩就不得而知了。

“噫，景德将军呢？”吕公公扭头瞅瞅，“刚才还跟我在一搭嘛。”

“回老爷，”一个随从上前说，“刚才下河滩时，将军说他身子不舒服，先回去了。”

朝远处看去，果然一骑朝沟口那边去了。

如桢自然明白，这是李景德不愿与他相见，有意回避才离开的。人都说李景德聪明过人，又眼明手快，看来不假。不光手快，脚也够快的。一眼看出，打马便走，这判断，也够敏捷的。平日鄙弃这个人，以为太自私，太奸诈，今天看来，能回避，能遮掩，也还是个知羞耻的，没有坏到骨头里。

吕公公踱到死豹子跟前，靴尖儿踢踢豹子，说道：

“我这一箭也够狠的，先揭了天灵盖，又插进肩胛骨里。”

旁边有随从接上话茬儿说：

“要不怎么说是一箭毙命呢！”

张胜实在听不下去了，抢白了一句：

“本来就是要死的了，踢一脚也能要了命！”

吕公公不高兴了，训斥道：

“这位军爷说话也忒难听了，明明箭头是从天灵盖穿过，又射进肩胛骨的，牛蛋大的眼窝看不见吗！”

“我们从后面山里追赶过来，明明是海东青抓破了豹子的头皮嘛！”

“明明是我们老爷的箭射穿了的！”

那边的随从绝不松这个口。张胜还要辩下去，如桢发了话：

“呔，少说两句。”

吕公公也趁势制止了随从的争辩，笑笑，对如桢言道：

“今儿也是缘分，我来打猎，就遇上了大帅。这豹子嘛，原也没名没姓的，说不上是谁家的。你也追得够远，我也射得够准，反正是个死了。别说身上还插着东厂特制的蓝杆箭，就是没有这蓝杆箭，我开口，大帅不是也会送给我嘛！”

吕公公说到这儿，一时真还不好回答。

“这位军爷，”吕公公朝张胜招招手，“你过来看看，这箭杆可是蓝色的不是？”

张胜瞅了一眼，点点头，没有作声。

人家都挑明了这箭是蓝杆，是东厂特制的，还能再说别的话吗？如桢抱拳作个揖，高声言道：

“吕大人说哪里的话,明明是你一箭毙了这畜生的命。我们不过是赶了赶,哪里敢与吕大人争功?”

“你们赶山的功劳,我会记着。时辰不早了,我们还要去后山转转,说不定还能一箭射死一条狼呢。”

吕公公说罢,点点下颏。他手下的兵丁过来,捆起豹子,搭在马背上,扬长而去。

杜如桢原地待着,一动不动。吕公公的人马走开了,张胜过来,摇摇他的膀子,这才如梦方醒,扭转身,朝着监军署衙人马,重重地吐了口唾沫。

张胜以为他要说句什么狠话,充满期待地瞅着他。

开口了,却是低低的一句:

“操你姥姥的!”

一行人上了马,蔫蔫地朝山外走去。另有人去后山传讯,叫他们从那边回城。

只有海东青,不知这世上出了什么事,蒙着皮头巾,站在张胜的肩头,呼扇呼扇地抖着翅膀,不时嘎嘎叫两声,似乎在提醒主人,在今天的狩猎中,它可是出了大力气。

日头正红,鸟雀啾啾,心情很快开朗起来。狩猎的目的,原本就不在猎物上。他要达到的目的,完全达到了。现在要做的,是将这种良好的感觉保持下来,别还没怎么的就耗尽了或是败坏了。这个吕公公着实厉害,说是出身大户人家,看来是真的。明明是耍横,可你看他说的那几句话,还真拿他没办法。

张胜以为他今天,心里不定怎么窝火,打马靠过来,说道:

“将爷,有个事我怎么也想不明白,能不能问问?”

“有什么就直说吧,怎么学下这一套?”

“我想问将爷,怎么人们平常骂人,都是操你妈,真要到气得狠了,不管轻重,一开口都是操你姥姥呢?”

扑哧一笑,他心说,这个狗东西,竟寻起他的开心。

“嫌他妈太脏,他姥姥多少干净点。”

三

狩猎后晌回来，沐浴过后，在官廨二堂品茶，孙胡子过来，说王府差人传话：下个月初三，酉时二刻，王府娘娘在东华厅接见，着大官人酉时一刻在西华门外候着。

他不明白，为什么要等这么长时间。孙胡子解释说，娘娘的口味刁着呢，做这种事，要趁最好的兴致，要挑最好的日子，只怕自己是等不到那个时候了，近日就要押着驮队去漠北。如桢说，这几次，你不是去的都是义州滩吗，怎么又要去漠北。胡子说，那边的朋友捎话，怪他把老朋友忘了，因此调了一批丝绸与铜器，去漠北走上一趟。

如桢点点头，办这事用不着胡子在跟前，只是另有一事，他更不明白。

"王府娘娘做这种事，解困窘也好，解饥渴也好，都说得过去。怎么能如此张扬，当作官员觐见来办？"

"你又错了！"孙胡子呷了口茶，在火炉上一面烤手一面说，"你想着天黑了，从门缝溜进去？"

"堂堂总兵，一镇主将，这么铺排着去，万一让人见了传出去，于声名有损。干脆别去了，银子就算是孝敬了王府。"

他一脸的诚恳，孙胡子不乐意了。

"胡说！这事费了我多少心血，马上就要办成了，你倒打起退堂鼓。也不是多么的铺排，只是对外有这么个说辞。"

"不就是一夜逍遥吗，不值得冒这个险。"

"值，太值得了！那天我要跟你细说，你不耐烦截断了我，今天我跟你细说吧。正德爷来大同巡幸的事，总听说过吧！"

"又说那个滚龙衾了。"

"滚龙衾是小事。豹房知道吧！你以为豹房只有宣府有？错了，正德爷巡幸边地，人走到哪儿，豹房的全套设施就跟到哪儿。随行的宫中嫔妃，少说也在百人。不光是供皇上随时临幸，也有犒劳边臣边将的意思，立有大功的，当场赏赐一名宫女，更多的是宣召诫勉，过后由太监领到豹房尽情逍遥。宫中传言，说带出的宫女个个神情委顿，回去的宫女个个红光满面，人人容光焕发。”

“这跟王府娘娘有何关系？你再能编，总不会说这王府娘娘也是正德爷留下的宫中嫔妃吧？”

“你又开玩笑了。真要如此，这王府娘娘该是百年的狐仙了。我是说，你去王府这一晚上的逍遥，其设施规矩，全跟当年正德爷的豹房一般无二。这一两年，大同城内，去逍遥过的文官武将，也有跟你官阶差不多的，过后没有不夸赞的，说是太值了。”

“噢，这么说也有当官的去做这个事？”

“要是光靠你去，还不把王府娘娘干渴死了？我来，一是告诉你时间、路线、接领人。还有二，就是告诉你，从现在起，一定要放平心境，情感不能有大的起伏。最最重要的，是要提摄住精气，不到关键时刻，不能松劲。有那费尽周折去了的，一看那阵势，连娘娘的人还没挨上，自个儿先就落荒而归了。”

“噢，竟有那等不中用的！”

“不用担心，我给你带来个好东西。”

孙胡子说着，伸手摸出一个麻纸包打开，露出一个小小的瓷瓶，拈起递了过来。如桢接了搁在手心观看，扁扁的，圆圆的，比小酒盅大不了多少，嘴儿上黄黄的一坨儿，像是用蜡封了。他要将蜡膏揭去，孙胡子连忙挡住，神秘兮兮地说：

“这可使不得。这叫一峰擎天丸，是我这次回乡，专程去中条山五老峰上的一个老道那儿求来的。前几次我去板升，带了几瓶，送给蒙古的王爷，大获利市。这次带去，是要送给默哈扎的，权且匀出一瓶，供你那晚逍遥之用。”

“你还是收起吧，狩猎归来，我的精神甚好。”

“有备无患，这上头不知栽倒了多少英雄好汉。只是这药是后发制人，前面不必用它，待到气力不支，取出小瓶儿，揭去蜡膏，将瓶中药丸悉数倒出，含在嘴里，取一杯清水，要不烫不凉，温温的那种，一口冲下，只需待上半刻，劲儿就起来了。”

说到这儿，孙胡子就探过身子神神秘秘地问：

“兄弟，有句话本不该问的。没有别的意思，只是好奇，问了你可别生气，还不能打诳。”

“啥事？这么鬼鬼祟祟，又神神秘秘的！”

“我想问的是，遇上喜欢的女人，时儿也好，地儿也好，你能杀她几个回合？”

没想到会是这么下流的一个问题，他皱皱眉头，像是要思量一下。

“不准想，不准想，一想就是编造！”

“不想，不想，”他仰起头，说道，“时儿也好，地儿也好，几个回合是没问题的，你问这个是什么意思？”

他起了疑心，孙胡子连忙说：

“什么意思也没有，只是出于好奇。权当我没问，权当我没问！”

四

带人不带人？想想，还是带上为好，万一出个啥事，有帮衬的。

带谁呢，想来想去，就带了张胜一个。

将张胜安置在南萧墙左近的一家茶馆，叮嘱几句，自个儿前往王府。

这王府，占了东城好大一片地方，形制全仿京城的皇宫，只是规模小了许多且不占据中央。外圈是东西南北四道萧墙，各有其门，内圈有东西南北四道宫墙，也各有其门，东边的叫东华门，西边的叫西华门，南边的叫南华门，只有北边，不叫北华门而叫拱极门。意思甚明显，本王爷驻守大同，也跟守卫军堡的将士一样，是在守卫着京师。

说好的，西华门外，有人接应。

一边走，一边想心事。

这个孙胡子，钱来得太容易了，就胡花起来，八百两银子，做这种事！

不知不觉，过了一个牌楼，来到西华门外。

正疑惑怎么没有人接，只见门缝里闪出一个人来。一身枣红衣衫，猫着腰，趋前打了个拱，细声问道：

“敢问可是祁大官人？”

他姓杜，怎么问祁大官人？刚要订正，忽想起孙胡子说过，此番来代王府逍遥，杜姓太扎眼，容易让人联想到杜大帅，特为他改了个姓，正是这个祁。

“正是。”

“官人随我来。”

两扇门错开个缝儿，将将进去个人儿，刚闪进身子，咣当一声就关上了。

天尚未全黑，王府院子里，地上的砖缝儿都能看清，半空里的檐角，也都还精精神神，该翘的翘着，该垂的垂着。偶尔也会遇上个人，都低着头，匆匆走过，谁也不跟谁打招呼。只有一点让他震惊，就是这些人，穿的衣袍，都那么破旧。即以眼前而论，领他进来的这位公公，衣袍的下摆，相当于屁股蛋子的位置，有一处绽了开来，像是补过又开了线，透着内衬的颜色。

唉，不是亲眼看见，谁会想到王府的公公，全是这样寒酸。

转过一处殿堂，又过了不长一个通道，来到又一处殿堂前，引路的公公转过身来，欠欠身子说道：

"到了，祁大官人请进。"

正待举步上台阶，那公公伸手一拦，觍着脸说道：

"官人，小的那点意思，在这儿就打发了吧！"

先是一愣，即刻就明白过来。

上个月，孙胡子走之前，叮嘱说，王府的下人，不管是公公还是门卫，他都打点过了，若有人再索要，就说找孙先生好了，再要纠缠，就说找府中总管。不过，身上带些零碎银子，防个意外，还是要得的。

盯住这公公看了一眼，心想，但凡是个爱脸面的人，这一盯也该知道是什么意思，不会再纠缠了。没想到这公公浑然不觉，还在等着他的赏赐。

"没有见过孙先生吗？"

"啊？"

"府中总管也没关照过？"

"啊，小的忘了，祁大官人莫要见怪。前面另有人接应，小的就不往前送了。"

公公这样一说，如桢又觉得自己太刻薄了，也不再说什么，摸出一颗小银锭递了过去。那公公接了，虽没说什么，心里的感激立马就写满了一脸。

前面是一处平房，没有挑檐，也没有挂角，敦敦实实的，像一截边墙，迎面的大门，也显得格外厚实。到了跟前，正待推门扇，轻轻的一声响动，旁边的小门开了，出来一个公公模样的人，哈着腰，双手朝里一摆，言道：

"祁大官人，请走这边。"

进得门来，那公公并不回身关门，只管朝前走去，他正疑惑，只见旁边闪出一个老妇人，掩上小门且上了闩儿。

原来这代王府里，大小事情，都有专人司值。

穿过一个厅堂，以为到了，转过一个弯儿，又是一个厅堂，不停步，还要往前走。两旁的设置，不见其多么华丽。明显的感觉是，简洁，大气，透着一种高贵。有个长而宽的凳子，寻常人家，叫作春凳的，也就是一人宽松躺下的长短，而这个春凳，足有两人抵脚躺下的长短，再看那木料，竟是一块独板。昏黄的宫灯下，闪着幽幽的光，说黄不黄，说黑不黑，一看就是上等的材质。

来到一个厅堂里。

这个厅堂，比前一个厅堂，小了许多，设置没有大的变化，明显感觉热了许多。

尽头一道门，到了门前，以为会推门进去，公公回过身来，弓身用手中的拂尘，将靠墙的一个木榻掸了掸，言道：

"大官人且在这儿宽衣吧！"

墙上正好有盏青铜宫灯，小小的灯芯，枣儿似的一团灯光，将将照亮一侧的木榻。那靠背，那扶手，像是雕着什么祥瑞的鸟兽，看不清楚，但是能感觉得到。那木质，跟方才看到的春凳一样，也是说黑不黑，说黄不黄，只是离灯近了些，能看到隐隐闪着暗红的光亮。

总得见了人再脱衣裳，这儿就脱了，赤身裸体的，成什么体统。心里这么嘀咕，脸上也就带出来了，瞥了公公一眼，公公看出了他的意思，低声言道：

"里面是香沐池，自然要在这儿宽衣。"

哦，原来是这么回事。

他脱一件，公公接过，挂在一旁的衣架上。

外衣脱完，该脱内衣了。

上边是件白棉布褂儿，刚解开襻扣，扯开衣襟，露出胸膛，那公公掩口惊叫：

"啊，这么壮实！"

全脱下，递了过去，那公公趁接过的势儿，伪装抢前一步，打了个趔趄没有站稳，要扶木榻的扶手又没扶住，展开的手掌直直地撑在他的胸前。那手软软的，温温的，像是块抹布，如桢由不得瞪了那公公一眼。那公公一点也不恼，反而为自己的莽撞连连道歉。明知对方是有意，说得多了，连他也觉得极有可能是错怪了这个可怜人，反过来安抚起对方：

“没什么，没什么，别在意啊！”

这一来，那公公神色自然了许多，口气也亲切了许多，赞叹说：

“祁大官人这身板，若在军中，定是虎贲将军一类的人物。”

“惭愧！商贾之人，空长了一副好皮囊！”

怕公公说出什么腻人的话，他抬起小腿，摆摆光脚丫子，意思是问，就这么光着脚丫子进去吗？

公公赶忙俯下身子，从木榻下取出一双木屐，套在他的脚上，一边套一边说：

“大官人是好人，我心里感念不已。有句话儿，还望大官人谨记：里面香沐池里，伺候的都是十几岁的公公娃儿，个个水灵灵的跟女孩儿似的，洗浴时不管他们怎样撩逗，大官人一定要兜得住。若泄了火，下一步就软塌了，银子岂不是白扔了。不见真人，不要想那事儿。”

他没再说什么，点点头表示谢意。

推门进去，雾气腾腾的，地上果然是个沐池，墙上的宫灯，更其昏暗，只能看出这沐池是个长方形，边儿底儿，都雕着花纹，是什么，却不甚清晰。甩了木屐正要跨进去，旁边闪出两个小公公，一人架住他一只胳膊，款款地将他送入池中。

坐在池底，将热水往身上撩了撩。

有个小公公问：

“大官人要不要搓搓身子？”

“不用了！”

想起老公公的话，怕自己兜不住火儿，胸前搓了搓，两胯间揉了揉，便起身上来。两个小公公过来，一人一块白布巾，给他浑身上下擦了个遍。他只管憋足气兜住，不让自己泄了火。

两个小公公，又一人一只胳膊，将他架到沐池那头的门前，轻轻敲了三下，门开了，闪身进去，背后门就关上了。

这儿是个暖阁，精致了许多，也亮堂了许多。

亮堂的原因，是墙上的青铜宫灯，换成了条儿上的大红高烛。不知哪儿有溜进的微

风，长长的高烛苗儿，忽闪忽闪，摇摇晃晃，屋里的物件，也像是飘飘忽忽，游移不定。定睛细看，香案上还摊着一册书，麻纸皮儿，绦线装订，拿起一看，竟是一册《漱玉词》。心想，这该是娘娘刚刚看过放下的。正这么想着，一个蓝花盘子伸了过来，盘子上是个蓝花茶碗，盛着淡黄的茶水，飘起茉莉的花香。抬眼看去，一个宫女模样的女孩，正笑盈盈地瞅着自己。不等他开口，先是甜甜的一声：

"大官人请用茶！"

端起茶碗，抿了一口，顿时感到齿颊溢香。两胯之间，有种勃然而动的感觉。瞥了小宫女一眼，心想，什么王府娘娘，定然不如这个小宫女清纯受用。要在别的地方，早就扳倒做了，这儿可不行，真要做了，孙胡子的一番苦心可就白费了。

如何抑制这难耐的冲动？

老公公说得好，要兜得住，不见真人，不要想那个事。

这暖阁里，飘逸着一股闺房里的脂粉香，总让他由不得想到蓬松的云鬓，柔软的粉颈，还有颤嘟嘟的奶子，白生生的大腿。摇摇脑袋，赶不走，跺跺脚后跟，还是赶不走。小宫女趋前一步，怯怯问道：

"大官人哪儿不舒服？"

"浑身不舒服！"

"啊？"

"难受！"

小宫女笑笑，不言语。这么不言语，比言语了还让他来气。他压低嗓音，厉声问道：

"瞎折腾，有完没完？"

"快了，请爷再耐耐性子。"小宫女改口称爷，让他顿时亲近了许多。

"我能耐住，怕这位兄弟快耐不住了。"说着指指两裆之间。

小宫女抿嘴一笑，也换了腔调说：

"他还不是听爷的？这是最后一道关，让爷歇息片刻，定定神。"

歇息片刻，他心里直嘀咕，这个时分了，歇息得住吗？复念，临战之前，歇息一会儿，不失为最体贴的安排。真要像老公公说的，还没上阵，先就一股子出去了，那才叫个败兴。

这个孙胡子，花上这么多银子，让他受这个折磨。原先以为八百两银子，进了屋里，上得肚皮，过足老瘾也就是了。没想到竟是这样一环扣一环，繁文缛节，节外生枝，没完没了，让人又心烦又心焦，心儿一阵接一阵地突突跳。回头见了胡子，定要骂个狗血喷头。

不要往那上头想，忍不住还是往那上头想了。一想就觉得下面有了动静。

小宫女掩嘴哧哧地笑。

低头一看，两胯之间，围着的白单子，当间那儿，鼓鼓的一个包，一耸一耸地直往上挑。小宫女一面将脸儿扭过去，一面善意地提醒。

“爷！可得兜住点！”

真他妈的没出息！他暗暗骂自己。

不见真人，不要想那个事。要想，就想别的。多亏老公公这个叮嘱。

那天前晌，在总兵衙门，孙胡子还说什么来着？

噢，说了个事，也不知是真是假。说蒲州城里有个戏班子，正在排一出戏叫《忠保国》，写戏的叫姚诗亮，说是感念杨博大人的恩德，才编了这么个戏。还说戏社有了钱，置下好行头，一定要去边关演一演。若是真的，指不定哪一天，会看到这个戏的。

想到这儿，使劲儿将小腹收了收。

小宫女又回过身来，叮嘱说：

“爷，估摸时辰快到了，有几句话，我现在就要说了。待会儿进去，我把你领到床前，撩起帷幔，上了床就是你的事了。只是有一样，千万要记住，跟娘娘在一起，怎么快活全由你，只是不能说话，更不能问话。这是规矩，可不敢忘了。”

见这孩子说得这么认真，他反问一句：

“要是说了问了，会怎样呢？”

小宫女嘴儿一努，嗔道：

“只怕你别想活着出了这个屋子！——又掉下了，快提起来！”

低头一看，围在腰间的白单子掉了下来，赶紧将白单子提起，往腰间一裹，将角儿挽了进去。

小宫女抿嘴而笑，神态和善了许多，想是觉得先前过于严厉了，怕伤了客人的尊严，拍拍他的肩头，亲切地说：

“做你们这种事的，口渴是难免的，想喝水了，打个榧子，我就送水进去。怕你手上汗津津的，也打不响，还是拍吧，记住，要连拍三下，不能拍两下。”

“这是为何？”

“娘娘传人是两下，你要是来上两下，不就混了？”

“噢，我倒想起个事，来的时候，我带了一种药，在内衣兜里，挂在那边忘了拿。我也不带了，你记着，待会儿就将那小药瓶拿过来，到拍手要水的时候，你将那药丸全倒在手心里捏住，我喝水的时候，搁我嘴里就是了。”

“那是什么药？”

“朋友送的，叫一峰擎天丸，怕人吧！”

“爷这么壮的身子，还要吃药吗？”

他笑笑，没再言语。

砰砰，轻轻两下响声。

以为是小宫女敲隔扇儿，细看又不是。

既敲了门，就该有人推门进来，怪的是不见人影儿，门也不推开。哦，是在通知这边，可以进去了。

小宫女刚扭过身子，以为要前去开门，又像是忘了什么，回身拉起他的一只手，这才朝隔扇门走去。一面走，一面说，里面是黑的，没灯，只管做事，不得言语。若要小解，床前有夜壶，一摸即得。娘娘的夜壶在屏风后头，万不可弄错了。临到门口，又压低声儿叮嘱：

“记住，怎么折腾都行，千万不能说话，不能问话！”

五

折腾了一夜，寅时三刻，出来了。

拐过府墙东南角，看到前面路南的茶馆，透着一缕亮光，想到马上就可以见到张胜这厮，心里平静不少。

一进茶馆，就觉得气氛不对。按常规，这个时候，张胜会迎上来问候，怎么连个人影都不见？莫非丢下他，回了帅府？还是在里面的屋里睡着了，没听见他进来？

朝地上一瞅，只见昏黄的麻油灯下，张胜叫反捆了双手，脸朝里躺着，像是听见他进来了，嘴里呜呜叫着，耸动着身子要起来。哪里起得来？一个汉子，死死地踩在后背上。

劫匪？

他一愣，哪里来的小毛贼，竟敢如此大胆！

店堂里，还有两三个人，横眉冷目，持刀而立。

再看这些人的装束，登时明白遇上了何等人物。

跟在白登山下遇上的东厂人员，装束大体相似，只是这儿的几位，饰带更加宽大，显得更加威严。宽宽的腰带，一边垂下重重的穗子。暗处看去，袍子的颜色，几乎全是墨色。稍一闪动，会泛出些许的红光。称之为缇骑，果然不假。

“敢问诸位，可是监军署的弟兄？”

持刀的几位不吱声，旁边闪出个高大汉子，打了个拱，说道：

“大帅莫恼怒，我等奉了吕公公之命，请大帅过抚台衙门议事。还请大帅给个面子！”

一面回头看了地上的张胜一眼，说这位兄弟，太没有教养，我等是来接大帅的，他偏说他是帅府军官。不穿军服，不着军饰，我们怎么敢相信。大帅确认一下，看是不是真的。如桢点点头。那汉子说，还不让他起来！踩张胜的军士，这才取下脚，扯开张胜嘴上的布条。张胜一个翻身，站起来骂了句，瞎了你的狗眼。

趁这个空儿，如桢打量了那高大汉子的衣饰，只见腰间垂下三根丝绦，头上是三个穗子。知道这主儿的官阶不低，奉命行事，不会有误。若是低级官佐，不予理睬就是了，既是高级官佐，就该问个明白，遂换了口气，冷冷地说：

“你是怎么知道我在这儿的？”

“回大帅，卑职做事，一切都按监军指示办理，不敢有丝毫误差。监军说大帅微服巡城，天亮前必到这个茶馆，让我们等着就是。只是监军说了，不得让其他人知道大帅的行踪，因此将这个军爷捆起，若大帅不认他是帅府之人，待会儿要处决了。”

“啊！”

张胜大叫一声。

如桢厌恶地瞅了那汉子一眼。

“你们走吧！”

"不,监军说了,让我们送大帅到抚台衙门,说是有重要客人相见。"

"我自己会去!"

"不,我们奉命行事,不能有任何偏差!"

"我呢?"

如桢说着,抻抻袖子,意思是他这身衣服如何能去抚台衙门。那汉子招招手,一旁有人,双手捧着如桢平常穿的官服,走了过来。

"你们去了我家里?"

他大怒。

"是的!"

那汉子面无表情,毫无愧色。

"怎么去,我的马呢?"

昨晚他是走来的,所以这样说,是想先将这些人打发走,他再跟张胜回到帅府,从容前往。张胜要说话,那汉子止住了,招招手,门外有人牵了他的雪花青马,直直地站定。真是可怕,马在自家槽头,竟也让这伙人,早早牵来伺候着了。

想到近来,一家人在东厂手里,受到的种种凌辱,此刻,他已不是愤怒,而是要爆炸了。

"你真是个说一不二的奴才!"

"这是我的职责!"

那汉子声儿不高,却很是凶狠。

他不耐烦地摆摆手,意思是,他不说了,走吧。

王府在东街,抚台衙门在西街,不用拐弯,照直走就是。

不一会儿,进了抚台衙门,径直来到方逢时的书房。

举目看去,大吃一惊,总督王崇古,巡抚方逢时,监军吕公公,还有两员参将,都在。天还未亮,怎么会齐集这里?正疑惑间,旁边的门帘一掀,出来了一个人。

"啊呀!"

由不得就叫了一声,以为看花了眼,盯住细看,果然是杨博,杨大人!

登时便明白了情形的严重。

数人围住杨博坐定,如桢有意远一点,以示敬重。这地儿,离杨大人出来的小门不远。往里瞅了瞅,啥也瞅不着。

吕公公就坐在他旁边,不等杨大人开口,吕公公附在他耳边说:“大帅,我手下的人,不会办事,只怕让你受惊了。”他不回话,只是冲着杨博,深深地作了个揖,算是为自己的稽迟道个歉。

杨大人面色冷峻,摆摆手,算是个回应。

莫非杨大人知道自己昨晚做什么来着?这一想,如桢心里,越发地不是个滋味。

杨大人坐下后,说的第一句话竟是:

“大明的边策,到了要重新审视的时候了!”

接下来,细细地讲了这一变化的由来。先把当今的几位大学士,一一恭维了几句,说内阁首辅石麓先生,即李春芳,如何老成持重,谨慎行事,新进的内阁大学士江陵先生,即张居正,如何锐意革新,重视边防,而再度入阁的中玄先生,即高拱,又是如何刚直为公,不计前嫌。特别强调,不管他们之间,有何芥蒂,对待边防一事上,已取得一致意见,就是再也不能任由俺答肆意南下,四处侵扰,要寻一绝佳良策,以安抚强虏,平息边患,以求边防长久安宁。过去只知打打杀杀,不知文武之道,在一张一弛之间,多年杀戮,如今该考虑绥靖之策了。

说到这里,看了看王崇古,说道:

“学甫兄,你是隆庆四年正月,从宁夏调过来的。当年你在那边,也是声威赫赫,那边是总揽陕西、延绥、宁夏、甘肃四省军务,到这边,总揽宣府、大同、山西三地军务,是少了一地,而担子增加了不知多少。可是,你要知道,中枢对你在这边的期望有多高吗?可以说,这是江陵先生的一片苦心,切望你在此地,有一番大的作为啊!”

王崇古欠欠身子,算是领受了杨大人的嘉勉。

杨博的身子,又扭到这边,冲着方逢时说道:

“行之先生,我要说声对不起了。”

众人都有些惊愕,不知杨大人为何要说这样的话。杨博坦然一笑,放缓了声调说:

“你从宣府张北道上,擢为右佥都御史,调到辽东,刚到辽东,驻地在锦州,我一听,就知道这是处置失度。当初把你从南方调到山西,任宣府张北道,就是要你先熟悉这一带边陲情形,经过一番历练,好委以重任。没想到他们仍沿袭旧例,大地方的道员,要升巡抚,先要去小地方过渡一下。这不是偾事吗?我知道后,立即跟江陵先生说了,江陵先生说，这还不好办吗，调回来不就是了。这就是，你去了刚满十日，又奉调大同巡抚的缘由，不会怨恨我吧？”

方逢时站起来，作了个长揖。

方逢时刚坐下，杨博站了起来，提高了嗓门，说道：

“此番来大同，我是受了江陵先生的委托，他说我老于边事，必须我来一趟，他才放心。中枢得到确切情报，近日俺答要兴兵南犯，江陵先生的意思是，抓住这个机会，给以重创，挫其锋头，让俺答老儿，认识到只有坐下来，纳贡通款，草原才会有安宁，番民才会有温饱。再像先前那样南下侵扰，只怕连老巢也要叫端了。”

杨大人说着，往前走了几步。

如桢见了，又想起多年前，筹边堂上，初见杨大人时的风采。

杨大人仍是习惯性地，双臂朝上抖抖，随即哈哈一笑，又说：

“往岁不管是捣巢，还是靖边，主要的打击对象，都是俺答和辛爱父子，而忽略了投奔过去的汉人。且都以为，只要蒙古人不得展翅，这些汉人自然就会归顺。多少年下来，现实证明这个思路是错的。庚戌之变的引子，桃松寨事件，若不是几个汉人从中挑拨，原本不会闹成那样的局面。这次出京之前，我与江陵先生谈了，必须狠狠打击降番的汉人势力，才能确保绥靖之策的成功。”

说到这里，问王崇古，嘉靖三十七年，他领旨解救右卫之围时，赵全的部属，不过几千人，现在该上万了吧。崇古欠欠身子，说不止这个数，准确的情报是，赵全有众三万，马五万，牛三万，谷两万斛。李自馨部有众六千，周元有众三千。蜂屯虎视，春夏耕牧，秋冬围猎。每当大举进犯之前，俺答必亲往板升，于赵全家置酒痛饮，计定而后进。赵全为俺答建九楹之殿于板升，高大轩敞，僭拟王侯，丹青金碧，犹如龙庭。杨博接上这个话茬，说道：

“看看，我没学错吧！”

如桢清清楚楚听见，杨干大把说错，说成了学错，他知道，这是蒲州人的口音。差不多十年前，在他家院子里，也是这么说的。

跟前的几个人全都笑了。

杨大人又是哈哈一笑，伸起胳膊，抖了抖宽大的袖子，身子一扭，鼻子眼睛全挤在一起：

“哎哟,哎哟!”

众人正惊异,杨大人何以如此痛苦,他自己先说了。

“我来大同,是从行之兄新修通的龙门盘道过来的,可说是兼程又间道。过了靖胡堡,斜插下来,就是宣府地面。只是多年没有骑马,这一路上颠簸,好了多年的痔瘘又犯了。不多说了,就这个意思,一来我就跟学甫和行之说了,具体怎么办,二位都不乏高见,让他二位跟你们说说吧,我要进去躺一躺!”

不管别人怎样的敬佩,如桢看了,只觉得心酸,从三十七年的右卫解围,到四十二年的驰援京师,再到今天,杨大人的身体,是越来越差了。还是那么胖,只是虚了许多。

众人推开椅子,让杨大人过去。

到了如桢跟前,看那神态,像是要跟如桢单独说句什么。如桢已提起精神,堆起对长辈的笑脸,不料杨大人冷冷地来了一句:

“荒唐!”

第十二章　虎头坡

一

大同以北，通往弘赐堡的官道上，一队骑兵，疾速前行。

杜如桢全身戎装，骑在汗血马上，走在队伍的中间。

这队骑兵，整整二百，只是帅府卫队的一部分，全是他从独石口带过来的家兵。

他们要赶往弘赐堡。

弘赐堡驻扎着一千家兵。

去了那儿，率领上这一千家兵，还有镇河等军堡的兵，共五千人马，与来犯的蒙古军队，大战一场，以实现杨大人定下的战略目标。

马蹄嘚嘚声中，由不得就想到，这些日子的事。

杨大人走后，这才几天，接告急文书，蒙古人突破边墙，重兵围攻得胜堡。方逢时亲临帅府，磋商应对方案。见了如桢，仍是一脸的得色。

杨大人这次来，方逢时大受夸赞。

军事会议上，杨大人说，他这次来大同，可谓兼程而又间道。兼程不用说了，五天的路，三天就赶到了。间道嘛，就是没走平日走的官道，而是新近完工的龙门盘道。此盘道，乃是方逢时任张北道道尹时，亲自踏勘，报奏朝廷，拓宽构筑的。出京师，转延庆，在靖胡堡黄栌坡下，驰入龙门盘道，一路上察看，方知地形之险峻，工程之艰巨，而道路平整，数马并辔而行仍宽宽绰绰，实乃运兵之通道。有此通道，大同宣府与京师兵力就连为一体，再不惧怕蒙古大兵侵扰皇陵了。

说这话时，如桢在一旁听了，能感到杨大人心里的舒畅。朝廷有成规，一旦北兵南下侵犯皇陵，大同与宣府的兵马，应不待下诏，闻警而动，做不到即以抗旨论处。龙门盘道有如此功能，两镇主官，精神上的负担，就减轻了许多。

如何应对眼下的边警？

如桢与方逢时的意见，并不完全一致。

按如桢的想法，应当是马上提兵相救。方抚台说，还是再等一等，得胜堡墙高粮足，坚守十天不是个事。

如桢要马上提兵相救，是想缠住敌人，不使进犯内地。

他没有说话，只是乜斜着眼，瞅了方逢时一下。方逢时明白他的意思，却不正面回答，来了意味深长的一句："大帅忘了杨大人的叮嘱？"他一时想不起，杨大人对他有什么特别的叮嘱，眨眨眼，还是个想不起。

方逢时宽厚地一笑，颇有点自负地说，记事情，还是我们这些书呆子啊。仍不明说，只是说，杨大人说那话时，还狠狠地拍了一下桌子，说成功失败，在此一举，千万要沉住气，还引用了一句他们蒲州老家的土话，是什么来着？这下想起来了吧。

真的想起来了。

此刻骑在马上，都忍不住笑了。

"将爷想到啥美事了？"

张胜在一旁见了，侧过身子问。

"走你的！"

"马上可是最容易想那个事？"

张胜说着，淫邪一笑。他知道张胜的意思是什么，理也不理，张胜讨了个没趣，走开了。

如桢勒了一下缰绳，让马的步子，稍稍缓下来。

杨大人的蒲州土话是："沉住气不少打粮食。"

让人失笑的是，杨大人的蒲州话里，"沉住"二字的发音，竟与"岑出"二字近似。一开始，好几个人，没有听清是什么意思，还以为是说军粮什么的，格眨着眼，满脸的迷茫。杨大人发觉了，桌子上一拍，重说了一遍，这才明白是"沉住气"了。

杨大人的话，总括起来是，要沉住气，等待战机，给蒙古人的银甲骑兵以重创，只有这样，才能达成以战求和的战略目的。再就是，不能杀戮过多，以免引起蒙古人的剧烈反弹。

方逢时的这个提醒，让他在帅府里，整整熬煎了三天。

一面是得胜堡告急，一面是他这儿按兵不动。

等什么？

等墙子岭大战，让他吃足了苦头的银甲骑兵的出现！

昨天接到谍报，说蒙古人的银甲骑兵，在默扎哈王爷的率领下，从板升东边的营地出发了。目标就是得胜堡，要与堡外的蒙古兵马会合，一举拿下得胜堡，之后，是南犯大同，还是东扰皇陵，尚不可知。

此前李景德去了弘赐堡，整合数堡的兵力，想来一切都已办妥，只等他到了，统领上这五千人马，向得胜堡进发，与银甲骑兵一决雌雄。

时间，是计算好了的。

寅时初刻离开大同，卯时二刻到弘赐堡，巳时三刻出发，正午时分，赶到得胜堡外围，最好能在晾马台一带，与敌骑相遇。当然，种种变数，也都有预估。

万万没有料到的是，到了弘赐堡，又出了差错。家兵全部准备停当，而另外几个军堡的边兵，尚未结集到位。整整等了一个时辰，才在各自相邻的官道边上，完成集结。

那一刻，他真想上去，一刀劈了李景德这个贼骨头。

嘴里咕隆了几下，还是把这口恶气咽了下去。

紧赶慢赶，赶到得胜堡外，好生迷惑，说是大军围困，怎么静悄悄的，像是没有人来过。

这得胜堡，不比寻常军堡，光南门这儿，除城门外，还有瓮城有月城，等于有三道城门，何以说攻破就攻破了？

大军暂驻城外，如桢带上一队骑兵，先进了城里。

城里的情形，叫人好生纳闷。街面上，倒是没有多少死伤的兵士，只是这儿那儿，倒毙着几具牲口的尸体。有马匹，也有牛驴，鲜血流淌，像是开了屠宰场。看见有援兵来了，才有一拨一拨的守军，从四下的房舍里钻了出来，傻乎乎地看着迟迟到来的杜大帅。现在要知道的是，蒙古人的银甲骑兵，是不是来过，若是来过，又去了哪儿。看见一个校尉模样的军官，如桢唤到马前盘问。

"来的可是银甲骑兵？"

"确实是的，守备官说上头给的命令，就是让我们缠住鞑子的银甲骑兵。"

"怎么这么快就攻破了？"

"我也不知道，还在城墙上守着，就看见鞑子一下子就进了城里，白花花一片，全是戴着护脸的骑兵！"

正说着，得胜堡的守备官过来了，一脸的羞愧，到了如桢面前，扑通一声先跪下了。如桢急的是了解情况，喝其起来说话，先问可是银甲，回说是的，又问何以攻进城里，说是从西边城墙，搭了云梯上来的，根本防不住。

"那你？"

如桢的意思是，如此强敌，你这个守备官，何以毫发未损。守备官听出来了，仍是一脸的茫然，好像这恰是他要问大帅的问题。回说，他也不知道，只说那些鞑子，甚是嚣张，将他们几个军官赶到公廨，堵在门口，大声叱骂。

"骂什么？"

不杀人，光叱骂？连如桢也觉得不可思议。

"不好说，不能说。"

守备官竟忸怩起来。如桢觉得好笑，敌人的骂语，能好听了吗，大男人怎会说不出口。

"大帅，你就别问了，是骂你的！"

"噫！说吧！"

如桢来了兴致，更要听听。

"有个脸色凶恶的家伙，跟我说，你就跟你们的杜太师说，他那铁甲骑兵，是跟着我学的，我今天南下，就是要教训教训他的铁甲骑兵！"

"还不晓得谁教训谁呢！"

如桢轻松地一笑。

“还有呢，告诉你们的杜太师，他有鸡巴本事，霸占着嫂子不让嫁，算个狗屁男人！”

如桢的脸阴了下来。

“还有，说要告诉大帅，他要跟你单挑，说你要打得过他，他三千银甲，全给你叫爷爷！你要打不过他，要……你趴在地上给他学狗叫！”

“别说了你！”

张胜冲过去，大喝一声，如桢没有阻止。

“告诉我，他们去了哪儿？”

“朝南走了！”

“追！”

他大喝一声，勒转马头，独自先走了。

路上，又思谋开了，此行下去，要与鞑子的银甲骑兵决战，他率领的兵马，虽有五千，杜府的家兵，只有一千，而这一千人里，真正经过宁武山里强化训练的铁甲骑兵，也只有八百。鞑子的银甲骑兵，墙子岭大战时，已有三千，他这一千骑兵，再加上边兵里的一千骑兵，也不过两千，如何能重创人家的三千银甲？

以他的判断，俺答的人马，破了得胜堡，不会径直南下，定然是先往东去，那边有镇川口，他们会接应上大批鞑兵，折向南，过应州，便是滹沱河谷地。此后一路畅通，方可为所欲为。这是鞑兵南下的一条熟路。嘉靖三十九年，二哥如柏，就是狙击南犯的鞑兵，战后热身着凉身亡的。

默扎哈的银甲骑兵，会不会南下呢？

想来想去，觉得不会。

银甲骑兵，主要是起威慑作用，多随俺答一起行动，南下抢掠是乌合之众也能做得了的事，犯不着动用银甲骑兵。

那么，这支人马去了哪儿呢？

瞅一眼四周的山岭，他有个感觉，不定什么时候，默扎哈的三千银甲，就会冲出来，给他一个突然袭击。

想到此，不由得身子一抖。

如桢决定，在此小憩一会儿，定定神再说。

命令传下去，就地歇息，埋锅造饭。

随着他的，也有上千人，就是歇息，也不是一下就能停当的。

如桢站在路边，看着部队往前走。

先过去的，是一队边兵的骑兵，军士还精神，马匹太不打眼，很少有毛色光亮的。多半是骨瘦如柴，或是长了疥疮，且都应了那个毛长的俗语。这是朝廷马政的结果，没办法，给了神仙也没办法。

嘚嘚嘚！

老远就听见，行进中的马蹄声。

抬眼望去，只见杜府的马队，呼啸而来。

路不宽，三四匹马一个横排，说不上是四路还是三路，有并排的，也有参差的，最主要的是，有精神，马有精神，人更有精神。这是他在宁武山里，荷叶坪上，训练时的一个特殊要求。不管你是做什么的，只要骑在马上，就得有精神。没精神的，叫他用长矛杆子，抡下来不知多少。有的一前晌，就叫抡下来两三回。

这些人，全都戴着铁兜鍪，稍尖的圆顶上，有个短短的柱头，两边的铁叶子苫下来，正好护住两耳与两颊。耳部有个不大的圆孔。两颊的铁叶子翘上来，在鼻梁处扭在一起，像个鹰喙，看去分外凶悍。身体的重要部位，也都有护甲，且带着明显的饰纹。

马的铁甲要简单些，马脸的上半部，是个半圆的护甲，两胁是两片铁叶子，臀部就不管了。

最显威势的，该是护甲的颜色，人的，马的，全是一个色调。

记得在黄栌坡，跟李景德、王学青几个，一起研究护甲的颜色时，有一种颜色是不考虑的，就是白色。蒙古人的马队叫成银甲骑兵，自然是用了镔铁叶子打造，白是镔铁的本色，不用涂料。要与敌方的骑兵区别，且更其威武，同样用的是镔铁，却不能不涂上颜色。

用什么呢？

考虑过的，褐色，绿色，还曾考虑过红色，都否定了，最后还是李景德提出，用青铜色，只是颜色更重些，近似墨色。试了几次，确实唬人。受此启发，如桢还派人，去大同找了几种鼎上的纹饰，制了模具，打造在人与马的护甲上。

有了这些形状与底色，铁甲骑兵的名称，不用起也就有了。

简称铁甲。

李景德过来了,还朝他招了招手。

这个人呀,聪明不能说没有,只是太爱算计了,算计来算计去,把自己算计成了个人人讨嫌的家伙。

待杜府的家兵过完之后,如桢领着几个亲兵,来到一个避风的地方,招来李景德和几员参将,一起分析敌情。弘赐堡集合部队上,景德做了错事,这会儿显得信心十足,也是聪明十足,说是咱们的铁甲骑兵,准能敌过他们的银甲骑兵。景德越是这么说,如桢心里越没底儿。一是不知敌军去向,二是纵使相遇,他们的一千铁甲,加上四千步骑,绝对敌不过人家的三千银甲。

怎么办呢?不管敌人去了哪儿,要决战,先得增加兵力。

杜府的两千铁甲,分出一半驻守威远卫,集中在云石堡一处。正对着俺答的老巢,防止冬季,对方踩着坚冰杀过河来。守备官是王学青。对学青,一直当家将看待。只有家将,才能统领铁甲骑兵。

要跟默扎哈决战,还是要把学青统率的一千铁甲,调了过来。

派谁去呢?

这还真是个事。

想想,只有派张胜去。只有这小子去了,学青才会听从调遣。调动这样的精锐,没有总督府的军令是不行的。可这个时候,哪儿来得及呈文上报,再等批复呢。

叫过张胜,说了情由,让带上几个人,前去搬兵。

张胜走了,如桢还是犯愁,大部队是南开,还是东进?

正当作难之际,有人喊:

“看呀,那是谁!”

远远看见几个骑马的,疾驰而来。

谁呢,如桢也站了起来,手搭凉棚,远远看去。

是他?

孙胡子!

看着像,近了,就是。

好生奇怪,在这个地方,怎么会遇上孙胡子呢,再说,孙胡子不管是走漠北,还是走义州，领的都是骆驼队，这回怎么全都骑上了马？

到了跟前，孙胡子翻身下马，如桢迎了上去。不等他问，胡子自个儿先说上了。说他这次去漠北，货物销得甚好，一次喝酒，喝过又赌，将几峰骆驼全输给了人家。临走，朋友又送了他们几匹马，算下来，还赚了呢，当然这马得回去卖了才行。在那边，不怎么值钱。

“为何如此急急慌慌的？”

“啊呀，这正是我要说的！你们不是打起来了吗？”

“你怎么知道的？”

胡子的毛病又犯了，就地坐下，长喘了一口气，说真还巧了，他们进了独石口，心说到了自家地界，不再提心吊胆了。不想走着走着，看见一队骑兵过来，铠甲银光闪闪，起先还以为是大明的边兵，近前一看，蓝布袍子，狐皮领子，知道是遇上鞑子的银甲骑兵了。这一队人，不全是兵，还有两三个将官，夹杂在里头。他就看到，一个长相凶狠的家伙，还有个面皮白净的汉子，在一起说说笑笑，看起来是两个高官。这些人，对他们倒也不搅扰，只管赶自己的路。走出一截了，那个面皮白净的汉子，又折了回来，到了他跟前，问他可是去漠北做生意归来的。他说是，那汉子问，你可是大明的臣民，说那是当然的了。汉子说，后面二百里地，有大明的军队在找人，你见了他们的将官，就说一个人说的，他去拜祭先皇去了。如果这个领兵官是杜太师，你就说，我是他的朋友，跟他在山洞里待过一晚上，算是生死之交了。

胡子说罢，嘿嘿一笑。

“我一看，这个人呀，就是个汉人，良心还没有叫狗吃了，还知道拜祭一下先皇。”

“哎呀！”

如桢大叫一声，双手在胯上，连拍了两下。

“怎么，真的是老朋友？”

“且不说这个，我正发愁找不见鞑子的银甲骑兵，原来人家比我精明，侵扰皇陵去了！”

“他不是说拜祭吗？”

“糊涂！他是一个人，说拜祭还说得过去，可与他相随的，是三千银甲呀！”

“噢，是这么回事，看我这脑袋，真成榆木疙瘩了。”

“你看到的那个相貌凶狠的人,知道是谁吗？默扎哈,三千银甲的统领!”

“可我看他们像是往北走的呀!”

“你是龙门岭北边遇上的,还是南边遇上的?”

“叫我想想。”

胡子还在拍脑袋,一旁那个长脸汉子,就是当年驮队被掳,跑回独石堡报信的账房先生,插话说,先遇见银甲骑兵,后过的龙门岭。

如桢闻言,蹙蹙眉头,原地上转了一圈,待回过身来,冲着胡子说;

“胡子,你为国家立下了大功!”

胡子不在乎。问如桢,怎么那个鞑子将官,给他叫太师呢,如桢说,多少年了,从鞑靼到瓦剌,凡是总兵官,他们都叫太师,好像在那边,觉得这就是最大的领兵官,倒也跟这边对得上。正说着,如桢笑了,说你一说在龙门岭北边见他们,知道我想起了什么吗。胡子说,我怎么能晓得。如桢说:

“我想起了,《左传》上说的,弦高退秦军的故事,你起的作用,比那个弦高还要大!”

孙胡子大笑,说:

“哈,我成了牛贩子了!”

大队人马,疾速前行。

直奔龙门岭。

如桢骑在马上,由不得往后看看。

说不急,也急。现在操心的是,张胜去搬的铁甲骑兵,能不能早点赶上来。军令再严,张胜去了,学青也会听话的。就是有人不听,学青也对付得了。这个不怕,怕的是半路上有什么耽搁。想想不会的,边地驰援,谁个敢惹官军。没别的,只求快点,靠眼前的部队,是不敢与银甲骑兵对阵的。

疾行三百余里,擦黑时分,来到龙门岭下。

前面两条路,一条通驿马图,再往前走就是独石口,一条拐向西,过了三岔口,再往东南就是密云卫。嘉靖四十二年,驰援京师时,走的就是这条路。军中有通事官,已凑到跟前,看走哪条路。

如桢指指前面的小村庄,通事官瞪大眼,说只有一条小路,大部队过不去呀,他说,就是口上这一段,到了村后就不一样了。

果然,村后就是一条颇为宽敞的大道。

这就是方逢时主持修建的龙门盘道。口子上故意留下一截,用来迷惑人的。

杨大人说的兼程又间道的道,指的就是这个道。

大军前行,他有意落了后,想等张胜与学青,带着铁甲骑兵赶上来。

他能想到,默扎哈的人马,这个时候,该到了驿马图,正在拐过来,朝南运动。

龙门盘道东边,有个墩台,从这个墩台到靖胡堡山梁,有一百七八十里。不用翻过山梁,顺着山梁走下去,就是南山,亦即皇陵区的北山。

不必着急,只要学青的兵马,能在亥时到达,明晨迎击默扎哈,还是有把握的。

马蹄声声,像是鼓点,敲在心上。

二

该歇的时候,还是要歇。

铜钲连响四声,部队停了下来。

中天的月色,似在怀人,跟从广宁王府出来,看见的月色,一样明亮,只是月光下,没了王府的高墙与檐角。

四周全是荒野,还有凄厉的风声。

月亮隐入云中,天全黑了,才看见南边,影影绰绰地,像是有部队在移动。

火急火燎地,站了起来,朝路边走去,早些看清来者的面目。

近了,确是杜府的铁甲骑兵。打头的一个,似乎就是学青。都戴着护脸,不是凭了眉眼,是凭了旁边马上是张胜,判断出的。张胜没戴护脸,还是那么一张宽宽的大脸,咧着一张宽宽的大嘴。

到了跟前,张胜冲上前,先下了马。

学青似乎累坏了,一下马,先扶住膝盖,弯下身子,呼呼地喘气。

“累坏了,累坏了!”

张胜在一旁连声说个不住。

“至于嘛!”

如桢心里这么想着,毕竟还是感念学青,这么快带了杜府的铁甲骑兵赶来,没有误了战机。

“累坏了,累坏了,快躺下歇歇!快躺下歇歇!”

张胜说着,从旁边的辎重骡子身上,抽出两条毛毯,随意扔在草地上。如桢见了,扶起学青,走到跟前,先松开手,让学青躺下,自己也随之躺在旁边的毛毯上。蹬展腿,双手垫在脑后,瞅着眼前,满是星星的天空,长长地舒了一口气。

铁甲骑兵到了,合在一起有两千,加上边兵的骑兵,当在三千,再加上两千步兵。如此队伍,跟默扎哈的三千银甲,大战一场,还是有点把握的。

“学青啊,你可真是听话,张胜一说,你就领上咱们的部队赶来了!”

两条毛毯几乎挨着,如桢觉得,那边的毛毯上,学青的身子,似乎朝这边挪了挪。

动身还有一阵子,不妨跟学青说说心里话。

这也是因为,见了学青,由不得就想到前些日子,跟慕青之间的一些龃龉。

“唉,学青啊,你可知道,我跟你姐姐那些事?”

“唔。”

“你姐姐这个人呀,叫我怎么说呢!”

学青的身子动了动,又朝这边挪挪,像是对这样的话头,颇感兴味。

“我是真的喜欢她,她呀,人太好了,命太苦了,我那个哥哥,真的配不上她,可是他一死,又苦了她了。你嫂子不在了,我原本也想续了她,可是你那个外甥,说什么也不让他妈走这条路,说要立下战功,给他妈请个旌表牌坊,以报抚养之恩。这不是扯淡嘛,你姐是个大活人,活女人,要那个做什么!”

学青又朝这边靠靠。

“她也真可笑,自己的事,偏要听儿子的。本来都说好了的,叫思义一搅和,又改了主意。还说什么憨话,说不能共枕睡在炕上,也要并辔奔在疆场。女人家,就是爱瞎想。这两个能一样吗!”

“哧哧!”

学青那边,喘气一下子粗了。如桢觉得,学青实在是太累了,可能睡着了吧。

当——当——当!

行军的铜钲响了三下。

如桢翻身站起，正要喊学青，学青轻轻一跃，已站了起来。

张胜将两人的战马，一起牵了过来。往常不管另一个人是谁，都会先经佑如桢上马的，这次不了，将缰绳头子递给如桢，便转身经佑学青上马。不像平常，牵住缰绳站定就行了，而是转到学青身子一侧，待学青翻身上马的时候，使劲儿在屁股上揎了一把。学青也真笨，腿往上一提，竟将靴子甩了出去，张胜手忙脚乱，给捡了回来。他在这边，也没看清是怎么给穿上的，只是觉得好笑。这个张胜！

如桢打马先走了，学青紧跟在后头。再后头是张胜，还有个戴护脸的军士。

想到刚才的那句话没有说完，也算是完了，总觉得没有表达清楚，待学青的马赶上来，如桢头也不回，补了一句：

“你姐这个人，再要不听人劝，我非得把她办了不可！”

“桢弟！”

啊，是慕青的声音！

如桢扭脸看去，明明是学青嘛！

“桢弟，你说话能不能，不这么难听？”

就是慕青的声儿！

勒住缰绳再看时，那边学青已将护脸推上去，露出的是一张俊俏的女人脸。

“啊，是你！”

慕青笑笑。

“怎么——”

不知是惊，还是喜，怎么怎么，再也说不下去了。

紧跟在后头的张胜，打马赶了上来。

张胜后面的军士，知道前面出了纰漏，上来得比张胜还要快。

“二嫂，你怎么来了？”

他这才说出一句囫囵话。

“桢弟，没想到我会来吧？我说要跟你并辔而行，这话总算是拾起来了。”

“谁把你弄来的？”

“刚刚是要办了，现在又是谁弄来的，你说话能不能文雅些？”

“这是打仗，不是儿戏！”

两人还在犟着，王学青打马赶了上来。

“姐，你答应过我，不说话，只是来战场看看，怎么又说起话了！”

张胜怕学青担不了这个责任，跟在后面喊：

“全是我出的馊主意！要打要罚，全归我，跟学青没关系！”

还是慕青胆气壮些，两腿一夹，冲出半个马头，扭脸对如桢说：

“我就来了！你要怎么样？”

到了这个地步，反倒是如桢乞求起三人：

“行啦，都别说了，往前赶！”

待跑了起来，又说：

“学青，回你的队伍去！胜子，护着嫂子！”

慕青紧跟在后头，喘着气说：

“等仗打完了，寻个宽展处，还要跟你并辔驰骋呢！”

如桢又好气又好笑，抢白说：

“净想浪事！龙门盘道上，一起堵截敌军，还不是并辔驰骋吗？”

“这不算，得是个宽展处！”

三

天亮前，总算赶到了南山。

刚把部队摆好，就见对面的山路上，蒙古人的骑兵过来了，晨曦中，能看见闪闪的银光。

没错，正是默扎哈的银甲骑兵！

这边看那边，只是个大概，那边看这边，更是影影绰绰。在哪儿出击呢？如桢带着李景德、王学青，还有几员参将，一边往前走，一边勘察地势。

不管什么时候，张胜总是跟在如桢的身边。

看过一处，再往前走的时候，如桢问张胜，怎么把慕青领来的。张胜知道，大帅并没有生气，只是想知道个究竟，跟前没有外人，也就敞开心窝子，说了起来。

说他去了云石堡，见了学青，学青倒也没有犹豫，只是修了一封书信，差人送威远卫指挥使司，算是上报过了。杜府的铁甲骑兵，说是驻守云石堡，并不是在此一处，附近的两三个军堡，都有驻扎。派去信差，通知在官道边集结，这个也用了两个时辰。待他们结集起来，朝这边赶过来的时候，头一个站口就是右卫城，这时他忽然想到，这一阵子大帅跟二嫂一直闹别扭，何不趁这个机会，将两人之间的沟壑给填平了。立马又想到，上次回右卫时，他去杜府找大帅，人家说是在东院，他一进东院，就听见大帅叔嫂俩，这边一句，那边一句，像是在吵包子，于是在照壁后头站住，刚听二嫂说了句她还要跟大帅并辔驰骋呢，兰花过来，拧住他的耳朵，把他揪了过去，他只好说，啥也没听见。

“你说了，听到皇上圣明！”

“那是胡扯，实在听到的，就这句并辔驰骋。”

“胜子，你老实说，绝不止那么一句！”

“啊呀，将爷，我这耳朵又不灵光，就这一句，还是逮住个音儿蒙出来的。”

“好了好了，往下说，二嫂真就答应了？”

“起初还不答应，说这成什么体统，架不住我劝说，还是答应了。只是出了城，见了学青，学青说这个责任他可担不起，大帅要是怪罪下来怎么办。我说有我担着呢，学青反复叮嘱姐姐，小心点，别露了馅。嫂子说，她只是要跟着部队，上前线走走，跟大帅并辔驰骋，不会坏事的。学青不放心，快到了，还说，不到战事结束，不能说话暴露了真相。嫂子还烦他，说这么个事，还做不到吗？到了露营的地方，是我眼尖，觉得都到地头了，还不能在一起躺躺吗，便扔过去两块毡子。你说该不该？”

“你呀，你呀！”

听着是抱怨，后音儿还是喜欢。

前面是个陡峭的山头，山路似乎也宽了些。

如桢勒马站定，等后面的几个过来，商量了一阵，决定就在此处截击蒙古人的银甲骑兵。问随营通事，地方叫什么，说是叫虎头坡。说到这儿，对学青使了个眼色，低声说：

“把那个观战者请过来吧！”

一会儿，慕青就过来了，披着盔甲，戴着护脸，只是那身材，还是细了些。到了身边，如桢咧嘴笑笑，护脸下，能看见慕青的杏眼，那么妩媚地一转。没有全护的下巴颏儿，还俏皮地朝上扬了扬。

此一刻，如桢心里突然生了一个念头，女人来到前线，对前线的将士来说，不是什么坏事。

张胜真是个知趣的主儿，知道这个时候，万万不能让人看出，身边的这个铁甲军士是个女人。策马过来，在慕青身边站定，好像这个铁甲军士，是他带来的传令兵似的。

李景德打马过来，在如桢面前兜了半个圈子，站定了问道：

“他们过来了，要不要现在就冲过去？”

“且慢！”

如桢招招手，学青过来了。

“学青啊，我看这次，你要打个头儿！”

“没说的。”

“按在荷叶坪我们训练的模式，冲上去，先站住脚跟再说！”

此刻，天大亮了。

铜钲响起，冲锋开始了。

头一轮，没有冲上去。

如桢带了亲兵，往前移动了一里的样子。张胜和慕青，都跟了上来。

日头升起来了，对面山上的人影，看得清清楚楚。

一个鞑子将领，勒马站在半山坡上，身边是一排一排骑兵，银甲闪闪，确实威风。这阵势，别说交战了，就是看看，也让人胆战心惊。

有通事过来，对如桢说，这个站在半山坡上的鞑子将领，就是俺答的义子，有名的默扎哈，在蒙古人那边，有战神之称。

如桢定睛细看，怎么觉得好生面熟，像是在哪儿见过。

噢，想起来了，孙胡子被劫那次，他率兵赶去营救，在卧龙山口，遇上的就是这个人。似乎听见有人喊了声默扎哈，当时只顾接仗，也就没有在意。料不到几年不见，这个默扎哈已成了银甲骑兵的统帅，在虎头坡前，又跟他对上了阵。

“杜太师！杜太师！”

对面山坡上，有人两手护在嘴边，可了声地喊。

“快走，他们认出来了！”

张胜拨转马头，挡在如桢的前面，怕那边有箭镞射过来。

如桢并不在意，觉得两军阵前，还能喊话，倒也新鲜。还有一个原因，当时没有感觉，后来是感觉到了，就是慕青在身边，他不愿意让心爱的女人，看见自己怯懦的样子，虽说主帅不应当暴露在敌方的火力之下，这儿毕竟是高坡深沟，打着的可能性实在不大。

“是杜太师吧？是杜太师吧？”

默扎哈的马，站在半坡的一个崖头上，离这儿更近了，脸面看得更清了，没错，就是这主儿。

这边有军士，取过弓箭，如桢见了，急忙制止：

“收拾起来，要射，人家比我们还容易！”

回身瞥了慕青一眼，笑笑，打马往前，在一处高塄上站定，这样，离默扎哈就更近了。

“杜太师，这厢有礼了！”

默扎哈双手抱拳，朝这边晃晃。

“久违了，将军！”

如桢双手合十，举过头顶，朝那边摆摆。

“杜太师，快回去吧，我们银甲骑兵，你又不是没有领略过。忘了吗，在墙子岭！”

“将军，汉人有句话，士别三日，刮目相看，你的眼睛不好使了吧！”

两人对话间，只见那边山坡上，一个骑白马的将军，策马来到默扎哈身边，像是在劝说什么。默扎哈不听，仍在朝这边喊着什么，风不顺，只能隐隐听见“快回去吧，快回去吧”。

噫，如桢看出来了，那个人，不正是卧龙山里，跟他在一个山洞里待了一晚上的王效青吗？

没错，就是他！

如桢回过身，朝张胜招招手，张胜过来了，如桢又指指慕青，张胜返回去，跟慕青说了句，慕青也过来了。如桢指指对面坡上，骑白马的那个将军，对慕青说：

“你看那是谁？”

慕青定眼细看，看了又看，压低声儿，惊叫起来：

“啊，是我哥哥！”

如桢赶紧挥挥手，让两人退后。还好，离后面的随从远些，不会有人听见慕青的女声。

对面山坡上，默扎哈像是听从了王效青的劝告，不再大呼小叫了，退回银甲骑兵的行列里。不知那边出了什么情况，默扎哈又一次催马冲到崖头，朝下面喊道：

“杜太师，只要你的骑兵能冲上这个坡，我们就退兵！”

“冲上去先宰了你！”

张胜拍马上前，大声吼叫。

“你逞什么能，叫你们太师过来，我有话跟他说！”

“有屁就放，我们太师是跟你说话的人吗，也不看看你那张丑脸！”

张胜这嘴，真够刁的。下面的话，可就让如桢脸上挂不住了。

“你家太师没来啊，是不是在营帐里，跟他嫂子在睡觉啊？”

“那，是不是老俺答把你媳妇睡了，你心里不美气，才带兵出来打野食呀！”

如桢心里不免有几分好笑，这哪像两国交战，跟村妇骂街差不了多少。看了慕青一眼，顿时心生怨怼，怎么不迟不早，偏偏在这个时分，来到前线的队伍里。行军打仗，都忌讳接近女色，你可倒好，找到前线来了。这一仗若有闪失，我怎么跟弟兄们交代！

虎头坡上，另换了一个喊话的，不说别的，只是一个劲儿地喊：

“南猴子们，有本事冲啊！”

学青催马上前，看了如桢一眼，问怎么办。如桢摆了一下脑袋，说再待上一会儿。

那边的叫骂，仍在继续。如桢对学青说，这里一支人马，先往上攻着，你率一队人马，沿山坡向前运动，从南边的沟里穿过去，绕到坡上鞑子的后头，待这儿的铜钲响起，掩杀过来，定可大败银甲骑兵。

说罢，挥了一下手。

待学青率队离开，过了半个时辰，铜钲响起，铁甲骑兵的冲锋开始了。

眼看着到了坡下，矢石齐下，难以靠近。

又一次冲锋，仍无进展。

景德打马过来，说这样硬拼不行，还是退回去，驻扎下来，另想办法。

“可着声儿喊，斜着往上冲！”

如桢发出新的命令。

“冲啊！操他祖宗的，冲啊！”

一队又一队铁甲骑兵，呼啸着冲上了坡，默扎哈的部队，不光没有退，反趁着铁甲骑兵喘息甫定的空儿，发起了反扑。

好一场恶战！

正在这时，对面山上亮起火光，学青率队，已到了鞑子的背后。这边的铜钲骤然响起，后续部队，发起了更加猛烈的冲锋。

战场上的局势，总算扳了过来，银甲骑兵落荒而逃。

是胜了，只能说是险胜。

好在紧接着的一场战事，让他的铁甲骑兵大出了风头。

大败银甲骑兵后，收拾了战场，当下生火造饭。这当儿，方抚台带着一队骑兵赶来了，说他和王军门得到消息，说是赵全带着手下万余人，正从板升那边赶过来。原本是要偷袭皇陵，震撼京师，今晚，赵全的大营就扎在离此百余里一个大淖边上，大淖叫安固里淖，地方叫公会。问如桢，能不能乘胜前往，来个偷袭，挫其锋头。这样一来，宣大安全有了保障，皇陵也不会受丝毫侵扰。如桢一听，二话不说，当即上马，带着弟兄们又上了路。

紧赶慢赶，到了公会这个地方，已是半夜时分。赵全的营帐，只有几点灯火，可说是毫无察觉。骑兵呐喊着，呼啸着，掩杀过去，赵全那边全无招架之力。赵全这小子，还算精明，带着一小队人马，朝草原深处跑去了。就在这时，如桢一时大意，让一个鞑子骑兵，从背后上来，给了一刀，多亏他的甲胄，也还结实，只听砰的一声，把那骑兵的刀给弹了起来。旁边的人过来，将那个鞑子给捅死了。这一下，总是受了伤，回来疼了半个月都缓不过来。

王军门让他休息半天，养精蓄锐，以便随时调用。方抚台也是这个意思，还说当初定的扫荡赵全营帐的主意，实在有欠考虑，让他长途奔袭，以致积劳成疾。

是歇下来了，心里却难以平静。最近几天，大同一带的局势，疾速恶化。

大败默扎哈的马队，扫荡赵全的营帐，对局面的扭转，没有多大帮助。用周现等人的说法，是捅了马蜂窝，比不捅还要坏事。坏事的关键，在于默扎哈认为，老俺答对自己三心二意，要将自己的银甲骑兵，归并到他亲儿子辛爱的部队里。而赵全以为，自己所以受此重创，全是因为老俺答的主力部队，没有跟着东进，若一同东进，自己断不会受这么大的损失，差点连命也赔上。辛爱倒是站在老父亲一边，可是他的驻地，正对的是蓟镇，不便移兵西进去做老俺答的护卫。老俺答也没了主意，再待下去，内部都有兵变的可能，于是将全权交给把汉那吉、一克哈屯、默扎克和赵全，自己带着新纳的小妻，以内犯为名起程，实则攻打依附羌人的哈剌部落，往西开拓去了。

默扎克和赵全，还有东边的辛爱，都有意对大同，来一次大规模的进犯。

大同的局势，一下子紧张到极点。

一时间，军政两界都在议论，杨博专程来大同传达的，中枢以战求和的方略，是不是太天真了？没有求来和，反而让大同遭受更大的荼毒。

每想到这一点，如桢就锥心似的难受，觉得是自己辜负了杨大人的期望，坏了朝廷绥靖边防的大计。

四

大战，没求来和，反招来更大的祸殃。

隆庆四年九月十五日这天，辰时初刻帅府书房里，杜如桢坐在书案前，看着桌面上的边堡防御图，心里盘算着，如何才能解开这个死扣。

杨大人说得对，这些年，俺答所以成了大事，全是依赖了投奔过去的汉人。这些汉人，通常被称为叛贼，没有投靠前，俺答不过是劫掠而已，如今俨然是要夺大明的天下。听说板升建起的殿宇，堪比京城的王府。想到此，伸手取过案头的《虏情》。这一些虏情报告，是他上任后，老总兵郭琥移交过来的。每份的首页，都有一个重重的墨字：秘。

郭琥这字，一看就想笑。

那么粗壮的一个人，偏要学赵孟頫的字。没学下赵字的规整，只学下了赵字的妩媚。

就说这个秘字吧，心字右边的那个黑点，像是甩开了的青丝，下面那个折钩，像弯过臂肘，以手支颐。禾字上头的那个小撇，和下面的短横连在一起，像是弯曲的光亮膝头，左边的长撇，像是踢出去的长腿。整个字，像个女人，扭动着腰身，斜倚在榻上。一面这样想着，一面又责怪自己，总是心里有邪念，才看得这么邪乎。

随手一翻，翻到的一页，说的是赵全一伙叛贼，是怎么啸聚到蒙古地面，助纣为虐，祸害内地的。

嘉靖三十年，妖人吕老祖，以白莲教惑众，构祸于山西、大同之间，有司捕之急，叛投彼中。其党赵全、李自馨等，率其徒千人从之。周元者，麻城人，以罪戍大同，为彼所获。刘四者，老营堡故戍卒也，与其徒三百人戕其主帅而叛。张彦文者，大同卫百户也，亦以通彼叛。而吕老祖之徒马西川、吕老十、猛谷王，各先后亡命，俱入俺答部。赵全魁梧雄健，多权画，李自馨颇通文字，周元善医药，刘四骁勇敢斗，俺答甚爱之。此数人者，仍以老祖之术惑俺答，妄称天命，日见亲信用事，而彼之亲贵五奴柱、恰台吉，皆屈下之。

往年彼无他志，惟遣小股部众，乘间入边境窥探，积聚小村疃，掩取之，遇大城堡皆远引，不敢辄近。自赵全等，教以攻取之术，多诱华人为彼工作，利兵坚甲，云梯冲竿，尽其机巧，而沿边无坚城矣。避实攻虚，声西击东，而诸镇疲于奔命矣。

岁掠华人以千万计，分部筑室于丰州之川，名曰板升，而彼知屋居火食矣。

嘉靖四十年秋，俺答纠诸部南下，掠云中晋地，攻陷石州隰州，转掠汾州代州，杀戮甚重。赵全言于俺答曰："自此塞雁门，据云中，侵上谷，逼居庸，朵颜居云中，而全居太原，效石晋故事，则南北之势成矣。"

侵上谷，逼居庸，分明是要动摇大明的根基。

效石晋故事，分明是要效仿后晋高祖石敬瑭，得天下后，自居太原，将燕云十六州给了俺答。

看到这儿，如桢大怒，提起拳头，在书案上狠狠一击：

"不宰此贼，誓不为人！"

一拳头下去，气是消了大半。人呢，却蔫了下来，深深地叹了口气。

今天不是能不能宰了此贼的事，而是辛爱等人拥众进犯，大军已云集上谷，说话间就会震撼京师。不说直叩九门，只要掠扰先帝陵寝，就是边将的大罪了。

想起嘉靖四十二年，他率部驰援京师时，外间流传的嘉靖爷责怪杨博的那句话："庚戌事又见矣！"

庚戌是嘉靖二十九年，他已十八岁，俺答南下，最先也是围住了右卫，又转而北上，冲破居庸关，骑兵直抵东直门外，在皇宫能看到城外的火光。

当年杨博是深知这句话的厉害的，拼尽全力挽救，也只是保住了性命。唉，此番若没有更好的破敌之道，只怕隆庆爷也会责怪王总督、方抚台一句："不意多少年后，庚戌事又见矣！"而那时，掉脑袋的，怕不止王方二人，他这个总兵，也难脱干系，至少也是个发配偏远军堡效命。

边地之事，不是想怎样就怎样，荒唐起来，也是不可理喻的。你正谋划的是，排兵布阵，杀敌报国，而来到跟前的，偏偏是些鸡毛蒜皮的事，甚至有的连鸡毛蒜皮都算不上。

前些日子就遇上一宗。

对面的老俺答，不知哪根筋抽了，竟娶了他的外孙女做了夫人，这外孙女，原本是许了人的，人家那头，也是草原上的豪族，自然不答应，过来要个说法。老俺答没法应付，就把原本许配给孙子的女孩子，做主给了那边做媳妇。这孙儿，也是娇惯大的，不吃这一套，说是要造反，他的奶爸一听吓坏了。若是叫老俺答晓得了，还不把他这个奶爸给宰了。于是鼓动这个小青年，带上早就娶下的一房媳妇，过黄河来到败胡堡城门外，说是要弃暗投明，投降大明朝，借兵报他的夺妻之仇。败胡堡的守备，自然不敢怠慢，接到堡里住下，赶紧报到平虏卫。

平虏卫的长官，参将刘廷玉，没有把这当回事，只是知道，这样的事体，必须上报巡抚，也不嫌累，亲自来了。先跟方逢时说了，方逢时拿不定主意，请如桢过去商议。

同样一件事，刘参将说起来，就细了许多。

"近来边外，老俺答新娶了一位夫人，原本叫什么，不知道，此前已有两位夫人，这个就叫成三娘子。这个三娘子，原是俺答的外孙女，且已许了人。老俺答有个孙子，叫把汉那吉，母亲不在了，自小随老俺答的原配夫人长大，甚是疼爱。这孩子才十七八，已娶了两个妻子，次妻名比吉。前不久，把汉那吉又聘下了兔扯金的女儿，这将是他的第三个妻子。问题出在，那俺答外孙女三娘子，原已许聘给一个叫阿尔秃斯的人。此人为一部落头目，让老俺答夺了心上人，很是愤怒，要兴兵作乱。老俺答怕了，便强行将把汉那吉聘下，正要迎娶的兔扯金之女，嫁给了阿尔秃斯。这一来就惹下了把汉那吉，骂他爷爷：汝为禽兽行，夺人妻，今又夺吾妻与人，我即降南朝，请兵杀汝！这话泄了出去，把汉那吉的奶公，叫阿力哥的，怕惹下杀身之祸，便鼓动把汉那吉，过河来到败胡堡，要投降我朝。"

听了个大概，如桢哈哈一笑，方逢时问他笑什么，他说，这事在内地，极为简单，派个地保过去，说哪有姥爷娶外孙女为妻的，快将两女，各自退还原主，自行了断好了。

知道他是开玩笑，方逢时说，这事，说小，再不能小了，不过是个家庭纠纷，这说的是和平时期，这个时际，可就不是什么家庭纠纷了，说不定会关系着两方的和与战。

"那孩子过来，带了多少人？"

如桢问，方逢时瞅了刘参将一眼，刘参将笑笑。

“十三匹马，十几个人。把汉那吉，他的第二个妻子比吉，奶公阿力哥夫妇，还有几个，男女都有，全是仆从一类的人，没有武装军士。”

如桢这话，只是闲问，实际上，脑子里飞快地转到了嘉靖三十六年，辛爱的宠妾桃松寨，因奸情败露，来大同城下投降一事。那次事件的结局是：总兵杨顺等人被查处，同时右卫被围数月。为此事，爷爷还仿《长恨歌》写了首长诗呢。

“别又是一个桃松寨！”

他这么一说，方逢时自然明白话里的玄机。

“把汉那吉，是俺答的孙子，桃松寨只是辛爱的一个宠姬，连小老婆都算不上。”

该怎么办呢？

三人商议的结果，一是先将把汉那吉，转移到一个保险的地方，败胡堡离板升太近，万一俺答发兵过来，将孙儿劫走，就不好说了。二是派人去云阳，报告王崇古总督，请他拿个主意。

眼下要做的，是先把这个砝码，紧紧地攥在手心里。败胡堡不保险，平虏卫也不保险，最保险的，还是大同的高墙深沟。

派谁去接呢？

先说派巡抚衙门中军官康纶去，临出门时，方逢时说，此人谨慎有余，魄力不足，还是大帅那边，派个将官去最好。谁去呢，如桢想了一下，说那就让李景德走一趟。

回到帅府，叫来景德，说了事情的重要性，叮嘱景德，谨慎行事，千万别出了纰漏。

接应十几个人回大同，在如桢看来，屁大的事，布置妥当之后，又回到帅府书房，想的是，写写墨字，消磨时光。

铺开纸，研好墨，品品笔，正思谋着写什么，张胜进来了，也不禀报什么，手里捏着一张麻纸，笑模笑样地过来，半个胯蹭在条案的云头上。如桢不细瞅，也能闻出，张胜手里捏着的是泡泡油糕，且是枣泥馅的。他伸过手臂，头都不抬。

张胜将油糕递过来。

“拿来！”

“吃还是不吃？香着呢！”

“拿来！”

张胜这才收回油糕，递过一个小纸包，干干净净，叠成四四方方的一小块。

“我还以为你忘了呢!”

“我没你那本事,一吃起东西,正事就全忘了。”

“嘿,一个吃,一个日,要是忘了,人可就全完了!”

“来大同前,跟你说过什么?”

“将爷说,你说的话,我还敢忘了吗?你说啦,来到帅府,不能跟在边关一样,说什么都不能带日字。我都想了,日头,不能叫日头,该叫成星星它爸。月亮是星星它妈,日头不该是星星它爸吗?”

如桢不理睬,自顾自展开纸包,外面是一层白纸,里面是两张写了墨字的纸,展开,是方逢时给内阁大学士高拱与张居正的密信。

他正要看下去,张胜说话了。

“哎将爷,你怎么刚来,就安下了这么好的内线,啥机密东西,都给你偷来了!”

他笑笑,不言语。

这事不能跟人说,连张胜也不能让知道。

坐镇大同,他接的是老总兵郭琥的位子。有方逢时和王崇古,跟上头疏通,朝廷待老总兵也够好的,保留上将军名分,加秩致仕,可说是无比的荣耀。交接后,如桢私下跟老总兵说,有啥需要关照的,尽管说好了。

想不到的是,老总兵倒关照起他来了。

郭琥说,看你挺义气的,有件事,本不该跟你说的,还是说了吧。

守边的,有边臣也有边将,边臣再有将才,也是文官,大都有功名在身,朝廷最是放心。朝廷对边将就不然了,总以为我们是武夫,难以驯服,不定什么时候,就会做出糊涂事,尤其是我们这些有弹嫌的。我吧,是从那边逃回来的,你呢,是达将,比我还差了些。我也是这些年,才学得精了。每到一地,一定要在总督衙门,巡抚衙门,还有监军衙门寻个线人,有重要事体,及早通报,心里好有个谱。监军衙门的线,早就断了,也不想理那些人。总督衙门和巡抚衙门的线,一直没断,我回头跟他们打个招呼,该怎么送,还怎么送,只是每一季,你得给他们点银子,不多,一季三两就行了。门口有个摆摊的,夏天卖瓜果,天气凉了卖油糕,也是安排的线人,专门接情报的。这是一套,全留给你了。看了他们的各种信件,你至少知道他们在朝廷的靠山是谁,有个长短,及早防顾。

郭琥走后,他只给张胜说了门口摆摊人的事,没说总督衙门和巡抚衙门的线人是谁,该给的银子,由摆摊的转就是了。

张胜见如桢不说话,自个儿出去了。

如桢看下去,真想不到,这才三个时辰,方逢时已写好了上报的密信。

他看的这信,是写给朝廷大学士高拱的。真像老总兵说的,看了这样的信,就知道方逢时在朝廷的靠山是谁了。

这信,只能说是正式信的底子。方逢时写好信,都要让胥吏誊抄,这胥吏便是郭琥早就收买下的线人。誊抄的时候,大致意思抄完了,假装不用心,在白麻纸上滴个墨渍,于是再抄一遍,之后将那份污了的文件,叠成小纸块带了出来,再让家里的人,去帅府门前的摊子上买个什么,顺手就把小纸块递了过去。张胜出来进去,过个不停,摊主就会招呼一声,问吃个什么,张胜过来,不管跟前有人没有,递上两文钱,吃的也有了,东西也到了手。

连起草,带誊抄,才三个时辰,快是快,看这措辞,多严密,多有文采!

信上说,把汉那吉虽细微,而机之所在,不可不慎,处之或失,为悔将多。且其妻妾,脱身来归,党与寡少,非率众归附者可比。但宜给之宅舍,授之职衔,丰其饩廪,美其服用,以悦其心。严其出入,禁其交通,以防其诈。诱之话语,示之行事,以察其心。岁月既久,果无异言异心,徐为录用,俾其自效。若俺答不忘,来边索取,则明行晓告,许其生还,谕以祸福,令其将板升叛逆贼首赵全等,生擒解送。被掠人口,悉放南还。然后优加给赏,以礼送还。一以阴中其老牛舐犊之私,一以潜夺其凶顽唊噬之气。彼虽愚昧,宁不知恩?昔逋獍枭,亦获正法,策之上也。

中策是,若俺答倚势桀骜,称兵强索,不可理喻,即明言诛杀,以绝其望。彼若欲其孙生还,必惧我制其死命,其心既夺,其气易沮,计必不敢大肆狂逞,而吾策可行。

下策是俺答不当回事,就将把汉那吉养起来,有来归降的人,就让把汉那吉统领,俺答年岁已高,一旦死去,必是黄台吉领其众,这时略加把汉那吉封号,送还本土,收拾原有部属,黄台吉必与之互相仇杀,我则按兵观衅,无论谁胜谁败,必将削弱北虏势力,保障边境安宁。

如桢看罢,长叹一声,不得不承认,方逢时的见识,远在自己之上。

再看下去,只见一个圆圆的墨渍,他知道,这正是胥吏断掉的地方,后面就是有,也只是套话,不会有什么实质性的见解了。

门外有脚步声,张胜又踅了进来。

他以为这小子，又是来贫嘴的，不料这小子，一言不发，默默地递上一个信封就走了。

拆开一看，大吃一惊，只见上面草草地写着：有人要加害那这孩子，请大帅速派人前往救援，务必让加害之人，不得靠近这个那孩子。

若在别的时候，还会怀疑，一看落款，就知道不会有人冒这个假。落款是：说一不二的奴才。

这个人，前些日子，刚刚认识，这话是他骂人家的，不会有外人知道。

怎么办呢，这时候再安排别人去，他觉得不放心，干脆自己去得了。呼喊张胜进来，吩咐道：

"备马，汗血马，连你，五人五马！"

五

马蹄嘚嘚，赶了一程，又是一程。

汗血马就是汗血马。一天跑下来，那五人五马，累得能趴下，还是被远远地撇在了后头。

到了败胡堡，一问守将，说是，已离开了。他们是从董家川这边赶过来的，为何没有碰上。问了方知，李景德走的是凤凰城那边，说是路更顺。他一听，大吃一惊，这条路，有一段几乎是紧贴着黄河走的。莫不是要将把汉那吉一干人，送回俺答的营帐？老俺答听说孙子叛逃，已折回东胜，布置兵力，企图靠武力，讨回他的孙子。

一起来的人，还没赶到败胡堡，他给守将留下话，让转告后面的人，及时跟过来。同时要求，再配上十个平虏卫的士兵，一起前来。说罢，独自一人，跨马朝凤凰城奔驰而去。

又是一天的奔驰，昏黑时分，赶到河边，远远看见一堆人，正在推推搡搡，争吵不休。到了跟前，知是只有一只小船，可载四五人，李景德要军士，押上把汉那吉与妻子比吉过河，其他人不得上船。余下的人则说，要过一起过，不过都别过。

真还让他猜对了。当即打马，来到李景德面前，把景德先吓了一跳，说你怎么来了。他说，他是奉了王军门和方抚台的命令，来接把汉那吉回去的，你怎么让他们过河？

李景德不愧是个脑子活泛的主儿，当即说，是把汉那吉反悔了，要回河西找他爷爷。

把汉那吉正要辩解，李景德手里的刀一挥，使劲劈下，那吉只是个十几岁的孩子，当下就吓得不敢吱声了。李景德似乎还有别的想法，这时败胡堡赶来的十几个人，都到了跟前，他也只好听从吩咐，领着全部人马，返回大同。

怕把汉那吉有什么不测，如桢让张胜前后跟着这个孩子，不能有一点闪失。

路上，避开众人，如桢问阿力哥，就是那吉的奶公，路上发生了什么事。

阿力哥说，李景德押上他们回大同，走凤凰城这条路，是绕远了些，但确实顺当。他们起初也没有猜疑，但是走到半路上，他就看出，李景德是要结果了那吉，他们处处防备，才没有得逞。半路上，有两个骑马的人赶到，跟李景德嘀咕了半天，又将带来的一包什么东西呈上。李就改变了主意，要送那吉回东胜了。

后来知道，这事与周现关系不是很大，来人是俺答派过来的，只是从周现那里，打听派谁来败胡堡，押解那吉一干人回大同。李景德领了吕公公的指令，原要处死那吉，阿力哥防备甚严，无法下手，正好这个时候，俺答的人赶到，重金收买，景德也就一不做二不休，答应将那吉送回东胜。来到河边，只有一条小船，仅有让那吉与比吉先过了河再说。当然还要派两个军士跟随。

快到大同了，李景德纵马到了前面，侧过身子问道：

“子坚兄，你要把我怎么着？”

如桢笑了，压低声音说：

“啥事都没有，快去巡抚大人那儿，销差去吧！”

真悬啊！刚将把汉那吉一行人接回，第二天俺答的人马，就过了河，将败胡堡团团围住，叫喊着要放还他们的人。

那边没有动静，十月十二日夜半，黄台吉，也就是辛爱，带了两万人马，驻扎在大同跟前的东塘坡。此时大同城里，并没有多少军队驻扎。诸将所领兵马，总督王崇古已先期调出，防范宣府方面。近处的，也远在怀仁城里。方逢时麾下，不过两千人而已。

方逢时问计于杜如桢，如桢说，你别急，听我的。他安排方逢时，仍照常巡城，不时在西门北门城楼上，敌骑常见的地方露露脸，让城外的人都能见着。大开四门，不禁行人出入。

“他要？”

听出来了，逢时的意思，是黄台吉率领人马冲进来怎么办。如桢说，黄台吉虽是俺答的儿子，这些年跟父亲貌合心不合，断不会为了一个小侄，拼了自己的两万人马，现在他不过是摆个样子，给他爹看看罢了。

如桢这么一说，方逢时也来了灵感。

让人取来把汉那吉带来的令箭，找来军中能说蒙古语，又通晓敌情的人。结果找见两个，一个叫龚喜，一个叫土忽智，给以重赏，带上了令箭，又教给一些话语，让他们去城外营中交涉。

这两个人，来到蒙古人的营帐，跟黄台吉说，你侄儿的事，方大人和杜大人，已告知你父俺答，约好共同商议着处理，你父亲已答应了。你侄儿已送到京城，给他请赏加官去了。恐怕你不知底细，让拿这支令箭给你看，你看是不是你侄儿的。你要不信，可将此令箭和我二人，一起送到你父亲那儿验证一下。要去就赶紧去，等方大人和杜大人的大兵调来，你要走也走不了。

龚喜和土忽智回来，说黄台吉见了令箭，且喜且泣，说此非吾父令箭，乃吾侄把汉那吉的令箭，吾弟故物也。吾见此，如见吾弟与吾侄矣。我来非为寇也，奉吾父之命，求把汉那吉耳。若在，愿一见，今既在京，就不在这儿久留了。只是想派两个头目，进城见见方大人和杜大人，算是一种礼貌吧。

两个头目就在城下，招呼一声就上来了，一面合掌行礼，一面叽里咕噜地说着什么。龚喜翻译说，他们的意思是，既然来了，能不能给他们的黄台吉将军一些赏赐，比如金币啦，绸缎啦什么的。方逢时一时不知该如何回答，如桢说：

“久闻黄台吉将军，称豪于北地，我们才以礼相待。今求赏，乃好利之人，实在让我和方大人敬重不起来。你俩回去告诉黄台吉将军，若是他与他父亲一样，同心纳款，则朝廷必有大赏，加封官职，永受帝祉，何爱此数匹绸缎，几块金币？”

这两个头目，回去如实报告，黄台吉大惭，又派这两个人回来，上城给方逢时和杜如桢说：我们的黄台吉将军说，北人不读书，甚是鄙陋，蒙两位太师的教训，知罪矣。还说，我们的黄将军，感谢太师们的诚意，绝不擅动大同地面上的一草一木，明天就起程，经宣府出张家口回草原去了。

十月十四日，天还不亮，果然拔营离去。

别说方逢时了，连杜如桢都觉得，一贯凶狠的黄台吉，原来也有这么诚挚的一面。

又经过一番往还，俺答接受了明朝这边的建议，允许俺答纳贡，这边开放马市，互通有无。俺答乘机提出，能不能封他为王，这样他就可以号令诸部落，一起遵守定下的条件，永不再侵犯大明的疆域。

朝廷里头，反对的也不少，大学士高拱和张居正，力主此事可行。仍有争执，隆庆爷让众大臣各自表态，看哪边的人多，再做定夺，结果还是倾向纳贡封王的人多。过后传来的邸报上是这样说的：

诏下廷议。定国公徐文璧、侍郎张四维以下二十二人以为可许，英国公张溶、尚书张守直以下十七人以为不可许。尚书朱衡等五人言封贡便，互市不便，独佥都御史李棠极言当许状。郭乾悉上众议。会帝御经筵，阁臣面请外示羁縻，内修守备。乃诏封俺答顺义王，名所居城曰归化；昆都力、辛爱等皆授官；封把汉昭勇将军，指挥使如故。俺答率诸部受诏甚恭，使使贡马，执赵全余党以献。帝嘉其诚，赐金币。又杂采崇古及廷臣议，赐王印，给食用，加抚赏，惟贡使不听入京。

六

做梦也想不到，把汉那吉的来降，竟促成了纳贡封王，开放马市这样的盛事。

隆庆五年三月十九，清明节的前一天。

帅府里，杜如桢在看一封信札。是张胜送来的，这回可不是什么线人的抄件，而是方逢时派人送来，让如桢看看，他改日过来讨教。信是写给高拱和张居正两位大学士的，颇长，写了他与总督王崇古之间的诸多纠葛。方逢时认为，王大人几次给朝廷的奏折，有意无意地贬低了自己，而实际的情形，是王大人一开始，对把汉那吉的降事并不看好。

如桢觉得，这样的信，是不应当发出的。边臣在外面，有许多事体，需互相谅解。何况两人是同年，更不应当如此。心想，明后天逢时过来，认真谈谈，当会明白这个道理。

正思谋着，该怎样跟逢时谈，张胜领着监军署一名校尉进来，见了如桢，说是吕公公请大帅过去一叙。

去不去呢？看看日头，刚刚过午，想想，还是带上张胜去了。

吕公公亲自出来，在门外相迎，引到书房坐下。

“这些日子，大同跟乱了营了一样，难得今日清闲，请大帅过来坐坐，说说话，散散心！”

甫一坐定，吕公公就来了这么一句，情辞之恳切，大出意料。

说话间，有小厮奉上茶水，闻着气味，就知道是上好的龙井。看来这位吕公公，系精于茶道之人，这样想时，脸上由不得就舒展了许多。好在还有把持，没有显出笑意。这小小的表情变化，还是让吕公公的一双鹞眼，捕捉到了，轻言慢语地说道：

“大同这地方太燥，我是一年四季都喝龙井，图个清爽滋润，看来大帅也是个井字号的人，不知我猜中了没有？”

“安化的黑茶，最对我脾胃。夏季天热，才喝龙井。”

“那就更好了，前些日子回京，有宫内朋友送我上好的黑茶，去时可带上。不是什么值钱的物件，就不必推辞了。”

“监军——”

吕公公摆摆手。

“我看，咱俩该客气的，也客气过了，再说什么，你也不必监军，我也不必大帅。我称你子坚兄，你称我吕贤弟，不都顺口吗？”

他觉得，吕公公这样的处置是对的。在九边各镇，边防将领和驻地官员间，最难相处的，就是总兵和监军。论地位，总兵是二品大员，监军只有五品，而论亲疏，总兵不过是边将，领兵杀敌而已，监军乃皇上的耳目，又执掌东厂的缇骑，权势显赫，地方上是没人敢惹的。称兄道弟，只论年龄，不论出身权势，人与人之间的距离，一下子就拉近了。

“子坚兄，听闻老兄喜好书法，颇有造诣，小弟闲来无事，也涂抹两笔，咱先不说正事，老兄先在这上头点化点化我这愚钝之人。来，我们一起过那边书房看看。”

说罢起身离座，扯了如桢的袖子，一起去了隔壁房间。

叫一个公公的手扯了袖子，再有防备，心里还是挌拧了一下。一面又庆幸，还好，没有拉了他的手。瞥了一下，吕公公那瘦长的手指白森森的，竟如几根细骨节。

这边房间，像个文士的书房，又像个小姐的闺房，该是早做了准备，白瓷香炉里，三根细细的檀香，已燃了一截，满屋里飘拂着浓烈的檀木香气。像书房不必说了，像闺房，全在那些桌裙儿椅垫儿的花样上，色调上。未必是一种特殊的喜爱，总是天性无意间的泄露。那些桌裙儿上，椅垫儿上，倒也没啥奇异的花鸟，不过是竹子呀，仙鹤呀，可那姿态韵致，总透着脂粉气。他疑心是自己心理在作祟，强忍着，让思绪往公道扭扭。不行，那闺房的感觉，越发地明显了。

粉墙上，高处的挂画线，绕了一圈儿，迎面的空墙，齐刷刷垂下四幅精工装裱的字幅。凑前看看笔墨，退后看看气势，尚未开言，先由不得啧啧两声。

“真没想到，吕贤弟竟有如此书法！”

吕公公害羞了，赧然一笑，身子由不得朝如桢这边靠靠。

“自小念过几年学，后来家门骤遭不幸，为了小弟小妹的生活，也是为了点情感之事，不得已才净身入宫。所幸在宫中，管事老公公见我人还机灵，又有点根底，便让我在上书房伺候。待老皇上过世，今上登基，又伺候了几年，才委我外出监军。先在延绥，后到大同，前些日子京城来人，说要我回宫，另有差遣。”

“哦，那该为你设宴送行才是。”

“只是有这个说法，真要成行，怕还需些时日。皇家之事，办起来总是拖泥带水，不得利落。哦，你看我这字，气象上是不是弱了些？”

“不弱，不弱。起落之间，迅疾有力，非常人可及。”

嘴里应承着，心里思谋着。

来时路上想过，吕公公邀他来，定然会谈到李景德去平虏卫接把汉那吉的事，如何应对，心里已有准备。只是这事，对方不开口，最好不要先提。

接把汉那吉的事，说与不说，视情形而定。

陪监军打猎，不算个事。有件事，可谓欺人太甚。

去年春天，甘肃兵变，引发边衅。前些时日，监军署的一个小尉，说是送公事来到总镇衙门，进了签事房，张口问李景德在哪儿，值守人员见他腰系缇带，知道大有来头，问找李参将有何公干。

这小子竟然说，为防兵变，署衙主事，让他来问李景德，总镇这边的军官，看谁个有异动，快点将单子报上去，且强调，有亲属参与过嘉靖三年大同兵变的，须特别关注。值守人员是个老军头，故意逗这小子说，这么机密的事，你这么大声嚷嚷，就不怕上峰知道了，判你个泄密之罪吗？那小子不光不收敛，反而更得意了，说谁个不晓得，你们是铜墙铁壁，我们是天罗地网，抵抗蒙古人，是你们的事，擿奸发伏，消除隐患，是我们的事。就是你们杜总兵，胆敢通番，我们吕大人照样缉拿不误。

此事过后，总镇衙门里，谁都知道李景德是东厂的线人，负责驻军将领中，异动通番诸事。一时间人心惶惶，只怕自己哪天出了门，再也不能回来。奇怪的倒是景德，衙门里，都知晓了此事，独有他自己，以为行事缜密，无人知晓。

今天他要问问吕公公，纠劾贪渎，揭橥异动，是你们的职责所系，发展线人，暗布机关，也都可以理解，只是不明白，为什么要把这么机密的事，光天化日之下，无所顾忌地来做。能说不是仗势欺人，站在高坎上，朝他杜某人头上撒尿吗？

如果坦诚相见，他还要告诉吕公公，国家设置各种衙门，都有自己的条块分割，也有自己的权限规矩。边镇军官暗中为东厂效劳，若立有功劳，东厂应当上报朝廷，给以嘉奖，就是擢升为九门提督也不为过，只要功绩到了那儿。不能立功在东厂，而在军事长官面前趾高气扬，居功自傲，邀功请赏。大明朝立国以来，有杀敌邀功请赏的，不闻有害人邀功请赏的。

这样想着，身子已随吕公公，来到挂着的一幅字前。

“你看这个字，”吕公公指着其中一个“無”字，“起始的短撇，落笔颇重，这就是藏头，收笔的这个点，要迟滞，这就是护尾，中间这些笔画，就要迅疾而过，这样全字才见精神，能站得住，也能立得起！”

说着，朝那边摆了下手，小厮便将茶水摆到靠墙的雕花大榻上。

“不去那边了，就在这儿用茶吧！”

这大榻上，铺着织锦软垫，中间搁个矮几，边上还有高高的锦枕，靠上去甚是舒适。

看这阵势，待会儿吕公公定要问，有什么要帮忙的。说，还是不说，一刹那间，又有些犹豫。经过接把汉那吉这件事，李景德的身份，已完全明白，再说这些，又有什么意思呢？弄不好，只会是个自取其辱。罢罢罢，认了这个倒霉吧。

“子坚兄，请用茶！”

吕公公双手端起茶碗，递了过来。

他留意到，那双白皙枯瘦的手上，竟戴着一个金戒指，上面镶着一颗翠绿的宝石。

“子坚兄，我以为你对我们监军署，认识上尚有不足之处。”

什么意思？由不得警觉起来。

“边防的安危，人称国家之锁钥，可你知道，当年为打造这锁钥，洪武爷和永乐爷，是怎样的绞尽脑汁,圣思独运?既各执其事,各尽其责,又彼此勾连,环环相扣,无论如何捋扯,也难使一环脱落。唯其如此,大明的边防,才能固若金汤,大明的江山,才能万世恒昌。”

“哦?”

他心里想的是,没想到这个吕公公,会如此伶牙俐齿。

“就说我们这监军署衙,大同城里,没有不知道的,也没有不讨厌的。可是你要知道,我手下的这些人,每年擿奸发伏,将多少异动分子绳之以法。若不是我们明察秋毫,及时下手,像嘉靖三年的大同兵变,随时都可能发生,想想多么的可怕。大同是什么地方?近在肘腋,一旦发生兵变,怕督抚总兵,都得问罪。你说是不是这个道理?”

“哦,是的。”

“你要是承认这个道理,就应当理解我们为什么要网罗李景德这样的人了。”

如桢心里不能不佩服,还是吕公公厉害,自个儿就把李景德提了出来。

“可是,可是,不能寻个品德好点的人吗?”

“咯咯咯!”

吕公公大笑,所谓的大笑,也是又尖又厉,像是叫人捏住了喉咙。

“吕贤弟,是笑我太自以为是吗?”

“不不不!”

吕公公连连摆手,只是气岔住了,当下说不出话来。待缓过劲来,才带几分歉意地说:

“假定你多年未升职,身为参将,我要网罗你,你愿意干吗?不白干,有的是银子。”

如桢摇摇头。

“这不就结了。朝廷的差事,总得有人去做,靠我一个,分身成八个也没有用。不瞒你说,这大同城里城外,你看着朗朗乾坤,平安无事,我看去却是歹人出没,危机四伏,一忽儿也不敢大意。”

“真有这么严重吗?守好大门,尽可安然入睡。”

“历史上多少事变,都是在他人熟睡之际,有人开启门钥,造成祸端的?景泰爷坐了八年的天下,让人半夜将宫门开启,天下立马变成了正统爷的天下,不过这回不敢说正统,该说成天顺了。”

“那是宫闱之变。”

“天下事，都是一个理。”

“大同城里，可保无虞。”

“你这样说，我不便驳你，但是，在我看来，这大同城里，真正靠得住的人，只有一个。”

如桢以为吕公公要说他了，平挺着脸，预备着消受。不料，吕公公却弯回臂肘，点点自家的胸口：

“就在下一人。”

他蹙蹙眉头，没想到世上竟有如此不知羞耻的人。

“子坚兄，你别蹙眉头，你知道我们这些身边人，在宫里边是怎么称呼皇上的吗？当面叫皇上，背后有叫当家的，还有叫那口子的，你们是皇上的臣工，我们则是皇上的侍妾。我们这种人，从净身入宫那天起，就把皇上当成自己的夫君了，你说，谁对皇上的忠诚能比得过我们？”

听了吕公公这番表白，如桢有几分动容。正要听下去，吕公公的话头，又转到李景德身上。

“对李将军这种人，你看不上，我却不能不委以重任。要叫我说，他也是个恓惶人。以资格，以才干，早就该佩总兵的印信了。运气不好，遇上杜家兄弟，只能算他倒霉。前两年，听说老总兵加秩致仕，以为升迁有望，不料方抚台一来，将你从独石口调来，一来就是总兵，他提升的路子，生生叫你给堵死了。看着升迁无望，才投靠到我的门下，算是另觅途径，为皇上效力吧！”

“他可不是你来了才做这事的。”

“这我知道，他原来就是给我们做事，只是未归班，归了班就可以加秩提升了。”

“边地九镇，尽可去别处呀！”

“说得倒轻巧。这儿连个副总兵都当不上，如何去别的边镇当总兵？”

“叫这么说，李景德走到这一步，全是我杜某人逼出来的？”

“话不能这么说，可情势嘛，确乎如此。”

“那我辞职，将李景德擢拔上来好了。”

话赶话，他只能这样说。

“子坚兄，”吕公公干笑了一下，掩饰自个儿的尴尬，“不要动气嘛，凡事要来回想，往宽处想嘛。”

“我并没有说及李景德之事，是你自个儿提起的。我只是希望，你能约束部下，做事精致些，不要大模大样，到帅府寻查奸佞。”

“噫，有一事，我总也想不明白，据我所知，子坚兄也算得上是个有胸襟的人，为何对景德将军如此反感，就是因为他替我们做事吗？”

“那倒也不是。”

“可否简略说说。”

“起初我们也还平安相处，起了反感，是嘉靖四十二年的一件事。我和他都在新平堡为将，接到军令，驰援京师，兵部的军令先到，杨大人的手令后到，要我们当即出发。兵部的粮秣，自有兵站供应，这一提前，就得另想办法了。幸亏杜府家兵在各地均有自筹的粮秣，由当地富户储存。我一看这一路上，正好保安堡智财主处，有我们储藏的粮秣，就让李景德前去办理，等他押解到了三岔口，兵部的粮秣也放了下来。此人财迷心窍，竟将智财主那儿押解来的粮秣卖掉，领了兵部的粮秣来复命。你说，这样的人，该杀不该杀！”

“这我就不明白了，私卖军粮，那是杀头的重罪。子坚兄何不申报上去，办他的罪？”

“这正是李景德的可恶之处。前线打仗，瞬息万变，杜府家兵在各地储备粮秣，也是为了应急救困，以免贻误军机。但朝廷有明令，私储粮秣，也要重处的。我们报上去，不是自投罗网吗？因此，只有忍了，从未与之计较。不过，这个人我是看透了。”

“他知道你知晓此事吗？”

“只怕他到现在，还以为我不知晓呢。”

“哦，是这么回事。”

“贤弟身负重责，对这样的人，也不必太在意。你是何等人物，谅他不敢造次。”

“那倒是。子坚兄，有件事，我要向你道歉。”

吕公公说着，跨前一步，深深地作了个揖，如桢忙上前扶起。

“何事如此歉疚？”

“那年在白登山狩猎，那头豹子不是我射死的。”

“哦，那是谁射的？”

“就不瞒你了，是景德将军射的。我也射了一箭，自己都看见偏了，怎么会射死个豹子呢。”

“可你到了跟前——”

“到了跟前，叫手下人一撺掇，脸面上下不来，才应承下的。另外也是听人说杜如桢倨傲无礼，我想看看你怎样发火，没想到你倒默默地认了。两年了，叫我一想起来就觉得对人不起。今天有这个机会，让我道了歉，心里就平展多了。”

这气度，又不能不让他佩服。

“嗨，过去的事了，不必提说。”

“这话说了，我在大同，就没有憾事了。”

“哦？”

听得出来，话里有别的音。

“不瞒你说，过些日子，我就奉调回京了。”

“贤弟来监军署，没多久呀！”

吕公公的脸色暗了下来，看去越发地惨白而晦气。凑过身子，放低声音说了起来。

说他们这些皇上身边的公公，每有大事，轮着放出来公干，不是采办，就是收税，各种差事里，监军是最重要的。他跟掌印公公冯保，交情甚深，这才被派到大同监军署来历练。没有过错，一般来说，能做满三年。他是隆庆二年秋天来的，按说今年秋天才满三年，这提前调回，让他心里不是个滋味。

如桢没有问，只是蹙了蹙眉头，那边接着说了下去：

“倒不是什么大事，是我想得多了些。一念之差，常会带来无端的烦恼。眼见得和议成功，纳贡通市，已然实现，到了五月，就要举行封王大典，我也是贪了点，觉得在大同两年多，功绩不能算小，让我参与封王大典，充当个监礼太监，也算是一份终身的荣耀吧！”

“贤弟是大同的监军，担负这个差事，理所当然呀。”

“我也是这么想的，该疏通的都疏通了，该打点的也打点了。不想前些日子内线传来话，说这事，朝廷定了，要一个姓王的名流，来当监礼大臣，而这位王姓名流，竟放出话来，说绝不与公公同行，朝廷碍于他的声名，竟然同意不再设监礼太监了。”

想到吕公公身为监军，竟不能参与封王大典，担任监礼太监，如桢也有几分同情。

如桢说,你是大同的监军,就是不充监礼太监,也可参与其事,躬逢其盛啊。吕公公说,不是这么回事,若他没有各方疏通,还真的能亲临现场,躬逢其盛。可他这一闹腾,朝堂上的人,怕他暗中掣肘,坏了大事,这才一道御旨,要他回京复命。末了,吕公公叹一声:

"这个姓王的,也太可恶了!"

谁呢?如桢仰起脸面,心里直嘀咕。

"王姓名流,会不会是那个写了《金瓶梅》的王世贞?"

"我也没有心情打听,说不定就是此人。说是多年前,受过严嵩父子的害,父亲叫处死了,隆庆爷上来,刚刚平的反。"

"哈,那必是王世贞无疑。"

吕公公一下子警觉起来,说你认识此人?如桢直言相告,说他不认识这位王大名士,倒是认识他的弟弟。吕公公问,这个弟弟,现在何处任职,说是在陕西学政任上,吕公公这才长嘘了一口气。

看看天色,时分不早,吕公公似有些倦意。

"请茶,请茶!"

"告辞,告辞!"

往外走的空儿,避开相随的人,吕公公悄声说:

"我要回京师去了,有句话不能不说。"

如桢靠过一点,立马又闻到了那种熏人的香味。

"上个月的十六,你去解救把汉拿吉的路上,跟景德将军有些误会,这事是我布置的,你要谅解。现在看来,我们是多虑了,可我也是接到京城大人物的指令,确有不得不然的缘由,还望你在这上头,不要记恨景德将军。"

"啊!"

"确乎如此,绝非诳言。"

如桢沉重地点点头。

"另有一件事,还望子坚兄早做预备,以免到时候,处置失当,授人口实。"

"不知何事,还请明示一二。"

吕公公不紧不慢地说了。说是如桢与方抚台商议的边兵代工的办法,无可厚非,全是为朝廷分忧，为将士谋利，只是节余下数十万转输银两，做何用项，有人告发了。若能给他说说，或许会代为转达，以免中枢有人责问。

如桢倒吸一口凉气，没有想吕公公这儿，还有这么个蝎子尾巴。

他说，这笔款项，非是朝廷拨下来修建边墙的款项，而是各地转输，以款代工，集拢来的银子。这样的钱，取之于民，就该用之于民。各地卫所的学堂，年久失修，朝廷从不发放专款，过去多是用修边墙的耗损报账。如今既然有此余款，经他与方抚台商议，便悉数移作扩建校舍之用。至于办法，考虑到专款不能他用，若要挪用，必须高尚其名义，方可免追责。便以抚恤战死将士的子弟，大量下发，又动员受恤家属，除留下足够抚恤款外，再以公忠体国为名，捐赠当地学堂。末后说：

"办法是笨了些。可是，一能见出朝廷抚恤忠烈的宽宏，二能见出忠烈报国的赤诚。纵使有不当处，也不能说是多大的过错吧！"

吕公公笑笑，不再言语。

如桢能感到，公公心里，并不认可这种做法。

说话间，已走到门厅，公公做了个礼送的手势，如桢回身作个揖，跨过了门槛。

门外，两盘上好的黑茶，一包一包，码得整整齐齐，端在一个小尉手里，见他出来了，双手递给站在一旁的张胜。

第十三章　晾马台

一

“嚯，这边墙，真浪！”

上了堡墙，站在敌楼前，朝北一望，王世懋大发感慨。

跟在后面，只差一步的如桢听了，心里一愣，再一思索，又不能不佩服这个疯子诗人的感觉。

待他也站定，朝北望去，不是佩服，简直是惊奇了。

多少人，在多少地方，观赏过边墙，可少有这样如神来之笔的赞叹。

这个地方，并不能看见北边全部的边墙，只是隐约间，能看见几撇，就足以引发这样的感慨了。再一个主要原因，是这一带的边墙，前几年刚包了砖，瓦蓝瓦蓝的，在灰黄的山岭间，看去分外抢眼。

包了砖的边墙和军堡，就任大同总兵以来，不知见过多少回，有说矫若游龙的，有说彩虹落地的，辞藻不吝其华丽，意象不吝其玄妙，在他听来，都不如世懋先生的这个“浪”字，来得恰切，来得传神。

浪，这可不是男人嘴里放浪形骸的那个浪，也不是辞赋里浪涛拍岸的那个浪，在北方男人的嘴里，这个浪字，是专门用来形容一种女人的风姿的。你可以说是骂她，但心里想的是亲近；你可以说是鄙弃，女人听了知道实际是赞美。

世懋老多了。三绺长须，已然灰白。脸颊稍稍塌陷，鼻梁也不似先前那样端正，只有嘴唇，还是那么厚厚的、宽宽的。两唇相交的地方，红润润地闪着光亮。一看就知道，虽历尽艰辛，还是没改了贫嘴的毛病。

“啧啧，浪，真个浪！”

世懋一面称赞，一面摇头晃脑，像是在缀连词儿，组成诗句。

不管世懋了，如桢在看，在想。

是浪！这一带的边墙，可不像常人想象的那样，似一条长蛇，顺着山梁的走势，蜿蜒而去，迤逦而来。不是的，全然不是的。这一带没有崇山峻岭，没有高堑深沟，其地形地貌，可谓冈峦起伏，纵横交错。一道道的边墙，组成了一个个巨大的人字。这个的一撇，挑上去，成了另一个的一捺。再一个的一捺，甩起来，又成了再再一个的一撇。极目望去，有的方向上，边墙竟有三四重之多。这一撇，那一捺，再一撇，又一捺，在蓝天白云之下，如两条健劲的长腿，一曲一伸，扭来扭去，不是个浪女人又是个什么！

堡子和边墙是相连的，要浪，都浪了。

“这堡子！”世懋仍在亢奋中，“子坚兄，一路上的堡子我都看了，就数大同的堡子漂亮！”

世懋走来走去，甚至转了身，又猛地细盯住看，似乎在看一个从未看过的景致，憋足劲儿地体味着，赞叹着。

如桢不再作声，想着自己的心思。

先想到的是，这世懋，真是巧舌如簧，辩才无碍。多少外地访客，说起边墙内侧的这些城堡，也是跟着当地人叫堡子，只是那个堡字，总是发保的音。世懋刚来，也是说成保子，跟当地守军交谈几次，便改说“部子”。

远观之后，在城楼上踅溜。

来到一尊铜炮前，绕着转了一圈，世懋凑上前，看炮身上铸的字，念道：

“大明成化十二年。哟，那时候就有这么好的炮了。”

如桢笑笑，说道：

“这叫大将军，重千斤，那边那个小点的，也有八百斤，叫二将军。吓唬人的，不管用，等人家冲过来了，打上一炮，不是远了就是近了，等再填上火药，人家早就冲过来了。”

世懋转过身来，指指下面的瓮城。

“这儿怎么还有个圈儿？”

“这得胜堡，地处要冲。对面的晾马台，是蒙古人出兵的隘口，包砖时得格外重视。你看这南门，有瓮城还有月城，等于是三重关隘，要多牢实有多牢实。”

“封王大典选在这儿，是不是因为这地方好屯兵？”

“屯兵只是一个方面，主要的还是晾马台那边地势开阔，宽敞。”

顺着堡墙，朝东门城楼走去，张胜和随员，落下一截儿跟在后头。

行走间说及家人，世懋问嫂夫人可好，他知道世懋问的嫂夫人是沈氏，回说去年亡故，尚未续娶。世懋惊叫，你这样的人，怎么能打得起光棍，干脆把那个嫂夫人娶过来不就得了。如桢笑笑，不再搭话。又走了一截，世懋说：

“哎，我在京城，人都传说，俺答的夫人三娘子如何漂亮，又如何能干，你可曾见过？”

如桢说，他也未曾见过，不过这次封王大典上，或许会来，到时候就都见上了。

“真的是姥爷娶了外孙女？”

“蒙古人的风俗，跟内地还是不同，我们听了邪乎的事情，他们也许视为平常。”

“年龄差下那么多，能说是平常事？”

“他们那儿，妻妾不分，都是一视同仁，不像我们，同样是睡觉，还分了个三六九等。”

下得东门城楼，来到堡子正中的鼓楼前。

这鼓楼，是个四方城楼，四边有门，全是砖碹的，到了中间，汇为一点。外面看，是个城楼，里面看，是个砖砌的窑洞。世懋像个孩子，腆着大肚子，这个门进去，那个门出来，出一个门，回头瞅瞅，高声念出门洞上方嵌着的石匾上的字。

出得北门，念罢最后一个“雄藩”，再也跑不动了，双手扶膝，呼哧呼哧喘个不住。

旁边有家店铺，门前台阶也还干净，两人坐了下来。

如桢说，该去晾马台看看。世懋说不用了，这种事，督抚自会有周到的安排。他来这儿，不过是应个景，看了反而不好。不如由他们去做，反而显得宽厚些。如桢心里暗暗赞叹，有功名的人，心胸就是宽阔。

想到这儿，由不得就笑了笑。

“噫，笑个啥？”

“没事，没事。”

“没事就是有事，从昨天起，我就看出来了，你没有想到我会当这个监礼大臣吧！”

世懋说着，双臂朝上，抖抖袍袖，就地转了一圈，肥胖的身子，朝后挺挺，冲着如桢说：

“怎么，不像个监礼大臣？”

老朋友了，如桢也不客气，装模作样地，上下瞅瞅，加重了语气说道：

“像，像，那三绺胡子最像了！”

二

不是世懋亲口跟他说，如桢怎么也不会相信，朝廷派来的监礼大臣，不是哥哥王世贞，而是弟弟王世懋。

昨天上午，他正要出门，张胜进来禀报，说是王先生来了。

他当下还反应不过来，问是哪个王先生，张胜抬起胳臂，手在颏下一抹，说就是京师，爱讲荤故事的那个王先生呀。张胜的手在颏下一抹，显示的是三绺长须，不用说别的，如桢已晓得，定是世懋先生。心说，该是从陕西学政任上，休假回京师，路过大同玩几天。用世懋的话说，就是浪上几天。

“快请进！”

“早就进来了！”

世懋就跟在张胜后头，闪过身子，到了面前。身后还跟了两个人，如桢以为是世懋的朋友，要一并邀请进来，世懋挥挥手，张胜领到旁边屋里歇息去了。匆忙之间，如桢也没有在意。

世懋进得屋里，并没有就座，而是走来走去，观赏墙上的字画。来到一对条幅跟前，默念道：

“每临大事须有静气，当信今人不输古贤。好联句！噫，是令大父写的！”

“是啊，爷爷去世前，写给我的，勉励我要延揽人才，尊重人才。”

“噢，你是这样理解的？”

“还能作何理解？”

“错！”世懋倏地转过身子，急了些，连带衣袖都甩了起来，“爷爷的意思，绝不会这么简单。我看意思是，让你大有作为，建功立业，不输古代的大贤。”

他承认，世懋的理解是对的。他所以作之前那样的解释，是怕授人以口实。

世懋一进来，如桢就注意到，世懋的绦带上，玉扣儿是镶了金边的，这样的玉件，只有三品大员，才可佩戴。问世懋，世懋哈哈大笑，说他临来之前，还精心查验了一番，没想到一时疏忽，还是让如桢看出破绽。

“这么说真是高就了？”

“不瞒你说，此番来大同，乃是为公务而来。新近从陕西调任，委了太常寺的正卿，让我就近来大同，做封王大典的监礼官。这一期的邸报还没有到，到了你就晓得了。早些日子来，一来是会会朋友。还有个事情，就是去威远卫看望一位贬黜到此地的朋友。”

又说，他和他的随从，已在驿馆住下，拜见过方逢时巡抚，正好王崇古总督也在，一起都见了。

如桢说，这么早来了，封王大典上，宣读的诏书，是不是也带来了。

世懋说，这是内务府的事，说不定到时候，会派一位宣诏大臣来，就看万岁爷高兴不高兴，要是不高兴了，会派一个宣诏公公来，这个不关他的事。他只是监礼大臣，看礼仪上有没有不合规范的地方。

“听人家说，你不愿意要公公来？”

“这是他们糟蹋我，这种事，我能管得了吗？”

官场的规矩，如桢还是懂得的。世懋坐定，如桢说了心里的一个疑惑。

隆庆二年秋天，世懋荣膺学政，去陕西赴任途中，路过独石口。学政之职，总要在任三年，经过一次乡试，才算正理，怎么世懋才去了一年多，就调回京师另有任用。山陕两省举子之试，多合并考选。右卫军官，有两个子弟，多年的秀才，正打算明年开科，去长安应试，看能不能得到世懋的庇佑，不想世懋这么快就调离了，莫非在任上犯了什么事，受到弹劾，叫褫夺了学政之职？

起初以为世懋会不好意思，没想到这疯子，根本不当回事。

说起来，倒还认真。说是他去了之后，学政衙门有个郭姓佥事，多年难得擢拔。他看此人，也还能干，便给以机会，积攒功业。不意，此人竟打上了他的主意，多次暗中给东厂提供情报，说他怎样的狂悖放荡，有失学政体统。起初他还不信，直到东厂来人调查，方大梦初醒。后来衙门里有人跟他说，此人早就是东厂的坐探，专管监视学政的行踪。直到调职的公事下来，才有一位老先生对他说了实话，说整个衙门里，只有两个人不知道此人是东厂的坐探，他问哪两个，说一个是这位郭姓佥事本尊，一位就是我这个学政大人。

说罢，世懋哈哈大笑。

“因此调回京师，反而高升？”

“起初我也觉得奇怪，后来一打听，还真是这样。原来是有人盯上陕西学政这个缺儿，吏部知我大无过，掂量来掂量去，竟给了我个太常少卿，等于是提了一级！”

说罢，又是哈哈大笑，肚子上的肥肉，颤抖得一起一伏。

如桢打听杨博的境况，世懋说，老先生最近做了件糊涂事。之前起用，以兵部尚书，兼署礼部之事，多大的荣耀，可惜在隆庆元年，六年一次的京察中，袒护山西老乡，出身山西的官员竟一个降黜的也没有。这不是自毁声名吗？今年春上，再度起用，又得罪下张江陵，看来官运是到头了。因此朝中有人，说了一句笑话。说到这里，世懋顿了一下，做出欲言又止的怪样子。

“说吧！”

如桢觉得好笑。

“这可是你让我说的，我说了你可别嫌。朝廷上有人说，山西人当官，最好是年轻时当，年龄一大就告老还乡，庶几可保一世的清名。要么是年轻时学坏，老了或许可以转危为安，大获赞誉。”

“这是为何？”

“山西人善变，年轻时学好，老了一变，必然前功尽弃。年轻时学坏，老了一变，说不定还能走到正道上来。”

如桢听罢，放声大笑，接下来问：

“老兄这次来，身为监礼大臣，带了多少随员？”

世懋说，只带了一个给事中，凡事都由他打理。主要随员，是一队棚匠。典礼上的事，有督抚们操心，他这个监礼大臣，不过是个摆设而已。可他早就知道，这次的封王大典，为选地址，多有交涉，最后选定的地址是，得胜堡外十里处的晾马台。他想了，此事光彩不光彩，全在行礼的大棚扎得好不好。只怕大同地面上，没有上好的棚匠，北京城里，红白喜事多，大户人家多，棚匠跟纸扎匠，手艺最好。经过挑选，他把一户最好的棚匠，一户最好的纸扎匠，父子兄弟数人，作为随员带来了。方才跟上他来的那两位，一个是棚匠头儿，一个是纸扎匠的头儿，跟过来顺便看看，帅府殿堂的样式，到时候扎个漂漂亮亮的棚殿出来。

"你呀，你呀！"

如桢笑得差点岔了气。

"又怎么了？"

世懋一下子蒙了。

"别光看我们的筹边堂，让他们多看看我这个人，照我这眉眼，扎上个阎罗，摆在封王大典上。"

"那倒不用，我这样子，比你更像阎罗！"

当天晚上，王崇古、方逢时和杜如桢，三位边臣，共同设宴，款待了这位中枢来的大员。一听世懋乃当代大名士王世贞的弟弟，宴席上顿时发出一阵子惊叹。如桢注意到，这惊叹世懋心里并不受用，只不过面子上没有什么表示罢了。好在一会儿就过去了，仍归到对世懋的赞美，赞美最多的，是世懋那三绺黑黑的胡须。甚至有人说，朝廷派王先生担任封王大典的监礼官，保不准是看上了王先生的这三绺好胡须。

这话世懋听了，开怀一笑，十分受用。

反正封王大典还有些日子，游览过得胜堡的第二天，世懋要去威远卫看望朋友。在大同地面上，这不算个事，如桢给安排了车马，备了厚礼，带上随从去了。

三

世懋去威远卫，是看一位叫季修明的朋友。

两天后回来，如桢陪他去游大同城内的善化寺。

去了之后，方知前一天是佛历一个什么节，刚办过醮事，随你走到哪儿，都有种烟火尚未散尽的感觉，让人眼角酸涩，胸中憋闷。

往大雄宝殿去的过道上，如桢说，昨天不知烧了多少香烛，多少纸品，烟味儿这般大，一晚上都散不完。

世懋扭头朝上瞅瞅，说不怨香火太浓，是这三圣殿的檐儿出得太多，捂得太重，让人有压抑之感。如桢听了，暗暗佩服世懋眼光的精准老辣。就在这时，世懋说：

“老兄，记得在独石口，某夜联床共话，你曾跟我说过，你那寡嫂，对你很有几分情义，你对她也不无好感。十好几年了，不会光开花不结果吧？”

面对这问题，他竟一时语塞。沉默片刻，才想到个搪塞的话儿，说道：

“世懋兄，今日来到佛家清净地，怎好谈这样的话题？”

“哈哈哈，”世懋大笑，“老兄说得极是，该掌嘴，该掌嘴！”

也是为了减轻对方的自责，如桢将话题，转到世懋前一天的威远卫之行上。问修明先生在威远教书，待遇可好。他这样说，是想告诉世懋，修明先生在威远卫，若有什么困难，说了他会给以关照。

世懋说，当年贬到威远卫的官员，大都复了原职，听说修明先生不愿回京师，以为定有什么隐情，这次去了，方知是修明先生执意要留在本地。说过去多少年，只求仕进报国，实则空自蹉跎，到了威远卫，执教于卫学，才算是走上了报国的正途。还跟修明先生说，本镇总兵是他的好朋友，有什么要求只管说，总兵会尽力办到。修明先生先说，什么要求都没有。说得多了，只说明年学生增加，今秋能增建几间学舍就好了。

如桢当即答应，说到时候，请修明先生来帅府一谈。

世懋说，现时威远卫学的贬官，有五六人，对这种塞上兴学的事业，甚是喜爱，竟有些乐不思京的意思。由此他便想到，当初洪武爷立下的这个处置文官的规矩，说不定是大有深意存焉。

“噢，你倒说说。”

如桢来了兴致。

来到大雄宝殿外，本该迈步上殿前台阶的，世懋没上，却绕到一边的长廊下，如桢以为世懋是体胖怕热，也就跟了过来。

世懋并未站下，继续朝前走去，只是脚步慢了下来。

“你想嘛！”

世懋这才开了腔，跷起食指，戳戳点点，说了起来。

“开科取士，一甲不用说，二甲二十多，三甲前十几名，全留在朝廷做事，哪个不是人尖子，哪个不想飞黄腾达，光宗耀祖。朝廷就那么大点地方，就那么几件事，要上位，怎能不尔虞我诈，钩心斗角。时间长了，怎能不坏了心术，毁了人格？洪武爷看出了这一点，便加大了文官贬谪的力度，后起的这些爷，心领神会，做得一个胜似一个。嘉靖爷那个大礼议，不过是为本生父争个虚名，高也罢，低也罢，能伤了爷的什么，一次就把杨慎等一百多号官员，全贬到边远州郡卫所去了。那杨慎可是状元郎，朝廷的面子啊，心肠稍软一下，也整不到这种人的头上。”

“是呀，是呀，太不近人情了。”

“蹊跷处就在这里。你想想，不用这种办法，谁会主动去边鄙之地施德宣教？”

“倒也是的，这些人到了地方上，只能是兴办学堂，作育人才。”

“这正是洪武爷的用心所在。”

“啊，用意这么深，先前从未想过，总觉得因个小错，将这些有功名的人打发到边鄙卫所，是埋没了人才。”

“子坚老兄，往后别再抱怨了，总说你们武将，挥剑戟，冒矢石，效忠朝廷，护卫边境上庶民的安全。这些文官，到了边地，也是一样，在拱卫朝廷，保障一方的平安。你说说，威远卫的卫学办好了，连板升那边的汉人，都托内地亲戚，将孩子送来就学，对边境和平的建树，比一个将官差吗？”

“不差，不差，一点点都不差。这道理，我也要跟将官们说道说道。”

“振兴地方教化，乃边疆久安之道。夫子有言，远人不服，则修文德以来之。去了威远卫，我的感觉，文德教化，乃又一道边防线也。”

如桢连连颔首称是，在这上头，不能不佩服这个疯子的博学多识。

又走了一截，世懋说：

“哎，这儿避开了大殿，说跟二嫂的事吧！”

“唔，唔。”

如桢漫应着，心里快速地思量着。

是避开了大殿，可毕竟是在寺庙里。跟世懋说慕青的事，头一天见了世懋，他就有这个想法。心里有纠结，只有世懋这样的朋友，才能一诉衷肠，好好请益。这样的场合，虽避开了大殿，还是稍嫌庄重了。反正又不走，待会儿再说也不晚。这样一想，便说道：

“徐阶大人施政上有什么功过，我是武人，不好评说，可封贡通市，边境和平，徐大人当初，也是全力主张，并不后人。怎么现在只说张江陵张居正大人如何，高中玄高拱大人如何，似乎徐大人是个奸人似的，这可有失厚道啊！”

“这世道，谁在台盘上，就捧谁的臭脚，徐大人失势了，赞誉之词，也就轮不上他了。”

“榜罪天下之后，坊间小民，不知底细，一提徐大人，都说是伪君子，真小人。世懋老弟，你久居京师，又是朝廷命官，你说徐大人究竟是个怎样的人。”

世懋说，他以为像徐华亭大人这样的朝中重臣，不管先前如何，如今可说是老成谋国，堪称国之栋梁，只是生不逢时，遇上张江陵这样的急峻之才，合该他倒霉，能平安致仕还乡，就算是烧了高香了。忽又一怔，说道：

“不是说你与寡嫂的事嘛，怎么扯到徐大人身上了？”

“见了你，总想多知道一些朝堂之事嘛。”

“闲了再说，我们还是说说你那个香饽饽吧！”

“往前走着，会说的，会说的！”

旁边一个月亮门，两人说着，踅了进去。

是个园子。一畦花草，两株垂柳，北边几间禅房，东头有座亭子。青砖铺路，干干净净，两人沿着小路，信步上了亭子。

刚坐定，就有年轻僧人端着木盘过来，行过礼，放下盘，是两碗白水。世懋以为这僧人认识如桢，才给以这样的礼遇，待那僧人直起腰，便问道：

“敢问师父，可是认识这位客人？”

“阿弥陀佛，”僧人言道，“既来本寺，便是有缘，何必相识。大热天，一碗水是应当的。”

“哦！”世懋更惊奇了，“只要来这善化寺的，坐在这亭子里，你就端来白水款待。我去过多少寺院，好的是讨要才给，不好的，讨要也不给，还要奚落你呢。请坐下说话！”

“不了。”僧人摆摆手，“客人有所不知，这善化寺，非寻常寺院，乃官员学习礼仪之地，长老对我们的要求是八个字，叫步步有礼，礼不错步。天气炎热，端碗水来，不过是个礼貌，实在是应当的。二位还有什么需用的，只要我能办到，吩咐就是。”

“且慢!”世懋拱拱手,“你说的八个字,步步有礼,这个我懂,就是礼数要周到。这礼不错步,又作何解释?”

“师父给我们说,礼不错步,就是不要图礼数周到,影响了客人的日常行事。不能说,客人要休息了,你的茶水送来了。不打扰了,请便!”

说罢退了下去,未回禅房,出园门办他的事去了。

“噫,”世懋耸耸鼻梁,“这是什么味呀?”

如桢站起,前后瞅瞅,说道:

“那边是个茅厕,多亏在那边,要是在上风头,味儿就更大了。”

“僻静之处,必有幽香。”世懋坦然一笑。不能再让人家催促了,端起水碗,润润喉咙,如桢言道:

“世懋老弟,这几年,我心里一直有个解不开的疙瘩,今天就全看你老弟的了。”

“四下无人,又如此清静,你就敞开说吧。”

正要开口,只见那个年轻僧人,又匆匆返了回来,不去禅房,径直到亭子前,连台阶也不上,攀住台基的石棱,急切地说:

“二位客人,实在不好意思,有位贵妇人来本寺上香,本该昨天来的,人太多,推到今日。方才长老告我,夫人内急,大院的茅房不干净,安排来这里,一会儿就到,请二位先去禅房避避。实在对不住,实在对不住,求求二位爷了。”

先还双手攀着石棱,说到后来,仰起身子,双手抱拳作揖,又是急切又是可怜。

真也奇了怪了,为了一个娘儿们拉屎撒尿,一镇总兵,连同这么尊贵的客人,也要躲藏回避。虽说没有明言身份,派头儿在这儿摆着,僧人不会看不出来。正要发作,想到方才僧人说的步步有礼的箴言,且忍了下去。看世懋一眼,疯诗人倒也豁达,耸耸眉毛,缩缩肩头,双手一摊,言道:

“奈何奈何!”

说着起身下了台阶,随着僧人,来到北边的禅房。这禅房,出檐宽绰,一到檐下,顿觉清凉。亭子也遮阳,四周全是骄阳晒照,只是不晒,难说凉快。如桢本想说,站在这儿待会儿就行了,不等开口,僧人已推开尽头一间的风门,弯腰做了个请进的姿势。

房内靠东墙,是一盘土炕,铺着褥子,灰布做成,平平展展,看去甚是舒适。炕沿儿是长长的本色木板,光光亮亮,一坐下就由不得伸手摸摸。他摸,世懋也摸。他摸了也就摸了，只是觉得心里舒畅，嘴上什么也不会说。世懋不然，心里畅快之际，绝不会亏了嘴皮子，当即言道：

“嘿，比女人的屁股还光！”

两人坐下的空儿，僧人扒在风门的棂格上，朝外窥探，像是看到什么，扭头撮起嘴，嘘了一下，摆摆手，要他们别作声。

一会儿便听到窸窸窣窣的脚步声，像是不止一个人，走到院子中间了。

不会有什么事了。他在想，待会儿该怎样跟世懋讲那天晚上去广宁王府的事。

“什么人呢！”世懋说着，起身过去，与僧人一起扒在棂格上朝外看。

他觉得可笑，有什么好看的呢，不过是个女人去茅房。

刚想到这儿，但见世懋一转身，嗖地蹿到炕上，鞋也不脱，一步跨到窗前，先是猫下腰，从一个空窗格子往外看，随即伸展腰，踮起脚，从尽上头的一个窗格子里往外看。真不知道他那么胖的身子，怎么会这般的轻盈敏捷。

为了引起他的注意，世懋拍拍屁股，估摸听到了，朝这边看了，又伸直胳膊抓挠了几下，意思是叫他快点上来。

定是有什么好景致！

这回，连他也不再怀疑了。连忙脱了鞋，扭身上炕，直起身子站到窗前，也跟世懋一样，踮起脚，从尽上头的一个窗格子里朝外看。

只瞥了一眼，整个人就叫粘在窗上了。

茅房里，那贵妇人正在撒尿。

僧院里，不知是什么讲究，茅房的砖墙，实在也太矮了。一排三个蹲坑，紧贴东墙，那妇人只要上了任何一个蹲坑，禅房这边，站得再高也看不见什么，顶多能看见一侧的屁股尖儿。大概是嫌那些蹲位，都是男人用过的，怕污了裙裾，又确实内急，一进茅房，提起裙裾，屁股朝北一撅，便撒将起来。

白晃晃的那个大屁股蛋子，不偏不倚，尽收眼底！

完事之后，来到茅房门口，一个使女脸朝外，算是个遮挡，另一个使女快步上前，蹲下给系上内裙。世懋低声感慨：

“好家伙，这是什么派儿！”

如桢低声说：

“只怕这还是轻车简从呢。”

两人正要扭身下炕，世懋还要说什么，一直守在门口的僧人低声说：

“别作声，朝这边过来了。”

用不着站起了，底下的窗棂上就有小窟窿，两人蹲下，四脚朝后，爬了过去。

来时走院子当间的甬道，从亭子的南侧进的茅房，返回怎么不循原路呢？

一看就明白了，天太热，怕晒着，见禅房这边房檐宽，有阴凉，一面往这边走，一面还举手遮住脸，只是脚步稳稳的，不显一丝慌乱。贵妇人就贵在这些地方，内急了跟村妇一样，不内急了，就显出贵相来了。

上了台阶，顺着墙根过来了。

有墙转角挡着，僧人趴在门棂上看这头太吃劲，是要过来吧，不知怎么一下，带出个响动。那妇人正好走到窗外，停住脚步，皱起眉头，侧起耳朵，凝神谛听，听了一忽儿，见静了下来，这才移动身子过去了。

就在这眨两下眼皮的工夫，如桢清清楚楚地看到，那妇人右耳郭的当间，有一大一小两个圆嘟嘟的小肉坠儿，差点惊叫起来——

莫非是她！

四

真正敞开心扉谈二嫂的事，是在当天晚上。

地方是张胜寻下的。如桢只说了一句，王先生的毛病你晓得，张胜就心领神会，安顿在南街一家窑子。外面看着不怎么样，里面竟是十分讲究。

里外间。外间一色的核桃木家具，看似质朴，实则典雅。风情之处，全在那些垫儿，帘儿，幔儿，连垫脚架上，都铺了粉色的绣褥儿。颜色呢，鹅黄嫩绿，用到极致，不经意处，又那么一星两星的梅红，那么俊，那么艳，只有在座的两个女孩的嘴唇可以比拟。

两人身边，一人一个。他们只管饮酒聊天，女孩只管赔着笑脸，斟酒夹菜，一刻也不停歇。

世懋手臂环过来，款款地揽着女孩的腰身，另一只手臂伸过来，让这边的女孩给他斟上酒，与如桢手中的酒盅轻轻一磕，收回时，不说凑在嘴唇上抿了，还要拐个弯，在身边女孩的腮帮子上抹一下，这才凑到自家唇前。

如桢坐在对面，由不得心生感叹。真是一个人一个活法。这世懋，也算是满腹经纶，知书达礼，怎么一见了女人，就成了下流坯子。逛个窑子，逛就逛吧，总要玩个花活儿。

桌上的女孩，一边一个，是眼下的格局，实则都是给世懋预备的。

从宣府过来一落脚，问想吃什么，张口就是大同婆娘，说他在京师，早就听闻大同婆娘乃风月场之极品，此番来访，定要饱餐秀色。头天晚上逛了有名的春华馆，第二天见了连夸过瘾。去了威远卫，夜里也没闲着，一回来，又提出要逛大同的私娼，说他早就听朋友传言，大同婆娘，最解风情的，还数富家办的私娼。

这且不说，就方才那一下，不过是将酒盅沿在女孩腮帮子上一抹，寻常人怕就来不了。

真也怪，女孩刚进来还蔫蔫的，在世懋身边一坐，就尽显活气。

正这样想着，世懋那边，酒盅沾了嘴唇又挪开了，言道：

"往下讲呀，我听着呢。"

讲到哪儿了？如桢一愣，噢，讲过和孙胡子一起逛晾脚会，讲过爷爷过头七，慕青说了难以改嫁的话，对了对了，讲到孙胡子花了八百两纹银，安排去广宁王府会一会王府娘娘。戌初时刻，带了张胜，将他安顿在南萧墙左近一家茶馆。他独自前往，有人接应，领他进了西华门。拐来拐去，进了暖宫。据说这暖宫，就是正德爷巡游大同时留下的豹房。

"噢，说到进了豹房。"如桢说，"这些程序我知道，一则是让人静下心来，蓄足精神，二则又不能泄了火，漏了气。都是按照道家那一套，益精固元，蓄势待发。"

"且慢！"世懋插言，"你既进去过，且问你，正德爷的这种行宫，为什么要叫豹房呢？莫非真的养着个豹子？"

"问得好！别说你有过这样的疑惑，过去我也有过，这次玩了一趟，才知道是怎么回事。那洗澡的水池，是汉白玉雕的，大略就是个豹子腾跃的形状，人进去坐着没什么稀奇的，侧身躺下，可就不同，双手前伸，正合了豹子前蹄抓扑的凹槽，双腿蜷曲，又正合了豹子后蹄蹬踹的凹槽。这还不算，奇妙处在于，这个汉白玉大浴盆里，原本就注满了温水，盆底和边上，这里那里，暗藏着几个进水的喷嘴，进的水，逐渐加热。那个舒服啊，能让你嗷嗷叫起来，扑腾扑腾，跟豹子一样蹿起来。可又蹿不起来，手臂跟腿脚，全在那些凹槽里，将能略略动一动，蹿是蹿不起来的。越蹿不起来，越是想蹿，能把人急疯了。”

世懋听得入了迷，手里的酒盅，定在空里，纹丝儿不动。

“这个时候，我才知道，人们对豹房的猜测全不对，根本不是什么养豹子的房子，是把人变成豹子的房子！”

世懋点点头，说道：

“噢，这个有些道理，另有一事我不明白。去王府做这个事，为何还要带上个保镖，莫非有什么不安全的吗？”

如桢笑笑，接着讲下去。

“说到这儿，我先解了你这个疑惑。起初我也想过独自前去，后来多了个心眼，怕万一有个什么闪失，跟前有自己的人，总是个照应。多亏带了张胜，要不真会出大事。这茶馆，后面是住宿的地方，前面就是个茶馆。我走之后，张胜守在茶馆，到午夜时分，来了两个系红绦子的人，一进来就问可曾见杜大人，张胜一看红绦子，就知道是监军署的人，也就是东厂的人，回说不曾见。那两个人要去茶馆后头查看。张胜拦住了，说自己是大帅府的护卫官，大帅在里面与客人长谈，不得搅扰。这才将监军署的人支走。也就是说，我的行踪，全在东厂的监控之中，若不是张胜机警遮挡，东厂的侦探，说不定会在西华门外候到天亮。”

太难堪了，他没有说出来之后，张胜叫人家捆住踩在地上，他叫人家套上官服，带到巡抚衙门见杨大人的事。

“不说这个了，说那天晚上后来的事。”

“好，我说！”端起面前的酒，抿了一口。

原以为进了宫室，定然灯光柔和，恍若仙境，王妃娘娘拥衾而坐，面带微笑，招手让他过去。没想到，进门前那宫女好一番叮嘱，说室内全黑，只管做事，不得言语。且告诉他，若要小解，床前有夜壶，一摸即得。娘娘的夜壶在床后，万不可弄错了。说着开门领他过去，果真黑漆漆的如同窨井，只有浓郁的香味，伴着热气，扑面而来。

脸上都觉烧烧的，嗓子眼儿由不得就痒了起来，强忍着不敢吭声。跟在宫女身后，高抬轻落，缓步而行。

走了几步，大约快到床前，宫女拉起他的手，趁着手劲儿，转了半个圈，轻轻一捺，坐下即是床沿。他双手由不得往后一撑，触着的竟是温软的皮肤，忙收回手搁在腹前。那宫女并未走开，而是俯下身子双手托起他的两腿，往上一抬再一推。仍是趁着势儿，他放平身子，头往下一搁，原以为会是个锦绣枕头，竟是一条又光又软的胳膊。他要抬起身子，换个姿势，枕上的手臂弯了回来，钩住了脖子，这边软糯糯的嘴唇已凑了过来。

此时门儿轻轻一磕，知道是宫女过了那边屋里。

将要扭转脸，侧过身子，与对方脸儿对齐，那软糯糯的嘴唇，就像长了牙齿似的，噙住腮帮子，连皮带肉，使劲嘬着，像是要嚼嚼咽下去。那就用点力气吧，刚动了一下脖子，肩头上，胸脯蹭了过来，圆鼓鼓的，又滑润润的，感觉是贴着他的肩头在蹭。一起一落间，又像婴儿胖胖的小手，在皮肤上挠来挠去。酥痒的感觉，登时便传到脚指头上，由不得小腿都蹬了两下。

憋得太久了，那嘴儿终于稍稍移开，缓缓地呼出一口气。

趁这个空儿，该动一下身子了。想的是动一下身子，真要动起来，先动一下的是脑袋。脑袋动的方向，并未经过脑子掂量，完全是无意识的，身子要往哪边侧转，脑袋便往哪边扭了过去。刚扭了一下，他便知道，捕捉住这个机会的，不是他的身子他的脑袋，而是娘娘那吸劲儿极大的嘴唇，缓了口气。他的脑袋，往娘娘那边刚扭了一下，连动都谈不上，鼻尖便触到了娘娘的脸颊，等于是告知了他嘴唇的位置。娘娘那憋得太久，不得不移开，刚换了口气的嘴儿，随即来个狮子大张口，一下子叼住了他的嘴巴，再渐次收缩，直到双唇紧紧地叼住他那噘起的唇尖儿。

太憋闷了，脑袋还是由不得动了一下。没等他再有别的动作，一条光光的手臂，从头顶兜了过来，死死地箍住他的脑袋。感觉那手臂，不是从头发下面插过来的，而是从头发中间掠过来的，扯断了几根，又绷紧了几根，生疼生疼的。

没办法，得让这母狗起初的疯劲儿过去再说。

还没等他想完，王妃的右腿已移到他的肚皮上，又慢慢下移……

这些动作，分解开来，一个是一个，实则环环相扣，间不容发，乃是一个完整的动作。

他完全蒙了。

稍稍缓了口气，才理清自己的思绪。

原先想的是,王宫嘛,明亮的烛光,透过宫灯的红纱,水似的漫了一间不大的宫室。室内一侧,一个巨大的雕花大床(该叫凤床吧),三面是护栏,前面是两下里撩开又钩起的帷幔。王妃娘娘嘛,端坐在床上,拥衾而坐,宽松的罩袍,褪到肩头以下臂弯以上,一脸的娇羞,满眼的期待。他嘛,由正门进来,正对着床上撩起的帷幔,一眼就看见了娘娘半掩的酥胸,微曲的玉臂,一边疾行,一边踢飞脚上的靴子,三脚并作两步,不等到了床前,两只靴子已经踢飞。接下来是甩掉袍子,脱去裤子。脱裤子时,可不是站定了一条腿提出来,再提另一条腿,而是疾行间,这条腿后蹬时裤子就褪下一截,身子往前一倾,另一条腿朝后蹬去,这条腿前落时,便从裤腿里抽了出来。到得床前,已是半根布条也不挂的一条壮汉。

轻轻一跃,便上了娘娘的凤床。

接下来的动作,有两个设计。一个是,先来个饿虎扑食,将之扑倒,压在身子底下,不管对方怎样恼怒,嗔怪,办了再说。这是他多年来得下的经验,再温顺的女人,也喜欢这样生猛的动作。另一个是,上床之后,先揽在怀里,仔细端详,看这王妃娘娘与寻常女子有什么不一样,然后剥光衣服,横陈榻上,将身上的部件,一一抚弄,细细领略。直至娘娘哀求快点吧,实在太难受了,这才翻身上马,疾驰奔突。

自孙胡子定下这事,几天来,两个方案换来换去,该是哪个,一直定不下来。

就是方才,在隔壁房间静候接见,宫女说了规矩,黑灯瞎火,不准说话,如此这般,这般如此,他也只是将第二个方案取消,而增加了第一个方案的前奏,就是将娘娘的身子放倒了要反复抚弄,直到娘娘呻吟不止,激情难耐,这才翻身上马……

什么都想到了,独独没想到的是,一上来就成了这样的阵势。身子一放平,就让人家占了先机,自个儿倒成了个,待宰的羔羊。

不行,得扭转这个局面。

又一想,且慢,看看娘娘还有什么新花样。

娘娘的整个身子,热乎乎地贴了过来。

甩了几下,头发全乱了。

娘娘那柔软而又温润的身子,又开始向上耸动。待双手搭在肩上,头与头齐,他以为接下来又会有什么新花样,双手托住娘娘的胯骨,预先做了防备。料不到的是,娘娘身子一侧,从他的肚子上滚了下来,脑袋正好落在他的臂弯里,像只小狗一样,偎在身边不再动弹。

该着自己了。静静心,运运气,觉得胸臆间一股热气,渐渐地沉到丹田,又沉到两胯之间。这才推了一下身边的娘娘,娘娘顺势往里挪挪,面朝上摆正,一面举起双手,托住他压下来的身子。

真软和,真水灵,啊啊,娘娘就是娘娘。

小时候捣过蒜,有这个动作,没这个绵糯。

遇上高兴的事拍过手掌,有这个响声,没这个生脆。

仍要提住神儿,仍要兜住底儿。

把握不住的不是他,而是娘娘,先是断断续续地呻吟,继而是高一声低一声的叫喊。

过了好一阵儿,终于支撑不住了,一声长啸之后,从娘娘的身上滚落下来。眼睛看不见,他能感到自己浑身冒汗,像是从水里爬了出来。

黑暗中,娘娘坐起,扯过一条汗巾,轻轻地给他擦拭着。

喘息甫定,意犹未尽,又是一推,将娘娘捺倒。

真没想到,这个二进宫,比头一次还要猛烈。

这些,是他一边说着,一边脑子里映现出的情景,言辞要简练得多。就这,世懋还嫌太啰唆,他刚喘口气儿要接着往下说,世懋不耐烦了。

“这种买春的事,你就说你是个大叫驴,也没什么意思。”

“我说了,是要你帮我判断一下,这个王妃娘娘是谁?”

“你是说,是不是真的王妃娘娘?”

“不是这个意思,唉,怪我还没说完,说完了才好判断。”

他接着说下去,尽量简约,突出疑点。

第二次做完事,身子挨着身子,平躺在床上,仍谨记着宫女的叮嘱,一句话都不说,更不会问什么。身子累了,手不累,稍稍侧侧身子,右手伸过去,揣摸娘娘的乳房。摸着摸着,又移上去,在脖颈间抚来抚去。他想摸着什么,光光的,什么也没有。身子侧着,总是有些不便,侧得更过一些,胳臂伸得更展了,摸到了娘娘左肩胛骨下面,乳房稍上一点的地方。

娘娘拨拉了一下,没拨拉开,他继续摸着,轻轻地挠着。

“咯咯咯——”

娘娘忍不住，笑出了声儿。

随即重重推了一下，挡开了他的手掌。

正在这个时候，听得隔扇门儿咯噔一声开了。有人走了进来，却未到床前，像是在床后摆弄什么，又过了一会儿，才出了声儿：

“娘娘，该尿尿了。”

他听了差点笑出声来。这王宫里的规矩，也太多了，娘娘什么时候撒尿都有人惦记着，不提醒一声，娘娘会尿在床上吗？

他以为娘娘要是不内急，纵使有人提醒，也不会去的。料不到的是，一听这个提醒，娘娘忽地坐起，双手在床头乱摸一气，摸到罩衣，披在身上，弓着身子，从如桢身上跨了过去，已站在床前了，又俯下身子，在如桢的胸前吻了两下，这才拐过屏风，去了床后。

立马传来尿尿的响声。

怎么会这么响！

像是有人提起一茶壶水，往一个锡盆里倾倒，先是碎碎的冲溅声，后是哗哗的流淌声，末了才是吱儿吱儿的旋转声，像是水泡儿转着转着破灭了。

这么一大泡尿！

他想，定然是娘娘天一黑就等上了，憋了大半夜，才憋下这么一大泡。

这样想着，觉得自己的嘴里也干渴难耐，想到该吃胡子给的药丸了，遂抬起手，在空里连拍了三下。

小宫女像是早就准备好了，他这里掌声刚落，那边小宫女已飘了过来，墨黑中，站在了床前。他刚抬起脑袋张开嘴，一只小手已堵在嘴上，一撮药丸全按在了嘴里，接着水盅凑了过来。

脑袋刚刚落在枕上，娘娘回来了。

看来隔扇门走风，屏风后头太凉，仅一泡尿的空儿，娘娘的身子像是凉透了。太凉了，也不说爬过他的身子，回她原先的位置，腿还没有上得床来，上半身先就探过来，钻进了他的被窝，胳膊钩住了他的脖子，嘴都挨住嘴了，才一使劲，将下半个身子甩到了床上。

一面亲着嘴，一面又伸手到他两胯间动作起来。

他暗暗惊奇，这娘娘竟像是没有过了瘾似的，还要来个第三回。看来这第三回，也未必能满足得了她。赵子龙在长坂坡上，为救阿斗，曾在曹军战阵中七进七出，莫非他杜子坚，今晚上也要做个七进七出的赵子龙不成？

不知为什么，往常遇上漂亮女人，一晚上三次不算个事儿，此番都好一阵儿了，竟半死不活的，没有一点抖擞起来的样子。

“哼！”

娘娘似乎恼怒了，住了手。

两次也该知足了，何必呢？他以为娘娘放弃了第三次，心里顿时轻松不少，心里一轻松，那话儿像是放了学的小学生，自个儿又来了精神。

“啪，啪！”

娘娘坐了起来，两腿叉开，一条腿搁在他胸前，一条腿压住他左边的小腿。看不见手势，听声儿像是双手举在面前，不轻不重，拍了两下。

那宫女，像是就没有退回隔壁宫室，一直在凤床后头待命，听得娘娘拍手，噌噌噌，脚尖儿擦着地走了过来，黑影子里，将一个什么东西递了过来。娘娘并未接住，只是伸手在里面蘸了蘸，使女并未退下，就这么端着站在床边。

这一切，他不是看到的，是听到的，感觉到的。娘娘的手伸进去，何以是蘸，不是抓不是抹？是他听见了似水撩起的响声，还有一滴溅在他的肚皮上，热热的，黏黏的，像是什么油，又像是什么汁。

黑暗中，娘娘先是将双手搓了又搓，像是要将蘸在手上的汁儿搓匀，又蘸了一下，又搓，搓匀了，这才俯下身子，在他两腿之间揉搓起来。这中间，还蘸了一次。先搓的面儿大，两个大腿根儿，小肚子，全搓了。越搓面儿越小，后来就是那玩意儿，还有根根上一小片儿。

接下来，动作也是越来越轻，越来越柔，不能说是搓，也不能说是揉，只能说是一种护持，就像妇人从背后护持着学走路的幼儿，就像男人在一旁护持着学骑马的少年，只会让你觉得是一种依凭，却不会让你感到一丝一毫的妨碍。有那么一瞬间，他竟想到年轻时，卫学先生教他写毛笔字时，说过的一个词语，意在笔先，似有若无。

这样护持着的时候，娘娘不时地俯下身子，热热地哈上一口气。

娘娘又一翻身，骑在他的肚子上。

啊哟，他差点惊叫起来。

娘娘这一手真是厉害，身子不是自己的了，进进出出，又是一个回合。

都累了，娘娘在他身边躺下，这回不是在里侧，而是在外侧，后脑勺枕在他的臂弯里，半个膀子都汗津津的。想起方才在娘娘的肩胛下方，摸来摸去，挠来挠去，逗得娘娘咯咯笑了，他又将手伸了过去。可任凭他再摸再挠，娘娘只是个没有反应，再摸再挠，娘娘似乎不喜欢这个动作，一把将他的手掌拨开。

这只手老实了，另一只手又淘气起来，弯回来，在娘娘的耳垂上捻来捻去。这动作娘娘喜欢，咯咯笑了两声。

他要说话，想到禁忌，又不敢。

“客官！”

娘娘说话了。

他有些惊奇，不是不让说话吗，怎么娘娘倒先吭声了？

心里有了气，胆子也就壮了起来，言道：

“怎么你能说话，我就不能？”

娘娘笑了，一面在他胸膛上拍着，一面笑呵呵地说：

“不准说话，是怕你不知轻重，说下什么痴话，败了我的兴致，如今已鸣金收兵，还不该说个话儿，轻松轻松吗？”

说着挺了下身子，爬在他的胸脯上。两腿在下面勾了回来，与他的两腿扭在一起，双臂在前面，死死地箍住了他的身子。

“噢，”他这才醒悟过来，“有个疑惑，一直在我心里，就是这床上，啥也没有，那个正德被呢？”

“在这儿呀！”

他左右扭扭脑袋，想在黑暗里，看到个更黑些的形状。

没有。

又抽出手臂，同时在左右两边摸摸，看能否摸到个棉布的东西。

没有。

他的这些动作，娘娘也感知到了，抬起下颏，在他胸膛上磕了几个。

“别找了，我知道你要找什么，那条被子吧？”

“是呀，不是都说有条正德爷爷用过的被子？”

“我就是!”

“啊!”

“我这身子,不比一床被子好吗?”

“唔,唔。”

他不知该如何回答。

“来这儿,让你真正体味到女人的好处。”

“还不一样吗?”

他想说的意思,娘娘悟到了。

“不一样。真正体味到女人好处的男人,是不会变坏的,想变坏都变不坏。”

二嫂的模样,在脑际倏忽一闪。

他没有说话,迎上去亲了娘娘一下。

“再问一下娘娘,方才抹的是什么东西?那么神气,两番征战之后,我已人乏马困,没了力气,你那汤儿水儿的,在我那儿一涂抹,一揉搓,竟又来了精神,三次之中,这次最是受活。是什么呢,能不能也送我一点?”

娘娘从胸膛上翻身下来,一只胳膊仍揽在他的颈下。

“这可不能送你。说了你也不信。这还是正德爷来大同,在王府花园建起这豹房,留下的宝贝。是真正的豹骨熬的汁儿。”

他侧了下身子,几乎与娘娘脸对着脸。

“这么说正德爷的豹房,真的养着豹子,我还以为就洗澡的白玉池子形状像豹子,才叫豹房呢。”

“也不多,就三两只。要的是豹骨熬药,让来豹房的男人寻欢作乐。”

说着,听着,他的手可没闲着,不住地捻着娘娘的耳垂儿。娘娘咯咯地笑了。见捻耳垂儿娘娘喜欢,就顺着耳郭捻了上去,先是沿儿,后是凹里,捻着捻着,手指触着两个小小的肉坠儿。惊异间,手上不觉就重了些,捻了几下,娘娘似乎不乐意了,将他的手推开。

就在这一瞬间,他想到,这个娘娘,该不是多福巷里,晾脚会上遇到的那个贵妇人?

恰在这时,那玩意儿,扑棱扑棱又直了起来。他知道,这是一峰擎天丸的威力发作了。

娘娘也感觉到了,显得极为亢奋。

就像一公一母两匹野狼,在草原上相遇。

不知不觉间,天亮了。

此后的一切,凡事都有宫女伺候。

最后是回到隔壁宫室,穿上自家的衣服,原路退了出来。

"好家伙,一夜四次!"

这回轮着世懋吃惊了。

"事情就这么个事情,紧要处我都说清了,向老弟请教的是,这王府娘娘究竟是谁?"

"怎么,不是真的?那孙胡子的八百两纹银可就白扔了!"

"刚才我已说了,娘娘肯定是真的,我的感觉是,撒尿后的那个,肯定是真的王府娘娘,撒尿之前的那个,可就不一定了。"

"噫——"世懋大为吃惊,"事过之后,没有盘问盘问孙胡子?"

"我倒是问了,可他光笑不说话。他越是这样,我越是疑心,撒尿前的这个王府娘娘,会不会是那个人。"

"谁,快说!"

"不能说。"

"啊呀,你是说是慕青二嫂吧?"

"是的,我疑心孙胡子暗中捣了鬼,知道我恋着二嫂,二嫂也恋着我,为着儿子的前程和声誉,二嫂绝不肯嫁我,便设了这么个局儿,让我与二嫂,有这样一夜的鱼水之欢。"

"孙胡子做得出这种事!"世懋点点头,接下来又问,"你有什么依据,快说给我听听,咱俩一起判断判断。"

他端起酒盅,抿了一口,感慨地说:

"要跟老弟说的,正是我心中的种种疑惑。唉,这事憋在我心里,很久了!"

"见了二嫂,当面问一下,不就行了?"

"沈氏去世后,许久未娶,慕青这厢没指望了,才娶下金氏,娶下后就一直带在任上。右卫那边,太伤心了,没十分奈何不回去。这么久了,紧慢见了二嫂,也只是打个招呼问个好,多余的话,一句也不想说。"

“那——”

世懋张嘴要说什么，如桢摆手止住，言道：

“你先别说，有个情况我先说了，也不知跟王府那一夜有没有关系。”

“嗨，说呀！”

“第二天前晌，在帅府接到总督衙门的军令，说土蛮五万人马，被李成梁总兵重创之后，从辽东窜了过来，要我率部迎击，务必取胜。二话没说，我立即率本部精兵五千，出塞迎敌，刚过了镇川堡，就与土蛮先头部队相遇，拦腰截击，大获全胜，斩首百余。兵部按律荫子推恩，嘉奖令上，将杜家与铁岭的李家并列，一时间九镇喧腾，传为佳话。这样的恩宠，为我有生以来，仅有的一次。我总觉得，这都是广宁王府里，那一夜的艳遇带来的。”

“你是说要归功于王府娘娘？”

“不，我觉得如果真有两个人的话，应当归于前一个。”

“那就是慕青二嫂了？”

“还不能这么说，还得听你推断后才敢确定。”

“后来的虎头坡大战呢？”

“那是一个月以后的事。”

世懋将怀里的女孩放开，端起一盅酒，一仰脖子干了，言道：

“我也要先说一句，再谈推断的事。”

“请讲！”

“好女人带给她喜欢的男人的福气，比神仙都灵！”

五

北京来的棚匠和纸扎匠，端的了得，在晾马台草坡上，做成的封王大典帐篷，远远看去，跟一座真的皇宫，差不了多少。只是到了近前，用做宫墙的帆布，不时会鼓胀一下，垂下的流苏穗子，就是没风，也会轻轻摆动。

半个月来，如桢陪上总督看过，陪上巡抚看过，陪上世懋去了，少说也有五回。

第六回要去了，世懋叫住如桢，说总督王大人，还有巡抚方大人，都托过他，要他跟如桢说句不该说的话。

会是什么事呢？

如桢想来，两位上峰，或许是让世懋叮嘱他，定要严加防范，做到万无一失。

原本就是职责，还用如此相告吗？

世懋说了，还真让如桢一下子转不过弯。

世懋说，加秩致仕的原总兵郭琥，跟王总督说了，也跟方巡抚说了，他在大同和宁武两地，镇守多年，功业显赫，如今遇上封王大典，怎能不亲莅其盛？王总督和方巡抚，觉得不是没有道理，只是觉得，这事跟现任总兵杜如桢，没法交代。让世懋说说，看有什么两全的法子。

“郭老帅有此心，跟我说就得了，用得着绕这么大的弯子吗？”

感情上接受不了，想想，还是痛快地应承了。

商议的结果，是他以领兵将军的身份，负责封王大典的安全保卫，郭琥以老总兵，同时也是朝廷命官的身份，参与封王大典，在地方大员里，排名第三，在王总督与方巡抚之后。

去了七八次，一切都安排好了。然而，谁也料不到的是，百密一疏，到了封王大典的前一天，要预演了，还是出了个不大不小的纰漏。

说不大，只是个站立朝向的问题，说不小，关系着朝廷的威仪，焉能说小。

吕公公说不会来太监了，结果还是来了个，叫宣诏太监。

大典前两天来的，第二天预演，第三天就是正式的仪式。

预演时，俺答没有来，来的是他的长子黄台吉，也叫辛爱，一来就气势汹汹地说，你们要咋着他不管，只是不能逆了他父王的意志。真要惹下了，他马上走，绝不会将就汉人。

如桢说，这事，要照从朝廷的旨意，岂可任性，说着狠狠地瞪了一眼，黄台吉脖颈一拧，满脸的不高兴。

预演开始了。

麻烦事出在宣诏太监这儿。此人姓吉，说他做这差事的次数多了，不管到了哪儿，都是南面宣旨，接旨的不管是谁，都该是北面而跪。俺答其人，封的是大明的藩王，理当北面拜跪接旨。问题接着就来了，是残元北窜，北面跪拜，岂不是有了向元旧主跪拜辞别的意思？

这话是方逢时说的，按他的意思，京城在东边，宣旨太监东来，应西向立，顺义王接旨，应东向跪才是。

想想，也不能说没有道理。

两下里相持，谁对谁不对，还真不好遽下论断。

避开众人，世懋问如桢，该如何处置。如桢说，还是应当按国内大臣接旨的朝向办理。

再谈起来，世懋的口气就硬了许多。

说他来的时候，也请教过礼部的朋友，说是藩邦国君，对内为皇，对大明则为臣子，接受皇上的诏书，不管在哪儿，都是北面跪拜。大明的首都是北京，北向跪拜，是拜大明的皇上，至于元在哪儿，不必管他。

方逢时仍然坚持他的主张。

世懋说，此事就这样定了，有什么责任他来承担就是。

如桢看过蒙古人送来的名单，有巴图鲁，知道是慕青的哥哥王效青，奇怪的是，竟然没有俺答新娶的夫人三娘子。

他是很想会会这位草原美人。

见不上就算了，这样大的庆典，千万小心，别出什么差错。

大典的正日子是五月初五。

卯时三刻，蒙古那边的人员，还有仪仗队，全都到了。有谍报称，对面的山后，埋伏着几支人马。

如桢一听，笑了，他们这边，得胜堡里，埋伏的人马更多。

看来两家都提防着。

一切都还顺当。

如桢全身戎装，头戴头盔，身披铠甲，手按长剑，先在布帐外面巡查。过了一会儿，看看没什么，又踅到布帐里头。

里面宽敞，也还亮堂。大典已经开始，俺答和他的一班子侄，全站在南边，听总督王崇古在讲什么。

来到一位蒙古将军背后，拍拍肩膀，那人扭过头，相互一笑，是慕青的哥哥效青。再往前走，觉得俺答身边，一个卫士模样的年轻人，神态不太自然。装作无事人似的，往前靠靠，噫，这年轻人的腰身，何以如此的单薄。

又靠近一些，看出名堂来了。

这年轻人，光看一身装扮，显然是个卫士。可是他的身架，跟另一旁的那个卫士相比，不像个武士，倒像个书童。不能停留，走过去了，又踅了回来。这次不瞅别的地方，专瞅脖颈，一瞅，差点让他惊叫起来。当然，绝不会惊叫的，只是心里暗暗吃惊，哈，原来是这样的一个人！

从侧后看，正好能瞅见耳朵根子上，白净细腻，还有几绺细细的青丝，似显不显地蓬在那儿。

又靠近一些，瞅瞅，微微噘起的嘴唇，厚厚的，光光的，没有一点年轻男子毛茸茸的样子。

王崇古讲罢，该着方逢时讲了。

那位年轻卫士，像是要便溺了，退了出来。

待对方出了布帐大门，如桢悄悄跟了过去。

年轻人到了外面，犹豫了。

大典会场外面，原先考虑过设置便溺的席棚，有男的，也有女的。汉人这边没有女眷，要考虑的是蒙古人那边，特意问过，说不来女眷，最后就免了，只设一个大的席棚。另在大席棚的一端，隔出一个小的席棚，算是俺答本人专用的便溺之所。

看来那年轻人，知道有这么个小席棚，朝那边走过去，都到了跟前，以为会进去的，迟疑了一下，继续朝前走去。

不远处有个低矮的山包，绕到山包后头，不见了。

哈，要避开人啊！

过了很长时间，年轻人从山包那边绕了过来。怕人家看出什么，如桢忙退回大帐。

看到年轻人又站在俺答身边，如桢装作巡查的样子，出了大帐。

来到山包后头，低头细细察看，哈，看见了，那边有串脚印，停住了，是两个呈八字撇开的脚印。在这八字朝外的地上，有个湿湿的印痕，冲开地面上的沙土，渗到了土里。这样的印痕，十三岁那年，陪二嫂去马营河堡回来的路上，受鞑兵追赶，在二窑头的碾坊里，曾经见过。

没问题，那个年轻人，一定是三娘子！

忽然看见，地上有个明晃晃的东西，捡起一看，是个银簪子。

看来这个三娘子，受不了头上铁盔的挤压，来这儿，除了便溺，还摘去头盔，甩了甩盘在头上的青丝。不经意间，别在头上的簪子，给甩掉了一支。

再次回到大帐时，宣旨太监，正尖着嗓子，在念皇上诏曰什么的。

机会不敢失了，如桢来到俺答身后，那年轻人以为他要跟俺答说话，正要叫俺答，他摆摆手，又招一招，年轻卫士知道是叫自己，眉毛一耸，像是警觉到什么，还是轻手轻脚地过来了。

“叫我吗？”

“嗯。”

“啥事？”

世懋笑笑，从身后抽出手，递过那支银簪子。

年轻人眼睛一瞪，摇摇头。

如侦知道，此时不可造次，笑模笑样地抬起手，缩回胳臂，仅露出手指，窝回食指，半屈着伸出中指、无名指和小指，同时压低了嗓音，说了句：

“三？”

既然已被窥破，那年轻人反倒坦然了，微微一笑，皓齿闪亮，也伸出三个手指，回了一句：

“你也是这个啊！”

蒙古那边，都知道他行三，叫他三太师。

没说的，就是三娘子。如桢倾倾身子，抽出右手，两手抱拳，拱拱手，指间露出银簪的头儿。

“后会有期！”

“幸会幸会！”

三娘子点点头，也拱拱手。

趁两人手指屈回的关节，似挨不挨的空儿，如桢这边，银簪的头儿，突出的多了些，三娘子靠外两指，倏地一开一合，那银簪便攥在了手心。脸上当即漾开羞涩的一笑。

如桢这边，分明感觉到了手指关节的磕碰，从对方那羞涩的一笑，也感到了一种情义的传递，由不得就来了一句：

“多保重！”

那女人，似乎要扭身走开了，又补了句：

“难事跟我说！”

这才移步走开。

如桢随即退后几步，隐身在一班文臣武将中。

能无意间结识三娘子，将来封王大典的碑上，不记他杜如桢的名字，也值当了。

第十四章　黄河浪

一

封王大典后一个月，是爷爷亡故一周年。

如桢告了假，回到右卫城里，立碑，祭典，设宴待客，很是忙活了几天。慕青照过几面，只是打了招呼，半句话也没说。

事毕，还有两天，硬着头皮，去东院看望慕青，慕青说后天是杀胡口的马市，她想去看看。

“能陪我去吗？”

就这么一句话，早先的怨怼，全都消解了。亲热的感觉，又回到了当初。

“你呀！”

“我怎么了？”

慕青盯住问。如桢靠前，凑近了悄声说：

“真浪！”

慕青不恼，伸长手臂，跷起食指，在如桢的额头上，狠狠地戳了一下。如桢不躲，涎着脸问：

“怎么去?”

“骑上你去!”

他们是骑马去的。相跟的是张胜,还有兰花,也都骑的马。

出了右卫城,顺着苍头河一直往北,河的东侧,全是平坦坦的官道,再往前,又是一大片缓缓起伏的草原。两人索性抖动缰绳,狂奔起来,不一会儿,跑了老远老远。跑着跑着,又站住了。慕青下了马,如桢伸手一拽,上了一匹马。又是一阵子狂奔,这才转了回来。快到跟前了,慕青才下了将爷的马,上了自己的马。

这情景,把张胜和兰花两个人,都看呆了,觉得如桢跟慕青,今天真是疯了,一点也不在乎他们两个看得清清楚楚。

巳初时分,来到马市。

汉人跟蒙人,互市由来已久,开开停停,甚至明停暗开,也是有的。这杀胡口,可说是老马市,各项设置,甚是周全,当初建立,颇费了一番脑筋。

原先,边墙内侧,只有一个杀胡口堡,踞于苍头河上,有陆关也有水关,与两侧的边墙衔接,将这个口子封了个严实。蒙古兵进犯,多是溃墙而入。正德年间通市,便在杀胡口东边约二里处,建了个马市堡。想到蒙古人远道而来,要有歇息之所,又在边墙外面,建了个候市堡。此两堡,与本堡,恰成犄角之势,一旦有变故,可互相支援。

如桢正跟慕青主仆俩说着,一转身,张胜不见了。

再回头,张胜引了杀胡口堡的林守备官,骑着马来了。林守备官是右卫人,跟如桢和慕青都认识,还离得老远,就双手一拱,朗声喊道：

“杜叔来了,噢,还有王婶,有失远迎!”

行的是军礼,称呼像是家人。

如桢说,时辰不早,不去堡里歇息了,若林守备不忙,权且陪他们去马市走一遭。林守备笑道,像他这样的边关守将,除了上边墙巡查,哪有个忙字可言。说罢,将马匹交军士饮水喂料,便领了如桢和慕青,朝里头走去。

杀胡口堡到马市堡,是条土路,说是二里,实际也就一里多些。路边的荆棘与野草,甚是茂密,张胜指着一种草对兰花说,这种草叫狼怕草,叶边上有倒钩,扎在手上,一会儿就肿了。兰花刚要伸手摸摸,张胜一把捏住,兰花尖叫：

“死胜子，疼死人啦！”

如桢和林守备，两人边走边谈。林守备说，刚开市，这条路的两边，都有军士把守，如临大敌，视蒙古人如虎狼。蒙古人那边，也在关外屯了重兵，一旦有事，就会冲了进来。实际上，两边都想互市，又都怕出事。

进入马市堡，像个乡间集市。有公家验马的棚子，也有私家交易的场子，民间的杂货摊子，经营的多是日用杂货，生熟食品。有两处摊子，像是西域商人摆的，有些锡壶、铜镜之类的货物。

说话间，已是正午时分，没风，天气还好。一行人上了南门城楼坐定。这儿也称观市厅，各地马市，都有这个设置。为的是方便军事长官监督整个市场上的交易。

从这儿看去，整个马市，尽收眼底。

马市不大，堡墙也不能叫高。大概原先，杀胡口东边，有一片空地，通市之后，圈起来便成了马市。怕蒙古人借了通市之便，携带兵器混进关内抢掠，这马市的中间，还有一道隔墙，中间有栅门相通，一次只能过一人一马。现在门洞还在，栅栏已撤，也无人把守，有蒙古人过这边的，也有汉人过那边的。比较而言，还是南边这个区域热闹些。

观市厅里设备相当简陋，只是当间一张白木桌子，周边几把说旧不旧、说新不新的凳子，也是白木的。如桢和慕青并肩坐下，随意交谈，不知方才在马上做了什么事，慕青老大不自在，不时抻抻衣襟，像是怕什么露了出来。张胜眼尖，看见了什么，对兰花使个眼色，兰花顺着他的指引看去，瞪了一眼张胜，急忙过去，附在慕青耳边说了句什么。主仆两人立马起身，下了观市厅，像是方便去了。

张胜乘机伸长脖子，对如桢说：

“将爷，方才在关外草地上，我看见你跟婶子骑在一匹马上，她在前，你在后。你怎么身子还一耸一耸的，那是做什么呀？”

“胡扯。我怕她掉下去，抱得紧紧的。”

“将爷可是说过一句，马上能做啥，我看是啥也能做吧！”

“我啥时候说的！”

如桢警觉起来，张胜不恼，淡淡地说：

“好像是在东院的葡萄架下说的，将爷忘了吧！”

“哈，你小子还敢说你只听见一句皇上圣明吗？”

两人都笑了。慕青跟兰花上来了,慕青见两人这么高兴,问笑什么,如桢说:“你问这个贫嘴!”

他真想让张胜把方才的话说了,不料张胜这小子,太乖巧了,说:

“我老远听见,将爷跟婶婶骑在一个马上,将爷在后面说,皇上圣明,是吧?”

“你个灰鬼,啥都能瞅见!”

慕青说着,在张胜的后脑勺上,重重地扇了一巴掌。

四人重新坐好,再看去,慕青身上,果然整洁了许多。

也是没话找话,慕青问起不久前的封王大典上,如桢是现场的总管,可见到俺答的新夫人三娘子。如桢说,怎么说呢,可以说见了,也可以说没见。这一来,慕青更想听了。张胜和兰花跟在后头,也撺掇如桢快说。

如桢只好说了起来。前面粗略些,说到判断三娘子上,细了些。

五月初五,在晾马台举行封王大典。北京城里来的棚匠,就是厉害。好几间屋子大的棚房,远远看去,宫殿似的。只是挑起的檐角,轻微地闪着,好像根基不太稳当。

两千军士,从得胜堡西门,一直排到帐房门外。北边空着,两排蒙古军士,看不出有多少人,稀稀疏疏地,一直排到远处的山冈后面。

三娘子没来,汉人这边,好多人都想一睹三娘子的芳容,听了不免有些丧气。

如桢说,他也一样。外面有些琐事,耽搁了一阵子,待进到棚房,京城来的大员,正在宣读皇上的诏书。他的眼睛,不在老俺答身上,而在四周的人身上,怕的是,哪个军士冲过来行刺,那可就前功尽弃,说不定还要脑袋搬家。

老俺答一身鲜亮的蒙古袍服,很是堂皇,看去不像六十多岁的人。看着看着,他的目光落在俺答身子侧后,一个年轻的侍卫身上。这个侍卫,个子不算高,身材却格外地好。黄色的腰带,裹在墨绿的袍子上,比棚房里的柱子粗不了多少。脸儿干干净净,粉白粉白。一手紧握腰刀的刀柄,一手插进腰带里侧,故意憋着气,做出一种威武刚健的样子。奇怪的是,他越是做出威武刚健的样子,越是让人觉得可亲可爱。

他要一探究竟。

身着戎装,无人敢挡。

走到俺答侧后,左右扫了扫,退出时,特别留意了一下,那年轻侍者的脖颈。这一瞅,心里有了底儿。

终于等来了机会，那侍者出了棚房，像是要上茅房，一侧有搭起的席棚，是供男子用的。那人犹豫了一下，朝不远的一道土塄走去。等那人出来，他踅了过去，说到这里，很想说，他是根据尿冲下的痕迹，判断出是个女的，而这个经验，是早年在二窑头的碾坊里获得的，想了想，话到嘴边又咽了回去。

“往地上一瞅，就晓得是男是女了。”

“你们男人呀，连这个心也操！”

慕青是这么说的，可是看脸上的神色，仍有不小的兴致。

他站在棚房外，等那年轻侍卫过来，贴近身子问了句：“你可是三？”那侍卫并不惊慌，瞥了他一眼，凑得更近些：

“你也是三？”

“有幸相识！”

“后会有期！”

说完这些，如桢不无得意地卖了个关子，侧过脸问慕青：

“你说说，这个女人，是不是三娘子？”

这不是慕青关心的，她关心的是别的。

“哦，连脚指头都没有挨上呀！”

说话间，林守备让人送来一篮果子，像是刚从市场上买的，有几个还带着叶儿，皮儿白白的，泛着鲜艳的红色。送上的人说不酸，他尝了一个，酸得又龇牙又咧嘴，顷刻间牙就倒了，咝溜咝溜只管吸气。

“这叫不酸？”

他乜斜了一眼，料不到的是，那兵士已想好了应对的词儿。

“将军肯定有虫牙，酸汁儿钻进虫洞洞里去了。”

“嘿，你倒机灵！”

由不得一笑，这一笑，牙不疼了，又拈起一个塞进嘴里。

又咝溜开了。

正咝溜着，只见正前方的马市内，一个凉粉摊子的白木矮桌前，两个蒙古客人落了座，一个汉人小掌柜，过来一边抹桌子，一边跟客人搭话。掌柜的走了，那个戴凉帽的蒙古人，侧过脸，跟他的伙伴说着什么。就在这一瞬间，如桢脑子里闪过一个念头：这人怎么这么面熟?

哪儿见过呢? 再使劲想,脑子像锈住了,怎么都想不起来。

“胜子你过来!”

正在门外,兴致勃勃观看的张胜,听声儿跑进来,躬身听候吩咐。

他还在看着,琢磨着,张胜过来,并未理睬,还想再回忆回忆,看能不能想起来在哪儿见过这个蒙古人。

还是个想不起。

“胜子,你看,那儿——”

马市上,靠北墙那边,一张白木单桌前,一并排坐着两个人,都是蒙古装束,一个正跟另一个说着什么。一个起身,在旁边的摊子上,端了碗什么吃食,搁在另一个面前。

“那个瘦些的,我认出了。边上那个戴凉帽的,络腮胡子,拿起筷子要吃东西的人,我怎么看着怪面熟的,像是在哪儿见过。”

是这么说了,还不死心,仍在想着。揉揉眼窝,眯起眼看着。像是想起来了,再一想,又飘去了。不怪别的,只怪今天的日头太毒了,白花花的,像水漫过来似的,把马淹了,把人淹了,把整个市场全淹了,看哪儿都像是闪着粼粼的波光。

张胜又回到门口,一手扶住门框,一手半握,搭在眉骨上,一面瞅着,一面嘟囔着。

“是的,是面熟,哪儿见过呢?”

他已经放弃了,就看张胜这厮的了。

“将爷,”张胜扭过身来,一脚跨进门里,“会不会是虎头坡大战时,站在坡顶上,喊话骂我们的那个鞑子将官? 跟前些年,我们去漠北救孙胡子那次,追上来的那个鞑子将官也有些像,这两个会不会是一个人呢?”

“着! 着!”

他腾地站起,跨前一步,站在门槛上望去。

“我会过那个人,脸上凶巴巴的,见上一面,脑子里就能刻下个道道。”

张胜还要说下去,他摆摆手制止住,欣喜地说:

“没错,就是他!”

又以手支颐,一边寻思一边说道:

“怎么会是他呢?”

这样说着，脑子里就闪过一幕图景，卧龙山的山洞里，他跟慕青的哥哥，一宿叙谈，难分难舍，黎明时分，山口传来野狼似的吼声："巴图鲁好兄弟，你在哪儿？快答应哥哥一声，啊，快答应一声呀！"

"叫个什么呢，叫个什么呢？"

由不得喃喃自语。

"默什么哈，听你跟孙胡子说起过。"

张胜试探着说。

"对，默扎哈！"

说着退回桌子后头，顺手拈起一个红果咬了一口，"啊，呸，呸呸！"忘了刚才已尝过，酸得倒了牙。转身问林守备：

"这个人你记得来过吗？"

"来过，像是个小头目，看着凶，说起话来也还和气。杜叔想见，我去叫他上来。"

"你能叫他上来？他可不是什么小头目。"

"不管他是大头目还是小头目，我去叫，准会上来。再大的头目，杜叔叫他，能不上来？"

"别急，叫我想想。"

他在思谋，他这个大同总兵，在右卫马市堡，会见默扎哈这样高级别的蒙古将领，会不会被安上通虏的罪名。

前些年，战事频仍，败多胜少，将军们最易招致的罪名是"怯虏"，如今封贡通市，平平静静，守边的将军，最易招致的罪名变为"通虏"。驻大同的监军太监，同时也是东厂的提调官，动不动就用"通虏"的帽子吓唬人。他上任才两个月，总兵衙门里，就有一名参军，以通虏的罪名，押解京师问罪。

还是慎重些好。

刚打消了会见的念头，张胜眼尖，胳臂伸直指着场子里嚷叫起来：

"又来了个鞑子。快看，两个正争究什么呢！"

这回不用到门口，仰仰脖子就看见了。只一眼便认出，这个新来的鞑子，不是别人，乃慕青二嫂的兄长，流落到番邦的王效青，如今叫巴图鲁。既然巴图鲁来了，于情于理，都该会一会。会巴图鲁，顺便会了默扎哈，就是东厂的人探听到了报上去，追究下来也有话应对。

慕青像是喜欢吃酸酸的红果，刚吐了籽儿，又拈起一个放在嘴边。

“嫂子，今天还有让你惊喜的！”

“比在马上，还要让我惊喜？”

慕青调皮地一笑，如桢也笑了。

“你等着，一会儿就知道是什么事了。”

说着起身，一面对林守备说：

“我们下去，会一会这两个鞑子将官！”

瞥见林守备腰里挂着佩刀，摆摆手说：

“摘了，摘了！”

林守备一笑，摘下交给身后的随员，张胜见了，赶紧掩掩衣襟。如桢知道，张胜腰间，什么时候，都别着一把短剑。看不见就行，如桢也就没说什么。

日头偏了，市场上的人稀疏了许多。

一行三人，照直来到凉粉摊前，默扎哈面前的一碗已见底，正嘬着牙花子，咂摸着嘴里的余味。巴图鲁来得迟，低着头只顾呼噜呼噜往嘴里拨拉。

如桢跨前一步，双手抱拳一拱，高声言道：

“二位将军好，杜某这厢有礼了！”

怕二位鞑子将官没听明白，林守备接上补了一句：

“这位是我们的大帅，杜大人！”

“啊！”

默扎哈猛地站起，袖子一拂，将那只空了的凉粉碗带到地上。

“噫！”

同是惊异，巴图鲁只是抬起头，疑惑地看了一眼，及至认出确是如桢，这才换了惊喜的面色。

凉粉碗掉下，不偏不斜，恰好砸在一块垫脚的石板上，哐啷一声，又脆又亮。这声音，乍听好似两把钢刀在空里相撞，就差迸出火花。

真也怪了，声音刚落，凉粉摊四周，像是从地下冒出来似的，齐刷刷站起来七八个汉子，全是蒙古人装束，全是手持蒙古腰刀，明晃晃地举在手里，围住了如桢等三人。

这边，反应最快的是张胜，衣襟一撩，抽出一柄牛耳尖刀，过去一把攥住默扎哈的手腕，刀尖直逼默扎哈的胸脯。

如桢先是一愣，继之爽朗地笑了，说道：

"行了行了，没事了，都够快的！"

见张胜还犹豫不定，大声申斥：

"胜子松手，看吓着默扎哈将军！"

默扎哈也回过神来，抬起另一只手，朝两边摆摆手，调侃说：

"摔碎一只碗，差点引发一场战争！"

巴图鲁笑了，冲着两边的卫士说：

"都下去歇着吧，杜太师只是来看望老朋友，不会有事的。"

如桢想让张胜叫慕青下来，又一想，这会儿就认了，怕对效青不利，不如叫了默扎哈，陪效青一起去观市厅见慕青为好。于是，他过去扯扯林守备的衣袖，说了这个意思，叫林守备派人，弄些凉粉，上观市厅一起吃。有酒的话，弄上两瓶来，蒙古人没有不喜欢喝两盅的。

说罢，邀请默扎哈和巴图鲁去观市厅。那几个保镖要跟了去，默扎哈摆摆手止住了。

且走且说话。

如桢很随意地问，何以封王大典上，没见到默扎哈王爷，默扎哈笑了，说他带着五千精兵，埋伏在晾马台后边的山里，汉人胆敢劫持了他们的老王爷，他挥师冲杀过来，杀你们个片甲不留。

这种场合，不能争辩什么，如桢只是说，都一样，都一样。

林守备真是个快手，待他们几个上了观市厅，白木桌子上，凉粉和酒瓶，还有果子，摆了个满满当当。慕青正不知如何是好，如桢将效青往面前一推。

"看，这是谁！"

连回神的空儿都没有，慕青一下子扑过去，扯着嗓子喊了声：

"哥哥！"

扑在怀里，登时成了泪人。

马市回来没几天，传来消息，隆庆爷晏驾了。

正日子是隆庆六年五月庚戌，二十五日，崩于乾清宫。

二

什么地方来着？

马营河堡，对，就是马营河堡。

什么事来着？

戏台子，对，戏台子建起来了，叫去看看。

本来这种事，派个参将去也就行了，可是，一听说是马营河堡的戏台子建起来了，盼帅府来人查验，他还是自个儿去了。

当然，是带了一干人去的。

热闹事，就得热闹些。

一早动身，巳末时分便到了。

还真应了杨大人的指点，建在堡子南门外，紧贴东边的堡墙。

跟十三岁上去的那次一样，老远就看见了矗立的堡墙，再往前走，南门东侧，一座崭新的戏楼，稳稳实实地杵在那儿，青砖灰瓦，横梁立柱，十分的醒目。上得戏楼，细细观看，四角吊线，灰缝密实，都没什么可弹嫌的。两旁的立柱，也都是上好的木料，刚勾了灰，还未裹麻。守将说，这两边的对联，还要请总兵大人赐题。他说，词句可以斟酌，书写还是请地方上擅长此道的文士挥毫为佳。说着看着，琢磨着，赶吃饭时已拟好了，是这样两句：

万里关山方丈地

百年岁月顷刻间

横批是——

升平雅奏

谁能想到，看罢返回的路上，他竟从马背上一头栽了下来，险些要了性命。

若要怪，该怪后晌饭时，多喝了两盅。怕迟了摸黑，后晌饭提早到未时初刻。大帅来了，守备官格外精心，备了烤羊排，做了莜面鱼鱼，酒是派人到对面蒙古人帐篷里买的，清洌醇正，入口绵，不上头，后劲可不小。饭后，守备官送到南门外，一点事也没有，走了一里多，风一吹，就觉得不对劲了。

没什么吧，挺挺就过去了。

还有一个原因，谁也不能说，要说，只能怪张胜那张嘴。

帅府里的人，都知道他去哪儿，都离不开张胜这个活宝。场面上该怎么就怎么，私下里，尤其是旷野上打马行走，总是只有张胜前后招呼着。当然不是走着，是也骑在马上。

都知道，张胜最大的本事，就是会说灰笑话，逗大帅高兴。

灰笑话，别处说是荤笑话，雁北一带说是灰笑话，他觉得，还是灰笑话，更切实际些，确实只是个灰，谈不上荤。

这天也是这样。隔一会儿，就是一个，逗得他在马上前仰后合。张胜连连说，当心啊，别栽下来了。他说，光脊背的马都骑得了，平道上又有鞍子，哪就能栽了下来。说罢，想起了心事，任马儿嘚嘚地走着。

张胜赶了上来，两人并辔而行。

“将爷，跟了你差不多二十年，有个发现，不知该说不该说。”

“你能有什么狗屁发现，说吧，我听着呢！”

“我这个发现就是，底下不行的男人，嘴皮子都好。”

“这倒新鲜，你怎么知道的？”

“我是从自己身上悟出来的。”

“噢，此话怎讲？”

“人身上的毒气，总要有个地方发出来，底下发不出来的，就从嘴上发出来。”

如桢不作声。这种卖嘴皮子的话，不可细究。

“将爷，你这人底下肯定行。”

“噫？”

“你不多说话嘛!”

至此才知道,七绕八拐,又叫这狗东西给套住了。

“嗬嗬嗬!”如桢由不得笑了,“你呀,真是个灰鬼!”

“我们再灰,也灰不成样子,将爷一灰,战场上就立下军功,朝廷的敕令就颁下来了。”

“哈哈哈,你别说,还真是这么回事!”接下来,又淡淡地问了一句,“这是到了哪儿?”

“将爷!”张胜勒了下缰绳,扬起马鞭,朝左前方点了一下,“那不是二窑头村吗?听说,将爷少年时,在这地方受过一难,我爹就是在这儿叫鞑子砍死的。”

“是啊,是啊!”

再往前走,看清了,当年的那个碾坊,不能说那个碾坊,应当说那个碾坊所在的地方,已是参差的房舍,整齐的院墙,非复当年破败的模样。

略一寻思,那是嘉靖二十四年,自己十三岁上的事。眨眼间几十年过去,已是五十多岁的半大老汉。

想想,真是人生无常,又命里注定。

当年去马营河堡的路上,轿车里,曾经那么好奇地瞅着她粉白的脖颈,深深的乳沟,还有似露未露,馒头似的奶子。除了看,还有闻,看是悄悄地看,闻却是使劲儿地闻,耸起鼻梁往肚子里吸,温热的肌肤之香,那样浓郁,又那样撩人。

慕青,慕青,是你慕青,让我杜某,从少年慕到如今!

想得入神,正想大喊一声,却眼前一黑,什么都不知道了。

待醒来,摸摸身边,大惊,怎么会在自家炕上?

“啊!”

抬眼看去,是金氏,惊叫个什么?怎么脸上有泪?

“我怎么了?”

他问,觉得自己的声音,怪怪的。明明使足了力气,却弱弱的,像是从远处传来。

“老爷!”金氏攥住他的手,抽泣着说,“吓死人了,你从马上摔下来,不吃不喝,三天昏迷不醒,今天是头一次睁开眼。”

“哦?”

他疑惑地眨眨眼。

“实实在在，就你自个儿不知晓。”

金氏放下他的手，在他脸颊上摸摸。

挪了下身子，这才觉得脊背底下撕裂般的疼，跟刀子捅了似的。

莫不是脊梁骨叫摔断了？心里暗想，真要这样，往后怎么骑马上战场？

见他龇牙咧嘴难受的样子，金氏似乎猜到什么，安慰说：

“前天后晌一到家里，就请西街的老大夫来看过，思训回来，又请来推拿大夫，将你翻过来趴下，摩挲来摩挲去，说脊梁骨没断。疼是挫伤，静卧百天就会过去的。”

“百天？太多了。”

“没听人说，伤筋动骨一百天嘛。”

“思训回来了？”

“昨天从宣府赶回来的，问他要不要叫思诏，他说今天要是醒来了，就不用叫，辽东太远了。”

他听着，动动脑袋，表示赞赏。

“真的这是第三天？”

“谁敢哄你呀！昨天前晌，来看望的人，没把门槛踢断。”

“谁来过？”

“总督衙门的，巡抚衙门的，帅府的，大同府的，一拨走了一拨来，思训他们在外面招呼，我在厢房没出来。全是胜叔和学青叔，出来进去跟我说的。”

金氏这一点最好，知道自己年轻，凡是跟着他的老人手，都当作丈夫的弟弟看待，跟着孩子叫叔。

“右卫没人来过？”

“老太太这一向身子不舒泰，没敢告诉。”

“谁都没来过？”

他几乎要绝望了，金氏猛地一拍额头，嗔怪地说：

“看我这记性，怎么就忘了？昨天擦黑时分，二婶坐轿车过来，我迎出去，一见面就问叔叔怎么了，叔叔怎么了。”

对慕青，金氏也一样，跟着孩子叫二婶。

“进来呢？”

他要知道的是,慕青进到屋里的表现。

“进来坐在炕沿上,就跟我现在这个姿势一样,一坐下就握住你的手,连声叫三叔三叔,你醒醒呀,说着说着眼泪就淌下来了。留她吃饭也不吃,说吃不下,临走再三叮嘱我,三叔一醒来,就托人告诉她。”

“你告了吗?”

“怎么会不告呢?”

听了这些,他心里舒坦了。

金氏问他饿不饿,是有些饿,点点头,金氏出去了。院子里,像是遇见张胜,问家里过来吗,张胜说是从茶馆来的,金氏说爷醒了,去看看吧,别那么阴沉着脸,爷又没事还不高高兴兴的。张胜说,在茶馆里喝茶,听邻座两个人议论,差点把他气死。有个人竟说,杜大人这次从马上掉下来,犯的是气迷心窍,生生是让李景德给气的,这个李四两呀,走到哪儿祸害到哪儿,再没糟践的人,糟践起将爷来了。张胜还要说下去,像是金氏做了个什么动作挡住了,才改口说,他看看将爷。脚步就朝这边响起了。

是不是让李景德气的?

他问自己,又自己答道,人心是秤,自己只是隐隐感觉的东西,外人早已洞若观火,看了个透彻。

张胜进来了,笑眉笑眼地说,他今天又学会了一样本事,是在大同南街口上,跟一个练武摊子上学的,名堂叫打马进京,要不要“雪雪”。

他笑了,知道张胜是学杨博的蒲州话。

“那你就雪雪吧!”

张胜在炕前,先做了个立定的动作,接下来是牵马,上马,两腿夹马,胳膊扬起,像是在挥舞着鞭子。另一胳膊朝前伸着,像是在紧勒着缰绳,一抻一抻的,像是在旷野上奔驰。

“打马进京了!”

嘚嘚嘚,接连兜了两个圈子。

“跑啊跑啊跑啊跑啊! 跑了一天!”

“嗬嗬嗬嗬!”

如桢在炕上笑个不住。

“将爷,你想想,我们怎么才追上的默扎哈那银甲铁骑?是穿过方抚台当口北道台时,勘察的一条路,就是从龙门盘道进去,直至靖胡堡东边的山梁出来,总共一百多里的样子。插过去是个大圪梁,又追了一程子,就赶上了默扎哈的银甲铁骑。”

“嘀嘀嘀嘀!”

如桢仍是笑个不住。

“将爷!这时候,心说追上了,就是一场混战,没想到,默扎哈倒挺会用兵的,把他的骑兵,全都撤到一个山坡上,厚厚的一大排,少说也有四五层。我们到了坡下,默扎哈站在马上,朝下面喊,上呀,上呀!还说只要咱们冲上那个虎头坡,他就自动退兵。那银甲骑兵,真是威风啊,日头照过来,一片银光,闪烁不定,看得人眼都花了。”

如桢点点头,确实是这样的。

“打到半前晌,还是不见分晓。银甲骑兵的厉害,墙子岭大战中,我们领教过。好些士兵都怯火了。有的甚至故意往后退,怕进攻时自己打了头。这时,将爷呀,你抽出战刀,大声喊:我们在荷叶坪练的不就是冲坡吗,怕个蛋,跟着我,往上冲!喊罢你自个儿先就冲上去了,当然,没到跟前,你就闪到一边,是学青将军先冲上去的。后面的人,哪敢落了后,也就一排一排地,朝上冲过去。这才把默扎哈的队伍,冲了个七零八落,死伤无数。过后再看,冲上来的,是一道几乎陡直的山坡。”

“嘀嘀嘀嘀!净胡煽哩!”

“将爷,全是真的!”

“后来呢?”

张胜仍是双手半握,两腿飞快地交替着,在脚地转着圈子,一边转,一边高声说着。

“将爷,我们当下生火造饭。这当儿,方抚台带着一队骑兵赶来了,说他和王军门得到消息,说是赵全带着手下万余人,从板升那边过来,原本是要偷袭皇陵,震撼京师,今晚的大营,就扎在离此百余里一个大淖边上,大淖叫安固里淖,地方叫公会。问你,能不能乘胜前往,来个偷袭,挫其锋头,这样一来,宣大安全有了保障,皇陵也不会受丝毫侵扰。你一听,二话不说,当即上马,带着弟兄们又上了路。”

“嘀嘀嘀嘀!你就编吧!”

“将爷,全是真的。到了公会这个地方,已是半夜时分,赵全的营帐,只有几点灯火,可说是毫无察觉。我们的骑兵,呐喊着,呼啸着,掩杀过去,赵全那边,全无招架之力。

赵全这小子,还算精明,带着一小队人马,朝草原深处跑去了。就在这时,将爷你呀,一时大意,让一个鞑子骑兵,从背后给了一刀,多亏咱们的甲胄也还结实,只听砰的一声,把那骑兵的刀给弹了起来。旁边的人过来,才将那个鞑子给捅死了。再看你呀,在马上摇摇晃晃,像是受了内伤。我看你呀,在马营河堡看戏台,栽下马来,说不定就是让早先那一刀给震的,静下心来,好好养上一段,保你啥事也没!”

不知跑了多少圈,张胜也累了,说是出去歇歇,他看清了,这小子一转过身,就扯起袖子抹眼泪。

唉,自己这个样子,胜子是心疼啊!

过了一会儿,原以为张胜要进来了,他伸手抹抹自己的脸面,别太僵了,活泛点,让胜子见了喜欢些。噫,谁来了,都快到北房门口了,又嗒嗒嗒,一路小跑迎了过去。随即传来两人相互问好的声音——

“啊,占元先生!”

“胜子,你家将爷怎么了?”

“没事了,已经醒了。”

孙胡子!

他挣扎着要坐起来,刚抬起半截身子,手还在身后撑着,孙胡子已进了屋里。三脚两步奔到炕前,将他摁住,没办法,手抽回来,身子又躺下。

张胜跟了进来。

过了片刻,金氏也过来了,吩咐丫鬟上茶。说了几句闲话,胡子站起来,在脚地转了两圈,站稳身子,瞅瞅金氏,又瞅瞅张胜,挠挠头皮,拍拍额头,像是要下什么决心又下不了,末后抬起右脚后跟,轻轻一跺,后退一步,身子对着金氏和张胜两人,压低嗓音,正色言道:

“小嫂子,胜子,你俩能不能出去一下?我有话要跟大帅说说。”

金氏笑笑,退下。张胜扭扭脖颈,满脸的不高兴,也走了。上茶的丫鬟,先已跟着金氏退下。

一看屋里没了人,孙胡子一步跨到炕前,双手撑住木炕沿,身子前探,俯了过来,脸正对着他的脸,一脸正经地说道:

“子坚兄,我刚从漠北回来,跟周瞪眼有个小事,没有告诉过你。什么事呢?有位朋友说，周现将军老了，想要个上好的水獭皮帽子，托人在辽东买没买下，听说漠北的皮货好，看我能不能帮上这个忙。这算个什么事呢，我一口应承下来。此番去漠北，买下带来给他送去，在他那儿得知，你去马营河堡回来的路上，摔下马来昏迷不醒。”

“唔，唔。”

他漫应着，等胡子说后面的话。

“说你这病，是气迷心窍，是叫李景德告状吓的，也是气的。”

他不再吭声，听胡子说下去。

“周瞪眼的话，不能全信，可也不能说没有影儿。”

仍不吭声。

“照周瞪眼的说法，叫罪行桩桩在册。一桩一桩，李景德全都坐实了。说总共算下来，这些年你在总兵府，贪污了多少万两的军饷。”

他盯着胡子，等着。

胡子似乎犹豫了一下，说到这儿，刹不住了，只有往下说。

“嗨，我说了你可别生气。”

他摇摇头，又点点头，示意胡子说下去。

“子坚兄，”胡子正色言道，“咱们是老朋友了，是多少你说，我们先还了，别叫人家坐实了，把你带走。”

啊，是这话。

脸色如常，不作声。

“子坚兄，我这次从漠北带回的皮货，刚脱了手。连上前两次卖了的，三次的银子，全堆在栈房地窖里，那数目你无法想象。这样吧，你说个数目。”

他不吭声。

“你不好意思？那，我就说了。”

他仍是个不吭声。

“我听说了，不就是五十万两银子吗？我给你开张银票，你带上去监军署衙，朝公案上一拍，然后——”

说到这儿，孙占元将他的一蓬胡子，斜斜地一捋，重重地说道：

“然后，大喝一声，好汉做事好汉当，白银五十万两，一分一毫都不少，全在这里！说罢,仰首大笑,扬长而去,看谁能把你怎么样!”

情意深重,情义可感,只是没想到竟如此轻浮,又如此自负,他苦笑一声,言道:

“我看不清,你嘴边长的是胡子吗?”

“是呀,不是胡子是什么?头晕了,眼也花了?”

孙胡子漫不经心地说,还顺手捋了捋颏下的胡子,朝这边靠了靠。

他笑了,以肘支炕,欠起身子,攒了口唾沫,使足气力,噗的一声,啐在孙胡子的脸上,喝道:

“操你姥姥的,我还以为是屄毛呢!”

三

李景德的状,还真的告成了。

不是景德的本事大,是借了个好势头。

万历十年,朝廷整顿边防,其中一项是清查军费的使用, 个叫曾乾平的御史,一口咬定,凡是有家兵的边将,都应彻底清查。按说辽东有李成梁,家兵人数更多,应是彻查的主要对象,不知哪根筋抽了,这位曾御史,一口咬定,大同的杜家,肯定不干净。

后来才知道,他手里早就有了李景德的状子。

为此事,这个曾御史,专程来了一趟。

一来二去,竟定成了铁案。

只是贪污的边费,没有李景德告的那么多,李说五十万两银,落实下来是十万两。

处罚是一撸到底,发往偏远军堡效力。

地点,榆林镇府谷卫的孤山堡。

来了才知道,这孤山堡,离府谷卫城,还有三十里。

他是从右卫家里,先到偏头关,过河,再顺着黄河西岸的官道,一路走下来的。家里有张胜随行,总督衙门派了十个卫士,说是押送,实则是护送,以壮声威。

这一日来到府谷城外,如桢没想到,这儿的黄河水,气势竟是这样的壮阔。

从府谷卫城出来,下一道深深的石板坡,就到了岸边。

咕嗵——咕嗵——

河里的波浪，像一个不平整的木头车轮，走在轧出深辙的石板路上，每一下，都是沉重的一声咕嗵。

如桢看了，觉得可笑。

记得头一次跟王世懋这疯子，在独石堡说起黄河的时候，他还说，他听人说起过黄河，那真是的浊浪滔滔，拍打着石岸，其声势，比苏东坡《赤壁赋》里写的长江浪水，还要惊心动魄。他说，不是那么回事。果然，封王大典时，在大同见了，疯诗人再也不说黄河水堪比长江浪了。

只要在河边静静地看看，就知道这声音是怎么一回事了。听着“咕嗵——咕嗵——”单调而沉闷，像是掉进窟窿里，又像是撞在崖壁上，实际什么都不是，是前浪跃起，涌了过去，形成个波谷。后浪涌了过来，跃起落下，填了前浪空下的波谷，咕嗵一声，又跃了起来。一浪撵着一浪，咕嗵——咕嗵——再咕嗵。

戍守他不怕，怕的是五十岁上，就断了女人！

可恼的不是自己遭此厄运，是连累了十几位部属，有的是镇府参军，有的是军堡守备，更有几位，是历年的粮秣督办，均罢免贬斥，处分有差。最重的两个，下了诏狱。不是说被处分的人，都没有过失，而是说，他若不被李景德诬陷构罪，至少能给以护佑，不至于滴溜郎当，十几个全都遭了祸殃。

最可怜的，该是学青，按他的想法，是要着意培植，委以重任的，至少应当出任某一卫城守备，或者干脆接替他父亲，做大同镇协守副总兵。他知道，慕青是不愿意让这个小弟弟去一线带兵打仗的。这样做了，也算是对得起这个女人的一份情爱。

现在，什么都不能提了。

最可恼的是，学青媳妇，不久前去世。而学青，成了杜如桢军费贪污案中的主要当事人，免了军职，发配到大同最前沿的镇虏堡当兵去了。

纵然如此，他也不能说那个处分了他的人，就是个坏人。

真正制造了这一大案的，是朝中有名的正派御史曾乾平。曾家也算是世家了，连上父亲，一门三进士。他的哥哥曾同平，名气比他还要大。万历初年，以琐事得罪张居正，勒令休致，张居正卒，重新起用。前些年，兄弟两人，上书裁撤军中冗员，引起京卫诸武臣闹事，因此而名闻朝野。

万历十年秋，曾乾平奉敕，以监察御史，出任阅视少卿，巡检大同边务。先是暗中查访，风闻举报，再派员纠办。先抓去一个参军，严刑逼供，有了突破，又顺藤摸瓜，终于弄了个假借修建学堂，挪用并侵吞军饷的大案。起初涉案军官，竟有三十余人。到了后期，曾乾平曾与他有过一次谈话。

"听人说将军是杨博大人的义子？"

"二哥曾拜杨大人为干爹，不幸早早身亡，便将我的名字补了进去，实际上我并未拜在杨大人门下。"

"哦，叫了这么多年杨家六郎，原来是冒名顶替呀！"

"不能这么说，是什么就是什么。我倒是以能继二哥之后，成为杨大人的众家儿郎之一为荣。"

"这就对了。边关谁不知道杨家众儿郎，这里面就数二郎马芳，六郎杜如桢，功名最为显赫啊！"

"我们这个，只能说是战功，不能说是功名，曾大人才是有功名的人。"

他将功名二字咬得甚重，曾御史怪味了。

"你嘲讽我年纪轻轻，得以侥幸？"

"不敢，没有功名的人，才积累战功，获得些许嘉奖，还有朝廷的赏赐。"

"对边塞有战功的人，曾某一向是敬重的，只是职务所系，不敢徇私。尤其是，你杜大将军是杨博大人门下的众家儿郎之一。"

"不就是个干大嘛！"

"哪里，你们这是杨家将，谁人不晓啊！"

曾乾平自幼在京师长大，满嘴京腔，给人的感觉，舌头在嘴里都懒得搅动似的，原先斜着，就斜着说话，原先卷着，就卷着说话，咕噜咕噜的，只能听出六七成的意思。末后这句话里的嘲讽意味，还是听出来了。

"我就是杨大人的亲儿子又怎么样？曾大人总不至于起杨大人于地下，来个鞭尸扬灰吧？"

"哪里，哪里，我只是好奇，问问嘛。"

"曾大人办这个案子，有一点我理解不了。朝廷这些年修建边墙边堡，拨银不过一百万两，各层军官文吏，贪污在三十万两，我这主帅一人又是十万两。你想过没有，剩下这六十万两银子，能筑这么多边墙，能给这么多军堡包砖吗？卫所里，这些年修的庙宇戏台，学堂学舍，所用银两，又从何而来？”

“朝廷规定，专款专用，不得滥支。庙宇戏台，名为募捐，就不该将包砖的银子贴了进去。修建学堂，另有专款，岂可假借名目，滥支军费！”

“要是这样，连王崇古王大人、方逢时方大人，都有罪了。”

“如桢将军，你是素封之家，看不起这些钱，不等于你手下的人，也是素封之家。偷工减料，中饱私囊，大有人在。”

曾乾平的大舌头，绕得太快了，话语没听清楚，意思还是明白的。不过是说，你杜家是富户，不在乎这点钱。

怎么说是素肥呢？素来肥富？说人家殷实富足，还能说是素肥？从没听人这么说过。

曾乾平去后，他在书房念叨，学青听见了，问念叨什么，他说了自己的疑惑，问学青，你看书多，可见过书上说人家富足的叫素肥，跟肥猪一样。

学青也是一头雾水，自个儿才知道，也没听人说过，嘟囔了小半会儿，才惊叫道，曾大人是不是说杜家是“素封之家”。他说，是这么个音儿。又问素封何意，学青说，素封的意思是，这户人家，无官爵封邑，而殷实富足，堪比旧时的封君。多是说这户人家祖上积攒厚实，其富可比王侯，平常人说了是夸人的话，曾大人说了就不一定了。

“噫，”他大为惊异，“想不到你长进这么大，连这么僻的典也知晓。”

“哪里，”学青有些不好意思，登时羞得低下头，嗫嚅着说，“不瞒将爷，我也是前两天碰巧了才知道的。”

“噢，怎么个碰巧了？”

“我去华严寺找一位老师父卜卦，问李二姐的德行品质。老师父说，此女虽非素封之家，也可说书香门第，娶到家里，中馈无虞，主相夫，旺嗣，一世平安。”

“你说的李二姐，可是李景德新寡了的大姑娘？”

“正是，杜家与李家有过节，我是晓得的。可我也听人说，上辈不管下辈事，若此理说得通，下辈也可以不管上辈事。我媳妇不在了，早日续弦，好过安生日子。我打听了，李二姐这人，确实贤惠。她这二姐的称呼，是随了堂姐妹叫的。”

“那自然好，那自然好！”

嘴上是这样说了，心里总有些纠结。

谁都知道，有慕青这层关系，他把学青当作自家小弟弟看待，若学青娶了李景德的大姑娘，自己岂不是还得给李景德叫叔叔？这个别扭，一时半会儿，还真的正不过来，顺不直溜。不过，他确实听人说，李景德的两个姑娘，长相性格都随了妈妈，尤其是大姑娘，品行好，人样儿也好，翘臀丰乳，白皙周正。难怪学青会看上，要续这个弦。

跟巡阅少卿曾乾平谈话的第二天，在帅府衙门里侧的甬道上，遇见了李景德。过去见了面，虽说心里不睦，也还打个招呼。这回老远见了，直冲冲走过来，快到跟前了，抬臂戟指，怒斥道：

"杜如桢，你跟人说，我是东厂的奸细。你说，是不是你说的！"

他一下子叫问蒙了，几乎是本能地抬起手臂，挡在面前。

"你说啥？"

"说我是东厂的奸细，你说的！是不是？"

"我从未说过这样的话。"

他以为这样一说，对方的气就消了，不料，李景德的气焰更高了，脸儿白煞煞的，话语也结巴起来：

"你，你，你再要说，说我是东厂的奸细，看我不宰了你！"

疯了，真是疯了，他一面心里慨叹，一面又忍不住想，东厂校尉来总兵衙门，查问军官通虏奸情，不找别人专找你姓李的，也是我杜如桢安排的？

跟这样的人，是说不成理的。

第二天，怪了，又是一个第二天，一个东厂的校尉军官，带领一队身穿缇衣，腰系绦带的军士，将他带走，下了诏狱。

夏天关进去，秋凉了，判决还下不来。

后来听人说，是兵部尚书郑洛，大为恼怒，上书朝廷，说此案之荒谬，在于文臣不谙边事，恣意妄为，轻启大狱。蒙古人内部，正酝酿叛离，一旦启衅，将不可收拾。内阁大学士王家屏，原本是支持曾乾平的，也觉得这次大同巡视，有些过头了。两人要联名上本，扭转此事。只因皇上一连三月，不理朝政，奏折上去，全都留中不发。

原以为拖延一段时间，正好借以平息时论，便于日后转圜。偏偏这年十月癸巳，京营军官在承天门外聚众闹事，指为兵变，龙颜大怒，宣敕重处。曾乾平趁机上书，说若不及早判处，大同军人亦有兵变的可能。很快御旨下来，总兵杜如桢以下十几名军官，全部撤职查办，免职戍边入监，各有等差。

他的贬戍地点，说起来还是一种关照，榆林镇的边堡是上面定的。去哪儿呢？榆林镇的总兵是马芳，着人跟他说，去府县孤山堡吧，在黄河边上，一旦朝廷起用，去哪儿都方便。

总督府有军士护送，杜府跟来的，是已升为家将，且有军职的张胜。

这孤山堡的地势，跟右卫的云石堡相似，险峻上差了许多。在府谷县城西北三十里，一面山坡的半山腰上。南北两个堡门，南门在半坡上，出了北门就是平坦的山塬了。

一到公廨，守备官一见，便拜倒磕头。他大惊，上前扶起，言道：

“戴罪之身，来此服役，这又是为何？”

守备官起来，反过来扶他坐下，作了个揖，这才说道：

“将军乃当今名将，一镇大帅。谁都知道，此番是时运不济，受了奸人的诬陷，昏官的挤对，才发到我们这小小的孤山堡服役，这正是张某孝敬的好机会啊。”

堡中在军营里，特辟一室，供他居住。朝南，无遮挡，也还豁亮。

跟张胜一起来的，还有一个跑腿的小厮，姓王，名汝华，爱看书，爱写字，十六岁，是学青和前妻的孩子。戍边要带两个人，一个是张胜，再一个就带了这孩子，入营不过半年，看着机灵，早早就选在身边服侍。张胜和汝华，在半坡的街上，赁了一个小院居住。白日过来，晚上回去，一应杂事，全都办了。

第二天守备官设宴接风，一回生二回熟，今天说话就随意多了，三巡过后，守备官言道：

“大帅，你这不是贬戍，是寻宗问祖来了。”

他问此话怎讲。守备官说，这孤山堡北门二里许，有个昊天宫，又名七皇庙，传说是北宋初年，山西名将杨业，和府谷折家的姑娘定亲成婚的地方。这折家的姑娘，就是后来传说中的天波府的佘太君。这杨继业，人称老令公。

“这与我家将爷有何干系？”

张胜这天也在座。

“噢，我倒想听听。”

他也来了兴致。

“大帅人称杨家六郎，不也可以附会为杨令公的公子吗？若是这样，来这儿不是寻宗问祖吗？”

众人哈哈大笑。待众人笑声住了，如桢说：

“这儿有个昊天宫，大同有个昊天寺。大同的昊天寺，是谪戍的军官捐资修建的，只怕这个昊天宫，也是谪戍到此地的军官捐资修建的。”

歇了两天，第三天早上，该出操了，操场在北门外一个大场子上。他早早起来，扛了个矛子，来到操场。

守备官听说了，匆匆赶来，说这是做什么，传出去让他这当守备官的，脸上如何挂得住。

他笑笑，解释说，他是军人，贬戍到此，就是个军士，别的军士做什么他也得做什么。荷戟出操，是边防军士的规矩，他带兵三十几年，又不是不知道。若是硬不叫他出操，他就申请转到别的军堡服役。

话说到这个份儿上，守备官只得依了。

从此以后，凡出操的日子，他就扛着他的矛子，早早去了北门外的操场。高大威武，腰板笔挺，排来排去，只有将他排在队列的前头。他也不说什么，大嘴一咧，笑意盈盈地当了这个兵头。

每天下了操，回到住处，张胜和汝华，做好饭食等着。

一晃两个月过去了，天气冷了，这天下了操，如桢正在家里喝茶，张胜过来，附在耳边说：

“嫂子来看你来了！”

“胡扯！”

“真的，昨晚学青摸到山上，说他跟李二姐，陪了来的，约好今天巳时初刻，在府谷城外黄河边相见。”

“怎么不早说！”

“刚下了操，总得等你歇过来吧。”

张胜还要说什么，他一跃而起，喝道：

“备马！”

三十里路，一个时辰就到了。

府谷县城东门外，一道陡坡下去就是黄河，不像别的地方，过了河滩才是河。这儿的黄河深深地嵌在河槽里，浑黄的河水，就在岸边激荡着，打着漩涡，翻着浪花，站得近点，泥浆星子能溅到脚面上，裤腿上。

粗粝的砂石石条，一个挨一个，接连摆下去，就是石板坡了。

早上下河挑水的人，河水溅了一路，石板上湿漉漉的，像是刚下过大雨。

他们是从南门进的城，又从东门出来，一出东门，远远就看见河岸边有三个人。翻身下马，沿着石板坡就往下跑，吓得张胜在后连声喊，是埋怨，又是讪笑：

“将爷，慢点嘛，二婶子就在那儿站着，又不是个雀雀，还怕飞了不成！”

一路小跑，下到坡底。

河边的妇人听见脚步声回过身来。

啊，真的是慕青！

什么都不顾了，两步抢过去，握住慕青的双手，使劲儿摇着，喊着：

“想不到哇，真想不到！”

跟那次在杀胡口马市上一样，慕青抬起手臂，跷起食指，在他额头上使劲一戳，嗔怪道：

“见不上个女人，你在这地方，能待得住吗？”

第十五章　忠节牌坊

一

万历三十四年，夏季里的一天。

一挂轿子车，黑骡子驾辕，红鬃马拉套，走在开了春的野地里。

这样的骡车，要是走在宣府地面，定然哐当哐当响。没办法，路上全是碛石，硌得轮子能蹦起来。在右卫地面，响不起来，不是黄沙，就是绵土，只会沙沙地响，铁轮子碾开了前面的沙地，刚转过去，翻起的沙土又合上了。骡子的蹄子下去，也只能扬起尘烟，难得溅起响声。

不是一挂，后面还有一挂，驾辕的也是骡子，拉套的也是马，骡子是黑的，马是白的。

前一挂上，老将军坐着，已是七十四岁的老人了。

后一挂上，坐的是慕青，还有张氏，老将军的第三任夫人。

真是费女人。这两年，老伙计常这样打趣他。第二任夫人金氏，多好，使唤了十年，在他五十五上过了世。这回没挑没拣，听慕青的话，将慕青的丫鬟兰花收了房，就是现在的张氏。丫鬟的底子，没有脾气，只有勤快。使唤上了，才知道世上还有这么好的女人。

这是去马营河堡。

是去看戏。

戏是蒲州来的戏班子演的。

这个戏班子,大河里冰一消就来了,在边墙沿线的军堡,挨个儿地演。头牌是个胡子生,又会吹胡子又会闪帽翅,人都说看了过瘾。

老了,再好也没兴致去看。

怎么今天有了兴致,远巴巴地去马营河看戏呢?

全是将就了二婶。

就是慕青。老了,跟上子侄们,也叫了二婶。

清明过了没几天,张氏乡下的亲戚,送来一袋子上好的黄米。这黄米,最好的用项是做糕,一家哪能用得了这么多,给大嫂二嫂都分了些。思义做了蓟辽总兵后,二嫂家搬到了东街上。

隔了两天,张氏去二嫂家串门,回来带了一大碗二嫂家蒸的黄米糕。他平日不怎吃糕,嫌粘牙。二嫂家带来的,也就吃了一个。一边吃一边跟张氏聊天,问二嫂这一向身体可好,说日渐消瘦,只是精神还好。又问没说想去哪儿转转,他的意思是说,去近处的庙里上上香,去不远处的集上逛逛什么的。

原不过是句闲话,不料张氏听了,一拍大腿说,哎呀,多亏提醒,要不还真给忘了,二婶说,蒲州来的戏班子,端午在马营河演戏,该劝三叔去散散心,别一天老窝在家里。

"哦,她一年倒有半年病得下不了炕,还惦记着我。"

"二婶还说,三叔要去,她也想跟上看场戏。"

就是这句话,让他做了这个安排。

说是他安排,不过是说句话,张胜自会布置。

张胜也六十开外的人了,说是布置,也不过是说句话,自有手下小厮去忙活。一切布置妥善之后,张胜过来禀报,说是两挂骡子轿车,一挂将爷坐,张姨服侍,一挂二婶坐,仆妇服侍。驭手不算,另有四人骑马跟随。

"要那么多人跟着做啥,打狼呀!"

"一品大都督,退下来也是八骑护卫,如今凡事从简,少了一半,不能再减了。"

“二婶家的仆妇别去了,叫张姨过去,我一个人宽展些。”

“这好办。派人去过马营河堡,那边安排后晌饭,汝华听说将爷要去,可高兴呢!”

“谁呀?”

耳背,听不清。

“学青前头的那个孩子,咱们去孤山堡,他不是跟上去了吗?去辽东的时候,也跟上去了的。”

听清了,脾气也就上来了。

“贫嘴,说二嫂那个侄儿不就结了!”

又问,学青呢,张胜说,学青和李二姐,随了汝华,在马营河堡住着,这次去了,都能见上。他心想,这是二嫂要走亲戚,让他做个伴。可又想,这把年纪了,没这么个名堂,又如何能两个人相随着,出远门散散心。

路上,张胜坐在车篷外头,扭身问如桢:

“将爷是不是要学李景德?”

“我学那灰人做啥?”

“告状呀!”

“告谁,告你?”

“告我顶啥用。可我听说,汝华这一向,在给你写状子,写状子不是告人是做啥?”

“是行状吧?你呀,连这么个事也翻不清。”

汝华一直想给他做传,怕写不好,说先写个行状,将材料拢到一起再说。

暮春转夏时节,菜籽花早已败了,这里那里,一片连着一片,绿茵茵的,分外清亮。

轿子车沙沙地响着,轻轻地摇晃,如同一叶扁舟,行驶在碧波微漾的湖上。这感觉,他最早得之于宁夏的沙湖,后来又得之于朝鲜的汉江,最后一次碧波荡舟,则是在辽东的鹿岛,那已不是湖中小舟,而是浅海游艇了。

天热起来,轿车里太闷,让人昏昏欲睡。下车走走,精神好些。后面的车上,慕青和张氏,见他在路边,也停了车。慕青说好久没到野地里来过,眼前敞亮了,身上也轻快了许多。要走开了,如桢说:

“我要上这挂!”

张氏听了,自个儿跳了下来,责怪说:

“你呀，上车时我就说，你跟二婶坐一起走前头，路上也好说说话。你还装腔作势，说一个人坐一挂宽敞。怎么样，憋不住了吧？”

他笑了。张胜冲着张氏说：

“将爷这话，你要反着听，这话是说给街上人听的。一出右卫城，我看他歪腰扭胯的，就像是坐不住了，刚刚还说车上太闷，下来畅快畅快，一下车就朝后头跑，我撵都撵不上。”

“我有那么快吗？”

他张着豁了牙的嘴，笑得要岔气。活到这把年纪，什么脾气都没有了。

“上！上！”

张胜蹲下，双手在胯前一钩，他抬脚踩上。

张胜往上一撂，他屁股一歪，就上了车辕。撅着屁股爬进车厢，还没顺直身子，脸颊上就让慕青不轻不重地拍了一下，笑着说：

“你呀，不要这张老脸了！”

顺过身子坐稳了，这才顾上说话：

“哎哟，一个棺材瓤子，还要什么脸！二婶呀，你不知道，你说要去马营河堡看戏，我有多高兴！”

“我就那么说说，说是你要去，我随了你去。”

“我要不去呢？”

“你敢不去！”

“这不就结了。”

“三叔！”

慕青往跟前挪挪。前些年两人在一起，多叫三弟或桢弟，这些年，老了，也跟上孩子叫三叔。只是那声调，柔柔的，叫人听了，特别绵软。

左耳有些背，知道慕青有话要说，忙扭过身子，将右耳对了过来。

“老成这样了，时间一长不见，还真是想呢。这两年，把我病得一点精神都没有，只要见见你，没盐少醋的，说上三两句，精神立马就来了。人活着，就活个精神！”

“回来不理他们，一起身我就上这挂车。”

“笑也笑过了，还能怎么着。我看右卫城，没人不知道咱俩好的！”

“你呀，过去是怕人知道，如今是怕人不知道！”

“可不敢这么说，思义这孩子，是不那么生气了，心里还结着疙瘩。前一向写了呈子，报到府里，要给我立节孝牌坊。府里报到省里，省里不再往上呈报。他总觉得是你我的事，外边有风闻，才让挡住的，回来还跟我拌了几句嘴呢。”

“我就说嘛，那一向见了我鼻子不是鼻子，眼不是眼的，问个话也待理不理。”

“多亏那年我没应承你，真要应承了你，可就跳到黄河洗不清了。”

“那也未必，真要应承了，我们就是名正言顺的老夫妻，也就没这些闲言碎语了。我倒没什么，只是苦了你！”

说着抓起二嫂的手，握在自己手里抚弄着。当年那样白皙纤细的小手，如今瘦骨棱棱，黄亮黄亮的，能瞅见蓝蓝的血管。奇怪的是，抚弄着，仍有当年的感觉，细腻，柔润，还有点凉凉的意思。

日头快到头顶时分，到了马营河堡南门外。戏台就在南门东侧，紧靠军堡的南墙。猛一看，还是初建时模样，细一端详，已非昔时容颜，苍老了许多，也矮小了许多。不是地沉了，是这些年的风沙，把南门外的地面抬高了。

学青和汝华父子，已等候多时。李二姐也出城相迎。见了慕青，格外亲热，见了如桢，多少有些羞怯。想来还是因为她爹李景德的事。

戏台前面，不远不近，斜开一点，搭了个白布帐子。这样做，是为了不遮挡后面看戏的人。帐子里面，摆了条案和靠椅，条案上茶水、瓜子，一应俱全。

如桢和慕青，也不谦让，坐了中间，张氏坐在靠如桢一侧的挡头，李二姐坐在靠慕青一侧的挡头。独有张胜，在帐子口上，摆了个单桌，算是一种优待。这一安排，让张胜甚是欣喜，坐在那儿不住地耸动着肩胛，像是身上哪儿叫虫子咬了似的。

戏还没有开，汝华进来，呈上一个蓝布封套的白麻纸册子。

“哦，这是什么？”

接过来，凑在亮处，眯缝着眼看去，只见册子封面上，左侧一个洒金笺条，上面几个行楷小字，道是《杜子坚大将军行状》。不急着翻看，先将那几个字端详了又端详，忍不住夸奖道：

“汝华啊，前些年，我就看你的字有功底，有灵气，终究还是有点野，可说是子路未见夫子。这几个行楷，有模有样，夫子见了，不夸孺子可教，而要直接说郁郁乎文哉了。”

“将军夸奖，还不是多得了您老的指点。这两年在马营河堡，闲来无事，一心只想为大帅做一篇行状，是写文章，也是练字。”

“这事你跟张胜说过吧！”说着朝帐子口扭转脸，瞅了张胜一眼，“你跟他说，要给我写个《行状》。你猜他是怎么翻你的话的，说你替我写了个状子，要告谁，哈哈，哈哈！”

张胜进来，假装不高兴，噘起嘴，努了努这才言道：

“将爷这就不厚道了，我是粗鄙之人，只知告状要写状子，哪懂得什么行状，照这么说，还有坐状？”

又是一阵谑笑，如桢还要说什么，开场锣鼓响起，慕青摆摆手说：

“三叔，我听人说，这戏里还演了你呢！”

二

三通锣鼓敲过，开演了。

先出来个女的，一看就是男人扮的。走起台步，那么长的裙子，脚步稍一迈大，就亮出半尺长的绣鞋头子。头戴凤冠，身着霞帔，一脸悲戚，原来是新寡的皇后娘娘。坐下唱道：

家住山西在云鹤，
因为选妃入朝歌。
老王晏驾龙归丧，
本后执掌锦山河。

接下的念白，表明她的身世和处境，听来满口的蒲州腔：

“本宫李艳妃，老王爷晏驾，太子年幼，由我执掌朝纲。今乃进宝年间，外邦王子必然来我国进宝，恐隔一竹帘，望见我朝乃一女王皇帝，将宝不进，回上他国，继而兵变，如何是好？以本宫心中思想，将这十万里大业，且让与我父李太尉，执掌三年五载，就等太子长大成龙，原业归宗是也！”

台上的戏，悠悠地演着。台下帐子里，如桢挪挪椅子，靠近慕青拉过手，抚弄着，一边看戏，一边有一搭没一搭地扯着闲话。

“这些年，来过马营河堡吗？”

“记不得了，太偏僻了，没事谁来这儿。”

“你不记得，我可记得。”

“哦？”

“嘉靖二十四年，比这稍迟些，你来这儿看望守斌将军，我在家里没事，爹叫我跟上来一趟。忘了吗？就是俺答入侵大同，围了右卫那一年。”

“噢，你这一说，我也就想起来了，那年你才多大？”

“十三。”

“唉，岁月不饶人，一晃就是六十年。你说这个李艳妃，真的就是前朝的李贵妃，本朝的慈圣皇太后？”

“戏是戏，真是真，这个李艳妃，只能说是个半真半假的人物。戏一开始，那几句定场诗，就卖了许多关子，将她的身份模糊了。说选妃入朝歌，好像她是商朝的人，这是商朝的事。演戏嘛，越是近时的事，越往远里推。”

慕青的脑筋，像是有些迟钝，皱起眉头，使劲想了想，才弄明白商朝与本朝，是不搭界的事。这头捺下，那头又起了疑。

“她说家住山西在云鹤，大同古时叫云中，人常说云中鹤，这李贵妃会不会是大同人？”

“她说的云鹤，是荣河，在山西南边的蒲州。那些年在右卫，住在咱家后头巷里的周现，外号叫周瞪眼的，老家就在蒲州府荣河县。”

“这么个女人，要她执掌江山，也真难为她了。太子那么小，还在怀里。”

“戏就得这么编，没有这么大的难处，就不会有奸臣祸国，没有奸臣祸国也就显不出忠臣良将的本事。实际上，今上继位时，没有十岁，也有九岁了，哪会抱在怀里呢。”

“我不问了，看戏吧。”

台上，杨波有心上本反对，又担心官职卑微，说了也无用。徐彦昭乃开国名将徐达的后人，有洪武爷赐予的镏金铜锤，可上打昏君，下打谗臣。说有他在，可保杨波满门无伤。得此保证，杨波鼓起勇气，上殿奏本，言语不合，惹恼了李艳妃，执意要将江山让与其父李太尉。

一本不允，杨波又上一本，唱道：

杨惟约上殿来复动一本。
叫国太龙位里细听臣言。
西汉有一个君王平帝，
他驾前出了个王莽奸臣。
闰腊月初八药摆平帝，
杀汉家君亲们三千有余。
虎口里逃去了光武圣帝，
走南阳收英雄二十八宿。
金台关擒王莽千刀万劈，
拿住了苏显贼抽筋剥皮。
这都是先朝里皇亲谋位，
更何况李太尉娘娘的父亲。

徐彦昭也再上一本，以宋朝的事情做比喻，劝李艳妃要三思而行，收回成命，唱道：

徐彦昭上殿来忙动二本，
尊一声龙国太细听分明。
大宋有二人匡胤匡义，
他本是同胞异母所生。
赵匡胤下河东偶生病，
赵匡义暗中下了竹签。
这本是先朝的弟谋兄位，
你焉知你的父无有此心？

张氏和张胜，见他俩兴致这么好，待了一会儿，相互使个眼色，便退了出去。如桢见了，也不阻止，由他们去吧，在跟前待着，都怪不畅快。两个在外头，也不闲着，一会儿送进一碗炒凉粉，一会儿又送进一碟炸油糕，香是香，量都不大，碟儿碗儿是一个，勺儿筷儿是两份。他跟慕青也不在意，端进来什么吃什么，吃上两口，不想吃了，碗筷往边上一推，又看台上的戏，又说戏里事。慕青问：

“照这么说，这李良、徐彦昭、杨波，都真有其人?”

重病之人，这憨憨的问话，听了让人格外心疼。

“二婶——”他长长地叫了一声，像是戏里的叫板。

“唉——”慕青故意长长地应了一声。

“二婶，你听我说。编这个戏，起因我是知道的。蒲州城里有个戏班子，班主的父亲，当年跟着舅舅来塞外演戏，流落到右卫，穷得连唱戏的行头都卖了。杨博大人奉旨，总督宣大和山西军务，解了右卫之围。先来杜家，后去宝宁寺。在寺里遇见他舅舅，当年的班主，听闻苦况，深表同情，让杜家给了一笔银子，购置行头，排了几出戏，在大同一带军堡巡回演出。这样这个戏班子，才站住脚，红火起来。此后每年，都要来大同一带演上两三个月。兴盛时期，还去过宣府，去过榆林。没想到，几十年后，他儿子重整旗鼓，带着戏班子来到边关。”

正说着，张胜进来，绕到他这厢，附在耳边，嘀咕了三两句，他听了当即转脸对慕青言道：

“不用我说了，戏班子的班主，知道我在台子底下，一定要来行个礼。你有什么，一会儿当面问他。”

看来那人就在帐子外面候着，张胜一出去，就进来了。穿着戏袍子，双手抖起袍袖遮住脸，一进来纳头便拜，拜了三拜，这才仰起脸说道：

“小子姚高科，给大将军大恩人行礼啦!”

他一愣，定定神，这才看清，来人乃方才在台上演杨波的那个戏子，忙问道：

“噫，杨博大人有恩于你父亲，我是知道的，怎么我也成了大恩人了? 年轻人，大恩人这个词儿，可不是随便叫的。你不上场了?”

“这会儿是大花脸的戏，误不了。知道你老人家来，我打定主意，见了一定要磕三个头。”

说着站起，恭立一侧。

“这是为何?”

“我爹活着的时候跟我说过,宝宁寺里求杨大人给以资助,这主意是大将军给出的。没有大将军点拨,就没有杨大人的资助,也就没有姚家戏班子的今天。”

慕青来了兴致。

“这是怎么回事?”

如桢笑了,转身面对慕青。

“他这么一说,我倒想起来了。当时杨大人在我家叙谈,他爹几个人在门外要求见杨大人,卫士不让进,正好我出来,见可怜,就悄悄说,杨大人待会儿要瞻拜宝宁寺,让他们先去寺里待着,准能见上杨大人。”

说罢又问姚班主:“我记得班头是个半大老汉,那是你家尊人?”

“是我老舅。我爹是演坤角的,也写戏,叫姚诗亮,说见过大将军。”

“那时我可不是什么大将军。噢,想起来了,长得眉清目秀,你爷儿俩很像。你也演坤角吧?”

“原先演坤角,嗓子倒了,改唱须生。现在我是班主,也是头牌。我们姚家,世世代代,记着大将军的恩德。”

“还是要多记着杨大人的恩德。”

“我们戏里写了杨大人,就是为了这个。”

说着又作了个揖。

“三叔,你看,一点善缘,就结下这么大的善果。”

“姚班主,”如桢说,“这是我的老嫂,她不明白,你怎么就编了这么个戏。这李良、徐彦昭、杨波,可都是实有其人?”

“戏里的故事,是我们那儿早就流传的。杨波就是杨博杨大人,李良也真有其人,叫李伟,蒲州云鹤人,哦,就是荣河。只有这个徐彦昭,我们戏里原来写的是徐华亭,就是徐阶徐大人。孙占元先生看了,说不好,说杨大人英名在外,改名杨波,怎么演都行,徐大人为相多年,现今朝廷还有他的对头,戏里有他,就是改个同音的名儿,别人也能看得出来。不如改成定国公,徐达的后人,就叫徐彦昭好了。”

如桢侧头想了想,说道:

“朝廷里真的有个定国公,只是不叫徐彦昭。”

“叫什么?”

“叫徐文璧,是徐达大将军的后人。我看那个徐彦昭快唱完了,是不是该你上场了?”

姚班主一看,可不是嘛,忙回身作了个揖,出了帐子,朝戏台的偏门跑去。慕青感慨地叹了口气。

“谁说戏子无义?这父子二人都是戏子,直可说义薄云天了。哎,三叔啊,方才学青给你送来个什么册子,让你看看,人家说过上一会儿,还要听你的高见呢,可别忘了。”

这才想起桌上的《杜子坚大将军行状》,看台上,杨波穿了身皂色直裰,在自家宅子里自思自叹,发愁没有挽救朝廷危局的法子。他的一个排名第五的义子,名叫赵飞的,是个捣蛋鬼,正跟他一来一往逗乐子。

且趁这个机会,看看这《行状》写得如何。

书法沉静端正,比封面上的字体,要流畅自然。

看了两页,就由不得叹了口气。

慕青问,嫌写得不好吗?他说《行状》这种文章,不在辞藻如何,文章如何,最最重要的,是真实可信。不管是褒是贬,真了,褒不会离谱,贬也不会污了清白。这《行状》写咱们家,一起首就说右卫杜家,三世为将,俊德爷爷官至都督同知,这怎么能行?爷爷的都督同知,是他在大同总兵任上,立下战功,呈报朝廷封下的,怎么能说成实际的军职呢?

慕青说,这事要看得开。旌表牌坊上这么写着,过来过去,人都看见,汝华不知究竟,怎敢不写,还是看后面写得如何。

如桢知道,二嫂是在护着她的这个娘家侄儿,没说什么,点点头,接着看下去。

下面写他以舍人从军,参与右卫保卫战,充任新平堡守将,驰援京师,驻军独石口,凭险苦守,多年后升大同总兵。俱实实在在,无虚妄之词。他要看的是,谪戍孤山堡,赴宁夏平叛,汝华是如何着笔的。

万历十年,将军年五十,为阅视少卿曾乾平所劾,谪戍边。明年,宁夏哱拜反。廷议将军健将知兵,且多畜家兵,乃起戍中,为副将,总兵讨贼。五月,哱拜约套寇五万骑,围平虏堡,将军精选家兵一千五百,间道驰,却之。六月抵宁夏,先是诸将董一奎等数攻城不下,将军至,攻益力,用布囊三万,实以土,践之登,为炮石所却。

游击龚子敬提苗兵攻南关，亦不克。将军乃决策水攻。哱拜窘，遣养子克力盖往勾套寇，将军令部将李宁追斩之。套寇以万余骑至张亮堡。将军力战，手斩士卒畏缩者，寇竟败去。将军乃还，擘画攻城事宜。宁夏总兵陈杰攻其南，固原总兵李英攻其西，故总兵刘承嗣攻其北，朱秉忠攻其东，将军亲率游兵主策应。哱拜自北门出战，将往勾套部，将军亲率部截击，逐其入城。别遣将马孔英、杜思诏等，袭套寇援兵，俘斩百二十人。俄，朝命萧如熏代陈杰，尽将诸镇援兵，以将军为副将。如此处置，时人咸曰，以将军乃达将也。将军未尝措意，一如前时，萧总兵甚敬之。

看到这里，如桢伸手，在条案上轻轻一拍，连呼：

"史家之笔也！史家之笔也！"

慕青闻言，也笑了，说道：

"看看，方才稍有不妥，就唉声叹气，不想往下看了。这会儿搔到痒处了，就是史家之笔，汝华若成了太史公，你岂不成了霍去病？"

如桢急忙分辩：

"不是这个意思，真要把我写成卫霍一流的大英雄，我还是知道害羞的。是这几句，你听听，这么说了，比说我是卫霍，还让我心里舒畅。平叛前期，诸路人马均归我指挥，萧如熏一来，该决战了，又任我为副将。学青在此加了一笔：时人咸曰，以将军乃达将也。明言因达将不被重用。这是个伏笔，后来在辽东，统兵十万，接连打胜仗，仍不得升迁，为啥，还不就因了这个达将吗？"

"别说了，都知道你会打仗！"

慕青说罢，自个儿先笑了。

他不说了，继续看下去。下面说的是张亮堡之役。这可是一场恶战。文说："自卯至巳，敌锐甚，会将军及李如樟等兵至，夹击之，寇乃却。逐北至贺兰山，获首级百二十余。持以示贼，贼益惧。无何，城破，贼尽平。将军以功赠秩，予荫，旋坐镇守延绥。"

慕青探过身子，悄声说：

"三叔，你的眼睛真好，看那么小的字还不花？"

慕青花白的鬓发，摩挲着他的额头，让他忽然间想起，少年时与这个女人，同乘一辆轿车来马营河堡的情形。由不得扭头瞥了一眼，这一瞥，顿时有种心酸落泪的感觉。当年那个白皙健美的少妇,如今脸颊的一侧,全是大大小小的斑点,眉毛淡到似有若无,腮上的皮肤松松地坠了下来。病了两年,全不见了先前的俊俏模样,只有那双眼睛,还是那样慈爱,那样明亮。

"哪能看清,有的是蒙,有的是往下顺。"

慕青从怀里掏出个物件,在手里摆弄着,说:

"这是思义上次回来带给我的,说是西洋传过来的,让老年人看书用,我试过,可好哩。"

说着递过来。

接过来一看,圆圆的一个框儿,中间嵌个玻璃片,还有个手柄。举起搁在眼前,远处雾蒙蒙的,跟先前一样。看近处,可就不同了。抄《行状》用的白麻纸,上面的麻丝儿,都看得清纹路。再小的字,一笔一画,也都各是各的,不像先前看去那样,互相挨着挤着,叠压在一起。

"噢,先前听说过,北京衙门里用这玩意儿,叫近视眼镜。"

"是呀,思义也是这么说的。送给你吧!"

"思义给你弄下的,我怎么好贪了。"

"别贫嘴了,给你就收拾起来吧。将来我走了,你跟前还有个念想嘛!"

这话听来心酸,不能再说什么了。慕青递过盒儿,打开来,里面还有一块白白的丝巾。将盒儿合上,手持眼镜,继续看《行状》。看着看着,由不得想了长子思诏。

平定哱拜之叛,思诏立了大功。他坐镇延绥时,思诏已是神木堡守备官。去辽东时,带了思训,没带思诏,辽东回来,方知思诏因责罚过重,引起部属不满,收买了一个苍头,趁夜晚送饭之际,将思诏刺死了。

唉,老年失子,白发人送了黑发人。

草草看过坐镇延绥的战事,扭头瞅瞅慕青,慕青也忘了看戏,正眯着双眼,那么慈爱,又那么深情地,直勾勾地盯着他。他真想说,二嫂啊,我杜如桢,为家族挣下这么大的荣耀,全是因为你这个女人啊!

台上的戏,不怎么黏板,只是太后一人,在哭哭啼啼地唱着。趁此机会,又看了几页,张胜匆匆跑来,俯身说:

"班主派人下来,说别看《行状》了,下面的戏里,还有将爷出场呢!"

急忙抬头看去，原来朝中危机，眼看奸贼就要得逞，兵部侍郎杨波想起他的众家儿郎，分驻边防重镇，便修下书信，让五郎赵飞速速前往搬兵。

杨波一边修书一边唱，赵飞侍立一旁，不时逗个笑话。

这赵飞，声言他有飞毛腿，可日行千里，夜走八百，带上书信，告别杨干大，在台子上疾奔三圈，又是翻筋斗又是劈叉子，这个关前叫一声，那个关前叫一声，就算是书信送到，兵也就搬回。

且看待会儿上场的那个自己，是何等模样。

慕青捏捏他的手，笑着说：

"怎么没给三郎写信，一下子就到了四郎？"

"刚才你没有看，王社香是九门提督，在跟前，不用写信。"

"这唱词，编得好，又顺口又风趣！"

"人常说，蒲州的笔头子，代州的枪头子，是山西的二绝。"

"我也听说，那地方才子多，最会编戏写文章。三叔你说，那杨大人的官，明明做到尚书了，戏里怎么老是唱兵部杨侍郎，这有什么讲究，还怕他官大了？"

"我刚才也留意到了，"稍一思索，又说，"多半是为了唱起来，合辙押韵，声调响亮。娘娘，定国王，李良，都是江字韵，要是配上个兵部尚书，唱起来就拗口，改成兵部侍郎，就顺畅多了。"

"快看，你出来了！"

台上，杨家众儿郎会齐，赶往皇陵，行走途中，一一自报家门。轮到杜如桢了，唱道：

末将生来盖世雄，
亚赛初唐小罗成。
一杆银枪手中拿，
扫北归来又出征。

下面的戏是，杨波率众家儿郎到了皇陵，正好遇上徐彦昭也在。杨侍郎报上诸将排行姓名，徐彦昭依据各人面相身姿，一人夸上一句：

站立陵前用目奉，
眼前观见杨家兵。
杨大郎好比刘先主，
马芳好比二道公，
王社香好比赵子龙，
赵飞天生飞毛腿，
杜如桢好比小罗成。
我将侍郎有一比，
能掐会算诸孔明。

慕青笑了，喘着气儿说：

“这些蒲州客，净瞎编，诸葛亮能叫诸孔明吗？”

他伸手在慕青背上捋捋，说道：

“戏里凑词儿是常事，能掐会算诸孔明就顺，换成诸葛孔明就成了四个字，跟走路一样，步子就趱不过来了。不说诸孔明，说成诸葛亮，整个唱词又不押韵了，编戏比写文章难多了。”

“我就不信，编个戏比写文章还难。”慕青说着，瞟了他一眼，“戏里演了你，你就替他们说好话。”

他不恼，只觉得舒畅。反驳还是要反驳的，图的是逗二婶高兴。

“我就这么贪小？我多高的个子，你看戏里那个主儿，还是个小屁孩呢。那么一点点，哪个女人会喜欢。”

“你还愁没人喜欢？隆庆年间，你才三十几，正年轻呢。”

下面的戏，又到了交关处。

徐彦昭和杨侍郎一同去昭阳宫，看望困居此处的李贵妃。到了宫门口，徐要进去，杨不想进去，摆摆手，要徐站住，听他说说不想进去的道理。一边闪着帽翅儿，一边从容唱了起来。唱到最后，说千岁爷进寒宫，学生不往了。徐彦昭问，却是为何。杨侍郎接下来唱道：

怕的是——

十年寒窗，九载遨游，

八月科场，七篇的文章，

才落得个兵部侍郎，无有下场啊！

后面的那个“啊”字，腔儿拖得老长，你以为他憋不住要停下来，嗯嗯两下，又扬了上去，甩出去老远。台子底下响起叫好声，还有人端了一大盘油糕递上去。

这回，连慕青也感动了，待杨侍郎唱罢，她展开手掌，在自个儿胸前抚了又抚，说道：

“哎呀，他要再不停下来，他活不活不晓得，我这儿叫憋得快没气了。”

“你呀，管他呢，匀匀出你的气就行了。”

“唉，三叔，我就不明白，一演戏，不是奸臣害忠良，就是相公爱姑娘。相公爱姑娘这好理解，人的本性嘛。这奸臣害忠良，我就不理解了，害了人家你心里就不纠结吗，纠结上半辈子，到死都解不开，图了个啥？”

张氏端了一盘鲜桃进来，一边往茶几上放一边说：

“刚来了一挑子，主家说是五月鲜，赶了十里路才过来。不硬，二婶你咬得动。”

“我呢？”

如桢讪讪地问。

“你呀，石头都咬得动！”

张氏说着，还是挑个软点的递过来，又斟上水，这才退了出去。

慕青像是倦了，想说什么话，往这边靠靠，凑在如桢耳朵根上说：

“三叔，这一向病着，我总由不得想，你当初要是不跟李景德那么较真，就不会结下这样的仇人，也就不会有后来的无妄之灾。”

“二婶，你这话就错了。一个人在世上，要是没有仇人，注定成不了大事。”

“噢，你倒说说，我听个稀罕！”

“人是贱物。就好比牲畜，不用鞭子在背后抽着，就不会快快地跑。仇人，就是成事的鞭子。”

“你说景德这个人，看着也灵灵的，怎么一次一次，净做些蠢事，但怕天下人不晓得他有多坏？”

“做坏事,会上瘾的,不尽兴,不罢休。不能全怨他,搁谁身上都一样。”

“那还能怨谁?”慕青不明白了,见他沉吟不语,故作娇憨地说,“你说嘛,你倒是说呀!”

“远处怨谁我说不来,近处肯定是怨我。要是没有我,以景德的聪明,五十上当个总兵,没有挡挂。有了我,还在大同,就没他的戏了。你说,还不是怨我吗?”

他还想说一句,要是没有他,二嫂守寡那几年,说不定会看上李景德,一想太伤人,便就了这个话头,说起别的。台子上的家伙太响,慕青听不清他说什么。

“别嚼桃了,嘴里呜里呜噜,说啥都听不清。”

他笑笑,将嘴里的桃渣吐掉,心想,是你的耳朵太背,怪我嘴里嚼桃什么事。想是这样想,声儿还是往高里提了些。

“我一辈子,总觉得爱你的人看你,不如恨你的人看你,看得准,看得远。爱你的人,只求你平安,不在乎你有多大的本事。恨你的人,害你的人,才是真正了解你的人,知道你现时有多大本事,将来还会有多大本事。”

“知道了为啥还要害人,交个朋友不好吗?”

“他要有这气量,就不是他了。”

看完戏,又去汝华家里吃了饭,才回的右卫。

三

轿子车缓缓地走着。

慕青就坐在身旁,走了好远了,还没顾上说句话。

饭桌上的气氛格外好。慕青自个儿先说起了笑话。说她祖母是浑源县人,长相俊秀,传说祖上是正德爷西巡时,在浑源遗散的宫女。她的母亲,是戍边官宦人家的女儿。现在边境的安宁,也有女人家一份功劳。说罢瞥了如桢一眼,对汝华说:

“你问你家将爷,看他认不认这个账?”

桌上的人,多数不知他俩内里的关系,只是想不到二婶会这样说话,先是一愣,随即哈哈大笑,气氛一下子就欢实起来了。

“要说守边，功劳谁最大，还数咱们达人。靠汉人，哼！”

就是张胜这句话，将桌上的话题，引到了达人和汉人的不同。

“胜子啊，这都什么年头了，还叨叨达人汉人的，都是大明的臣民。老说达子，像是还没叫人家欺负够啊！”

“是啊，是啊！”

大伙儿都乐了。

知道都在捧他，也就越发得意，接下来的一句话，才叫个逗。

上过两道菜，李二姐来到上房，搬了个方凳，要在二婶一侧的角上坐下。他见了说，学青媳妇，你是家里的功臣，过来坐在我这边。李二姐一时不知所以，学青扬扬下颏示意听话，李二姐这才笑吟吟地端着方凳过来。见李二姐过来，原来坐在这边的张氏，赶快挪开。他说：

“你就坐着不要动。李二姐过来，也不是要抢你的位子嘛！”

七十多岁的老男人，说这么逗的话，桌上的人，笑得开了锅。

年岁大了，憋不住尿，刚觉得紧，就得去茅房，张氏要陪他去，李二姐在跟前，也跟了去。返回来，转过墙角瞥见李二姐穿的绣鞋上，像是糊过白麻纸，惊问道：

“这是给谁戴的孝？”

“家父上个月不在了。”

“唔唔，我老了，这些事也没人跟我说了。走得还平静吧？”

“没灾没病。”

车轮子滚动着，发出单调的沙沙声。

抬眼望去，这一带正是边墙的内侧，虽丘陵起伏，却也平坦开阔，草原风光，一如漠南。

脊背有些酸沉，挪挪身子，斜倚在车厢上。侧背后，慕青轻轻地叫了声桢弟，他欠了下身子，脆脆地应了声噢，慕青问：

“有一里了吧？”

“十里也有了。”

女人算数，总是差点儿，走了老半会儿，怎么会才一里。

“你也不尿一泡？”

女人关心人，总是在这样的细碎处。

“不尿。”

“不拉？”

“不。”

“那你，屁总该放一个吧！”

这才知道，慕青是生气了。

可不是嘛，一离开马营河堡，他就下了自己的轿子车，上到慕青的车上。走开后，说过两句淡话，一陷入吃饭时谈论的回忆，再也没跟慕青说过半句话，难怪慕青会发这么大的火。人在病中，不该受这样冷漠的对待。知错就改，挺挺身子，往里挪挪，车篷里跟慕青几乎坐成一并排。稍前点，透过撩起的小窗帘，能看见左侧远处，缓缓后退的山梁，还有一片定定地浮在半空的云彩。

“让让嘛！”

为了逗慕青高兴，他故意扭扭身子。

“哎哟，”慕青叫了起来，“我这把老骨头，还值得住你这么抖擞！”

“现在值不住，啥时候值得住？”他涎着脸问。

“又胡说了，什么时候都值不住。”七十九岁的老妇人，一脸正经地说。

我就不信逗不起你的笑。他暗暗使上劲儿，抬起慕青的胳膊，搁在一边，自个儿朝后放平了身子，在慕青身边躺下。

“啊哟，你这是要做啥！”

“放心吧，爬都爬不上去了，我要在你身边躺下，就像六十年前，来马营河堡的时候，躺在你身边一样。”

“不！”慕青一挺身子坐直，“桢弟，我倒想躺在你身边，我还没在你身边躺过呢。”

话赶到这儿，他倒不好说什么了。往一边挤挤，胳膊护着，让慕青缓缓地躺下。像是上衣的领子扯得紧了些，喉咙不舒服，她扯开胸前的系带，露出里面枣红兜肚的襻带儿。

纯粹是出于淘气，想逗慕青高兴，他伸过手，在慕青的脖颈处抚摸了一下，涩涩的皮肤松弛了。俯身去看，慕青的脸正朝上盯着他。噢，眼珠还是这么慈善，这么莹亮。摸摸，像是比先前光滑了一些。再看慕青的眼睛，像是浸在水里，漾着波光，也漾着慈爱。

摸了再摸，几乎是在揉搓。慕青的嘴角绽开笑意，他觉得手下的皮肤，似乎有了弹性，那么细腻，那么滋润。

心里舒畅了，手也欢实了，由不得扭了一下身子，探得更深些。这是肩胛骨，这是肩胛窝儿，噫，怎么会是这样的感觉？

他的心突地提了起来。

这感觉怎么这么熟悉？

在哪儿，在哪儿？

噢，想起来了，在广宁王府里，在那王妃的身上。

也是在这个地方，也是这么一种滑滑的，肉赘儿似的感觉。

想到这儿，他由不得用手指捻了一下。

“啊哟！”

这回轮到慕青惊叫了。

他不抽出手，只是更深地俯下身子，还够不上，只好屈起一条腿，够着了，先是眼睛盯着眼睛，继而额头抵住额头，终于嘴唇对着嘴唇了。直到慕青像是憋不住气了，这才稍稍抬起身子，仍两眼相对，过了半会儿，这才说：

“在王府里，前半夜真的是你？”

慕青点点头。

忽地往上一蹭身子，双手搂住他的脖子，哽咽着说：

“桢弟，我真高兴。我还怕到我死，你都不知道那一夜，你身子底下的是我。真要那样，岂不白费了孙胡子一片苦心，为做成这个事，他花了五千两银子呢！”

也不知是羞愧，还是感激，他猛地抬起身子，恶狠狠地说：

“这个孙胡子，下次见了看我怎么收拾他！”

四

万历三十五年六月十七日，慕青病逝。

停柩九日，二十五日下葬。

下葬的当天，听见东街那边哀乐吹奏，知道定然是街坊谁家老人过世了，问张氏，痴迷愣登的，说没听说呀。真是个糊涂女人，他当时心里还责怪了一句，深不以为然。后晌，张氏去外面转了一圈回来，几乎是不经意地说：

“二婶子走了。”

“说什么？”

听见了，又不相信，春天还去马营河堡看戏，怎么会说走就走了。

“二婶子走了，今天下葬的。”

“哪个二婶子，慕青吗？”

“思义他妈，还能有几个二婶子！”

“啊，几时走的？”

“六月十七，天雾雾明时节。”

“啊！”他惊叫一声，顺手抄起桌上的一把提梁瓷壶，朝脚地狠狠一摔，碎瓷片儿，茶叶梗儿，连同红红的茶水，溅满一地。

“这是怎么了？”张氏正要出去，扭转身一看，惊叫起来。

“骗子！全是骗子！”

“谁敢骗你？二婶走了，是真的！”

都这个时候了，还装聋作哑！他说的骗子，是说这几天来，他们一直哄他骗他，不让他知道慕青去世的事，张氏却打岔，成了说二婶死了是在骗他。

这几天，他一直觉得不对劲，问谁都哼哼哈哈支吾过去。常来的几个老朋友，一个也不来，连张胜也未露过面。白天晚上，张氏都缠在跟前，厨房做好饭，送到门口，接上就把丫鬟打发走了。晚上躺下，光身子老往他怀里拱。现在全明白了，都是在骗他，哄他个高兴，别让他觉察出什么破绽来。

“你说，你说！”手在桌上拍得啪啪响，“这么大的事，怎么不言语一声，他们瞒我，你也瞒我！”

以为张氏会认错求宽恕的，不料，这女人竟吃了豹子胆，转面来凶巴巴地说：

“一倒身就来报丧了，敢跟你说？说了是什么景况，谁估摸得着！”

“什么景况？什么景况？你说！”

“你肯定要过去吊唁，是吧？”

不吭声。

“你肯定要扒住棺材板子哭，是吧？”

仍不吭声，只是眼皮翻了翻。

“你想过没有，你那哭，肯定不是哽咽上两下就完事的，肯定是跟个老狗似的，呜呜地哭，把肝花肠子都能呕出来。你说，别低下脸，挺起来嘛，你说你是不是这个德行？”

脖子梗了梗，脸还是挺不起来，张氏还在数落着：

“右卫城里，谁都知道你从小就喜欢二婶子，喜欢就喜欢吧，谁年轻时候没荒唐过，这么老了更没人计较。可你想过没有，外人是外人，家人是家人，外人不计较的，家人可就不一定了。思义如今威势多大，给他妈请的一品诰命的封号早就颁下来了，旌表的呈子，年年往上送，就是颁不下来，你晓得思义把这怪到谁头上了吗？”

“总不会怪罪到我头上吧？”

抬起脸，怯怯地问。

“好老先人哩，你总算还只是个糊涂，没有糊涂成了个蛋！”

“真的怨我？”

“我不信，你就没留心思义看你的脸色！”

他又低下头。

“你想想你跟个老狗似的，趴在二婶灵前呜呜地哭，万一思义忍不住了，抢白上你两句，你这老脸往哪儿搁？你忍了，传出去，杜家几代人的脸面又往哪儿搁？”

头埋得更深了。

“你说说，这是骗你，还是为你？”

他仰起脸，张氏心软了，过来扯起衣袖，给揩了揩眼窝，又揩了揩脸面。一边揩，一边说：

“我晓得你心里不好受，这样吧，我出去一会儿，门闭上，你想怎么哭，就痛痛快快地哭吧。把你那泪水水子都挤干，免得日后到了人前，提起来由不得哭出了声。”

张氏说罢，真的出了门，又回身将门扇严严地闭上，外面还落了闩。闩声一落，他一下子扑在地上，手拍着脚地，脸蹭着脚地，那个哭呀，真是把肝花肠子都呕出来了。

哭着哭着，竟睡着了。

天全黑了，张氏进来，才摇醒他扶到炕上。

接下来病了一场，入秋才康复。多亏身子骨还硬朗。

这期间，一个传言，很是让他纠结了好长时间，直到张胜设法弄到二哥二嫂合葬的《墓志铭》抄件，心里才缓过劲来。

传言说，侄儿思义已官至蓟辽总兵，加都督同知衔，母亲去世后，墓志是求甘陕总督、都察院副都御史张大人写的。张大人曾任蓟辽巡抚，与思义私交甚笃，写时将呈请旌表不获批准的事，也写了进去，暗指如桢与慕青，叔嫂私通，有辱名节，故难以得到旌表。思义在孝中，未及细察，匆匆上石，埋入地下。右卫城里有个浪荡鬼，曾在人前扬言，千年的石头会说话，杜如桢的名声传多远，这事也会传多远。

还有人说，杜如桢谁都不怕，就怕侄儿杜思义，暗指的也是这事。

本想默默地忍着，时间一长，心境也就平和了，不想，越拖心里的疙瘩越重。无奈之际，找来张胜，要张胜不管花多少银子，也要找见《墓志铭》的底本。

张胜真能干，打听得上石的朱文，是南街的郭秀才写的。郭秀才倒是有个写件，头次没写好，又写了一遍，将头次的留下了。上石后，曾拓得一张墨本。张胜找去，说主家曾叮嘱不可外传。张胜花了银子，郭秀才另抄了一份付与张胜说，他跟墨本对了，一字不差。

“你说他还有墨本？”

“跟这个一样样的。”

“花多少钱，也要把那个墨本买下。”

张胜还真办到了。

看了才知道，思义真是个孝子，说是父母二人合葬的墓志铭，实则以母亲为主，以父亲为辅，题名上就看得出来，母亲在前，父亲在后。

他要看的是，志文中，对他可有微词。

他将整个志文，摊开在大厅的条案上。张胜在一旁，为他抻着纸。

先还没什么，看着看着，脸色就变了，看到中间几句，由不得拍案大怒：

“狗日的，真狠啊！”

张胜凑过去，一脸茫然地说：

“将爷，我也看过了，没什么呀。”

他冷笑一声，说道：

“你要是能看出来，就天下皆曰可杀了！你看，这里，这里！”

张胜真还要看看那几句，他没好气地说：

“一边去吧！”

说罢，自个儿又看下去，看到末后的铭文，脸色这才转过来，多少有些欢喜地说：

“这个张大人，正文拗不过思义那小子，这几句铭文说得倒还实在。对着哩，一个是忠，一个是节，这才像话！”

说罢长长地叹了口气，张胜见了，又凑过来，说道：

“将爷，这又是怎么了？”

他后退两步，在椅子上坐下来，揉揉脸，说道：

“我是感慨思义侄儿一片孝心，想给父母立个忠节牌坊，二婶倒了身都没办成。我从朝鲜回来，朝廷专门差人来问，可有要旌表的亲人。我说该旌表的都旌表了，不必了。想来想去，给我那老爷爷呈请了个都督同知。早知思义有这个心思，想办办不了，我出面，为他父母呈请个忠节牌坊，不是难事。弟弟立了功，为兄嫂呈请，名正言顺，圣旨下来，说不定还要夸句孝悌乃忠义之本呢。”

“思义将军，再立战功，也不难办到。”

这话是万历三十五年八月说的，想不到的是，第二年侄儿就大祸临头。

辽东战事吃紧，兵部飞檄，命杜思义率部增援。思义带上本部一万人马去了，犹豫不决，连失战机，督军太监会同兵部给事中，连上三封密折，朝廷颁旨下来，斥以畏敌走避，坐失戎机，押回京师，以误国论罪。交三司发落，下狱当死。多亏辽东总督杨镐大人，多方斡旋，乞求宽恕，朝廷念及先前的战功，改为纳战马千匹抵罪。由论斩到纳马，是够轻的了。可能有司还考虑到杜家昔年养马的名声，以为纳马千匹不是难事，殊不知，隆庆以后，边境无事，马政逐渐废弛，到万历三十年以后，已形同虚设，杜家设在宁武的马场，早就撤了。朝廷以马抵罪，只是这么个名目，真正收缴的是真金白银。一匹健驹，折价四百两纹银，千匹健驹，就是四十万两。

思义的儿子杜崇仑，正在辽东效命，人命关天，不敢耽搁，回来变卖家产，又多方筹措，才解到京师，上缴国库。思义出狱后，回到右卫，在老屋安顿下来，羞愤难当，两年后就过世了。杜家这一支，从此就败落下来。

辽东战事，时紧时松。二儿子思训，为蓟东副总兵官。察看布防时，马失前蹄，坠河而死。

三十六年五月吧，辽东战事吃紧，兵部尚书杨镐，坐镇辽东，指挥战事，苦于手下无得力大将，驰函右卫，敦请他出山相助。连个嗝儿都没打，痛痛快快答应下来。好多人都说他是效仿国初的吴桢老将军，花甲出征，再建功勋。也有人说他是感念杨大人为思义侄儿斡旋减罪的情谊，才不顾年迈，慨然出征。

只有他自己，知道所为何来。

慕青走了，两个大点的儿子也都走了。此番去辽东，说白了，就是要找个殉国的地方，一死了之。走的时候带了汝华，为他办文案。

汝华在辽东，不幸染疾而亡。

不该死的，死了一个又一个。

他这个成心想死的，整整两年，毫发未损且屡建奇勋。又是荫封，又是旌表。其中一次，给了二哥和二嫂，以侄儿思义的名义，在右卫西街当间，侧面正对着杜府的大门，建了一座高高大大的忠节牌坊。正面镌了四个颜体大字：

忠节永赓

背面刊刻八句诔辞，道是：

雁门而北
恒阳之阿
有男忠干
有女节娥
松楸霜肃
清辉满坡
尘埋双璧
千古嗟哦

只有他自己知道，这几句话，是从哪儿来的。

张胜看了,悄悄给张氏说,二嫂墓志铭上就是这几句话,张氏不信,问老将军,老将军厉声说:

“这就是给我写的!”

牌坊建成的第二年,老将军无疾而终,享年七十九岁。